공자가어

孔子家語

下

曹魏 王 肅(왕숙) 注
陳起煥(진기환) 譯註

明文堂

〈聖門四科(성문사과)〉

西狩獲麟
哀公十四年魯西狩獲
麟孔子感焉作春秋按
孔叢子曰叔孫氏樵而
獲麟衆莫之識棄之五
父之衢冉有告曰麕身
而肉角豈天之妖乎夫
子往觀焉泣曰麟也麟
仁獸也出而死吾道窮
矣

〈西狩獲麟(서수획린)〉

治任別歸
孔子葬魯城北泗上
弟子皆服心喪三年
畢相揖而去各復盡
哀惟子貢廬於塚上
凡六年然後去弟子
及魯人往從塚上而
家者百有餘室

〈治任別歸(치임별귀)〉

孔子家語
공자가어
下

曹魏 王 肅(왕숙) 注
陳起煥(진기환) 譯註

明文堂

차례

《孔子家語》
권6

〈五帝(오제)〉 제24

【해설】

본 편은 앞의 〈五帝德(오제덕)〉과 같은 주제이나 그 내용이 다르다.

본 편에서 설명한 五帝는 太皞(태호, 太皞), 炎帝(염제), 黃帝(황제), 少皞(소호, 少昊), 顓頊(전욱)을 지칭한다. 본 편에서 공자는 이를 老聃(노담, 老子)으로부터 들었다고 전제한 다음에 설명하고 있다. 노담은 본래 楚(초) 출신이고, 楚의 신화적 색채가 농후하다는 주석이 있다.

본 편의 내용은 魯(노)의 季康子(계강자)[782]가 묻고 공자가 설명한 내용인데, 5가지 주제로 나눌 수 있다. 첫째는 공자가 五帝의

---

782 季康子(계강자, ? - 前 468년), 季孫氏, 名은 肥(비). 東周 春秋時代 魯國의 大夫. 季桓子(季孫斯의 아들). 《論語》「季康子問政於孔子曰, "如殺無道, 以就有道, 何如?" 孔子 對曰, "子爲政, 焉用殺? 子欲善, 而民善矣. 君子之德風, 小人之德草. 草上之風, 必偃."」

개략을 季康子에게 설명하고, 다음으로는 太皞〔태호, 宓羲(복희)〕가 木德(목덕)으로 帝位(제위)에 올랐고, 셋째 五帝의 五正(오정)을 설명하였으며, 넷째 제왕의 改號(개호)와 易德(역덕)을 설명하였으며, 마지막으로 堯舜(요순)에 대하여 설명해 주었다.

본 편이 앞서 〈五帝德〉의 내용이 다른 것은 춘추시대에 오제에 관한 여러 주장이 있었고, 공자는 博學博識(박학박식)하였기에 이를 알고 있었다고 볼 수 있다. 본 편의 五帝(오제) 덕행에 대한 설명은 중국의 五行(오행) 사상의 始原(시원)에 관한 이해에 도움이 될 것이다.

| 原文 | 季康子問於孔子曰, "舊聞五帝之名, 而不知其實, 請問何謂五帝?"

孔子曰, "昔丘也聞諸老聃曰, '天有五行, 水火金木土, 分時化育, 以成萬物.' 其神謂之五帝. 古之王者, 易代而改號, 取法五行, 五行更王, 終始相生, 亦象其義. 故其爲明王者而死配五行, 是以太皥配木, 炎帝配火, 黃帝配土, 少皥配金, 顓頊配水."

| 국역 | 季康子(계강자)가 孔子에게 물었다.

"예전에(舊) 五帝의 이름을 들었습니다만, 그 실질을 알지 못하는데 어떤 분을 五帝라고 부릅니까?"

孔子가 대답하였다.

"옛날에(昔) 저도(丘也) 이를 老聃(노담, 老子)에게 들었습니다만, '하늘에 五行이 있으니 곧 水(수), 火(화), 金(금), 木(목), 土(토)인데,[783] 계절에 따라(分時) (만물의) 변화와 생육을(化育) 맡아 만물을 길러낸다(以成萬物).' 고[784] 하였으니, 그 오행을 주관하는

---

783 水, 火, 金, 木, 土 – 五行의 정확한 순서는 木, 火, 金, 水, 土가 되어야 한다.(東에서부터 시계 방향. 土는 중앙.)

784 원문 以成萬物 – 1년 360일이니, 오행은 각각 72일에 해당한다(360 ÷ 5 = 72). 이 오행의 작용으로 化,生,長,育(변화, 출생, 성장, 결실)이 이루어진다.

神(신)을 五帝(오제)라 하였습니다. 고대의 王者(왕자)는 바뀌는 시대에 맞춰(易代) 名號(명호)를 개정하였는데, 이는 오행을 법도로 따랐으며, 오행에 (相生의 법칙에) 의거 王이 바뀌며 끝과 시작이 계속 이어졌고[785] 明王(명왕)의 죽음도 五行에 맞추어졌습니다. 때문에 太皞〔태호, 太皥(태호), 宓羲(복희), 伏羲(복희)〕는 木行에, 炎帝〔염제, 神農(신농)〕는 火, 黃帝〔황제, 軒轅氏(헌원씨)〕는 土, 少皞〔소호, 金天氏(금천씨)〕는 金에, 顓頊(전욱)은 水에 배열했습니다."

| 原文 | 康子曰, "太皞氏其始之木何如?"

孔子曰, "五行用事, 先起於木, 木東方萬物之初皆出焉, 是故王者則之, 而首以木德王天下, 其次則以所生之行, 轉相承也."

| 국역 | 季康子(계강자)가 말했다.

"太皞氏(태호씨)는 왜 木行으로 시작하였습니까?"

孔子가 말했다.

"五行의 用事〔용사, 主事(주사), 作用(작용)〕는 먼저 木行(목행)으로

---

785 五行의 순환(相生) – 木生火, 火生土. 土生金, 金生水, 水生木이다. 土生木. 五行의 相剋(상극)은 木剋土, 土剋水, 水剋火, 火剋金, 金剋木이다.

시작하는데, 木은 東方(동방)이고, 만물의 시작이 모두 동에서 나오기 때문에, 이를 王者(왕자)가 본받아서 처음에 木德(목덕)으로 天下(천하)의 王(왕)이 되었으며,[786] 그 다음은 (오행의) 相生(상생 : 차례로 생겨나다) 원리에 따라 계승되었습니다."[787]

| 原文 | 康子曰, "吾聞勾芒爲木正, 祝融爲火正, 蓐收爲金正, 玄冥爲水正, 后土爲土正, 此五行之主而不亂稱曰帝者, 何也?"

孔子曰, "凡五正者, 五行之官名, 五行佐成上帝而稱五帝, 太皞之屬配焉, 亦云帝, 從其號. 昔少皞氏之子有四叔, 曰重,曰該,曰修,曰熙, 實能金木及水, 使重爲勾芒, 該爲蓐收, 修及熙爲玄冥, 顓頊氏之子曰黎爲祝融, 共工氏之子曰勾龍爲后土, 此五者, 各以其所能業爲官職. 生爲上公, 死爲貴神, 別稱五祀, 不得同帝."

| 국역 | 계강자가 말했다.

---

786 원문 王天下 – 천하의 王이 되다. 王者가 되다. 王은 동사로 쓰였다.

787 원문 轉相承也 – 앞의 注에서 말한 대로 木生火, 火生土 …의 순서로 계승 발전되다.

"제가 듣기로 勾芒(구망)은 木正(목정)이 되었고, 祝融(축융)은 火正(화정)이, 蓐收(욕수)는 金正(금정), 玄冥(현명)은 水正(수정), 后土(후토)는 土正(토정)이 되었는데, 이들 五行의 主事者〔주사자 : 주인들, 五正(오정)〕[788]들이 호칭이 섞이지 않고(不亂) 帝(제)라 칭한 것은 무엇 때문입니까?"

孔子가 말했다.

"이들 五正(오정)이란 五行(오행)의 官名(관명 : 벼슬 이름)이며, 五行은 上帝(상제)를 도와 大事〔대사, 大功(대공)〕를 성취하였기에 五帝라고 칭하였습니다. (옛날) 太皞(태호)나 炎帝(염제) 같은 분들이 五行(오제)의 德(덕)에 따라 五帝라 칭한 것은 五行의 호칭을 따랐기 때문입니다. 옛날에 少皞氏(소호씨)에게 4명의 동생이 있었는데, 각각 重(중), 該(해), 修(수), 熙(희)라고 불렀습니다. 그들은 실제로 金, 木, 그리고 水를 관리하였는데, 각각 재능이 뛰어나 重(중)을 勾芒(구망), 該(해)를 蓐收(욕수), 修(수)와 熙(희)를 玄冥(현명)으로 삼았습니다. 顓頊氏(전욱씨)의 아들 중 黎(려)는 祝融(축융)이, 共工氏(공공씨)의 아들 勾龍(구룡)은 后土(후토)라 하였는데,

---

788 五正 - 勾芒(구망, 勾는 句와 同. 名은 重)은 少皞氏(소호씨)의 후손. 木德의 帝를 보좌, 死後에 木官의 神이 되었다. 木正의 正은 官의 뜻. 祝融(축융)은 顓頊(전욱) 帝의 후손. 高辛氏의 火正이 되었고 죽은 뒤에 火官의 神이 되었다. 蓐收(욕수)의 名은 該. 사후에 金神으로 받들어졌다. 玄冥(현명)은 사후에 水神으로 추앙. 后土(후토)는 句龍, 土官의 神으로 추앙.

이 5인은 각각 그 재능에 따라 관직을 담당하였습니다. 살아서는 上公(상공)이 되었고 죽어서는 神으로 추앙을 받았는데, 이들을 (五帝라 하지 않고) 五祀(오사)라 별칭하였기에 五帝(오제)와 같지는 않았습니다."

| 原文 | 康子曰, "如此之言, 帝王改號於五行之德, 各有所統, 則其所以相變者, 皆主何事?"

孔子曰, "所尙則各從其所王之德次焉. 夏后氏以金德王, 色尙黑, 大事斂用昏, 戎事乘驪, 牲用玄, 殷人用水德王, 色尙白, 大事斂用日中, 戎事乘翰, 牲用白, 周人以木德王, 色尙赤, 大事斂用日出, 戎事乘騵, 牲用騂. 此三代之所以不同."

| 국역 | 季康子(계강자)가 말했다.

"지금까지 하신 말씀을 보면, 제왕이 칭호를 오행의 덕에 따라 바꿔간 것은 각자가 統轄(통할)하는 바에 따른 것이나, 그것이 변한 내용으로는 어떤 것이 있습니까?"

孔子가 대답하였다.

"(五帝가) 숭상한 바는 각 제왕의 德(덕) 다음(次)을 숭상하였습니다.[789] 夏后氏(하후씨)는 金德(금덕)으로 稱王(칭왕)하였기에

복색으로는 (金生水, 水의 色인) 흑색을 숭상하였고 大事〔대사, 喪事(상사)〕에서는 저녁 시간에 치렀으며(用昏), 군사에서는〔戎事(융사)〕 검은 말을 타고〔乘驪, 驪(가라말 여), 黑馬也〕 희생으로 바치는 짐승도 검은색을 썼습니다(牲用玄). 殷(은)나라에서는 水德(수덕)으로 王天下(왕천하)였기에 色(색)은 白(백)을 숭상하였고,[790] 大事(대사)에 斂(염)할 때는 한낮에(日中에, 白) 斂(염)을 하였으며, 군사에서는 白馬(백마)를 탔고,[791] 희생으로는 白色 소를 바쳤습니다. 周人(주인)은 木德(목덕)으로 王天下하였기에 赤色(적색)을 숭상하였으며, 大事(喪事)는 日出(일출) 시간에 맞추었으며(日出 時는 赤이라는 주석도 있다.), 戎事(군사)에서는 배가 흰 검은 말〔騵(원), 騵은 白腹의 말〕을 탔으며, 희생물은 붉은 털의 말〔騂(붉은 말 성), 赤色也〕을 탔으니, 이런 例(예)가 곧 三代(삼대)가 不同(부동 : 같지 않았다)한 이유입니다."

|原文| 康子曰, "唐虞二帝, 其所尙者何色?"

孔子曰, "堯以火德王, 色尙黃, 舜以土德王, 色尙靑."

---

789 원문 所尙則各從其所王之德次焉 – 木德 다음은 火德이다. 그래서 木德의 帝位에서는 赤色을 숭상하고, 木德의 大義를 선양하였다.

790 원문 色尙白 – 水家는 尙靑해야 하나, 尙白한 이유는 土家도 尙靑하기에 尙白했다는 주석이 있다.

791 원문 乘翰 – 翰(날개 한)은 白色의 馬.

康子曰, “陶唐有虞夏后, 殷周獨不配五帝, 意者德不及上古耶, 將有限乎?”

孔子曰, “古之平治水土, 及播殖百穀者衆矣, 唯勾龍氏兼食於社, 而棄爲稷神, 易代奉之, 無敢益者, 明不可與等. 故自太皞以降, 逮於顓頊, 其應五行, 而王數非徒五而配五帝, 是其德不可以多也.”

| 국역 | 季康子가 물었다.

“唐(당, 堯)과 虞(우, 舜) 二帝(이제 : 두 임금)는 무슨 색을 숭상하였습니까?”

孔子가 말했다.

“堯(요)는 火德(화덕)으로 王天下(왕천하)하였기에 黃色(황색)을 숭상하였고, 舜(순)은 土德(토덕)으로 王天下하였기에 청색을 숭상하였습니다.”

계강자가 말했다.

“陶唐氏(도당씨, 堯)와 虞舜(우순), 夏后〔하후, 夏 禹王(하 우왕)〕, 그리고 殷(은, 湯王)과 周(주, 武王)는 五帝에 배열되지 못하였으니, 그들의 덕이 上古(상고) 시대에 미치지 못했거나 아니면 德行(덕행)에 의한 制限(제한)이 있었기 때문입니까?”

孔子가 말했다.

“고대 제왕의 治水(치수)와 平土(평토), 그리고 온갖 곡식(百穀)

을 뿌리고 가꿔 백성을 이롭게 한 사람은 많았습니다. 그러나 그 중에서 오로지(唯) 勾龍氏(구룡씨)만이 나라의 社〔사, 土地神(토지신) 社〕에, 棄(기, 后稷)는 稷神(직신, 곡식의 신)으로 配享(배향)되었습니다. 그리고 이 두 사람은 朝代〔조대 : 역대(歷代)〕가 바뀌더라도 받들어지고(崇尙), 또 거기에 더 보태지지 않은 것은 다른 사람들이 이 두 사람과 대등하지 못하다는 사실을 분명히 해준 것입니다. 그래서 太皞〔태호, 伏羲(복희)〕 이후로 顓頊(전욱)까지는 五行의 德에 상응하였고, (三代의 王의) 數(수)가 5명만이 아니었지만 그들의 덕이 5帝(제) 이상 더 높지 않았기에 五帝보다 더 늘릴 필요가 없었습니다."

〈執轡(집비)〉 제25

【해설】

〈執轡(집비)〉는 '고삐를 잡다' 의 뜻인데, 가축을 제어한다는 의미이다. 이는 정치에서 '백성을 이끌다' 라는 뜻으로 사용된다. 곧 본 편은 공자의 정치사상에 관한 글이다.

덩치가 큰 황소가 五尺(오척)도 안 되는 어린아이 손에 끌려가는 것은 아이가 고삐를 잡고 고삐로 황소를 제어하기 때문이다. 물론 황소나 말에게는 코뚜레나 재갈이 물렸지만, 그래도 어린아이는 고삐를 잡고 황소나 말을 바른 방향으로 나아가도록 제어한다.

공자는 治國(치국)을 '수레를 모는 일(馭車, 御車)' 과 같다고 생각하였다. 그래서 王者(왕자)는 '고삐와 채찍을 잡아' 백성이 제 힘으로 움직이게 한다. 이러한 정치 이념이 지금 시대에 통할 수는 없지만 이는 상당히 중요한 개념이다. 수레를 끌거나 쟁기를 끄는 황소를 채찍으로만 통제한다면 우마가 주인의 뜻대로 움직이지 않는다. 소나 말의 자율성을 인정하며 고삐로 통제하고 채찍으로 몰며 휴식에 먹이를 줘야 한다. 國政(국정)도 이와 같지 않겠는가?

본 편은 閔子騫(민자건)의 질문에 대한 공자의 대답, 그리고 子夏(자하)와의 대담으로 구성되었다. 민자건의 질문에 대하여 공자는 이른바 德과 法에 의한 치국을 강조하였다.

공자의 정치적 견해는 학덕과 바른 심성을 가진 군자가 정치를 담당해야 한다는 주장에서 출발한다. 곧 군자에 의한 통치는 백성의 안녕과 복리를 증진하는 정치라고 요약할 수 있다. 민주주의 시대에도 民本主義(민본주의)는 여전히 중요한 의미를 갖는다. 공자가 생각한 민본정치의 요체는 무엇인가?

군자에 의한 정치는 君主政(군주정)만은 아니다.

보통 군주라 하면 民意(민의)와 상관없이 세습적인 지위를 갖는 사람이 군주이며, 그러한 군주에 의한 恣意的(자의적)인 정치를 의미한다.

그러나 공자의 君子政(군자정)은 통치자가 수양과 도덕을 가진 군자로서, 스스로 자신의 임무를 깨닫고 신하들을 禮(예)로 통솔하며 君道(군도)를 지켜나가고 신하는 충성으로 군주를 섬기면서 화합하는 덕에 의한 정치이다.(《論語 八佾(논어 팔일)》 定公問, 君使臣 臣事君 如之何? 孔子對曰, 君使臣以禮 臣事君以忠.)

공자가 말한 德에 의한 정치는 북극성에 제자리를 지키고 다른 모든 별들이 북극성을 중심으로 회전하는 것과 같다고 비유하였다.(《論語 爲政(논어 위정)》 子曰, 爲政以德 譬如北辰 居其所而衆星共之.)

또 정치적 기술이 아닌 덕으로 이끌어야만 백성이 따라온다고 강조한 것도 마찬가지 뜻이라 할 수 있다.(《論語 爲政(논어 위정)》 子曰, 道之以政 齊之以刑 民免而無恥, 道之以德 齊之以禮 有恥且格.)

실무를 담당하는 신하는 신하의 도리, 곧 臣道(신도)를 지켜야 한다. 공자는 신하가 군주를 섬길 때 거짓이 없이 정직하게 섬겨야 하며, 면전에서도 바른 말을 하는 것이 도리라고 가르쳤다.(《論語 憲問(논어 헌문)》 子路問事君. 子曰, 勿欺也 而犯之.)

그리하여 군주는 군주로서, 신하는 신하의 역할과 책임을 다하는, 곧 君道(군도)와 臣道(신도)가 진정으로 하나가 될 때 나라는 잘 다스려지고 백성들은 편안하리라 생각한 것이 공자의 군자 정치라 할 수 있다.(《論語 顔淵(논어 안연)》 齊景公問政於孔子. 孔子對曰, "臣臣 父父 子子. 公曰, 善哉! 信如君不君 臣不臣 父不父 子不子 ~.")

곧 공자의 이러한 이상론은 엘리트를 위한 사회 변화와 개량이 아니라 백성을 위한 것이었고, 다만 그런 역할을 군자가 해야 한다는 뜻이었다.

|原文| 閔子騫爲費宰, 問政於孔子.

子曰, "以德以法. 夫德法者, 御民之具, 猶御馬之有銜勒也. 君者, 人也, 吏者, 轡也, 刑者, 策也, 夫人君之政, 執其轡策而已."

子騫曰, "敢問古之爲政."

孔子曰, "古者天子以內史爲左右手, 以德法爲銜勒, 以百官爲轡, 以刑罰爲策, 以萬民爲馬, 故御天下數百年而不失. 善御馬正銜勒, 齊轡策, 均馬力, 和馬心, 故口無聲而馬應轡, 策不擧而極千里, 善御民, 壹其德法, 正其百官, 以均齊民力, 和安民心, 故令不再而民順從, 刑不用而天下治. 是以天地德之, 而兆民懷之, 夫天地之所德, 兆民之所懷, 其政美, 其民而衆稱之. 今人言五帝三王者, 其盛無偶, 威察若存, 其故何也? 其法盛, 其德厚, 故思其德, 必稱其人, 朝夕祝之, 升聞於天, 上帝俱歆用永厥世而豐其年. 不能御民者, 棄其德法, 專用刑辟, 譬猶御馬, 棄其銜勒而專用棰策, 其不制也, 可必矣. 夫無銜勒而用棰策, 馬必傷, 車必敗, 無德法而用刑, 民必流, 國必亡. 治國而無德法, 則民無修, 民無修則迷惑失道, 如此上帝必以其爲亂天道也. 苟亂天道, 則刑罰暴, 上下相諛, 莫知念忠, 俱無道故也. 今人言惡者, 必比之於桀紂, 其故何也? 其法不聽, 其德不厚, 故民惡其殘虐, 莫不籲嗟, 朝夕祝之, 升聞於天, 上帝不蠲, 降之以禍罰, 災害並生, 用殄厥世. 故曰德法者御民之本."

| 국역 | 閔子騫(민자건)[792]이 (魯나라) 費邑(비읍)의 邑宰(읍재)가 되자 孔子에게 問政(문정 : 정치에 대하여 묻다)했다.

공자가 말했다.

"道德(도덕)과 法度(법도)로 다스려야 한다. 德과 法은 백성을 거느리는 도구이니, 마치 말을 제어하는 재갈〔銜(재갈 함)〕과 굴레〔勒(굴레 륵), 멍에〕와 같은 것이다. 君主(군주)는 사람이고, 관리는(吏者) 고삐〔轡(고삐 비)〕이며, 형벌은(刑者) 채찍〔策(채찍 책)〕이니, 人君(인군)의 정치는 결국 고삐와 채찍을 잡고 있는 것과 같을 뿐이다."

민자건이 물었다.

"古代(고대)의 爲政(위정 : 정치)은 어떠했습니까?"

孔子가 말했다.

"옛날에(古者) 天子(천자)는 內史(내사)를 좌우의 손처럼 생각하면서,[793] 德(덕)과 法(법)을 (우마의) 재갈이나 굴레로 생각하고

---

792 閔子騫(민자건) – 閔損(민손, 前 536년 – 487년)의 字는 子騫(자건), 魯國人. 孔門十哲 중 德行으로 유명하다. 閔子騫은 큰 효자였으니 중국 〈二十四孝〉 중 '單衣順母' 의 주인공.

百官(백관)을 고삐〔轡(고삐 비)〕로 刑罰(형벌)을 채찍으로, 萬民(만민)을 馬(말)로 생각하였기에 천하의 백성을 수백 년 동안 다스려도 (통치권을) 상실하지 않았다. 말을 잘 부리는 사람은(善御馬) 재갈과 굴레를 바르게(正) 물리고, 고삐와 채찍을 적절히 사용하며, 말의 힘을 골고루 쓰게 하고, 말의 성질을 잘 맞추기에 소리를 지르지 않아도 말은 고삐에 순응하고, 채찍을 휘두르지 않아도 천 리 길을 갈 수 있다. (이처럼) 백성을 잘 다스리는 군주는(善御民) 그 덕과 법을 균일하게 적용하고, 百官(백관)을 바로 잡으며 民力(민력 : 백성의 힘)을 골고루 동원하고 민심을 화합하며 안정시키기에 법령을 두 번 내리지 않아도 백성은 순종하고 형벌을 집행하지 않더라도 천하는 잘 다스려진다. 그러하기에 온 天地에 왕의 덕화가 펴지고 모든 백성이〔兆民(조민)〕 귀부하게 된다.〔懷之, 懷(품을 회). 歸附하다.〕 그리하여 그 정치가 성공하고 백성 모두의 칭송을 듣게 된다. 지금 사람들이 五帝(오제)와 三王(삼왕)의 德政(덕정)을 칭송하고 그때의 太平盛世(태평성세)에 비할 바가 아니지만, 威嚴(위엄)과 明察(명찰)이 지금껏 남아 있는 것 같다고 생각하는 것은 무엇 때문이겠는가? (五帝와 三王의) 禮法(예

---

793 원문 內史爲左右手 – 內史는 王의 八柄(팔병)과 敍事의 법도를 관장하고 왕의 조서나 왕에게 올라가는 보고를 총괄한다. 지방에 내려 보내는 명령이나 관직 임명과 책봉에 관한 업무도 처리하니 왕의 비서와 같기에 좌우의 손에 비유하였다.

법)이 융성했고, 그 仁德(인덕)을 후하게 베풀었기에 그를 칭송하고 朝夕(조석)으로 축원했고, 그 축원이 하늘까지 닿았기에(升聞於天) 上帝(상제)도 함께 기뻐하며, 그들의 성세가 길이 계속되도록 풍년을 내렸기 때문이다. 백성을 제대로 다스리지 못하는 자는 德法을 포기하고 오로지 刑辟(형벽, 형벌)으로만 다스리니, 이를 御馬(어마)에 비유하자면 재갈과 굴레를 버려두고 채찍으로 때리기만 하니, 결국은 제어도 못하게 된다. 재갈과 굴레도 없이 채찍만을 휘두르면 틀림없이 말이 다치고 수레는 부서지게 되니, 德法을 채용하지 않고 형벌만을 적용한다면 백성은 흩어지고(流民) 나라도 필히 망하게 된다(國必亡). 治國(치국 : 나라를 다스리다)하며 德法(덕법)을 쓰지 않는다면 백성은 따라갈 바가 없고(則民無修), 따를 바가 없다면 백성은 迷惑(미혹)에 빠지고 道德(도덕)을 잃게 되나니(失道), 이와 같다면(如此) 上帝(상제)께서는 틀림없이 (군주가) 天道(천도)를 상실했다고 생각하게 된다. 정말로 천도가 어지럽게 되면, 곧 刑罰(형벌)은 더욱 포악해지고(暴), 上下 모두가 서로 아부하게 되며〔相諛, 諛(아첨할 유)〕 성실을(忠) 말하는 자도 없어져서 모두가 무도(도가 없다)하게 된다(俱無道故也). 지금 세상 사람들이 악한 자를 거론할 때마다 으레 桀王(걸왕)과 紂王(주왕)을 언급하는데 무슨 까닭이겠는가? 〔桀(걸)과 紂(주)는〕 예법을 따르지 않았고 그들은 덕을 베풀지 않았기 때문에 그 治下(치하 : 통치 아래)의 백성들은 모두 惡(악)하고 잔악해졌으며 울부짖고 한탄하지 않는 사람이 없었다.[794] (나라가 망하기를) 朝夕(조석 : 아침저녁)으로 축원하여 그런 뜻이 하늘까지 닿으니 上帝(상제)가 〔桀紂(걸주)를〕 제거하지 않을 수 없어〔不蠲, 蠲(밝힐 견). 제거하다〕 재앙과 징벌을 내렸고(降之以禍罰), 여러 災害(재해)도 함께 발생하여 그 세상을 없애버렸다.[795] 그러하기에 仁德(인덕)과 法度(법도)는 백성을 다스리는(御民) 근본이 된다."

|原文| "古之御天下者, 以六官總治焉, 冢宰之官以成道, 司徒之官以成德, 宗伯之官以成仁, 司馬之官以成聖, 司寇之官以成義, 司空之官以成禮. 六官在手以爲轡, 均仁以爲納, 故曰御四馬者執六轡, 司會御天下者正六官. 是故善御馬者正身以總轡, 均馬力, 齊馬心, 迴旋曲折, 唯其所之, 故可以取長道, 可赴急疾, 此聖人所以御天地與人事之法則也. 天子以內史爲左右手, 以六官爲轡, 已而與三公爲執六官, 均五教, 齊五法. 故亦唯其所引, 無不如志, 以之道則國治, 以之德則國安, 以之仁則國和, 以之聖則國平, 以之禮則國安, 以之義則國義, 此御政之術."

---

794 원문 莫不籲嗟 – 莫不은 ~하지 않는 사람이 없다. 籲는 부르짖을 유. 嗟는 탄식할 차.

795 원문 用殄厥世 – 殄은 다할 진. 죽다. 厥은 그 궐.

| 국역 | "옛날에 천하를 거느렸던(御) 사람은 六官(육관)으로 治國(치국)을 總括(총괄)하게 하였으니, 冢宰(총재, 冢은 클 총. 大也. 재상)는 관리를 총괄하고(治官), 司徒(사도, 교육, 敎官)는 덕을 베풀고(成德), 宗伯(종백, 祀官. 漢代의 宗正. 종묘 제사 담당)[796]은 仁愛(인애)를 성취하며, 司馬(사마, 武官)는 정벌을 담당하고,[797] 司寇(사구)[798]는 正義(정의)를 구현하며, 司空(사공)은 儀禮(의례)를 실천케 하였다.[799] (이처럼) 六官(육관)은 손에 말고삐를 장악하였고, 司會(사회, 官名)는 仁義(인의)의 실현을 總攬(총람)하였다.[800] 그리하여 四馬(사마)를 모는 사람은 六轡(육비 : 여섯 개의 고삐)로 몰고, 天下를 다스리는 자는(御) 六官(육관)을 바로잡아야 한다(正). 이에 御馬(어마)를 잘하는 자는 자신을 바로 하여(正身) 고삐를 모두

---

796 宗伯 - 漢代 宗正 - 九卿의 하나. 질록 中二千石. 황족으로 선임. 종실 명부 작성, 황족의 嫡庶 親疎(친소) 구분, 동성제후 世系譜 작성, 宗室親貴의 범죄 등 皇族에 관한 업무 담당.

797 원문 司馬之官以成聖 - 여기 成聖의 聖은 정벌을 통하여 천하를 하나로 만든다는 의미.(聖, 通征伐, 所以通天下也.)

798 司寇(사구) - 司寇는 刑官. 사법저의를 구현한다는 의미. 寇는 도적 구.

799 원문 司空之官以成禮 - 司空(사공)은 토목 공사 담당. 왕실 장례 등은 成禮 과정이며, 禮가 아니면 이뤄지지 않는다는 주석이 있다.

800 원문 司會均仁以爲納 - 納은 고삐를 매다. 司會(사회)는 冢宰(총재)의 副職으로, 나라의 六典이나 八法의 실행을 도와 사방을 다스리고 재정을 담당한다는 주석이 있지만 미진한 부분이다.

잡고서(總轡), 馬力(마력 : 말의 힘)을 균등하게, 馬心(마심 : 말의 마음)을 하나로 만들어(齊) 돌아가거나〔迴旋(회선)〕 꺾어지는 길에서도〔曲折(곡절)〕 원하는 대로 갈 수 있어, 결국 먼 곳까지 갈 수 있고(可以取長道) 빨리 도달할 수 있으니(可赴急疾), 이는 聖人(성인)이 천하와 人事(인사)를 제어하는 법칙이 될 수 있다.

天子(천자)는 內史(내사)를 左右(좌우)의 손으로 삼고, 六官(육관)을 고삐로 생각하며, 이어 三公(삼공)과 함께 六官(육관)을 장악하고 五敎(오교)를 시행하며, 五法(오법)을 균일하게 시행하였다.[801] 그러했기에 뜻하는 대로 이뤄졌고(唯其所引), 자신의 뜻과 다르지 않는 일이 없이(無不如志) 천자가 뜻하는 그대로 나라가 다스려졌고, (천자가) 베푸는 德(덕)만큼 그대로 나라가 안정되었다.[802]

仁으로 다스리면 나라가 和合(화합)하고, 원근을 다스리면 나라가 평온하였다.[803] 禮로 다스리면 나라가 안정되고, 大義(대의)로 다스리면 나라가 평온하였으니,[804] 이것이 바로 政事(정사 : 정

---

801 齊五法 – 齊는 일제히 적용하다. 五法은 仁, 義, 禮, 智, 信의 法度.

802 원문 以之德則國安 – 德敎가 이뤄지고 仁에 나아가기에 國和하고, 禮의 用에서는 和를 貴히 여겨 國安하다는 뜻.

803 원문 以之聖則國平 – 聖은 원근 지역을 고루 평정하여 통치한다는 뜻으로 새겨야 한다.

804 원문 以之義則國義 – 國義의 義는 平也. 죄를 벌할 사람을 벌하

치)를 이끌어가는 法術(법술)이 된다."

| 原文 | "過失人之情, 莫不有焉, 過而改之, 是爲不過. 故官屬不理, 分職不明, 法政不一, 百事失紀曰亂, 亂則飭冢宰, 地而不殖, 財物不蕃, 萬民饑寒, 教訓不行, 風俗淫僻, 人民流散曰危, 危則飭司徒, 父子不親, 長幼失序, 君臣上下, 乖離異志曰不和, 不和則飭宗伯, 賢能而失官爵, 功勞而失賞祿, 士卒疾怨, 兵弱不用曰不平, 不平則飭司馬, 刑罰暴亂, 奸邪不勝曰不義, 不義則飭司寇, 度量不審, 擧事失理, 都鄙不修, 財物失所曰貧, 貧則飭司空. 故御者同是車馬, 或以取千里, 或不及數百里, 其所謂進退緩急, 異也. 夫治者同是官法, 或以致平, 或以致亂者, 亦其所以爲進退緩急異也."

| 국역 | "인간의 실제 정황으로 볼 때 過失(과실)이 없는 사람이 없지만(莫不有焉), 잘못을(過) 고친다면(改之) 이는 과오가 아니다(不過). 그래서 官屬(관속)이 잘 다스려지지 않거나(不理), 그 직무가(分職) 不明(불명)하며, 政法(정법 : 법과 정치)이 한결같지 않

기에 나라가 평온하다는 주석에 따른다.

다면(不一), 百事(백사 : 온갖 일)가 그 기강을 상실하는데〔失紀(실기)〕, 이를 紛亂(분란)이라 하고, 분란이 일어나면 冢宰(총재)에게 신칙(책임을 묻다)하여야 한다.[805] 땅에 씨를 뿌리지 못하고(地而不殖), 財物이 늘어나지 못하면〔不蕃, 蕃(우거질 번)〕 萬民(만민)이 굶주리고〔饑(주릴 기)〕 추위에 떨며(寒), 教訓(교훈)이 실천되지 않으면(不行), 風俗(풍속)이 음란하거나 사악해지고〔淫僻(음벽)〕, 백성이 떠돌거나 흩어지는데, 이를 危難(위난)이라 하고, 위난이 있다면 司徒(사도)에게 신칙(책임을 묻다)해야 한다. 父子(부자)가 不親(불친)하거나 長幼(장유)에 차례가 없으며(失序), 君臣 上下가 서로 乖離(괴리)되어 다른 뜻을 품는 것을 不和(불화)라고 하는데, 不和하다면 宗伯(종백, 宗正)에게 신칙(책임을 묻다)해야 한다. 賢能(현능 : 어질고 능하다)한 자가 官爵(관작)이 없거나(失), 공을 세운 자가(功勞) 賞祿(상록)을 받지 못하고 사졸이 원한을 품게 되면, 군사는 약해지고(兵弱) 군사가 쓸모없게 되는 것을 不平이라 하고, 不平(불평)하다면 司馬(사마)을 훈계하거나 신칙(책임을 묻다)해야 한다. 刑罰(형벌)이 暴亂(폭란)하고 간악하거나 사특(간사하다)한 자들을 제어하지 못하는 것을(奸邪不勝) 不義(불의)라 하는데, 不義하다면 곧 司寇(사구)에게 신칙(책임을 묻다)해야 한다. 度量(도량, 도량형)이 고르지 못하거나(不審), 일처리가(擧事) 합리

805 원문 亂則飭 – 飭은 신칙할 칙. 경계하다. 경고하며 힘쓰도록 강조하다. 整攝(정섭)하다.

적이지 못하고, 도성과 지방이〔都鄙(도비)〕 다스려지지 않거나, 또는 財物이 있어야 할 곳에 없는 것을 貧困(빈곤)이라 하고, 빈곤하다면 司空(사공)에게 신칙(책임을 묻다)해야 한다. 수레 몰기도 마찬가지이나(同是車馬) 어떤 사람은 1천 리를 가고, 어떤 자는 수백리도 못 간다면, 그것은 進退(진퇴)와 緩急(완급)이 다른 것이다. 治國(치국 : 나라를 다스리다)에도 같은 官法(관법 : 관직의 법)에게 적용하지만, 어떤 자는 태평하고 或(혹)은 혼란을 초래하는데(以致亂者), 이 또한 進退(진퇴)와 완급이 다른 것이라고 생각해야 한다."

┃原文┃ "古者天子常以季冬考德正法, 以觀治亂, 德盛者治也, 德薄者亂也. 故天子考德, 則天下之治亂, 可坐廟堂之上而知之, 夫德盛則法修, 德不盛則飭, 法與政咸德而不衰. 故曰王者又以孟春論之德及功能. 能德法者爲有德, 能行德法者爲有行, 能成德法者爲有功, 能治德法者爲有智. 故天子論吏而德法行, 事治而功成, 夫季冬正法, 孟春論吏, 治國之要."

┃국역┃ "옛날에 天子는 늘 12월에(季冬) 施德(시덕 : 덕을 살펴보다)하고 법도를 바로잡아 관리의 治亂(치란)을 살펴보았으니 德盛(덕성 : 덕이 풍성하다)하면 안정되었지만 德薄〔덕박 : 덕이 엷다(박하다)〕

하다면 혼란하였다. 그리하여 천자가 (관리의) 덕행을 살펴 천하의 治亂(치란) 여부를 廟堂〔묘당, 朝廷(조정)〕에 앉아 알 수가 있었다. 德盛(덕성 : 덕이 풍성하다)하다면 法이 잘 지켜진 것이고, 德이 不盛(불성 : 성하지 못하다)하다면 관리에게 신칙(책임을 묻다)해야만 하였다. 그래서 예법과 德政(덕정)이 함께 쇠퇴하지 않았다. 그리고 또 王者(왕자 : 임금)는 정월에(孟春) 관리의 덕행과 성과(功能)를 論(논)하였다. 덕행과 법치에 유능하면 有德者(유덕자 : 덕이 있다는 자)로, 덕행과 예법의 실천에 실적이 있는 자는 品行(품행)이 우수한 자로 평가하였다. 德法(덕법 : 덕과 법)을 실천한 자를 有功者(유공자 : 공이 있는 자)로, 德法(덕법)을 잘 수행(治)한 자를 有智者(유지자 : 지혜가 있는 사람)로 평가하였다. 그래서 天子는 관리를 평가하며(論吏) 德과 法의 실행이나 업무 처리(事治)의 성과(功成)를 보았다. 그래서 季冬(계동)의 正法(정법 : 법을 바르게하다)과 孟春(맹춘) 정월에는 관리의 평가(論吏)가 治國(치국)의 大要(대요 : 큰 요체)이었다."

| 原文 | 子夏問於孔子曰, "商聞易之生人及萬物, 鳥獸昆蟲, 各有奇耦, 氣分不同, 而凡人莫知其情, 唯達德者能原其本焉. 天一, 地二, 人三, 三如九, 九九八十一, 一主日, 日數十, 故人十月而生, 八九七十二, 偶以從奇, 奇主辰, 辰爲月, 月主馬, 故馬十二月而生, 七九六十三, 三主斗, 斗主狗, 故狗三月而生. 六九五十四, 四主時, 時主豕, 故

豕四月而生. 五九四十五, 五爲音, 音主猿, 故猿五月而生. 四九三十六, 六爲律, 律主鹿, 故鹿六月而生, 三九二十七, 七主星, 星主虎, 故虎七月而生, 二九一十八, 八主風, 風爲蟲, 故蟲八月而生, 其餘各從其類矣. 鳥魚生陰而屬於陽, 故皆卵生. 魚游於水, 鳥遊於雲, 故立冬則燕雀入海化爲蛤. 蠶食而不飮, 蟬飮而不食, 蜉蝣不飮不食, 萬物之所以不同. 介鱗夏食而冬蟄, 齕吞者八竅而卵生, 齟嚼者九竅而胎生, 四足者無羽翼, 戴角者無上齒, 無角無前齒者膏, 無角無後齒者脂, 晝生者類父, 夜生者似母, 是以至陰主牝, 至陽主牡. 敢問其然乎?"

孔子曰, "然, 吾昔聞老聃亦如汝之言."

| 국역 | 子夏(자하)가 孔子에게 물었다.

"제가(商, 子夏의 名) 알기로, 易(역)에서 사람과 만물, 鳥獸(조수) 昆蟲(곤충)을 태어나게 하는 이치에 각각 奇(기, 홀수)와 耦(우, 짝수)에 따라 그 氣의 몫이(氣分) 같지는 않았습니다.[806] 다만(而) 凡人(범인 : 보통사람)은 그 실정을 모르고, 만물의 이치에 통달한

---

806 원문 各有奇耦, 氣分不同 – 易은 《易》에 기록된 원리. 易은 天地를 주관하고 만물을 낳는다. 태어나게 하는 그 氣를 받는 것에 만물에 따라 그 數가 같지 않다.

사람은 그 이치의 본원을 찾아 알 수 있다고 하였습니다. 그리고 天은 一, 地는 二, 人은 三의 숫자로 상징되는데, 3×3=9(三如九)에 또 9×9=81하니, 여기서 1은 天幹(천간)의 像(상)을 의미하고, 천간의 숫자는 十(10)이기에, 사람은 10개월에 출생합니다.[807] 8×9=72는 짝수이나, 짝수는 홀수를 따르며(偶以從奇), 짝수는 地支(辰) 를 대표하고, 辰(진, 子에서 亥까지 12)은 달(月)이고, 月은 말(馬)을 주관하기에 말은 12개월에 태어나게 됩니다. 7×9=63에서 3은 斗星을 대표하고, 斗星은 개(狗)를 대표하기에, 개는 3개월에 출생합니다. 6×9=54에서 4(四)는 계절을 상징하고(主時), 時는 돼지를 대표하기에〔主豕 豕(돼지 시)〕, 돼지는 4개월에 태어납니다. 5×9=45에서 五는 音(五音)이고 音은 猿(원숭이)를 주관하므로, 원숭이는 5개월에 태어납니다. 4×9=36에서 六은 음률(爲律)이고, 律(율)은 사슴을 주관하기에(主鹿), 사슴은 6개월에 출생합니다. 3×9=27에서 七은 七星이고 星은 호랑이를 주관하기에(星主虎), 호랑이는 7개월에 출생합니다. 2×9=18에서 8은 바람이고(八主風), 바람은 벌레이기에(風爲蟲), 벌레는 (겨울을 나고) 8달이 지나야 깨어납니다. 그리고 나머지도 그 종류에 따라 다르게 태어납니다. 새(鳥)와 물고기(魚)는 陰氣(음기)로 태어나지만 陽에 속하기에 모두가 卵生(난생)입니다. 물고기는 물에서 헤엄치고, 조류는 구름 사이를 날아다니기에 立冬(입동)이 되

807 원문 故人十月而生 – 一은 태양을 의미한다(主日). 천간은 甲에서 癸(계)까지가 10이다.

면 제비〔燕雀(연작)〕는 바다로 들어가 조개〔蛤(대합조개 합)〕가 됩니다. 누에〔蠶(누에 잠)〕는 잎을 먹고 물을 마시지는 않으며(食而不飮), 매미〔蟬(매미선)〕는 물을 먹지만 다른 것을 먹지 않고(飮而不食), 날벌레〔蜉蝣(부유)〕는 먹지도 마시지도 않으니, (이를 본다면) 萬物이 같지 않은 것입니다. 껍질(介, 甲蟲)이나 비늘이 있는 생물(鱗)은 여름에는 먹고 살지만, 겨울에는 겨울잠을 자고〔冬蟄(동칩)〕, 씹지 않고 삼키는 생물은〔齕吞者(흘탄자)〕 (몸에) 8개의 구멍이 있고〔八竅 竅(구멍 규)〕 卵生(난생)합니다. 씹어 삼키는 생물〔齟嚼 齟(씹을 저), 嚼(씹을 작)〕은 몸에 9개의 구멍이 있고 胎生(태생)입니다. 四足者(사족자 : 네발 짐승)는 날개가〔羽翼(우익)〕 없고, 뿔이 있는 생물은 윗니가 없고, 뿔이 없고 앞니가 없는 생물은 살이 많고〔膏(살찔 고)〕, 뿔이 없고 어금니가 없는(後齒) 짐승은 기름기가 많으며(脂), 낮에 태어나면(晝生者) 아비를 닮고(類父), 밤에 태어나면(夜生者) 어미를 닮게 됩니다. 그러므로 陰(음)이 至大(지대 : 지극히 크다)하면 암컷이 되고 陽이 강대하면 수컷이 된다고 합니다. 정말 그러합니까?"

이에 공자가 말했다.

"그럴 것이다. 나도 그전에 老聃(노담)에게 들었는데, 네 말과 같다."

| 原文 | 子夏曰, "商聞《山書》曰, 地東西爲緯, 南北爲經,

山爲積德, 川爲積刑, 高者爲生, 下者爲死, 丘陵爲牡, 溪谷爲牝, 蚌蛤龜珠, 與日月而盛虛. 是故堅土之人剛, 弱土之人柔, 墟土之人大, 沙土之人細, 息土之人美, 秏土之人醜. 食水者善遊而耐寒, 食土者無心而不息, 食木者多力而不治, 食草者善走而愚, 食桑者有緖而蛾, 食肉者勇毅而捍, 食氣者神明而壽, 食穀者智惠而巧, 不食者不死而神. 故曰羽蟲三百有六十, 而鳳爲之長, 毛蟲三百有六十, 而麟爲之長, 甲蟲三百有六十, 而龜爲之長, 鱗蟲三百有六十而龍爲之長. 倮蟲三百有六十而人爲之長. 此乾坤之美也. 殊形異類之數, 王者動必以道動, 靜必以道靜, 必順理以奉天地之性, 而不害其所主, 謂之仁聖焉?"

子夏言終而出, 子貢進曰, "商之論也何如?"

孔子曰, "汝謂何也?"

對曰, "微則微矣, 然則非治世之待也."

孔子曰, "然, 各其所能."

| 국역 | 子夏(자하)가 말했다.

"제가(商) 듣기로 《山書(산서)》[808]라는 책에, 땅의 東과 西를 씨줄〔緯(씨줄 위), 北緯 南緯(남위)〕, 南과 北을 날줄이라 하며〔經(경),

808 《山書》 - 不傳. 미상. 山川이나 地理에 관한 책으로 추정.

東經(동경), 西經(서경)〕, 山은 積德(적덕)을 상징하고, 川은 積刑(적형)의 표상이다. 높은 곳에 머문다면 살아 있고, 낮은 곳에 있다면 죽은 것이며, 丘陵(구릉)은 수컷이고〔牡(수컷 모)〕, 溪谷(계곡)은 암컷〔牝(암컷 빈)〕이며, 조개 종류〔蚌蛤(방합)〕와 거북(龜珠)은 日月의 운행에 따라 (속이) 차거나(盛) 빈다고(虛) 하였습니다. 그리고 단단한 토지에서 자란 사람은(堅土之人) 그 기질이 剛(강)하고, 연약한 땅에서 생활한 사람은 그 기질이 유순하며, 산에서 자란 사람은 몸집이 크고, 모래땅에서(沙土) 생활한 사람은 그 체구가 가늘며(細. 小와 同), 비옥한 토지(息土)에서 자란 사람은 외모가 아름다우며(美), 척박한 땅에서〔耗는 秏. 麤疏(추소)〕 자란 사람은 모습이 醜(추)하다고 하였습니다. 물에서 먹이를 먹는 생물은 헤엄을 잘 치고 추위를 견디지만, 땅에서 먹이를 구하는 생물은 심장이 없고(無心) 호흡하지 않는다(不息, 땅속의 벌레 종류, 예 지렁이). 나무에서 먹이를 구하는 생물은 힘이 강하고(食木者多力) 길들이기가 어려우며, 풀을 먹고 사는 생물은(食草者. 麋鹿) 잘 달리지만(善走) 우둔합니다(愚). 뽕잎을 먹는 생물은(食桑者) 실을 뽑아내고〔有緖, 緖(실마리 서). 絲也〕 나방〔蛾(나방 아)〕이 되며, 고기를 먹는 생물은(食肉者) 힘이 강하나〔勇毅(용의)〕 사나우며〔捍(사나울 한), 勇猛〕, 숨 쉬는 생물은(食氣者) 神明(신명)하고 장수하며,[809] 곡식을 먹는 생물은(食穀者) 지혜롭고도 재주

809 원문 食氣者 - 食氣를 上氣下通이라 설명했다. 그러면서 여기 氣는 元氣라 했다. 그러나 元氣가 구체적으로 무엇인가는 주석이

가 많으며, 아무것도 먹지 않는 생물이라면(不食者) 죽지 않는 神입니다. 그래서 날개 가진 동물이 360종인데[810] 鳳凰(봉황)이 으뜸이며(鳳爲之長), 털 있는 동물도 360종인데 기린(麟)이 제일이고, 껍질이 있는 생물이 360종인데, 그중에서 거북(龜)이 으뜸이며, 비늘이 있는 동물(鱗蟲) 360종에 龍(용)이 제일이며, 벌거벗은 생물〔倮蟲, 倮(알몸 나). 裸身〕도 360가지 중 사람이 가장 靈長(영장)입니다. 이는 乾坤(건곤, 天地)의 훌륭한 점인데(美也), 이처럼 형체와 종류가 다른 것은 數理(수리 : 숫자)입니다. 王者(왕자)는 그 행동에 필히 道(도)에 합당해야 하고, 그 靜止(정지)는 道에 맞도록 정숙하면서 필히 順理대로 天地의 본성을 따라야 하고, 주관하는 物類(물류)를 해치지 않아야 仁聖(인성)이라 하지 않겠습니까?"

子夏(자하)가 말을 마치고 나가자, 자공이 들어와 물었다.

"子夏〔자하 : 卜商(복상)〕의 논리가 어떻습니까?"

孔子가 물었다.

"너는 어떻다고 생각하는가?"

자공이 대답하였다.

"精微(정미 : 정묘하고 미묘하다)한 논의이지만 治世(치세 : 세상을 다스리다)에 맞지는 않을 것입니다."

공자가 말했다.

"그렇다. 각자 다른 재능이 있는 것이다(各其所能)."

없다. 그러면서 식기자로 거북(龜)을 들었다.

810 원문 羽蟲三百有六十 - 여기 蟲은 동물의 뜻.

〈本命解(본명해)〉 제26

【해설】

본 〈本命解(본명해)〉편은 孔子와 魯 哀公(노 애공)의 문답이니, 공자의 만년에 해당한다. 공자는 본 편에서 命(명)과 性(성)에 대한 견해를 밝혔다.

본 편의 주제인 命과 性에 대해서 공자는 이야기를 많이 하지 않았다.(《論語 子罕(논어 자한)》 子罕言利與命與仁.)

罕(드물 한)은 드물다는 뜻으로, 어떤 동작의 빈도를 말하는 부사이다. 《論語》에는 利(이)가 6차례, 命(명)이 8차례 언급되었으니, 공자의 말로서는 많지 않다. 그래서 子貢(자공)이 말했다.

"夫子(부자 : 공자)의 문장에 관한 말씀은 들을 수 있었지만, 性과 天道(천도)에 관한 夫子의 말씀은 거의 들은 적이 없다."(《論語 公冶長(논어 공야장)》 子貢曰, "夫子之文章, 可得而聞也, 夫子之言性與天道, 不可得而聞也.")

또 공자는 "利(이)를 좇아 행동하면 원한이 많을 것이다."(《論語 里仁(논어 이인)》 子曰, "放於利而行, 多怨.") 라 하였으니, 利에 대한 언급이 적은 것에 대해서는 수긍할 수 있다.

그러나 仁에 대해서는 제자들이 많이 물었고, 또 공자도 그에 대한 답변과 가르침이 많았다. 그렇다면 이 구절에 대한 해석은 달라져야 할 것이다.

이 구절의 與(여)를 접속사로 보면 '~와, ~함께' 로 풀이할 수 있다. 그러나 이 구절의 與를 동사로 보아 '子罕言利, 與命, 與仁' 으로 읽으면, '공자는 功利(공리)에 대해서는 거의 말하지 않았지만 命(명)과 仁(인)은 찬동하였다.' 로 해석되면서 與(여)는 '許容(허용)하다.' 의 뜻으로 풀이할 수 있다.

또 罕(한)을 軒(수레 헌, 처마 헌, 높을 헌)의 뜻으로 보아 '뚜렷하게' 의 뜻으로 보아 '공자는 利와 命과 仁을 확연하게 말하였다.' 로 풀이한 경우도 있다.

《論語》에 기록된 공자의 談話(담화) 중에 제자들에게 특별히 언급한 것 중에서도 제자들이 기록한 것이니, 이는 공자가 평생 말한 내용의 몇천 분의 1, 몇만 분의 1도 되지 않을 것이니, 전체로 따지면 매우 적은 것이 아니냐는 주장도 있다. 하여튼 이는 상당한 논란이 있는 구절이다.

《論語 陽貨(논어 양화)》에는 子曰, "性相近也, 習相遠也."(인간의 본성은 서로 비슷하나 습성은 서로 다르다.)라고 하였다. 性相近(성상근), 習相遠(습상원) - 이 말은 《千字文》보다 먼저 배우는 《三字經(삼자경)》에도 나오는데, 원 출처는 당연히 《論語》이고, 또 공자님 말씀이다. 우리나라에서는 《三字經》이 잘 알려지지 않았지만 중국에서는 어린아이들에게 통째로 외우게 하는 책이다.

위 말은 人性(인성), 本性(본성)은 본래 비슷하게 선량하지만(人之初 性本善), 사람의 취향이나 습성에 따라 나중에는 크게 달라진다. 그래서 습관 내지 습성을 잘 길들여야 하고, 그러하려면 교육을 잘 시켜야 한다는 논리가 성립된다.

생활습관에 따라, 또 수양 여부에 따라 본래 선량하고 순결한 본성이 나쁘게 변한다는 사실은 매우 서글픈 일이다. 인간의 선택과 실천 여부에 따라 선인과 악인으로 나뉘는 것이 바로 相近(상근)에서 相遠(상원)으로 바뀐 것이다. 그래서 가정과 학교의 교육이 중요한 것이다.

| 原文 | 魯哀公問於孔子曰, "人之命與性何謂也?"

孔子對曰, "分於道謂之命, 形於一謂之性, 化於陰陽, 象形而發謂之生, 化窮數盡謂之死. 故命者, 性之始也, 死者, 生之終也, 有始則必有終矣. 人始生而有不具者五焉, 目無見,不能食,不能行,不能言,不能化. 及生三月而微煦, 然後有見, 八月生齒, 然後能食, 期而生臏, 然後能行; 三年顋合, 然後能言, 十有六而精通, 然後能化. 陰窮反陽, 故陰以陽變, 陽窮反陰, 故陽以陰化. 是以男子八月生齒, 八歲而齔, 女子七月生齒, 七歲而齔, 十有四而化, 一陽一陰, 奇偶相配, 然後道合化成, 性命之端, 形於此也."

| 국역 | 魯(노)의 哀公(애공)이 孔子(공자)에게 물었다.

"사람의 命(명)과 性(성)은 무엇입니까?"

孔子가 대답하였다.

"道(도)에서 나뉜 (그래서 사람에게 부여된) 것을 命(명)이라 하고,[811] 道에서 받아 이뤄진 것은 性(성, 本性)이며,[812] 陰陽(음양)의

---

811 원문 分於道謂之命 – 道에서 분할된 것이 人性(性命)의 시작이라는 주석이 있다.

812 원문 形於一謂之性 – 사람은 陰陽(음양)으로부터 剛柔(강유)의 性을 받았기에 하나(一, 天道)에 의하여 형성되었다. 性은 태어나면서 이뤄진 本性을 의미한다.

조화가 형체를 이루어 드러난 것이 生(생, 生命, 출생)이고, 조화의(化) 작용이 그 몫을(數) 다한〔盡(다할 진)〕 것을 죽음(死)이라 합니다. 그래서 命은 本性의 출발(始, 始作)이고, 死(사)는 生(생 : 삶)의 끝이니〔終, 終了(종료)〕 시작이 있다면(有始) 반드시 끝이 있습니다(有終矣). 사람이 처음 출생하면(始生) 갖추지 못한 것이〔不具者, 具(갖출 구)〕 다섯 가지이니〔五焉. 焉(종결어미 언)〕, 눈이 있지만 보지 못하고(目無見), 먹지도 못하며(不能食), 걷지도(不能行), 말하지도(不能言), 生育(생육)할 수도 없습니다(不能化). 출생 3월이 되어야만(生三月) 희미하게 볼 수 있고,[813] 여덟 달이 되어야 치아가 나서 먹을 수 있으며, 만 1년이 되어 무릎의 뼈가 난 뒤에야 능히 걸을 수 있으며, 3년이 지나야 뺨이 제대로 움직여(顋合) 말을 할 수 있으며[814] 나이 16세가 되어야 精氣(정기)가 통하여(精通) 번식할 수 있게 됩니다(然後能化). 陰(음)이 다하면 陽(양)으로 되돌아가니 陰은 陽이 변한 것이고, 陽이 궁극에 이르면 陰으로 돌아가니 陰은 陽에서 변화한 것입니다. 때문에 남자는 태어나 八月에 치아가 나오고 8세에 치아를 갈고,[815] 女子는 7개월에 生齒하고 七歲에 이를 갈며, 14세면 생식할 수 있습니다.

---

813 微煦 – 微는 작을 미. 煦는 찔 후, 햇빛으로 덥게 할 후. 여기서는 사람을 알아볼 수 있다. 원하는 쪽으로 눈을 돌리다.

814 원문 三年顋合, 然後能言 – 顋는 뺨 시, 볼 시, 아가미 시(鰓, 아가미 새).

815 원문 八歲而齔 – 齔은 치아를 갈 츤. 乳齒(유치)가 빠지다.

一陽과 一陰, 奇(기, 홀수)와 偶(우, 짝수)가 서로 배합한 연후에 道가 合하여 化合(화합 : 化, 생식)이 이뤄지기에 性과 命이 시작됩니다."[816]

| 原文 | 公曰, "男子十六精通, 女子十四而化, 是則可以生民矣. 而禮男子三十而有室, 女子二十而有夫也, 豈不晚哉?"

孔子曰, "夫禮言其極, 不是過也. 男子二十而冠, 有爲人父之端, 女子十五許嫁, 有適人之道, 於此而往, 則自婚矣. 群生閑藏乎陰, 而爲化育之始, 故聖人因時以合偶, 男女窮天數也. 極霜降而婦功成, 嫁娶者行焉. 冰泮而農桑起, 婚禮而殺於此. 男子者, 任天道而長萬物者也, 知可爲, 知不可爲, 知可言, 知不可言, 知可行, 知不可行者, 是故審其倫而明其別謂之知, 所以效匹夫之聽也. 女子者, 順男子之教而長其理者也, 是故無專制之義, 而有三從之道, 幼從父兄, 既嫁從夫, 夫死從子, 言無再醮之端, 教令不出於閨門, 事在供酒食而已, 無閫外之非儀也, 不越境而奔

---

816 원문 然後道合化成, 性命之端 – 端은 끝 단. 開始하다. 端緖(단서)가 되다.

喪, 事無擅爲, 行無獨成, 參知而後動, 可驗而後言, 晝不遊庭, 夜行以火, 所以效匹婦之德也."

| 국역 | 애공이 물었다.

"男子는 16세에 精通(정통 : 정액이 통하다)하고, 女子는 14세에 생육할(化) 수 있다니, 이는 곧 아이를 낳을 수 있는 것입니다. 그러나 禮(예)에서는 남자는 30세에 아내를 거느리고(有室), 女子는 20세에 남편을 둘 수 있다 하니, 이는 늦지 않다고 할 수 없습니다."[817]

孔子가 말했다.

"禮에서 하는 말은 그 극한을 말한 것이니 틀린 말이 아닙니다.[818] 남자는 20세에 冠禮(관례)를 치루니 아버지가 될 수 있는 시작이고, 여자는 15세에 출가할 때가 된 것이니, 그 나이가 지났다면[819] 결혼할 수 있는 것입니다. 모든 생물이 겨울에 退藏(퇴장, 숨다)하는데, 이는 化育(화육)의 시작입니다.[820] 그래서 聖人(성인)

---

817 원문 豈不晩哉? – 어찌 늦지 않다고 아니 할 수 있겠는가? 너무 늦은 것이다.

818 원문 禮言其極, 不是過也 – 최대치를 말한 것이니, 잘못이 아니다. 말하자면 남자는 30세 여자는 20세를 넘기지 말라는 뜻이지, 30세와 20세에 결혼하라는 뜻은 아니다.

819 원문 於此而往 – 往(갈 왕)은 지나다. 그 연령을 넘다.

820 원문 群生閉藏乎陰, 而爲化育之始 – 여기 閑은 짐승의 우리. 藏

이 時宜(시의)에 맞춰 성혼하게〔合偶(합우)〕 한 것은 남녀로 하여금 天數(천수)의 극한을 채운 것입니다. (일 년 중에서) 서리가 내릴 때가 되면 여인이 해야 하는 시집가는 일이 진행됩니다.[821] 얼음(冰)이 녹고(泮)[822] 농사와 길쌈 일이(農桑) 시작되면(而起) 婚禮(혼례) 일도 끝나게 됩니다.[823]

男子(남자)란 天道(천도)에 의거 萬物(만물)의 성장을 맡은(任) 자이기에 할 수 있는 일과 해서는 안 될 일을 알고, 할 수 있는 말과 할 수 없는 말을, 그리고 해야 할 행위와 해서는 안 될 일을 알아야 합니다. 이 때문에 남자는 인륜을 살펴(審其倫) 일을 분명히 구별하는 것을 知(지)라 하고 필부의 德(덕)을 분명히 드러내야 합니다.[824] 女子(여자)란 男子의 가르침을 따라 만물의 이치 成長〔성장 : 長養(장양)〕을 도와야 합니다.[825] 그러하기에 (여자는) 자신

은 감출 장. 陰은 겨울. 겨울잠을 자거나, 굴 속에 숨거나, 우리에 갇혀 지낸다. 곧 번식을 위한 준비 기간이란 뜻.

821 원문 極霜降而婦功成, 嫁娶者行焉 – 늦가을(季秋) 서리가 내리면(霜降) 시집가고(嫁) 아내를 맞이하는 행사가 시작된다. 10월이면 백공이나 농부, 부녀자 모두 일 년의 일을 마치고 휴식하는데, 이는 곧 결혼할 때라는 의미이다.

822 冰泮而農桑起 – 冰은 얼음 빙. 泮은 얼음이 풀릴 반. 散也. 農桑(농상)은 농사와 길쌈.

823 원문 婚禮而殺於此 – 殺는 내릴 쇄. 감할 쇄. 차례로 덜어낼 쇄.

824 원문 所以效匹夫之聽也 – 效는 드러내다〔顯示(현시)〕. 匹夫之聽의 聽은 응당 德이어야 한다는 주석이 있다.

이 마음대로 할 수 있는 이치가 없고[826] 三從之道(삼종지도)를 지켜야 하니, 어려서는(幼) 부모나 오빠(父兄)의 뜻에 따르고, 결혼한 다음에는(旣嫁) 남편의 뜻을 따르고(從夫), 남편이 죽으면 아들의 뜻을 따라야 하는데, 이는 다시 결혼할 수 없다는 도리를 말한 것입니다.[827] (아녀자의) 말이(敎令) 閨門(규문) 밖에 나갈 수 없고, (아녀자의) 일은 酒食(식사와 손님 접대)에 관한 일뿐입니다. (아녀자가) 閨門(규문) 밖〔閫外(곤외)〕의 일에 관여할 수 없으며,[828] 국경이나 경계를 넘어 奔喪(분상)할 수도 없습니다. 每事(매사)에 마음대로 할 수 없고,[829] 혼자 다닐 수 없습니다(行無獨成). 경험하여 터득한(參知) 뒤에 행동해야 하고, 증거가 있어야만(可驗) 말할 수 있습니다. 낮에 뜰에 서서 놀아서도 안 되고, 밤

---

825 원문 順男子之教而長其理者也 – 男子가 만물 이치에 따르는 것을 도와야 한다. 남자를 도와야 한다. 남자에게 도움이 되어야 한다.

826 원문 是故無專制之義 – 專制(전제)는 마음대로 결정하다. 여자는 의사 결정을 할 수 없다.

827 원문 言無再醮之端 – 처음 시집가는 것을 醮禮(초례, 醮는 제사 지낼 초)라 한다. 再醮(재초)의 단서가 없다는 말은 사람을 바꿔 섬길 수 없다는 뜻이다.

828 원문 閫外之非儀也 – 閫은 문지방 곤(門限). 부인은 규문 외의 일에 관여할 수 없다.

829 원문 事無擅爲 – 擅은 마음대로 할 천. 擅爲(천위)는 여인이 혼자 단독으로 결정하다.

에 등불을 들고 다녀야 하는 것이 보통 사람 아녀자의 덕행입니다.

| 原文 | 孔子遂言曰, "女有五不取, 逆家子者, 亂家子者, 世有刑人子者, 有惡疾子者, 喪父長子. 婦有七出, 三不去. 七出者, 不順父母出者, 無子者, 淫僻者, 嫉妒者, 惡疾者, 多口舌者, 竊盜者, 三不去者, 謂有所取無所歸, 與共更三年之喪, 先貧賤, 後富貴. 凡此聖人所以順男女之際, 重婚姻之始也."

| 국역 | 孔子가 이어 말했다.

"결혼할 수 없는 여자에 5가지가 있으니,[830] 반역한 가문의 여자와(逆家子 – 謂其逆德), 인륜에 벗어난 짓을 한 가문의 여자(亂家子 – 謂其亂倫), 형벌을 받은 사람의 자녀(世有刑人子者 – 다른 사람에게 버림을 받은 사람이란 뜻), 惡疾을 앓고 있는 여자(有惡疾子者 – 하늘의 버림을 받은 여자)라고 해석할 수 있다. 부친이 안 계신(喪父) 집안의 큰딸을(長子 – 혹시 가정교육이 없을지 모

---

830 女有五不取 – 여기 取는 娶(장가들 취). 아내로 맞이할 수 없는 여인. 逆家子. 亂家子, 世有刑人의 子, 世有惡疾에 걸린 여자, 喪父한 長子也.

르기 때문)을 말합니다. 아내를 내보낼 수 있는 7가지 조건(七出)이 있고, 쫓아버릴 수 없는 3가지가 있습니다(三不去). 七出(칠출 : 七去之惡)이란,[831] 시부모에게 순종하지 않는 아내(며느리)는 내보내야 하며(逆德也), 아들을 낳지 못한 여인(無子者 – 絶世할 수 있기에), 淫僻(음벽, 亂族也), 嫉妒(투기 : 질투)한 者(亂家也), 惡疾(악질)을 앓는 者(공양과 제사를 받들 수 없다) 口舌(구설)이 많은 者(친족을 이간시킬 수 있다. 離親也), 竊盜(절도 : 도둑질) 죄를 지은 者(反義也) 등이다. 내보낼 수 없는 경우가 셋이니, 결혼한 이후로 돌아갈 친정이 없는 경우(有所取無所歸), 함께 부모 3년 상을 마친 경우(與共更三年之喪), 그리고 처음에는 빈천했으나(先貧賤) 결혼한 이후에 부귀해졌으면(後富貴) 보낼 수 없다고 하였습니다. 이 모두는 聖人(성인)께서 男女(남녀)의 관계를 和順(화순)하게 하려는 뜻으로, 남녀의 혼인이 인륜의 시작임을 중시했기(강조하였기) 때문입니다."[832]

---

831 七出(七去之惡) – 不順母父면 出하고, 無子면 出, 淫僻(음벽)한 자는 出하고, 惡疾(악질)은 出하며, 姑疾에 出하며, 多口舌(다구설)에 出하고, 竊盜(절도)한 아내는 내보내야 한다.

832 원문 凡此聖人所以順男女之際, 重婚姻之始也 – 凡此(범차)는 이 모두. 順은 和順. 男女之際의 際는 會合, 곧 만남. 重은 중시하다. 강조하다. 始는 人倫(五倫)의 시작.

| 原文 | 孔子曰, "禮之所以象五行也, 其義四時也, 故喪禮有擧焉, 有恩有義, 有節有權. 其恩厚者其服重, 故爲父母斬衰三年, 以恩制者也, 門內之治恩掩義, 門外之治義掩恩, 資於事父以事君而敬同, 尊尊貴貴, 義之大也, 故爲君亦服衰三年, 以義制者也, 三日而食, 三月而沐, 期而練, 毁不滅性, 不以死傷生, 喪不過三年, 齊衰不補, 墳墓不修, 除服之日, 鼓素琴, 示民有終也, 凡此以節制者也, 資於事父以事母而愛同, 天無二日, 國無二君, 家無二尊, 以治之, 故父在爲母齊衰期者, 見無二尊也, 百官備, 百物具, 不言而事行者, 扶而起, 言而後事行者, 杖而起, 身自執事行者, 面垢而已, 此以權制者也. 親始死三日不怠, 三月不解, 期悲號, 三年憂哀之殺也, 聖人因殺以制節也."

| 국역 | 孔子가 말했다.

"禮(예)는 五行(오행)을 본떴고,[833] 그 大義(대의)는 四時(사시)의 운행에 본받아 제정되었기(擧象四時) 때문에, 喪禮(상례)의 거행에 恩情(은정)과 道義(도의)가 있어야 하고, 또 節制(절제)와 (상황

833 원문 禮之所以象五行也 - 禮는 오행을 본떠(象) 만들어졌다. 服制에 五等이 있고, 기본 윤리로 五倫 같은 경우가 그런 예라 할 수 있다.

에 따른) 임시변통(權)이 있습니다. 은정을 두터이 여기는 자는 그 복상을 중히 여기지만 부모의 삼년상〔斬衰三年(참최3년)〕은 은정에 대한 절제입니다.[834] 家族 간의 은정에도 도의에 따라 가려져야 하고,[835] 門外(문외 : 一族內)의 致禮(치례)도 마찬가지로 대의에 의해 은덕이 가려져야 할 것입니다. 事親(사친 : 어버이 섬김)의 원칙에 의거 事君(사군)의 敬愛(경애)는 같아야 하고, 높은 지위 사람을 존중하고, 귀한 지위의 사람을 귀히 여기는 것은 大義(대의)에 따른 것이다. 그래서 主君의 服喪(복상)을 3년으로 정한 것도 도의에 의한 절제입니다. (부모의 服喪에) 3일이 지나야 먹을 수 있고(三日而食), 3개월이 지나야 목욕을 하고(三月而沐), 1주년에(期) 練祭(연제)를 올리는데,[836] (심경이) 애통하더라도 性命〔성명 : 인성(人性)과 천명(天命)〕을 다치게 해서는 안 되고 생명을 위태롭게 해서는 안 될 것입니다.[837] 복상 기간도 3년을 넘길 수 없고

---

834 원문 以恩制者也 – 부모의 은공을 생각한다면 3年喪도 부족하다고 생각하여 나는 6년상을 치루겠다는 사람이 있다면, 또 어떤 사람은 10년을 복상을 하려는 사람도 있을 것이다. 때문에 그 은정에 대한 보답에도 절제가 필요할 것이다.

835 원문 門內之治恩掩義 – 掩義의 掩은 가릴 엄. 掩蓋(엄개). 예를 들어 부친보다 모친이 더 고생하고 더 큰 은공이 있다 하여 모친상만은 5년으로 치룰 수는 없을 것이다.

836 원문 期而練 – 期는 1주년, 1週期. 練은 練祭(연제), 小祥(소상).

837 원문 毁不滅性, 不以死傷生 – 毁는 헐 훼. 滅은 없앨 멸. 死人 때문에 자식의 생명을 다치게 할 수는 없을 것이다.

齊衰(자최, 재최)의 상복은 기워 입지 않고[838] 墳墓(분묘)를 더 높여 쌓지 않으며(不修), 상복을 벗고 난 다음에는 장식이 없는 악기를(素琴) 연주하여 백성에게 삼년상의 종료를 알려주었습니다. 이상의 모든 것은 상례의 절제에 따른 것입니다. 事父(사부 : 아버지를 섬김)에 의거하여(資) 事母(사모 : 어머니를 섬기다)하는 경애의 마음도 같습니다만, 하늘에 두 태양이 있을 수 없고(天無二日), 나라에 國君(국군) 둘이 있을 수 없으며, 가정에도 至尊(지존)이 둘이 없이(家無二尊) 다스려지는 것이기에(以治之), 父在(부재 : 아버지 살아 계시다)의 경우 母親(모친) 상에 齊衰(자최) 1년을 복상하는 것은 (가정에서도) 二尊(이존 : 두 어른)이 있을 수 없음을 보여준 것입니다. (喪事를 도와줄) 百官(백관)이 구비되었고 모든 물건이 갖추어졌으며, 不言(아무런 말을 하지 않다)하여도 喪事(상사)가 진행(처리)되는 자라면(곧 천자나 제후) (곡을 한 다음에) 신하들이 부축하여 일으켜줍니다. 분부를 내려야(言) 일이 이뤄지는 者〔卿(경), 大夫(대부), 士也(선비)〕는 (매우 애통하여도) 지팡이를 짚고 일어나야 합니다(杖而起). 상주가 직접 일을 처리해야 하는 자는(身自執事行者, 庶人, 일반 백성) 얼굴에 땟물이 흘러야 합니다.[839] 이는 상황에 따라 변통할 수 있을 것입니다

838 원문 齊衰不補 – 齊衰의 音은 자최, 재최. 五服의 하나. 斬縗(참최) 아래 등급. 자최의 상복이 너덜너덜하게 닳았더라도 다른 헝겊으로 기워 입지 않는다는 뜻.

839 원문 面垢而已 – 垢는 때 구. 얼굴에 땟물이 그대로 있다.

(權制者也). 양친이 처음 돌아가시면(親始死) 3일 동안 (통곡을) 나태해서는 안 되고(三日不怠), 3개월이 지나더라도 게을리 할 수 없으며, 1주년이 되어도 슬피 통곡해야 하지만(期悲號), 삼년상을 마치면 슬픔이 차츰 약해지는데, 이는 성인이 점차로 절제하도록 만든 것입니다."[840]

【참고】 三從之道(삼종지도)의 현대적 해석

위와 같은 三從之道(삼종지도)를 설명한 孔子가 지금도 살아있다면 세계의 모든 여성들이 옷소매를 걷어부치고 항의할 것이다. 공자의 이런 언급이 있은 시절에 여성의 경제 능력은 거의 없었고, 공식적인 배움이나 교육도 전혀 없었기에 여자는 그 일생에서 아버지-남편-아들의 뜻을 따라야만 했을 것이다.

사실 모든 윤리나 도덕은 그 사회나 집단의 경제여건에 따라 결정된다고 보아야 한다. 인디언은 남편이 죽으면 아내도 따라 죽어야 했다. 농경을 하지 않고 오로지 수렵에만 의존했던 그들에게 남편이 없다는 것은 어쩌면 부양할 사람이 없다는 뜻이었고, 때문에 남편이 전투에서 죽어도 부인은 들판에 홀로 남아 있다가 죽어야만 했을 것이다.

우리나라 고대 부족국가인 夫餘(부여)에서 행하여졌던 '형이 죽으면 그 형수를 아우가 데리고 산다.'는 兄死取嫂(형사취수)의 풍습도 半農半牧(반농반목)의 경제체제에서 형이 먼저 죽는다면 죽은 형

840 원문 聖人因殺以制節也 - 殺는 덜 쇄. 순차적으로 줄어들다, 줄여나가다.

의 아내와 자식들을 그 아우가 책임져야만 했다는 뜻으로 받아들여야 한다. 그러니 지금의 경제와 윤리 도덕으로 고대 부여의 습속을 비난하거나 야만이라고 비판할 수는 없다.

어쩌면, 공자께서 지금 살아 계시다면 '남자는 결혼 전에 어머니의 뜻을 따르고, 결혼하면 아내의 뜻을 따라야 한다. 만약 아내가 먼저 죽으면 며느리의 뜻을 따라야 한다.' 고 새로운 삼종지도로 아들을 가르쳤을 지도 모를 일이다.

지금 우리나라에 마마보이가 어디 1~2만 명이겠는가? 아마 백만 단위로 세어야 할 것이다. 또 아내의 손아귀에서 꼼짝 못 하는, 애처가 단계를 넘어선 공처가는 얼마나 많은가? 그리고 며느리 눈치를 보면서 살아가는 시아버지를 어찌 다 셀 수가 있겠는가?

마마보이가 결혼을 했다면 그 가정생활의 모습이 어떨는지 생각해 보고, 또 그 아들이 늙어서 어떤 꼴로 살아갈는지 추측해 본다면, 아버지는 아들을 어떻게 키워야 할지 그 해답은 확실한 것이다.

사실 우리 이웃에는 열 아들 부럽지 않은 딸들이 줄줄이 있다. 그리고 경제 영역은 물론 정치와 사회의 모든 분야에서 여성의 능력을 인정하고 활용하지 않으면 안 되는 이 상황에서 여성에게 제사와 일상 음식 준비만 담당하라고 가르칠 수는 없다. 실제로 동서양을 통해서 여성의 생산적 근로 활동을 인정하지 않는 민족이나 국가는 없었다.

봉건적 냄새가 물씬한 고대의 이러한 삼종지도는 여성에게 강요된 윤리였다. 여기에는 여성의 능력을 너무 과소평가했거나 거의 무시한 남성의 오만과 편견이 가득하다.

따라서, 오늘날에는 고대의 삼종지도를 딸아이에게도 일러줘야겠지만, 아들에게 보다 많은 책임과 의무가 있다는 것을 설명하고 교육하는 것이 더 옳다고 생각한다.

즉 옛날에는 이러한 삼종지도가 있었다. 그 당시 아버지는 딸에게 그만한 모범이 되어야 했고, 남편은 아내에게 확실한 명령과 결정을 내릴 능력을 가지고 존경을 받았다. 그리고 늙은 어머니를 봉양할 능력을 아들은 가지고 있었다고 보아야 한다.

"아들아! 너는 그만한 능력을 갖추도록 노력해야 한다. 네가 한 여자의 남편으로, 자식에게는 아버지로서, 그리고 홀로된 어머니를 편안히 봉양할, 충분한 능력을 갖춘 아들이 되어야 한다."

아들이 갖추어야 할 능력은 단순한 경제능력을 뜻하지는 않는다. 경제적 능력은 기본이고, 아내로부터는 신뢰를 받으면서 자식의 존경을 받을 수 있어야 하고, 노모가 안심할 수 있도록 행실에 문제가 없어야 한다.

옛날의 삼종지도를 지금 세상에서 딸보다는 아들이 배워야 할 이유는 바로 여기에 있다. 경제능력을 상실한 아버지와 경제권과 가사 결정권을 모두 장악한 어머니 - 이런 부모 밑에서 자라는 아들 중에는 자신감을 상실하고 심성이 위축된 아들이 있다는 것을 명심해야 할 것이다.

【참고】 五不取(오불취) - 배우자 선택의 기준

男尊女卑(남존여비)란 말은 남녀라는 性的(성적) 구분에 '높을 尊(존)'과 '낮을 卑(비)'의 두 대칭어를 합성한 이 말은 상당한 마력을 가지고 우리 조상들의 생활을 통제했었다. 지금은 그 잔재가 많이 없어졌지만, 남성에게는 鄕愁(향수) 같은 그리움을 남겨주는 단어이다.

그 남존여비의 구체적인 실상이 바로 여자의 三從之道(삼종지도)이며, 五不取(오불취)와 七去之惡(칠거지악)이다. 우선 이런 단어가 바로 양성평등의 기본정신에 크게 어긋난다. '왜 3, 5, 7 홀수로 남성우위를 암시하는가?' 라면서 이의를 제기하는 여성도 있을 것이다.

아무리 젊은이들의 사랑이 우선이고 또 자식을 이기는 부모 없다고 하지만, 적어도 결혼에 있어서는 가족 모두가 좋아하고 인정해주는 그런 짝을 찾아야 할 것이다.

가령 어느 날, 아들이 부모의 종교와 다른 종교를 독실하게 믿는 처녀와 결혼하겠다고 했을 때, 아무리 종교의 자유가 있다고 하지만, 나중에 부모와 자식 부부간에 아무런 갈등이 일어나지 않는다고 누가 보장할 수 있겠는가? 또 이 세상에 직업의 귀천이 없다고 하지만, 배우자 선택에서 직업을 정말 도외시할 수 있을까? 적어도, 옛사람들에게도 '혼인할 수 없는 조건들' 이 있었다는 것을 자녀에게 말해 줄 필요가 있다고 생각한다.

옛날에는 반역한 집안의 자식과 혼인하지 않았고 음란한 집의 자식을 취하지 않았다. 선대에서 형벌을 받은 집 딸을 데려오지 아니했으며, 대대로 나쁜 병이 있으면 결혼하지 아니하였다. 또 아버지가 돌아가신 집의 장녀와 혼인하지 않았으니, 이를 5불취(五不取)[841]

841 이는《小學 明倫》에도 수록되었다.「女有五不取, 逆家子不取, 亂家子不取, 世有刑人不取, 世有惡疾不取, 喪父長子不取.」

라고 한다.

사실 엄밀히 따진다면, 위 조건들은 지금도 거의 틀리지 않을 것이다. 다만 아버지가 돌아가신 집의 장녀는, 혹 아버지의 가르침이 없을까 염려하여 취하지 않으나, 모친이 현명하여 잘 가르쳤다면 행실이 바를 것이니 구애받지 않아도 된다는 주석이 달려 있다.

결혼은 젊은이들의 사랑이 얼마나 진실하냐가 문제이겠지만, 결혼 생활은 사랑 외의 다른 조건도 어느 정도 충족되어야 한다. 혼인하는 양가의 조건을 어느 정도 고려하여 '서로 기울지 않는 결혼이 가장 좋다' 고 하는 말도 있다. 올려다보는 혼인이 좋지 않다면 내려다 볼 정도로 차이가 나는 환경도 좋지 않을 것이며, 그렇다고 가풍을 무시할 수도, 또 그 성장과정을 고려하지 않을 수도 없을 것이다.

적어도 아들이 대학에 입학하면 아버지가 아들에게 어느 정도 기준선을 제시해 주어야 할 것이다. 예를 들면, 유행가에 이런 구절이 있다.

'어디서 무엇을 하며 어떻게 살았는지, 물어도 대답 없이, 고개 숙인 옥경이.'

옥경이는 왜 대답이 없을까? 그녀의 이력서에 밝힐 수 없는 공백 – 아니면 거짓으로 채워야 할 공간이 있어서야 되겠는가?

그런 것처럼, 사내도 고등학교나 대학을 다닌 일이나 언제 군대에 갔었고, 또 얼마나 힘든 일을 했던 간에 군복무를 자랑할 수 있어야 하고, 제대한 뒤 어찌어찌 살면서 무슨 일을 해왔고, 지금은 어떤 일을 하고 있다고 당당히 말할 수 있어야 한다.

다음과 같은 배우자 선정 조건을 제시한 사람도 있었다.

"배우자 선택의 기본 조건으로, 우선 양친이 계시고 형제들이 모두 건강해야 할 것이다. 그 가문의 건강은 곧 다음 세대의 건강과 직결된다. 그리고 성장하며 공부한 그 과정을 자신 있게 밝힐 수 있어야 하고, 종교적 정열이나 신념도 좋지만, 그보다는 보편적 상식으로 세상을 바라보고 살아갈 수 있다면 좋을 것이다. 그리고 꼭 고려해야 할 조건 - 부지런한 사람이어야 한다."

사실 이런 조건은 필자도 바랐던 최선의 조건이다. 입에 맞는 떡을 얻기도 힘든데, 자식의 짝으로 부모 마음에 드는 사람을 찾기는 정말 어려운 일이니 처음부터 기대하지 않는 것이 좋을 지도 모른다. 하여튼, 적어도 아들이나 딸이 배우자를 찾아야 할 나이, 그 이전에 '5불취' 의 근본 뜻은 일러주어야 할 것이다.

【참고】 七去之惡(칠거지악) - 家長(가장)의 역할

아들이나 딸이 독신주의자라면 당신은 어떻게 하겠는가? 사랑과 결혼은 서로 다른 것이니 '나는 사랑은 할 수 있으나 결혼은 싫다.' 고 말하는 사람도 있을 것이다.

그러나 '妻(처)가 없다면 대들보가 없는 것과 같다(無妻如無樑).' 는 중국 속담도 있으며, '아내가 없는 사람은 지붕이 없는 가옥과 같다(A man without a wife is a house without a roof).' 는 서양 속담도 있다. 이를 보면 남자이건 여자이건 독신주의자는 그 또한 일종의 비정상이라고 말할 수 있다.

그리고 晩婚(만혼)이 늘 좋은 것만은 아니다. 군복무를 마치고 직장이 있다면 결혼하는 것이 좋을 것이다. '결혼 뒤에 사랑은 따라오는 것(Marry first and love will follow)' 이고, 그 사랑은 바로 '죽음이 갈라놓을 때까지' 계속되는 사랑이어야 한다.

그러나, 인천공항 출국장에서 싸우고 돌아서거나 신혼여행 후 인천공항을 들어오며 갈라서서 이혼하는 신혼부부가 있다는 이야기를 들었다. 이런 것을 보면 모든 사랑이 꿈결같이 감미로운 결혼으로, 그리고 결혼이 곧 행복으로 이어지는 것만은 아니다. 그렇다고 미리 겁을 먹고 결혼을 하지 않는다면 어찌 되겠는가?

옛사람인들 왜 이혼할 사연이 없었겠는가? 다만 요즈음처럼 '성격 차이에 의한 이혼'이 표면에 나타나지 않았을 뿐이다. 그리고 이혼 사유가 있다면, 합의 이혼이 아니라 '일방적인 강제 축출'이라는 점에서 여성에게 불행한 굴레가 된 七去之惡(칠거지악)이 있다.

남자쪽 시부모가 며느리를, 지아비가 아내를 강제로 내쫓을 수 있는 7가지 죄악으로는, ① 부모에게 순종하지 않음. ② 아들을 못 낳음. ③ 淫行(음행)을 저지름. ④ 질투가 심함. ⑤ 나쁜 병에 걸렸음 ⑥ 말이 많음. ⑦ 절도죄를 지음[842] 등이다.

우리는 이 칠거지악을 남존여비 사상에 바탕을 두고 여성을 속박하기 위한 봉건적 잔재라고 알고 있으나, 이는 중국과 우리나라의 고대에서 보편적으로 추구한 가정의 일반적 도덕이라고 받아들여야 한다. 다만 그것이 여성에게만 강요되었기에 나쁜 것이지, 그런 도덕 수준을 요구하는 자체가 나쁘지는 않은 것이다.

사실 부모에게 순종하지 않을 때, 그 가족의 평화는 깨질 수밖에

---

842 《小學 明倫》 婦有七去, 不順父母去, 無子去, 淫去, 妬去, 有惡疾去, 多言去, 竊盜去.

없다. 아들을 못 낳는 것이야 요즈음에는 문제가 되지도 않고 꼭 여자의 탓만도 아니다. 그러나 고대에는 세대가 끊어지니 큰일이었을 것이다. 음탕 행위나 도벽이 심하다든지 실제로 그런 죄를 저질렀다면, 지금 세상에서도 당연한 이혼사유가 된다.

논란의 대상이 되는 것은 질투와 말이 많다는 多言(다언)인데, 왜 여자의 질투와 말 많은 것을 문제 삼는가? 정말 질투의 근원은 남자의 무절제한 애정행위일 것이다. 그리고 여자가 말이 많으면 형제간의 우애를 깨뜨린다고 하지만 꼭 그런 것도 아닐 것이다. 그리고 질투나 다언의 기준이 무엇이냐고 따질 수 있을 것이다. 이 점에 대해서는 남자들도 할 말이 없을 것이다.

그리고 나쁜 병에 걸렸다면 제사 봉양을 못할 것이기에 내보낸다고 하였지만, 병에 걸리고 싶은 사람이 어디 있겠는가? 그것은 어쩌면 운명 같은 것이고 또 그 가족 모두의 책임일 터인데, 그것을 여자의 잘못으로 돌리고 내쫓는다는 것은 확실히 잘못되었다고 할 것이다.

칠거지악이 비록 옛사람들의 도덕이고 가치 기준이라 하지만, 지금 세상에서 아내가 위와 같은 행위로 이혼할 지경에 도달했다면, 그때까지 가장인 남자에게는 아무런 책임이나 허물이 없느냐가 문제로 제기된다. 가장이며 남편으로서 자신의 임무를 다하는 동시에 그러한 일이 일어날 가능성이나 그럴만한 싹수가 보이면 바로잡아 주는 예방조치가 있어야 할 것이다.

시부모를 모시지 않겠다는 사람이 하도 많은 이 세상에서 시부모에게 순종하지 않는 것이야 그렇다 치더라도, 시부모를 학대한다면 그것은 분명 이혼사유가 될 것이다. 그러나 시부모를 학대할 지경에 이르도록 아들은 무얼 하고 있었는가? 아들이 제대로 남편과 가장으로서의 제 역할을 다하고 있는데, 어찌 아내가 시부모를 학대할 수 있겠는가?

그리고, 아들딸의 구분이 없는 지금이고 또 결혼의 순수성이 법적으로 보장되어 일부일처 제도가 확립된 이 밝은 세상에서 여자가 질투를 할 정도라면 분명 남편에게 문제가 있는 것이다. 물론 남자가 즐기는 만큼 여자도 중년의 로맨스를 즐길 대등한 권리가 있다고 주장한다면, 그 부부관계는 사실상 금간 것이 아니겠는가?

이처럼 문제는 남자가 가정을 어떻게 이끌어 가느냐에 달려 있다. 정말로 형제간의 우애를 깨뜨릴 정도로 말이 많은 여자라면 도대체 그 남편은 바보란 말인가?

칠거지악을 설명하면서 아들과 가장의 역할을 똑바로 하라는 아버지의 교육(사실 이런 교육은 특별한 시간이나 일정한 장소에서 실시하지는 않는다.)은 바로 일상생활에서 자연스럽게 아들에게 영향을 주는 것이다. 그것이 바로 가정교육일 것이다.

【참고】 三不去(삼불거) – 아내의 은공

七去之惡(칠거지악)이 옛 봉건시대의 남성에 의한 일방적 강요라고 볼 수 있지만, 칠거(七去)에 해당되어도 내보내지 않는다는 三不去(삼불거)[843]는 아내의 은공에 감사하는 남성들의 자기반성이라 할

843 《小學 明倫》… 有三不去, 有所取, 無所歸, 不去. 與更三年喪, 不去. 前貧賤後富貴, 不去.

수 할 수 있다.

삼불거는 첫째 결혼할 당시에는 부모나 형제가 있었지만, 지금은 돌아갈 곳이 없다면 보낼 수 없고, 둘째 이미 삼년상을 같이 마치었으면 보낼 수 없으며, 셋째로 결혼 당시에는 빈천했으나 그 이후 부자가 되었거나 존귀한 자리에 올랐으면 보낼 수 없다는 내용이다.

결혼할 때에는 처가의 부모 형제가 있었는데, 지금은 없다면 아무리 어떻든 돌려보내서는 안 될 것이다. 그 정도의 배려도 없다면 사람이 아닐 것이다. 그리고 부모의 삼년상을 마치었다면 그간의 효행이나 공적이 있다고 보아야 한다. 그리고 가장 중요한 부분-혼인 당시는 가난(貧)하고 천(賤 : 출생이 천하다는 뜻이 아니라 벼슬을 하지 않았다는 뜻)했었지만 살림이 넉넉해지고(富) 귀한(貴 : 벼슬길에 들었거나 지위가 더 높아짐) 사람이 되었다면, 여기에는 아내의 內助(내조)가 있었다고 인정해야 한다.

흔히들 처지가 바뀌면 옛날 빈천할 때의 사람들과 관계를 정리하고 새로운 세계의 다른 사람과 교유하게 된다. 그 과정에서 아내를 바꾸고, 또 바꾸는 것을 당연히 여기는 사람들이 있을 것인데, 그것은 한마디로 背信(배신)이다.

배신의 말로가 얼마나 비참한가를 안다면, 빈천한 시절에 그야말로 술지게미나 쌀겨를 먹으면서 고생을 같이 나누어 짊어지고 자식들을 키운 糟糠之妻(조강지처)를 버려서는 안 될 것이다.

자식들에게 자신의 자수성가의 과정을 이야기하는 아버지가 있다면, 그 과정에서 말없이 헌신하며 자식을 키우고 가정을 꾸려온 아내의 은공을 이야기해야 할 것이다.

오늘의 이 시대에서 三從之道(삼종지도)와 五不取(오불취), 그리고 七去之惡(칠거지악)과 三不去(삼불거)가 가부장적 권위를 세우기 위한 낡은 개념들이라고 매도하고 내버리기 전에, 우선 家長(가장)의 능력과 역할과 권위가 중요하다는 것을 깨우쳐야 한다.

이러한 개념들을 통해, 아들로서 책임감을 느끼고 의무를 알고 확고한 신념을 갖으라고 깨우쳐 주어야 하며, 남녀의 구분이 왜 필요한지, 夫婦有別(부부유별)이 왜 五倫(오륜)의 하나가 되었는지 일러 주어야 한다. 그리고 사내가 얼마나 할 일이 많은가를 가르쳐야 하는데, 이런 모든 일들은 오직 아버지만이, 또 당연히 아버지가 해야 한다.

〈論禮(논례)〉 제27

【해설】

본 〈論禮(논례)〉편은 孔子와 제자들과 禮(예)에 관한 대화를 수록하였다. 본 편은 크게 두 부분으로 구성되었는데, 첫 부분은 《禮記 仲尼燕居(예기 중니연거)》(第二十八)에도 수록되었다. 서두 부분에 「~ 論及于禮」란 구절에서 〈論禮〉라 제목을 붙였다.

첫 부분은 공자가 在家閑居(재가한거 : 집에 있으면서 한가로이 머물고 있다)할 때 子張(자장), 子貢(자공), 子游(자유, 言偃)가 問禮(문례)했고, 공자는 그들에게 禮의 내용과 作用(작용), 本質(본질), 그리고 守禮(수례)와 違禮(위례)의 이해관계를 설명해 주었다.

두 번째 부분은 《禮記 孔子閑居(예기 공자한거)》(第二十九)에도 수록되었는데, 그 내용은 子夏〔자하 : 卜商(복상)〕가 《詩》에 관하여 물었고, 공자는 君子(군자)의 修德(수덕)과 治國(치국)에 대하여 논설하였다. 그런데 이 두 부분의 기록이 戰國(전국)시대 문헌으로 楚(초)의 竹書(죽서)에도 그 내용이 거의 동일하며, 이를 통하여 《孔子家語(공자가어)》와 《禮記(예기)》의 成書(성서 : 책이 이루어지

다) 과정의 관계를 알 수 있고,《孔子家語》가 王肅(왕숙)의 僞作(위작)이 아님이 밝혀졌다고 한다.

공자는 예(禮)를 어떻게 인식했는가?

공자는 인간의 삶에서 禮의 필요성과 중요성을 깊이 인식했었다. 공자 자신이 예를 공부하고 제자들에게 가르쳤으며 실천을 강조한 것은 禮가 人性(인성)을 순화하는 방법이며 군자의 품위 있는 언행에 필요했기 때문이다. 그리고 사회구성원 간의 갈등 완화와 안정 추구라는 현실적 목적에도 부합했기 때문이었다. 공자는 예를 어떻게 인식했으며 어떤 변화를 가져왔는가?

▶ 人本主義의 禮

공자가 생존하던 시기는 西周(서주)가 건국되고도 600년 가까운 세월이 흘렀던 춘추시대 말기였다. 孔子는 하·은·주의 문물은 그 앞 왕조의 제도를 따르며 가감했기에 이후 여러 나라의 문물을 알 수 있다고 말하면서[844] 夏(하)와 殷(은)나라의 문물을 본떴으면서도 가장 찬란한 주나라의 문물을 따르겠다고, 공자는 말하였다.[845]

여기서 공자가 말하는 禮는 나라의 儀禮(의례)인데, 이는 그 당

844《論語 爲政》子張問十世可知也. 子曰, 殷因於夏禮~, 周因於殷禮 ~.

845《論語 八佾》子曰, 周監於二代 郁郁乎文哉. 吾從周.

시 그 국가의 제도를 의미했다고 볼 수 있다. 국가 통치자가 하늘에 제사하는 의식이나 절차는, 곧 그 나라의 정치와 사상, 문화의 총결이었다. 통치자가 어떤 대상에게 어떻게 제사하느냐는 그 나라에 있어 최고의 정치행위였다.

공자는 三代 중에서도 西周(서주)의 문물을 본받으면서도 禮에 대한 중대한 변화를 이끌었다.

우선 그 하나는, 예의 중심 대상을 귀신에서 인간으로, 국가의 통치행위에서 개인의 일상적 행위로 예의 대상을 바꾸어 인식하였다.

공자는 "〔周(주)〕 文王(문왕)은 이미 돌아가셨고 그 문물의 정신은 나에게 있지 않은가? 하늘이 이 문물을 없애려 한다면, 후세 사람들은 이를 모르게 될 것이다. ~."라고 하면서 자신은 서주의 예를 계승한 사람으로 자부하였다.[846]

이렇듯 정통 周禮(주례)의 계승자로 자처한 공자는 그 제자 자로가 귀신을 섬기는 방법을 물었을 때 "사람을 섬기는 것도 모르면서 어찌 귀신을 섬길 수 있느냐?" 고 되물었다.[847]

공자의 대답은 하늘이나 산천의 신에 대한 제사를 거부하는 것은 아니라 사람을 우선해야 한다는 의지의 표현이라 보아야 한다.

그리고 공자는 "백성을 위한다는 뜻에서 귀신을 공경하되 멀

---

846 《論語 子罕》 子畏於匡, 曰, 文王旣沒 文不在玆乎. 天之將喪斯文也 ~.

847 《論語 先進》 季路問事鬼神. 子曰, 未能事人 焉能事鬼. ~.

리하는 것을 지혜라 할 수 있다."고 말하였는데,[848] 이는 귀신에 대한 숭배보다 인간의 삶을 더 중시해야 한다는 인본주의적 사고라 할 수 있다.

공자의 이러한 생각은 殷(은)나라의 上帝(상제) 숭배의 전통을 이어온 周(주)의 하늘에 대한 제사를 지내며 숭배하는 禮(례)를 '인간 생활 속의 예'로 전환한 것이었다.

사람이 예를 갖추고 상대해야 할 대상으로는 부모나 조상, 나라의 主君(주군)이나 군자가 있으며, 또 마을의 연장자도 그 대상이라 할 수 있다. 공자의 이러한 전통은 맹자에 이르러 '나라에서는 고관, 마을에서는 연장자, 그리고 사회적으로는 덕을 가진 사람이 존중해야 할 대상'으로 바뀌게 된다.[849]

이는 나라의 문물의 집대성인 禮가 인간 중심이며 개인 중심으로 전환한 것이다. 이러한 전환의 근본은 공자의 仁(인) 강조 때문이다. 인은 사람을 대상으로 하며, 그러한 인을 실천하는 방법 중의 하나가 예이기 때문이다.

▶ 예의 본질로서의 仁

공자는 사람이 어질지 못하다면, 곧 어진 마음이 없다면 예를

---

848 《論語 雍也》樊遲問知. 子曰, 務民之義 敬鬼神而遠之 可謂知矣.

849 《孟子 公孫丑 下》天下有達尊三 爵一齒一德一, 朝廷莫如爵 鄕黨莫如齒 輔世長民莫如德 ~.

행하는 것이 무슨 쓸모가 있느냐고 묻고 있다.[850]

禮樂(예악)이란 사람이 하는 것이고 예악의 근본 목적이 나라와 백성을 위한 것이라면, '어진 마음' 이 없이 예악을 행한다면 결국 그것은 허례이며 쓸모없는 예악일 것이다. 이는 예악의 근본정신이 仁(인)에 있다는 공자 신념의 표현이다.

공자는 仁이란 어떠한 위기 상황에서도 잊어서는 안 된다고 강조하였다. 밥을 먹는 동안이라도, 아무리 경황이 없고 또 넘어지는 위기에서도, 인을 잊어서는 안 된다고 하였다.[851]

이는 인이란 것이 군자나 위정자가 이념이나 구호로 내세우는 인이 아니라 생활 속에서 실천하는 仁이어야 한다는 뜻이다.

그리고 이러한 인에는 克己(극기)의 개념이 들어있다. 나의 욕망이나 욕심을 버리고 남을 위하는 利他心(이타심)을 갖는 것이 극기이며, 이러한 극기를 바탕으로 예를 행하는 것, 곧 克己復禮(극기복례)가 仁을 행하는 것이라고 했다. 군자가 자신부터 하루라도 극기복례하면 천하가 인으로 돌아간다고 하였다. 그러면서 공자는 禮가 아니면 보거나 듣거나 말하지도 행동하지도 말라고 하였다.[852]

이를 본다면, 인의 실천은 착한 인간 본성을 회복하는 것이며,

---

850 《論語 八佾》 子曰, 人而不仁 如禮何. 人而不仁 如樂何.

851 《論語 里仁》 子曰, 富與貴~. 君子去仁, 惡乎成名. 君子無終食之間違仁 ~.

852 《論語 顔淵》 顔淵問仁. 子曰, 克己復禮爲仁. 一日克己復禮, ~子曰, 非禮勿視 非禮勿聽 非禮勿言 非禮勿動.

그러한 본성의 회복은 예로 표현된다고 할 수 있다. 이를 다시 바꾸어 표현한다면, 예의 실천은 생활 속의 인을 실천하는 것이다. 곧 공자는 예의 본질을 인간의 착한 심성인 仁으로 인식한 것이다.

▶ 변화하는 禮

공자는 시대의 변화를 긍정적으로 인정하는 진보적 사고를 갖고 있었다. 공자는 齊(제)나라가 일변하면 魯(노)에 가깝고, 魯가 변하면 道(도)에 맞는 나라가 될 것이라고 하였다.[853]

이는 당시의 강국이었으나 예악이나 문물에서 뒤떨어진 제나라를 변화시켜 노와 같은 문화강국으로, 그리고 노의 문물을 바탕으로 다시 일변한다면 이상국가가 될 수 있다는 희망의 표현이라 할 수 있다.

공자는 문물과 時俗(시속)은 시대에 따라 변화 발전하는 것이라는 생각, 곧 변화를 수용하는 진보적 역사관을 갖고 있었다. 실제로 공자는, 나라는 다스리는 방법의 하나로 하와 은나라의 역법이나 수레와 같은 장점을 취하고 복장과 음악도 장단점을 골라 행하여야 한다는 생각이였다.[854]

그러면서 예악에 대해서도 "옛날의 예악은 촌스러운 野人(야인)과 같고, 지금의 예악은 말쑥한 君子(군자)와 같지만 나는 옛

853《論語 雍也》子曰, 齊一變 至於魯, 魯一變 至於道.

854《論語 衛靈公》顔淵問爲邦. 子曰, 行夏之時, 乘殷之輅, 服之冕 ~.

예악을 따르고 싶다." 고 하였다.[855]

이는 시대에 따라 변화하는 예악에 대하여 의례적으로 좀 서툴다 하더라도 근본정신을 잃지 않고 강조한 옛 예악을 본받고 싶다는 의지의 표현이다.

제자 자공이 매월 초하루에 선조의 사당에 희생물로 羊(양)을 바치는 예를 폐하려고 하자, 공자가 "너는 양을 아끼려 하지만 나는 그 예를 아껴 보존하고 싶다."라고 말하였다.[856]

이처럼 일상생활에서 예의 형식은 시대에 따라 변화하는 것이고 그것을 인정한다 하지만, 그 근본정신만은 훼손하지 않고 지켜나가고자 했던 것이 공자의 기본 정신이었다.

여기에서 그 변화를 적극 수용하면서 새로운 것을 추구하되 근본정신의 지속이 강하고 많다면 保守(보수)이고, 변화의 수용이 많고 빠르다면 進步(진보)라 할 수 있다. 이런 관계에서 보수와 진보 어느 쪽이 바람직하다고 일방적 단정보다는 先後本末(선후본말)을 고려하고, 그에 따른 또 다른 이익과 폐단을 고려하여 판단하여야 할 것이다.

공자는 禮를 강조하면서 그 예의 중심을 자연신이나 귀신에서 인간중심으로 변화시켰으니, 이는 공자의 큰 업적이라 할 수 있다.

---

855 《論語 先進》 子曰, 先進於禮樂 野人也, 後進於禮樂 君子也. 如用之 則吾從先進.

856 《論語 八佾》 子貢欲去告朔之餼羊. 子曰, 賜也. 爾愛其羊 我愛其禮.

|原文| 孔子閑居, 子張子貢言遊侍, 論及於禮.

孔子曰, "居, 汝三人者, 吾語汝以禮, 周流無不遍也."

子貢越席而對曰, "敢問如何?"

子曰, "敬而不中禮謂之野, 恭而不中禮謂之給, 勇而不中禮謂之逆."

子曰, "給奪慈仁."

子貢曰, "敢問將何以爲此中禮者?"

子曰, "禮乎, 夫禮所以制中也."

子貢退, 言遊進曰, "敢問禮也, 領惡而全好者與?"

子曰, "然."

子貢問何也?

子曰, "郊社之禮, 所以仁鬼神也, 禘嘗之禮, 所以仁昭穆也. 饋奠之禮, 所以仁死喪也, 射饗之禮, 所以仁鄕黨也, 食饗之禮, 所以仁賓客也. 明乎郊社之義, 禘嘗之禮, 治國其如指諸掌而已. 是故居家有禮, 故長幼辯以之, 閨門有禮, 故三族和以之, 朝廷有禮, 故官爵序以之, 田獵有禮, 故戎事閑以之, 軍旅有禮, 故武功成. 是以宮室得其度, 鼎俎得其象, 物得其時, 樂得其節, 車得其軾, 鬼神得其享, 喪紀得其哀, 辯說得其黨, 百官得其體, 政事得其施, 加於身而措於前, 凡衆之動, 得其宜也."

| 국역 | 孔子가 閑居(한거)할 때, 子張(자장), 子貢(자공), 子遊(자유 言焉)[857]가 시좌(모시고 앉아있다)하였는데, 禮에 대하여 의논하였다.

孔子가 말했다.

"편히 앉아라, 너희 셋에게 내가 천하에 두루 통할 수 있는 禮에 대하여 말해주겠다."[858]

그러자 子貢(자공)이 자리를 당겨 앞으로 앉으며 말했다.

"(禮는) 어떠해야 합니까?"

공자가 말했다.

"공경하나 禮에 맞지 않는다면(不中禮) 거칠다(野) 하고, 공손하지만(恭) 不中禮(불중례 : 예에 맞지 않다)하다면, 이는 뜻이나 맞추려는 것이며〔給, 捷給(첩급)〕,[859] 용감하나(勇) 不中禮(불중례)하다면, 그것은 逆意(역의)이다."

공자가 이어 말했다.

---

857 子游(자유) - 본명은 言偃(언언), 공자보다 45세나 어렸음. 孔門十哲의 한 사람으로, 文學 분야에 뛰어났다. 후기 제자의 한 사람으로, 20여 세의 젊은 나이에 武城의 邑宰(읍재)로 근무하며 예악으로 다스려 공자의 칭찬을 받았다.

858 원문 周流無不遍也 - 周流는 두루 통하다. 普遍流傳하다. 遍은 두루 편.

859 원문 恭而不中禮謂之給 - 給은 줄 급. 갖추다. 제때에 주다. 말을 잘하다. 구변이 좋다. 윗사람의 뜻을 따르며(奉迎) 아첨하는 모양(討好).

"말만 그럴듯한 給(급)은 자애와 인애의 마음이 없는 것이다."[860]

子貢(자공)이 물었다.

"어떻게 해야 예에 합당한 것입니까?"

공자가 말했다.

"禮에 따르면 된다. 禮는 본래 합당하게 만들어졌다."

子貢(자공)이 자리로 돌아가자, 言遊(언유)가 다가앉으며 물었다.

"禮에 맞춰야 한다면 악행을 다스리고 好意(호의 : 선의. 친절한 마음씨)를 온전히 지킨다는 뜻입니까?"[861]

"그러하다(然)."

子貢(자공)이 어떻게 해야 하느냐고 물었다.

공자가 말했다.

"(天子의) 天神(천신)과 地神(지신)에 대한 祭禮〔제례 : 郊社之禮(교사지례)〕는, 鬼神(귀신)에게 仁愛(인애)를 보여주는 것이며,[862] 禘禮(체례)와 嘗禮(상례)는 조상신〔昭穆(소목)〕을 어질게 모

---

860 원문 給奪慈仁 – 그 말이 공손하고 민첩하면 仁(인)과 같은 것처럼 보이나 仁은 아니다. 言이 給하면 慈仁을 奪(빼앗을 탈, 없애다) 하는데, 특별히 자공을 훈계하는 뜻이라는 주석이 있다.

861 원문 領惡而全好者與? – 領은 다스리다. 治理. 惡은 악행. 好는 好意. 全은 온전하게 하다.

862 원문 郊社之禮, 所以仁鬼神也 – 郊社之禮는 천자가 天神과 地神에게, 冬至日과 夏至日에 南郊(남교)에서 지내는 제사. 仁은 仁

시는 것이고,[863] 〔사람이 죽어 장례 前(전)에 올리는〕 饋奠(궤전, 제물을 차린 제사)의 儀禮(의례)는 죽은 사람에 대한 仁愛(인애)이며,[864] 〔鄕黨(향당)에서 거행하는〕 鄕射禮(향사례)와 鄕飮酒禮(향음주례)는 향당 사람에 대한 인애의 표현이며, (빈객을 접대하는) 食饗(식향)의 禮는 빈객에 대한 인애의 표현이다.[865] 郊社(교사)의 祭儀(제의)와 禘嘗(체상)의 禮를 잘 지킨다면 治國(치국)은 손바닥(掌)에 손가락을 긋는 것처럼 쉽다. 그리고 居家(거가 : 가정)에 禮를 지키면 長幼(장유)의 구별이 확실해지고, 閨門(규문)에서 예를 지킨다면 三族〔삼족 : 祖父(조부), 子(자), 孫(손)의 三代〕이 화목하고, 朝廷(조정)에서 有禮(유례 : 예가 있다)하면 관작의 次序(차서)가 분명하고, 田獵(전렵, 사냥)에서 예를 지킨다면 군사 업무가 수월하고, 군영 내에서 예를 지킨다면 武功(무공)을 성취한다. 그래서 궁궐의 건물이 일정한 법제에 부합하고, 祭物(제물)의 大小와 형식

愛. 여기서는 동사로 쓰였다. 우리말 번역은 '～에 대한 仁愛를 보여준다. 仁愛를 보여주는 방법이다.'

863 원문 禘嘗之禮, 所以仁昭穆也 - 天子나 제후가 그 종묘의 神位 昭穆(소목)을 따져 모신다. 그리고서 봄에 올리는 제사를 礿(약), 여름 제사를 禘(체), 가을 제사를 嘗(상), 겨울 제사를 烝(증)이라 한다.

864 원문 饋奠之禮, 所以仁死喪也 - 饋奠(궤전)은 제물을 갖춰 귀신에게 제사하다. 饋는 먹일 궤. 奠은 제사 지낼 전. 死喪은 죽은 사람.

865 食饗之禮 - 食는 밥 사. 먹을 식. 饗은 잔치할 향. 빈객에 대한 융숭한 접대.

이 제대로 갖춰지며[866] 만물이 제때에 성장하게 되고(物得其時), 음악의 節奏(절주)도 갖춰지며, 수레도 규격에 부합하고, 鬼神은 제물을 흠향하게 되고(得其享), 상례에 紀綱(기강)이 서면서도 애통하고, 辨說(변설)에는 그 부류(옹호자)가 있고,[867] 관리는 제대로 政事(정사)를 처리하게 되고[868] 자신이 예를 지켜 생활하면 앞으로 향상하며 좋은 자리에 나아가게 될 것이다."[869]

---

866 원문 鼎俎得其象 - 鼎은 제물을 바치는 솥. 俎는 도마 조. 제물 받침대. 得其象.

867 원문 辯說得其黨 - 辯說(변설)은 남을 설득하려는 말. 黨은 部類. 같은 편.

868 원문 政事得其施 - 관리는 법도에 맞게 처리하고 직분을 다하게 된다는 뜻.

869 원문 加於身而措於前 - 禮를 자신이 실천하면 자신의 모든 일이 좋게 이뤄질 것이다.

杏壇禮樂
孔子歸魯然魯終不
用孔子亦不求仕日
坐杏壇鼓琴與其徒
叙書傳禮刪詩正樂
賛易是杏壇者爲萬
世立教之首地也

〈杏壇禮樂(행단예악)〉

| 原文 | 言遊退, 子張進曰, "敢問禮何謂也?"

子曰, "禮者, 卽事之治也, 君子有其事必有其治, 治國而無禮, 譬猶瞽之無相, 倀倀乎何所之, 譬猶終夜有求於幽室之中, 非燭何以見. 故無禮則手足無所措, 耳目無所加, 進退揖讓無所制. 是故以其居處長幼失其別, 閨門三族失其和, 朝廷官爵失其序, 田獵戎事失其策, 軍旅武功失其勢, 宮室失其度, 鼎俎失其象, 物失其時, 樂失其節, 車失其軾, 鬼神失其享, 喪紀失其哀, 辯說失其黨, 百官失其體, 政事失其施, 加於身而措於前, 凡動之衆失其宜, 如此則無以祖洽四海."

子曰, "愼聽之, 汝三人者, 吾語汝, 禮猶有九焉, 大饗有四焉, 苟知此矣, 雖在畎畝之中, 事之聖人矣. 兩軍相見, 揖讓而入門, 入門而懸興, 揖讓而升堂, 升堂而樂闋, 下管象舞, 夏籥序興, 陳其薦俎, 序其禮樂, 備其百官, 如此而後君子知仁焉. 行中規, 旋中矩, 鑾和中采薺, 客出以雍, 徹以振羽. 是故君子無物而不在於禮焉, 入門而金作, 示情也, 升歌淸廟, 示德也, 下管象舞, 示事也. 是故古之君子, 不必親相與言也, 以禮樂相示而已. 夫禮者, 理也, 樂者, 節也, 無禮不動, 無節不作, 不能詩, 於禮謬, 不能樂, 於禮素, 於德薄, 於禮虛."

子貢作而問曰, "然則夔其窮與?"

子曰, "古之人與上古之人也, 達於禮而不達於樂謂之素, 達於樂而不達於禮謂之偏, 夫夔達於樂而不達於禮, 是以傳於此名也, 古之人也. 凡制度在禮, 文爲在禮, 行之其在人乎."

三子者旣得聞此論於夫子也, 煥若發蒙焉.

| 국역 | 言遊(언유, 子游)가 물러나자, 子張〔자장, 顓孫師(전손사)〕이 다가와 말했다.

"禮란 어떠한 것인지 묻겠습니다."

공자가 말했다.

"禮는 어떤 일이 있을 때 해결하는 방법이다.[870] 君子에게 일이 있다면 반드시 처리해야 한다. 治國(치국 : 나라를 다스리다)하며 無禮(무례 : 예가 없다)하다면 마치〔譬(비유할 비)〕 장님〔瞽(소경 고)〕에게 도와주는 사람이 없는 것과 같아(無相) 어디로 가야 할지 모르는 것과 같다.[871] 또 비유하자면, 사람이 한밤에 깜깜한 방에서 물건을 찾는 것과 같으니, 촛불이 없다면 어찌 볼 수 있겠는가?

---

870 원문 卽事之治也 – 卽은 곧 즉, 나아갈 즉. 역할을 맡다. 만약. 다만. 治는 해결하다.

871 원문 倀倀乎何所之 – 倀은 미칠 창. 넘어지다. 악귀 이름. 倀倀은 안 보이는 모양(無見貌).

그러하기에 禮가 없다면 手足(수족)을 둘 데가 없고 耳目(이목)으로도 무엇을 듣고 볼지도 모르며, 進退(진퇴)와 揖讓(읍양)에 아무런 절제도 없을 것이다. 그렇게 되면 그 거처에 長幼(장유)의 구별이 없고, 閨門(규문)과 三族(三代, 父, 子, 孫)이 화목하지 않으며, 조정의 관작에 질서가 없고, 田獵(전렵, 사냥)이나 戎事〔융사, 軍事(군사)〕에 방책을 상실하며, 軍旅〔군여, 軍營(군영)〕나 武功(무공)도 그 형세를 상실하고, 宮室(궁실)에도 節度(절도)가 없으며, 제물도 그 형식이 없고, 만물도 그 시의를 상실하며, 음악에도 절조가, 수레에는 법식이 없을 것이며, 귀신도 그 제향을 상실하고, 喪事(상사)에 그 애통함이 없어질 것이다. 辯說(변설)에도 옹호하는 사람들도 없으며(失其黨), 百官(백관)도 그 본분을 망각하고, 政事(정사)에도 적절한 施惠(시혜)가 없을 것이다. (개개인이) 예를 따르고 실천하여 향상과 발전도 없어지며, 모든 무리에 대한 適宜(적의)한 제약도 없어 천하의 백성을 통제할 수 없을 것이다."[872]

공자가 또 말했다.

"너희(汝) 세 사람은 신중하게 들어라. 내가 말하노니, 禮에 9가지가 있는데,[873] (그중에) 大饗(대향)의 禮가 4개이다.[874] 진정

872 원문 如此則無以祖洽四海 - 祖는 비로소(始也). 洽은 넉넉할 흡. 合하다. 禮가 없으면 무리에게 법이 없고, 법이 없으면 무리를 聚合(취합)할 수도 없을 것이다.

873 禮猶有九焉 - 입문할 때 매달아 놓은 악기를 연주하는 入門懸興 등 9가지의 禮. 國君의 예이지, 일반 서민의 예는 아닐 것이다.

이를 잘 안다면(苟知此矣), 비록 밭에서〔畎畝(견무)〕 일하더라도, 예를 실천하면 聖人(성인)이 될 것이다. 두 國君(국군 : 임금)이 相見(상견 : 서로 만나다)할 때, 揖讓(읍양)하고 入門(입문 : 문으로 들어서다)하는데, 入門하면 악기를 연주하고(一也)[875] 揖讓(읍양)하고 升堂(승당 : 마루에 올라서다)하는데, 升堂하면 음악 연주를 그친다(樂闋). (二也). 堂下(당하 : 마루 아래)에서 管樂(관악)을 연주하고 武舞〔무무 : 상무(象舞)의 춤〕 〈象(상)〉을 추고 文舞(문무) 〈夏〉도 피리 소리에 맞춰 춤을 춘다(三也).[876] 예물로 보낸 물건을 진열하고(陳其薦俎), 차례에 의거 禮樂을 연주하고 百官(백관)이 자리에 늘어선다. (備其百官, 四也 이상이 大饗에 따른 4가지 예이다.) 이렇게 한 이후에 君子가 仁을 알게 된다. (일을 처리하는) 행위가 법도에 맞고(行中規, 五也), 돌아서는 행위도 법도에 맞으며(旋中矩, 六也),[877] (손님을 맞이할 때) 수레의 방울소리(鑾)는 악곡 〈采薺(채제)〉에 맞아야 한다(七也). 빈객(손님)이 문을 나갈 때는 악곡 〈雍

874 원문 猶有九焉, 大饗有四焉 – 공자가 설명할 9가지 禮 중에서 손님 접대와 관련되는 大饗(대향, 饗은 잔치할 향)의 예가 4가지이다. 나머지 5가지는 動靜과 威儀(위의)에 관한 예이다.

875 원문 入門而懸興 – 입문하면 매달아 놓은〔懸(매달 현)〕 鐘이나 磬(경, 경쇠)를 연주한다(興). 興이 樂으로 된 판본도 있다.

876 원문 夏籥序興 – 〈夏〉는 文舞이다. 籥은 피리 약. 序興은 순서에 따라 춤을 추다.

877 원문 旋中矩 – 旋은 돌아설 선. 矩는 법도 구.

(옹)〉을 연주하고(八也), 연회를 마치고 자리를 철수(정리)할 때는 〈振羽(진우)〉를 연주한다(九也). 그러므로 군자는 무슨 일을 하든 禮가 없는 경우가 없다. 入門(입문 : 문에 들어서다)할 때 금속 악기를 연주하는 것(金作)은 (한결같은) 情을 의미하고, 升堂(승당 : 마루에 올라서다)할 때 〈淸廟(청묘)〉의 시가를 노래하는 것은 (文王의 德을) 칭송하는 것이며, 堂下(당하 : 마루 아래)에서 피리를 불고(管) 〔武舞(무무)인〕 〈象(상)〉을 춤추는데, 이는 조상의 업적을 칭송하는 것이다. 그래서 옛날의 君子는 서로 만나면서 직접 말을 하지 않아도, 예악으로 상대방에게 자신의 뜻을 표현하였다.

대체로 禮는 다스림이고(理也, 道理, 治理), 樂(악)은 節操(절조)이기에 禮가 아니라면 움직일 수도, 절제가 아니라면 일을 할 수도 없으며,《詩》에 능통하지 못하면 禮에 착오가 일어나며, 樂(악)을 모른다면 禮가 단순해지며(質朴),[878] 덕행이 천박하면 그가 행하는 禮는 虛僞(허위 : 거짓)가 된다."[879]

子貢(자공)이 일어서며 물었다.

"그러하다면 〔옛날 舜(순)의 樂官(악관)〕 夔(기)도 禮에 정통하였습니까?"[880]

---

878 원문 不能樂, 於禮素 – 素는 질박하다.

879 원문 於德薄, 於禮虛 – 薄은 엷을 박. 禮가 곧 그 사람의 인덕의 표시, 또는 인격을 드러낸다는 뜻.

880 원문 夔其窮與? – 夔(기)는 樂에는 통달하였지만 禮에는 불통했다는 주석이 있다. 窮은 다할 궁(盡也).

공자가 말했다.

"그 사람은〔夔(기)〕 고대 사람이다. 上古의 사람이지만, 禮에 통달하나 樂에 통달하지 못한 상태를 素(소, 質朴의 뜻)라 하고, 樂에 통달하였어도 禮에 不達(불달 : 통달하지 못하다)한 사람을 偏(편, 치우칠 편)이라 하는데, 夔(기)는 樂(악)에 정통하였고 禮에는 不達(불달 : 통달하지 못하다)하였지만, 그래도 이름을 후세에 전한 사람이다. 여러 제도는 모두 禮에 포함되었고, 그러한 文彩(문채 : 꾸밈) 또한 禮에 들어있지만, 그런 禮의 실행은 각자 사람에 달렸을 것이다."

공자의 제자 세 사람은 스승(父子)으로부터 이런 이야기를 들은 뒤에 마치 어리석음을 깨우친 듯 밝아졌다.[881]

|原文| 子夏侍坐於孔子曰, "敢問詩云, 「愷悌君子, 民之父母」, 何如斯可謂民之父母."

孔子曰, "夫民之父母, 必達於禮樂之源, 以致五至而行三無, 以橫於天下, 四方有敗, 必先知之, 此之謂民之父母."

子夏曰, "敢問何謂五至?"

---

881 원문 煥若發蒙焉 – 煥은 빛날 환. 밝게 빛이 나다, 若은 ~처럼. 發蒙(발몽)은 蒙昧(몽매)를 깨우치다.

孔子曰, "志之所至, 詩亦至焉, 詩之所至, 禮亦至焉, 禮之所至, 樂亦至焉, 樂之所至, 哀亦至焉. 詩禮相成, 哀樂相生, 是以正明目而視之, 不可得而見, 傾耳而聽之, 不可得而聞, 志氣塞於天地, 行之克於四海, 此之謂五至矣."

子貢曰, "敢問何謂三無?"

孔子曰, "無聲之樂, 無體之禮, 無服之喪, 此之謂三無."

子夏曰, "敢問三無何詩近之?"

孔子曰, "「夙夜基命宥密」, 無聲之樂也, 「威儀逮逮, 不可選也.」, 無體之禮也, 「凡民有喪, 扶伏救之.」, 無服之喪也."

子夏曰, "言則美矣, 大矣, 言盡於此而已?"

孔子曰, "何謂其然? 吾語汝, 其義猶有五起焉."

子貢曰, "何如?"

孔子曰, "無聲之樂, 氣志不違, 無體之禮, 威儀遲遲, 無服之喪, 內恕孔悲. 無聲之樂, 所願必從, 無體之禮, 上下和同, 無服之喪, 施及萬邦. 旣然而又奉之以三無私, 而勞天下, 此之謂五起."

子夏曰, "何謂三無私?"

孔子曰, "天無私覆, 地無私載, 日月無私照. 其在詩曰, 「帝命不違, 至於湯齊, 湯降不遲, 聖敬日躋, 昭假遲遲, 上帝是只.」帝命式於九圍, 是湯之德也.”

子夏蹶然而起, 負墻而立曰“弟子敢不志之.”

국역 子夏(자하)가 孔子를 侍坐(시좌 : 모시고 앉아있다)하다가 물었다.

“詩에「덕이 온화하신(愷悌) 君子시여! 백성의 부모이시네.」라고 하였는데,[882] 어떠해야 백성의 부모라고 말할 수 있습니까?”

孔子가 말했다.

“백성의 부모라면 필히 禮樂의 근원에 통달하여 五至(오지)에 이르고(至) 三無(삼무)를 실천하여 이를 천하에 두루 펼 수 있어야(以橫於天下) 하며, 四方의 어디에선가 나쁜 일이 있다면 꼭 먼저 알 수 있어야만 백성의 부모라고 말할 수 있을 것이다.”

子夏(자하)가 물었다.

“무엇을 5至(오지)라고 합니까?”

孔子가 말했다.

“마음이 뜻하는 바가 있다면(志之所至) 백성이 읊는 시구에도 나타나고(詩亦至焉), 詩句에 지극함이 나타나면 禮에도 體現(체현)되고〔禮亦至焉(예역지언 : 예 역시 지극하다)〕, 禮로 지극함이 행

882 「愷悌君子, 民之父母」-《詩經 大雅 泂酌(형작)》의 구절. 愷는 즐거울 개. 悌는 공경할 제. 愷悌(개제)는 덕이 훌륭한, 마음이 온화한. 平易近人. 愷悌君子는 천자를 지칭한 표현.

해진다면 樂(악)으로도 지극함이 나타나게 되며(樂亦至焉), 樂으로 지극함이 표현이 된다면 슬픔 속에서도 체현(지극하게)된다(哀亦至焉). 詩와 禮는 相成(상성 : 서로 이루어지다)하고, 哀(애 : 슬픔)와 樂(악 : 즐거움)도 相生(상생 : 서로 생기게 된다)한다. (이런 5至는) 눈을 바로 뜨고 보아도(視之) 볼 수가 없고, 귀를 기울여〔傾耳(경이)〕 들으려 하여도(聽之) 들을 수가 없다. 이렇듯 志氣(지기)가 천지에 가득 차고〔塞(막힐 색)〕, 이를 실천하여 四海(사해)에 두루 미치는 것을 五至(오지)라고 부른다."

子貢(자공)이 물었다.

"무엇을 三無(삼무)라고 합니까?"

孔子가 말했다.

"無聲(무성 : 소리 없다)의 樂(악 : 음악)과 無體(무체 : 형체 없다)의 禮(예) 無服(무복 : 복이 없다)의 喪(상)을 三無라 한다."

子夏(자하)가 물었다.

"어떤 詩가 三無(삼무)에 가깝습니까?"

孔子가 말했다.

「이른 새벽부터 밤까지〔夙夜(숙야)〕 천명을 넓히고 백성을 평안케 한다.」고 노래하였으니,[883] 이는 無聲(무성 : 소리 없다)의 樂

883 원문「夙夜基命宥密」- 이는《詩經 周頌 昊天有成命》의 구절이다. 夙夜(숙야)는 이른 새벽부터 밤늦게까지. 천명을 공경하는 모양(恭也). 基는 시작하다(始也). 터전으로 삼다. 命은 믿다(信也). 宥는 관대하게 대하다(寬也). 密은 편안케 하다(寧也). 이는

(음악)이다. 「威儀(위의 : 위엄 있는 모습)는 장엄하고 우아하여 이루 다 말할 수 없다.」 하였으니,[884] 이는 형체가 없는 禮貌(예모)이다. 「백성에게 喪事(상사)가 있으면 온 힘을 다해 도와주다.」[885]라는 구절은 無服(무복 : 상복을 입지 않다)의 服喪(복상)이라 할 수 있다.”

子夏(자하)가 말했다.

“〔夫子 : 孔(공) 부자(선생님)의〕 말씀은 훌륭하시고 위대하십니다. 말씀은 이것이 모두입니까?”

孔子가 말했다.

“어찌 그렇겠느냐?[886] 내가 너에게 말한 것은 그 뜻이 다섯 가지로(五起) 생각할 수 있을 것이다.”

子貢(자공)이 물었다.

“무엇입니까?”

(文王과 武王이) 행동으로 백성에게 믿음을 주고, 왕은 백성을 너그럽게 대하여 백성이 모두 즐겁고 편안하다는 칭송이다.

884 원문 「威儀逮逮, 不可選也.」 - 이 구절은 《詩經 邶風 柏舟》의 구절이다. 威儀(위의)는 용모와 행실. 逮는 익숙할 체. 逮逮(체체)는 용모가 위엄이 있고 행실이 의젓한 모양. 不可選也는 이루 다 셈할 수 없다. 이루 다 말할 수 없다.

885 원문 「凡民有喪, 扶伏救之.」 - 이 구절은 《詩經 邶風 穀風》의 구절이다. 「백성의 집에 喪事가 생기면 힘을 다해 도와주다.」

886 원문 何謂其然? - 내말이 훌륭하고 위대하겠느냐? 그렇지는 않을 것이다. 뜻이 깊을 것이다. 다음의 五起를 유도하는 謙辭(겸사)라고 풀이할 수 있다.

孔子가 말했다.

"無聲(무성 : 소리 없다)의 樂(음악)은 그 志氣(지기 : 뜻)가 (법도에) 어긋나지 않고, 無體(무체 : 형체가 없다)의 禮(예)는 그 威儀(위의)가 침착하고 서둘지 않으며(遲遲),[887] 無服(무복 : 복이 없다)의 喪은 자신의 속마음으로 미루어 크게 슬퍼하는 것이다.[888] 無聲의 樂(악)은 원하는 바가 반드시 이뤄지고(所願必從), 無體의 禮는 상하가 모두 和同(화동 : 화목)하며 無服의 喪은 그 은덕을 만방에 베푸는 것이다. 그렇게 한 뒤에 다시 三無私(삼무사)의 정신을 받들어 天下(천하) 백성들을 위하여 애쓰니, 이를 五起(오기)라고 한다."

子夏(자하)가 말했다.

"무엇을 三無私(삼무사)라고 합니까?"

孔子가 말했다.

"하늘이 천하를 덮어주나 無私(무사 : 사사로움이 없다)하고, 땅은 만물을 실어 가꿔주지만(載) 無私하며, 日月은 천하를 비춰주나 無私하다. 그래서 《詩》에서도 말했다. 「上帝(상제)의 命(명령)은 어길 수 없으니(不違) 湯王(탕왕)에 이르러 들어맞았네. 湯王(탕왕)

---

887 원문 威儀遲遲 – 遲는 늦을 지. 遲遲(지지)는 조용하고 침착하며 서두르지 않는 모양.

888 원문 內恕孔悲 – 內는 內心. 恕는 용서할 서. 孔悲(공비)는 크게 슬퍼하다.

은 治道(치도) 서둘러 따랐고 聖明(성명)과 恭敬(공경)이 날로 커졌네. (탕왕의 위엄과 덕망이) 천하에 두루 비추자, 上帝(상제)도 이를 인정하여 상제께서는 九州〔구주 : 九圍(구위)〕를 다스리라 하셨네.」[889] 하였으니, 탕왕의 덕행이 이러하였다."

子夏(자하)는 벌떡 일어나, 담을 등지고 서서 말했다.[890]

"弟子(제자)가 감히 이를 기록하지 않을 수 있겠습니까?"

---

889 원문 「帝命不違, 至於湯齊, 湯降不遲, 聖敬日躋, 昭假遲遲, 上帝是只. 帝命式於九圍」 – 이는 《詩經 商頌 長發》의 구절이다. 이는 商에서 하늘과 선조에 대한 제사를 지내면서 부른 노래라는 주석이 있다. 九圍는 九州也.

890 원문 蹶然而起 – 蹶然(궐연)은 벌떡 일어서는 모양. 蹶은 일어날 궐. 넘어지다. 뛰다.

《孔子家語》 권7

〈觀鄕射(관향사)〉 제28

【해설】

본 편은 공자가 禮를 참관하고 제자들과 그에 대한 소감을 피력하였다. 예악을 통한 교화라는 일관된 주제이다. 본 편의 내용은《禮記 郊特生(예기 교특생)》과《禮記 射義(예기 사의)》편에도 수록되어 있다.

저쪽에서 禮를 갖추면 이쪽에서도 예로 응대해야 한다. 예는 오가는 것이니 받은 것이 있으면 갚아야 한다. 그리고 예를 많이 차린다고 나무라는 사람이야 없지만, 지나친 예는 오히려 缺禮(결례)가 될 때도 있다. 실생활에서 예법에 따른 생활이 쉽지는 않다고 한다. 일상생활에서의 예절은 왜 중요한가?

▶ 인격 수양의 방법

禮는 한 개인의 인격 수양이며 고상한 정신의 발현이다.

예는 그 사람의 자아의식과 도덕적 문화적 소양의 자연스러운 표출이다. 또 온건하고 화평한 사회질서를 위한 자기 노력이며 節制(절제)이다. 예는 상대방에 대한 공경과 애정의 표현이라 말할 수도 있다.

예란 상황에 따라 적절하게 변용될 수 있으며, 이성적으로 규범에 맞으면서도 행하는 사람이 진정성이 있어야 하는 인간의 아름다운 행위이다. 또한 어진 마음을 지닌 사람이 자연스레 몸에 밴 행동양식이나 습관일 것이다.

그러나 비싸고 멋진 그릇에 담긴 내용물이 모두 좋은 물건일 수 없고, 화려한 옷차림이 최고의 禮가 아닌 것처럼 진정성이 결여된 禮는 禮가 아니다. 따라서 사람이 행하는 모든 예의나 예절을 곧 仁의 실천이라고 본다면, 이 또한 분명한 착오일 것이다.

인간의 착한 본성을 인정하고 따르는 것이 道라면 그 도를 닦고 연마하는 것이 修養(수양)이라 할 수 있다.[891] 예의 바탕이 되는 인격 수양이란 정해진 예법을 익혀 절도 있게 숙달된 태도만을 의미하지는 않는다.

그러나 도를 연마하거나 고상한 성품을 배양하기 위한 노력에는 어떠한 방식이 있어야 한다. 군자가 仁義(인의)의 도를 살피고 실현할 때 그 정신을 어떤 형식으로 표현하는 것이 바로 禮節(예절)이다.

이런 수양의 방법으로 채택되고 실천하도록 어려서부터 가르

---

891 《中庸 1장》 天命之謂性 率性之謂道 修道之謂教.

친 것은 거처의 주변을 쓸고 닦는 청소와 어른의 부름에 대한 행동인 應待(응대), 나아가고 물러나는 進退(진퇴)의 모든 행동을 예라고 하였다.[892]

그리고 집에서는 孝(효)를 실천하고 밖에 나가서는 공손하게 응대하는 것을 어려서부터 가르쳤던 것은 禮가 기본 생활예절이었고, 禮의 기본정신을 일찍 깨우치게 하려는 뜻이었다.

어린아이에서 어른으로 성숙하면서 고상한 성품을 이루기 위한 수양의 한 방법으로서 인간의 희로애락(喜怒哀樂)의 감정을 조절하는 것이 예이다.

이처럼 인격 수양이란 예의 기본정신에 따라 마음속의 감정을 적절하게 조절하여 조화를 이루는 것이다. 곧 예에 맞게 조절하는 것을 和(화)라 하는데, 이것이 바로 예의 가장 큰 효용성이다.[893]

▶ 문화적 소양과 분별

공자가 "군자가 널리 배우고 예로 조절하면 사람의 도리에서 어긋나지 않을 것이다."라고 말했다.[894]

---

892 《論語 子張》 子游曰, 子夏之門人小子 當洒掃應對進退 則可矣 抑末也. ~.

893 《論語 學而》 有子曰, 禮之用, 和爲貴. ~ 知和而和 不以禮節之 亦不可行也.

894 《論語 雍也》 子曰, 君子博學於文 約之以禮亦可以弗畔矣夫.

이는 군자가 기본 소양을 갖추어야 하고 예를 실천해야 인간다운 인간이 될 수 있다는 뜻이다. 말하자면, 지식 곧 문화적 소양과 예를 다 갖추어야 진정한 군자라는 뜻이다.

많은 사람은, 학문 곧 지식의 습득은 인간 됨됨이나 예절의 실천과 무관하다고 생각할 수 있다. 공자의 제자 자로(子路)가 나라와 백성들을 잘 다스릴 수 있다면 꼭 책을 읽고 학문을 하지 않아도 된다고 말하자, 공자는 그렇지 않다고 자로를 질책했다.[895]

폭넓은 학문적 지식은(博學) 교양의 기본 바탕이며, 이러한 바탕이 없이는 예를 잘 알 수도 없고 실천할 수도 없다고 공자는 생각하였다.

이렇게 학문과 예를 겸비한 군자는 敬(경, 경건)을 바탕으로 자신을 수양하고 더 나아가 남을 편안케 하는 것이 군자의 궁극적인 목표라 할 수 있다.[896]

여기서 자신을 수양(修己)하는데 敬(경)으로 한다고 하였는데, 경은 敬虔(경건) 또는 敬身(경신)이다. 경건은 마음의 조심과 공경이고, 경신은 몸가짐을 조심하며 함부로 하지 않는 것이다. 五經(오경) 중에 예에 관한 기록으로 《禮記(예기)》가 있는데, 《예기》의 주제는 바로 敬(경)이라 할 수 있다.[897]

---

895 《論語 先進》 子路使子羔爲費宰. ~ 子路曰, 有民人焉 有社稷焉 何必讀書 然後爲學. 子曰, 是故惡夫佞者.

896 《論語 憲問》 子路問君子. 子曰, 脩己以敬. ~ 曰, 脩己以安人.

897 《論語 爲政》에 공자는 '나쁜 생각이 없는 것(思無邪)' 이 《시경》

그리고 예를 실천하는 데에는 반드시 차등과 분별이 있어야 한다.

유가의 예는 구조적으로 親疏(친소)와 遠近(원근), 先後(선후)와 本末(본말)에 따라 차등을 두고 仁(인)을 베푸는 것이다.

이는 어른을 공경하더라도 자신의 부모가 우선이고, 여러 사람과 우애를 지켜 생활하더라도 우선 내 형제부터 시작해야 한다. 예를 바르게 행한다는 것은 이러한 분별을 분명히 하는 것이라고 할 수 있다.

유가의 예란, 나의 수양에서부터 시작하여 가족으로 확산되고 그것이 다시 이웃과 나라 전체의 윤리와 예로 발전하게 된다. 물론 이런 차등과 분별에는 중용의 미덕이 적용되어야 할 것이다.

그래서 공자는 "군자가 덕으로 이끌고 예로 고르게 한다면 (사람들은) 염치를 알게 되고 반듯하게 된다."라고 했다.[898]

▶ 사회생활의 기본

공자는 아들 伯魚〔백어, 名은 鯉(리, 이)〕에게 "詩를 공부하지 않으면 말을 제대로 할 수 없고, 禮를 배우지 않으면 사회에 나설

의 참뜻이라고 말한 것처럼, 《예기》의 참뜻은 한마디로 '공경 아닌 것이 없음(無不敬).' 이라고 표현할 수 있다.

898 《論語 爲政》 子曰, 道之以政 齊之以刑 民免而無恥, 道之以德 齊之以禮 有恥且格.

수 없다."고 가르쳤으며,[899] 禮가 결여된 恭敬(공경)이나 용기와 정직은 아무 소용이 없다고 말했다. 그리고 군자가 학문을 널리 배우고 禮에 맞는 행동을 해야만 실패가 없다고 하였다.[900]

공자가 인과 함께 예의 실천을 강조하고 있는 뜻은 명백하다.

공자는 도덕적으로 선하고 옳은 행동규범을 예로 규정하면서 禮가 일상생활에서 습관화하고 몸에 배었을 때 예의 바탕이 되는 仁 또한 우리의 마음에 저절로 자리잡을 것이라고 생각하였다.

---

899 《論語 季氏》 陳亢問於伯魚曰 ～ 不學詩 無以言 ～ 不學禮 無以立～.

900 《論語 雍也》 子曰, 君子博學於文 約之以禮 亦可以弗畔矣夫.

射矍相圃
孔子習射于矍相圃
觀者如堵使子路執
弓矢喻之曰賁軍之
將亡國之大夫與為
人後者不得入孝弟
好禮不從流俗者立
此去者大半

〈射矍相圃(사확상포)〉

|原文| 孔子觀於鄉射, 喟然嘆曰, "射之以禮樂也, 何以射, 何以聽, 修身而發, 而不失正鵠者, 其唯賢者乎? 若夫不肖之人, 則將安能以求飮?《詩》云, 「發彼有的, 以祈爾爵.」祈, 求也, 求所中以辭爵. 酒者, 所以養老, 所以養病也. 求中以辭爵, 辭其養也, 是故士使之射而弗能, 則辭以病, 懸弧之義."

於是退而與門人習射於矍相之圃, 蓋觀者如堵墻焉. 射至於司馬, 使子路執弓矢出列延, 謂射之者曰, "奔軍之將, 亡國之大夫, 與爲人後者不得入, 其餘皆入, 蓋去者半."

又使公罔之裘序點, 揚觶而語曰, "幼壯孝悌, 耆老好禮, 不從流俗, 修身以俟死者在此位, 蓋去者半."

序點揚觶而語曰, "好學不倦, 好禮不變, 耄期稱道而不亂者, 在此位, 蓋僅有存焉."

射旣闋, 子路進曰, "由與二三子者之爲司馬, 何如?"

孔子曰, "能用命矣."

|국역| 孔子가 鄕射禮(향사례)를[901] 보고서, 탄식하며 말했다.

"활쏘기는 禮樂이니, 어떻게 쏘고, 어떻게 남의 말을 들어야

---

901 射는 西周 이후 貴族敎育의 6개 學科인 六藝(禮, 樂, 射, 御, 書, 數)의 하나였다.

하겠는가? 修身(수신)한 다음에 쏘고(發) 과녁을 벗어나지 않는 것은,[902] 오직 賢者(현자)만이 할 수 있다. 만약 不肖(불초)한 사람이라면 어찌 과녁 맞추기를 바랄 수 있겠는가?[903] 《詩經 小雅(시경 소아)》에 「저 과녁을 맞히어 너의 벌주 면하기를 빈다.」고 하였는데,[904] 이 구절의 祈(기 : 빌다)는 바란다(希求하다)는 뜻이다. 그 요구하는 가운데에는 술잔을 사양한다는 뜻이 있다. 본래 술이란 노인의 보양이나 병을 구원하는 음식이었으니 과녁에 명중하여 나의 술잔을 사양하니, 곧 다른 사람의 봉양을 사양한다는 뜻이었다. 그래서 士(선비)에게 활을 쏘게 한 것인데 할 수 없다면 病(병)이 있다고 사양해야 한다. 왜냐면 남자는 태어나면서 활을 쏠 수 있어야 한다."[905]

---

902 원문 不失正鵠者 – 鵠은 고니 곡. 鳥名. 正鵠(정곡)은 고니를 그려 놓은 과녁에 명중하다.

903 원문 則將安能以求飮? - 安은 어찌 ~하겠나? 求飮은 과녁을 맞히다. 飮은 沒(몰)의 뜻. 과녁에 화살이 박히다. 이를 내가 과녁을 맞혀 상대방이 벌주를 마시게 하다로 풀이하면 曲解라는 주석이 있다.

904 원문 《詩》 云, 「發彼有的, 以祈爾爵.」 –《詩經 小雅 賓之初筵》의 구절. 的은 과녁(實也). 祈는 빌 기(求也). 爾는 너 이. 爵은 술잔 작. 승자가 패자의 술을 마시는 뜻으로 새겨야 한다.

905 원문 則辭以病, 懸弧之義 – 사내아이가 태어나면 대문에 활을 걸어둔다.〔懸(매달 현), 弧(활 호)〕 이는 사나이가 언젠가는 이 활을 사용할 것이라는 뜻이다. 그런데 士가 활을 쏠 수 없다면 病中이라고 사양해야 한다는 뜻이다.

이에 공자는 돌아와(退) 門人(문인)과 함께 〔魯(노)의 도성 근처인〕 矍相(확상)의 圃(포, 밭)에서 활쏘기를 연습했는데, 구경하려는 사람들이 담을 친 듯 둘러섰다. 射禮(사례 : 활쏘기)가 司馬를 정하기에 이르게 되자, (공자는) 子路(자로)를 시켜 활과 화살을 들고서 활을 쏘려는 사람에게 말하게 하였다.

〔子路(자로)는〕 "敗軍(패군)한 장수나 亡國(망국)의 大夫(대부), 남의 뒤나 이으려는 자는 들어올 수 없고,[906] 그 나머지는 들어올 수 있습니다."

그러자 절반의 사람이 돌아가 버렸다.

(공자는) 다시 (제자인) 公罔之裘(공망지구)나 序點(서점)[907]을 시켜 술잔을 들고〔揚觶, 觶(뿔잔 치)〕 여러 사람에게 말하게 하였다.

"어린 시절이나 장년에 효도하고 우애를 지킨 사람과 60세 노인인데도 禮를 지키며 (세속) 유행을 따르지 않으면서(不從流俗)

---

906 원문 奔軍之將, 亡國之大夫, 與爲人後者不得入 – 奔은 달아날 분. 奔은 僨(넘어지다). 奔軍之將은 패전한 장수. 與爲人後者는 자기 자신이 이미 先祖의 後人이나 다시 타인의 後嗣(후사)가 되려는 사람, 곧 권력이나 재물을 좇아 남을 섬기는 사람. 그런 自主性이 없는 사람이라면 활을 쏠 자격도 없으니 들어오지 말라는 뜻이다.

907 公罔之裘(공망지구)나 序點(서점) – 人名. 공자의 제자로 추정, 다른 기록은 없다.

죽을 때까지 修身(수신)하실 분은 여기에 남으십시오."

그러자 남은 사람의 절반이 나가버렸다.

序點(서점)이 뿔잔을 들고서 말했다.

"好學(호학 : 학문을 좋아하다)을 게을리하지 않고〔不倦, 倦(게으를 권)〕, 好禮(호례 : 예를 좋아하다)를 不變(불변)하며, 8, 90세에도 정도를 칭송하고 마음이 흔들리지 않으신 분은[908] 활 쏘는 자리에 남으십시오."

射禮(사례 : 활쏘기)가 모두 끝나자,[909] 자로가 앞으로 나와 말했다.

"제가(由) 다른 제자와 함께 司馬의 역할을 했는데, 어떠했습니까?"

공자는 "맡은 일을 잘하였다."라고 말했다.

|原文| 孔子曰, "吾觀於鄉而知王道之易易也. 主人親速賓及介, 而衆賓從之, 至於正門之外, 主人拜賓及介, 而衆自入, 貴賤之義別矣, 三揖至於階, 三讓以賓升, 拜至獻酬辭讓之節繁, 及介升則省矣, 至於衆賓升而受爵, 坐祭立飲, 不酢而降, 殺之義辯矣. 工入升歌三終, 主人獻賓, 笙

---

908 원문 耄期稱道而不亂者 – 耄는 늙은이 모. 80, 90세를 지칭.

909 원문 射既闋 – 既는 이미 기. 闋은 문 닫을 결. 마칠 계.

入三終, 主人又獻之, 間歌三終, 合樂三闋, 工告樂備而遂出, 一人揚觶, 乃立司正焉. 知其能和, 樂而不流, 賓酬主人, 主人酬介, 介酬衆賓, 賓少長以齒, 終於沃洗者焉, 知其能弟長而無遺矣. 降脫屨, 升坐修爵無算, 飮酒之節, 旰不廢朝, 暮不廢夕, 賓出主人迎送, 節文終遂焉. 知其能安燕而不亂也. 貴賤旣明, 降殺旣辯, 和樂而不流, 弟長而無遺, 安燕而不亂, 此五者足以正身安國矣, 彼國安而天下安矣. 故曰, 吾觀於鄕, 而知王道之易易也."

| 국역 | 孔子가 말했다.

"내가 鄕飮禮(향음례)를 보니 王道정치는 매우 쉽게 실현할 수 있다고 생각하였다.[910] (행사 전에) 主人이 직접(親) 主賓(주빈)과 副賓(부빈, 介 돕는 사람. 둘째 자리)을 초빙하면 다른 여러 손님은(衆賓) 주빈을 따라오게 된다(從之). (주빈이) 正門 밖에 도착하면 主人(주인)이 나가 주빈과 부빈에게 배례하고 모두가 함께 들어오는데(衆自入), 尊貴(존귀)와 卑賤(비천)에 따라 구별이 된다. 세 번 揖(읍)을 하고 계단에 이르고, 다시 세 번 사양하고(三讓)

---

910 원문 吾觀於鄕而知王道之易易也 – 鄕의 大夫나 州長. 黨正 등이 향사례를 시행하기 전에 향음례를 거행한다. 易易(이이)는 매우 쉽다. '易(쉬울 이)'의 강조. 王道蕩蕩(탕탕), 王道 平平처럼 同語를 반복하여 강조하는 형태임.

(주인이 동쪽 계단을 오르고) 주빈이 (서쪽) 계단을 올라온다(以賓升). (堂上에서) 주빈에게 揖(읍)을 하여 맞이하고, 주인이 주빈에게 술잔을 권하고〔獻(바칠 헌)〕 (주빈이 술을 마시고 잔을) 돌려 권하며(酬), 辭讓(사양)하는 절차가 번잡한데(節繁) 승당한 뒤에는 많이 생략한다(省矣). 여러 손님이 모두 승당하면 술잔을 받고 앉아 祭酒(제주)한 다음에 서서 마시며(立飮), 객은 주인에게 술을 올리지 않고〔不酢. 酢(잔을 돌릴 초)〕 자리에서 내려가는데(而降), 융숭한 절차를 순차적으로 생략하여〔殺(줄일 쇄)〕 구별을 확실히 한다. 악공(음악을 연주하는 자)들이 승당하여 노래 3곡을 마치면 주인이 그들에게 술을 권한다. 다음에 笙簧(생황)을 부는 사람이 들어와 3곡을 마치면(三終) 주인이 또 그에게 술을 하사한다. 이어 堂上과 당하에서 3곡 연주가 끝나면, 악공은 악대를 이끌고 퇴장한다. (주인 측근의) 한 사람이 술잔을 들어(一人揚觶), 술을 마셔도 된다는 뜻을 알려주고, 여러 손님은 한 사람을 司正(사정)으로 내세운다. (향음례의 결례가 없도록 감시한다.) (이를 통하여 향음례가) 화합을 위한 자리이고 즐거우면서도 방탕하지 않았음을(樂而不流) 알 수 있다. 주빈이 (술을 마시고) 잔을 주인에게 권하고(賓酬主人), 主人이 副賓에게도 술잔을 권하고, 부빈은(介) 여러 손님에게도 권한다. 손님들은 연령에 따라 술잔을 주고받으면서 술잔을 씻는 사람까지 내려가면 그치는데, 이로써 연령의 다소에 따라 빠지는 사람이 없었다. (모두가) 대청을 내려가 신발을 벗고 다시 당상에 올라와 자리에 앉아 무수히 잔을 주고

받는다. 음주는 조절하여 아침에는 조회에 참석하지 못할 정도로 마시지 않고, 저녁에도 저녁 모임에 참석하지 못할 정도로 마시지는 않는다. 손님이 나갈 때는 주인이 나가 전송하면(賓出主人迎送) 향음례의 모든 절차는 끝나게 된다(節文終遂焉). 이로써 향음례는 모두가 안락하면서도 질서가 문란하지 않았음을 알 수 있다.

貴賤(귀천)이 분명하고(旣明), 예절의 존중과 생략이 구별되며,[911] 和樂(화락)하나 지나치지 않고(不流), 아랫사람과 윗사람이 빠지지 않으며, 온화하나 문란하지 않다.

이 다섯 가지가 있으면 一身(일신)을 바르게 지키고(正身) 나라를 안정케 한다(安國). 나라가 안정되면 천하가 태평할 것이다. 그래서 나는 향음례를 지켜보면서 王道 정치의 구현은 아주 쉬운 일이라고 말했었다."

---

911 원문 降殺旣辯 – 降(내릴 강)은 隆(융성할 륭)이어야 한다는 주석이 있다. 殺는 덜 쇄. 相殺(상쇄)의 뜻.

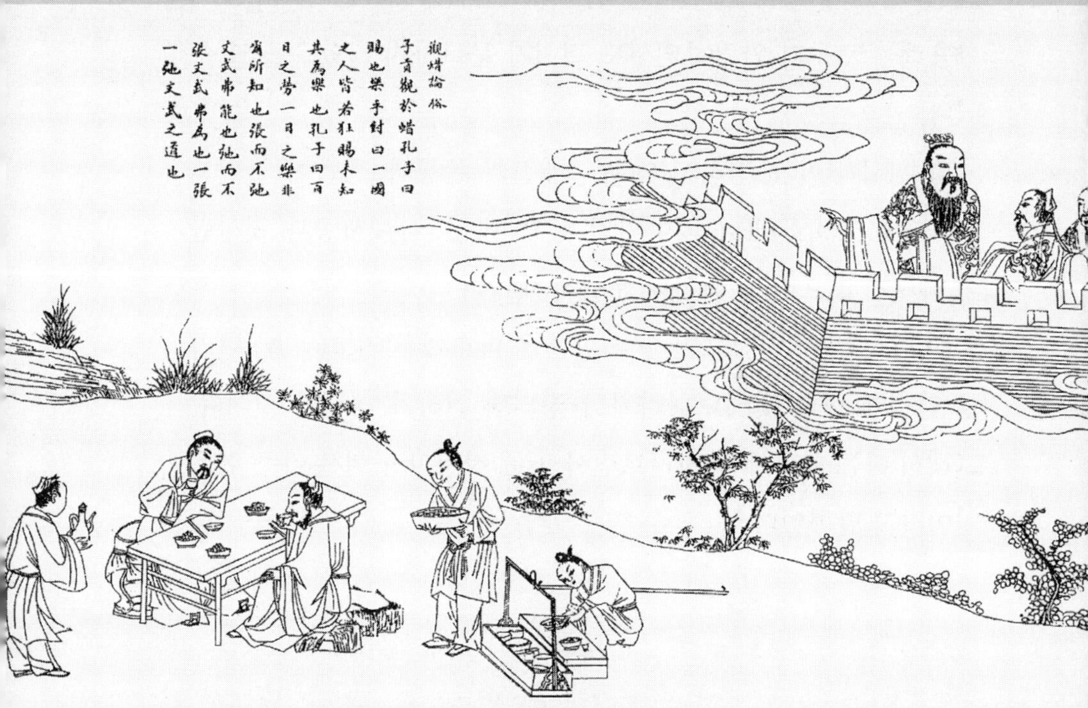
觀蜡論俗
子貢觀於蜡孔子曰
賜也樂乎對曰一國
之人皆若狂賜未知
其爲樂也孔子曰百
日之勞一日之樂非
爾所知也張而不弛
文武弗能也弛而不
張文武弗爲也一張
一弛文武之道也

〈觀蜡論俗(관사논속)〉

| 原文 | 子貢觀於蠟. 孔子曰, "賜也, 樂乎?"

對曰, "一國之人皆若狂, 賜未知其爲樂也."

孔子曰, "百日之勞, 一日之樂, 一日之澤, 非爾所知也. 張而不弛, 文武弗能, 弛而不張, 文武弗爲. 一張一弛, 文武之道也."

| 국역 | 子貢(자공)이 蠟祭〔납제, 年終祭(연종제)〕를 구경하고 돌아왔다.[912]

孔子가 물었다.

"자공아(賜也) 즐거웁더냐?"

이에 자공이 대답하였다.

"一國(일국)의 백성이 모두 미친 것 같아, 저로서는 즐거운 지 몰랐습니다."

그러자 공자께서 말씀하셨다.

"1백 일의 힘든 일(수고로움)에 하루의 즐거움과 하루의 윤택을 너는 모를 것이다. 팽팽히 조이고 느슨하게 풀어주지 않는다면[913] 文王(무왕)이나 武王(무왕)일지라도 불가능하며, 풀어놓고

---

912 원문 子貢觀於蠟 – 蠟은 밀 납, 벌꿀의 밀 납. 蠟祭(납제)는 秦代 이후. 臘祭(랍제)로 표기하였다. 蠟을 蜡(납향 사, 구더기 처)로 쓰는 경우도 있다.

913 원문 張而不弛 – 張은 활을 당기다. 팽팽하기 긴장시키다. 緊張

조이지 않는 것도 역시 文王이나 武王도 하지 않았다. 한 번 긴장케 하고, 한 번 풀어주는 것이 文王과 武王의 治道(치도 : 다스리는 도)이었다."

(긴장)은 어떤 일을 벌이다. 弛는 활을 접을 이, 고칠 이, 늦출 이. 없애다. 백성이 일 년 내내 힘들여 일하고 연말에 하루 쯤 미친 듯이 먹고 마시는 그런 뜻을, 자공은 모를 것이라고 했다. 하루 종일 일하고 1년을 내내 긴장하고 고생할 수는 없다. 적당히 풀어주고 단속할 땐 단속하는 것이 一張一弛(일장일이)일 것이다.

〈郊問(교문)〉 제29

【해설】

周代(주대)의 천자는 도성 남쪽 교외에서 冬至(동지)에 하늘에 대한 제사를 지냈는데, 이는 천자만의 특권이었다. 魯(노)는 제후국이었지만, 周公(주공)의 封國(봉국)이라서 天子(천자)의 의례에 준하는 특권이 있어(降殺于天子) 冬至(동지)에 祭天(제천)의 의식은 없었지만, 봄철에 남교에서 풍년을 비는 교사를 지냈다는 기록이 있다. 春秋(춘추) 후반기에 들어 이 제례 의식이 불분명하자, 魯 定公(노 정공, 재위 前 509－495년)이 이를 공자에게 물었다.

본 편에서는 郊祭(교제)의 意義(의의)와 功用(공용), 구체적인 의식 등을 설명하고 있다. 본 편의 내용은 《禮記 郊特牲(예기 교특생)》에도 수록되었다.

《論語 八佾(팔일)》에 「祭如在, 祭神如神在. 子曰, “吾不與祭, 如不祭.”」라는 말이 있다. 공자께서 제사를 지낼 때는 神이 계신 듯 제사를 모셨다. 공자는 “내가 제사에 참여하지 않으면 제사를 안 지낸 듯하다."라고 말했다. 문맥으로 볼 때 앞의 '祭如在(제여재)'는 조상신에 대한 제사를 의미하고, '吾不與祭(오불여제)'의 祭(제)는 山川(산천)의 신이나 그 시절에 나라의 제사 또는 마을에서 지내는 여러 제사를 의미한다.

이 구절은 제사에 임하는 공자의 誠心(성심)을 門人(문인)들이 기록한 것이고, 이어지는 공자의 말로 공자의 성심을 입증하였다고 볼 수 있다.

班固(반고)의 《漢書 郊祀志(한서 교사지)》에, 祭祀(제사)에 관한 서술은 아래와 같다.

《書經 周書 洪範(서경 주서 홍범)》에 있는 八政(팔정)의 세 번째는 제사(祀)이다.[914] 제사는 효심으로 조상을 받들고 神明(신명)과 소통하는 일이다. (中原) 주변 四夷(사이)[915]라도 제사를 지내

914 八政을 언급한 〈洪範〉의 九疇(구주)는 初一日 五行, 二日 敬用五事, 三日 農用八政, 四日 協用五紀, 五日 建用皇極, 六日 乂用三德, 七日 明用稽疑(계의, 점치는 일), 八日 念用庶徵(서징, 자연과 인간의 기본 관계), 九日 向用五福과 威用六極(6가지 불행)을 말한다. 다시 八政은 一日食, 二日貨, 三日祀(사, 제사), 四日司空(百姓 안정), 五日司徒(사도, 백성 교화), 六日司寇(사구, 司法), 七日賓(빈, 손님 접대, 외교), 八日師(軍事)를 말한다.

915 四夷는 고대 中原의 華夏(화하) 거주지(九州) 외곽 四方의 거주민(夷人)에 대한 호칭이나, 이는 언제나 蔑稱(멸칭)으로 사용되었다.

지 않는 종족이 없으며, 아래로는 禽獸(금수) 중에서도 승냥이와 수달조차 제사를 지낸다.[916] 이에 제사에 관한 典禮(전례)가 만들어지게 된다. 인간의 정신이 專一(전일)하며,[917] 공경하고 엄숙 총명한 사람에게,[918] 혹 신령이 강림할 경우에 남자는 박수,[919] 여자는 무당(巫)이라 불렀는데, 이들로 하여금 神靈(신령)이 있는 곳에 나아가 犧牲(희생)을 바치게 하였다. 그러한 先聖(선성)의 後代(후대)로, 山川(산천)의 신령을 잘 알고 신령을 섬기는 일에 밝은 사람을 특별히 祝〔축, 男巫(남자무당)〕이라 하였다.[920] 그리고 四時(사시)의 犧牲(희생)과 제단의 여러 상황과 신령의 근원을 잘 아는 사람을 宗人(종인)이라 하였다.[921] 그래서 神民(신민)에 관한 담당

보통 東夷(동이), 南蠻(남만), 西戎(서융), 北狄(북적)의 合稱(합칭)이다.

916 원문 豺獺有祭 – 豺는 승냥이 시. 獺은 수달 달. 《禮記 月令》에 승냥이는 늦가을(9월)에 사냥한 짐승으로, 수달은 孟春(正月)에 잡은 물고기로 제사를 지낸다는 기록이 있다.

917 원문 民之精爽不貳 – 精爽(정상)은 精明. 爽은 시원할 상. 높고 밝다. 不貳는 둘이 아니다. 한 가지 일에 전념하다.

918 원문 齊肅聰明者 – 齊肅(재숙)은 莊敬(장경). 행실이 엄숙하고 바르다. 聰明(총명)은 잘 듣고 잘 볼 수 있다.

919 원문 在男曰覡 – 覡은 박수 격. 남자 무당. 巫는 무당 무. 보통 巫女라 하여 명확히 구분한다.

920 원문 明神之事者, 以爲祝 – 祝(빌 축)은 남자 무당(男巫). 제사에서 진행과 祝願(축원)을 담당하는 자.

921 원문 能知四時犧牲, 壇場上下, 氏姓所出者, 以爲宗 – 犧牲(희생)

관을 두었고 자기 직무를 수행하게 하여 혼란이 일어나지 않았다. 일반 백성과 신령은 본업이 달라 (백성이) 공경하되 함부로 섬기지 아니하기에[922] 神이 강림할 때는 좋은 기운이 나타나고(嘉生), 백성은 자연의 순리에 따르기에, (백성에게) 재앙이 닥치지 않고, 希求(희구)하는 바를 얻게 된다.[923]

중국인들은 인간 마음대로 되지 않는 것은 모두 神의 조화로 생각했으며, 財神(재신)이 들어와야 재물이 모인다고 생각한 것처럼, 어디에든 신이 있다고 생각하였다. 마음을 다하면 신이 알고(心到神知), 禮를 다하면 사람이 안다(禮到人知)고 하였다. 제사든 일상생활에서든 誠心(성심)이 그만큼 중요하다.

은 바쳐지는 제물. 壇은 積土하여 제사하는 곳, 場은 平地. 上下는 제단 上下의 여러 정황. 宗은 宗人, 宗伯(종백). 제사 의례를 주관하는 자.

922 원문 敬而不黷 - 黷은 더럽힐 독.

923 원문 所求不匱 - 匱는 함 궤. 물건을 보관하는 시설. 匱는 乏(가난할 핍)과 通.

| 原文 | 定公問於孔子曰, “古之帝王必郊祀其祖以配天, 何也?”

孔子對曰, “萬物本於天, 人本乎祖, 郊之祭也, 大報本反始也, 故以配上帝. 天垂象, 聖人則之, 郊所以明天道也.”

公曰, “寡人聞郊而莫同, 何也?”

孔子曰, “郊之祭也, 迎長日之至也, 大報天而主日配以月, 故周之始郊, 其月以日至, 其日用上辛, 至於啓蟄之月, 則又祈穀於上帝, 此二者天子之禮也. 魯無冬至, 大郊之事降殺於天子, 是以不同也.”

公曰, “其言郊, 何也?”

孔子曰, “兆丘於南, 所以就陽位也, 於郊, 故謂之郊焉.”

曰, “其牲器何如?”

孔子曰, “上帝之牛角繭栗, 必在滌三月, 后稷之牛唯具, 所以別事天神與人鬼也, 牲用騂, 尙赤也, 用犢, 貴誠也, 掃地而祭於其質也, 器用陶匏, 以象天地之性也, 萬物無可稱之者, 故因其自然之體也.”

| 국역 | 定公(정공)이 孔子에게 물었다.

“고대의 帝王(제왕)은 꼭 교사를 지내며 선조를 하늘에 배향하였는데, 왜 그러했습니까?”

孔子가 대답하였다.

"萬物(만물)은 하늘이 그 근본이고, 사람에게는 조상이 그 뿌리입니다. 郊祭(교제)는 그 근본에 대한 보답이고 시작으로 되돌아가려는 뜻이기에[924] 조상을 상제(하느님)와 함께 배향하는 것입니다. 하늘이 日月 등 天象(천상 : 하늘의 상징)을 드리우고(垂), 성인은 이를 본받으니 교외에서의 제사는 곧 天道(천도)를 확실히 한다는(明) 뜻이 있습니다."

정공이 물었다.

"寡人(과인)이 알기로, 교제가 같지 않다고 하는데 왜 그렇습니까?"

孔子가 말했다.

"郊外(교외)에서의 제사는 해가 길어지기 시작하는 때를 맞이하기 위한 것입니다.[925] 이는 성대한 하늘의 은혜에 보답하기 위한 제사이므로 해가(日) 主神(주신)이고, 달을(月) 配享(배향)합니다. 그래서 周(주)에서 교사를 처음 시작할 때 동짓날이 속한 달을 선택하고, 다음으로는 上旬(상순)의 辛日(신일, 上辛)로 정하였습니다. 겨울잠을 자던 동물이 나오는 달이 되면(啓蟄之月), 곧 上帝(상제 : 하느님)에게 풍년을 빌었습니다.[926] 이 두 가지 제사는

---

924 원문 大報本反始也 – 反始는 本源으로 돌아가다. 유래를 돌이켜 생각하다. 여기 反은 返.

925 원문 郊之祭也, 迎長日之至也 – 長日은 冬至日, 이후 해가 길어지기 시작한다.

天子(천자)의 의례였습니다. 魯(노)에서는 冬至日(동지일)의 교사가 없는데, 이는 天子〔천자 : 周王(주왕)〕보다 낮아야 하기에 〔周(주)왕실과〕 같지 않은 것입니다."

정공이 물었다.

"그것을 왜 교제라고 합니까?"

孔子가 말했습니다.

"國都(국도)의 南郊(남교) 지역의 양지 바른 곳을 골라 壇(단)을 설치하여 하늘에 제사하였기에 郊祭(교제)라 하였습니다."

"그 犧牲(희생, 祭物)과 제기는 어떠했습니까?"

孔子가 말했다.

"上帝(상제)에게 바치는 牛(소우)는 작은 소라서 그 뿔(角)이 누에고치나〔繭繭(잠견)〕 밤톨만(栗子) 하고, 우리에서 3달을 사육해야만 했습니다.[927] 后稷(후직)에 제사하는 소는 그냥 3개월을 사육했으면 되었습니다. 이는 天神(천신)과 人鬼(인귀)에 따른 제물의 구별이었습니다. 희생의 소는 붉은 털의 소를 썼는데, 이는 周(주나라)가 赤色(적색)을 숭상했기 때문입니다.[928] 송아지〔犢

---

926 원문 則又祈穀於上帝 – 祈는 빌 기(求也) 祈穀(기곡)은 풍년을 기원하다.

927 원문 必在滌三月 – 滌은 씻을 척. 사육하다(養生具).

928 원문 牲用騂, 尙赤也 – 牲은 희생 생. 騂은 붉은 털 성. 검은 털의 소나 흰털의 소는 쓰지 않았다는 뜻. 갓 태어난 송아지는 털의 색이 成牛보다 진하다. 尙은 숭상하다.

(송아지 독)〕를 쓰는 것은 순결과 성신을 귀하게 여겼기 때문입니다.[929] 제사 지낼 곳을 掃除(소제)하고서 제사를 지내는 것은 그 質朴(질박)을 귀하게 여긴 것이고 器物(기물)에 질그릇(陶)이나 박〔匏(박 포, 바가지)〕을 사용하였는데, 이는 天地(천지)의 자연 본성에 맞춘 것으로, 천지 만물에 이와 꼭 일치하는 것이 없기 때문이며 자연의 본성을 體現(체현 : 구체적으로 실현함)한 것입니다."

| 原文 | 公曰, "天子之郊, 其禮儀可得聞乎?"

孔子對曰, "臣聞天子卜郊, 則受命於祖廟, 而作龜於禰宮, 尊祖親考之義也. 卜之日, 王親立於澤宮, 以聽誓命, 受教諫之義也, 旣卜, 獻命庫門之內, 所以誡百官也. 將郊, 則天子皮弁以聽報, 示民嚴上也. 郊之日, 喪者不敢哭, 凶服者不敢入國門, 汜掃清路, 行者必止, 弗命而民聽, 敬之至也. 天子大裘以黼之, 被袞象天, 乘素車, 貴其質也, 旗十有二旒, 龍章而設以日月, 所以法天也, 旣至泰壇, 王脫裘矣, 服袞以臨, 燔柴戴冕, 璪十有二旒, 則天數也. 臣聞之誦詩三百, 不足以一獻, 一獻之禮, 不足以大饗, 大饗之

929 원문 貴誠也 – 犢은 그 성질이 온순하니, 이를 성실한 것이라 해석하였다.

禮, 不足以大旅, 大旅具矣, 不足以饗帝, 是以君子無敢輕議於禮者也."

| 국역 | 定公(정공)이 물었다.

"天子(천자)가 郊祀(교사)를 지내는 儀禮(의례)를 말씀해 주십시오."

孔子가 대답하였다.

"제가 알기로, 天子는 교사 지낼 날을 점치려면 먼저 이를 선조 묘당에(祖廟) 아뢴 다음에 다시 先考(선고 : 아버지)의 묘당에서 거북점을 치는데,[930] 이는 先祖(선조 : 조상)를 받들고 先考를 친근히 모신다는 뜻이 있습니다. 占卜(점복)하는 날, 王은 친히 澤宮(택궁)[931]에 가서 제례에 참가할 신하를 선발하고, 〔有司(유사)가 일러주는〕 여러 당부의 말을 듣는데, 이는 가르침과 諫言(간언)을 받아들인다는 뜻입니다. 점복하여 擇日(택일)하면, 이를(郊天의 날짜를) (궁궐 바깥 門인) 庫門(고문)의 안에서 공포하는데, 이는 백

---

930 원문 而作龜於禰宮 - 龜는 龜卜(귀복). 龜는 거북일 때는 귀. 지명으로 쓰일 때는 구. 갈라진다, 터진다는 뜻은 균으로 읽는다. 〈예 龜甲(귀갑), 龜尾(구미), 龜裂(균열)〉. 禰宮(예궁)은 父廟也. 살아계시면 父. 작고하시면 考. 사당에 모신 先考는 禰(아비사당 네, 예)라 칭한다. 먼저 선조에 아뢰어 명을 받은 뒤 禰宮(예궁)에서 시행일을 점친다.

931 澤宮 - 宮也. 옛날 활을 쏘게 하여 士人을 선발하던 궁궐.

관들에게 시간을 알려 훈계하는 것입니다. 교사를 지내는 날이 가까워지면 天子는 (朝服에) 가죽 모자(皮弁)를 쓰고 (교사와 관련한) 보고를 받는데, 이는 백성들에게 나라의 명령이 엄격함을 보이기 위한 것입니다. 교제를 지내는 날에는 상을 당한 백성일지라도 哭(곡)을 할 수가 없고, 喪服〔상복 : 凶服(흉복)〕을 입은 자는 도성의 문 안(國門)으로 들어올 수가 없습니다. 곳곳을 청소하고 길을 깨끗하게 치우며 백성의 통행을 금지하면[932] 나라에서 명령하지 않아도 백성이 따라오는데, 이는 지극히 공경해야 할 일이기 때문입니다. 天子〔천자 : 周王(주왕)〕는 흑백 도끼 무늬가 있는 大裘衣(대구의)를 입는데, 이는 하늘을 본뜬다는 뜻입니다. 〔周王(주왕)은〕 素車(소거, 장식이 없는 흰 수레)를 타는데, 이는 質朴(질박 : 본바탕)을 숭상한다는 뜻입니다. 깃발에는(旗) 12가닥의 旒(류)를 달고, 龍(용) 무늬(龍章)와 日月(일월 : 해와 달)을 그려 넣은 깃발을 들고 가는데, 이는 하늘을 본받는다는 뜻입니다. 제사를 지내는 祭壇(제단, 泰壇)에 도착하면, 王은 大裘衣(대구의)를 벗고서 곤룡포(袞)를 입고서 제단에 나아가 장작불에 제물을 태우는데〔燔柴(번시)〕 이때는 12줄 발이 느려진 면류관을 착용하니, 이는 하늘을 의미하는 숫자입니다(天數也). 제가(臣, 孔子) 알기로, 《詩》 三百 首(3백수)를 외우더라도 제사 의식 한 번을 원만히 수행하기에

932 원문 氾掃清路, 行者必止 - 氾는 물웅덩이 사, 강물의 지류 사. 곳곳(遍也). 清路는 새 흙을 깔아놓고 백성의 통행을 금한다.

부족하고,[933] 一獻(일헌 : 한번 올리다)의 祭禮(제례)는 하늘에 올리는 大饗〔대향, 大饗은 天王에 대한 祫祭(협제)〕만 못하며, 大饗(대향)의 禮는 〔五帝(오제)에 대한〕 大旅(대려, 祭五帝也)만 못합니다. 大旅(대려)의 禮에 정통하다(具矣) 하더라도 上帝(상제)를 제사하는 饗帝(향제, 祭天)를 감당하기에 부족하다고 하였습니다. 이처럼 교사의 禮(예)는 크고도 精深(정심)하기 때문에 군자는 감히 경솔히 禮制(예제)의 長短(장단)을 논하지 못합니다."

933 不足以一獻 - 一獻(일헌)은 일상 속에 수행하는 제사. 제사 한번 지내기가 쉬운 일이 아니라는 뜻. 《詩 三百》을 외우는 것보다 제사 한 번 지내기가 더 어렵다는 의미.

〈五刑解(오형해)〉 제30

【해설】

後漢(후한) 班固(반고)의《漢書 刑法志(한서 형법지)》의 서문은 아래와 같다. 곧「《書經 周書 洪範(서경 주서 홍범)》에서는 '天子는 백성의 부모가 되었기에 천하의 왕이 되었다.' 고 하였다. 聖人(성인)은 무리를 모아 명분을 바로 세웠고 무리의 부모라 하였으며, 仁(인)과 愛(애), 德(덕)과 겸양을 분명히 실천하는 것은 王道(왕도)의 근본이었다. 공경하는 마음으로 愛民(애민)하였기에 패망하지 않았고, 은덕을 베풀면서 위엄을 지켜 오래 존속할 수 있었기에, 예법을 제정하여 공경을 존숭하였고, 형벌을 실행하여 위엄을 분명히 하였다. 聖人은 몸소 明哲(명철)한 품성을 배양하였고, 天地(천지)의 본심에 확실하게 상통하였으며, 禮를 만들어 교화하고, 法을 제정하여 형벌을 집행하며 백성의 정서에 따랐으니, 이는 천지의 본성을 따른 것이다. 그래서 先王(선왕)은 立禮(입례 : 예를 세우다)하면서 '하늘의 명석함을 본받고 땅의 본성을 따랐다.' 고 하였다. 刑罰(형벌)과 무서운 감옥은 하늘이 천둥과 번개로 살육하는 것과 같으며, 온화와 자애, 은택과 화해는 하늘이 만물을 낳고 키우는 것을 본받은 것이다.」

그래서 《書經》에서도 '禮를 따르는 자는 하늘이 복을 내린다. 또 죄를 지은 자에게는 하늘이 벌을 내린다.' 고 하였다. 그래서 聖人은 하늘의 질서에 따라 五禮(오례)[934]를 제정하였으며, 하늘의 징벌에 따라 五刑(오형)을 실행하였다.

큰 형벌에는 무장한 군사를 동원하였고,[935] 그 다음 형벌은 도끼를 썼으며,[936] 중간 형벌로 칼이나 톱〔鋸(톱 거)〕을,[937] 그 다음에는 끌〔鑽鑿(찬착)〕을,[938] 가벼운 형벌로는 채찍과 곤장으로 때렸다.[939] 큰 형벌(반역죄)을 받은 자는 (시신을) 들판에 버렸고, 작은 죄를 지었으면 마을 거리나 조정에서 여러 사람에게 보였으니 이런 형벌의 유래는 아주 오래되었다.

---

934 五禮 - 吉, 凶, 賓, 軍, 嘉禮.

935 원문 大刑用甲兵 - 반역, 반란 같은 죄는 무장한 군사를 동원하여 징벌한다.

936 원문 其次用斧鉞 - 斧鉞(부월)은 도끼. 斬刑(참형)을 뜻한다.

937 원문 中刑用刀鋸 - 刀鋸(도거)는 칼이나 톱. 刀는 割刑(할형). 鋸(톱 거)는 刖刑(월형). 발꿈치를 자르는 형벌.

938 원문 其次用鑽鑿 - 鑽(끌 찬. 木工 도구 이름)은 髕(종지뼈)를 자르는 형벌(臏과 同). 鑿(뚫을 착)은 黥刑(墨刑할 경).

939 원문 薄刑用鞭撲 - 薄刑(박형)은 경미한 형벌. 鞭은 채찍 편. 撲은 칠 박. 杖刑(장형).

《論語 爲政(논어 위정)》에 이런 구절이 있다.「子曰, “道之以政, 齊之以刑, 民免而無恥. 道之以德, 齊之以禮, 有恥且格.”」

위 원문에서 道는 導(도)이니, ‘인도하다, 앞서 이끌다(先之).’의 뜻이다. 政(정)은 法制(법제)와 禁令(금령)이다. 齊(제)는 하나로 만들다(所以一也)의 뜻이니, 이끌어서 따르지 않는 자는 형벌을 써서 따라오게 한다는 뜻이다. 그렇지 않으면 백성이 형벌을 빠져나가 부끄러움도 모른다. 그런 다음에는 누가 악행을 아니하겠는가? 악행을 저지르려는 마음이 사라지지 않을 것이다.

禮는 制度(제도)와 형식, 그리고 품위와 지조를 지키는 절차이다. 格(이를 격, 틀 격)은 이른다는 뜻이다. 백성에 솔선하여 바르게 이끌면 백성이 보고 느끼게 된다. 그리고 深淺厚薄(심천후박)의 차이가 있던 백성의 품성이 禮를 지키며 따라오게 된다. 그래서 무례한 행동에 부끄러움을 느끼고, 부끄러움을 알기에 不善(불선)을 저지르지 않고 다음에 善에 이르게(格) 된다.

결국 政이란 治民(치민)하되 채택하는 방법에 관한 문제이다. 형벌도 분명 방법 중 하나이다. 그러나 그 형벌은 어디까지나 보조이고 또 일시적 방편이다.

德은 禮를 행하는 근본이니, 德政(덕정)과 禮讓(예양)으로 백성을 이끌면 백성이 악행을 마음에서 멀리하게 된다. 비록 한때의 잘못도 뉘우치면서 부끄러움을 알아 惡(악)을 멀리하게 될 것이다. 물론 형벌로 이끌면 가시적 효과가 금방 나타난다. 모든 백성의 속마음까지 형벌로 이끌 수 없다. 바탕에 악을 행하려는 마음이 있다면 악행을 할 것이니 '民免而無恥(민면이무치)' 가 더 큰 문제이다.

본 편은 공자와 冉有(염유)가 五刑(오형)과 관련한 대화를 수록하였다. 전반부에서는 三皇(삼황)과 五帝(오제)가 五刑을 제정하였지만 적용하지 않았는데, 그리하고도 어떻게 至治(지치)를 실현할 수 있는가를 설명하였다. 후반에서는 '刑(형)은 不上於大夫(불상어대부)하고, 禮(예)는 不下於庶人(불하어서인)' 하는 문제를 논하였다. 德治(덕치)와 형벌의 관계를 논한 본 편은 공자 정치사상을 연구하는 주요한 자료이다.

|原文| 冉有問於孔子曰, “古者三皇五帝不用五刑, 信乎?”

孔子曰, “聖人之設防, 貴其不犯也, 制五刑而不用, 所以爲至治也. 凡夫之爲奸邪竊盜, 靡法妄行者, 生於不足, 不足生於無度, 無度則小者偸盜, 大者侈靡, 各不知節. 是以上有制度, 則民知所止, 民知所止, 則不犯. 故雖有奸邪賊盜, 靡法妄行之獄, 而無陷刑之民. 不孝者生於不仁, 不仁者生於喪祭之禮明, 喪祭之禮所以敎仁愛也, 能敎仁愛, 則喪思慕祭祀, 不解人子饋養之道, 喪祭之禮明, 則民孝矣. 故雖有不孝之獄, 而無陷刑之民. 殺上者生於不義, 義所以別貴賤, 明尊卑也, 貴賤有別, 尊卑有序, 則民莫不尊上而敬長. 朝聘之禮者, 所以明義也, 義必明則民不犯, 故雖有殺上之獄, 而無陷刑之民. 鬪變者生於相陵, 相陵者生於長幼無序, 而遺敬讓, 鄕飮酒之禮者, 所以明長幼之序, 而崇敬讓也, 長幼必序, 民懷敬讓, 故雖有鬥變之獄, 而無陷刑之民. 淫亂者生於男女無別, 男女無別, 則夫婦失義, 禮聘享者所以別男女, 明夫婦之義也, 男女旣別, 夫婦旣明, 故雖有淫亂之獄, 而無陷刑之民. 此五者, 刑罰之所以生, 各有源焉. 不豫塞其源, 而輒繩之以刑, 是謂爲民設阱而陷之. 刑罰之源, 生於嗜欲不節, 失禮度者, 所以御民之嗜欲, 而明好惡順天之道, 禮度既陳, 五教畢修, 而民猶或未化, 尙必明其法典以申固之. 其犯奸邪靡法妄行之獄者, 則飭制量之度, 有犯不孝之獄者, 則飭喪祭之禮, 有犯殺上之獄者, 則飭朝覲之禮, 有犯淫變之獄者, 則飭鄕飮酒之禮, 有犯淫亂之獄者, 則飭婚聘之禮. 三皇五帝之所化民者如此, 雖有五刑之用, 不亦可乎!"

孔子曰, "大罪有五, 而殺人爲下, 逆天地者罪及五世, 誣文武者罪及四世, 逆人倫者罪及三世, 謀鬼神者罪及二世, 手殺人者罪及其身, 故曰大罪有五, 而殺人爲下矣."

| 국역 | 冉有(염유)[940]가 孔子에게 물었다.

"옛날에 三皇(삼황)과 五帝(오제)는 五刑(오형)을 시행하지 않았다는데, 정말 그랬습니까?(信乎?)"

孔子가 말했다.

"聖人(성인)께서 법을 만들어(設) 죄를 예방하였지만 (백성이) 불법을 범하지 않는 것을 더 귀하게 여겼다. 그러해서 五刑(오형)

---

940 冉有(염유, 前 522년 – ?) – 본명은 冉求(염구), 字는 자유(子有), 흔히 '冉有(염유)' 로 표기. 孔門十哲 政事의 한 사람. 魯나라 실권자 季康子의 家臣이었다. 冉有는 多才多藝하고, 性格謙遜하며 정사에 밝았다. 공자가 열국을 주유하고 魯에 귀국할 때 염유의 공이 컸다.

은 있었지만 적용하지 않았어도 천하는 잘 다스려졌다(至治也). 대체로 간악한 짓〔奸邪(간사)〕이나 竊盜(절도), 법을 무시하거나〔靡法(미법)〕 망령된 짓을〔妄行(망행)〕 하는 자는 부족한 것이 있기 때문인데(生於不足), 절제하지 않기에 부족하고, 절제하지 않으면 작게는 도적질, 크게는 사치를 범하는데, 이 모두는 절제를 모르기 때문에 일어난다(各不知節). 그래서 위에서 制度(제도)를 마련하면 백성은 자제할〔止(멈출 지)〕 바를 알고, 백성이 자제를 알면 죄를 범하지 않는다. 그래서 비록 간악하고 사특하거나 도적질, 또는 법을 무시하거나 망령된 짓을 하는 자를 가두는 罪目〔죄목 : 獄(옥 : 감옥)〕이 있더라도 형벌을 받는 백성은 없었다. 不孝(불효)한 자는 不仁(불인)하기 때문에 불효를 범하고, 不仁者(불인자)는 상례나 祭禮(제례) 등을 통해 분명히 가르치지 못해 생기나니, 喪禮(상례)나 제사 등으로 백성에게 仁愛(인애)를 가르쳐야 한다. 仁愛를 가르쳐 깨우치면 喪事(상사)에는 제사를 생각하게 되고, 자식으로서 부모 봉양하는 饋養之道(궤양의 도리)를 게을리 하지 않을 것이다. 그래서 상례와 제례를 분명히 알면 백성들은 효도하게 된다. 그래서 비록 不孝(불효)의 죄가 있더라도 형벌을 받는 백성은 없게 된다. 윗사람을 죽이는 일은 不義(불의)에서 생겨나는데, 義(의)는 貴賤(귀천)을 구분하여 尊卑(존비)를 분명히 하는 것이다. 貴賤(귀천)을 구별하고, 尊卑(존비)의 차서가 확실해지면 윗사람을 받들고 어른을 공경하게 된다. 朝聘(조빙)의 禮는 대의를 분명히 하는 것이니, 대의가 분명하면 백성은 윗사람을 犯

(범)하지 않나니, 그렇게 되면 살생의 죄목이 있더라도 형벌을 받는 백성은 없을 것이다. 싸움은〔鬪變(투변)〕 서로를 무시하여〔相陵(상릉)〕 일어나게 되는데, 서로를 무시하는 일은 長幼(장유)의 질서가 없고 공경과 겸양을 망각한데서 생겨난다.[941] 鄕飮酒禮(향음주례)는 長幼有序(장유유서)를 분명히 하는 의례로 공경과 겸양을 숭상한다. 長幼(장유)에 차례가 있으면 백성은 공경과 사양을 실천하기에 싸움을 처벌하는 법이 있더라도 처벌받는 백성이 없게 된다. 淫亂(음란)은 男女가 無別한데서 일어나는데, 男女(남녀)가 無別(무별 : 구별이 없다)하면 夫婦(부부)가 失義(실의 : 그 의를 잃게 된다)하게 되나니, 婚禮(혼례)와 燕享(연향)의 의례는 男女의 구별과 夫婦의 恩義(은의)를 분명히 한다. 男女가 유별하면 부부의 은의도 분명하여 비록 음란 罪目(죄목)이 있더라도 형벌을 받는 백성이 없을 것이다. 이상 5가지의 죄를 보면 그 죄악의 근원이 각각 다르다. 그래서 미리 그 근원을 막지 않는다면, 곧바로 죄를 지어 형벌을 받게 되니,[942] 이는 함정을 파서 백성을 빠트리는 것이다.[943] 刑罰(형벌)의 근원은 욕심을〔嗜欲(기욕)〕 조절하지 못한데 있고, 禮와 法度(법도)는 백성의 욕망을 제어하여 好惡(호

---

941 원문 而遺敬讓 – 遺는 끼칠 유. 버리다. 잊다(忘也).

942 원문 不豫塞其源, 而輒繩之以刑 – 豫은 미리 예, 예방하다. 預(미리 예)와 同. 塞는 변방 새. 막을 색. 輒은 문득 첩. 繩은 줄 승. 죄를 지어 포박당하다. 累絏之中.

943 원문 是謂爲民設阱而陷之 – 阱은 함정 정. 陷은 빠질 함.

오)와 順天(순천 : 하늘의 도에 순종하다)의 정도를 밝히고 예의와 節度(절도)를 가르치는 것이다. 五教〔오교 : 五倫(오륜)〕를 다 가르쳤더라도 백성이 혹 감화되지 않는다면, 그런 죄에 관한 법전의 적용을 분명히 밝히고 강화해야 한다.[944] 奸邪(간사), 靡法(미법, 법을 무시함), 妄行(망행 : 망령된 행동)의 죄를 지은 자가 있다면 형량의 범위 안에서 일러 깨우쳐야 하고,[945] 불효 죄를 범한 자가 있다면 상례와 제례로 깨우쳐야 하며, 윗사람을 죽이는 죄를 지은 자가 있다면 朝覲(조근)의 禮로 깨우쳐야 하고, 싸움의 죄를 범한 자가 있다면 鄉飮酒禮(향음주례)로 깨우쳐 주어야 하며, 음란한 죄를 범한 자라면 혼인과 교빙의 禮로 신칙해야 한다. 三皇 五帝(삼황오제)의 백성 교화가 이와 같았기에 비록 오형의 죄목이 있었지만 적용하지 않아도 되었을 것이다!"

孔子가 말했다.

"大罪(대죄)가 5가지지만 그중에 살인죄가 가장 아래이고, 天地(천지)를 거역한 죄는 그 후 五世(오세 : 오대)까지 내려가게 되고, 文王(문왕), 武王(무왕)을 무고한 자의 죄는 四世(사세 : 사대)까지, 人倫(인륜)을 거역한 자의 죄는 三世(삼세 : 삼대)까지, 鬼神(귀

944 원문 尙必明其法典以申固之 – 尙은 오히려(猶也). 申은 명령하다. 널리 알리다(令也).

945 원문 則飭制量之度 – 飭은 신칙할 칙. 분명히 일러주고 깨우쳐 깨닫게 하다.

신)으로 도모한 자의 죄는 二世(이세 : 이대)까지 미치지만, 손으로 사람을 죽인 죄는 자신에게만 해당되었기에 大罪(대죄) 5가지 중 살인죄가 가장 가볍다고 한 것이다."

原文 冉冉有問於孔子曰, "先王製法, 使刑不上於大夫, 禮不下於庶人, 然則大夫犯罪, 不可以加刑, 庶人之行事, 不可以治於禮乎?"

孔子曰, "不然, 凡治君子以禮御其心, 所以屬之以廉恥之節也, 故古之大夫, 其有坐不廉汙穢而退放之者, 不謂之不廉汙穢而退放, 則曰簠簋不飭, 有坐淫亂男女無別者, 不謂之淫亂男女無別, 則曰帷幕不修也, 有坐罔上不忠者, 不謂之罔上不忠, 則曰臣節未著, 有坐罷軟不勝任者, 不謂之罷軟不勝任, 則曰下官不職, 有坐幹國之紀者, 不謂之幹國之紀, 則曰行事不請. 此五者, 大夫旣自定有罪名矣, 而猶不忍斥, 然正以呼之也, 旣而爲之諱, 所以愧恥之, 是故大夫之罪, 其在五刑之域者, 聞而譴發, 則白冠厘纓, 盤水加劍, 造乎闕而自請罪, 君不使有司執縛牽掣而加之也. 其有大罪者, 聞命則北面再拜, 跪而自裁, 君不使人捽引而刑殺. 曰, '子大夫自取之耳, 吾遇子有禮矣, 以刑不上大夫而大夫亦不失其罪者, 敎使然也.' 所謂禮不下庶人者, 以庶人遽其事而不能充禮, 故不責之以備禮也."

冉有跪然免席曰, "言則美矣, 求未之聞, 退而記之."

| 국역 | 冉有(염유)가 孔子에게 물었다.

"先王(선왕)이 法(법)을 만들면서 형벌은 大夫(대부)까지 미치지 않게 하고, 禮는 庶人(서인)에게 적용하지 않는다고 하였으니, 대부가 죄를 지어도 형벌에 처할 수 없고, 서민은 노동을 해야 하기에(行事) 예를 지킬 수 없습니까?"

孔子가 말했다.

"그렇지 않다. 대체로 군자는 禮로 그 마음을 통제하기 때문에 군자의 죄는 예의와 염치로 다스리는 것이다.[946] 그래서 옛날의 대부는 염치가 없고 더러운 죄에 연좌되어 방축되더라도[947] 청렴하지 못하고 지저분한 일로 쫓겨났다고 말하지 않고, 簠簋〔보

---

946 원문 所以屬之以廉恥之節也 – 所以는 인과 관계에서 결과나 결론을 나타내는 접속사. 원인이나 이유의 설명이 필요한 내용을 제기한다. ~했기 때문이다. 그러니, 그러니까(접속사). 이유, 원인(명사). 屬은 무리 속. 부탁할 촉. 부탁, 청탁. 廉은 청렴할 염. 恥는 부끄러울 치.

947 원문 其有坐不廉汙穢而退放之者 – 坐는 앉을 좌. 연루되다. 범죄. 汙는 더러울 오. 汚物(오행). 穢는 더러울 예. 退放之는 관직에서 放逐(방축)되다.

궤, 祭器(제기)]를 제대로 챙기지 않았다고 말한다.[948] 음란하여 남녀가 無別(무별 : 구별하지 못하다)한 죄를 지은 자는 음란에 남녀 무별이라고 말하지 않고, 帷幕(유막, 휘장, 커튼)을 잘 챙기지 않았다고 말한다.[949] 윗사람을 欺妄(기망)하고 不忠(불충)한 죄를 지은 자라면 윗사람을 속이고 불충했다고 말하지 않고, 신하의 지조를 지키지 않았다고 말한다. 연약하고 무능하여 직무를 제대로 수행하지 못해 파면되었다면 무능으로 쫓겨났다고 말하지 않고, 그 아랫사람으로써 제대로 일을 하지 못했다고 말한다.[950] 국가 기강을 위반한 죄를 지었어도 國紀(국기)를 망쳤다고 말하지 않고, 일을 하면서 상관에게 보고하지 않았다고 말한다.[951]

이런 다섯 가지 禮는 대부로서 이미 그가 지은 죄가 확정되었더라도 차마 그 죄명을 직접 언급하지 않고 나쁜 표현을 피한 것이니, 그런 대부 자신이 부끄러움과 치욕을 느끼게 하려는 배려였다. 그래서 대부의 죄가 다섯 가지 형벌에 속하는 것이고, 그

---

948 원문 簠簋不飭 – 簠는 제기 이름 보. 겉모양은 4각 내부는 원형인 祭器. 簋는 제기 이름 궤. 제물로 올리는 곡식을 담다. 飭은 삼갈 칙. 整齊(정제)하다.

949 원문 則曰帷幕不修也 – 帷幕(유막)은 휘장. 커튼. 옆에서 치는 것은 帷(유), 위아래 올리고 내리는 것은 幕(막)이다.

950 원문 則曰下官不職 – 下官이 그 직무를 감당하지 못하다.

951 원문 則曰行事不請 – 상관에게 주청하지 않고 마음대로 일을 처리하다.

죄가 드러났다고 알려지면 풀을 꼬아 만든 끈이 달린 하얀 관을(白冠) 쓰고,[952] 소반에 물을 담아 칼을 올려놓은 다음, 직접 궁에 들어가 죄의 대가를 주청한다.[953] 임금은 有司(유사)로 하여금 그를 포박하거나 끌어내 능욕하지 못하게 하였다.[954] 대부 중 중죄를 범한 자가 왕명을 받게 되면 北向(북향)하여 두 번 무릎을 꿇어 절을 올리고 스스로 자결하였으며 왕도 또한 사람을 보내 형벌을 집행하지 않고,[955] 다만 말로 '大夫(대부)로 그대 자신이 직접 취한 일이고 나는 그대로 禮遇(예우)하였을 뿐이다.' 라고 말하였다. 형벌이 大夫에게는 적용되지 않는다고 하였지만, 대부는 그 죄과를 피할 수 없었으니, 그것은 敎化의 결과이다. 禮가 서인에게 아니 미쳤다는 말은, 서인은 노동 때문에 禮를 충분히 실행할 수 없어 실천을 강요하지 않는다는 뜻이다."

---

952 원문 聞而譴發, 則白冠厘纓 – 聞은 들리다. 알려지다. 譴은 꾸짖을 견〔譴讓(견양)〕. 罪過. 發은 발견되다. 드러나다(發露). 白冠은 상복 착용 시 흰색을 쓴다. 厘는 釐(다스릴 리)의 俗字. 고치다. 명아주. 풀이름 리. 廛(가게 전)의 俗字. 纓은 갓끈 영.

953 원문 造乎闕而自請罪 – 造는 나아가다. 찾아가다.

954 원문 君不使有司執縛牽掣而加之也 – 有司(유사)는 담당 관리. 執縛(집박)은 잡아 묶다, 掣는 끌 체. 당길 철. 牽掣(견체)는 잡아끌어내다. 牽引. 加는 凌辱(능욕)하다. 之는 죄를 지은 대부.

955 원문 君不使人捽引而刑殺 – 捽은 잡을 졸. 捽引은 머리채를 잡아 끌어당기다. 刑殺은 형벌로 죽이다. 처형하다.

염유는 이 말을 듣고 감격하여 절을 올리고 일어나 말했다.[956]

"夫子(부자 = 공부자 · 공자 · 선생님)의 훌륭하신 말씀은 제가 여태껏 듣지 못한 말씀이십니다."

그리고 물러나와 공자의 말씀을 기록하였다.

---

956 원문 冉有跪然免席曰 - 冉은 나아갈 염, 성씨 염. 跪는 꿇어앉을 궤. 절을 하다. 免席은 자리에서 일어나다.

〈刑政(형정)〉 제31

【해설】

본 편은 공자와 제자 仲弓(중궁)의 형벌과 政敎(정교)에 관한 담론을 수록하였다. 공자의 정치사상은 德으로 다스리되(爲政以德) 필요한 경우 보조수단으로 형벌을 채택하는 德主刑輔(덕주형보)였다.

공자는 누가 어떻게 정치를 해야 한다고 생각했는가?

"군자는 행동보다 말이 앞서는 것을 부끄럽게 생각한다."고 공자는 말했다.[957]

공자가 볼 때, 언행이 일치하는 사람은 군자의 미덕을 갖춘 것이다.

군자가 正道(정도)의 실천에 뜻을 두고 있으면서 궁핍하게 사는 것을 부끄러워한다면 같이 도를 실천하거나 더불어 일을 추진

---

957 《論語 憲問》 子曰, 君子恥其言而過其行.

할 수 없다. 뿐만 아니라 志士(지사)가 안락한 생활만을 추구한다면 지사라 할 수도 없다.[958]

군자는 현실을 외면하고 혼자만의 고고한 생활을 영위하는 사람은 아니다. 군자는 강한 의지를 가지고 실천에 적극적이어야 한다. 군자는 자신의 名利(명리)를 초월하고 자신이 인을 실천할 뿐만 아니라 현실에서의 인의 실현, 곧 인이 실현되는 사회의 개조를 자신의 임무로 삼아야 한다.

온 사회를 개조한다는 그 무거운 임무는 군자가 죽어야만 끝나는 것이다. 그래서 군자의 책임은 무겁고 갈 길은 멀다고 하는 것이다.[959] 이는 도덕군자를 지향하는 지식인의 현실참여 이론이라 할 수 있다.

군자는 仁을 떠나서는 존재할 수 없고, 어떠한 경우라도 인을 잊어서는 안 되는 사람이었다. 공자가 '군자가 인을 실천한지 않는다면 어찌 이름을 남길 수 있겠느냐? 라고 말한 것은,[960] 인의 실천이 곧 군자의 바탕이며 임무라는 사실을 강조한 것이다. 군자는 단 한 순간이라도 인을 잊어서는 안 된다. 이렇듯 군자는 사회봉사와 개조를 임무로 삼아야 한다.

958《論語 憲問》子曰, 士而懷居 不足以爲士矣.

959《論語 泰伯》曾子曰, 士不可以不弘毅, 任重而道遠. 仁以爲己任 不亦重乎. 死而後已 不亦遠乎.

960《論語 里仁》子曰, ~君子去仁 惡乎成名? 君子無終食之間違仁 造次必於是 顚沛必於是.

▶ 修己治人(수기치인)

공자는 지식을 갖고서도 숨어사는 隱者(은자)가 아니라 적극적인 사회참여 의지를 갖고 있었다. 공자를 비난하는 은자들의 이야기를 전해들은 공자는 "새나 짐승과는 무리 지어 살 수 없다. 내가 그런 사람들과 살지 않는다면 누구와 살겠는가? 천하에 정도가 통한다면, 내가 무엇을 바꾸려 하겠는가?"라고 말했다.[961] 이는 공자의 적극적 사회개조의 의지이다.

그러한 사회개조나 여건 개선의 현실적 책무를 가진 사람이 군자이다. 그러다 보니 군자는 자신의 一身(일신)만을 생각할 수는 없다. 사회의 모순을 보고 알면서도 은거하며 회피하는 독선적 행위는 사실 쉬운 일이다.

사회적인 난제를 풀어야 하고, 惡(악)을 善(선)으로 환원시키면서 사회를 개조하여 안정과 번영을 이루는 것은 군자를 자처하는 지식인들의 임무라고 생각한 공자였다.

공자가 생각하는 이상적인 정치는 君子(군자)라는 엘리트 그룹이 백성들을 덕으로 이끄는 것이었다. 그래서 "덕으로 다스리는 것은 마치 북극성이 제자리에 있고, 나머지 여러 별이 북극성을 중심으로 회전하는 것과 같다."고 하였다.[962]

---

961 《論語 微子》~ 夫子憮然曰, 鳥獸不可與同羣 吾非斯人之徒與而誰與 天下有道 丘不與易也.

962 《論語 爲政》子曰, 爲政以德 譬如北辰 居其所而衆星共之.

그렇지만 공자는 집권자에 의한 폭정이나 恣意的(자의적)인 생사여탈 행위는 절대로 불가하다고 생각했다. 공자는 노나라의 집권자 계씨에게 "正道(정도)로 주군을 섬기다가 정도를 실천할 여건이 안 되면 물러나는 것이 나라의 大臣(대신)"이라고 정의하면서 비록 권력자의 家臣(가신)일지라도 "아비나 주군을 죽이는 패륜행위에는 결코 따라가지 않을 것이라."고 말했다.[963]

공자는 군자라면 우선 '敬(경)으로 자신을 수양' 해야 한다고 하였는데, 여기서 수양이란 인문적 교양을 쌓는 일이다. 그리고 통치자의 한 구성원이 되어 백성이 편안하게 생활하게 만들어야 하며, 이는 堯(요)나 舜(순)도 어려워했었다고 제자에게 말했다.[964]

▶ 德治(덕치)는 愛民(애민)

공자가 周 文王(주 문왕)과 武王(무왕)의 정치의 모델로 생각했던 것은, 그들이 德治의 이상을 실현했기 때문이다. 물론 문왕 무왕의 덕치가 구체적으로 무엇인가? 증거나 실적이 있는가? 건국자에 대한 신화적 윤색일 수도 있다. 공자가 생각한 것은, 그런

---

963 《論語 先進》季子然問 ~ 子曰, ~ 所謂大臣者 以道事君 不可則止. ~ 子曰, 弑父與君 亦不從也.

964 《論語 先進》子路問君子. 子曰, 脩己以敬 ~ 曰, 脩己以安人.~ 脩己以安百姓 堯舜其猶病諸.

역사적 인물에 의한 덕치라는 이상이 중요했다. 공자가 생각한 덕치의 근거가 되는 바탕은 仁(인)이었다.

공자의 인은 생존 당시의 시대 상황에서 백성들의 생활안정을 위한 정치이념으로, 또 사회의 대립과 갈등을 완화시키는 방법으로 제시된 이념이었다. 곧 인은 근본적으로 모든 사람들을 대상으로 전개되고 베풀어야 할 윤리였으며, 일반 하층민들보다는 상위 지배층에게 더 절실하게 요구되었다.

공자는 인을 실천하기 위한 정치적 방법으로 덕치를 주장하였는데, 공자의 덕치는 결국 어진 마음으로 백성들을 대하라는 뜻이었다. 거기에서부터 백성을 위하고 백성을 소중히 여겨야 한다는 愛民(애민) 사상이 나왔으며 애민정책을 펴지 않아 백성이 없다면 군주도 존재할 수 없다 하였으니, 이는 민주주의의 또 다른 표현이었다.

그리고 공자는 "혹 나에게 맡긴다면 1년이면 가능성을 보여줄 것이고, 3년이면 성과를 낼 수 있을 것이다."라고 말하였다.[965]

그러나 실제로 공자를 등용하였는데, 단기간에 이런 성과를 거둔다면 집권자의 과거의 정치가 나빴다는 방증일 것이다. 바로 이 점이 공자가 당시의 위정자들에게 수용되지 못한 이유가 아니겠는가?

또 季康子(계강자)가 공자에게 問政(문정 : 정치에 대해 묻다)했을

965《論語 子路》子曰, 苟有用我者 期月而已可也 三年有成.

때도 공자는 '정치란 바르게 하는 것이니, 당신이 바르게 이끈다면 누가 감히 바르지 않겠는가?' 하면서 바른 사람에 의한 정치에 자신감을 피력하기도 했다.[966]

그리고 계강자가 무도한 무리를 죽여 正道(정도)로 나가겠다는 의지를 표명했을 때 공자가 말했다. "정치를 하면서 어찌 살인을 합니까? 당신이 善(선)해지려 노력한다면 백성도 착하게 따를 것입니다. 군자의 덕은 바람이고, 소인은 풀입니다. 풀은 바람이 불면 반드시 눕게 되어 있습니다."라고 말했다.[967]

이는 위정을 담당하는 군자의 솔선수범과 보통 백성들의 순종을 미덕으로 파악한 것이다. 이런 인식이 전혀 틀린 것은 아니지만, 백성들을 순종의 주체로만 파악한 것은 2500년 전 인식의 한계라고 볼 수밖에 없다.

공자의 정치사상은 그 당시의 현실적 상황과 관련이 있었다고 볼 수 있다. 통치자 자신에 의해 예의 붕괴나 폭정은 자체 지배력의 약화뿐만 아니라 백성들의 저항을 불러오기에 통제에 의한 통치는 갈수록 힘이 들 수밖에 없을 것이다. 때문에 공자는 저항이 없는 통치를 지속하기 위해서라도 덕치를 실행하여야 한다고 주

---

966 《論語 顔淵》 季康子問政於孔子. 孔子對曰, 政者 正也. 子帥以正 孰敢不正?

967 《論語 顔淵》 孔子對曰, 子爲政 焉用殺. ~君子之德風 小人之德草. 草上之風 必偃.

장했다.

▶ 갈등의 조절 – 和(화)

예나 지금이나 어느 사회이든 계층은 존재하고, 그 계층 간의 갈등은 정치나 사회적으로 큰 문제가 되었다. 현재의 우리 사회에는 혈통에 따른 身分(신분)이 존재하지는 않는다. 그렇지만 가진 자와 못 가진 자를 구분하며, 심지어는 1 : 9, 아니면 2 : 98이라는 극단적 구분으로 빈부 간 계층갈등을 선동하는 현상도 전개되고 있다.

공자가 살았던 그 시대 그 사회에서도 지배계층과 피지배계층의 갈등은 있었다. 지배계층의 착취에 의한 소유가 당연한 것처럼 인식되던 그 상황에서 공자는 계층 간의 和諧(화해), 곧 和(화)가 공자 정치관의 핵심이었다. 和는 나와 다른 사람 간의 中庸(중용)이 실현되는 中和(중화)를 뜻한다.

가정에서 부보와 자식 간 입장이나 견해의 차이는 당연히 존재한다. 마을에서는 어른과 젊은이가, 사회에서는 귀족과 평민, 조정에서는 군신이나 상하 간의 갈등이 존재한다. 공자는 그러한 갈등을 이겨내고 조화와 중화를 이루는 원리로 仁을 내세웠다.

부모와 자식 간의 갈등은 효도와 자애라는 仁으로, 형제간의 재산 다툼이 있다면 우애라는 인으로, 그리고 지배와 피지배자 간의 갈등은 仁政(인정)으로 풀어야 온 사회가 화해를 이룰 수 있다고 주장하였다. 공자의 정치관의 요체는 인으로 이루는 계층 간의 조화, 곧 和에 있었다.

|原文| 仲弓問於孔子曰, "雍聞至刑無所用政, 至政無所用刑. 至刑無所用政, 桀紂之世是也, 至政無所用刑, 成康之世是也. 信乎?"

孔子曰, "聖人之治化也, 必刑政相參焉, 太上以德教民, 而以禮齊之. 其次以政焉導民, 以刑禁之, 刑不刑也. 化之弗變, 導之弗從, 傷義以敗俗, 於是乎用刑矣. 顓五刑必卽天倫. 行刑罰則輕無赦, 刑侀也, 侀成也, 壹成而不可更, 故君子盡心焉."

|국역| 仲弓(중궁)[968]이 孔子에게 물었다.

---

968 冉雍(염옹, 前 522年 - ?) - 字는 仲弓(중궁). 공자보다 29세 적음. 孔門十哲의 한 사람(德行). 冉伯牛(염백우)의 宗族으로 좀 부족한 부친에게서 출생했다. 사람이 敦厚(돈후)하고 氣度가 관대하여 孔門에서 德行으로 유명. 孔子는 중궁이 南面하는 제후가 될 만하다고 칭찬하였는데(《論語 雍也》 子曰, "雍也可使南面."), 《論語》에 그 이름이 11번 나온다. 〈雍也〉는 《論語》의 편명. 중궁은 공자를 모시고 列國을 周遊하였다. 중궁이 (魯哀公十三年, 公元前 482년) 季氏宰가 되어 問政하자, 공자는 "먼저 관리들의 작은 잘못을 용서하고 인재를 찾아 등용하라.(先有司, 赦小過, 擧賢才.)"고 말했다. 중궁이 政事에 관하여 묻자, 공자께서 말했다. "집을 나서면 마치 큰 손님을 모시듯 조심하고, 백성을 부릴 때는 큰 제사를 모시듯 해야 한다. 제후를 섬기거나 경대부의 식읍을 다스리며 다른 사람의 원망을 사지 않아야 한다.(원문 在邦無

"제가(雍, 염옹) 알기로는, 오로지 형벌만을 쓰게 되면 政敎(정교)를 시행할 여지가 없고, 성공한 정교에는 형벌을 쓰지 않는다고 하였습니다. 형벌만 채용하고 교화에 힘쓰지 않은 사람은 〔夏(하)의〕 桀王(걸왕)과 〔商(상)의〕 紂王(주왕)이고, 정교에 형벌을 쓰지 않은 사람은 〔周(주)의〕 成王(성왕)과 康王(강왕)의 시대였습니다.[969] 정말 그러했습니까?(信乎?)"

孔子가 말했다.

"聖人(성인)의 治國(치국)과 敎化(교화)에는 필히 형벌과 仁政(인정)을 함께 참고하였다. 가장 좋은 것은〔太上(태상)〕 仁德(인덕)으로 백성을 교화하고, 禮敎(예교)로 백성을 함께 이끄는(以禮齊之) 정치이다. 그 다음은 政事(정사)로 백성을 이끌고 형벌로 금지하는 것으로(以刑禁之), 형벌은 불법자를 처벌하는 것이다(刑不刑

怨, 在家無怨. 在邦은 諸侯를 섬기다. 在家는 卿大夫의 가신이 되다." 공자는 중궁이 덕행이 뛰어나다고 생각했다. 중궁의 부친은 미천한 사람이었다. 공자께서 말했다. "얼룩송아지의 털이 붉고 또 그 뿔이 좋다면(얼룩송아지라서), 희생으로 쓰지는 못하더라도 산천의 諸神은 그 제물을 버리겠는가?"(犁牛之子騂且角 – 犁는 얼룩소(雜文) 리. 밭을 갈다. 騂은 붉은 말 성. 털이 붉다(赤色也). 角은 뿔이 반듯하다. 山川寧肯舍之乎?는 부친이 미천하거나 不善하더라도 그 아들은 훌륭하기에 버릴 수 없다는 뜻.)

969 成康之治 – 周 武王 다음의 成王과 康王이 周의 태평시대로 알려졌다. 漢에서는 文帝와 景帝 시대가 그래도 나라가 가장 泰平했던 시기로 알려졌다.

也). 교화에도 바뀌지 않는 백성은(化之弗變) 바른길로 이끌어도 따르지 않으면서(導之弗從), 大義(대의)를 손상하고 습속을 나쁘게 하는 자들에게는 형벌을 적용한다. 그리고 五刑(오형)을 專用(전용)하는 것 역시 天倫(천륜, 天意)에 맞아야 한다.[970] 형벌만을 적용하게 되면 (죄가) 가볍더라도 쉽게 사면할 수가 없게 된다.[971] 형벌은 마치 만들어진 틀과 같다.[972] 틀(侀)은 만들어진 것이다(成也). 한 번 만들어지면(壹成) 바꿀 수가 없기에(不可), 군자는 형벌 제정에 온 마음을 다 쓰게 된다(盡心焉)."

| 原文 | 仲弓曰, "古之聽訟尤罰麗於事, 不以其心, 可得聞乎?"

孔子曰, "凡聽五刑之訟, 必原父子之情, 立君臣之義以權之, 意論輕重之序, 愼測淺深之量以別之, 悉其聰明, 正其忠愛以盡之. 大司寇正刑明辟以察獄, 獄必三訊焉, 有

970 원문 顓五刑必卽天倫 – 顓은 마음대로 할 전(專과 通). 卽은 就也. 일치하다. 맞아야 한다. 天倫은 天意.

971 원문 行刑罰則輕無赦 – 형벌을 집행하는 관리는 위세를 부리지 않을 수 없기에(猶不得作威作福), 가벼운 죄과도 사면하지 않고 형벌을 적용하게 된다는 뜻.

972 원문 刑侀也 – 侀은 이룰 형. 型과 同. 거푸집. 모형.

指無簡, 則不聽也, 附從輕, 赦從重, 疑獄則泛與衆共之, 疑則赦之, 皆以小大之比成也. 是故爵人必於朝, 與衆共之也, 刑人必於市, 與衆棄之也. 古者公家不畜刑人, 大夫弗養也, 士遇之塗, 以弗與之言, 屛諸四方, 唯其所之, 不及與政, 弗欲生之也."

| 국역 | 仲弓(중궁)이 말했다.

"고대에는 안건을 판결하는데(聽訟), 사실과 부합 여부만을 중시하였지 그 마음을(범죄의 동기) 중시하지 않았다는 사실에 관하여[973] 말씀해 주십시오."

孔子가 말했다.

"五刑(오형)에 해당하는 안건 심리에는 필히 부자간의 親情(친정)부터 살펴야 하고,[974] 君臣之義(군신지의)를 정립하려는 뜻에서 재량의 여지를 두어야 하며, 범죄 정황의 輕重(경중)도 살펴야 하고, 범죄 동기의 深淺(심천)도 헤아리며, 聰明(총명, 죄인의 지적 수준) 여부도 고려하고, 忠君(충군)과 愛民(애민)의 見地(견지)도 고

---

973 원문 古之聽訟尤罰麗於事, 不以其心 – 聽訟은 송사를 들어 판결하다. 尤는 허물 우(過也). 범죄. 罪狀(죄상). 麗는 빛날 려. 부합하다(附也). 施刑하다. 不以其心은 범죄의 동기를 참작하지 않았다는 뜻.

974 원문 凡聽五刑之訟, 必原父子之情 – 聽은 처리하다.

려하여야 할 것이다. (관직) 大司寇(대사구)는 형벌을 바르게 집행하고 죄행을 분명히 판결하며 옥사를 살펴야 하는데, 사안 판결에 반드시 세 번 그 의견을 물어야 한다.[975] 범죄의 동기는 있지만(旨意) 사실이(簡) 없다면 판결하지 아니한다.[976] 형벌을 집행할 때는 가벼운 죄를 따르고(附從輕), 죄를 사면할 때는 중죄 쪽을 사면한다(赦從重). 혐의만 있는 獄案(옥안)은 많은 사람과 함께 판결하고, 의혹만 있다면 죄인을 사면한다. 이상은 크고 작은 여러 가지 사례(기록)에 의해 성립된 것이다.[977] 그래서 賞(상)으로 관작을 내릴 때는 반드시 아침에(조회 시에) 여러 사람과 함께 하며, 형벌 집행을 반드시 거리에서(市) 집행하니, 이는 많은 사람이 함께 그를 미워하게 하려는 뜻이다.[978] 옛날에(古者) 公家(공가)에서는 刑人(형인)을 받아들이지 않았고, 大夫(대부)라도 형

---

975 원문 獄必三訊焉 – 三訊(訊은 물을 신)은 여러 신하에 묻고(訊群臣), 여러 관리의 의견을 듣고(訊群吏), 백성의 의견을 물어야 한다(訊萬民也). 오늘날의 三審(삼심)과는 다르다.

976 원문 有指無簡, 則不聽也 – 指는 旨意. 범행 의지. 簡은 誠也 곧 실행한 행적. 범죄사실. 有意하나 無其誠者은 죄로 판결하지 아니한다.

977 원문 皆以小大之比成也 – 여러 가지 판례를 참고한다는 뜻. 판례는 이전의 여러 가지 크고 작은 사건의 기록에 의한 것이라 하였다. 比는 이미 저지른 일.

978 원문 與衆棄之也 – 棄는 버릴 기. 많은 사람들이 그 죄상을 알아 죄인을 미워하게 하려는 뜻이라는 주석이 있다.

벌 받은 사람을 보살펴주지 않았으며(弗養也), 士人(사인 : 선비)이 길에서 만나더라도(遇之塗) 같이 말하지 않았으니, 사방에서 접촉을 피하였기에 刑人(형인)은 어딜 가든 정사에 참여하거나 같이 생활할 수도 없었다."

【참고】《論語 顔淵(논어 안연)》 子曰(자왈), "聽訟(청송), 吾猶人也(오유인야). 必也使無訟乎(필야사무송호)!"

옛날 중국과 우리나라의 관원, 특히 지방관의 주요한 업무 중 하나는 백성에 대한 裁判〔재판, 司法(사법)〕이었다. 공자는 21세 전후에 委吏(위리, 창고지기)와 乘田(승전, 목장 관리)의 업무를 담당했고, 51세(서기 前 501년)에 魯國(노국)의 中都宰(중도재, 今 山東省 濟寧市 관할 汶上縣. 지방관)를 역임하였다. 중도재로 1년을 재직했고, 다음 해(前 500년, 52세)에 小司空(소사공)을 역임했다가 곧 司寇(사구)로 승진하였는데, 이는 나라의 司法(사법)과 刑獄(형옥)을 담당하는 大夫(대부)의 직급이었다. 공자는 재임 중 定公(정공)을 도와 夾谷(협곡)의 齊景公(제 경공)과의 회담에서 크게 활약했고, 齊(제)에서는 빼앗았던 魯國(노국)의 땅을 반환하였다. 공자는 53세(서기 499년, 定公 11년)에 司寇(사구)의 직책에서 魯의 국정을 담당하는 최고 행정관으로 季康子(계강자)를 도와 국정을 운영하였는데〔攝相事(섭상사)〕, 《論語》에는 이런 기록이 없다.(《史記 孔子世家(사기 공자세가)》 참고)

그리고 공자는 定公(정공)에게 卿大夫(경대부)의 私兵(사병) 보유 금지와 불법 축조한 성벽 철폐를 건의하고 季氏(계씨)의 費邑(비읍), 叔氏(숙씨)의 郈邑(후읍), 孟氏(맹씨)의 成邑(성읍) 등 이른바 三都(삼도)의 성벽을 허물었다.〔隳三都(타삼도)〕《左傳 定公(좌전 정공) 12년》과《史記 孔子世家(사기 공자세가)》 참고.

공자의 고급 관직은 이처럼 前 501년에서 498년까지 햇수로 4년 정도였다.

공자가 司寇(사구)로 재임하면서 공자는 "백성의 소송을 처리하는 것은 나도 다른 사람과 마찬가지이다. 다만 나는 백성이 소송을 하는 일이 없도록 만들겠다."라고 말했다.

말하자면, 소송을 제기하고 재판으로 처리하는 것보다는 백성이 법을 지키고 禮(예)를 따라 생활하며, 나라에서는 백성을 원만하게 교화하여, 소송을 제기하지 않고도 안온하게 살게 하는 것이 더 중요하고, 그러한 정사를 펴야 한다는 공자의 희망사항이었다.

국가 권력에 의한 횡포를 없애는 것, 好戰的(호전적) 군주에 의한 전쟁의 살육에서 백성을 구하기, 그리고 백성이 소송하지 않고서도 화목하게 살 수 있도록 덕정을 펴는 이런 일들이 바로 爲政以德(위정이덕)이다.

본래 '訟事(송사) 한 번에 10년 원수(一場官司十年仇)'라 하였다. 원만한 중재나 판결을 내리기보다는 訴訟(소송)이 일어나지 않게 하는 것이 백 번 좋을 것이다.

|原文| 仲弓曰, "聽獄, 獄之成, 成何官?"

孔子曰, "成獄成於吏, 吏以獄成告於正, 正旣聽之, 乃告大司寇聽之, 乃奉於王, 王命三公卿士參聽棘木之下, 然後乃以獄之成疑於王, 王三宥之以聽命, 而制刑焉, 所以重之也."

仲弓曰, "其禁何禁?"

孔子曰, "巧言破律, 遁名改作, 執左道與亂政者殺, 作淫聲, 造異服, 設伎奇器, 以蕩上心者殺, 行僞而堅, 言詐而辯, 學非而博, 順非而澤, 以惑衆者殺, 假於鬼神, 時日卜筮, 以疑衆者殺. 此四誅者不以聽."

仲弓曰, "其禁盡於此而已?"

孔子曰, "此其急者, 其餘禁者十有四焉. 命服命車, 不粥於市, 圭璋璧琮, 不粥於市, 宗廟之器, 不粥於市, 兵車旍旗, 不粥於市, 犧牲秬鬯, 不粥於市, 戎器兵甲, 不粥於市, 用器不中度, 不粥於市, 布帛精麤, 不中數, 廣狹不中量, 不粥於市, 奸色亂正色, 不粥於市, 文錦珠玉之器, 雕飾靡麗, 不粥於市, 衣服飮食, 不粥於市, 實不時, 不粥於市, 五木不中伐, 不粥於市, 鳥獸魚鱉不中殺, 不粥於市. 凡執此禁以齊衆者, 不赦過也."

| 국역 | 仲弓(중궁)이 물었다.

"獄案(옥안) 심리에서(聽獄), 옥안의 판결은 어느 관리가 담당합니까?"[979]

---

979 獄之成, 成何官? – 獄은 訟事(송사). 成은 옥안의 판결.

孔子가 말했다.

“옥안 판결은(成獄) 옥리가 판결하고(成於吏), 옥리는 이를 (官長인) 獄正(옥정)에게 보고한다. 獄正은 보고를 받고 다시 大司寇(대사구)에 보고하고, 대사구가 심리한 뒤에 王에게 보고한다(乃奉於王). 天子(천자)는 三公(삼공)과 卿士(경사)에게 명하여 자신의 입장에서 심리하여 판결에 의심되는 부분을 천자에게 보고한다. 왕은 감형할 수 있는 조건을 참조하여 감형하도록 논의케 하고, 마지막으로 심리 의견을 참조하여 상응하는 형벌을 확정한다. 이는 안건을 심리하고 판결하는 과정에서 신중한 처리를 구체적으로 드러낸 것이다.”

중궁이 물었다.

“법령으로 금지하는 것은 무엇입니까?(其禁何禁)”

孔子가 말했다.

“巧言(교언)으로 법률 해석을 꾸며대거나(破律, 曲解),[980] 이름을 바꾸거나〔遁名(둔명), 遁(달아날 둔)〕 고쳐서(改作, 變言與物名也)[981] 詐術(사술, 左道)로 政事를 어지럽히는 자는(亂政者) 죽인다.[982] 음

980 원문 巧言破律 – 교언은 花言, 巧語(교어). 破律은 曲解法律하다. 《論語 學而》 子曰, “巧言令色, 鮮矣仁!”

981 원문 遁名改作 – 遁은 달아날 둔. 遁名(둔명)은 명분을 꾸며대어 사익을 꾀하다. 遁은 循(좇을 순)과 通. 개작은 법도를 멋대로 고치다.

982 원문 執左道與亂政者殺 – 執은 잡을 집. 집착하다. 左道(좌도)는 邪道(사도), 邪術(사술).

란한 聲音〔성음 : 樂聲(악성 : 음악)〕을 연주하거나,[983] 이상한 복장을 착용하거나,[984] 재주를 부려 이상한 물건을 만들어 君王의 마음을 미혹케 하는 자는 죽인다.[985] 거짓된 짓을(行僞) 완고하게 고집하며 거짓을 둘러 말을 만들어 내거나 그릇된 것을 배워(學非) 박식한 척하면서 바르지 않은 길로 인도하여[986] 혹세무민하는 자는(惑衆者) 죽인다. 鬼神(귀신)을 가탁하거나 時日을 빙자하여 길흉을 지어내〔卜筮(복서)〕 민중을 의혹케 하는 자는 죽인다. 이 4가지 죄에 해당하는 자는 다시 심리를 거치지 않는다."

仲弓(중궁)이 물었다.

"法禁(법금 : 법으로 금하는 것)은 이것이 전부입니까?"

孔子가 말했다.

"이것은 우선 긴급하게 금하는 것이고 그 밖에 금지해야 할 일은 14가지나 있다.

(왕이 하사한) 의복이나 수레는 시장에 팔 수 없고[987] 圭(규,

---

983 원문 作淫聲 – 여기 淫은 시대 풍속에 역행하다(淫은 逆也). 퇴폐적 음악으로 백성의 심성을 어지럽히다.

984 원문 造異服 – 평상시 볼 수 없는 이상한 옷을 만들다.

985 원문 設伎奇器, 以蕩上心者殺 – 設伎는 괴이한 기술. 伎는 재주 기. 技와 通. 蕩은 쓸어버릴 탕. 흐리게 하다. 흔들다(動也). 怪異(괴이)한 기교로 군왕의 심리를 흔들어 놓거나(蕩動) 현혹케 하는 器機(기기)를 만드는 자는 죽인다.

986 원문 學非而博, 順非而澤 – 잘못된 길을 유인하면서(順은 訓) 은택을 베풀 듯 꾸며대는 일.

홀), 璋(장), 璧(벽, 環玉), 琮(옥홀 종) 등 옥기는 시장에서 판매할 수 없다. 宗廟(종묘)에서 쓰는 물건은 시장에서 판매할 수 없다. 兵車(병거)나 旍旗(영기, 군용 깃발), 그리고 犧牲(희생)이나 秬鬯(거창, 제사용 特酒), 戎器〔융기, 군사용 器機(기기 : 무기)〕나 兵甲(병기나 갑옷)도 시장에서 판매할 수 없다. 일상 용기 중 규격에 맞지 않는 것은(用器不中度) 시장에서 판매할 수 없다. 곱기와 거칠기〔精麤(정추)〕가 맞지 않거나 폭이나 길이가 규격에 맞지 않는 옷감(布)과 비단〔帛(백)〕도 시장에서 판매할 수 없다. 奸色(간색)으로 正色(정색)을 어지럽히는 물건, 무늬 있는 비단〔文錦(문백)〕 珠玉(주옥)으로 만든 器物이나 화려하고 미려하게 조각한 기물도 시장에서 판매할 수 없다. 의복이나 음식, 제철에 나오지 않은 과일도 판매할 수가 없다.[988] 다섯 가지 땔감(五木, 계절에 따른 불을 얻기 위한 목재) 중에서 벌채할 시기가 아닌 것은 시장에서 판매할 수 없었다. 鳥獸(조수)나 魚鱉(어별, 물고기나 자라 같은 수중 생물) 중에서 죽일 때가 아닌 것은 판매할 수 없다. 이상의 금령으로 백성들을 濟度(제도)하나, 이를 어긴 백성의 죄는 사면하지 않는다."[989]

---

987 원문 命服命車, 不粥於市 – 粥은 미음 죽(음식), 팔 육(賣也). 판매하다. 종족이름 육.

988 원문 衣服飮食, 不粥於市 – 판매하는 의복이라면 사치하거나 위조품이기에 판매할 수 없고, 익혀 파는 음식은 역병을 일으킬 수 있어 금지한다는 주석이 있다.

989 원문 凡執此禁以齊衆者, 不赦過也 – 齊는 정리하다. 균등하게 처리하다. 이끌다. 不赦過也는 죄를(過) 사면하지 않다.

〈禮運(예운)〉 제32

【해설】

본 〈禮運(예운)〉편은 공자와 제자 言焉〔언언, 子游(자유), 孔門十哲(공문십철) 중 文學의 한 사람〕과의 대화를 기록하였다. 본 편의 주요 내용은《禮記 禮運(예기 예운)》과 같은데 공자가 그렸던 이상세계인 '大同(대동)'을 설명하고 있다. 공자가 그렸던 大同은 夏(하), 商(상), 周(주) 三代 聖王(삼대 성왕) 시기의 大道(대도)가 실천되었던 모습이지, 三皇五帝(삼황오제)의 모습이나 후세 사람이 말한 元始共産社會(원시공산사회)의 복원이 아니었다.

본 편은 예의 발전과 변화, 禮(예)와 仁(인), 義(의), 樂(악), 天道(천도)의 통달과 人情(인정)의 順應(순응) 등에 관한 주제이기에 〈禮運〉이라 하였다. 본 편은 공자의 정치사상을 연구하는 주요 근거가 되었다.

인간 사회에서 가장 큰 조직은 국가일 것이다.

국가에서 준수하기를 요구하는 법과 사회적 규범은 거의 강제적이라고 볼 수 있다. 법은 행동의 동기나 의도와는 상관없이 그

결과가 법이라는 외형에 일치하느냐 않느냐를 따지게 된다.

이에 비하여 인간사회에서 그 제정 주체를 찾기 어려운 것, 곧 자연 발생적인 행동규범으로 관습이나 예절을 생각할 수 있다. 그리고 우리가 보통 道德(도덕)과 비슷한 의미로 사용하면서 혼용하기 쉬운 행동규범이 倫理(윤리)라는 개념이다.

윤리는 사회생활에서 선과 악이나 옳음과 그름(是非)의 판단 기준이 될 수 있는 관념을 의미한다. 이에 반해 도덕은 윤리보다도 더 개인적인 기준에 의한 개별적 행동에 관한 신념이라고 볼 수 있다. 곧 도덕은 私的(사적)인 행동규범이라 볼 수 있다. 물론 도덕을 전제하지 않는 윤리를 생각할 수 없으며 참다운 윤리는 도덕성에 뿌리를 두어야 한다.

말하자면, 윤리보다 더 내면적이고 개인적인 정신적 만족 여부를 따지는 것이 도덕이라고 할 수 있다. 그리고 도덕성은 인간의 계산이나 습관 이성적 판단이 아니라 感性(감성)과 관련이 있다.

공자가 만난 葉公(섭공)이 '아버지의 도둑질을 아들이 증언했다.' 고 말하자, 공자는 '아버지가 아들을 숨겨주고 아들이 아버지를 숨겨주는 것이 정직이라.' 고 말했다.[990]

여기서 섭공의 말과 같이 범죄를 저지른 사람이 아버지일지라도 고발해야 하는 것이 바른 시민 정신이며 정직의 표본이라고

990 《論語 子路》葉公語孔子曰, 吾黨有直躬者 其父攘羊 而子證之. 孔子曰, 吾黨之直者異於是 父爲子隱 子爲父隱 直在其中矣.

생각한 것인데, 이는 윤리적으로 옳고 그른가에 대한 판단이라고 할 수 있다.

아버지가 양을 훔쳤다면 아들이 고발하는 것이 도덕적으로 옳은 것이다. 그러나 공자는 그것은 곧 사람의 기본 도리를 부정하는 것이며, 인간적 기본 도리를 벗어난 것이 참된 정직일 수 없다고 보았다. 부자간에 숨겨주는 것이 언제나 예외 없이 옳은 것은 아니지만 인간이라면 법의 형벌에 앞서 그 형벌을 피하기 위해 우선은 숨겨주는 것이 인간적이라는 것이다.

이는 곧 도덕과 법의 관련성에 관한 문제이며, 국가라는 전체와 가족이라는 개인과의 대치이며 전체성과 개별성에 관한 논쟁으로 지금에도 아주 중요한 논쟁의 대상이 될 수 있는 논제이다.

그러나 공자에게는 이것이 문제가 되지는 않았다. 공자는 도덕적 규범이라 해서 무조건 일률적으로 적용할 수 없다는 뜻이며, 法治(법치)보다는 禮治(예치)를 중시한 것이라 할 수 있다. 공자의 대답은 국가의 법률과 상치되는 비상식적인 도덕관념이지만, 합리성을 따지기 이전에 인간의 감성으로 느낄 수 있는 도덕성을 더 중시한 것이라고 말할 수 있다.

▶ 예의 본질

또 한 가지 예를 든다면, 자식이 부모를 봉양할 때 경제적으로 유복한 공양이라도 공경심이 없는 봉양은 효도가 아니라는 공자

의 견해가 《논어》에 실려 있다.[991]

노인복지회관에서 또는 공원 입구에서 무료로 배식해 주는 한 끼 식사가 노인에게 더 영양가가 있을 수 있다. 그러나 가난한 아들이 효성으로 지어 올리는 한 끼 식사와 같을 수는 없다.

이런 사례처럼 모든 감정이 다 도덕성을 갖고 있는 것은 아니며, 모두 다 선한 것은 아니다. 곧 기본적으로 착한 심성에 바탕을 둔 따뜻한 마음에서 우러나오는 禮(예)가 옳고도 진정한 예라고 생각한 공자였다.

아버지와 아들이 서로의 범법 사실을 숨겨주는 감정과 따뜻한 감성의 공양이 진정 효라고 생각한 공자의 기본 도덕관념은 예의 본질에 대한 깊은 성찰이라 볼 수 있다.

---

991 《論語 爲政》 子游問孝, 子曰, 今之孝者 是謂能養. 至於犬馬 皆能有養, 不敬 何以別乎.

| 原文 | 孔子爲魯司寇, 與於蜡, 旣賓事畢, 乃出遊於觀之上, 喟然而嘆.

言偃侍曰, "夫子何嘆也?"

孔子曰, "昔大道之行, 與三代之英, 吾未之逮也, 而有記焉. 大道之行, 天下爲公, 選賢與能, 講信修睦. 故人不獨親其親, 不獨子其子, 老有所終, 壯有所用, 矜寡孤疾, 皆有所養. 貨惡其棄於地, 不必藏於己. 力惡其不出於身, 不必爲人. 是以奸謀閉而不興, 盜竊亂賊不作. 故外戶而不閉, 謂之大同."

| 국역 | 孔子가 魯나라의 司寇(사구)가 되어, 蜡祭(납제)에 참여했었는데, 祭禮(제례)를 돕는 일을 마친 뒤에[992] 높은 樓觀(누관)에 올라 쉴 때[993] 크게 한숨을 쉬며(喟然) 탄식하였다.

言偃〔언언, 言焉, 子游(자유)〕이 모시고 있다가 물었다.

"夫子〔부자 : 공(孔)부자, 선생님〕께서는 왜 탄식하십니까?"

孔子가 말했다.

---

992 원문 旣賓事畢 – 旣는 이미 기. 賓은 손님 빈. 여기서는 儐(도울 빈)의 뜻. 儐은 導也. 예의로 대접할 빈. 賓客之事也. 畢은 마칠 필.

993 원문 乃出遊於觀之上 – 遊는 놀 유. 쉬다. 觀은 볼 관. 大觀. 높고 큰 건물. 宮門의 큰 건물(宮門外闕).

"옛날(昔) 大道(대도)가 실행되던 시대에는[994] 三代〔삼대 : 夏(하), 商(상), 周(주)〕의 英明(영명)한 인물에 의한 통치였는데,[995] 내가 그 시대를 겪지는 못했지만 그에 관한 기록은 남아있다. 그런 大道(대도)의 실천에서 천하는 모두의 천하였으며(天下爲公), 賢人(현인)과 能人(능인)을 골라 정치를 담당케 하였기에 信義(신의)를 중시하고 화목하였다.[996] 옛사람들은 양친만을 친히 여기지는 않았고, 자신의 자식만을 자식처럼 대하지 않았으며,[997] 老人(노인)은 그 終生(종생 : 목숨을 바치다)을 누렸고 장년은 등용되었으며(壯有所用), 홀아비〔矜(불쌍히 여길 긍)〕, 과부〔寡(적을 과)〕, 고아(孤), 폐질자〔疾(병 질), 병든 사람〕 등은 모두 부양을 받았다(皆有所養). 재물이(貨) 땅에 버려지는 것을 싫어하였지만(惡其棄於地), 그렇다고 자신만을 위하여 秘藏(비장 : 감추어 두다)하지 않았다. 자신이 일하기를 싫어하였지만,[998] 그렇다고 남을 위해 일하

---

994 원문 大道之行 – 三皇五帝 時代.

995 원문 三代之英 – 三代는 夏, 殷(商), 周의 시대. 英은 英傑(영걸) 또는 英秀. 곧 夏禹, 商湯, 周文王 武王을 지칭.

996 원문 講信修睦 – 講은 외울 강. 말하다. 익히다. 실천하다(習也). 信은 信義. 修는 실천하다(行也). 睦은 화목할 목. 親也.

997 원문 不獨子其子 – 오직(獨) 내 자식만을 자식처럼 아껴주지는 않았다. 곧 남의 자식도 내 자식처럼 아꼈다. 이 말은 大道는 天下 모두에게 공정하다는 의미(天下爲公).

998 원문 力惡其不出於身 – 자신은 일하지 않고, 남의 힘으로 살아가는 것을 미워하다.

지도 않았다. 그러하였기에(是以) 간사한 시도는 펼 수 없었으며(奸謀閉而不興), 竊盜(절도, 竊은 훔칠 절)로 세상을 혼란케 하는 逆徒(역도)도 없었다. 때문에 외출에 대문을 잠그지 않았으니, 이를 '大同(대동)'[999]이라 하였다."

|原文| "今大道旣隱, 天下爲家, 各親其親, 各子其子, 貨則爲己, 力則爲人. 大人世及以爲常, 城郭溝池以爲固. 禹湯文武, 成王周公, 由此而選, 未有不謹於禮, 禮之所興, 與天地並, 如有不由禮而在位者, 則以爲殃."

|국역| "지금 大道(대도)는 숨어버렸고(旣隱),[1000] 天下(천하)는 一家(일가 : 자신의 집만을 위하다)가 되었는데, 각자 부모만을 가까이 모시고(各親其親), 각각 자기 자식만을 자식으로 여기며, 자신

---

999 大同 – 人類가 최종적으로 도달할 수 있는 理想世界로 인류의 가장 아름다운 미래 사회라 할 수 있다. 인류 모두는 서로 우애하고 협조하며 가가호호는 모두 안정된 직업을 누리며 차별도 없고 전쟁도 없는 평등사회이다. 이런 상태를 '大同世界'라 한다. 大同의 이상세계는 중국인의 이상세계이나, 그렇다고 종교적이거나 또는 서양인의 유토피아와(烏托邦) 동일한 개념은 아니다.

1000 원문 今大道旣隱 – 大道가 자취를 감춘 이후. 곧 三代의 말세 이후. 공자가 사는 시대.

만의 재물이고 다른 사람이 (나를 위하여) 힘써 주기만을 바란다.[1001] 大人〔대인 : 諸侯(제후)〕은 대를 물려 계승하고(世及以爲常), 城郭(성곽)이나 연못〔垓字(해자), 溝池(구지)〕으로 굳게 방어한다. 〔夏(하)〕 禹王(우왕), 〔商(상)〕 湯王(탕왕), 〔周(주)〕의 文王(문왕)과 武王(무왕), 成王(성왕)과 周公〔주공, 旦(단)〕이 예의로 천하를 다스리는 방책을 정하였고,[1002] 禮에 신중하지 않았던 적이 없었기에 禮治(예치)는 天地(천지)의 道(도)와 같았다. 그래서 禮로 다스리지 않고서 帝位(제위)에 있는 자는, 곧 재앙이 되었다."[1003]

❙原文❙ 言偃復問曰, "如此乎, 禮之急也."

孔子曰, "夫禮, 先王所以承天之道, 以治人之情, 列其鬼神, 達於喪祭鄕射冠婚朝聘. 故聖人以禮示之, 則天下國家可得以禮正矣."

言偃曰, "今之在位, 莫知由禮, 何也?"

孔子曰, "嗚呼哀哉! 我觀周道, 幽厲傷也, 吾舍魯何適?

1001 원문 力則爲人 - 다른 사람이 힘든 일을 하다. 다른 사람의 힘을 빌리다.

1002 원문 由此而選 - 禮義로 천하를 다스리는 방책을 고르다. 예의로 천하를 다스리다.

1003 원문 則以爲殃 - 殃은 재앙 앙. 죽은 사람에게서 나오는 惡氣.

夫魯之郊及禘皆非禮, 周公其已衰矣. 杞之郊也禹, 宋之郊也契, 是天子之事守也, 天子以杞宋二王之後, 周公攝政致太平, 而與天子同是禮也. 諸侯祭社稷宗廟, 上下皆奉其典, 而祝嘏莫敢易其常法, 是謂大嘉."

| 국역 | 言偃(언언, 子游)이 다시 물었다.

"禮制(예제)가 이와 같다면, 禮는 꼭 필요로 하는 것입니까?"

孔子가 말했다.

"禮란 先王(선왕)이 天道(천도 : 하늘의 도)를 계승하여 인간의 性情(성정)을 다스리기 위한 것으로, 鬼神(귀신)에게 본보기를 취하여(法으로 삼아) 인간의 喪禮(상례)와 祭禮(제례), 鄕射禮(향사례), 冠婚禮(관혼례)와 朝聘(조빙) 등의 의례에서 예를 지키게 하였다. 때문에 聖人(성인)은 禮를 지켜 백성에게 시범을 보였고, 천하와 모든 나라가 예를 따라 바르게 되었다(正)."

언언이 또 물었다.

"今世(금세 : 오늘날)에 在位(재위)하는 제후 중 禮로 다스려야 하는 줄을 아는 사람이 없는 것은 무엇 때문입니까?"

孔子가 말했다.

"嗚呼(오호)라 슬프다! 내가 볼 때, 周(주)의 正道(정도)는 幽王(유왕)과 厲王(여왕) 때에 크게 손상되었지만, 내가 魯(노)를 버려두고 어디를 가겠는가?[1004] 지금 魯의 郊祭(교제)나 禘祭(체제)가 본래의 禮와는 다르며[1005] 周公(주공)의 禮制(예제)도 이미 쇠퇴하였다.[1006] 杞人〔기인 : 杞(기)나라 사람〕의 交際(교제)는 禹〔우, 夏禹(하우)〕를 제사하고 宋(송)나라의 교사는 (商의 시조인) 契(설)을 제사하는데, 이는 천자가 이어나가야 할 일이다.[1007] 天子는 杞(기)와 宋(송)을 夏(하) 건국자 禹王(우왕)과 商(상)의 건국자 湯王(탕왕)의 후손이라고 생각하였다. 〔周朝(주조)의〕 周公(주공)이 〔成王(성왕)〕을 도와 攝政(섭정)하여 太平(태평)을 이루었고 周의 천자와 마찬가지로(與天子) (魯에서는) 같은 禮를 실행하였다(同是禮也). 諸侯(제후)는 사직과 종묘에 대해서만 제사하는데, 상하 모두가 〔周公(주공)이 정한〕 典禮(전례)를 준수하였기에 (祭禮儀式 중) 祝(축)이나 〔福(복)을 빌어주는〕 嘏(하)일지라도 그 (이어온) 常法(상법)을 감히 바꿀 수가 없었으니,[1008] 이를 大嘉(대가, 嘉는 아름다울 가)라 하였다."

1004 원문 舍魯何適? - 魯는 周公의 영향으로 聖人의 유풍이 다른 나라보다 많이 남아 있었다.

1005 원문 郊禘皆非禮 - 본래의 禮도 없어지고 그 大義도 망각하였다는 뜻.

1006 원문 其已衰矣 - 周公의 후손이 그 예의를 지켜오지 못했다.

1007 원문 是天子之事守也 - 事守는 응당 준수해야 할 法度.

1008 원문 祝嘏莫敢易其常法 - 祝(축)은 祭祀할 때 귀신에게 告하는 사람. 嘏는 클 하. 福也. 귀신에게 복을 기원하는 사람.

| 原文 | "今使祝嘏辭說, 徒藏於宗祝巫史, 非禮也, 是謂幽國, 醆斝及屍君, 非禮也, 是謂僭君, 冕弁兵車, 藏於私家, 非禮也, 是謂脅君, 大夫具官, 祭器不假, 聲樂皆具, 非禮也, 是爲亂國. 故仕於公曰臣, 仕於家曰僕. 三年之喪, 與新有婚者, 期不使也. 以衰裳入朝, 與家僕雜居齊齒, 非禮也, 是謂臣與君共國, 天子有田, 以處其子孫, 諸侯有國, 以處其子孫, 大夫有采, 以處其子孫, 是謂制度, 天子適諸侯, 必舍其宗廟, 而不禮籍入, 是謂天子壞法亂紀, 諸侯非問疾吊喪, 而入諸臣之家, 是謂君臣爲謔. 夫禮者, 君之柄, 所以別嫌明微, 儐鬼神, 考制度, 列仁義, 立政敎, 安君臣上下也. 故政不正則君位危, 君位危則大臣倍, 小臣竊, 刑肅而俗弊則法無常, 法無常則禮無別, 禮無別則士不仕, 民不歸, 是謂疵國."

| 국역 | "지금은 祝(축)의 禱(도, 빌 도)와 嘏(하)의 福辭(복사)를 그저(徒, 다만) 宗祝(종축)이나 巫史(무사)에게 간직하게〔藏(감출 장)〕하는 것은 非禮(비례)이고[1009] 國禮(국례)를 폐하는 것이며,[1010]

1009 원문 徒藏於宗祝巫史, 非禮也 – 徒는 무리 도, 맨손 도. 걸어가다. 다만 도. 공연히. 君臣 모두가 辭說의 의의를 알아야 하지 巫史(무사, 무당)에게 맡겨 전담하게 하는 것은 禮에 어긋난다.

(선왕이 사용하던) 醆(잔)과 斝(가, 술잔 가)를 제후국이나 후손이 사용하는 것도 非禮(비례)이며,[1011] 君王에 대한 僭越(참월)이다.[1012] (선왕이 착용하던) 冕弁(면변, 衣冠)이나 兵車(병거)를 私家(사가)에 보관하는 것도 非禮(비례)이며,[1013] 이는 주군을 협박하는 짓이다〔脅君(협군)〕. 大夫(대부)는 제사를 돕는 관리를 두어야 하고〔具官(구관)〕 祭器(제기)는 빌려주거나 빌려 쓸 수 없으며, 聲樂(성악 : 음악과 악대)을 모두 갖추는 것은 非禮이며 亂國(난국)이다. 그래서 제후(公)에게 出仕(출사 : 벼슬을 하다)하면 臣(신)이라 하고, 大夫(家)를 섬긴다면 僕(복, 종 복)이라 한다. 三年 喪(삼년상)을 지내는 중이거나 新婚者(신혼자)라면 1년 정도 파견하는 일을 시키지 않는다.[1014] 斬衰(참최)의 상복으로 入朝(입조 : 조정에

1010 원문 是謂幽國 – 幽는 어둘 유. 여기서는 敝(해질 폐, 부수다).

1011 원문 醆斝及屍君, 非禮也 – 醆(잔)은 술잔 잔. 斝(가)는 술잔 가. 夏나라에서는 醆. 殷(상)에서는 斝(가)라 하였다. 王者의 후손은 屍(죽을 시)라 하였다. 후대 군왕일지라도 先王이 사용했던 잔을 사용할 수 없다.

1012 원문 是謂僭君 – 僭은 참람할 참. 분수에 맞지 않는 행동. 거만한 짓〔侈(치)〕. 윗사람에 대한 오만한 짓.

1013 원문 冕弁兵車, 藏於私家, 非禮也 – 冕은 면류관 면. 弁은 고깔 변. 冕弁(면변)은 大夫의 服裝(복장)이다. 제사 후에 다른 사람에게 하사할 수 없고, 그것을 보관할 수도 없다는 주석이 있다.

1014 원문 期不使也 – 期는 1년. 不使는 일을 시키지 않는다. 장기 출장을 보내지 않는다.

들어오다)하거나 家僕(가복)과 한데 섞여(雜居) 나란히 서는 것도 非禮이니, 이 경우에는 臣(신)과 君(군)이 나라를 같이 소유한다고 하였다(共國). 天子(천자)는 토지를 보유하며 그 후손을 살게 하고, 제후는 封國(봉국)에 자손을 살게 하며, 대부는 采邑〔채읍, 食邑(식읍)〕에서 후손을 거처하게 하는데, 이는 법으로 정해진 것이다(制度). 天子가 諸侯(제후)에게 간다면 반드시 (제후의) 宗廟(종묘)에서 머물러야 하며 예법에 맞춰 제후국에 들어가지 않는다면,[1015] 天子가 법과 기강을 문란케 한 것이고, 제후는 병문안이나〔問疾(문질)〕, 問喪〔문상 : 吊喪(조상)〕의 경우가 아닌데도 마음대로 그 家臣(가신)의 집에 들어간다면, 이를 戲謔(희학)이라고 한다.[1016] 대체로 禮는 군왕의 권한이며〔君之柄, 柄(자루 병). 기본 권력〕 이로써(禮에 근거하여) 시비를 판별하고〔別嫌(별혐)〕 미묘한 기미를 드러내며〔明微(명미)〕, 鬼神(귀신)을 인도하고〔儐(빈)〕, 制度(제도)를 고찰하며, 仁義(인의)를 펴고(列), 政教(정교)를 확립하여야(立) 君臣 上下(군신 상하)를 모두 안정시킬 수 있다. 그리하여 政事(정사 : 정치)가 不正(부정 : 바르지 못하다)하다면 君位(군위 : 임금의 자리)가 위태롭고(危), 君位(군위)가 위태로우면 大臣(대신)은 배신하고(倍, 背) 小臣(소신)은 나라의 재물을 훔친다〔竊(훔칠

1015 원문 而不禮籍入 – 臨諸侯國에 들어가서 宗廟에 머물며 제후의 선조 귀신에게 고하고 머물러야 한다는 주석이 있다.

1016 원문 而入諸臣之家, 是謂君臣爲謔 – 謔은 희롱할 학(戲). 무시하고 희롱하다.

절)〕. 형벌이 엄하고(肅) 습속이 피폐하면(俗弊) 法令(법령)이 일정하지 않고(無常), 法이 無常(무상)하면 禮가 無別(무별 : 변별이 없다)하며, 禮가 無別(무별)하면 士人(사인 : 선비)이 不仕(불사 : 벼슬을 하지 않다)하고, 民衆(민중 : 백성)이 不歸(불귀 : 돌아갈 곳을 잃게 된다)하니, 이럴 경우를 나라가 병들었다고 한다.〔疵國. 疵(흠 자). 결점, 병〕"

| 原文 | "是故夫政者, 君之所以藏身也, 必本之天效以降命, 命降於社之謂敎地, 降於祖廟, 之謂仁義, 降於山川之謂興作, 降於五祀之謂制度, 此聖人所以藏身之固也. 聖人參於天地, 並於鬼神以治政也. 處其所存, 禮之序也, 翫其所樂, 民之治也. 天生時, 地生財, 人其父生而師教之, 四者君以政用之, 所以立於無過之地."

| 국역 | "그러하기에 政治(정치)란, 君王(군왕 : 임금)이 자신을(권위를) 지키는 방편이고,[1017] (君王은) 반드시 하늘을 근본으로 삼

1017 원문 君之所以藏身也 – 藏은 감출 장. 자신을 감출 수 있는 방편. 다른 사람에게 빌릴 수 없다는 주석이 있다. 곧 자신을 지키는 권위는 정치를 통해서 스스로 확보해야지 남에게 의지할 수 없다는 의미가 된다.

고 천명을 받아야 하나니,[1018] 天命(천명)을 받은 사직은 땅을 본받는다.[1019] 천명이 祖廟(조묘)에 내렸고, 그에 따르는 것을(조상을 받드는 것을) 仁義(인의)라 한다.[1020] 천명이 산천에 내린 것을 興作(흥작)이라 하고,[1021] 五行(오행)의 神에 내린 것을 制度(제도)라 하는데,[1022] 이 모두는 聖人(성인)이 자신의 지위나 권위를 굳건히 할 수 있는 保藏(보장)이 된다.[1023] 聖人(성인)은 天地(천지)를 본받고(參於天地), 동시에 귀신을 함께 섬겨(並於鬼神) 다스릴 수 있다. 그가 존재하는 곳을 다스리는 것은 禮制(예제)에 의거한 질서의 확립이고(禮之序也), (백성이) 즐기는 바를 같이 좋아하는 것이 백성을 다스리는 것이다.[1024] 하늘은 四時(사시)를 운

1018 원문 必本之天效以降命 – 效天하여 교령을 내리는 것이, 곧 천명을 밝히는 것이다.

1019 원문 命降於社之謂殽地 – 군왕의 정령은 땅(자연)을 본받아야 한다.

1020 원문 降於祖廟之謂仁義 – 奉祖廟하여 근친을 가까이, 遠親도 받드는 것이 仁義之道이다.

1021 원문 降於山川之謂興作 – 興은 興造雲雨. 雲雨를 내리게 하다. 作은 만물을 생육하다.

1022 원문 降於五祀之謂制度 – 五祀는 五行의 神. 人事를 처리할 수 있는 制度.

1023 원문 藏身之固也 – 이로써 藏身(장신, 자신의 保藏)이 확고해지다.

1024 원문 翫其所樂, 民之治也 – 翫은 갖고 놀 완. 君王이 즐기는 것

행하고(天生時), 大地(대지 : 땅)는 재물을 만들며, 인간은 부모가 낳고 師傅(사부 : 선생님)가 가르치니, 군왕은 이 四者〔사자 : 天(천), 地(지), 父(부), 師(사)〕를 정치에 응용한다면 (그 治民에) 과실이 없을 것이다."[1025]

| 原文 | "君者, 人所則, 非則人者也, 人所養, 非養人者也, 人所事, 非事人者也. 夫君者, 則人則有過, 養人則不足, 事人則失位, 故百姓則君以自治, 養君以自安, 事君以自顯, 是以禮達而分定. 人皆愛其死, 而患其生, 是故用人之智去其詐, 用人之勇去其怒, 用人之仁去其貪. 國有患, 君死社稷爲之義, 大夫死宗廟爲之變. 凡聖人能以天下爲一家, 以中國爲一人, 非意之, 知其情, 從於其義, 明於其利, 達於其患, 然後爲之."

| 국역 | "君王은 백성이 본받아야 할 사람이지 남을 본받는 사람이 아니고, 남에게 봉양 받을 사람이지 백성을 양육하는 사람이

은 백성이 편안하여 즐거워하는 것이다.

1025 원문 所以立於無過之地 – 천지는 四時를 운행하고 재물을 생산한다. 부모가 生育하고 師傅(사부)가 가르치니, 군왕은 정치란 결국 이 四者를 이용한다면 아무런 과오도 없을 것이다.

아니며, 백성이 섬기도록 하는 사람이지 백성을 섬기는 사람이 아니다. 군왕이 남을 본받으면 過誤(과오)가 생기고, 남을 양육하려면 不足(부족)하고, 남을 섬기게 되면 지위를 잃게 된다. 그래서 百姓(백성)은 군왕을 본받아 스스로를 다스릴 수 있고, 주군을 봉양하면서 스스로 안정할 수 있으며 주군을 섬겨 자신을 드러낼 수 있으니, 이로써 禮制(예제)가 널리 통하고(禮達), 상하의 명분이 명확해진다. 백성은 모두가 죽음을 슬퍼하며 자신이 생애에 무례할까 걱정하게 된다.[1026] 그리고 군왕은 남의 지혜를 잘 응용하여 거짓은 제거하며, 남의 용기를 이용하나 분노를 배제하고, 남의 인자함을 받아들이나 남의 탐욕을 제거한다. 나라에 환난이 있다면 君王은 사직을 지켜 죽는 것이 大義(대의)이고, 대부는 宗廟(종묘)를 지켜 죽는 것이 당연한 정의이다.[1027] 무릇 聖人은 천하를 한 집안처럼 생각하고, 중국(中國) 전체를 한 사람처럼 생각해야 하는데, 이는 잘못된 생각이 아니고,[1028] 반드시 백성의 인정을 이해하고 대의에 따른 것이며, 무엇이 백성의 이익이

1026 원문 人皆愛其死 而患其生 – 愛는 愛惜(애석). 其死而患其生之無禮也.

1027 원문 大夫死宗廟爲之變變 – 大夫는 그 거취에 의리를 지켜야 한다. 종묘를 위해 꼭 죽어야 하는 것은 아니지만, 종묘를 위해 죽는다면 그것은 임시변통(權變)이라 할 수 있다.

1028 원문 非意之 – 잘못된 생각에서 나온 것이 아니다. 〈非以意貪之必有致之也〉.

고, 무엇을 걱정하는 바를 인지한 다음에 다스릴 수 있을 것이다."

| 原文 | "何謂人情? 喜怒哀懼愛惡欲, 七者弗學而能, 何謂人義? 父慈子孝, 兄良弟悌, 夫義婦聽, 長惠幼順, 君仁臣忠, 十者謂之人義, 講信修睦, 謂之人利, 爭奪相殺, 謂之人患, 聖人之所以治人七情, 修十義, 講信修睦, 尙辭讓, 去爭奪, 舍禮何以治之, 飮食男女, 人之大欲存焉, 死亡貧苦, 人之大惡存焉. 欲惡者, 人之大端, 人藏其心, 不可測度, 美惡皆在其心, 不見其色, 欲一以窮之, 舍禮何以哉?"

| 국역 | "人情(인정)이란 무엇인가? 喜(희), 怒(노), 哀(애), 懼(두려울 구), 愛(애), 惡(오, 미움)과 欲(욕심)이니, 이러한 七情은 배우지 않아도(弗學) 느낄 수 있는 것이다. 무엇이 사람의 의리(人義)인가? 父는 慈愛(자애), 자식은 孝敬(효경), 형은 온량하고(兄良) 아우는 공손하며(弟悌), 夫(부)는 正義(정의)롭고 婦(부)는 順從〔순종 : 聽(청 : 듣다)〕하며, 어른은 은혜를 베풀고, 어린 사람은 柔順(유순)해야 하며, 主君(주군)은 인자하고 신하는 충성해야 한다. 이 10가지를 사람이 지킬 대의라 하고, 신의를 지키며 화목에 힘써 행한다면 사람에게 이로울 것이다. 서로 爭奪(쟁탈)하고 서로 살해한

다면, 이는 인간의 환난이 된다. 聖人은 인간의 이러한 七情을 다스리고 10가지 대의를 따르게 하고 신의를 지켜 화목하며, 辭讓(사양)을 숭상하고 爭奪(쟁탈)을 못하게 한다. 그러니 禮를 버린다면 어떻게 인간을 다스리겠는가? 飮食(음식)과 男女의 色情은 인간의 가장 큰 욕구이며, 死亡이나 가난과 고생(貧苦) 역시 인간이 가장 강하게 싫어하는 것이다(人之大惡存焉). 그리고 다른 사람에 대한 욕망과 미움은(欲惡者) 인간의 가장 큰 본성이나[1029] 사람의 마음속에 감춰져 있기에 헤아릴 수가 없고, 좋아하기(美)와 증오(惡) 또한 마음속에 들어있어 그 모습을 볼 수는 없으나 그 욕망을 끝까지 실현하려 한다면(欲一以窮之) 禮가 아니고서야 어떻게 하겠는가?"

|原文| "故人者, 天地之德, 陰陽之交, 鬼神之會, 五行之秀. 天秉陽, 垂日星, 地秉陰, 載於山川, 播五行於四時, 和四氣而後月生, 是以三五而盈, 三五而缺, 五行之動, 共相竭也. 五行四氣十二月, 還相爲本, 五聲五律十二管, 還相爲宮, 五味六和十二食, 還相爲質, 五色六章十二衣, 還相爲主. 故人者, 天地之心, 而五行之端, 食味別聲被色而生者."

1029 원문 人之大端 – 大端의 端은 끝 단. 인간의 原初的 慾望.

| 국역 | "그래서 사람은 天地의 德(기본 品質)과 陰陽(음양)의 교합, 또 鬼神(귀신, 精靈)의 交會(교회, 會合)이며 五行의 正秀(정수, 빼어난 결과)라 할 수 있다. 하늘은 陽性(양성)으로 해와 별을 운행하고〔垂日星, 垂(드리울 수)〕, 地(지 : 땅)는 陰性(음성)을 계승하여 山川(산천)을 품고 있다.〔載(실을 재)〕. 五行(오행)은 4계절에 걸쳐 작용하고〔播(뿌릴 파)〕 四時의 기운을 화합한 뒤에 12개월이 만들어졌다.[1030] 이에 15일간 달(月) 이차고〔커지다, 三五而盈, 盈(찰 영)〕, 15일 동안 달이 기운다〔三五而缺, 缺(이지러질 결)〕. 五行의 움직임은 다른 四時와 함께 그 消長(소장)을 다하면, 五行, 四氣, 十二月이 다시 그 근본으로 돌아온다. 五聲(오성)과 五律(오률) 十二管(관)은 다시 宮音(궁음)으로 환원한다.[1031] 五味(오미)와 六和(육화), 十二食(십이식)은 교대로 그 바탕의 맛이 되고,[1032] 五色(오색)과 六章(육장), 그리고 十二衣(십이의)는 돌아가며 서로 主色(주색 : 바탕)이 된다.[1033] 그런고로 사람은 天地(천지)의 中心(중심)이

1030 원문 和四氣而後月生 – 12달이 형성된 이후 4계절이 순환한다. 오행이 두루 분포하면서 四時와 四氣가 화합한 뒤에 12개월이 만들어졌다.

1031 원문 五聲 – 宮, 商, 角, 徵(치), 羽(우)의 음계.

1032 원문 還相爲質 – 五味는 酸(산, 신맛), 苦(고, 쓴맛), 鹹(함, 짠맛), 辛(신, 매운 맛), 甘(감, 단맛). 六和는 여섯 가지 조미료. 봄에는 신맛이 많고, 가을에는 매운 맛이 많은 것이 그 예이다. 十二食은 12개월에 따른 기본 음식을 지칭한다.

1033 원문 還相爲主 – 五色은 青, 赤, 白, 黑, 黃色. 《禮記 學記》에 의

되고, 五行(오행)의 始端(시단)이며,[1034] 맛을 구별하여 즐기고, 색에 맞춰 의복을 지어 입을 줄 안다."

| 原文 | "聖人作則, 必以天地爲本, 以陰陽爲端, 以四時爲柄, 以日星爲紀, 月以爲量, 鬼神以爲徒, 五行以爲質, 禮義以爲器, 人情以爲田, 四靈以爲畜. 以天地爲本, 故物可擧, 以陰陽爲端, 故情可睹, 以四時爲柄, 故事可勸, 以日星爲紀, 故業可別, 月以爲量, 故功有藝, 鬼神以爲徒, 故事有守, 五行以爲質, 故事可復也, 禮義以爲器, 故事行有考, 人情以爲田, 四靈以爲畜. 故飮食有由."

| 국역 | "聖人이 法則〔법칙 : 禮制(예제)〕을 제정하면서[1035] 당연히(必) 天地(천지)를 근본으로 삼았고, 陰陽(음양)을 그 시작으로(端, 端緖), 四時를 政令(정령)의 변동 요인으로(柄, 權變), 그리로 日月을 紀綱(기강)으로, (12)月을 기준 量(량, 단위)으로, 귀신을 무리로

하면, 水는 五色에 해당하지는 않는다. 그러나 五色은 水가 없으면 드러나지 않나니, 오색은 水가 있어야만 그 색이 드러날 수 있다.

1034 원문 五行之端 - 端은 끝 단. 始也.

1035 원문 聖人作則 - 作은 法則(禮制)를 마련하다. 제정하다.

(徒, 同類), 또 五行을 바탕(質)으로, 禮를 道具〔도구 : 器具(기구), 방법〕로, 人情(인정)을 근본 바탕으로(田, 田地), 四靈(사령)을 가축으로 생각하였다.[1036] 天地를 근본으로 삼았기에 만물은 천지 안에 존재하며 기를 수 있고(故物可擧), 음양을 단초로(시작) 삼았기에 人情(인정)을 目睹(목도, 보다)할 수 있고, 四時에 따라 정령을 바꿀 수 있으니, 백성에게 일을 권장할 수 있었다. 日月과 星宿(성수, 별자리)를 紀綱(기강)으로 하였기에 여러 일을 분별할 수 있으며, 1달을 단위로(一月) 분량을 헤아리니(구분하니) 그 성과에 따라(功) 백성을 다스릴 수(藝, 여기서는 理) 있으며,[1037] 鬼神(귀신)을 무리로(徒, 同類) 삼아서 일을 분담할 수 있고,[1038] 五行의 변환을 바탕으로(質, 본체) 삼았기에, 모든 일을 반복해서 이룰 수 있으며, 예의를 器具〔기구 : 器(그릇), 연모〕로 삼았으므로 일의 성취를 헤아릴 수 있고,[1039] 人情(인정)을 인간이 활동하는 田地(전

1036 원문 四靈以爲畜 - 四靈은 麟(린, 麒麟, 信厚의 상징), 鳳凰(봉황, 治亂을 아는 동물로 상징), 거북(龜, 知吉凶), 龍(變化의 상징) 등 4가지 신령한 동물. 사실 麒麟 鳳凰과 龍은 상상의 동물이나 인간의 생활과 밀접한 관계가 있는 것으로 설정되었다. 사령의 출현은 태평시대의 到來나 성인 출현을 의미하기에 간절히 희구하는 신성한 동물이 되었다.

1037 원문 月以爲量, 故功有藝 - 한 달을 기준으로 성과를(功績) 헤아려 능력과 무능력을 구분하여 다스릴 수(理) 있다는 뜻.

1038 원문 故事有守 - 鬼神은 서로 간섭 없이 자기 직분만 수행한다(不相干各有守). 결국 개인의 능력을 구분할 수 있다는 의미.

지 : 밭)로 삼고 사령을 가축처럼 생각하였으므로, 인간의 음식에 그 來源〔내원, 由來(유래)〕이 있었다."

| 原文 | "何謂四靈? 麟鳳龜龍謂之四靈. 故龍以爲畜, 而魚鮪不諗, 鳳以爲畜, 而鳥不獝, 麟以爲畜, 而獸不狘, 龜以爲畜, 而人情不失. 先王秉蓍龜, 列祭祀, 瘞繒, 宣祝嘏, 設制度, 祝嘏辭說. 故國有禮, 官有御, 事有職 禮有序."

| 국역 | "四靈(사령)이 무엇인가? 麟(린, 기린), 鳳(봉, 봉황), 龜(귀, 거북), 龍(용)을 四靈이라 한다. 龍을 가축으로 생각하기에(以爲畜) 물고기나 다랑어(魚鮪) 등이 숨지 않았고,[1040] 봉황을 가축으로 생각하기에 鳥類(조류)가 놀라 달아나지 않으며〔而鳥不獝, 獝(놀라 허둥댈 휼)〕, 기린도 가축처럼 길러지니 짐승들도 놀라 달아나지 않고〔而獸不狘, 狘(놀라 달아날 월)〕, 거북을 가축으로 기르다 보니 (거북점으로 길흉을 알아) 人情(인정)에 따른 생각에 실수가 적었다. 先王(선왕)들은 (점치는) 시초〔蓍(시초 시)〕와 龜甲(귀갑)에 의거하여 (점을 쳐서) 차례에 맞춰 제사를 지내고(列祭祀),

---

1039 故事行有考 – 考는 성과를 헤아리다. 成也.

1040 원문 魚鮪不諗 – 鮪는 다랑어 유. 뱀장어와 비슷한 생김새의 물고기. 諗은 숨을 심. 잠수하여 숨다(潛藏也). 생각할 심.

(祝辭를 적은) 布帛(포백)을 묻고〔瘞繒(예증), 瘞(묻을 예), 埋也, 繒(비단 증), 降神의 방법〕, 축원과 복을 비는 말을〔祝嘏(축하)〕 널리 알리며(宣), 여러 제도를 마련하였으며 축원하고 비는(祈) 말을 設定(설정)하였다. 그리하여 나라에 여러 제례가 정비되고, 담당 관리를 두고 일을 분담하였으며 祭禮(제례)에 질서가 확립되었다."

| 原文 | "先王患禮之不達於下, 故饗帝於郊, 所以定天位也, 祀社於國, 所以列地利也, 禘祖廟, 所以本仁也, 旅山川, 所以儐鬼神也, 祭五祀, 所以本事也. 故宗祝在廟, 三公在朝, 三老在學, 王前巫而後史, 卜著瞽侑, 皆在左右, 王中心無爲也, 以守至正. 是以禮行於郊, 而百神受職, 禮行於社, 而百貨可極, 禮行於祖廟, 而孝慈服焉, 禮行於五祀, 而正法則焉. 故郊社, 宗廟, 山川, 五祀, 義之修而禮之藏."

| 국역 | "先王(선왕)은 禮制(예제)가 천하에 두루 실천되지 않을까 걱정하여 교외에서 天帝(천제)에게 제사를 지내 天位(천위)를 확보할 수 있었고, 國都(국도) 교외에서 토지신(社)에 제사를 올려 大地(대지)의 功利(공리)를 차지할 수 있었으며, 朝廟(조묘)에 제사

를 올려서〔禘祭(체제)〕仁愛(인애)를 근본으로 삼았고, 山川(산천)에 제사를 올려(旅祭) 산천의 모든 귀신을 인도하였으며(儐鬼神也), 五行(오행)의 여러 神(신)에 제사를 올려(五祀) 사물의 本源(본원)을 알 수 있었다. 그러하기에 宗祝(종축)은 종묘에서(在廟), 三公(삼공)은 조정에서(在朝), (教化를 담당하는) 三老(삼로)는 國學(국학)에서 군왕을 도왔고,[1041] 君王의 앞에는 巫師(무사)가 자리의 뒤쪽에는 史官(사관)이 있었으며 (점치기를 담당하는) 卜蓍(복시)와 樂官(악관, 瞽는 소경 고)과 諫官(간관, 侑는 권할 유)을 좌우에 거느리고 있어 君王은 그 가운데에서 아무 일도 하지 않는 듯(無爲) 다스리며 군왕의 正道(정도)를 지켰다. 그래서 군왕이 교외에서 祭禮(제례)를 올리면 百神(백신)이 직무를 맡아 수행하였고, 토지 神社(신사)에서 제례를 올리면 온갖 물자를 충분히 얻을 수 있었으며(百貨可極), 祖廟(조묘)에서 제례를 올려 효행과 慈愛(자애)로 원근을 복종시켰고,[1042] 五行神(오행신)에 대한 제사를 올려(五祀) 모든 법칙을 바르게 하였다(而正法則焉). 그리하여 郊社(교사), 宗廟(종묘), 山川(산천)과 五祀(오사)는 道義(도의)를 구체적으로 실천한 것이고 禮制(예제)의 寶藏(보장 : 저장되다)이 되었다."

1041 원문 三公在朝, 三老在學 – 三老는 원로의 뜻. 군왕은 국학에서 삼노를 우대하였다.

1042 원문 而孝慈服焉 – 孝道와 慈愛의 도리로 遠近의 모두를 服屬(복속)하게 하다.

| 原文 | "夫禮必本於太一, 分而爲天地, 轉而爲陰陽, 變而爲四時, 列而爲鬼神. 其降曰命, 其官於天也, 協於分藝, 其居於人也, 曰養. 所以講信修睦, 而固人之肌膚之會, 筋骸之束者, 所以養生送死, 事鬼神之大端, 所以達天道, 順人情之大竇. 唯聖人爲知禮之不可以已也, 故破國,喪家, 亡人, 必先去其禮."

| 국역 | "대체로 禮는 꼭 太一(태일, 元氣)이 그 근본이 되는데, (太一이) 나뉘어 天地가 되고 (天地가) 轉變(전변)하여 陰陽(음양)이 되며, 다시 바뀌어 四時〔사시 : 四季(사계절)〕가 되고, 널리 나뉘어(분열) 귀신이 된다(列而爲鬼神). 〔太一 기운이 天地나 祖廟(조묘)에〕 강림한 바를 命(명)이라 하는데, 이는 하늘(天, 자연)을 법으로 삼은 것으로[1043] 여러 관련 분야에서 서로 협조한다(協於分藝, 藝는 理也). (禮의 命이) 人身(인신)에 머무르면 그것을 養(양, 養成의 뜻)이라 하는데, 이 養에 의거하여 사람은 信義(신의)를 중시하고 和睦(화목)을 추구하는데, 마치 사람의 피부가 달라붙고 근육과 뼈가 결합하는 것과 같다.[1044] 그래서 禮(예)에 의거 산 사람을 봉양하고 죽은 자를 장례하며, 귀신을 섬기는 단서가 되고,

---

1043 원문 其官於天也 – 官은 職分也. 예의 직분은 모두 하늘에서 내려온 것이라는 뜻.

1044 원문 筋骸之束者 – 筋은 힘줄 근. 骸는 뼈 해.

天道에 깨닫게 되며 人情에 순응하는 큰 통로가 된다.[1045] 오직 聖人만은 禮를 그만두거나 폐지할 수 없다는 사실을 아는데, 그래서 나라나 가문의 파멸, 개인의 멸망에는 그에 앞서 禮가 먼저 없어지게 된다."

| 原文 | "禮之於人, 猶酒之有蘗也. 君子以厚, 小人以薄. 聖人修義之柄, 禮之序, 以治人情. 人情者, 聖王之田也. 修禮以耕之, 陳義以種之, 講學以耨之, 本仁以聚之, 播樂以安之. 故禮者, 義之實也. 協諸義而協則禮, 雖先王未有可以義起焉, 義者藝之分, 仁之節, 協於藝, 講於仁, 得之者强, 失之者喪, 仁者義之本, 順之體, 得之者尊. 故治國不以禮, 猶無耜而耕, 爲禮而不本於義, 猶耕之而弗種, 爲義而不講於學, 猶種而弗耨, 講之以學, 而不合以仁, 猶耨而不獲, 合之以仁, 而不安之以樂, 猶獲而弗食, 安之以樂, 而不達於順, 猶食而不肥. 四體旣正, 膚革充盈, 人之肥也. 父子篤, 兄弟睦, 夫婦和, 家之肥也. 大臣法, 小臣廉, 官職相序, 君臣相正, 國之肥也. 天子以德爲車, 以樂爲御, 諸

1045 원문 順人情之大竇 – 竇는 구멍 두. 여기서는 통로가 된다는 뜻.

侯以禮相與, 大夫以法相序, 士以信相考, 百姓以睦相守, 天下之肥也. 是謂大順. 順者, 所以養生送死, 事鬼神之常也. 故事大積焉而不苑, 並行而不謬, 細行而不失, 深而通, 茂而有間, 而不相及, 動而不相害, 此順之至也. 明於順, 然後乃能守危."

| 국역 | "禮는 사람에게 마치 술의 누룩과 같다.[1046] 君子는 禮에 의하여 더욱 厚德(후덕)해지고, 小人(소인)은 (예를 안 지켜) 각박해진다(薄). 聖人(성인)에게 禮는 대의를 실천할 근본(修義之柄)이 되고, 禮의 次序(차서)에 의거 人情(인정 : 사람의 감정)을 다스릴 수 있다.

人情(인정)이란 聖王(성왕)의 田地(전지 : 경작)이다. 예를 실천하는 것은(修禮) 밭을 가는 것이고(耕之), 大義(대의)의 陳述〔진술 : 强調(강조)〕은 밭에 씨앗을 뿌리는 것과 같으며(種之), 학문은 김매기와 같으니,[1047] 仁愛(인애)를 근본으로 인심을 모으며(本仁以聚之), 예악을 전파하여 백성을 안정시킬 수 있다. 때문에 禮는 義의 結實〔결실 : 實體(실체)〕이라 할 수 있다. 모든 義가 서로 모아 이루어진 것이 禮(예)이다. 비록 先王 代(선왕 대)에 이루어지지 못했

1046 원문 猶酒之有糵也 – 糵은 누룩 얼. 누룩은 발효제.

1047 원문 講學以耨之 – 耨는 김맬 누. 잡초를 제거하다〔除穢(제예)〕.

지만 義는 藝(예)의 分身(분신)이고, 仁道(인도)의 節操(절조)이기에 藝에 協贊(협찬)하고 仁을 講說(강설)하는 것이다. 禮를 체득한 자는 강성하고 예를 喪失(상실)하면 멸망하게 된다. 仁이란 義(의)의 本源(본원)이고 順理(순리)의 본체이니, 仁을 체득한 자는 존귀하다. 그래서 禮로 治國(치국)하지 않는다면, 마치 보습(쟁기) 없이 밭갈이 하는 것과 같으며,[1048] 禮를 실천하며 大義(대의)에 바탕을 두지 않는다면, 밭을 갈고서도 씨를 뿌리지 않는 것과 같다.[1049] 義(의)를 지킨다면서 학문에 근거하지 않는다면, 씨앗을 뿌린 뒤에 김을 매지 않는 것과 같고,[1050] 학문을 말하면서 仁에 합치하지 않는다면 마치 김을 매고서도 수확하지 않는 것과 같다. 仁을 실천하며 樂(악)으로 안정시키지 않는다면, 수확을 한 뒤에 음식을 먹지 않는 것과 같고, 樂으로 안정시키며 순리에 맞게 하지 않는다면, 먹기만 할 뿐 건강하지 않은 것과〔不肥, 肥(살찔 비)〕 같다. (우리 몸의) 四體〔사체 : 四肢(사지)〕가 정상이고 피부도 충실하다면 건강한 사람이다(人之肥也). 父子(부자) 관계가 敦篤(돈독)하고 형제가 화목하며 夫婦(부부)가 화합한다면 정상적인 가정이다(家之肥也). 大臣(대신)이 법도를 따르고(法), 小臣(소신)은 청렴하며(廉), 官職(관직)에 상하 질서가 있고(相序), 君臣(군

1048 원문 猶無耜而耕 – 猶는 같을 유. 耜는 보습 사. 쟁기에서 땅을 파는 쇠를 보습이라 한다. 耕은 밭갈이할 경. 耕作(경작).

1049 원문 猶耕之而弗種 – 種은 씨앗 종. 種子. 씨앗을 뿌리다.

1050 원문 猶種而弗耨 – 耨는 김맬 누.

신)이 서로 바로잡아준다면(相正), 이는 건실한 국가이다.(國之肥也). 天子(천자)가 德(덕)을 수레로 삼고(爲車), 樂(악)을 마부로 삼아(爲御) 다스리며, 諸侯(제후)는 禮로 함께 친하고, 大夫(대부)는 법도를 따라 질서를 지키며, 士人(사인 : 선비)은 신의(믿음)로 서로를 도와주고, 百姓(백성)은 화목하며 서로를 지켜준다면, 이는 천하가 안정된 것이다(天下之肥也). 이를 大順(대순)이라고 한다. 順(순)은 이에 의거 養生(양생 : 산 사람을 기르다)하고 送死(송사 : 죽은 이를 보내다)하며, 鬼神(귀신)을 제사하는 정상적인 원칙이다. 그러면 나라에 政事(정사)가 많아도 停滯(정체)가 없고,[1051] 함께 진행하나 착오가 없으며〔不謬(불류)〕, 세밀한 일까지도 빠트리지 않고(細行而不失) 깊으면서도 相通〔상통 : 深而通(심이통)〕하고, 무성하면서도 사이가 널찍한 것이다.[1052] 하나로 연결되었지만 서로 얽히지 않고[1053] 움직이나 서로 방해하지 않으니, 이는 順理(순리)의 지극한 최고 경지일 것이다. 順理(순리)를 확실하게 안 뒤에 위험한 상황을 처리할 수 있다."[1054]

1051 원문 故事大積焉而不苑 – 苑은 동산 원. 여기서는 막혀 정체되다(滯積也).

1052 원문 茂而有間 – 일처리가 합리적이라는 뜻(有理也).

1053 원문 連而不相及 – 차례가 있다. 질서정연하다(有叙也).

1054 원문 然後乃能守危 – 높아도 위험하지 않고 오래 지켜낼 수 있다는 뜻.

| 原文 | "夫禮之不同不豐殺, 所以持情而合危也. 山者不使居川, 渚者不使居原, 用水火金木; 飮食必時, 冬合男女, 春頒爵位, 必當年德, 皆所順也. 用民必順, 故無水旱昆蟲之災, 民無凶饑妖孽之疾. 天不愛其道, 地不愛其寶, 人不愛其情, 是以天降甘露, 地出醴泉, 山出器車, 河出馬圖, 鳳凰麒麟, 皆在郊掫, 龜龍在宮沼, 其餘鳥獸及卵胎, 皆可俯而窺也. 則是無故, 先王能循禮以達義, 體信以達順, 此順之實也."

| 국역 | "禮制(예제)는 貴賤(귀천)에 따라 다르고(不同), 보태거나(豐) 相殺(상쇄)하지 않으면서, 人情(인정)을 그대로 유지하여, 안정하더라도 위험을 생각해야 한다(居安思危). 山(산)에 사는 자를 냇가에서 살게 할 수 없고, 물가에 살던 사람을 평원에 살게 할 수 없으며,[1055] 水(수), 火(화), 金(금), 木性(목성)을 이용할 경우 그 음식은 필히 時宜(시의 : 시기)에 맞아야 한다.[1056] 겨울에는 남녀

1055 원문 渚者不使居原 – 渚는 물가 저. 호수나 江流 안에 있는 육지. 原은 平原.

1056 원문 飮食必時 – 時宜(시의)에 맞아야만 음식이나 생활에 안정을 유지할 수 있다. 가령 물가에서 고기를 잡아 생활하는 사람이라도 1년 12개월 내내 강이나 水澤에서 어류를 잡을 수 있는 것은 아니다. 산에서 銅이나 鐵을 채취하는 것도, 또 1년 내내 화전으로 산에 불을 질러 살 수도 없다.

가 짝을 찾아 결혼하고, 봄철에는 제후를 봉하는데, 모두 나이와 德行(덕행)에 맞아야 하니, 이 모두가 順理(순리)이어야 하고(皆所順也), 백성을 부리더라고 순리를 따라야 한다(用民必順). 그래야만 水害(수해)나 旱害(한해, 가뭄), 곤충의 재앙이 없고, 백성은 흉년이나 饑餓(기아, 굶주림) 또는 요상한 재앙〔妖孽(요얼)〕에 따른 고통이 없을 것이다. 하늘은 백성을 위하여 天道(천도)의 施惠(시혜 : 베풀다)를 아끼지 않고 땅도 백성을 위하여 보물을 아끼지 않나니, 그래서 하늘에서는 甘露(감로)를 내리고, 땅에서는 단물의 샘이 솟아나고〔醴泉(예천)〕, 山(산)에서는 여러 연모나 수레가 나오며, 河水(하수)에서는 龍馬(용마)가 圖版(도판)을 지고 나왔으며(龍似馬負圖出), 鳳凰(봉황)과 麒麟(기린)이 교외에 출현하였고, 靈龜(영귀 : 거북)와 神龍(신용 : 용)은 궁궐 안 沼澤(소택)에 있었다. 그 나머지 조수나 卵生(난생) 또는 胎生(태생)의 동물은 굽어보거나 안 보이는 곳에 숨어서 존재한다. 이런 자연의 모습은 無故(무고 : 연고가 없다)하지 않으니, 先王이 禮에 의거(循禮) 그 意義(의의)를 알고, 信義(신의)를 실현하며 順理(순리)에 따랐기 때문이니, 이 모두가 順應(순응)의 결과(實)이다."

《孔子家語》 권8

〈冠頌(관송)〉 제33

【해설】

본편 〈冠頌(관송)〉은 공자와 그 제자 孟懿子(맹의자)의 冠禮(관례)에 관련한 대화이다. 맹의자가 묻고 공자가 설명하는 내용인데, 관례의 의식과 절차, 意義(의의), 그리고 천자와 제후의 관례가 어떤 차이가 있으며 三代(삼대)의 冠(관)에 관하여 공자의 설명을 기록하였다.

공자는 仁義(인의)에 의한 정치, 그리고 예악에 의한 교화를 강조하였다. 그러나 禮(예)란 시대에 따라 변화한다. 공자는 禮의 변환을 계승(답습, 곧 因)과 혁신(革), 그리고 생략과 보강 곧 損益(손익)의 관계라고 보았다.

사실 공자는 禮를 존중하였지만, 禮에 얽매이지 않았다. 마땅히 시대 상황에 따라 변화하고 그러한 변화를 따라가지 않을 수 없는 것이다. 공자의 사상을 결코 낡은 봉건적 보수주의라고 평가 절하할 수는 없다. 공자는 당시에 가장 진보적이고, 또 개혁적이었다.

공자가 文王(문왕)과 武王(무왕)이나 周公(주공)을 이상적 인물로 추앙한 것은 그들 이외에 다른 이상형을 찾을 수 없었기 때문이었다. 공자가 옛 사람이 아닌 새로운 인물을 이상으로 생각한다 하여도 당시의 위정자를 설득할 수 있는 근거가 될 수는 없었다.

공자가 자신이 생각할 수 있는 미래의 이상적 세계를 가지고 당시 집권자를 설득하려 했다면, 그것은 하나의 空想(공상)일 것이다. 공자가 이상세계를 구체화하지도 못했고 미래에 대한 비전 제시가 없었다 하여 공자를 보수주의자라고 생각할 수는 없다.

미래로 나가자고 주장하면 진보, 옛 전통의 계승을 강조한다 하여 보수적이라고 매도하는 것은, 지금 우리나라의 현실에서 二分法(이분법)일 뿐이다. 이런 이분법을 공자에게 적용할 수는 없다. 공자가 생각하는 문왕과 무왕 시대는 그 시대에 정치가 잘 이루어지고 백성이 편안했으니, 그런 이상세계를 찾아가야 한다는 주장이지 그런 시대로 시간적 복귀가 아니었다.

이런 순환적 시간관념은 고대에는 보편적인 思考方式(사고방식)이었다. 실제로 르네상스 시대의 휴머니스트가 그리스와 로마의 인간중심적 문화의 복귀는 중세 유럽을 고대 그리스의 세계로 되돌리자는 뜻이 아니었다.

공자 역시 마찬가지였다. 공자는 고대로의 복귀는 제도적 복귀가 아닌 '理想(이상)의 복귀' 였다. 공자가 擬古的(의고적) 취향이 있었기에 溫故而知新(온고이지신)을 강조한 것도 사실이었다. 그러나 공자는 현세의 문제점을 바로잡아야 옛날의 이상세계로 돌아갈 수 있다고 생각했다. 곧 현실의 개혁을 주장할 수밖에 없었다. 그리고 현세의 실질적 집정자들에게 문왕 무왕 시대의 이상을 설파한 것은 개혁적이었다. 그렇다면 공자는 현실 개혁주의자였고, 요즈음 시각으로 본다면 당연히 진보주의자로 분류되어야 한다.

그런데 여기서 위대한 사상가나 철학자에 대하여 보수주의자인가 진보주의자인가를 구분하여 설명한다는 자체가 말이 안 된다. 사실 예수나 석가모니를 누가 그렇게 구분할 수 있고, 칸트의 철학을 보수주의적 철학이라고 구분할 수 있겠는가?

백성들에게 인을 베풀고 훌륭한 정치, 곧 덕치의 실현을 주창한 공자를 보수나 진보 어느 한쪽으로 나눌 수는 없을 것이다.

| 原文 | 邾隱公既卽位, 將冠, 使大夫因孟懿子問禮於孔子.

子曰, "其禮如世子之冠. 冠於阼者, 以著代也, 醮於客位, 加其有成, 三加彌尊, 導喩其志, 冠而字之, 敬其名也. 雖天子之元子, 猶士也, 其禮無變, 天下無生而貴者故也. 行冠事必於祖廟, 以祼享之, 禮以將之, 所以自卑而尊先祖, 示不敢擅."

| 국역 | 邾(주) 隱公(은공)[1057]이 즉위하고서 冠禮(관례)를 행하려고(將冠), 大夫(대부)를 보내 孟懿子(맹의자)[1058]를 통하여 공자에

1057 邾(주) 隱公 – 邾國(주국)은 春秋시대 諸侯國. 그 위치는 魯국의 남쪽. 今 山東省 鄒城市(추성시)와 滕州市(등주시) 일원. 隱公은 曹姓, 邾國君主 第17代 君主. 第一次 재위 19년(前 506 – 487년), 吳國의 포로가 되어 폐출되었다. 뒷날 魯로 도망 나왔다. 吳王 夫差가 세운 邾 桓公이 계위했다. 前 473년, 越王 勾踐(구천)이 吳를 멸망시킨 뒤 은공을 다시 즉위시켰다.(재위 前 473 – 471년) 前 471년, 주 은공이 포악하자 越國(월국)에서 다시 폐위시켰고, 나중에 越國에서 죽었다.

1058 孟懿子(맹의자, ? – 前 481년), 姬姓, 魯國 孟孫氏 第9代 宗主, 名은 何忌(하기), 世稱 仲孫何忌, 諡號(시호)는 懿(의), 孟僖子(맹희자)의 아들. 南宮敬叔(남궁경숙)의 형. 맹희자는 죽기 전에 맹의자에게 공자는 성인의 후예이니 공자에게 배우라고 유언을 남겼다.
魯 대부 孟懿子(맹의자)가 효도에 관하여 묻자, 공자는 "예의에

게 관례에 대하여 물었다.

공자가 말했다.

"冠禮(관례)는 (王) 世子(세자)의 관례와 같다. (세자의 관례에) 주인이 서는 동쪽 계단(阼, 동편 층계 조)에 서는 것은 부친의 뒤를 이어 (一家의) 주인이 된다는 뜻을 나타낸다(以著代也). 〔加冠(가관) 뒤에 執禮者(집례자)가〕 서쪽 客位(객위)에서 술잔을 주는 것은(醮於客位), 장성한 것을 축하하는 뜻이다(加其有成). 3종류의 관으로 가관하는 것은 원대한 뜻을 가지라는 의미이다.[1059] 冠(관)을 쓴 다음에 字(자)를 지어주는 것은 (가관하는 당사자의) 이름을 공경한다는 뜻이다. 비록 天子(천자)의 元子(원자 : 맏아들)

벗어나지 않는 것(無違)이라."고 말했는데, 이에 대한 구체적 방법으로 "살아서는 예를 다하여 섬기고, 죽어서는 예법에 맞게 장례를 치르고, 예의 다하여 제사를 지내는 것이라."고 제자인 樊遲(번지)에게 설명해 주었다.(《論語 爲政》 孟懿子問孝. 子曰, "無違." 樊遲御, 子告之曰, "孟孫問孝於我, 我對曰, 無違." 樊遲曰, "何謂也?" 子曰, "生事之以禮, 死葬之以禮, 祭之以禮.") 또 맹의자의 아들 孟武伯(맹무백)이 효도에 관하여 묻자, 공자는 "부모는 자식의 건강을 걱정하니 부모님께 걱정을 끼치지 않는 것이라."고 말했다.(《論語 爲政》 孟武伯問孝. 子曰, "父母唯其疾之憂.") 이처럼 같은 문제를 갖고서 공자는, 묻는 사람이나 제자에 따라 다르게 가르쳤다(因材施教).

1059 원문 三加彌尊, 導喩其志 - 처음에 緇布冠(치포관, 冠은 검은 무명관)을 加冠하고 다음에 皮弁冠(피변관, 가죽 고깔), 세 번째 爵弁(작변)을 가관한다. 導는 인도하다. 권유하다. 喩는 깨우칠 유.

라도 士人(사인 : 선비)의 관례와 그 禮가 다르지 않은 것은(其禮無變) 天下(천하)에 태어나면서부터 고귀한 자가 없기 때문이다. 관례 행사는 반드시 祖廟(조묘)에서 거행하는데, 이는 祼禮〔관례, 잔을 부서 降神(항신)을 빌다〕로 시작하고,[1060] 金石(금석) 악기 연주〔鐘과 磬(경)〕는 節制(절제)를 의미하는데, 낮은 위치의 당사자가 先祖를 존중하며 감히 제멋대로 행동하지 않겠다는 뜻을 표시한다(示不敢擅).”

|原文| 懿子曰, “天子未冠卽位, 長亦冠也.”

孔子曰, “古者王世子雖幼, 其卽位則尊爲人君, 人君治成人之事者, 何冠之有.”

懿子曰, “然則諸侯之冠, 異天子與?”

孔子曰, “君薨而世子主喪, 是亦冠也已, 人君無所殊也.”

懿子曰, “今邾君之冠, 非禮也.”

孔子曰, “諸侯之有冠禮也, 夏之末造也, 有自來矣, 今無譏焉. 天子冠者, 武王崩, 成王年十有三而嗣立, 周公居冢宰, 攝政以治天下, 明年夏六月, 旣葬, 冠成王而朝於祖,

---

1060 원문 以祼享之, 禮以將之 – 祼는 降神祭(강신제) 관. 잔을 부실 관.

以見諸侯, 亦有君也. 周公命祝雍作頌曰, '祝王達而未幼.' 祝雍辭曰, '使王近於民, 遠於年, 嗇於時, 惠於財, 親賢而任能.' 其頌曰,「令月吉日, 王始加元服, 去王幼志, 服袞職, 欽若昊命, 六合是式, 率爾祖考, 永永無極.」此周公之制也."

| 국역 | 孟懿子(맹의자)가 물었다.

"天子(천자)가 관례를 거행 않고 즉위했다면 장성하여 마찬가지로 관례를 거행합니까?"[1061]

孔子가 말했다.

"옛날에 王 世子(왕 세자)가 비록 어리더라도 즉위했다면 존귀한 人君(인군)이니, 人君의 통치는 성인의 일이니 어찌 관례를 해야 하겠는가?"

맹의자가 물었다.

"그렇다면 諸侯(제후)의 冠禮(관례)는 천자와 다릅니까?"

孔子가 대답했다.

"주군이 죽으면 世子(세자)가 상례를 주관하는데, 마찬가지로 관례를 치룬 것이니 천자와 다르지 않다."[1062]

1061 원문 長亦冠也 – 여기 冠은 동사로 쓰였다.

1062 원문 人君無所殊也 – 제후 역시 人君이니 천자와 다름없다. 殊는 다를 수(異也), 죽을 수.

맹의자가 물었다.

"지금 邾(주) 君(군 : 임금)의 冠禮(관례)는 잘못된 의례입니까."[1063]

孔子가 말했다.

"諸侯(제후)의 관례는 夏代 末(하대 말)에 시행되었으니 그 유래가 있으나 지금 그것을 비판할 수는 없다.[1064] 天子(천자)의 冠禮(관례)는 〔周(주)〕 武王(무왕)이 崩御(붕어)하고 成王(성왕)이 13살에 즉위하자, 周公(주공)이 冢宰(총재, 재상)로 攝政(섭정)이 되어 천하를 다스렸다. 이듬해 여름 6월에, 무왕을 장례한 뒤에 성왕은 관례를 마치고 선조의 묘당에서 제후의 朝賀(조하)를 받아 主君(주군)의 재위(위치에 있음)를 널리 알렸다. 그리고 周公(주공)은 祝雍(축옹)에게 頌(송)을 지으라 명령하며 말했다. '왕께서 늘 백성을 가까이하고,[1065] 오래 장수하시고,[1066] 농사철을 아끼며,[1067] 재물을 베풀어주고, 현인을 가까이하며 능력자 등용을 축원하라.'

1063 원문 非禮也 – 제후가 즉위 이후에 관례를 거행하지 않는다면, 邾君의 관례 또한 잘못된 것이라 생각하여 물었다.

1064 원문 今無譏焉 – 譏는 나무랄 기. 비난하다. 유래가 있는 儀禮이니, 지금 옳다 그르다 따질 일은 아니다.

1065 원문 使王近於民 – 왕이 백성에 가까이 있게 하다. 늘 민심을 얻어야 한다는 뜻.

1066 원문 遠於年 – 수명이 길다.

1067 원문 嗇於時 – 嗇은 인색할 색. 아끼다. 백성의 농사철 시간을(農時) 아껴주다. 농사철에 백성을 부역에 동원하지 말라.

(축옹이 지은) 그 頌(송)에서 말했다.

「아름다운 달, 좋은 날을 골라 王께서 처음 관례를 거행하고[1068] 왕의 어린 마음을(幼志) 버리시며, 곤룡포에 禮文(무늬)이 있는 옷을 입으시어,[1069] 하늘의 명(昊命, 天命)을 공경하며[1070] 온 천하의 法則(법칙)이 되소서.[1071] 위대하신 조상이시여! 영원히 제사를 받으소서.」[1072]

이것이 周公(주공)의 禮制(예제)이었다."

| 原文 | 懿子曰, "諸侯之冠, 其所以爲賓主, 何也?"

孔子曰, "公冠則以卿爲賓, 無介公自爲主, 迎賓揖升自阼, 立於席北, 其醴也則如士, 饗之以三獻之禮, 旣醴, 降自阼階. 諸侯非公而自爲主者, 其所以異, 皆降自西階, 玄

1068 원문 始加元服 – 冠은 모자이고, 머리에 착용한다(服). 여기 元은 머리(首). 군왕의 관례를 加元服이라 한다.

1069 원문 服袞職 – 服은 착용하다. 동사. 袞職(곤직)은 盛服에 禮文이 있는 옷을 입다.

1070 원문 欽若昊命 – 欽은 공경할 흠. 恭敬也. 若(같을 약)은 따르다(順也).

1071 원문 六合是式 – 六合은 天地와 四方. 六合의 法式이다.

1072 원문 率爾祖考, 永永無極 – 率은 발어사. 의미없는 단어. 爾는 너 이(you). 祖考는 조상.

端與皮弁, 異朝服素畢, 公冠四, 加玄冕祭, 其酬幣於賓, 則束帛乘馬, 王太子庶子之冠擬焉, 皆天子自爲主, 其禮與士無變, 饗食賓也, 皆同."

| 국역 | 孟懿子가 물었다.

"諸侯(제후)의 관례에 손님과 주인을 구분하는 까닭은 (其所以爲賓主) 무엇입니까?"

孔子가 말했다.

"公(공)의 冠禮(관례)에 卿(경)이 손님(賓)이 되나 副賓(부빈, 介는 도울 개)은 없고 公 자신이 主가 된다. 손님을 맞이하여 揖(읍)을 하고, 동쪽 주인 계단〔阼(조)〕으로 堂(당)에 올라오고 (堂의) 북쪽 자리에 선다. 단술〔醴(단술 례)〕을 세 번 헌상하는 절차는 士人(선비)의 禮와 같다. 獻醴(헌례)를 마친 뒤에 주인은 동쪽 계단으로 내려온다. 諸侯(제후)가 公이 아니라서 스스로 주인이 되는 경우에 다른 것은 모두가 서쪽 계단으로 내려오고,[1073] 玄端〔현단, 검은 緇布(치포)의 冠(관)〕과 가죽 고깔〔皮弁(피변)〕의 관을 씌워주는 것도 다르다. 朝服(조복)과 흰 무릎 덮개를(素畢) 착용하고,[1074]

1073 원문 皆降自西階 – 西階는 손님의 계단이다.

1074 원문 朝服素畢 – 畢은 무릎 덮개〔膝甲(슬갑)〕 필. 朝服을 입고, 무릎 덮개를 착용하는 것은 옛 전통을 잊지 않는다는(示不忘古) 뜻이다.

公의 冠을 4번 씌워주며(公四加冠) 검은 冕冠(면관)에 祭服(제복)을 착용한다. 손님에게 주는 선물은〔酬幣(수폐)〕 비단〔束帛(속백)〕과 乘馬〔승마, 駟馬(사마)〕이다. 왕의 太子(태자)나 여러 아들(庶子)의 관례도 제후의 관례와 비슷하다. 天子(천자)는 스스로 주인이 되는데, 그 禮(예)는 사인(선비)의 경우와 다르지 않고 손님 접대 역시 모두 같다."

| 原文 | 懿子曰, "始冠必加緇布之冠, 何也?"

孔子曰, "示不忘古, 太古冠布齋則緇之, 其緌也吾未之聞, 今則冠而幣之, 可也."

懿子曰, "三王之冠, 其異何也?"

孔子曰, "周弁, 殷哻, 夏收, 一也. 三王共皮弁, 素緌. 委貌, 周道也, 章甫, 殷道也, 毋追, 夏後后之道也."

| 국역 | 孟懿子(맹의자)가 물었다.

"처음 씌워주는 冠(관)을 꼭 緇布(치포, 검은 비단)로 만든 까닭은 무엇입니까?"

孔子가 말했다.

"옛 禮制(예제)를 잊지 않는다는 뜻이니(示不忘古), 太古(태고)에는 冠(관)을 흰 삼베(布)로 만들어 검은 물을 들였는데〔緇之(치지)〕, 거기에 끈이 있는데 그 이유에 대해서는 나는 듣지 못했다.[1075] 지금은 관례를 행하면서 이를 떼어 버려도 된다.

맹의자가 물었다.

"三王(삼왕)이 착용했던 관은 어떻게 달랐습니까?(其異何也?)"

孔子가 말했다.

"周代에는 弁(변), 殷代(은대, 商)에는 冔(후, 은대 면류관 후. 冂에 8획, 哻이 아님), 夏에서는 收(수)라 하였는데, 모두 한 가지이다.[1076] 삼대 왕은 모두 흰색 皮弁(피변)을 착용했고, 하얀 끈이 있었다(素緌). 委貌(위모)는 周代에, 章甫(장보)는 殷代에, 毋追(무추)는 夏后 代에 늘 착용하는 관이었다."[1077]

1075 원문 其緌也吾未之聞 – 끈〔緌(갓끈 유)〕이 있는데, 옛날에 끈을 단 이유에 대해서는 나도 못 들었다.

1076 一也 – 모두 祭服이라는 주석이 있다.

1077 夏后氏之道也 – 평상시에(常) 착용하는 관 이름이다(所服之冠也).

〈廟制(묘제)〉 제34

【해설】

衛(위)나라 將軍(장군) 文子〔문자, 名은 彌牢(미뢰)〕가 私家(사가)에 묘당을 건립하려고, 공자 제자 子羔(자고)를 통해 공자에게 물었다. 본 편에서는 祭廟(제묘)에 관한 제도를 설명하고 있어 편명을 〈廟制(묘제)〉라 하였다. 본 편의 내용은 《禮記 祭法(예기 제법)》과 같다.

중국 상고시대의 天地(천지)와 조상에 대한 제사는 국가의 大事(대사)이었다. 제사의 절차나 법도에 관한 기록을 특별히 祭典(제전) 또는 祀典(사전)이라 했다. 이런 전적들은 국가 정치의 근본이 되었기에 國典(국전)으로 통했다.

後漢(후한) 班固(반고)의 《漢書(한서)》에는 전문 기록인 十志(십지)가 있고, 거기에 〈郊祀志(교사지)〉가 있다. 《漢書 郊祀志(한서 교사지)》는 《史記 封禪書(사기 봉선서)》 이후 帝王(제왕)이 祭天(제천)하는 禮俗(예속)의 기록이며, 天地(천지)의 여러 神明(신명)에 대한 행사를 수록하였다.

郊祀(교사)는 郊外(교외)에서 행하는 天地에 대한 제사의식으로 '郊祭(교제)' 라고도 한다. 秦始皇(진시황 : 재위 王, 前 247 - 皇帝, 221 - 210년)은 秦 文公(진 문공, 재위 前 766 - 716年) 이후의 郊祭(교제)를 이어받아 雍縣(옹현, 今 陝西省 서남부 寶雞市 관할 鳳翔縣 남쪽)에서 사계절에 맞춰 교사를 지냈다.

前漢(전한)의 황제 또한 秦代(진대)의 제도를 답습했다. 漢 文帝(한 문제)는 '雍縣(옹현) 교외 五畤(오치)에 나가 제사하면서 적색 의복을 착용했다.' 고 하였다. 武帝(무제)도 즉위 이후 교제에 매우 열심이었다. 〈郊祀志(교사지)〉에 실린 武帝의 封禪(봉선)과 郊祭(교제), 求仙(구선)과 不死(불사)의 추구는 秦始皇(진시황)보다 더하면 더했지 덜하지 않았다.

이에 대한 상세한 기록은 따지고 보면, 결국 武帝의 無知(무지)와 愚昧(우매), 그리고 失政(실정)에 대한 비판이며 분노의 표출이라는 생각이 든다. 그 〈郊祀志(교사지)〉의 서문은 아래와 같다.

「《書經 周書 洪範(서경 주서 홍범)》에 있는 八政(팔정)의 세 번째는 제사(祀)이다. 제사는 효심으로 조상을 받들고 神明(신명)과 소통하는 일이다. 〔中原(중원)의〕 주변 四夷(사이)라도 제사를 지내지 않는 종족이 없으며, 아래로는 禽獸(금수) 중에서도 승냥이와 수달조차 제사를 지낸다. 이에 제사에 관한 典禮(전례)가 만들어지게 된다. 인간의 정신이 專一(전일)하며, 공경하고 엄숙 총명한 사람에게 혹 신령이 강림할 경우에 남자는 박수〔覡(격)〕, 여자는 무당〔巫(무)〕이라 불렀는데, 이들로 하여금 神靈(신령)이 있는 곳에 나아가 犧牲(희생)을 바치게 하였다. 그러한 先聖(선성)의 後代(후대)로, 山川(산천)의 신령을 잘 알고 신령을 섬기는 일에 밝은 사람을 특별히 祝〔축, 男巫(남무)〕이라 하였다. 그리고 四時(사시)의 犧牲(희생)과 제단의 여러 상황과 신령의 근원을 잘 아는 사람을 宗人(종인)이라 하였다. 그래서 神民(신민)에 관한 담당관을 두었고 자기 직무를 수행하게 하여 혼란이 일어나지 않았다.」

《漢書 郊祀志(한서 교사지)》에 수록된 周代(주대)의 기록은 아래와 같다. 이를 통해 공자가 살았던 춘추시대의 제사에 대한 내력을 짐작할 수 있어 옮겨 수록하였다.

「周公(주공)이 成王(성왕, 名은 誦. 재위 前 1042－1021년)을 보필하자, 王道(왕도)가 크게 융성하였으니 制禮(제례)하고 作樂(작락)하였는데, (그 건물을) 天子(천자)는 明堂(명당)과 辟雍(벽옹), 제후는 泮宮(반궁)이라 하였다. 郊祀(교사)에서 하늘을 제사하며 后稷(후직)을 配享(배향)하였고, 明堂(명당)에서 宗祀(종사)하며 文王(문왕)을 上帝(상제)와 함께 제사하였다.

그리고 四海(사해)의 모든 제후가 자기 직분에 따라 제사를 도왔다. 天子는 천하의 名山(명산)과 大川(대천)에 제사하며 百神(백신)을 불러 안정시키면서 등급에 따랐고 禮文(예문)은 없었다(咸

秩無文). 五嶽(오악)에 대한 제사는 三公(삼공)의 禮에 따랐고(視, 祭物), 四瀆〔사독, 河(하), 江(강), 濟(제), 淮(회)〕에 대한 제사는 諸侯(제후)에 대한 제사와 제물이 같았다. 그리고 제후는 그 疆域(강역) 내의 名山과 大川을 제사했으며, 大夫(대부)는 門(문)과 戶(호), 井(정)과 부엌, 방의 아랫목의 5神을 제사했고, 士(선비)와 서민은 조부모와 부모를 제사하였다. 각각 지위에 따라 典禮(전례)가 있었고, 그외 잡귀에 대한 제사는 금지되었다.

그 뒤 13世에, 각 代의 정사는 날로 쇠퇴하였고 禮樂(예악)도 폐지하였다. 幽王(유왕)은 無道(무도)했고, 犬戎(견융)의 침입에 패망하였고, 平王(평왕)은 동쪽 雒邑〔낙읍, 洛陽(낙양)〕으로 옮겨갔다.」[1078]

1078 원문 爲犬戎所敗, 平王東徙雒邑 - 犬戎(견융)은 西戎의 한 갈래. 平王(재위 前 770 - 720년). 東徙雒邑(동사낙읍, 徙는 옮길 사) - 平王東遷, 이후 東周로 통칭.

| 原文 | 衛將軍文子將立先君之廟於其家, 使子羔訪於孔子.

子曰, "公廟設於私家, 非古禮之所及, 吾弗知."

子羔曰, "敢問尊卑上下立廟之制, 可得而聞乎?"

孔子曰, "天下有王, 分地建國設祖宗, 乃爲親疏貴賤多少之數. 是故天子立七廟, 三昭三穆, 與太祖之廟七, 太祖近廟, 皆月祭之, 遠廟爲祧, 有二祧焉, 享嘗乃止, 諸侯立五廟, 二昭二穆, 與太祖之廟而五, 曰祖考廟, 享嘗乃止. 大夫立三廟, 一昭一穆, 與太廟而三, 曰皇考廟, 享嘗乃止, 士立一廟, 曰考廟, 王考無廟, 合而享嘗乃止, 庶人無廟, 四時祭於寢. 此自有虞以至於周之所不變也. 凡四代帝王之所謂郊者, 皆以配天, 其所謂禘者, 皆五年大祭之所及也. 應爲太祖者, 則其廟不毁, 不及太祖, 雖在禘郊, 其廟則毁矣. 古者祖有功而宗有德, 謂之祖宗者, 其廟皆不毁."

| 국역 | 衛(위)나라 將軍(장군)인 文子(문자)[1079]가 집안에(家)[1080]

1079 衛國(위국)은 周朝의 諸侯國으로 姬姓이고, 周 武王의 동생인 康叔을 봉한 나라이다. 朝歌(조가, 今 河南省 북부 鶴壁市 淇縣), 楚丘(초구), 帝丘(제구), 野王(야왕) 등지로 수도를 옮겨 다녔는데, 그 영역은 대략 今 河南省 북부와 河北省 남부 일대였다. 前

죽은 부친의(先君) 묘당을 세우려고 子羔(자고)[1081]를 시켜 공자를 찾아가게 했다.

209년에 2세 황제에 의해 아예 없어져버렸다. 野王은 지명이 특이하여 주목하게 된다. 野王縣(야왕현)은 今 河南省 북부, 河水 북안의 焦作市 관할 沁陽市이다. 文子의 名은 彌牟(미뢰), 衛靈公의 손자이다. 衛 悼公을 옹립한 뒤에 軍政의 대권을 장악하고 있었다.

1080 家 – 여기서는 일반적인 가정, 가옥이란 뜻이 아니다. 제후국의 권력을 잡은 가문은, 곧 가문과 나라의 정사를 담당하는 가신을 거느렸다. 그 가신은, 곧 정치 조직이었다. 《論語 八佾》에 「三家者以〈雍〉徹. 子曰, "相維辟公, 天子穆穆, 奚取於三家之堂?"」란 말이 있다. 魯 나라의 경우, 국가 권력은 周의 國姓인 姬姓의 孟氏, 叔氏, 季氏가 나눠 장악했고, 이를 三家라고 칭했다. 魯桓公(환공, 前 712 – 694년 재위) 이후 이들을 三桓(삼환)이라고 불렀다. 魯 환공 이후 莊公(장공, 전 693 – 662년 재위)이 계위하였지만, 국가 권력은 여전히 仲孫氏(뒷날 孟孫氏), 叔孫氏, 季孫氏에 이어졌는데, 이들은 魯國 卿(경)의 신분으로 司徒(사도), 司空(사공), 司馬(사마)의 관직을 거의 독점하였다. 이들 삼환 중 계손씨의 권한이 가장 컸었다.

1081 子羔(자고) – 高柴(고시, 柴는 땔나무 시)의 字는 子羔(자고, 羔는 새끼 羊은 고)이다. 衛人 또는 齊人으로 기록. 孔子보다 30세 연하였다. 자고의 키는 6척이 안 되었는데, 공자에게 배웠지만 공자는 좀 어리석다고 생각했다. 子路가 자고를 費邱(비후)의 읍재로 삼자 공자는 "남의 아들을 망쳐놓는다!" 고 말했다. 이는 子羔의 학문이 완성되지 않은 상태에서 政事에 종사하는 것은 害人이라고 생각한 것이다. 그러자 子路가 말했다. "백성이 있고 社稷

공자가 말했다.

“公廟(공묘)를 私家(사가)에 설치하기는 古禮(고례)에 언급이 없으니, 나는 알지 못한다(吾弗知).”

그러자 자고가 말했다.

“尊卑(존비)와 上下(상하)에 따라 立廟(입묘)하는 禮制(예제)를 말씀해 주시길 바랍니다.”[1082]

孔子가 말했다.

“天下(천하)에 王(왕)이 존재하면서, 分地하여 建國(제후국)하고 선조의 묘당을 설치하는데,[1083] 親疏(친소)와 貴賤(귀천)에 따라 여러 경우가 있다(多少之數). 그러하여 天子의 경우는 七廟(칠묘)를 건립하는데, 三昭三穆(삼소삼목)[1084]과 太祖(태조)의 廟堂(묘

(사직)이 있는데, 하필 독서만 해야 학문을 한 것입니까!” 이에 공자께서 말했다. “이 때문에 말을 잘 둘러대는 자를 미워하게 된다.”(《論語 先進》 是故惡夫佞者.) 공자는 잘못인 줄을 알면서도 둘러대는 자로의 태도를 크게 싫어했다.

1082 원문 可得而聞乎? - 말씀을 들을 수 있겠습니까? 말씀해 주시겠습니까?

1083 원문 設祖宗 - 祖는 有功한 先祖, 宗은 有德한 선조를 말함.

1084 원문 三昭三穆 - 昭(밝을 소)와 穆(화합할 목)은 고대 宗法제도에서 종묘에 神位를 모시는 次序이다. 시조는 묘당의 중앙에 모시고, 이어 父子(祖, 父)에 따라 昭位(소위)와 穆位(목위)에 교대로 모셨다. 시조의 좌측을 昭, 우측을 穆이라 하는데 좌측 소위에 3분, 우측 목위에 모시는 3분을 三昭三穆이라 칭했다.

당)을 합하여 총 7廟(묘)이다. 太祖(태조)와 고조 이하는 近廟(근묘 : 가까운 조상의 묘)이니 매월 제사를 지낸다(皆月祭之).[1085] 遠廟(원묘 : 먼 조상의 묘)는 祧(조묘 조)라 하는데, 二祧(이조)가 있어[1086] 高祖(고조)의 祖(조)와 父(부)까지 四季(사계)에만 제사를 지낸다.

諸侯(제후)는 五廟(오묘)를 세우는데 二昭二穆(이소이목)과 太祖(태조)의 묘당까지 五廟인데, 이를 祖考廟(조고묘)라 四季(사계)에 제사를 지낸다.[1087] 大夫(대부)는 三廟(삼묘)를 세우는데, 一昭一穆(일소일목)에 太廟(태묘)와 함께 三廟이며 皇考廟(황고묘)라 칭하고 사계절에 제사를 지낸다. 士人은 一廟를 세우는데, 考廟(고묘)라 부르며, 조부 묘당이 없지만[1088] 합사하여 사계절에 제사를 지낸다. 庶人은 묘당을 건립할 수 없고 사계절에 자신의 內室〔내실 : 寢(잠잘 침)〕에서 제사를 지낸다.

이상 虞舜(우순) 때부터 周朝(주조)에 이르도록 불변이었다.[1089]

1085 원문 太祖近廟 – 近은 近廟(근묘). 近은 高祖 이하 증조, 조부, 부친은 近親이기에 매월 제사를 지낸다는 뜻.

1086 원문 有二祧焉 – 祧는 먼 조상 조. 高祖의 祖와 父. 祧는 멀다는 뜻. 나로부터 고조, 그리고 高祖의 父와 祖로서 親의 관계는 끝이라 생각했다.

1087 享嘗乃止 – 享은 제사 지낼 향. 嘗은 맛볼 상, 가을 제사 상. 止는 그칠 지.

1088 원문 王考無廟 – 王考는 작고하신 祖父에 대한 존칭.

1089 원문 此自有虞以至於周之所不變也 – 有虞(유우)는 씨족의 부락 이름. 舜(순)이 그 마을 족장이었기에 虞舜(우순)이라 통칭한다.

무릇 四代(고조~父) 帝王(제왕)의 郊祭(교제)[1090]는 모두 天帝(천제)를 함께 배향하고(皆以配天), 이른바 禘祭(체제)는[1091] 모두 5년에 한 번 大祭(대제)를 지낸다. 太祖(태조)에 상응할 경우 그 묘당은 허물어 없애지 않는다. (그 공덕이) 太祖에 미치지 못하는 선조는 비록 禘祭(체제)나 郊祭(교제)에 해당되더라도 그 묘당은 허물어 버린다. 古者(고자)에 有功(유공)한 선조는 祖(조) 유덕한 선조는 宗(종)이라 하였는데, 祖宗(조종)에 해당할 경우 그 묘당은 헐지 않는다."

|原文| 子羔問曰, "《祭典》云,「昔有虞氏祖顓頊而宗堯, 夏后氏亦祖顓頊而宗禹, 殷人祖契而宗湯, 周人祖文王而宗武王.」此四祖四宗, 或乃異代, 或其考祖之有功德, 其廟可也. 若有虞宗堯, 夏祖顓頊, 皆異代之有功德者也, 亦可以存其廟乎?"

孔子曰, "善, 如汝所聞也. 如殷周之祖宗, 其廟可以不

1090 원문 凡四代之所謂郊者 – 郊祭는 도성 교외에서 지내는 제사의 총칭.

1091 원문 其所謂禘者 – 禘는 제사 이름 체. 교외에서 천제를 제사하며 시조를 配享하는 大禘(대체)와 여름에 지내는 제사를 지칭하는 경우도 있다.

毀, 其它祖宗者, 功德不殊, 雖在殊代, 亦可以無疑矣. 《詩》云, 「蔽芾甘棠, 勿翦勿伐, 邵伯所憩.」 周人之於邵公也, 愛其人猶敬其所舍之樹, 況祖宗其功德而可以不尊奉其廟焉."

| 국역 | 子羔(자고)가 물었다.

"《祭典(제전)》[1092]에 이르기를, 「옛날에 有虞氏(유우씨)[1093]는 顓頊(전욱)[1094]을 祖(조)로, 堯(요)를 宗(종)으로 받들었고,[1095] 夏

1092 《祭典》 – 제사 예의에 관련한 서적의 총칭. 일명 祀典(사전).

1093 有虞氏(유우씨) – 虞舜(우순). 舜임금. 虞(우)는 마을 이름. 今 山西省 서남부.

1094 顓頊(전욱) – 黃帝에게는 25명의 아들이 있었고, 그중 14명이 姓을 받았다. 황제는 軒轅의 구릉지에(丘) 살면서 西陵(서릉)의 딸을 아내로 맞이하니, 이가 嫘祖(누조, 嫘는 성 루)이다. 누조는 두 아들을 낳았다. 玄囂(현효)는 곧 靑陽(청양)이니, 長江(江水) 지역에서 나라를 이루고 살았다. 둘째는 昌意(창의)이니, 若水(약수) 지역에서 살았다. 昌意는 蜀山氏(촉산씨)의 딸과 결혼하여 高陽(고양)을 낳았다. 고양은 聖德을 타고 났다. 黃帝는 죽은 뒤에 橋山(교산)에 묻혔다. 昌意의 아들 高陽(고양)이 황제를 뒤를 이어 즉위하니, 이가 오제의 한 사람인 顓頊(전욱)이다. 帝 顓頊(전욱) 高陽氏(고양씨)는 연못처럼 고요하나 지모가 뛰어났고 사리에 두루 통했으며, 인재를 골라 일을 맡겼고, 天文을 보아 절기를 알았으며, 귀신을 잘 섬기고 정성껏 제사를 지냈다. 그 영역이 北으로는 幽陵(유릉), 남으로는 交阯(교지), 서쪽은 流沙(유

后氏(하후씨) 역시 顓頊(전욱)을 祖(조)로, 禹(우)[1096]를 宗(종)으로 모셨다. 殷人(은인)은 契(설)[1097]을 祖(조)로, 湯(탕)을 宗(종)으로 받들었다. 周(주)나라 사람은 文王(문왕)을 祖로, 武王(문왕)을 宗으로 받들었다.」고 하였습니다. 이들 四祖와 四宗은 서로 다른 朝代(조대)인데, 모두 공덕이 있다 하여 그들의 묘당을 보전해야 합니까?"

孔子가 말했다.

"좋은 질문이다!(善!) 네가 알고 있는 바와 같다. 殷(은)과 周

사)에 동쪽으로는 蟠木(반목)에 달했으며, 해와 달이 비추는 곳은 모두 전욱에 속했다. 전욱이 죽은 뒤에 玄囂(현효)의 손자인 高辛(고신)이 즉위하니, 이가 帝嚳(제곡)이다.

1095 祖, 宗 – 본 구절의 祖와 宗은 모두 동사로 쓰였다. 祖로 삼다. 宗으로 받들다.

1096 禹 – 舜의 命을 받아 治水 사업에 성공했고, 뒷날 舜의 선양을 받아 제위에 올랐다. 夏 왕조의 개창자.

1097 契(설) – 契(설, 사람 이름 설. 偰과 同, 생졸년 미상. 맺을 계)은 子 姓에 帝嚳(제곡)의 아들로, 唐堯의 異母弟이며 殷朝(商)의 조상이다. 生母는 簡狄(간적)인데 들판에서 제비(玄鳥)의 알을(卵) 삼키고 임신하여 출산했다. 이는 모계사회의 그 일족이 제비를 토템(Totem, 圖騰)으로 하는 씨족이었다는 뜻이다. 契(설)의 14대 후손인 湯(탕, 約 前 17世紀 – 16世紀)은 商湯 또는 武湯, 天乙, 成湯, 成唐으로도 호칭한다. 湯은 有莘氏(유신씨)와 通婚(통혼)하였는데, 부족 연맹의 기반 위에 伊尹(이윤)과 仲虺(중훼) 같은 賢臣을 등용했다. 탕은 부족의 실력을 키우면서 막강한 군사력

(주)의 祖와 宗의 경우에 그 묘당을 헐〔毁(훼)〕 수가 없을 것이다. 그 밖의 다른 祖와 宗으로 받들게 된 자는 공적이 뛰어나지 않다면(功德不殊), 비록 朝代(조대)가 다르더라도 그 묘당을 그대로 둘 수 없다는 것이 확실하다(亦可以無疑矣). 《詩(시) 召南(소남) 甘棠(감당)》에 이르기를, 「싱싱한 팥배나무를(蔽芾甘棠), 자르지도 베지도 말라(勿翦勿伐), 소백님이 쉬었던 나무이다(邵伯所憩).」라 하였다.[1098] 周人(주인)은 邵公(소공)을 사랑하였기에 그분이 쉬었다는 나무까지 베지 말라면서 공경하거늘, 하물며 공덕 있는 祖(조)나 宗(종)이라면 어찌 그 묘당을 받들지 않을 수 있겠는가?"

으로 放蕩(방탕)을 즐긴 夏 桀王(걸왕)을 鳴條(명조)의 싸움에서 정벌 축출하고 商을 건국했다. 湯은 선조 契(설)이 처음으로 封해진 商(今 河南省 동쪽 끝 商口市)에 도읍했지만, 여러 번 천도하였고, 商의 마지막 도읍이 殷〔殷墟(은허), 河南省 최북단 安陽市 서북 殷都區 小屯村〕이었기에 殷은 국명으로도 통용된다.

1098 원문 蔽芾甘棠, 勿翦勿伐, 邵伯所憩 – 蔽芾(폐불)은 나무가 우거진 모양(小貌). 甘棠(감당)은 나무 이름(杜也). 憩는 쉴 게. 앉아 쉬다(席也). 邵伯(소백)은 召公 奭(석), 또는 召虎(소호)라는 사람.

〈辯樂解(변악해)〉 제35

【해설】

이 편은 공자가 師襄子(사양자)에게 거문고(瑟)를 배우는 모습과 자로 음악의 品格(품격), 그리고 賓牟賈(빈모가)와 武樂(무악)에 대한 대화를 수록하였다. 이를 통하여 樂(약)의 教化(교화) 기능과 武樂(무악)의 깊은 뜻을 설명하고 있기에 〈辯樂解(변악해)〉라고 편명을 정했다.

공자는 "興於詩(홍어시), 立於禮(입어례), 成於樂(성어악)."이라 하였다.(《論語 泰伯(논어 태백)》) 이는《詩》의 吟誦(음송)으로 心志(심지)를 일으키고, 禮를 실천하여 立身(입신)하고, 樂(악)에 의한 性情(성정)의 陶冶(도야)로 君子儒(군자유)의 수양을 완성한다는 뜻이다.

여기서 樂은 현대 음악과 같이 '조화를 이룬 音(음)' 이란 뜻보다 더 심오한 의미이다.

공자는 "사람이 不仁(불인)하다면 그가 禮를 어떻게 행하며, 樂

을 어떻게 대하겠는가?"(《論語 八佾(논어 팔일)》 子曰, "人而不仁, 如禮何? 人而不仁, 如樂何?") 라고 말했다. 곧 예악은 군자의 교양과 수양의 목표이며 기준이다. 곧 仁을 실천하려는 誠心(성심)이 없다면, 禮樂(예악)은 일종의 虛飾(허식)일 뿐이다.

공자는 음악에 관심이 많았고 소질도 있었으며 음악에 관한 조예가 매우 깊었다. 공자가 魯(노)의 大師樂(태사악, 大는 太)에게 "樂의 과정을 알 것 같으니, 마음이 화합하듯 시작하여 순수하고 맑으며, 깨끗하게 계속 이어지다가 끝난다."(《論語 八佾(논어 팔일)》 子語魯大師樂, 曰, "樂其可知也, 始作, 翕如也, 從之, 純如也, 皦如也, 繹如也, 以成.") 라고 말했다.

공자는 35세인 魯 昭公(노 소공) 25년(前 517)에 魯의 내란을 피해 齊(제)에 가서 高召子(고소자)의 門下(문하)에 기거했다. 공자는 36세에도 在齊(재제)하며 〈韶(소)〉 음악을 듣고, '三月이나 不知肉味(부지육미)' 하였다. 그리고 "음악이 이런 정도의 境界(경계)에 이를 줄 몰랐다."고 말했다.(《論語 述而(논어 술이)》 子在齊聞韶, 三月不知肉味, 曰, "不圖爲樂之至於斯也.")

3개월은 한 계절이니, 오랜 기간을 의미한다. 공자가 음악에 도취되어 다른 곳에 用心(용심 : 마음을 쓰다)하지 못하기에 평소에 알던 미각도 잊을 수 있었다. 한 가지 일에 전심전력하여 다른 일에 흥미를 못 느끼는 상태를 표현한 말이다.

공자는 사람이 明知(명지), 담백한 성품, 용기 등의 덕행을 갖추었더라도 禮와 樂의 소양을 갖추어야 진정한 교양을 갖춘 成人

(성인)이라고 말했다.(《論語 憲問(논어 헌문)》 子路問成人. 子曰, "若臧武仲之知, 公綽之不欲, 卞莊子之勇, 冉之藝, 文之以禮樂, 亦可以爲成人矣.")

본 편과 관련하여《禮記(예기) 樂記(악기) 第十九(제십구)》 내용을 함께 참고해야 한다.

學琴師襄
孔子嘗學琴於師襄十日不進襄子曰可以益矣孔子曰
未得其數也有間曰可以益矣曰未得其志也有間曰可
以益矣曰未得其人也有間曰有所穆然深思焉有所怡
然高望而遠志焉曰丘得其為人黯然而黑頎然而長眼
如望洋非文王孰能為此也襄子避席而再拜曰君子聖
人也蓋文王操焉

〈學琴師襄(학금사양)〉

| 原文 | 孔子學琴於師襄子.

襄子曰, "吾雖以擊磬爲官, 然能於琴, 今子於琴已習, 可以益矣."

孔子曰, "丘未得其數也."

有間, 曰, "已習其數, 可以益矣."

孔子曰, "丘未得其志也."

有間, 曰, "已習其志, 可以益矣."

孔子曰, "丘未得其爲人也."

有間, 曰, "孔子有所謬然思焉, 有所睪然高望而遠眺."

曰, "丘迨得其爲人矣, 近黮而黑, 頎然長, 曠如望羊, 奄有四方, 非文王其孰能爲此."

師襄子避席葉拱而對曰, "君子聖人也, 其傳曰文王操."

| 국역 | 孔子가 師襄子(사양자)[1099]에게 琴(금 : 거문고)을 배웠다. 사양자가 말했다.

"내가 비록 磬(경)의 연주로 樂官(악관)이 되었지만, 琴(금 : 거문고)도 잘 연주할 수 있습니다. 지금 선생께서는 琴曲(금곡)을 다

1099 師襄子(사양자) – 師襄子(사양자)는 魯人. 樂官. 《論語 微子(미자)》에 나오는 「~擊磬襄 入於海(磬을 연주하던 사양자는 섬으로 피신했다.)」라는 사람이다.

익혔으니, (진도를 나가) 다른 曲(곡)을 익혀도 됩니다(可以益矣)."

그러자 공자가 말했다.

"아직 능숙하지 못합니다."

얼마 있다가 사양자가 말했다.

"이제 技藝〔기예 : 數(수)〕를 익혔으니 다음 단계를 배워도 됩니다."

공자는 "아직 曲(곡)의 心志(심지)를 파악하지 못했습니다."라고 말했다.

얼마 뒤에 "이제 그 심지를 터득하였으니, 다른 곡조를 익혀도 될 것입니다."라고 말했다.

공자는 "아직 그분의 사람됨을(爲人) 파악하지 못했습니다."라고 말했다.

얼마 뒤, 공자는 마음이 편안하고, 또 깊이 생각하는 듯,[1100] 기쁜 마음으로 멀리 바라보며[1101] 뜻을 이해한 듯 말했다.

"저는(丘) 그 위인을 알았으니, (그분은) 침착하면서도 얼굴이 검고,[1102] 훤칠한 인물로 키가 크며,[1103] 먼 곳을 바라보는 안목

1100 원문 孔子有所謬然思焉 – 謬는 穆(화목할 목)과 통. 여기서는 깊이 생각하는 모양(深思貌).

1101 원문 有所睪然 高望而遠眺 – 睪은 皐과 通. 엿볼 역. 높은 모양. 眺는 바라볼 조(見也).

1102 원문 近黮而黑 – 黮은 검을 담(黑貌).

이니,[1104] 〔周(주)의〕 文王(문왕)이 아니라면 누구이겠습니까?"

그러자 사양자는 자리를 뒤로 물리고[1105] 두 손을 잡아 가슴에 올려 예를 표하며 말했다.

"君子(군자)께서는 聖人(성인)이십니다. 이 곡은 바로 文王(문왕)의 음악〔文王操 (문왕조)〕입니다."

| 原文 | 子路鼓琴, 孔子聞之, 謂冉有曰, "甚矣. 由之不才也. 夫先王之制音也, 奏中聲以爲節, 流入於南, 不歸於北. 夫南者, 生育之鄕, 北者, 殺伐之城. 故君子之音溫柔居中以養生育之氣, 憂愁之感不加於心也, 暴厲之動, 不在於體也. 夫然者, 乃所謂治安之風也. 小人之音則不然, 亢麗微末, 以象殺伐之氣, 中和之感, 不載於心, 溫和之動, 不存於體, 夫然者乃所以爲亂之風. 昔者舜彈五弦之琴, 造南風之詩, 其《詩》曰, 「南風之熏兮, 可以解吾民之慍兮, 南風之時兮, 可以阜吾民之財兮.」 唯修此化, 故其興也勃

1103 원문 頎然長 – 頎는 헌걸찬 기. 키가 큰 모양(長貌).

1104 원문 曠如望羊 – 曠은 밝을 광. 텅 비어 넓은 모양. 望羊은 멀리 보다(遠視也).

1105 원문 避席葉拱而對曰 – 葉拱(엽공)은 두 손을 잡아 가슴에 대다. 공경의 표시.

焉, 德如泉流, 至於今王公大人述而弗忘. 殷紂好爲北鄙之聲, 其廢也忽焉, 至於今王公大人擧以爲誡. 夫舜起布衣, 積德含和而終以帝, 紂爲天子, 荒淫暴亂而終以亡, 非各所修之致乎. 由今也匹夫之徒, 曾無意於先王之制, 而習亡國之聲, 豈能保其六七尺之體哉?"

冉有以告子路, 子路懼而自悔, 靜思不食, 以至骨立.

夫子曰, "過而能改, 其進矣乎."

| 국역 | 子路(자로)가 琴(금)을 연주하는데, 孔子가 듣고서는 冉有(염유)에게 말했다.

"정말 형편없구나(甚矣). 자로(仲由)의 琴(금 : 거문고) 연주여![1106] 대체로 先王(선왕)이 창제한 음악은(制音也) 中和(중화)의

1106 원문 甚矣. 由之不才也. 이는 《논어》의 기록과는 크게 차이가 난다. 《論語 先進》 子曰, "由之瑟, 奚爲於丘之門?" 門人不敬子路. 子曰, "由也升堂矣, 未入於室也." 자로가 현악기인 瑟(슬) 연주를 배워 연습하는데, 공자가 볼 때 상당한 수준에 도달했다. 이에 농담으로 "자로는 왜 내 집에 와서 瑟(슬)을 연주하는가?" 하면서 연주가 대단치 않은 것처럼 말했다. 그 말을 전해 들은 제자들이 자로를 약간 우습게 보았을 것이다. 이는 정확하게 보거나 평가하지 않고 그냥 대중심리에 휘말려 제대로 보지 못했다는 뜻이다. 그런 제자들을 보고 공자가 다시 말했다. "자로는 마루(堂, 正廳)까지 올라왔지만(升堂矣) 아직 방에 들

소리를(中聲) 연주하여 그로써 절제하게 하나니, 이 음률이 남쪽에 유입된 뒤에 북쪽으로 돌아오지 않았다(不歸於北). 남쪽은 만물이 생육하는 곳이고, 북방은 殺伐(살벌)한 지역이다. 그래서 君子(군자)의 음률은 溫柔(온유)하고 中和(중화)의 음률로 生育(생육)의 기운을 양성해야 하고, 憂愁(우수)의 감정이 마음에 자리 잡아서는 안 된다. 사납고 거친 동작을 취해선 안 된다. 그러한 바를 治安(치안 : 나라를 편안히 하다)의 기풍이라 한다. 그러나 小人(소인)의 음률은 그러하지 아니하니 아주 격렬하거나 날카로워[1107] 살벌한 기운을 나타내며 中和의 감정이 마음에 있지 않고(不載於心), 신체에 溫和한 움직임도 없다. 그것은 이른바 난폭의 풍조이다(爲亂之風). 옛날에(昔者) 舜(순)이 五弦(오현)의 琴(금)을 연주하여 〈南風〉의 詩를 지었는데, 그 《詩》에서 노래했다.

「훈훈한 남풍이 불어오나니, 우리 백성의 사나운 뜻을 풀어줄 것이다.[1108] 남풍이 때맞춰 불어오니, 내 백성의 재물이 크게 풍성

어온 것은 아니다(未入於室也).”
마당에서 섬돌을 딛고 올라와야 마루에 올라선다(升은 登의 뜻). 마루에 올라온 뒤 입실한다. 마루까지 왔다면 상당한 경지에 올랐다는 비유이다. 입실은 학문이나 기예가 최고의 심오한 경지에 도달했다는 뜻이다.

1107 원문 亢麗微末 – 亢은 목구멍 항. 꼭대기. 麗는 아름다울 려. 微는 작을 미. 末은 끝 말.

1108 원문 可以解吾民之慍兮 – 慍은 성낼 온.

할 것이다.」[1109] 바로 이런 敎化(교화)를 폈기에 그는 크게 홍기하였고, 샘물이 흘러나오듯(泉流) 덕화를 펴서 오늘까지도 王公(왕공)이나 大人(제후)들은 舜(순)을 칭송하고 잊지 못한다.[1110] 殷(은)나라 紂王(주왕)[1111]은 거칠고 방탕한 음악을 좋아하였기에[1112] 그는 홀연히 멸망하였고, 지금까지도 王公(왕공)이나 大人(대인)들은 그런 사례를 들어 훈계하고 있다. 舜(순)은 布衣(포의)에서 홍기하면서, 덕을 베풀고 화합을 이루었기에 帝位(제위)로 마감하였

1109 원문 可以阜吾民之財兮 – 阜는 언덕 부. 번성하다. 크게 늘어나다(盛也).

1110 원문 述而弗忘 – 述은 지을 술. 글로 표현하다. 忘은 잊을 망.

1111 紂王(주왕) – 殷의 마지막 왕 帝辛(제신, 재위 前 1075? – 1046년, 名은 受)은 帝乙(제을)의 아들로 계위하였다. 史書에는 周에서 주어진 惡謚(악시)에 의거 보통 紂王(주왕, 紂는 말고삐 주, 殘義損善의 뜻)으로 호칭한다. 공자도 그 인품을 칭송한 微子啓(미자계)는 제신의 庶長兄이었다. 또 比干(비간)과 箕子(기자)는 그의 숙부였다. 帝辛(제신)은 체구가 장대하여 위엄이 있었다. 어려서부터 聰明(총명) 明晳(명석)하였고, 見聞이 廣博(광박)하며 能言善辯(능언선변)하고 機智(기지)가 뛰어난 인물이었다. 《史記 殷本紀》에 의하면, 「帝紂는 資辨이 英敏(영민)하고, 聞見이 매우 敏活(민활)하였으며, 材力이 過人하여 손으로 맹수를 때려잡을 정도였다.」 그러하기에 자신의 聰明(총명)을 過信하여 眼下無人에 重臣을 草芥(초개)로 여겼고 백성을 개돼지로 보았다.

1112 원문 好爲北鄙之聲 – 北鄙(북비)는 殷의 도읍 朝歌(조가)의 북쪽 鄙野(비야)에서 성행한 음악이라는 주석이 있다.

지만, 紂王(주왕)은 天子(천자)이었지만, 荒淫(황음)에 포악하여 결국은 몰락하였으니 각자 수양한 그대로의 결과가 아니겠는가? 지금 자로(由)는 필부의 한 사람으로, 先王(선왕)의 좋은 음악에 마음을 두지 않고 자신도 모르게 亡國(망국)의 음악을 익히니, 어찌 능히 그 一身(일신: 六七尺의之體)을 보전할 수 있겠는가?" [1113]

冉有(염유)가 이를 子路(자로)에게 말해주었다. 자로는 두려워하면서 스스로 뉘우쳤고, 침착하게 思惟(사유)하며 식사도 하지 않아 뼈만 남을 정도였다(以至骨立).

그래서 夫子(부자)가 말했다.

"잘못이 있었지만 고쳤으니, 그것이 곧 진보이다."

|原文| 周賓牟賈侍坐於孔子, 孔子與之言及樂曰, "夫〈武〉之備誠之以久, 何也?"

1113 자로는 과감하나 성급하였기에 늘 씩씩하게 시중을 들며 사부의 가르침을 받았을 것이다. 그런 자로에 대하여 '제 명에 죽기 어려울 것이다(不得其死).' 라고 걱정하였다. 자로는 공자가 72세 되던 해, 자로는 63세로 衛國의 政爭에 말려 비명횡사하였다(前 480). 처형되기 전, 갓끈을 바로 매고 죽었다는 이야기가 전한다. '不得其死' 는 '不得善終' 과 같은 뜻으로 쓰인다. 자로의 죽음은 노쇠한 공자에게 큰 충격을 주었다. 공자는 자로가 죽은 다음 해 73세에 죽었다(前 479년 4월).

對曰, "病疾不得其衆."

"詠嘆之, 淫液之, 何也?"

對曰, "恐不逮事."

"發揚蹈厲之已蚤, 何也?"

對曰, "及時事."

"〈武〉 坐致右而軒左, 何也?"

對曰, "非 〈武〉 坐."

"聲淫及商, 何也?"

對曰, "非 〈武〉 音也."

孔子曰, "若非 〈武〉 音, 則何音也?"

對曰, "有司失其傳也."

孔子曰, "唯, 丘聞諸萇弘, 亦若吾子之言是也, 若非有司失其傳, 則武王之志荒矣."

| 국역 | 周(주)나라 사람 賓牟賈(빈모가)[1114]가 孔子를 侍坐(시좌)하였다. 孔子가 빈모가와 대화 중에 음악에 대하여 말했다.

"〈武(무)〉 舞〔무(무악)〕을 준비할 때 북을 오래 치며 (대중을) 긴

1114 賓牟賈(빈모가) – 賓牟(빈모)가 姓. 賈가 名. 공자 제자. 음악 이론서인 《樂記》의 〈賓牟賈〉편이 있다. 이 내용은 《禮記 樂記》와 《史記 樂書》에도 수록되었다.

장케 하는 것은 무엇 때문인가?"[1115]

빈모가가 대답했다.

"그것은 周 武王(주 무왕)이 출정하기 전에 군사의 마음을 얻지 못할까 걱정한 것입니다."[1116]

"길게 탄식하며 끊이지 않은 것은 왜 그러한가?"

빈모가 대답하였다.

"큰일을 성취하지 못할까 걱정한 것입니다."[1117]

"〔舞樂(무악)을 시작하며〕 맹렬하게 손발을 흔들며 춤을 추는 것은 무슨 뜻인가?"

빈모가가 대답하였다.

"(정벌의) 적절한 시기를 모색한다는 뜻입니다."[1118]

"〈武(무)〉 舞(무악)에서 오른쪽 무릎은 땅에 꿇고 왼쪽 발을 세운 것은 왜 그러한가?"[1119]

1115 원문 〈武〉 之備誡之以久, 何也? - 〈武〉는 周 무왕의 武舞. 備誡(비계)는 북을 오래 치면서 여러 사람을 긴장케 하다(擊鼓警衆也).

1116 원문 病疾不得其衆 - 病은 걱정하다(憂也). 군사(士衆)의 충성심이나 공경을 못 얻을까 걱정한 것이다.

1117 원문 恐不逮事 - 安民하지 못할까 걱정했다는 뜻이다.

1118 원문 適時及時事 - 일을 성취할 적당한 시기를 탐색한다는 뜻.

1119 원문 坐致右而軒左 - 右膝(우슬, 膝은 무릎 슬)은 땅에 대고 左膝은 땅에 닿지 않다. 軒은 추녀 헌. 높다, 높이다.

빈모가가 대답하였다.

"〈武〉 舞에서 앉는 자세가 아닙니다."

"聲音(성음)이 지나치게 살벌한 商(상)의 音(음)은 무슨 뜻인가?"

빈모가가 대답하였다.

"〈武〉 舞樂(무악)의 있어야 할 音(음)은 아닙니다."

공자가 말했다.

"만약 〈武〉의 音이 아니라면 어떤 音이어야 하는가?"

빈모가가 대답하였다.

"담당 관리(有司, 樂官)가 그 전해온 바를 놓친 것입니다(失其傳也)."

孔子가 말했다.

"옳은 말이다. 내가 전에 〔周 敬王(경왕)의 大夫〕 萇弘(장홍)에게 들었지만 너의 말과 같았다. 만약 악관이 전하는 바를 잃지 않았다면, 武王(무왕)의 뜻이 그처럼 荒亂(황란)하지는 않았을 것이다."

|原文| 賓牟賈起, 免席而請曰, "夫〈武〉之備誡之以久, 則旣聞命矣. 敢問遲矣而又久立於綴, 何也?"

子曰, "居, 吾語爾. 夫樂者, 象成者也. 總干而山立, 武王之事也, 發揚蹈厲, 太公之志也, 〈武〉亂皆坐, 周邵之治也. 且夫〈武〉始成而北出, 再成而滅商, 三成而南反, 四成而南國是疆, 五成而分陜, 周公左, 邵公右, 六成而復綴, 以崇其天子焉. 衆夾振焉而四伐, 所以盛威於中國, 分陜而進, 所以事蚤濟, 久立於綴, 所以待諸侯之至也."

| 국역 | 賓牟賈(빈모가)가 일어나, 자리를 벗어나며 말했다.

"〈武〉舞가 시작되기 전에 북을 오래 두드리며 衆人(중인)을 경계한 상징적 의미는 夫子(부자 : 공자)의 질문으로 저도 확실하게 알았습니다만, 제가 여쭙겠습니다. 〈武(무)〉舞(무악)가 시작된 뒤에도 춤추는 자가 제자리에서(綴) 오래 서있는 것은 무엇 때문입니까?"[1120]

공자가 말했다.

"앉아라(居). 내가 너에게 말하겠다〔吾語爾, 爾(너 이)〕. 대체로 樂(악)이란 것은 성공한 일을 표현한 것이다.[1121] 모두 방패를 잡고〔總幹, 干(방패 간)〕 山(산)처럼 둘러선 것은 武王(무왕)의 사적이다.[1122] 손발을 흔들며 맹렬하게 춤추는 것은 太公(태공)의 뜻이

1120 원문 敢問, 遲矣而又久立於綴, 何也? – 遲는 늦을 지. 여기서는 기다리다(等待) 綴은 꿰맬 철. 여기서는 공연하는 자가 서있는 곳.

1121 원문 象成者也 – 성공한 사업을 舞樂으로 표현한 것이다.

며 〈武〉의 마지막 무대에 모두가 무릎을 꿇고 앉는 것은[1123] 周公(주공)과 召公(소공)의 치적을 의미한다. 그리고 〈武〉 舞의 첫 장에서는(始成) (武王이) 북쪽으로 출정하고,[1124] 두 번째 章(장)에서는 商(상)나라를 멸망시키며, 三成(삼성)에서는 남쪽으로 돌아오고(南反), 四成(사성)에서는 남쪽의 여러 나라와 국경을 맞대고,[1125] 五成(오성)에서는 陝縣(섬현)을 경계로, 周公(주공)은 左(동쪽)측, 邵公(소공)은 右(서쪽)측을 분할하여 통치하고, 六成(육성)에서는 다시 모두 돌아와 제자리에 서니, 이는 天子(천자)를 존숭하는 것을 의미한다. 여러 사람이(衆) (큰 방울을) 흔들며 사방으로 진격하는 것(四伐)은 온 중국에 그 위엄을 떨치는 것이고, 춤추는 사람이 양옆으로 나누어 전진하는 것은 모든 정벌이 모두 성공했음을(蚤濟) 말하고, (시작 초기에) 출연자가 오래 서있는 것은 (무왕이) 제후 군대의 도착을 기다리는 것이다."

1122 원문 總干而山立 – 모두가 방패를 잡고서 움직이지 않다.

1123 원문 武亂皆坐 – 亂은 樂曲의 最後 一章. 坐는 앉을 좌. 주공과 소공의 보좌로 나라가 태평하고 安民했음을 상징한다는 주석이 있다.

1124 원문 且夫 〈武〉 始成而北出 – 始成의 成은 樂曲 一場이 끝나는 것(一終).

1125 원문 而南國是疆 – 南國으로 영역의 경계를 짓다. 남쪽으로 국경을 넓히다.

|原文| "今汝獨未聞牧野之語乎? 武王克殷而反商之政, 未及下車, 則封黃帝之後於薊, 封帝堯之後於祝, 封帝舜之後於陳. 下車又封夏后氏之後於杞, 封殷之後於宋, 封王子比干之墓, 釋箕子之囚, 使人行商容之舊, 以復其位, 庶民弛政, 庶士倍祿. 旣濟河西, 馬散之華山之陽而弗復乘, 牛散之桃林之野而弗復服. 車甲則釁之, 而藏之諸府庫, 以示弗復用. 倒載干戈而包之以虎皮, 將率之士, 使爲諸侯, 命之曰鞬櫜, 然後天下知武王之不復用兵也. 散軍而修郊射, 左射以貍首, 右射以騶虞, 而貫革之射息也, 裨冕搢笏, 而虎賁之士脫劍, 郊祀後稷, 而民知尊父焉, 配明堂而民知孝焉, 朝覲然後諸侯知所以臣, 耕籍然後民知所以敬親. 六者天下之大敎也. 食三老五更於太學, 天子袒而割牲, 執醬而饋, 執爵而酳, 冕而總幹, 所以敎諸侯之弟也. 如此則周道四達, 禮樂交通. 夫武之遲久, 不亦宜乎."

|국역| (공자의 설명 계속) "지금 너는 어찌 牧野(목야)의 이야기를 못 들었겠는가?[1126] 武王(무왕)은 殷(은)을 정벌하고 (그 지

1126 원문 今汝獨未聞牧野之語乎 – 牧野(목야)의 전투. 周 武王이 殷나라 폭군 紂王(주왕)의 군사를 격파한 전투. 이 전쟁에서 패퇴한 紂王은 자결했고, 殷(商)은 멸망했다.

역) 통치를 商(상)의 후손에 돌려주었는데, 商(상)의 國都(국도)에 들어가기 전에 黃帝(황제)의 후손을 薊(계)[1127]에 分封(분봉 : 나누어 봉하다)하였고, 堯(요) 帝(제)의 후손을 祝(축, 今 山東省 濟南市 부근)에, 舜(순)의 후손을 陳(진)에 봉하였다. 商의 도읍에 들어가서는(下車) 이어 夏后氏의 후손을 杞(기, 今 河南省 杞縣)에, 殷(은)의 후손을 宋(송)에 분봉하였다.[1128] 그리고 (武王은) 王子(왕자) 比干(비간)의 묘소를 크게 보수하였고, 갇혀있던 箕子(기자)를 풀어주었으며, 사람을 보내 〔殷의 賢人(현인)〕 商容(상용)[1129]의 옛 관

1127 薊(계) - 지명. 今 北京市 서남부에 해당, 뒷날 燕나라의 도읍.

1128 원문 殷之後於宋 - 武王은 殷을 정벌 한 뒤에 紂王의 아들 祿父(녹보)를 宋에 봉했다. 그런데 무왕이 죽자, 녹보가 周에 반역하자 周公이 처형한 뒤에 微子(미자)를 宋에 봉하여 殷의 제사를 받들게 하였다.
宋은 周 武王이 殷(은, 商)을 정벌했고 殷은 멸망했다. 武王의 아들 成王 때(前 11世紀) 멸망한 폭군 紂王(주왕)의 庶兄(서형)인 微子啓(미자계)를 宋에 봉하여 건국하고, 망한 殷의 제사를 받들게 하였다. 이는 이른바 '興滅國하고 繼絶世하는' 勝者의 관용이었다. 宋의 國君은 子姓에 宋氏이며, 爵位는 公爵(공작)이었다. 그 영역은 지금 河南省 동부와 安徽省 淮水(회수) 북부 지역이었다. 國都는 睢陽(휴양, 今 河南省 동쪽 끝 商丘市 睢陽區)이었다. 宋의 영역은 中原의 중심부로 富商과 巨賈(거고)들이 모여드는 곳이었고, 宋人은 상업에 소질이 있어 전국에 널리 알려졌었다. 전국시대 前 318년에 稱王했고, 前 286年에 齊의 침공을 받아 멸망하였다〔宋王 偃(언)〕. 《史記, 38권 宋微子世家》로 史書에 기록되었다.

직을 복구하여 옛 직위에 나아가게 하였다. 서민을 위하여 殷(은)에서 징수하던 가혹한 부세를 경감하였고, 관리들의 녹봉을 2배 인상하였다. (武王은) 서쪽으로 河水를 건넜고 戰馬(전마)를 華山(화산) 남쪽에 풀어놓아 다시 타지 않았으며, 수레를 끌던 소(牛)들을 桃林(도림)의 原野(원야)에 풀어 놓아 다시 부리지 않았다. 수레와 갑옷은 희생의 피를 발라 여러 창고에 보관하여 다시 사용하지 않겠다는 의지를 보였다. 방패(干)와 창〔戈(과)〕을 거꾸로 虎皮(호피 : 호랑이 가죽)에 싸서 보관하였으며 勇將(용장)들은 각지에 제후로 내보냈는데, 전쟁을 피하려는 이런 모든 일을 鞬櫜(건탁)이라고 하였다.[1130] 그런 연후에 천하 모두가 武王(무왕)이 다시 用兵(용병)하지 않을 것이라고 알았다. 또 군사를 해산하여 교외의 활 쏘는 射臺(사대)를 수리 정비하였고,[1131] 좌측 射臺〔사대 : 東學(동학)〕에서는 射禮(사례)를 익히면서 貍首(이수)의 樂에, 우대〔右 西學(서학)〕에서는 騶虞(추우)의 악에 맞춰 활을 쏘게 하여, 갑옷을 꿰뚫는 (사람을 죽일 수 있는) 弓射(궁사)는 사라졌다. (신하

1129 商容(상용) – 商朝 三代를 보필한 老臣. 한때 폭군 紂王의 신뢰와 百官의 존중을 받았다. 주왕이 천하의 미녀를 불러 모을 때, 주왕에게 중지하라고 강력히 건의하였다. 이후 상용은 사직하고 고향에 은거하였다.

1130 원문 命之曰鞬櫜 – 鞬은 활과 화살을 넣는 자루 건(藏弓矢). 櫜은 전대 탁.

1131 원문 散軍而修郊射 – 교외에는 學官을 두고 禮를 교육시켰다.

들은) 예복에 관모를 착용하고, 허리에 홀을 꽂았고,[1132] 虎賁(호분)의 용사들은 劍(검)을 착용하지 않았다.[1133] 〔周族(주족)의 始祖(시조)인〕 后稷(후직)에게 교사를 올려 백성에게 부친의 존중을 가르쳤고, 明堂(명당)[1134]에서 배향 제사하여 백성에게 효도를 가르쳤다. 〔諸侯(제후)는〕 朝覲(조근)의 예를 실천하여 제후가 신하로서 어떻게 섬겨야 하는가를 알았고, 〔天子(천자)도〕 藉田(적전) 경작의 예를 실행하여 부모 공경을 깨닫게 되었다.[1135] 이상 여섯 가지는 천하의 大教(대교)이었다. 三老(삼로)와 五更(오경)[1136]

1132 원문 裨冕搢笏 – 裨는 도울 비. 제사할 때 착용하는 관복. 冕은 면류관 면. 搢은 꽂을 진. 笏은 홀 홀. 입조할 때는 손에 쥔다.

1133 원문 虎賁之士脫劍 – 虎賁(호분)은 궁궐 호위 軍士. 脫劍(탈검)은 解劍.

1134 明堂은 고대 天子가 政教를 행하고 朝會, 祭祀, 慶賞, 選士, 養老, 教學 등의 大典을 거행하는 건물이다. 辟雍(벽옹, 辟廱)은 周代의 중앙의 교육기관, 곧 太學이 소재한 곳. 전체적으로 둥근 모양(하늘을 상징)을 물(教化가 물처럼 흘러 널리 퍼지라는 뜻)이 두르고 있는 형상이다. 廱은 화락할 옹. 보통 辟雍(벽옹)으로 표기. 泮宮의 泮은 학교 반. 제후의 學宮.

1135 원문 耕籍然後民知所以敬親 – 籍田(적전)을 親耕(친경)하여 제사에 바칠 곡식을 얻었다.

1136 三老五更 – 三老는 향민의 교화를 담당하는 鄉官이다. 漢代에는 백성 중 50세 이상으로 덕행이 있고, 백성을 잘 이끌만한 자를 골라 三老로 삼아 鄉(향)마다 1인을 두었다. 향의 삼로 중에서 1인을 선발해서 縣의 三老로 임명하여 현령, 현승, 현위를

을 불러 太學(태학)에서 연회를 열었는데, 천자가 직접 윗옷을 벗고 희생물을 잡아 肉醬(육장)을 만들어 대접하였고 식사 후에는 술을 권하여 입을 가시게 하였다.[1137] 그런 뒤에 (천자는) 면류관을 쓰고 방패를 잡고 (춤을 추어) 제후에게 형제 우애를 가르쳤다.[1138] 이렇게 하여 周(주)의 정교가 사방에 널리 퍼졌고, 禮樂(예악)이 서로 통했다. 그러니 舞樂(무악) 〈武(무)〉가 오랫동안 전승된 것이 당연하지 않은가!"

도와 백성을 교화하게 하였는데 요역과 防戍(방수)를 면제하였다. 매년 10월에 삼로에게 술과 고기를 하사하였다. 조정에도 三老를 임명하였는데, 존경받을 만한 국가의 최고 元老로 보통 三公을 역임한 사람 중에서 선정하였다.

五更(오경, 五叟로도 표기. 叟는 늙은이 수)은 연로하여 致仕하고 경험(곧 五事인 貌, 言, 視, 聽, 思)이 풍부한 사람이란 뜻으로, 보통 지팡이를 짚지 않아도 되는 公卿 중에서 고른다는 주석이 있다. 황제가 年老한 三老와 五更을 모시는 禮는 백성에게 孝悌를 널리 펴기 위한 뜻이다.

1137 원문 執爵而酳 - 執은 잡을 집. 爵은 술잔 작. 酳은 입 가실 인. 식사 후 마시는 술.

1138 원문 冕而總幹 - 幹은 干. 방패 간. 직접 舞位에 나가 춤을 춰 형제 우애를 보여주다.

〈問玉(문옥)〉 제36

【해설】

중국인은 玉(옥)을 아주 소중히 여겼다.

玉은 한 종류의 礦石(광석)에 대한 泛稱(범칭)인데, 보통 硬玉〔경옥, 翡翠(비취)〕과 軟玉〔연옥, 角閃石(각섬석)〕으로 대별할 수 있다. 玉은 중국 문화에서 凶(흉)을 제거하고 邪(사)와 煞(살)을 막아준다고 믿었다. 그래서 祭器(제기)를 玉(옥)으로 만들었고, 신분을 상징할 수 있는 여러 가지 장식을 제조하는데 사용되었다. 황제의 각종 印璽(인새) 역시 옥으로 만들었고, 지금도 많은 사람이 옥으로 만든 佩物(패물)을 몸에 지니고 있다.

중국의 玉의 생산지로 유명한 곳은 長安(장안) 근처의 藍田縣(남전현)인데, 남전옥은 녹색 혹은 白色(백색)의 大理石(대리석)이라 할 수 있다. 藍田生玉(남전생옥)이란, 成語(성어)는 '좋은 집안에서 훌륭한 인재가 나온다.' 는 뜻으로 쓰인다.

본 편은 3부분으로 구성되었는데, 첫 부분에서 子貢(자공)의 공자에게 玉을 귀하게 여기는 이유를 물었다. 그래서 본 편을 〈問玉〉이라 하였다. 공자는 자공에게 옥이 가지고 있는 여러 장점을 상세하게 소개해 주었다. 이 기록은 《禮記(예기) 聘義(빙의)》와 《荀子 法行(순자 법행)》에도 수록되었다.

본 편의 두 번째 부분은 공자가 經書〔경서 : 六經(육경)〕에 의한 敎化(교화)에 대하여 상세히 설명하고 있다. 그리고 세 번째 부분은 禮治(예치) 문제를 論(논)하였다. 공자는 예를 실천해야 하는 그 중요성을 아주 구체적으로 설명하고 있다. 이런 논술은 평상시 우리가 생각을 못한 영역인데, 매우 중요한 현실적 의의를 갖고 있다.

「白圭(백규)의 하자(玷)는 그래도 갈아 없앨 수 있지만 잘못된 말은 어쩔 수 없다.(白圭之玷, 尙可磨也. 斯言之玷, 不可爲也.)」

이는《詩經 大雅 抑(시경 대아 억)》의 구절인데, 공자 제자인 南容(남용)이《詩》를 읽다가 이 부분을 세 번이나 반복해서 읽었다. 이는 그 마음이 敬愼(경신)한다는 뜻이다. 그래서 공자는 형의 딸(조카)을 아내로 주었다.

이는《論語 先集(논어 선집)》에 실려 있다.

그리고 '玉壺冰心(옥호빙심 : 옥이나 얼음같이 깨끗하고 고운 마음)', 또 '玉石俱焚(옥석구분 : 옥과 돌이 함께 탄다는 말이며 좋은 것과 나쁜 것이 함께 멸망하거나 해를 당한다는 뜻이다.)' 이란 成語도 잘 알려졌다. 군자의 노리개로 玉을 소중히 하였고, 玉이 가지고 있는

特長을 인격 수양 방법의 한 방편으로 삼았기에 '良金美玉 自有定價(좋은 황금이나 옥은 그 값을 갖고 있다.)' 라는 속담도 널리 알려졌다.

여기서 玉壺氷心(옥호빙심)이란 成語를 상세히 소개하지 않고 그냥 지나갈 수가 없다. 이 성어는 唐 王昌齡(왕창령, 698-756?, 字는 少伯)의 〈芙蓉樓送辛漸(부용루송신점)〉이라는 詩의 구절인데, 그 원문은 아래와 같다.

寒雨連江夜入吳, 平明送客楚山孤.
洛陽親友如相問, 一片冰心在玉壺.

〈부용루에서 신점을 보내다〉 (1/2)

온 강에 찬비가 내리는 밤, 吳에 도착하여
아침에 친우를 보내니 楚의 山도 외롭도다.
낙양의 벗들이 만약 나를 묻는다면,
한조각 깨끗한 마음 玉壺에 있다 해주오.

芙蓉樓(부용루)는 江蘇省(강소성)의 長江(장강) 남안 鎭江市(진강시) 서북쪽에 있는 누각이다. 辛漸(신점)은 왕창령의 詩友(시우)이다. 신점은 지금 낙양으로 가고 있다. 낙양에 도착하여 그곳 친우를 만날 것이고, 벗들은 내 안부를 물을 것이다. 그러면 '一片冰心在玉壺' 라고 말해 달라는 부탁이다.

冰心(빙심)은 잡념이 없는 투명하고 깨끗한 마음이다. 玉壺(옥호)는 옥으로 만든 병. 얼음을 넣어두는 병이다. '어지러운 세상이지만 나는 냉철하게 내 본심을 잘 지켜나가고 있다.' 는 主體(주체) 선언이라 할 수도 있지만 友人(우인)을 보내는 詩이니 '내 우정은 투명하고 깨끗하다.' 는 뜻으로 풀이해야 한다.

이 시는 송별시인데, 송별의 정경에 대한 묘사가 없고 시인 자신의 이야기에 자신의 감정, 그리고 자신에 대한 부탁을 하고 있다. 그러나 시 전체에서 깨끗하고 참된 우정을 느낄 수 있다.

'一片冰心在玉壺' - 이 구절이 천하의 名句이다. 친우를 생각하는 순수한 마음을 더 이상 어떻게 표현하겠는가?

| 原文 | 子貢問於孔子曰, "敢問君子貴玉而賤珉 何也? 爲玉之寡而珉多歟?"

孔子曰, "非爲玉之寡故貴之, 珉之多故賤之. 夫昔者君子比德於玉, 溫潤而澤, 仁也, 縝密以栗, 智也, 廉而不劌, 義也, 垂之如墬, 禮也. 叩之, 其聲淸越而長, 其終則詘然樂矣. 瑕不掩瑜, 瑜不掩瑕, 忠也, 孚尹旁達, 信也, 氣如白虹, 天也, 精神見於山川, 地也, 圭璋特達, 德也, 天下莫不貴者, 道也.《詩》云, '言念君子, 溫其如玉.' 故君子貴之也."

| 국역 | 子貢(자공)이 공자에게 물었다.

"君子(군자)가 玉(옥)을 귀하게 여기고 珉(민, 옥돌 민)을 천하게 여기는데, 왜 그렇습니까? 玉은 적고(寡) 珉(민)은 많기 때문입니까?"[1139]

孔子가 말했다.

"玉(옥)이 적기 때문에 귀하고 珉(민)이 많아서 천한 것이 아니다. 옛날부터(昔者) 군자는 美德(미덕)을 玉(옥)에 비유하였는데, 玉(옥)이 溫和(온화)하고 윤택한 것은 군자의 仁(인)과 같고, 옥이 치밀하고 단단한 것은 군자의 智(지)와 같으며,[1140] (잘라내었을

1139 珉은 옥돌 민. 옥과 비슷한 돌(石似玉).

때) 그 모서리가 사람을 상해하지 않으니, 이는 義(의)와 같고[1141] 드리워서 매달 수 있으니, 이는 禮(예)이다. 두드리면(叩之) 그 소리가 맑고 길게 울리다가 끝에서는 뚝 그치니, 이는 樂(악)과 같다.[1142] 옥의 반점〔瑕疵(하자)〕이 그 옥의 광채를 가리지 못하고, 광채는 하자를 가리지 못하니, 이는 忠(충)과 같으며,[1143] 맑고 투명한 빛이 사방에 퍼지는 것은 信(신)이다.[1144] 옥의 기운이 白虹(백홍, 흰 무지개)과 같으니, 이는 天(천)이고, 그 정신이 온 산천에 두루 나타나니, 이는 地(지)와 같다.[1145] (옥으로 만든) 圭(규)와 璋(장)은 홀로 윗사람에게 드릴 수 있으니, 이는 德(덕)이고 천하 모두가 (玉을) 귀하게 여기지 않는 사람이 없으니, 이는 道(도)이다.

1140 원문 縝密以栗, 智也 – 縝은 삼실(베실) 진. 촘촘하다. 縝密(진밀)은 매우 치밀하면서 꽉 찬 모양. 栗은 밤 율. 견고하다.

1141 원문 廉而不劌, 義也 – 옥을 갈랐을 때(割) 날카로운 모서리가 있지만 사람을 다치게 하지 않는다. 廉은 청렴할 염. 곧다. 稜角(능각). 劌는 상처 입힐 귀.

1142 원문 其終則詘然樂矣 – 詘은 굽힐 굴. 斷絶하는 모양. 음악의 마침과 같다는 뜻.

1143 원문 瑕不掩瑜, 瑜不掩瑕, 忠也 – 瑕는 티 하. 瑕疵(하자). 瑜는 아름다운 옥 유. 옥의 광채.

1144 원문 孚尹旁達, 信也 – 孚尹(부윤)은 옥의 광채 모양. 旁達(방달)은 어디든 널리 퍼지다.

1145 원문 精神見於山川, 地也 – 精神은 본래 산천에서 나온다고 생각하였다.

그래서 《詩經 秦風 小戒(시경 진풍 소계)》에서는 「군자를 그리나니 그 온화함이 옥과 같다.」[1146]고 하였다. 그래서 군자는 옥을 귀하게 여긴다."

| 原文 | 孔子曰, "入其國, 其教可知也. 其爲人也, 溫柔敦厚,《詩》教也, 疏通知遠,《書》教也, 廣博易良,《樂》教也, 潔靜精微,《易》教也, 恭儉莊敬,《禮》教也, 屬辭比事,《春秋》教也. 故《詩》之失愚,《書》之失誣,〈知遠之失〉《樂》之失奢,《易》之失賊,《禮》之失煩,《春秋》之失亂. 其爲人也, 溫柔敦厚而不愚, 則深於《詩》者矣, 疏通知遠而不誣, 則深於《書》者矣, 廣博易良而不奢, 則深於《樂》者矣, 潔靜精微而不賊, 則深於《易》者矣, 恭儉莊敬而不煩, 則深於《禮》者, 屬辭比事而不亂, 則深於《春秋》者矣. 天有四時者, 春夏秋冬, 風雨霜露, 無非教也, 地載神氣, 吐納雷霆, 流形庶物, 無非教也. 清明在躬, 氣志如神, 有物將至, 其兆必先. 是故天地之教, 與聖人相參. 其在《詩》曰,「嵩高惟嶽, 峻極於天, 惟嶽降神, 生甫及申, 惟申及甫, 惟周之翰. 四國於蕃, 四方於宣.」此文武之德, 矢其

1146 원문 言念君子, 溫其如玉 – 言은 발어사. 뜻이 없다.

文德, 協此四國, 此文王之德也. 凡三代之王, 必先其令問. 《詩》云, 「明明天子, 令問不已, 三代之德也.」"

| 국역 | 孔子가 말했다.[1147]

"그 나라에 들어가면 그 백성에 대한 교화를 알 수 있다. 그 사람됨이(爲人也), 溫和柔順(온화유순)하고 敦朴忠厚(돈박충후 : 인정이 두텁다)하다면 《詩(시)》에 의한 교화의 결과이고, 博古通今(박고통금 : 옛것을 널리 알면 오늘을 통달할 수 있다)하고 멀리 내다볼 수 있다면(遠見), 《書(서)》에 의한 교화이다. 백성이 豁達博識(활달박식 : 마음이 활달하고 지식이 넓다)하고 平易(평이) 溫良(온량)하다면, 《樂(악)》에 의한 교화이다. 內心이 淨潔(정결)하고 靜思隱微(정사은미 : 조용히 생각하고 속이 깊어서 알기 어려움)하다면, 《易(역)》에 의한 교화이다. 백성이 恭儉(공검)하고 장엄 엄숙하다면, 《禮(예)》에 의한 교화이다. 文辭(문사)를 모아 事實(사실)을 잘 논하는 것은 《春秋》에 의한 교화이다. 그러나 《詩(시)》에 의한 교화의 단점은 백성이 (순박하여) 어리석을 수 있고〔失愚, 곧 너무 敦厚(돈후)하다.〕, 《書(서)》의 교화는 백성이 쉽게 誣妄(무망)에 빠지기 쉬우며, 《樂(악)》에 의한 교화는 사치에 빠지기 쉽고, 《易(역)》에 의한 교화의 단점은 황당한 주장에 빠지기 쉬우며, 《禮(예)》에 의한 교화의 단점은 번잡해지고, 《春秋(춘추)》에 의한 교화의 실패는 혼란

1147 본 章의 내용은 《禮記 經解》, 《淮南子 泰族訓》에도 수록되었다.

에 빠지는 것이다. 그 사람됨이 溫柔敦厚(온유돈후 : 온화하고 유순하고 두터운 인품)하면서도 어리석지 않다면(不愚)《詩(시)》를 잘 이해한 사람이고, 疏通(소통)하면서도 멀리를 내다보고(知遠) 허망하지 않다면(不誣),《書(서)》를 깊이 이해한 사람이다. 사람이 廣博平易(광박평이 : 넓고 박식한 지식이 쉽게 펼쳐진다)하고 溫良(온량)하면서도 사치하지 않는다면(不奢),《樂(악)》에 깊이 통달한 사람이다. 사람이 靜潔(정결 : 깨끗하다) 精微(정미 : 자세하고 치밀함)하면서도 황당하지 않다면《易(역)》을 제대로 이해한 사람이다. 공경, 검소, 장중, 敬愛(경애)하면서도 번잡하지 않다면《禮(예)》에 깊이 통달한 사람이며, 글을 잘 지으면서 여러 사실을 잘 비교하며 난잡하지 않다면(不亂),《春秋(춘추)》에 깊이 통달한 자이다. 하늘에 春(춘)夏(하)秋(추)冬(동) 四時(사시)가 있으니 風雨(풍우)와 서리, 이슬 등이 교화가 아닌 것이 없다(無非敎也). 大地(대지)에는〔五行(오행)의〕神氣(신기)가 실려 있으니 번개와 천둥이 치고(吐納雷霆) 만물이 변화 생성하니(流形庶物), 이 또한 교화가 아닌 것이 없다. 淸明(청명 : 맑고 밝다)한 덕을 몸에 지니고 신령한 志氣(지기)를 가진 사람이라면,[1148] 앞으로 닥칠 일에 반드시 먼저 조짐을 알 수 있다.[1149] 그래서 天地(천지)의 교화는 聖人(성인)

1148 원문 淸明在躬, 氣志如神 – 淸明한 德이 在身〔在躬, 躬(몸 궁)〕하다면 그 氣志가 如神하다.

1149 원문 其兆必先 – 兆는 조짐 조.

과 함께 참여하게 된다. 그래서《詩經 大雅 崇高(시경 대아 숭고)》에「높고 높은 산꼭대기 하늘에 닿은 듯하고, 그 산에 神이 강림하사 甫侯(보후)와 申伯(신백)을 낳았도다.[1150] 申伯(신백)과 甫侯(보후)는 周(주)의 울타리가 되었고 천하를 宣王(선왕)의 덕으로 교화하였다.」라고 하였다. 이는 문왕과 무왕의 음덕이었다. 그리고 그 文德(문덕)을 널리 베풀어 사방의 나라를 協和(협화)케 하였으니 이 또한 文王(문왕)의 德(덕)이었다. 모든 三代의 君王은 왕을 칭하기 전에 훌륭한 소문이 있었다. 그래서《詩 大雅 江漢(시 대아 강한)》에서는,「부지런하신(明明) 天子(천자)이시니, 좋은 평판이 그치지 않네.」라고 읊었으니 이는 三代〔삼대 : 聖王(성왕)의〕 德(덕)이다."

原文 子張問聖人之所以教.

孔子曰, "師乎, 吾語汝, 聖人明於禮樂, 擧而措之而已."

子張又問, 孔子曰, "師, 爾以爲必布几筵, 揖讓升降, 酌獻酬酢, 然後謂之禮乎? 爾以必行綴兆, 執羽籥, 作鐘鼓, 然後謂之樂乎? 言而可履, 禮也, 行而可樂, 樂也. 聖人力

1150 원문 生甫及申 – 높은 산에 신령한 기운이 내려 (穆王을 도운) 甫侯(보후)와 (宣王을 도운) 申伯을 태어나게 했다.

此二者, 以躬己南面, 是故天下太平, 萬民順伏, 百官承事, 上下有禮也. 夫禮之所以興, 衆之所以治也, 禮之所以廢, 衆之所以亂也. 目巧之室, 則有隩阼, 席則有上下, 車則有左右, 行則並隨, 立則有列序, 古之義也. 室而無隩阼, 則亂於堂室矣, 席而無上下, 則亂於席次矣, 車而無左右, 則亂於車上矣, 行而無並隨, 則亂於階塗矣, 列而無次序, 則亂於著矣. 昔者明王聖人, 辯貴賤長幼, 正男女內外, 序親疏遠近, 而莫敢相踰越者, 皆由此塗出也."

| 국역 | 子張〔자장, 顓孫師(전손사)〕이 聖人(성인)의 교화는 어떠한가를 물었다.[1151]

孔子가 말했다.

"師(사)야, 내가 네게 말해주마. 聖人(성인)은 禮樂(예악)에 밝았고, 예악을 생활에 실천했을 뿐이다."[1152]

子張(자장)이 다시 묻자, 공자가 말했다.

"師(사)야, 너는 으레 상을 차리고 자리를 펴고서 揖讓(읍양)하고 (계단을) 올라가고 내려오며, 술잔을 (손님에게) 드리고, 또 서

1151 본 장은 《禮記 仲尼燕居》에도 수록되었다.

1152 원문 擧而措之而已 – 擧는 들 거. 예악을 알아. 措는 둘 조. 시행하다. 실천하다.

로 술을 권해야만 禮라고 생각하는가? 너는 꼭 춤을 추는 자리에서(綴兆), 깃털과 피리를 잡고(執羽籥), 종과 북을 쳐야만(作鐘鼓) 그것만을 樂(악)이라고 하는가? 말하고(言) 실천하면〔可履(가리)〕禮이고, 실행하며 즐기는 것이 樂(악)이다. 성인은 이 두 가지를 몸으로 힘써 실천하며 자신이 南面(남면 : 남쪽을 향해 앉아있다)하여 다스리기에 천하는 태평하였으며, 만민이 순순히 따라오고 백관은 일을 맡아 처리하였으니 상하 모두가 禮를 실천한 것이다. 대체로 禮가 흥성하면 백성이 잘 다스려지고, 禮가 지켜지지 않는다면(廢) 백성 또한 혼란에 빠지게 된다. 눈에 멋지게 보이는 좋은 집에는(目巧之室) 아랫목이나 층계가 있는데,[1153] 자리에(席) 상하가 있고, 수레에 좌우가 있으며 길을 갈 때도 선후가 있고, 서있는 자리에도 서열이 있는 것이 고대의 義(의)이었다. 집에 아랫목과 계단이 없다면 집안의 서열이 혼란하고, 좌석에 상하가 없다면 자리의 차서가 혼동될 것이다.[1154] 수레에 좌우가 없다면 승차하는 차서가 혼란할 것이다. 보행에 순서가 없다면 계단이나 길이 혼란할 것이며,[1155] 서 있는 줄에 次序(차서 : 차례)가 없다면 서열이 혼란해질 것이다.[1156] 옛날에 明王(명왕)이나

1153 원문 則有隩阼 – 隩는 굽이 오, 숨을 오. 거처 욱, 따뜻할 욱. 아랫목(室西南隅). 阼는 동편 층계 조.

1154 원문 則亂於席次矣 – 상석의 次第(차제)가 혼란하다.

1155 원문 則亂於階塗矣 – 보행이나 계단에 오르는 순차가 혼란할 것이다. 階는 층계 계. 塗는 진흙 도, 길 도(道也).

聖人(성인)은 貴賤(귀천)과 長幼(장유)를 변별하였고, 남녀와 內外(내외)의 위치를 바로잡았으며, 親疏(친소)와 遠近(원근)의 관계에서 서열을 정하여 서로 넘나들지 않게 하였으니 모두가 이런 도리에서 나온 것이었다.

1156 원문 則亂於著矣 – 著는 서있는 자리.

〈屈節解(굴절해)〉 제37

【해설】

屈節(굴절)은 자신의 지조를 일시적으로 굽히다. 곧 목표를 낮추거나 指向點(지향점)을 변경한다는 뜻이다. 이는 사욕을 위하여 榮達(영달)하려고 志操(지조)를 바꾸는 變節(변절)과는 다르다.

굴절은 목표 실현을 위한 임시적 조치 또는 앞으로 두 걸음을 나가기 위한 일보 후퇴의 뜻이다. 곧 굴절하여 伸張(신장)하려는 의도이다(屈節以求伸). 그러나 굴절한다고 그 지조를 훼손할 수는 없다(受屈以不毁其節).

공자는 자신의 이상이 현실적으로 수용되기가 어렵다는 것을 알고 있었다. 그렇다고 자신의 이상을 포기할 수는 없었다. 안 되는 줄 알면서도 해야만 했다(知其不可而爲之).

子禽(자금)의 본명은 陳亢(진항)이고, 子禽은 字(자)이다.[1157] 자

1157 子禽(자금)이 공자의 제자인가 아닌가는 확실치 않다. 《史記 仲尼弟子列傳》에 이름이 없다.

금이 子貢(자공)에게 물었다.

"당신의 사부는 어느 나라에 가든 그 나라 정치에 대하여 묻는데, 그 자신이 관직을 얻으려는 뜻입니까? 아니면 남을 통해서 알리려는 뜻입니까?"(《論語 學而(논어 학이)》子禽問於子貢曰, "夫子至於是邦也, 必聞其政, 求之與? 抑與之與?")

그러자 자공은 "夫子(공자)께서는 온화(溫), 선량(良), 공경(恭), 검소(儉), 겸양(讓)을 실천하는 분이십니다. 부자께서 얻으려는 것은 아마 다른 사람과 다르지 않겠습니까?"라고 말했다.(子貢曰, "夫子溫良恭儉讓以得之. 夫子之求之也, 其諸異乎人之求之與?")

공자는 아름다운 美玉(미옥)을 갖고서 팔리기를 기다리는 사람이었지[1158] 세일하듯 팔려고 하지는 않았다. 이는 공자가 다른 사람과 얻으려는 목표도 또 얻는 방법도 다르다는 뜻이다.

공자는 온화하면서도 엄숙하고, 위엄이 있지만 사납지 않았고, 공손하면서도 安穩(안온)한 분이었다.[1159] 그리고 仁德(인덕)의 실천이 어려운 줄을 알면서도 실천하려고 헌신적이고 열심이었다.[1160]

1158《論語 子罕》子貢曰, "有美玉於斯, ~" 子曰, "沽之哉! 沽之哉! 我待賈者也."

1159《論語 述而》子溫而厲, 威而不猛, 恭而安.

1160《論語 憲問》子路宿於石門. 晨門曰, "奚自?" 子路曰, "自孔氏." 曰, "是知其不可而爲之者與?"

공자의 정치적 주장은 당시에 아주 革新的(혁신적)이었다. 革新(혁신)은 꼭 필요한 것이지만 성공을 확신할 수는 없다.

그렇다면 높은 자리에서 불확실한 혁신에 동의하기는 쉽지 않다. 혁신을 이루려면 설득이 필요하고, 설득의 방편으로 목표나 지향을 약간 변경할 수도 있다. 공자의 이상 실현을 위해서는 우선 누군가에게 등용되어야 했다. 누가 공자를 등용하겠나?

다음으로 혁신에는 時機(시기)도 중요하다. 때가 맞지 않는다면? 혁신은 훨씬 어려울 것이다. 時期(시기)는 때이지만, 時機(시기)는 機會(기회)이다. 어떤 動機(동기)가 있어야 한다.

본 편은 공자가 경험한 굴절에 관한 몇 가지 이야기를 수록하고 있다. 자공이 魯(노)의 위기타개를 위하여 여러 나라를 찾아다니며 遊說(유세)한 장문의 이야기나 宓子賤(복자천)이 작은 고을 單父(선보)를 다스린 것은 모두 굴절하였지만 본래 주장이나 이상을 잃지 않은 사례이다.

공자는 子夏(자하)에게 "너는 君子儒(군자유)가 되어야지 小人儒(소인유)가 되지 말라고 하였다."(《論語 雍也(논어 옹야)》 子謂子夏曰, 女爲君子儒 無爲小人儒.)

君子儒는 道를 밝힐 수 있는(明道) 儒者(유자)이다. 명성이나 얻으려 한다면 小人儒일 것이다. 이는 스승이 제자에게 해줄 수 있는 평범하고 원칙적인 말이다. 그러나 여기에는 공자가 경험하고 느낀 굴절의 悲壯(비장)한 감정이 들어있다.

|原文| 子路問於孔子曰, “由聞丈夫居世, 富貴不能有益於物, 處貧賤之地, 而不能屈節以求伸, 則不足以論乎人之域矣.”

孔子曰, “君子之行己, 期於必達於己. 可以屈則屈, 可以伸則伸. 故屈節者, 所以有待, 求伸者, 所以及時. 是以雖受屈而不毀其節, 志達而不犯於義.”

|국역| 子路(자로)가 공자에게 물었다.

“저는(由) 丈夫(장부)가 세상을 살면서(居世), 富貴(부귀)하나 만물에 도움이 되지 못하고,[1161] 貧賤(빈천)한 처지에서 屈節(굴절)하여 求伸(구신)하지 못하면 사람으로 논할 것이 없다고 들었습니다.”

孔子가 말했다.

“君子(군자)가 자신의 뜻을 펴려면(行己), 필히 자신을 통달할 수 있어야 한다. 굽힐 수 있다면 굽히고(可以屈則屈), 펼 수 있으면 펴야 한다.[1162] 그러하기에 屈節(굴절)이란 (자신을) 알아줄 때를 기다리는 것이고, 求伸(구신)은 좋은 때를(良時) 얻으려는 것이

1161 원문 富貴不能有益於物 – 道로 濟物하는 것이지 자신만을 위할 수는 없다. 자신 肉身 하나만을 위하여 먹고 마시고 잠이나 자는 늙은이, 곧 富家翁(부가옹)이 되어서는 안 될 것이다.

1162 원문 可以伸則伸 – 伸은 펼 신. 몸을 쭉 뻗다.

다. 그러나 비록 굴절하더라도 그 지조를 훼손할 수 없고, 뜻을 이루더라도 대의를 손상해서는 안 될 것이다.[1163]

1163 원문 志達而不犯於義 - 대의에 합당할 때 뜻을 실천해야 한다. 대의를 손상하면서 뜻을 성취할 수 없다.

命賜存魯
齊田常欲作亂先伐魯孔
子聞之謂門弟子曰夫魯
墳墓所處父母之國危如
此二三子何為莫出子貢
請行遊說列國卒之存魯
亂齊孔子曰夫其亂齊存
魯吾之初願若強晉以敝
吳使吳亡而越霸者賜之
說也美言傷信慎言哉

〈命賜存魯(명사존로)〉

原文 孔子在衛, 聞齊國田常將欲爲亂, 而憚鮑晏, 因欲移其兵以伐魯.

孔子會諸弟子而告之曰, "魯父母之國, 不可不救, 不忍視其受敵, 今吾欲屈節於田常以救魯, 二三子誰爲使?"

於是子路曰, "請往齊."

孔子弗許. 子張請往, 又弗許. 子石請往, 又弗許.

三子退謂子貢曰, "今夫子欲屈節以救父母之國, 吾三人請使而不獲往, 此則吾子用辯之時也, 吾子盍請行焉?"

子貢請使, 夫子許之.

遂如齊, 說田常曰, "今子欲收功於魯實難, 不若移兵於吳則易."

田常不悅.

子貢曰, "夫憂在內者攻强, 憂在外者攻弱, 吾聞子三封而三不成, 是則大臣不聽令, 戰勝以驕主, 破國以尊臣, 而子之功不與焉, 則交日疏於主, 而與大臣爭, 如此則子之位危矣."

田常曰, "善, 然兵甲已加魯矣, 不可更, 〈更音耕〉如何?"

子貢曰, "緩師, 吾請於吳, 令救魯而伐齊, 子因以兵迎之."

田常許諾. (下文 繼續)

| 국역 | 孔子가 〔魯(노)를 떠나〕 衛(위)나라에 머물 때, 齊國(제국)의 〔權臣(권신)〕 田常(전상)[1164]이 반역을 꿈꾸었으나 〔齊의 卿(경)인〕 鮑氏(포씨)와 晏氏(안씨)가 두려워 그 군사를 동원하여 魯(노)를 공격하려 한다는 말을 들었다.

孔子는 여러 弟子(제자)를 모아 놓고 말했다.

"魯(노)는 父母(부모)의 나라이니 구원하지 않을 수 없고, (魯가) 적국의 침입을 받는 것을 차마 두고 볼 수가 없다. 지금 내가 (齊의) 田常(전상)에게 屈節(굴절)하더라도 魯를 구원하고 싶으니, 너희 중 누가 齊國(제국)에 사신으로 갈 수 있겠는가?"

이에 자로가 나서며 말했다. "제가 齊(제)에 가겠습니다."

그러나 공자는 불허하였다. 子張(자장)이 가겠다고 했으나 역시 불허했다. 子石〔자석, 公孫龍(공손용)〕도 자청했지만 공자는 수락하지 않았다.

세 사람이 물러나 子貢(자공)에게 말했다.

1164 田常은 田恒(전항, 생몰년 미상) - 嬀姓(규성), 田氏, 原名은 陳恒(진항). 춘추 말기 齊國의 권신. 齊國 田氏 가문의 第 八任 首領. 當時 卿大夫는 보통 子로 경칭했다. 진항이 죽은 뒤, 시호는 成이었다. 따라서 田成子로도 호칭. 漢朝 文帝 劉恒(유항)을 피휘하여 田常으로 표기. 宋 眞宗 趙恒을 피휘하여《資治通鑑》에서도 田常으로 표기되었다.

"지금 夫子(공자)께서는 屈節(굴절)하시면서 父母(부모)의 나라를 구원하고자 하시기에 우리 3인이 齊(제)에 使者(사자)로 가려 했지만, 허락을 받지 못했습니다. 그러니 지금은 당신께서 언변을 발휘할 때인 것 같으니, 당신이 가겠다고 왜 자청하지 않습니까?"

자공이 청하자, 공자께서 승낙하였다.[1165]

자공이 마침내 齊에 가서(如齊) 田常(전상)에게 유세하며 말했다.

"지금 당신은 魯(노)를 정벌하여 공을 세우려 하나 이는 사실

1165 《사기 중니제자열전》을 보면, 子貢(자공)은 물자의 매입과 비축, 그리고 시세에 따라 매매 또는 물가가 쌀 때 사들이고, 비쌀 때 팔거나 시세에 따라 이리저리 지방을 옮겨 轉賣(전매)하여 큰 재물을 벌었다. 자공은 중국 상인의 理想的 모습인 儒商의 원조로 추앙받고 있다.

《論語》에서 공자는 3차에 걸쳐 자공에게 '恕(서, 용서, 관용)'를 깨우쳐 주었다. 자공이 "죽을 때까지 지켜야 할 한마디 말이 무엇입니까?"라고 물었을 때, 공자는 "其恕乎! 己所不欲을 勿施於人하라."고 말했다. 《論語 衛靈公》 또 《論語 公冶長》에서 子貢曰, "我不欲人之加諸我也, 吾亦欲無加諸人." 子曰, "賜也, 非爾所及也."의 구절, 그리고 《論語 雍也》의 子貢曰, "如有博施於民而能濟衆, 何如? 可謂仁乎?" 子曰, "何事於仁! 必也聖乎! 堯舜其猶病諸! 夫仁者, 己欲立而立人, 己欲達而達人. 能近取譬, 可謂仁之方也已."의 구절도 모두 자공에게 너그러운 마음을 가지라는 충고의 뜻이 들어 있다.

어렵습니다. 차라리 군사를 이동시켜 吳(오)를 공격하는 것이 쉬울 것입니다."

그러자 전상은 불쾌하게 생각했다.

자공이 말했다.

"제가 알기로, 내부에 우환이 있다면 강대국을 공격하고, 우환이 외부에 있다면 약소국을 정벌합니다. 제가 듣기로는, 당신이 3번이나 齊君에게 被封(피봉)되고자 했지만 3번이나 뜻을 이루지 못한 것은 大臣(대신) 중에 협조하지 않는 자가 있기 때문입니다. 지금 당신이 魯(노)를 공격하여 승리한다면, 齊君(제군)은 더욱 교만해지고, 魯를 격파한 대신은 더욱 존귀해질 것이니, 당신은 공로를 인정받지도 못하고 주군과의 관계는 점차 소원해질 것입니다. 그러면 당신은 여러 신하와 경쟁하게 될 것이니 당신의 지위만 위태롭게 됩니다."

전상이 말했다.

"옳습니다. 그러나 군사는 이미 魯로 출발하였고 변경할 수 없으니 어찌하겠습니까?"

자공이 말했다.

"군사를 천천히 행군하게 되면 내가 吳(오)에 가서 魯(노)를 구원하고 齊(제)를 공격하라고 유세할 것이니, 당신은 그때 군사를 동원하여 막게 하십시오."

田常(전상)은 허락하였다. (下文 계속)

【참고】 姜齊(강제)와 田齊(전제)

諸侯國(제후국)인 齊(제)의 建國 始祖(건국 시조)인 太公〔태공 : 呂尙(여상), 字는 子牙, 재위 前 1046 – 1026年〕은 도읍인 營丘(영구)에서 풍속을 바로잡아가며 禮敎(예교)와 바른 정치를 실행하였다. 특히 농토가 많은 자연에, 魚鹽(어염)의 이득, 상공업의 발달로 인구 증가 등 齊는 건국 초기부터 강대국으로 발전할 여건이 갖춰져 있었다.

春秋 初期(춘추 초기)에 齊의 상대적 라이벌인 魯國(노국) 사이에는 전쟁이 많았다. 춘추시대 첫 번째 覇者(패자)인 齊 桓公(환공, 재위 前 685 – 643년)은 管仲(관중)을 등용하여 여러 개혁을 진행하며 국력을 키워 覇主로 우뚝 섰다. 齊 桓公(제 환공)은 「尊王攘夷(존왕양이 : 임금을 높이고 오랑캐를 물리친다는 말이다.)」의 구호를 내걸고 중원의 제후를 규합하였고 9번이나 회맹을 주도하였다. 환공이 죽으면서 齊는 覇主(패주)의 지위를 상실했고, 春秋(춘추) 말기에 齊(제)는 크게 쇠락하면서 내부 간 권력 싸움이 빈발하였다.

齊國(제국) 정치는 上大夫(상대부) 晏嬰〔안영, 晏子(안자), 前 578 – 500년, 字는 仲, 謚는 平, 습관상 晏平仲, 또는 晏子로 호칭〕이 주도했다. 晏嬰(안영)의 생활은 質朴(질박)하고 검소했으며, 下士(하사 : 아래 선비)에게도 謙恭(겸양)했다. 바른 말로 景公(경공)을 일깨웠고 司馬穰苴(사마양저), 越石父(월석보) 같은 인재를 등용했다. 晏子(안자)로 인해 齊國(제국)은 나라의 威信(위신)이 크게 높아졌다.

景公(경공) 때에, 陳桓子〔진환자 : 田桓子(전환자)〕가 백성에게 施惠(시혜)하면서 백성의 마음이 陳氏〔진씨 : 田氏(전씨)〕에게 쏠렸고 이후 陳氏의 세력이 强大(강대)해졌다.〔陳과 田(전)은 당시에 同音(동음)이었고 서로 혼용하였다. 나중에는 田氏(전씨)로만 표기했다.〕

前(기원전) 532年, 田桓子(전환자)는 鮑氏(포씨)와 연합하여 다른 세력을 공격했다. 이후 田氏 일족이 齊의 국정을 거의 주도하였다. 前 386년, 田成子(전성자)의 玄孫(현손)인 田和(전화)는 諸侯(제후)로 자립하였고, 齊 康公(제 강공)을 海島(해도)로 방출하였다. 前 379년, 康公(강공)이 죽으면서 姜齊(강제)의 祭祀(제사)는 단절되었다.

이후의 齊(제)는 田齊(전제)로 표기한다.

田齊는 前 265년, 齊 襄王〔양왕, 名은 田法章(전법장), 재위 前 285 – 265년〕 사후에 그 아들 田建(전건, 재위 前 264 – 221년)이 즉위하였고, 그 모친이 섭정하였다. 前 249年, 섭정하던 모친 君王后(군왕후)가 죽었고, 그 族弟(족제)인 后勝(후승)이 執政(집정)하였다. 后勝(후승)은 탐욕이 많은 사람이었고, 秦國(진국)에서 보내오는 뇌물을 계속 받아들였다. 齊王은 后勝(후승)의 주장을 따르면서 다른 5國이 秦(진)의 위협을 받거나 멸망하는 일을 수수방관하였으며 전쟁에 대한 대비도 없었다. 五國(오국)이 멸망한 뒤에야 齊王은 秦의 위협을 깨닫고 全軍(전군)을 齊의 西方(서방)에 집결시켰다.

前 221년, 韓(한), 趙(조), 魏(위), 楚(초), 燕(연)을 멸망시킨 뒤에, 齊가 秦 사절의 입국을 거부했다는 이유로 秦은 王賁(왕분)에 명하여 齊를 공격케 했다. 秦將(진장) 왕분은 주력부대가 대기 중인 齊의 서부전선을 피하여 燕(연)의 남부에서 齊 도읍 臨淄(임치)로 직행하였다.

齊는 북에서 내려오는 秦軍(진군)에, 束手無策(속수무책)에 土崩瓦解(토붕와해 : 흙이 무너지고 기와가 빠개진다는 말로 사물이 근본적으로 무너져 손을 쓸 수가 없다는 뜻) 되며 前 221년에 6국 중 마지막으로 秦國(진국)에 병합 멸망하였다. 齊地(제지)에는 齊郡(제군)과 琅邪郡(낭야

군) 등이 설치되었다.

| 原文 | 子貢遂南說吳王曰, "王者不滅國, 霸者無强敵, 千鈞之重, 加銖兩而移, 今以齊國而私千乘之魯, 與吳爭强, 甚爲王患之. 且夫救魯以顯名, 以撫泗上諸侯, 誅暴齊以服晉, 利莫大焉, 名存亡魯, 實困强齊, 智者不疑."

吳王曰, "善, 然吳常困越, 越王今苦身養士, 有報吳之心, 子待我先越, 然後乃可."

子貢曰, "越之勁不過魯, 吳之强不過齊, 而王置齊而伐越, 則齊必私魯矣, 王方以存亡繼絶之名, 棄齊而伐小越, 非勇也, 勇而不計難, 仁者不窮約, 智者不失時, 義者不絶世, 今存越示天下以仁, 救魯伐齊, 威加晉國, 諸侯必相率而朝, 霸業盛矣. 且王必惡越, 臣請見越君, 令出兵以從, 此則實害越而名從諸侯以伐齊."

吳王悅, 乃遣子貢之越. (下文 繼續)

| 국역 | 자공이 남쪽으로 가서 吳王〔오왕 : 夫差(부차)〕에게[1166] 遊

1166 吳王(夫差) – 吳越同舟(오월동주)의 고사가 생길 정도로 원한이 깊었다. 춘추 말기 吳와 越의 경쟁은 아래와 같이 정리할 수 있

說(유세)하며 말했다.

"王者(왕자)는 (다른) 나라를 없애지 않고, 霸者(패자)에게는 强敵(강적)이 없다지만, 그래도 千鈞(천균)의 무게에, 1銖(수)나 1兩(냥)만 보태져도 무게가 변합니다. 지금 齊나라는 은밀히(私) 1千乘(천승)의 魯(노)나라를 차지하려고 吳(오)와 강세를 다투려 하니 왕을 위해서 매우 걱정이 됩니다. 거기에 魯를 구원한다면 명성을 높이면서 泗水(사수)[1167] 북쪽의 여러 나라에 영향을 끼칠 수 있으니, 齊(제)를 정벌하고 (서북쪽의) 晉(진)까지 굴복시킨다면 그 이득이 아주 클 것입니다. 이는 魯나라를 보전케 한다는 명분을 얻으면서 실제로는 강한 齊나라를 곤궁하게 하는 방책이니 智

다. 前 506年 - 吳王 闔閭(합려)는 伍子胥(오자서)를 장수로 楚에 침공. 楚都 郢(영)을 함락시켰다. 前 496年 - 吳軍이 越(월)을 침공. 吳王 闔閭(합려)는 패전과 부상으로 사망. 前 494年 - 吳王 夫差(부차, 재위 前 495 - 473년)가 興兵하여 越을 격파 - 越王 勾踐(구천, 재위 前 496 - 464년)은 굴복, 강화. 前 473年 - 越王 구천. 吳國을 멸망시킴. 吳王 夫差 자살. 구천은 齊와 晉(진)과 徐(서)에서 회맹. 春秋 최후의 霸主가 되었다.

1167 以撫泗上諸侯 - 泗(사)는 강 이름. 魯나라의 도성 曲阜(곡부)에서 20여 km 지점에 郰邑(추읍, 鄹, 陬로도 표기)이 있었다. 공자의 어머니 顔氏는 尼丘山(이구산)에 기도를 해서 공자를 낳았으며, 공자의 부친 별세 후에는 魯 도성 내의 闕里(궐리)로 이사했고, 공자는 궐리에서 생활하였다. 이 근처에 洙水(수수)와 泗水(사수)가 흐르고 있다. 그래서 尼丘(이구)와 洙泗(수사), 闕里(궐리)는 때로 공자의 代稱(대칭)으로도 쓰인다.

者(지자)라면 결코 의심하지 않을 것입니다."

吳王(오왕)이 말했다.

"좋은 말씀입니다. 그러나 吳(오)는 늘 越(월)을 압박했기에, 越王(월왕)은 지금 자신이 고생하면서 군사를 길러 吳에 보복할 마음을 갖고 있습니다. 나의 越(월)나라 정벌을 선생께서 기다려 주시면 齊를 공격할 수 있습니다."

子貢(자공)이 말했다.

"越(월)의 강성은 魯만 못하고, 吳의 강성은 齊만 못한데, 왕께서 齊를 방치하고 越(월)을 정벌한다면, 齊는 분명 은밀히 魯를 차지할 것입니다. 왕께서는 지금 망할 나라를 보전하고 끊어진 제사를 이어가게 한다는 명분을 내세우면서도, 齊를 버려두고 작은 越를 정벌한다면 勇(용)이 아닙니다. 용기 있는 사람은 난관을 계산하지(피하지) 않고, 仁者(인자)는 곤경에 처한 사람을 궁지로 몰지 않습니다. 智者(지자)는 때를(時) 놓치지 않고, 義者(의자)는 남의 後嗣(후사)를 끊지 않습니다. 지금 越을 보전하여 天下에 (吳의) 仁德(인덕)을 보여주며 魯를 구원하려 齊를 공격한다면, 그 위세가 晉國(진국)에 미칠 것이니, 여러 제후들은 서로 이끌며 (吳에) 入朝(입조:조견)할 것이니, (吳의) 霸業(패업)은 크게 흥성할 것입니다. 만약 왕께서 越을 걱정하신다면, 제가(臣) 越君(월군)을 만나 越에서 군사를 내어 吳를 돕게 할 것이니, 이는 실제로는 越을 피폐하게 하면서 제후와 합종하여 齊를 정벌하는 명분을 확보할 것입니다."

吳王(오왕)은 기뻐하며 자공을 越(월)나라에 보내주었다. (下文 계속)

| 原文 | 越王郊迎, 而自爲子貢御, 曰, “此蠻夷之國, 大夫何足儼然辱而臨之?”

子貢曰, “今者吾說吳王以救魯伐齊, 其志欲之, 而心畏越, 曰, ‘待我伐越而後可, 則破越必矣.’ 且無報人之志, 而令人疑之, 拙矣, 有報人之意, 而使人知之, 殆乎, 事未發而先聞者, 危矣, 三者擧事之患矣.”

勾踐頓首曰, “孤嘗不料力, 而興吳難, 受困會稽, 痛於骨髓, 日夜焦唇乾舌, 徒欲與吳王接踵而死, 孤之願也, 今大夫幸告以利害.”

子貢曰, “吳王爲人猛暴, 群臣不堪, 國家疲弊, 百姓怨上, 大臣內變, 申胥以諫死, 大宰嚭用事, 此則報吳之時也. 王誠能發卒佐之, 以邀射其志, 而重寶以悅其心, 卑辭以尊其禮, 則其伐齊必矣, 此聖人所謂屈節求其達者也. 彼戰不勝王之福, 若勝, 則必以兵臨晉, 臣還北請見晉君共攻之, 其弱吳必矣. 銳兵盡於齊, 重甲困於晉, 而王制其弊焉.”

越王頓首, 許諾.

子貢返五日, 越使大夫文種, 頓首言於吳王曰, "越悉境內之士三千人以事吳."

吳王告子貢曰, "越王欲身從寡人, 可乎?"

子貢曰, "悉人之率衆, 又從其君, 非義也."

吳王乃受越王卒, 謝留勾踐. 遂自發國內之兵以伐齊, 敗之. 子貢遂北見晉君, 令承其弊, 吳晉遂遇於黃池, 越王襲吳之國, 吳王歸與越戰, 滅焉.

孔子曰, "夫其亂齊存魯, 吾之始願, 若能强晉以弊吳, 使吳亡而越霸者, 賜之說之也. 美言傷信, 愼言哉."

| 국역 | 越王(월왕)이 교외까지 나와 자공을 영접하였고, 월왕은 자공을 위해 수레를 몰면서 말했다.

"여기는 蠻夷(만이)들이 사는 나라인데, 大夫(대부)께서는 무슨 일로 이렇게 고생스레 오셨습니까?"

자공이 말했다.

"지금 저는 吳王(오왕)에게 魯를 구원하고 齊를 정벌하라고 유세하였는데, (오왕이) 내 유세를 따르려 하나 마음속으로 越(월)나라를 두려워하면서 '吳王이 越나라 정벌을 기다려주면 들어주겠다.' 고 말하였으니, 吳는 틀림없이 월을 공격할 것입니다. 사실, 〔越(월)나라에서는〕 吳를 보복할 생각도 없는데 남의 의심을 받고 있으니, 매우 안 된 일입니다. 그리고 남에게 복수할 생각이 있는데 남이 알고 있다면, 그것은 아주 위태로운 일입니다. 일이 생기지도 않았는데 먼저 소문이 났다면, 이 또한 위험한 일입니다. 이 세 가지는 모두 일을 시작하기 전에 걱정해야 합니다."

월왕 勾踐(구천)[1168]이 머리를 숙이면서 말했다.

"과인은(孤) 일찍이 내 능력을 헤아리지 못하고, 吳와 싸워 會稽(회계)에서 패전하고 곤욕을 치렀는데, 그 원한이 지금도 骨髓(골수)에 사무치며, 밤낮으로 입술이 타고 혀가 마를(焦唇乾舌) 지경입니다. 그래서 오직 오왕과 함께 따라 죽는 것이 과인의 소원입니다. 그러니 대부께서 저를 위해 이해관계를 말씀해 주시기 바랍니다."

子貢(자공)이 말했다.

"吳王〔오왕 : 夫差(부차)〕은 사람됨이 사납고 포악하여 그 신하들이 견디질 못하고, 나라는 피폐하고 백성은 윗사람을 원망하며, 大臣(대신)은 안에서 변란을 꾀하고(內變), 伍子胥(오자서)[1169]는 간언을 올렸으나 죽음을 당했습니다. 〈吳王의 佞臣(영신) 太宰(태

1168 勾踐(구천, 句踐, 재위 前 496－464年)－春秋 時代 後期 越國 君主. 臥薪嘗膽(와신상담)의 주인공.

1169 伍子胥(오자서)－伍員(오원, ?－前 484년)은 春秋 시대 吳나라의 장군. 본래 楚의 公族. 박해를 피해 吳에 망명. 吳王 闔閭(합려)에 의해 重用되어 楚國을 大破했다. 吳王 夫差(부차, 前 495年－473年)가 繼位한 뒤에 참소를 받아 죽었다.

재)인 嚭(비)〉[1170]가 권력을 잡고 있으니, 바로 지금이 吳에 보복할 때입니다. 王께서는 정말로 군사를 보내 오왕을 돕는 체 하면서 그의 비위를 맞춰주고 많은 재물로 그의 마음을 기쁘게 하고, 겸손한 언사로 예를 갖춰 받들어주면 (오왕은) 틀림없이 齊(제)를 정벌할 것입니다. 이는 聖人(성인)이 말하는 屈節(굴절 : 절의를 굽히다)하여 원하는 바를 성취하는 것입니다. 吳王(오왕)이 齊(제)와 싸워 이기지 못한다면, 王에게는 복이 됩니다. 만약 오왕이 이긴다면 군사를 더 동원하여 晉(진)을 공격하려 할 것이니, 제가(臣) 북으로 돌아가 晉(진)의 君主(군주)와 함께 공격하면 吳는 틀림없이 약해질 것입니다. (吳는) 정예 병력을 齊에서 잃고 重(중) 무장 甲士(갑사 : 군대)는 晉(진)에서 곤경에 처할 것이니, 왕께서는 이런 틈을 타서 吳(오)를 제압할 수 있습니다."

越王(월왕)은 고개를 끄덕이며 허락했다. 子貢(자공)이 돌아온 지 5일에 越(월)의 사신인 大夫(대부) 文種(문종)이 오왕에게 머리를 조아리며 말했다.

"越(월)은 국내의 모든 군사 3천 명으로 吳(오)를 돕고자 합니다."

吳王(오왕)이 子貢(자공)에게 말했다.

"越王(월왕)이 몸소 과인을 따르겠다는데, 괜찮겠습니까?"

1170 太宰 嚭(비, 伯否) – 吳王 夫差(부차)의 太宰, 太宰 否(비)로도 표기. 패망한 구천이 바치는 미녀(西施)를 받아들이자며 부차를 설득하여 구천을 살려준 사람. 부차가 패망하자 자결했다.

자공이 말했다.

"모든 군사를 다 모아주고 또 그 군주가 從軍(종군)하는 것은 대의가 아닙니다."

吳王(오왕)은 越王(월왕)의 군졸만을 받아들이고 구천에게 사례하며 머물게 하였다. 오왕은 마침내 나라의 군사를 동원하여 齊(제)를 공격했고, 제의 군사를 패퇴시켰다.

子貢(자공)은 나중에 북쪽으로 가서 晉君(진군)을 알현하였고 吳(오)의 피폐한 틈을 타서 (吳를) 공격케 하였다. 吳와 晉이 黃池(황지)[1171]에서 전투를 벌이자, 월왕은 吳國(오국)을 습격했고, 오왕은 돌아와 월국과 싸웠지만 결국은 멸망하였다.

孔子가 말했다.

"齊(제)를 혼란케 하고 魯(노)를 지키는 것이 나의 처음 소원이었는데, 晉(진)을 강성케 하고 吳(오)를 피폐케 하였으며, (결국) 吳를 멸망시켰다. 越王(월왕)이 霸者(패자)가 된 것은 모두 자공이 (賜) 유세 때문이었다.[1172] 그러나 번지르한 말(美言)은 신의를

1171 黃池의 會戰 – 《左傳》에 의하면, 哀公 13年(前 482년)이었다.

1172 《史記 仲尼弟子列傳》에서는 자공의 활약을 아래와 같이 요약하였다.
「자공이 한번 움직여 魯를 안정시키고(存魯), 齊를 혼란에 빠트렸고(亂齊), 吳가 격파되었으며(破吳), 晉을 강성하게 했고(彊晉), 越은 霸者가 되었다(霸越). 자공이 한번 사자로 나가 서로의 세력을 격파케 하였으니, 10년 동안에 5나라에 변화가 있었

상실할 수 있으니, 말은 신중해야 한다."[1173]

다.(故子貢一出, 存魯, 亂齊, 破吳, 彊晉而霸越. 子貢一使, 使勢相破, 十年之中, 五國各有變.)」

1173 원문 美言傷信, 愼言哉 – 孔子는 哀公 16년에 죽었다. 吳는 애공 22년(前 473년)에 멸망하였는데, 공자는 吳의 멸망을 예언하였다. 사건이 연이은 것이 아니고 몇 년의 공백이 있지만 사건의 연관성이 있어 연속 기록하였다.

放鯫知德
夫子適衛使巫馬期
觀宓子賤之政期入
單父封見夜漁者舍
小取大問其故漁者
曰吾大夫欲長之返
告曰宓子賤之德至
矣使民闇行若有嚴
刑於傍夫子曰嘗告
之曰誠於此者刑於彼

〈放鯫知德(방추지덕)〉

|原文| 孔子弟子有宓子賤者, 仕於魯爲單父宰, 恐魯君聽讒言, 使己不得行其政, 於是辭行, 故請君之近史二人與之俱至官, 宓子戒其邑吏, 令二史書, 方書輒掣其肘, 書不善, 則從而怒之, 二史患之, 辭請歸魯.

宓子曰, "子之書甚不善, 子勉而歸矣."

二史歸報於君曰, "宓子使臣書而掣肘, 書惡而又怒臣, 邑吏皆笑之, 此臣所以去之而來也."

魯君以問孔子.

子曰, "宓不齊, 君子也, 其才任霸王之佐, 屈節治單父, 將以自試也, 意者以此爲諫乎?"

公寤, 太息而嘆曰, "此寡人之不肖, 寡人亂宓子之政, 而責其善者, 非矣, 微二史, 寡人無以知其過, 微夫子, 寡人無以自寤."

遽發所愛之使告宓子曰, "自今已往, 單父非吾有也, 從子之制, 有便於民者, 子決爲之, 五年一言其要."

宓子敬奉詔, 遂得行其政, 於是單父治焉. 躬敦厚, 明親親, 尙篤敬, 施至仁, 加懇誠, 致忠信, 百姓化之. (下文 繼續)

|국역| 宓子賤(복자천)[1174]은 孔子의 弟子인데 魯(노)에 출사(벼

슬)하여 單父(선보)의 邑宰(읍재)가 되었다.[1175] 복자천은 魯君(노군)이 讒言(참언)을 듣고, 복자천 자신이 뜻대로 정사를 펼 수 없을까 걱정이 되어 魯君(노군)의 측근 관리 2인과[1176] 함께 임지에 가겠다고 요청하였다. 복자천은 (선보의) 관리를 훈계하면서 (함께 간) 관리 2인에게 문서의 기록을 받아쓰게 하였는데, 2인이 글을 쓰려면 복자천은 그들 팔꿈치를 치면서[1177] 글씨가 나쁘다고 자주 화를 내었다. 함께 간 2인은 걱정하면서 (복자천에게) 魯나라로 돌아가겠다고 요청하였다. 복자천이 말했다.

"당신들 글씨가 정말 나쁘니 돌아가거든 힘써 노력하시오."

관리 2인은 돌아와 魯君(노군)에게 보고하며 말했다.

1174 宓子賤(복자천) – 공자의 제자인 宓不齊(복부제, 宓은 성 복). 子賤(자천)은 그의 字. 孔子보다 30세 아래였다. 孔子는 "子賤은 君子로다! 魯에 君子가 없었다면 子賤이 어디서 배웠겠는가?"라고 말했다. 복자천은 單父(선보)의 읍재였는데, 공자에게 복명하면서 말했다. "저의 임지에 저보다 현명한 사람이 다섯 분이나 있어, 제가 잘 다스리도록 가르쳐 줍니다." 이에 공자가 말했다. "애석하도다! 복부제가 작은 곳을 다스리나, 큰 지역을 다스려도 아주 잘할 것이다."

1175 爲單父宰 – 單은 音善, 지명일 때, 또 흉노왕의 칭호일 때, 單于(선우). 單父(선보)는, 今 山東省 서남부 菏澤市 관할의 單縣.

1176 二史 – 史는 글 사. 주로 문서 업무를 담당하는 하급 관리.

1177 원문 方書輒掣其肘 – 方은 바야흐로, 막 ～을 하려 하다. 輒은 문득 첩. 갑자기. 掣은 당길 철. 끌 체. 肘는 팔꿈치 주.

"宓子(복자)는 우리에게 글씨를 쓰라 하고서 우리 팔꿈치를 치며, 우리 글씨가 나쁘다고 화를 냅니다. 그러면 邑吏(읍의 관리)가 모두 웃었습니다. 우리는 이 때문에 돌아왔습니다."

魯君(노군)이 이 일을 공자에게 물었습니다.

그러자 공자가 말했습니다.

"宓不齊(복부제)는 君子(군자)입니다. 霸者(패자)나 君王(군왕)을 보좌할 그런 재능인데도 屈節(굴절)하여 單父(선보)를 다스린 것은 자신을 시험하는 것이니, 아마 이를 통하여 간언하려는 뜻인 것 같습니다."

魯公은 깨닫고서〔寤(깨달을 오), 悟와 通〕 한숨 속에 탄식하며 (공자에게) 말했다.

"이는 寡人(과인)이 不肖(불초)한 것입니다. 과인이 복자천의 정사를 혼란케 하면서 그를 문책한 것은 잘못입니다. 2인의 관리가 없었다면 과인은 잘못을 알 수가 없었고, 夫子(孔子)가 아니었으면 과인은 스스로를 깨우치지 못했을 것입니다."

(노공은) 서둘러 친애하는 관리를 복자천에게 보내 말하게 했다.

"지금 이후로 單父(선보)의 통치는 내가 상관하지 않을 것이니, 그대의 뜻에 따르되, 백성을 이롭게 하는 것이라면 그대가 결정하라. 5년에 한 번만 보고토록 하라."

복자천은 詔命(조명)을 받고 그 정령을 시행하였는데, 單父(선보)는 잘 다스려졌다. 복자천은 그 자신이 돈독하고 후덕하였으며, 親親(친친)을 분명히 하면서 독실과 공경을 숭상했고 仁政(인정)을 널리 베풀었으며, 백성에게 정성을 다하고 성심으로 백성을 교화하였다. (下文 繼續 : 이하 문장 계속 이어짐)

| 原文 | 齊人攻魯, 道由單父, 單父之老請曰, "麥已熟矣, 今齊寇至, 不及人人自收其麥, 請放民出, 皆獲傅郭之麥, 可以益糧, 且不資於寇."

三請而宓子不聽.

俄而齊寇逮於麥, 季孫聞之怒, 使人以讓宓子曰, "民寒耕熱耘, 曾不得食, 豈不哀哉? 不知猶可, 以告者而子不聽, 非所以爲民也."

宓子蹴然曰, "今茲無麥, 明年可樹, 若使不耕者獲, 是使民樂有寇, 且得單父一歲之麥, 於魯不加强, 喪之不加弱, 若使民有自取之心, 其創必數世不息."

季孫聞之, 赧然而愧曰, "地若可入, 吾豈忍見宓子哉."

| 국역 | 齊人(제인)이 魯(노)를 침공했는데, 그 군사가 單父(선보)를 경유하려 하자, 선보의 父老(부노 : 노인)들은 복자천에게 청원하였다.

"보리가 이미 익었는데 지금 齊의 적군이 오게 되면, 우리 백성이 보리를 수확할 수 없습니다. 백성들을 내보내 각자 성 밖의 보리를 수확하게 하면,[1178] 식량을 보탤 수 있고 적에게 도움이 되지도 않을 것입니다."

3번이나 청원하였지만 복부제는 허락하지 않았다.

얼마 뒤에 齊의 군사가 보리를 수확해갔다. (집권자인) 季孫氏(계손씨)가 알고서 분노하며 사람을 보내 복자천을 비난하였다.

"백성이 추울 때 씨를 뿌리고 더울 때 김을 매며 농사지었지만 먹을 수 없었으니, 어찌 애통하지 않겠는가? (복자천이) 생각못했다면 어쩔 수 없었다지만(不知猶可), 백성이 청원했어도 허락하지 않았으니, 이는 백성을 생각하지 않았기 때문이다."

그러나 복자천은 공손한 태도로 말했다.[1179]

"올해 보리를 수확하지 못했지만, 내년에는 농사지을 수 있습니다. 만약 농사를 짓지 않은 자가 수확할 수 있도록 허락한다면 백성들은 적군의 침략을 좋아할 것입니다. 선보의 백성이 일 년간 남이 농사지은 보리를 수확했다 하여 魯(노)가 더 강하지도 않

1178 원문 皆獲傅郭之麥 - 獲은 거둘 획. 수확하다. 傅는 도울 부. 傅郭(부곽)은 성곽에서 가까운. 麥은 보리 맥. 성 밖의 익은 보리를 적군이 수확하게 하는 것보다, 우리 성곽 안 사람 아무나 수확할 수 있게 해달라는 청원이다.

1179 원문 宓子蹴然曰 - 蹴은 찰 축. 蹴然(축연)은 공경스런 모습(恭敬貌).

고 상실했다 하여 魯가 약해지는 것도 아닙니다. 만약 백성이 자기 마음먹은 대로 남의 재물을 거둘 수 있다면 그 영향은 몇 代(대)를 지나가도 없어지지 않을 것입니다."

계손씨는 보고를 받고 얼굴이 화끈거리고 부끄러워하며 말했다.[1180]

"땅속으로 들어갈 수만 있다면! 내가 복자천을 무슨 면목으로 보겠는가?"

| 原文 | 三年, 孔子使巫馬期遠觀政焉. 巫馬期陰免衣, 衣弊裘, 入單父界, 見夜漁者得魚輒舍之.

巫馬期問焉, 曰, "凡漁者爲得, 何以得魚卽舍之?"

漁者曰, "魚之大者名爲鱄鱅, 吾大夫愛之, 其小者名爲鱦, 吾大夫欲長之, 是以得二者, 輒舍之."

巫馬期返, 以告孔子曰, "宓子之德, 至使民闇行, 若有嚴刑於旁, 敢問宓子何行而得於是?"

孔子曰, "吾嘗與之言曰, '誠於此者刑乎彼.' 宓子行此術於單父也."

1180 원문 赧然而愧曰 – 赧은 얼굴 붉힐 난. 愧는 부끄러워할 괴.

| 국역 | 그 3년 뒤에, 공자는 巫馬期(무마기)[1181]를 몰래 보내 (복자천의) 치적을 살펴보게 했다. 무마기는 몰래 헌옷으로 갈아입고 單父(선보)의 경내로 들어갔는데, 밤에 고기를 잡는 사람이 물고기를 그냥 놓아주는 것을 보았다.[1182]

무마기가 물었다.

"물고기를 잡는 어부가 잡은 물고기를 왜 놓아줍니까?"

어부가 말했다.

"(내가 놓아준) 큰 물고기는 鱄鰽(전주)라고 부르는데,[1183] 우리 大夫〔대부 : 邑宰(읍제), 복자천〕께서 아끼고 좋아합니다. 그 작은 것은 鱦(승, 물고기 새끼 승)이라 하는데, 우리 대부께서는 더 커야 한다고 생각하십니다. 그래서 알을 밴 물고기와 작은 물고기는 잡더라도 그냥 버립니다."

무마기가 돌아와 공자에게 보고하였다.

"복자천의 덕행이 어두운 밤에도 백성의 행실이 엄한 형벌이 옆에 지켜보는 듯합니다. 복자천의 어떤 행실이 이렇게 만들었는

1181 巫馬期(무마기, 巫馬는 複姓) – 공자의 제자. 《史記 仲尼弟子列傳》에는 '巫馬施(무마시). 字는 子旗(자기)'로 기록되었다. 공자보다 30세 연하였다.

1182 원문 見夜漁者得魚輒舍之 – 輒은 문득 첩. 곧바로. 그냥. 舍는 집 사. 버리다. 捨(버릴 사)와 通.

1183 원문 魚之大者名爲鱄鰽 – 鱄은 물고기 이름 전. 鰽는 큰 물고기 주. 鱄鰽는 알을 밴 물고기(魚之懷任之者)라는 주석이 있다.

지 궁금합니다."

孔子가 말했다.

"내가 그전에 이야기를 나누었는데, 그가 '여기에서 정성으로 다스리면 형벌은 다른 곳에서 적용된다.'[1184]고 말했는데, 복자천은 선보에서 이런 방식으로 다스린 것이다."

| 原文 | 孔子之舊曰原壤, 其母死, 夫子將助之以沐槨.

子路曰, "由也, 昔者聞諸夫子曰, '無友不如己者, 過則勿憚改.' 夫子憚矣, 姑已若何?"

孔子曰, "凡民有喪, 匍匐救之, 況故舊乎非友也, 吾其往."

及爲槨, 原壤登木曰, "久矣, 予之不託於音也." 遂歌曰, "貍首之班然, 執女手之卷然. 夫子爲之隱, 佯不聞以過之."

子路曰, "夫子屈節而極於此, 失其與矣, 豈未可以已乎?"

孔子曰, "吾聞之親者不失其爲親也, 故者不失其爲故

1184 원문 誠於此者刑乎彼 – 백성을 정성과 진심으로 다스리면 형벌을 쓸 이유가 없다는 뜻.

也."

| 국역 | 孔子의 옛 친구인 原壤(원양)이 있었는데[1185] 그 어머니가 죽자 공자는 外槨(외곽, 덧널)으로 쓸 목재를 다듬어(沐)[1186] 賻儀(부의)하려 했다.

그러자 자로가 말했다.

"저는(由也) 夫子(공자)께 들었습니다. '나와 같지 않은 사람을 벗하지 말라. 잘못이 있다면 고치기를 주저 말라.'[1187] 夫子께

1185 原壤(원양) - 人名. 공자와 어려서부터 한 마을에서 자란 벗이다. 《論語 憲問》 原壤夷俟. 子曰, "幼而不孫弟, 長而無述焉, 老而不死, 是爲賊." 以杖叩其脛. 이 늙은이는 공자가 들어오는데도 벽에 기대 버릇없이 다리를 쭉 뻗어 벌리고 앉아있었다(夷는 평평할 이. 다리를 뻗어 쫙 벌리고 앉다. 展足箕坐. 俟는 기다릴 사). 이에 공자는 원양이 "어려서부터 공손하지 않았고, 어른이 되어 칭찬받을 일도 없이 늙어 죽지도 않으니, 仁義를 해치는 사람이라."고 말하면서 들고 있던 지팡이로 원양의 정강이〔脛(정강이 경)〕를 때렸다〔叩(두드릴 고)〕.

1186 원문 沐槨 - 槨은 덧널 곽. 시신을 넣은 棺(관)을 감싸는 외곽이다. 沐은 머리 감을 목. 여기서는 治의 뜻이다. 손질하다.

1187 원문 無友不如己者, 過則勿憚改 - 《論語 學而》에 나오는 말이다. 子曰, "君子不重, 則不威, 學則不固. 主忠信. 無友不如己者. 過則勿憚改."(君子가 신중하지 않으면 권위가 서지 않으며, 학문을 하면 고루하지 않다. 성심과 신의를 지켜라. 나와 같지 않은 사람과 교제하지 말고, 잘못이 있으면 꺼리지 말고 바로 고

서는 (그를) 싫어하시니 그만두는 것이 어떻습니까?"

공자가 말했다.

"백성이 상을 당하면 온 힘을 다하여 도와주는데,[1188] 하물며 벗은 아니지만 예부터 알고 있는 사람이니, 나는 갈 것이다."

공자가 槨(곽)으로 쓸 목재를 보내자, 원양은 그 나무에 걸터앉아 말했다.

"오래되었다. 내가 노래로 내 뜻을 말하지 않은 지가!" 그리고서는 노래를 불렀다.

"여우 머리는 알록달록,[1189] 너의 손을 잡으니 부드럽구나."

처라.)

사람은 누구나 과오를 범하나(人皆有過), 과오를 고치는 것이 중요하다(改之爲貴). 사람이라면 잘못을 저지른 다음에 부끄러워하는 마음은 누구에게나 다 있다(羞惡之心人皆有之). 과오를 알고 고친다면(知過能改), 이보다 더 좋은 善은 없다(善莫大焉)고 하였으며, 또 잘못이나 과오가 있다면 고치고(有則改之), 없다면 더욱 선행에 힘쓰면 된다(無則加勉). 본래 小人은 군자의 과오에 대하여 듣기를 좋아하지만(小人樂聞君子之過), 군자는 소인의 악행에 대하여 듣기를 부끄럽게 여긴다(君子恥聞小人之惡)라고 하였다.

1188 원문 匍匐救之 – 匍는 기어갈 포. 匐은 엎드려 기어갈 복. 匍匐(포복)은 온 힘을 다하다. 군대의 匍匐(포복)이란 말이 이렇게 어려운 글자인 줄은 정말 몰랐었다.

1189 원문 貍首之班然 – 貍은 삵. 살쾡이. 고양이과 산짐승. 班은 나눌 반. 무늬.

공자는 이를 들었지만 말하지 않고 그냥 못 들은 척했다.[1190]

子路(자로)가 말했다.

"夫子(공자)께서는 屈節(굴절)하시어 이 지경에 이르렀으니, 이제 절교하실 수 있지 않습니까?"

孔子가 말했다.

"관계를 끊을 수 없는 혈친처럼, 내가 예부터 알았는데 어찌 모른 척하겠나?"[1191]

1190 원문 佯不聞以過之 - 佯은 거짓 양. 사실 어려서 교육을 받지 않으면 늙어 사람의 도리를 모르고(小時不求敎 到老不知道), 쓸모가 없다. 늙은 원양의 그런 행동을 공자가 어찌하겠는가?

1191 원문 故者不失其爲故也 - 어릴 적 같이 자란 또래는 아무리 감정이 나빠도 그냥 동네 친구이다. 원양도 공자가 어릴 적 친구이기에 편한 대로 다리를 벌리고 앉아있었을 것이다. 그런 원양을 두고 예절을 모른다고, 젊어 못 배웠기에 쓸모없는 인생이라고 비난할 필요는 없다. 모든 사람이 다 보람찬 인생을 살고, 도덕을 준수하는 모범 시민이어야 하는가? 어릴 적에 논두렁에서 욕하며 싸웠다고, 늙어서도 미워하는가? 젊은 날 직장 동료로서 술 먹고 크게 다투었다고, 늙어 은퇴한 다음에도 '나쁜 놈' 이라고 비난하겠는가? 고향 친구, 학교 친우, 직장 동료는 함께 늙어갔기에, 늙어서도 어릴 적 친구는 그냥 친구이고, 동료는 그냥 동료이다.

《孔子家語》 권9

〈七十二弟子解(칠십이제자해)〉 제38

【해설】

편명은 〈72弟子解(제자해)〉이나, 76명의 제자가 열거되었다. 공자의 제자에 관해서는 3千弟子(제자), 72賢(현), 孔門十哲(공문십철) 등이 관용구로 쓰인다. 본 편 이외에 공자의 제자에 관한 가장 빠른 기록은《史記 仲尼弟子列傳(사기 중이제자열전)》이 있다.

司馬遷(사마천)은 自序(자서)에서 '孔氏(공씨)는 述文(술문)하고 弟子(제자)는 興業(홍업)하였는데, 모두가 (다른 사람의) 師傅(사부)가 되어 仁을 숭상하였으며(崇仁), 大義(대의) 실천에 힘썼기에〔厲義(여의)〕〈仲尼弟子列傳第七〉를 짓는다.' 고 말했다. 〈중니제자열전〉의 머리글은 아래와 같다.

孔子가 말했다.

"나에게 배워 六藝(육예)에 능통한 제자가 77명이니, 모두가 특별한 능력을 가진 文士(문사)이다. 德行(덕행)이 훌륭한 자는 顏淵(안연)과 閔子騫(민자건), 冉伯牛(염백우, 冉耕), 仲弓(중궁)이다. 政

事(정사)에 유능한 자는 冉有(염유)와 季路(계로)이다. 言語〔언어 : 應對(응대)〕를 잘하는 사람은 宰我(재아)와 子貢(자공)이다. 文學〔문학 : 文獻(문헌)〕에는 子游(자유)와 子夏(자하)가 뛰어났다."[1192]

顓孫師〔전손사, 子張(자장)〕는 지나치고,[1193] 曾參(증삼)은 魯鈍(노둔)하고,[1194] 高柴〔고시, 子羔(자고)〕는 우직하고,[1195] 仲由〔중유, 子路(자로) 또는 季路(계로)〕는 거칠고,[1196] 顔回〔안회, 顔淵(안연)〕는 늘 궁색하였다. 端木賜〔단목사, 子貢(자공), 子贛 同〕는 天命을 받지는 않았지만 經商〔경상 : 理財(이재)〕에 뛰어나 그 추측이 여러 번 적중하였다.[1197]

1192 이는 《論語 先進》에 수록되었다. 《論語》에는 言語가 먼저이나, 여기서는 政事를 먼저 열거했다. 德行, 言語, 政事, 文學을 孔門四科라고 하고, 顔淵, 閔子騫, 冉伯牛, 仲弓, 宰我, 子貢, 冉有, 季路, 子游, 子夏를 孔門十哲이라고 칭한다.

1193 辟은 치우칠 벽. 偏僻(편벽). 子張은 재주가 많으나 邪辟하고 꾸밈이 지나치다는 뜻.

1194 魯는 노둔할 노(鈍은 무딜 둔). 曾子는 遲鈍(지둔)한 사람이라는 뜻. 머리 회전이 빠르지 못했다.

1195 愚는 우직하다(愚直之愚).

1196 원문의 喭은 거칠 안, 상말 언. 子路의 행실이 차분하지 못하고 거칠었다는 뜻. 卑俗하다.

1197 공자의 이런 평가는 제자들이 자신을 알고 힘써 고쳐나가라는 뜻이었다. 《論語》의 문장과 약간 다르다. 屢空은 생활이 아주 곤궁하다는 뜻. 子貢은 理財에 밝아 중국인에게 儒商의 始祖로 추앙받고 있다. 《論語 先進》 柴也愚, 參也魯, 師也辟, 由也喭.

孔子가 존경하는 사람은 周(주)의 老子(노자)였다. 衛(위)에는 蘧伯玉(거백옥)[1198]이, 齊(제)에는 晏平仲〔안평중, 晏子(안자)〕,[1199] 그리고 楚(초)에는 老萊子(노래자)[1200]가 있었다. 鄭(정)나라에는 子産(자산)[1201]이, 魯(노)에는 孟公綽(맹공작)[1202]이 있었다. 그 외에도 臧文仲(장문중), 柳下惠(유하혜),[1203] 銅鞮(동제)의 伯華(백화), 介山(개산)의 子然〔자연, 介子推(개자추)〕이 있었는데,[1204] 공자는 그

子曰, "回也其庶乎, 屢空. 賜不受命, 而貨殖焉, 億則屢中."

1198 蘧伯玉(거백옥)은 衛의 대부. 이름은 瑗(원), 伯玉은 字. 《論語 衛靈公》 子曰, "直哉史魚! 邦有道, 如矢, 邦無道, 如矢. 君子哉蘧伯玉! 邦有道, 則仕, 邦無道, 則可卷而懷之."

1199 晏平仲은 齊 대부인 晏嬰(안영). 平은 謚號(시호), 仲은 字. 《論語 公冶長》 子曰, "晏平仲善與人交, 久而敬之."

1200 老萊子(노래자) – 성명은 미상, 춘추시대 楚國人, 《二十四孝》의 한사람. 색동옷을 입고 춤을 추워 양친을 즐겁게 했다는 효자. 《史記 老子韓非列傳》 참고.

1201 子産(? – 前 522年) – 姬姓, 名僑, 字는 子産. 春秋 말기 鄭國의 재상. 鄭國 백성의 존경을 받았다. 中國 宰相의 典範으로 추앙.

1202 孟公綽(맹공작)은 魯의 대부, 淸廉, 寡慾(과욕)한 사람. 《論語 憲問》 子曰, "孟公綽爲趙魏老則優, 不可以爲滕薛大夫."

1203 柳下惠 – 성명은 展獲(전획), 柳下는 食邑 이름. 惠는 시호. 《論語 衛靈公》 子曰, "臧文仲其竊位者與! 知柳下惠之賢而不與立也."

1204 銅鞮(동제)는 지명, 伯華은 인명, 羊舌赤(양설적), 春秋 시대 晉國의 大夫. 介山(개산)은 지명, 子然은 介子推(개자추). 개자추는 春

들보다 후대라서 같은 시기에 생존하지는 않았다.[1205]

본 편인 〈七十二弟子解〉와 《史記 仲尼弟子列傳》에 열거된 인물은 같지 않다. 그리고 내용도 매우 소략하다.

秋 五霸의 한 사람인 晉 文公을 섬겼다.

1205 원문 – 孔子曰, “受業身通者七十有七人”, 皆異能之士也. 德行, 顔淵, 閔子騫, 冉伯牛, 仲弓, 政事, 冉有, 季路. 言語, 宰我, 子貢. 文學, 子游, 子夏. 師也辟, 參也魯, 柴也愚, 由也喭, 回也屢空. 賜不受命而貨殖焉, 億則屢中. 孔子之所嚴事, 於周則老子. 於衛, 蘧伯玉, 於齊, 晏平仲, 於楚, 老萊子. 於鄭, 子産, 於魯, 孟公綽. 數稱臧文仲, 柳下惠, 銅鞮伯華, 介山子然, 孔子皆後之, 不並世.

〈聖門四科(성문사과)〉

| 原文 | 顔回, 魯人, 字子淵, 年二十九而髮白, 三(四)十一早死.

孔子曰, "自吾有回, 門人日益親."

回之德行著名, 孔子稱其仁焉.

閔損, 魯人, 字子騫, 以德行著名, 孔子稱其孝焉.

冉耕, 魯人, 字伯牛, 以德行著名, 有惡疾, 孔子曰, "命也夫."

冉雍, 字仲弓, 伯牛之宗族, 生於不肖之父, 以德行著名.

宰予, 字子我, 魯人, 有口才著名.

| 국역 | 顔回(안회, 前 521 - 481年?)는 魯人(노인)이고, 字(자)는 子淵(자연)인데, (영양실조)로 29세에 백발이 되었다가 31세(41세)에 일찍 죽었다.[1206]

1206 《論語 先進》顔淵死, 子哭之慟. 從者曰, "子慟矣!" 曰, "有慟乎? 非夫人之爲慟而誰爲?" 慟은 서럽게 울 통. 안연이 머리가 센 것은 가난과 영양실조 때문이고, 나이 41세에 죽었다. 《孔子家語》에는 안회가 「年二十九而髮白, 三十一而死.」라고 하였는데, 이는 착오이다. 공자의 아들 伯魚(孔鯉)가 50세에 공자보다 먼저 죽었는데, 그때 공자는 70세였다. 안회가 죽었을 때 공자는 '鯉也死, 有棺而無槨' 이라 하였다. 《論語 先進》 공자의 아들 공리보다 나중에 죽었으니, 공자보다 30세 연하인 안회는 41세에 죽었다고 보아야 한다.

孔子가 말했다.

“나에게 안회가 있은 뒤로 제자들이(門人) 날마다 더욱 가까워졌다.”[1207]

안회는 덕행으로 이름이 났고(著名), 孔子는 안회의 仁을 칭송했다.[1208]

閔損(민손)은 魯人(노인)이고, 字(자)는 子騫(자건)이며 德行(덕행)으로 著名(저명)했다. 공자는 그의 효행을 칭찬하였다.

1207 공자와 안회는 서로 의지하고 뜻이 같은 가까운 師弟 간이었기에, 다른 제자도 공자를 가깝게 생각하였다는 뜻. 顏淵은 공자를 “우러러볼수록 높아지고, 뚫을수록 견고하시며, 앞에 보이다가도 어느덧 뒤에 있는 것 같도다! 스승께서는 순리대로 우리를 이끌어주셨으며 나의 학문을 넓혀주셨고, 예로 나의 행실을 바로 잡아주셨다. 이제는 학문을 그만둘 수도 없고, 다만 나는 최선을 다하여 우뚝 일어설 수 있어야 한다. 스승의 뒤를 따르고자하나 따라갈 수가 없도다!(仰之彌高, 鑽之彌堅, 瞻之在前, 忽焉在後! 夫子循循然善誘人, 博我以文, 約我以禮. 欲罷不能. 旣竭吾才, 如有所立卓爾. 雖欲從之, 末由也已!)”라고 탄식하였다.

1208 원문 孔子稱其仁焉 – 孔子가 말했다. “顏回의 덕행은 훌륭하도다! 한 그릇의 밥과 물 한 바가지를 마시며 좁은 골목에 살아도, 다른 사람은 그런 고생을 감당하지 못하지만 안회는 道樂을 바꾸지 않는다.” “안회는 어리석은 것 같다. 그러나 안회가 물러난 뒤 그 행실을 살펴보면 내 가르침을 착실히 지키니, 안회는 결코 어리석은 사람이 아니다.” “나를 등용한다면 출사할 것이고, 등용되지 않는다면 은거할 것이니, 이는 나와 너만이 똑같다.”

冉耕(염경)[1209]은 魯人(노나라 사람)이고, 字는 伯牛(백우)이고 덕행으로 저명했다. 염경은 惡疾(악질 : 나쁜 병)이 있었는데 공자는 "운명이다."라고 했다.[1210]

冉雍(염옹)의 字는 仲弓(중궁)이니, 冉伯牛(염백우)의 宗族(종족)이다.[1211] 不肖(불초)한 부친에게 태어났지만 德行(덕행)으로 저명했다.[1212]

1209 冉耕(염경, 前 544년 – ?) – 冉은 나아갈 염. 천천히 움직이다. 孔門十哲의 한 사람(德行). 魯國의 中都宰 역임, 孔子도 염백우의 능력을 높이 평가했다. 염백우는 冉雍(염옹, 仲弓)과 同宗.

1210 孔子曰, "命也夫." – 염경(염백우)은 惡疾(문둥병)로 고생했다. 《論語 雍也》 伯牛有疾, 子問之, 自牖執其手, 曰, "亡之, 命矣夫! 斯人也而有斯疾也! 斯人也而有斯疾也!" 거듭 말한 것은 큰 슬픔을 표현했다(痛之甚也).

1211 冉雍(염옹, 前 522年 – ?) – 字는 仲弓(중궁). 공자보다 29세 적음. 孔門十哲의 한 사람(德行). 사람이 敦厚하고 氣度가 관대하여 孔門에서 德行으로 유명. 孔子는 중궁이 南面하는 제후가 될 만하다고 칭찬하였는데(《論語 雍也》 子曰, "雍也可使南面."), 《論語》에 그 이름이 11번 나온다. 〈雍也〉는 《論語》의 편명. 중궁은 공자를 모시고 列國을 周遊하였다. 중궁이 (魯哀公十三年, 公元 前 482년) 季氏宰가 되어 問政하자, 공자는 "먼저 관리들의 작은 잘못을 용서하고 인재를 찾아 등용하라.(先有司, 赦小過, 擧賢才.)"고 말했다.

1212 공자께서 말했다. "얼룩송아지의 털이 붉고 또 그 뿔이 좋다면(犁牛之子騂且角), (얼룩송아지라서) 희생으로 쓰지는 못하더라도 산천의 諸神은 그 제물을 버리겠는가?(山川寧肯舍之乎?)"

宰予(재여)는 字가 子我(재아)이다.[1213] 魯人(노나라 사람)이며, 말을 잘하기로(口才) 저명했다.

| 原文 | 端木賜, 字子貢, 衛人, 有口才著名.

冉求, 字子有, 仲弓之族, 有才藝, 以政事著名.

仲由, 弁人, 字子路, 有勇力才藝, 以政事著名.

言偃, 魯人, 字子遊, 以文學著名.

卜商 衛人, 字子夏, 少孔子四十四歲. 習於詩, 能通其義, 以文學著名. 爲人性不弘, 好論精微 時人無以尙之, 嘗返衛見讀史志者云,「晉師伐秦, 三豕渡河.」

子夏曰, "非也, 己亥耳."

讀史志曰, 問諸晉史果曰己亥. 於是衛以子夏爲聖. 孔子卒後, 敎於西河之上, 魏文侯師事之, 而諮國政焉.

이 말은 부친이 미천하거나 不善하더라도 그 아들은 훌륭하기에 버릴 수 없다는 뜻이다.

1213 宰予(재여, 前 522－458년). 宰가 姓, 名은 予, 字는 子我. 予我, 宰我(재아)로도 표기. 魯國人, 재여는 子貢과 함께 孔門四科 중 言語에 이름이 올랐다. 宰予는 孔子와 三年喪의 禮制나 仁의 問題를 함께 토론하였다. 利口는 말을 교묘하게 잘한다는 뜻으로, 부정적 이미지가 있다.

| 국역 | 端木賜(단목사)[1214]의 字는 子貢(자공)[1215]이고, 衛(위)나라 사람으로 口才(구재 : 말재주)로 유명했다.

冉求(염구)[1216]의 字는 子有(자유)이고, 仲弓(중궁)의 一族(일족)이었다. 재주가 뛰어났고 政事(정사)로 저명했다.

1214 端木賜(단목사, 前 520 – 446년) – 端木은 複姓. 端沐(단목)으로도 표기. 春秋 말년 衛國人, 衛國은 周 武王이 동생 康叔(강숙)을 봉한 제후국으로 朝歌, 楚丘, 帝丘, 野王 등에 도읍, 영역은 지금의 河南省 북부와 河北省 남부 일대. 춘추시대 이후 趙, 魏, 齊, 楚 등 강국 사이에 끼여 겨우 명맥을 유지하다가 魏의 부용국이 되었고, 秦의 부용국으로 존재했었다.

1215 字는 子貢(子贛으로도 표기) – 孔子의 제자 중 가장 得意한 사람이며(受業身通), 孔門十哲 중 言語로 유명. 자공은 언어와 웅변은 물론 사업과 정무에도 달통하여 일찍이 魯와 衛의 相을 역임했다. 또 經商之道에도 밝아 曹國과 魯國에서 千金의 재산을 형성하여 공자 學團의 재정적 후원자였으며, 뒷날 중국에서는 훌륭한 인품과 학문이 뛰어난 富商에 대하여 '端木遺風' 이라는 成語가 통하였으며, 장사에서 '君子愛財나 取之有道' 의 교훈을 남겼다. 後世에는 財神으로도 숭배되었다. 司馬遷은 〈史記 貨殖列傳〉에서 子貢의 經商과 사업을 기록하였고, 陶朱公〔范蠡(범려)〕의 나란한 명성을 누렸으며, 儒商의 初祖라 할 수 있다. 前 479年(魯 哀公 16년 4月 己丑日)에 공자는 73세에 별세했고, 曲阜 城北의 泗水가에 장례를 치렀는데, 다른 제자들은 3년을 복상하고 떠났지만, 자공은 6년을 守喪(守墳)하였다.

1216 冉求(염구) – 冉有(염유), 字는 자유(子有), 흔히 '冉有(염유)' 로 표기. 孔門十哲 政事의 한 사람. 魯나라 실권자 季康子의 家臣이었다.

仲由(중유)는 弁(변) 사람이고, 字는 子路(자로)였으며 勇力(용력)과 才藝(재예)가 있고 政事(정사)로 저명했다.[1217]

言偃(언언)[1218]은 魯人(노나라 사람)이고, 字는 子遊(자유)인데, 文學(문학)으로 저명했다.[1219]

1217 仲由(중유, 前 542년 – 前 480년) – 字는 子路, 보통 季路(계로)로도 표기. 孔門 十哲의 한 사람(政事). 孔子보다 9살 아래이며, 공자를 가장 오랫동안 모셨으며, 공자를 따라 列國을 주유했다. 가정에서는 孝子로 〈二十四孝〉 중 '爲親負米' 의 주인공.

1218 言偃(언언)이 魯에 출사하여 武城宰가 되었지만, 吳郡에 言偃의 무덤이 있으며 吳郡人이라는 주석이 있다. 공자의 72제자 중 유일한 남방 출신. 춘추시대 중국 동남방의 문화 발전에 크게 기여하였기에 '南方夫子' 라는 稱譽(칭예)가 있다.

1219 言偃(언언, 前 506 – 443년)은 吳나라 사람인데, 字는 子游(자유)이다. 공자보다 45세 연하이다. 자유가 공자에게 수업을 받은 뒤에 武城의 邑宰(읍재)가 되었는데, 孔子가 무성읍을 지나가다가 弦歌(현가) 소리를 들었다. 孔子가 빙그레 웃으며 "닭을 잡는데 어찌 소를 잡는 칼을 쓰겠는가?(割雞焉用牛刀?)" 라고 말했다. 武城과 같은 小邑을 다스리면서, 어찌 나라를 경영하는데 적용될 예악의 大道를 적용하겠느냐 뜻으로 생각할 수 있다. 그러나 공자의 본뜻은 子游만한 최고의 능력자가 武城 같은 작은 고을을 다스리는데 대한 아쉬움의 표현으로 생각할 수도 있다. 이에 자유가 말했다. "예전에 저는 夫子께 '君子가 예악을 배워 알면 백성을 사랑하고, 소인이 예악을 알면 쉽게 부릴 수 있다.' 고 들었습니다." 그러자 공자께서 말했다. "제자들아! 자유의 말이 맞다. 내가 한 말은 농담이었다." 공자는 자유가 文學에 뛰어났다고 생각했다. 여기 文學은 詩, 書, 禮, 樂의 文章을 말

卜商(복상)은 衛(위)나라 사람으로, 字는 子夏(자하)이고 孔子보다 44세 어렸다. 詩(시)를 배워 그 뜻에 能通(능통)했고 文學(문학)으로 저명했다. 사람의 성격이 넓지는 못했으나(爲人性不弘), 정미한 논의를 좋아했는데 당시 사람 아무도 그를 뛰어넘지 못했다. 일찍이 衛(위)에 돌아와 史志(사지 : 역사책)를 읽다가 「晉師(진사)가 秦(진)을 정벌하였는데 三豕(삼시 : 돼지 세 마리) 渡河(도하 : 하수를 건넜다)하다.」

子夏(자하)가 말했다.

"이는 틀렸다. (三豕는) 己亥(기해)이어야 한다." 고 말했다.

史志(사지 : 역사책)를 공부하는 사람이 晉(진)의 여러 사서를 찾아보니 과연 己亥였다. 이에 衛(위)에서는 子夏(자하)를 聖人(성인)으로 추앙했다. 孔子가 죽은 뒤에 西河(서하)에서 제자들을 가르쳤다.[1220] 魏(위) 文侯(문후)가 자하를 스승으로 섬겼고,[1221] 그에

한다. 현재의 文學과는 개념이 틀리다.

1220 漢代의 西河郡은 漢 武帝 때 설치했고, 치소는 平定縣(今 陝西省 楡林市 관할의 府谷縣)이었고, 後漢에서는 離石縣(今 山西省 呂梁市 離石區)이었으니, 지금 山西省의 북부, 黃河의 동부 지역이다. 공자 사후 前 476年에 자하는 晉國의 西河(今 陝西省 渭南市)에서 학당을 개설하고 제자를 교육했다. 그곳은 三家가 分晉한 뒤에 魏國의 영역에 속했다. 자하는 '西河學派' 의 개조가 되었고, 그 문하에서 治國의 良才가 많이 배출되었고 뒷날 法家 성장의 요람이 되었다. 서하 일대에서는 子夏를 孔子처럼 대우하였다. 《論語》 一書도 많은 부분이 자하의 제자들에 의해

물어 국정을 운영했다.

이루어졌다고 인정된다.

1221 「仲尼(중니, 공자)가 죽자, 70제자들은 흩어져 제후에게 유세하였는데, 크게된 자는 공경이나 사부가 되었고, 작게 성취한 자는 사대부의 벗이나 스승이 되었으며, 혹자는 은거하며 세상에 나오지 않았다. 그래서 子張은 陳에 살았고 澹臺子羽(담대자우, 澹臺滅明)는 楚에, 子夏는 西河에 기거했으며, 子貢은 齊에서 죽었다. 田子方, 段干木(단간목), 吳起(오기), 禽滑釐(금활리) 같은 사람들은 모두 子夏(자하)에게 배웠다. 이때 오직 魏 文侯(재위 前 445－396年)만이 好學하였다. 전국시대에 천하가 다툴 때 유학은 배척되었지만, 그래도 齊와 魯에서는 학자들이 유학을 폐하지 않았으니, 齊 威王과 宣王 무렵에는 孟子와 孫卿(손경) 같은 사람들이 모두 夫子(孔子)의 학술을 받들고 더욱 발전시켜 당세에 학문으로 유명하였다.」 班固의 《漢書 儒林傳》 참고.

孝經傳曾
仲尼居曾子侍子曰
先王有至德要道以
順天下民用和睦上
下無怨汝知之乎曾
子避席曰參不敏何
足以知之子曰復坐
吾語汝於是以天子
諸侯大夫及士庶人
之孝語之既而曰自
天子以至於庶人孝
無終始而患不及者
未之有也

〈孝經傳曾(효경전증)〉

| 原文 | 顓孫師, 陳人, 字子張, 少孔子四十八歲. 爲人有容貌資質, 寬冲博接, 從容自務居, 不務立於仁義之行, 孔子門人友之而弗敬.

曾參, 南武城人, 字子輿, 少孔子四十六歲. 志存孝道, 故孔子因之以作《孝經》. 齊嘗聘欲與爲卿而不就, 曰, "吾父母老, 食人之祿, 則憂人之事, 故吾不忍遠親而爲人役." 參後母遇之無恩, 而供養不衰, 及其妻以藜烝不熟, 因出之. 人曰, "非七出也."

參曰, "藜烝小物耳, 吾欲使熟而不用吾命, 況大事乎."

遂出之, 終身不取妻. 其子元請焉, 告其子曰, "高宗以後妻殺孝己, 尹吉甫以後妻放伯奇, 吾上不及高宗, 中不比吉甫, 庸知其得免於非乎."

淡臺滅明, 武城人, 字子羽, 少孔子四十九歲, 有君子之姿. 孔子嘗以容貌望其才, 其才不充孔子之望. 然其爲人, 公正無私, 以取與去就, 以諾爲名, 仕魯爲大夫也.

高柴, 齊人, 高氏之別族, 字子羔, 少孔子四十歲, 長不過六尺, 狀貌甚惡. 爲人篤孝而有法正, 少居魯, 見知名於孔子之門, 仕爲武城宰.

宓不齊, 魯人, 字子賤, 少孔子四十九歲. 仕爲單父宰, 有才智, 仁愛百姓不忍欺, 孔子大之.

| 국역 | 顓孫師(전손사, 前 503 – 447년)는 陳(진)나라 사람으로, 字(자)는 子張(자장)이며, 공자보다 48세 어렸다.[1222] 사람됨의 용모와 자질이 우수하고 너그러우며 널리 사귀었다.[1223] 조용히 자신의 일에 힘써 노력했지만, 평소 인의 실천에는 힘쓰지 않아 공자의 문인들은 자장을 벗으로 사귀면서도 공경하지는 않았다.

曾參(증삼)[1224]은 南武城(남무성)[1225] 사람으로 字는 子輿(자여)이며, 공자보다 46세 어렸다. 효도에 뜻을 두었고, 공자는 증삼의 효행을[1226] 바탕으로 《孝經(효경)》을 지었다.[1227] 齊(제)나라에서

1222 陳 도읍은 宛丘(완구, 今 河南省 동부 周口市 관할 淮陽縣), 영역은 今 河南省 동부와 安徽省 북부. 漢代에는 陳郡이었다.

1223 원문 寬冲博接 – 寬은 너그러울 관. 冲은 빌 충. 담백하다. 博接(박접)은 널리 교제하다.

1224 曾參(증삼, 前 505 – 435년) – 世稱 曾子, 孔門十哲은 아니나 儒家의 宗聖으로 불림. '吾日三省吾身' 하며 수양했고, 공자께서 "吾道一以貫之"라고 했을 때 曾子는 "夫子之道, 忠恕(충서)뿐이라."고 풀이했다. 병이 위독할 때 제자들에게 "啓予足!(나의 다리를 펴 보아라!) 啓予手!" 하라며 부모로부터 받은 신체를 훼손하지 않는 것이 효도의 시작이라고 말했다.

1225 南武城은 魯國의 지명. 子游(言偃)가 읍재로 있던 곳. 魯 武城邑은 漢代 泰山郡 관할. 山東省 중부 濟寧市 관할 嘉祥縣(가상현).

1226 '二十四孝' 중 '齧指痛心(설지통심)'의 주인공. 증삼이 산에서 나무를 할 때 손님이 찾아왔다. 증삼의 모친은 기다렸지만 어떻게 알릴 방법이 없었다. 이에 모친은 손가락을 깨물어 피를 흘렸다. 산에서 나무하던 증삼은 갑자기 가슴이 아파 견딜 수

일찍이 그를 불러 卿(경)에 임용하려 했지만 가지 않으면서 말했다.

"내 부모님이 연로하신데, 다른 사람의 녹을 받는다면 그의 일을 걱정해야 하니, 나는 부모를 멀리 떠나 다른 사람을 위해 일할 수가 없다."[1228]

증삼의 後母〔후모 : 繼母(계모)〕는 증삼에게 아무런 은택도 없었지만, 증삼은 계모에 대한 供養(공양)을 게을리하지 않았다(不衰). 증삼의 아내가 나물을 덜 익혀서 올리자, 그 때문에 아내를 내쫓았다. 이웃 사람들은 "(아내를 방출할) 7가지에 들지 않는다(非七出也)." 고 말하였다.

그러자 증삼이 말했다.

"나물을 삶는 일은 작은 일이다. 나는 잘 삶으라고 말했지만, 내 말을 따르지 않았으니, 하물며 큰일이라면 어찌하겠나?"

없었는데, 증삼은 모친에게 변고가 있다고 생각하여 급히 나뭇짐을 메고 돌아왔다. 모친은 내 손끝을 깨물어 너에게 알리려 했다고 말했다. 이를 齧指痛心(설지통심, 齧은 깨물 설)이라 한다.

1227 《孝經》 全書는 1,800여 字로 儒家 十三經 중 분량이 가장 적지만 독립된 경전이다. 일반적으로 曾子의 저술로 알려졌지만, 공자 제자들의 여러 언행을 秦, 漢 시절에 儒者들이 엮은 저작이라고 인정한다.

1228 원문 故吾不忍遠親而爲人役 – 遠親은 부모에게서 멀리 떨어지다. 爲人役은 피동형 문장. 다른 사람에게 부림을(役) 받다. 다른 사람을 위해 일하다.

끝내 아내를 내쫓고는 죽을 때까지 새 아내를 맞이하지 않았다. 그의 아들 元(원)이 간청하자, 그 아들에게 말했다.

"〔殷(은)〕 高宗〔고종 : 武丁(무정) - 殷 22代 君主〕은 後妻(후처) 때문에 아들 孝己(효기)를 죽였고, (西周) 尹吉甫(윤길보)[1229]는 後妻(후처) 때문에 伯奇(백기)를 내쫓았다. 나는 위로는 高宗(고종)에게도 못 미치고 중간의 吉甫(길보)에게도 비교되지 못한다. 그러니 그런 잘못에서 벗어날 수 있다고 어찌(庸) 알겠는가?"

淡臺滅明(담대멸명)[1230]은 武城(무성) 사람으로, 字는 子羽(자우)이며, 孔子보다 49세 어렸으나 君子(군자)의 용모였다.[1231] 孔子

1229 尹吉甫(윤길보, 前 852? - 775) - 西周 尹國의 國君. 姞은 姓, 兮는 氏. 名은 甲, 字는 伯吉父, 周宣王을 도와 西周의 중흥을 이룩했다. 歷史上 유명한 政治家, 軍事家 겸 文學家. '中華의 詩祖'로 추앙받는 사람. 尹氏, 吉氏의 始祖.

1230 淡臺滅明(담대멸명, 澹臺) - 澹臺(담대)가 姓이고, 滅明(멸명)이 이름.

1231 子羽有君子之姿, 而行不勝其貌 -《史記 仲尼弟子列傳》에서는 담대멸명의 '외모가 아주 추했다'고 기록했다. 공자를 사부로 섬기고자 할 때 공자는 재주도 없을 것이라 생각했다. 가르침을 받고 물러나 실천했는데, 샛길로 다니지 않았고 공무가 아니면 경이나 대부를 찾아다니지 않았다. (담대멸명이) 남쪽으로 여행하여 長江에 이르렀는데, 그를 따르는 제자가 3백 명이었고, 주고받거나 거취에 흠결이 없어 제후 사이에 이름이 알려졌다. 이를 공자께서 듣고서 말했다. "내가 말재주로 사람을 고르다 보니 宰予(재여) 같은 자를 잘못 골랐고, 외모로 사람을 고르다가 子羽(자우) 같은 사람을 놓칠 뻔했다." '以貌取人, 失之子

는 일찍이(嘗) 그 용모만큼 그 재능을 기대했지만, 그 재능은 공자의 기대에 못 미쳤다. 그렇지만 그 사람됨은(爲人), 公正無私(공정무사)했으며, 받고 주는 것이나 거취에 약속을 준수하여 이름이 났었다.[1232] 魯(노)에 출사(벼슬)하여 대부의 반열에 올랐다.

高柴(고시)는 齊(제)나라 출신으로 高氏(고씨)의 別族(별족)이었는데, 字는 子羔(자고)[1233]이며, 孔子보다 40세 어렸다. 고시의 키는 六尺(6척)을 넘지 않았고 외모가 매우 추했다. 그러나 사람이 독실하고, 효행이 있었고, 법도가 있었다. 젊어 魯에 살면서 공자의 문하에서 이름이 알려졌고 武城(무성)의 읍재가 되었다.

宓不齊(복부제)는 魯(노)나라 사람으로, 字는 子賤(자천)이고, 공자보다 49세나 어렸다. 출사(벼슬)하여 單父(선보)의 邑宰(읍재)가 되었는데, 才智(재지)가 뛰어났고 백성을 인애하여 백성들이 차마 그에게 거짓말을 못했다. 공자가 중시하였다(大之).[1234]

羽'라는 말은 《論語》에는 나오지 않는다. 공자는 "《論語 衛靈公》 君子不以言擧人, 不以人廢言."이라고 말했다.

1232 子游(言偃)가 武城宰였다. 공자가 "너는 쓸만한 사람을 찾았느냐?"고 물었다. 이에 자유는 "담대멸명은 行不由徑하고, 非公事면 자유의 私處에 오지 않는다."고 말했다. 지름길을 다니지 않는다는 것은 便利만을 추구하지 않고 행실이 공정하다는 뜻이다.

1233 高柴(고시)의 柴는 땔나무 시. 羔는 새끼 羊 고. 衛人 또는 齊人으로 기록되었다.

1234 孔子는 "子賤은 君子로다! 魯에 君子가 없었다면 子賤이 어디

|原文| 樊須, 魯人, 字子遲, 少孔子四十六歲, 弱仕於季氏.

有若, 魯人, 字子有, 少孔子三十六歲. 爲人强識, 好古道也.

公西赤, 魯人, 字子華, 少孔子四十二歲. 束帶立朝, 閑賓主之儀.

原憲, 宋人, 字子思, 少孔子三十六歲. 淸凈守節, 貧而樂道, 孔子爲魯司寇, 原憲嘗爲孔子宰. 孔子卒後, 原憲退隱, 居於衛.

公冶長, 魯人, 字子長, 爲人能忍恥, 孔子以女妻之.

|국역| 樊須(번수)[1235]는 魯人(노인)이고 字(자)는 子遲(자지)이며, 공자보다 46세 어렸다. 젊었을 때〔弱年(약년), 20대〕 季氏(계씨)에게 출사(벼슬)했다.[1236]

서 배웠겠는가?"(《論語 公冶長》 子謂子賤, "君子哉若人! 魯無君子者, 斯焉取斯?")라고 말했다.

1235 樊須(번수) – 《孔子家語》에서는 魯人이라고 했다. 鄭玄은 樊須가 齊人이라 했다. 《論語》 곳곳에 樊遲(번지)로 나온다. 공자보다 46세 어리다고 했지만, 〈중니제자열전〉에는 36세 어리다고 기록되었다. 공자를 위해 수레를 모는 御者였다.

1236 樊遲(번지)가 농사를 배우고 싶다고 말하자 공자께서 말했다.

有若(유약)은 魯人(노인)[1237]인데, 字(자)는 子有(자유)이고, 공자보다 36세 어렸다. 기억력이 뛰어났고(强識), 古道(고도 : 옛 도)를 좋아했다.[1238]

公西赤(공서적)은 魯人이고 字는 子華(자화)인데, 孔子보다 42세 젊었다. 관복을 입고 조정에 나서면 賓主(빈주)의 의례에 익숙

"나는 늙은 농부만 못하다." 번지가 채소 농사를 배우겠다고 청하자, 공자는 "나는 경험 많은 노인만 못하다."라고 말했다.(《論語 子路》樊遲請學稼. 子曰, "吾不如老農." 請學爲圃. 曰, "吾不如老圃.") 번지가 물러나자, 공자께서 말했다. 樊遲(번지)가 仁에 대하여 묻자, 공자는 "백성을 사랑하는 것" 이라고 말했다. 問智하자, 공자는 "사람을 아는 것" 이라고 말했다.(《論語 顔淵》22 樊遲問仁. 子曰, "愛人." 問知. 子曰, "知人." 樊遲未達. 子曰, "擧直錯諸枉, 能使枉者直.")

1237 有若(유약) – 《論語 學而》에서 有子로, 《論語 顔淵》에서는 有若으로 기록되었다. 《論語》에서는 有子와 曾子 두 사람만 본명을 표기하지 않았는데, 이 때문에 《論語》 편찬이 有若과 曾參의 門人들에 의해 이루어졌을 것이라는 추측했다. 〈仲尼弟子列傳〉에는 "有若이 少孔子四十三歲라." 했다.

1238 공자가 죽은 뒤에 공자를 思慕(사모)하였는데, 有若(유약)의 외모가 孔子와 비슷하다 하여 子夏, 子張, 子游 등 제자들은 서로 유자를 스승이라 생각했고 공자가 살아계신 듯 받들었다. 曾子에게도 그렇게 하자고 했으나, 증자는 공자는 누구도 따라갈 수 없다며 유자에게 스승 대우를 하자는 의견에 반대하였다.(《孟子 滕文公 上》他日 子夏子張子游 以有若似聖人 欲以所事孔子事之, 彊曾子, 曾子曰, 不可 江漢以濯之 秋陽以暴之 皜皜乎不可尙已.)

하였다(閑, 習也, 嫻也).[1239]

原憲(원헌)[1240]은 宋人(송인)이고, 字 子思(자사)이며, 孔子보다 36세 아래였다. 淸淨(청정)하고 守節(수절)하였으며, 貧寒(빈한)하나 樂道(악도 : 도를 즐겼다)하였다. 孔子가 魯 司寇(사구)일 때, 原憲(원헌)은 공자의 家臣(가신 : 孔子宰)이었다. 孔子 卒後(졸후 : 죽은 후에)에 原憲은 은퇴하여 衛(위)에서 살았다.

公冶長(공야장)[1241]은 魯人으로, 字는 子長(자장)[1242]인데, 爲人

1239 ~공자께서 말했다. "공서적이 齊에 갈 때 살찐 말을 타고 가벼운 갖옷을 입었었다. 내가 알기로, 군자는 남의 위급을 도와주지만 부자에게 보태주지는 않는다고 했다."(〈雍也〉 子曰, "赤之適齊也, 乘肥馬, 衣輕裘. 吾聞之也, 君子周急不繼富.")

1240 原憲(원헌) – 孔子가 죽은 뒤에 原憲은 (衛나라) 초야에 은퇴했는데, 子貢이 衛의 재상이 되어 말 4마리가 끄는 수레를 타고 수행 騎馬(기마)를 거느리고 원헌의 거처를 찾아 들렀다. 원헌은 헤진 의관을 쓰고 자공을 만났다. 자공은 원헌의 그런 모습을 부끄럽게 여기면서 "어디가 편찮으십니까?"라고 물었다. 그러자 원헌이 말했다. "내가 알기로, 재산이 없다면 가난입니다. 道를 배워 알면서도 실행하지 못한다면 病이라고 합니다. 나는 가난하지만 병은 아닙니다." 자공은 부끄러웠고 서먹하게 떠나갔는데, 죽을 때까지 실언의 과오를 수치로 여겼다.

1241 公冶長(공야장, 前 519 – 470년) – 公冶(공야)가 성씨. 長(또는 萇)이 이름. 字는 子長 또는 子芝(자지). 公冶長은 새의 말을 알아들었다는 이야기가 전해온다. 〈公冶長〉은 《論語》의 편명. 여러 사람에 대한 인물평이 많다.

1242 孔子가 말했다. "공야장은 딸을 줄만한 사람이니, 지금은 갇혀

(위인 : 사람됨)이 치욕을 참고 견디었으니 孔子가 딸을 그에게 출가시켰다.

|原文| 南宮韜, 魯人, 字子容, 以智自將, 世淸不廢, 世濁不洿, 孔子以兄子妻之.

公析哀, 齊人, 字季沉, 鄙天下多仕於大夫家者, 是故未嘗屈節人臣. 孔子特嘆貴之.

曾點, 曾參父, 字子晳, 疾時禮教不行, 欲修之, 孔子善焉. 《論語》所謂浴乎沂, 風乎舞雩之下.

顔由, 顔回父, 字季路, 孔子始教學於闕里而受學, 少孔子六歲.

商瞿, 魯人, 字子木, 少孔子二十九歲. 特好易, 孔子傳之, 志焉.

|국역| 南宮韜(남궁도, 韜는 감출 도)는 魯人으로 字는 子容(자용)인데, 지혜로 자신을 지켰기에[1243] 맑은 세상에서는 폐출되지 않

있지만, 그 사람의 죄가 아니다.(長可妻也, 雖在累紲之中, 非其罪也.)" 그리고는 딸을 시집보냈다.

1243 원문 以智自將 - 지혜로 스스로 제어하여, 지혜로 자신의 행실

았고, 세상이 혼탁하더라도 자신을 더럽히지 않아, 공자가 형의 딸을 〔南容(남용)에게〕 출가시켰다.[1244]

公析哀(공석애)[1245]는 齊人(제인)인데, 字는 季沈(계침)으로, 〔王公(왕공)이 아닌〕 大夫(대부)의 家臣(가신)이 되는 사람들을 비루하게 여겨, 屈節(굴절)하여 남의 (大夫의) 가신이 되지 않았다. 그래서 공자가 특별히 찬탄하며 귀하게 여겼다.

曾點(증점)은 曾參(증삼)의 父親(부친)인데, 字는 子晳(자석)으로 당시 禮教가 시행되지 않는 것을 가슴 아파하며 禮教(예교)를 닦으려 하였기에 공자가 칭찬하였다. 《論語(논어)》에서 말한 沂水(기수)에서 목욕하고, 舞雩(무우) 아래에서 바람을 쐬겠다는 것은 (증점의) 말을 지칭한 것이다.[1246]

을 제약하다. 자신을 지키다. 將은 控制(공제)하다. 가지다, 지키다(持也).

1244 《論語 公冶長》 子謂南容, "邦有道, 不廢, 邦無道, 免於刑戮." 以其兄之子妻之.

1245 公析哀(공석애) – 〈仲尼弟子列傳〉에는 公晳哀(공석애). 《史記 游俠列傳》에도 기록이 있다. 及若季次(公析哀), 原憲, 閭巷人也. 讀書懷獨行君子之德, 義不苟合當世, 當世亦笑之. ~.

1246 "春服이 마련되면 어른(冠者) 대여섯과 아이(童子) 예닐곱과 함께 沂水(기수)에서 목욕하고 舞雩(무우)에서 바람을 쐰 뒤에 노래를 읊으며 돌아오고 싶습니다." 《論語 先進》 원문 – ~ 對曰, "異乎三子者之撰." 子曰, "何傷乎? 亦各言其志也." 曰, "莫春者, 春服既成, 冠者五六人, 童子六七人, 浴乎沂, 風乎舞雩, 詠

顏由(안유)[1247]는 顏回(안회)의 부친이고 字는 季路(계로)인데, 孔子가 闕里(궐리)에서 처음 教學(교학 : 학문을 가르치다)을 시작할 때 受學(수학 : 가르침을 받다)하였으며, 孔子보다 6세 아래였다.

商瞿(상구, 瞿는 볼 구)는 魯人이고, 字는 子木(자목)인데 공자보다 29세 어렸다. 《易(역)》을 특별히 좋아하였는데, 공자가 그에게 《易(역)》을 전수했고, 기록을 남기게 하였다.[1248]

而歸." 夫子喟然歎曰, "吾與點也!"

1247 顏由 - 〈仲尼弟子列傳〉에는 顏無繇(안무요). 字는 路(로)이다. 顏路(안로)는 顏回(안회)의 부친인데, 父子가 다른 시기에 공자를 스승으로 모셨다. 顏回가 죽었을 때 안로는 가난하여 공자의 수레를 팔아 덧널〔槨(곽)〕을 만들어 장례를 치르게 해달라고 요청했다. 이에 공자가 말했다. "재주가 있건 없건 모두 자식을 생각하는 것이다. 내 아들(鯉)이 죽었을 때 널을 썼지만 덧널을 써서 장례하지는 않았는데, 내가 수레를 팔아 덧널(槨)을 만들고 걸어 다닐 수 없었던 것은 내가 대부의 뒤에서 걸어 다닐 수 없었기 때문이다."

1248 孔子傳之 志焉 - 志는 기록하다. 동사로 쓰였다. 상구는 《易》을 楚人 馯臂子弘(한비자홍)에게 전수했으며, 한비자홍은 江東 사람 矯子庸疵(교자용자)에게 전수했다. 교자용자는 이를 燕人 周子家豎(주자가수)에게, 주자가수는 이를 淳于國(순우국) 사람 光子乘羽(광자승우)에게 전수했고, 광자승우는 이를 齊人 田子莊何(전자장하)에 전수했으며, 전자장하는 〔琅邪(낭야)〕의 東武縣 사람인 王子中同(왕자중동)에게 전수했으며, 왕자중동은 이를 菑川國(치천국) 사람 楊何(양하)에게 전수하였는데, 양하는 (武帝) 元朔(원삭, 前 128 - 123년) 연간에 《易》을 전공하여 漢의 中大

| 原文 | 漆雕開, 蔡人, 字子若, 少孔子十一歲, 習尙書, 不樂仕.

孔子曰, "子之齒可以仕矣, 時將過."

子若報其書曰, "吾斯之未能信." 孔子悅焉.

公良儒, 陳人, 字子正, 賢而有勇. 孔子周行, 常以家車五乘從.

秦商, 魯人, 字不慈, 少孔子四歲. 其父堇父, 與孔子父叔梁紇俱力聞.

顔刻, 魯人, 字子驕, 少孔子五十歲. 孔子適衛, 子驕爲僕, 衛靈公與夫人南子同車出, 而令宦者雍梁參乘, 使孔子爲次乘, 遊過市, 孔子恥之.

顔刻曰, "夫子何恥之?"

孔子曰, "《詩》云, 「覯爾新婚, 以慰我心.」" 乃嘆曰, "吾未見好德如好色者也."

司馬黎耕, 宋人, 字子牛. 牛爲性躁, 好言語, 見兄桓魋行惡, 牛常憂之.

| 국역 | 漆雕開(칠조개)[1249]는 蔡(채)나라 사람인데, 字(자)는 子

夫가 되었다.

1249 漆彫開 – 漆雕開로도 표기. 漆彫는 복성. 이름은 啓(계), 字는 子

若(자약)으로 공자보다 11살 적었다. 《尙書(상서)》를 전공했고 出仕(출사 : 벼슬)를 좋아하지 않았다.

공자가 말했다.

"너의 나이라면 出仕(출사 : 벼슬)해야 하는데, 세월은(時) 그냥 지나갈 것이다."[1250]

그러자 子若(칠조개)가 서신을 올렸다.

"저는 아직도 《尙書(상서)》에 자신이 없습니다."[1251]

그러자 공자는 기뻐하였다.

公良儒(공량유)[1252]는 陳(진)나라 사람으로 字는 子正(자정)인데, 현명하고 용맹하였다. 孔子가 노를 떠나 周遊(주유 : 돌아다니다)할 때, 늘 자신의 수레 5승(다섯 대)으로 공자를 수행하였다.[1253]

開. 鄭玄(정현)은 칠조개를 魯人이라고 했다.

1250 원문 子之齒可以仕矣, 時將過 – 子는 남자에 대한 美稱. 齒는 나이, 연령.

1251 원문 吾斯之未能信 – 斯는 이 사. 이것. 여기서는 《尙書》. 未能信은 아직 《尙書》에 대한 공부도 부족하다는 뜻. 이 구절은 《論語 公冶長》에 보인다. 원문 子使漆彫開仕. 對曰, "吾斯之未能信." 子說.

1252 公良儒(공량유, 公良儒) – 《孔子家語 七十二弟子解》에는 이름과 字만 기록된 공자의 제자 37명이 있다. 이들 중 公良孺(공량유), 秦商(진상), 顏亥(안해), 叔仲會(숙중회) 등 4인은 《孔子家語》에 행적 기록이 있지만 《史記 仲尼弟子列傳》에는 기록이 없다.

秦商(진상)은 魯人(노나라 사람)이고, 字(자)는 丕慈(부자, 丕慈)인데 공자보다 4살 적었다. 그 부친 堇父(근보, 父音 甫)[1254]는 공자 부친 叔梁紇(숙량흘)[1255]과 함께 힘세기로 소문이 났었다.

顏刻(안각)은 魯人이고, 字는 子驕(자교)인데, 孔子보다 50세 어렸다. 공자가 衛(위)에 갈 때, 子驕(자교)가 수레를 몰았다(爲僕). 衛(위) 靈公(영공)이 夫人(부인)인 南子(남자)와 수레를 같이 타고 외출할 때, 宦者(환자) 雍梁(옹량)을 參乘(참승)케 하고, 孔子를 次乘(차승)케 한 뒤에 거리를 지나가자, 공자는 이를 부끄럽게 여겼다.

顏刻(안각)이 물었다.

"夫子〔孔子(공자)〕께서는 왜 부끄러워하십니까?"

1253 원문 常以家車五乘從 – 공자의 제자 公良孺(공량유)는 자신의 수레 五乘(5승)으로 공자를 수행하고 있었다. 孔子가 陳을 떠나 蒲(포)를 지나가는데, 그때 公叔氏(공숙씨)가 蒲(포)에서 반기를 들었고, (蒲人이) 공자를 저지하였다. 공량유가 말했다. "그전에 내가 夫子를 수행하여 匡(광)에서 곤경에 처했었는데, 이번에 또 여기가 환난을 당하니, 이는 운명이로다. 내가 스승을 모시고 다시 재난을 당하느니, 차라리 싸우다가 죽겠다." 그리고 맹렬하게 싸우자 蒲人(포인)들이 두려워 떨었고, 공자는 衛(위)에 갈 수 있었다.

1254 秦堇父(진근보, 父音 甫) – 魯 孟獻子(맹헌자)의 家臣.

1255 叔梁紇(숙량흘) – 공자의 부친. 陬邑의 大夫. 叔梁은 字. 紇(명주실 흘)이 名.

孔子가 말했다.

"《詩 小雅(시 소아) 車舝(거할)》에는 「너를 만난 신혼에 내 마음은 즐겁도다.」"고 하였다.[1256] 그리고 공자는 "나는 德(덕)을 色(색)만큼 좋아하는 사람을 아직 보지 못했다."고 탄식하였다.

司馬黎耕(사마여경)[1257]은 宋人(송인)으로 字는 子牛(자우)이다. 牛(우)는 조급한 성질에 말하기를 좋아하였는데, 그 형 (宋의) 桓魋(환퇴)가 行惡(행악 : 행실이 좋지 않음)하기에[1258] 사마우는 늘 걱

1256 원문 覯爾新婚, 以慰我心 – 詩名 車舝(거할)은 수레의 굴대. 곧 車軸(거축)인데, 신혼의 기쁨을 노래한 시이다. 衛 靈公이 南子를 좋아한 거야 그렇다 치더라도, 꼭 공자를 뒤에 태우고 거리를 지나가야 하는가? 覯는 만날 구. 爾는 너 이. 그대. 慰는 위로할 위. 我心.

1257 司馬黎耕(사마여경) – 《論語》에 司馬牛(사마우)로 나온다. 〈중니제자열전〉에는 司馬耕(사마경). 공자를 해치려 했던 宋 司馬桓魋(사마환퇴)의 동생이다.

1258 孔子가 曹(조)나라를 떠나 宋나라를 지나가다가 弟子와 함께 큰 나무 아래서 習禮하고 있었다. 宋의 司馬인 桓魋(환퇴, 桓은 푯말 환. 魋는 사람 이름 퇴)가 공자 일행을 해치려고 그 나무를 베어 버렸다. 弟子들이 "여기를 떠나가야 합니다."라고 말했다. 이에 공자가 말했다.
"하늘이 나에게 덕을 내렸는데(天生德於予) 환퇴가 나를 어찌 하겠느냐?"
이 내용은 《論語 述而》와 《史記 孔子世家》에 실려 있다. 이때가 前 493년, 공자 59세 때였다.〔《史記 孔子世家》에는 哀公 3년(前 492, 공자 60세)의 일이라고 했다.〕

정하였다.[1259]

1259 사마우는 말이 많고 성급한 사람이었다. 사마우가 공자에게 仁에 대하여 묻자, 공자는 "仁者는 그 언사가 어눌한 듯 조심한다."라고 말했다. 사마우가 "말을 천천히 조심하면 仁이라 할 수 있습니까?"라고 물었다. 이에 공자께서 말했다.
"仁은 실천하기가 어렵다. 그러니 말을 조심하지 않을 수 있겠느냐?"
사마우가 君子에 대하여 묻자, 공자는 "君子는 걱정도 두려움도 없다."라고 말했다. 그러자 "근심도 두려움도 없다면 바로 군자라 할 수 있습니까?"라고 물었다.
이에 공자께서 말했다. "마음으로 반성하여 허물이 없다면(內省不疚의 疚는 오랜 病 구). 무엇을 근심하고, 무엇을 두려워하겠느냐!" 《論語 顔淵》의 이 구절 뒤에 바로 사마우가 '남들은 모두 형제가 있지만 자신은 형제가 없다.' 고 걱정하자, 子夏가 군자가 조심하며 실수하지 않으며 공손하고 예의를 지킨다면 '온 세상 사람들이 모두 형제(四海之內, 皆兄弟也)라.' 고 말한 구절이 이어진다.

觀象知雨
孔子行命弟子持
雨具已而果雨弟
子問曰何以知之
子曰詩不云乎月
離于畢俾滂沱矣
昨暮月不宿畢乎
是以知之

〈觀象知雨(관상지우)〉

| 原文 | 巫馬期, 陳人, 字子期, 少孔子三十歲. 孔子將近行, 命從者皆持蓋, 已而果雨.

巫馬期問曰, "旦無雲, 旣日出, 而夫子命持雨具, 敢問何以知之?"

孔子曰, "昨暮月宿畢, 詩不云乎, '月離於畢俾滂沱矣.' 以此知之."

梁鱣, 齊人, 字叔魚, 少孔子三十九歲. 年三十未有子, 欲出其妻.

商瞿謂曰, "子未也, 昔吾年三十八無子, 吾母爲吾更取室, 夫子使吾之齊, 母欲請留吾, 夫子曰, '無憂也, 瞿過四十, 當有五丈夫.' 今果然, 吾恐子自晩生耳, 未必妻之過."

從之, 二年而有子.

琴牢, 衛人, 字子開, 一字張. 與宗魯友, 聞宗魯死, 欲往弔焉. 孔子弗許, 曰, "非義也."

冉儒, 魯人, 字子魚, 少孔子五十歲.

顔辛, 魯人, 字子柳, 少孔子四十六歲.

| 국역 | 巫馬期(무마기)는[1260] 陳(진)나라 사람인데, 字는 子期(자

1260 巫馬期(무마기) - 《史記 仲尼弟子列傳》에는 巫馬施(무마시).

기)이고 공자보다 30세 어렸다. 孔子가 가까운 곳에 출행하면서 從者(종자)에게 모두 우산을 준비하라고 했다.[1261] 곧 과연 비가 내렸다.

巫馬期(무마기)가 물었다.

"아침에는 구름도 없었고[1262] 이미 햇볕도 났는데, 부자께서는 우산을 챙기라고 하셨는데 비가 올 줄을 어떻게 아셨습니까?"

孔子가 말했다.

"어젯밤에 달이 畢宿(필수)에 머물렀는데 《詩》에 말하지 않았던가? 「달이 畢宿(필수)를 지나가면(離), 큰 비가 온다네.」[1263] 그래서 비가 올 줄 알았다."

梁鱣(양전)은 齊人(제인)이고, 字는 叔魚(숙어)인데 공자보다 39세 아래였다. 나이 30세가 되도록 자식이 없어 그 아내를 내보내려 했다.

商瞿(상구)가 양전에게 말했다.

"당신은 그렇게 하지 마시오. 옛날에 나도 38살이 되도록 아들이 없어 모친이 나를 위하여 다시 아내를 맞이하려고 했었소. 그

1261 원문 命從者皆持蓋 – 持는 가질 지. 蓋는 덮을 개. 우산.

1262 원문 旦無雲 – 旦은 아침 단.

1263 원문 月離於畢俾滂沱矣 –《詩經 小雅 漸漸之石》의 구절. 離는 떠나갈 이. 입다. 당하다. 여기서는 가깝다의 뜻. 畢은 마칠 필. 星名. 28宿(宿의 音은 수)의 하나. 俾는 더할 비. 시키다. 滂沱(방타)는 비를 퍼붓다.

런데 夫子(부자)께서 나를 齊(제)나라에 가게 했고, 모친은 나를 보내지 않으려 했지요. 그런데 夫子께서 '걱정하지 마십시오. 상구는 40세가 넘으면 틀림없이 사내 다섯을 둘 것이요.' 라고 하셨습니다. 지금 과연 그대로이니, 내 생각에 그대는 자식이 늦을 뿐이지, 아내의 잘못은 아닐 것입니다."

양전은 상구의 말을 따랐는데, 2년 뒤에 아들을 얻었다.

琴牢(금뢰)[1264]는 衛(위)나라 사람으로, 字는 子開(자개)이고 다른 자(一字)는 張(장)이었다. 宗魯(종로)란 사람과 벗이었는데, 종로가 죽자 금뢰가 문상하러 가려고 하자, 공자가 허락하지 않으며 말했다.

"옳은 일이 아니다(非義也)."[1265]

冉儒(염유)는 魯人(노인)이고, 字는 子魚(자어)인데, 공자보다 50세 아래였다.

顔辛(안신)은 魯人이고, 字는 子柳(자류)인데, 孔子보다 46세 아래였다.

1264 琴牢(금뢰, 생졸년 미상) - 字는 子開, 一字 子張, 又稱 琴張, 春秋時期 衛國人. 孔子弟子. 《孔子家語 七十二弟子解》에 이름이 보이나 《史記 仲尼弟子列傳》에는 나오지 않는다.

1265 非義也 - 宗魯(종로)란 사람의 행실이 아주 고약했기 때문이라 추정할 수 있다.

| 原文 | 伯虔, 字楷, 少孔子五十歲.

公孫寵, 衛人, 字子石, 少孔子五十三歲.

曹卹, 少孔子五十歲.

陳亢, 陳人, 字子亢, 一字子禽, 少孔子四十歲.

叔仲會, 魯人, 字子期, 少孔子五十歲, 與孔琁年相比, 每孺子之執筆記事於夫子, 二人疊侍左右.

孟武伯見孔子而問曰, "此二孺子之幼也, 於學豈能識於壯哉?"

孔子曰, "然, 少成則若性也, 習慣若自然也."

| 국역 | 伯虔(백건, 虔은 정성 건)의 字는 楷(해, 나무 이름 해)[1266]인데, 공자보다 50세 아래였다.

1266 楷(해) – 나무 이름 해, 법 해. 곧을 해의 뜻이 있다. 이 나무는 아주 유명하다. 孔子가 죽자 제자들은 오두막을 짓고 侍墓(시묘)하면서 각자가 사방의 나무를 갖다가 심었다. 子貢이 심은 楷(해) 나무는 세 무덤으로〔父 孔紇(공흘), 夫子, 子 孔鯉〕의 묘로 가는 길 좌측에 심었는데, 나무가 높고 커서 다른 나무와 뚜렷하게 구별된다. 그 나무는 가지가 많지는 않으나 굽지 않고 본 그루(本幹)가 곧다(直)는 설명이 있다. 지금도(明代에) 늙은 줄기가 아직도 남아있다는 설명이 있다. 이는 자공이 특별한 나무를 심었음을 알 수 있다. 공자의 무덤 주변에 사방의 나무를 갖다 심었지만, 지금도 가시가 있는 나무〔荊棘(형극)〕나 사람을

公孫寵(공손총)은 衛(위)人이고, 字는 子石(자석)이며, 孔子보다 53세 어렸다.

曹卹(조휼, 卹은 가엽게 여길 휼)은 孔子보다 50세 어렸다.

陳亢(진항)은 陳(진)나라 사람이고, 字는 子亢(자항) 또는 子禽(자금)인데, 공자보다 40세 어렸다.[1267]

叔仲會(숙중회)는 魯人이고, 字는 子期(자기)인데, 孔子보다 50세 어렸고, 그는 (공자 제자) 孔琁(공선)과 나이가 비슷했으며, 어렸을 때부터 붓을 잡고 부자(공자)에 관하여 기록했고, 공선과 함께 좌우에서 시중을 들었다.

〔魯(노)의 大夫(대부)〕 孟武伯(맹무백, 孟孺子)이 공자를 만나 뵙고 물었다.

"이 두 젊은 사람은 어린 나이에도 학문을 하는데, 나중에 장년이 되었을 때를 알 수 있겠습니까?"

그러자 공자가 말했다.

"그렇습니다. 어릴 때 배운 것은 나중에 本性(본성)이 되고, 배워 익숙하면 자연스러운 행실이 될 것입니다."

찌르는 풀 종류가(刺人草) 자라지 않는다고 한다.

1267 《論語 季氏》에 陳亢(진항)은 공자의 아들 伯魚(백어, 鯉)에게 아버지로부터 특별한 가르침을 받은 것이 있느냐고 물었다. "子亦有異聞乎?" 對曰, "未也. 嘗獨立, ~ '不學詩, 無以言.' 鯉退而學詩. ~." 또 〈子張〉편에서는 자공에게 '당신이 스승 공자보다 더 뛰어나다.' 고 말했다.

|原文| 秦祖, 字子南.

奚蒧, 字子偕.

公祖茲, 字子之.

廉潔, 字子曹.

公西輿, 字子上.

|국역| 秦祖(진조)의 字는 子南(자남)이다.

奚蒧(해점)의 字는 子偕(자해)이다.

公祖茲(공조자)의 字는 子之(자지)이다.

廉潔(염결)의 字는 子曹(자조)이다.

公西輿(공서여)의 字는 子上(자상)이다.

|原文| 宰父黑, 字子黑.

公西減, 字子尙.

穰駟赤, 字子從.

冉季, 字子産.

薛邦, 字子從.

|국역| 宰父黑(재보흑)의 字는 子黑(자흑)이다.

公西減(공서감)의 字는 子尙(자상)이다.

穰駟赤(양사적)의 字는 子從(자종)이다.

冉季(염계)의 字는 子産(자산)이다.

薛邦(설방)의 字는 子從(자종)이다.

|原文| 石處, 字裏之.

懸亶, 字子象.

左郢, 字子行.

狄黑, 字哲之.

商澤, 字子秀.

|국역| 石處(석처)의 字는 裏之(이지)이다.

懸亶(현단)의 字는 子象(자상)이다.

左郢(좌영)의 字는 子行(자행)이다.

狄黑(적흑)의 字는 哲之(철지)이다.

商澤(상택)의 字는 子秀(자수)이다.

|原文| 任不齊, 字子選.

榮祈, 字子祺.

顔噲, 字子聲.

原桃, 字子籍.

公肩, 字子仲.

| 국역 | 任不齊(임부제)의 字는 子選(자선)이다.

滎祈(영기)의 字는 子祺(자기)이다.

顔噲(안쾌)의 字는 子聲(자성)이다.

原桃(원도)의 字는 子籍(자적)이다.

公肩(공견)의 字는 子仲(자중)이다.

| 原文 | 秦非, 字子之.

漆雕從, 字子文.

燕級, 字子思.

公夏守, 字子乘.

勾井疆, 字子疆.

| 국역 | 秦非(진비)의 字는 子之(자지)이다.

漆雕從(칠조종)의 字는 子文(자문)이다.

燕級(연급)의 字는 子思(자사)이다.

公夏守(공하수)의 字는 子乘(자승)이다.

勾井疆(구정강)의 字는 子疆(자강)이다.

| 原文 | 步叔乘, 字子車.

石子蜀, 字子明.

邽選, 字子飲.

施之常, 字子常.

申績, 字子周.

| 국역 | 步叔乘(보숙승)의 字는 子車(자거)이다.

石子蜀(석자촉)의 字는 子明(자명)이다.

邽選(규선)의 字는 子飲(자음)이다.

施之常(시지상)의 字는 子常(자상)이다.

申績(신적)의 字는 子周(자주)이다.

| 原文 | 樂欣, 字子聲.

顔之仆, 字子叔.

孔弗, 字子蔑.

漆雕侈, 字子斂.

懸成, 字子横.

顔相, 字子襄.

右夫子七十二人, 弟子皆升堂入室者.

| 국역 | 樂欣(악흔)의 字는 子聲(자성)이다.

顔之仆(안지복)의 字는 子叔(자숙)이다.

孔弗(공불)의 字는 子蔑(자멸)[1268]이다.

漆雕侈(칠조치)의 字는 子歛(자함, 歛은 탐할 함, 줄 함)이다.

懸成(현성)의 字는 子横(자횡)이다.

顔相(안상)의 字는 子襄(자양)이다.

이상 夫子(공자)의 제자 72인은 모두 升堂入室(승당입실)[1269]한 자이다.

【참고】 司馬遷의 《史記 仲尼弟子列傳》의 결론인 史論은 아래와 같다.

| 原文 | 太史公曰, "學者多稱七十子之徒, 譽者或過其實, 毁者或損其眞, 鈞之未睹厥容貌. 則論言弟子籍, 出孔氏

1268 孔子의 兄弟라는 주석이 있다. 이복형제일(?) 것이다.

1269 원문 升堂入室(승당입실) – 마루에 오른 뒤에 방(室)에 들어가다. 학문이나 예술의 나아가는(進步) 순서. 升堂은 高明한 경지에 이르다. 入室은 奧妙(오묘)하고 精微(정미)한 경지에 도달하다.

古文近是. 余以弟子名姓文字悉取《論語》弟子問並次爲篇, 疑者闕焉."

| 국역 | 太史公이 말하나니,[1270]

"많은 학자들이 70제자들을 언급하는데, 칭찬하는 경우에는 그 실제보다 지나치고, 비방할 경우에는 그 진실조차 나쁘게 말하지만, 이 모두가 그 실제 모습을 보지 못하고 하는 말이다. 제자의 명단을 논하면서 孔氏(공씨) 저택에서 나온 古文(고문)이 그래도 사실에 가까울 것이다. 나는 제자의 성명이나 행적을 모두《論語(논어)》에서 취하고 제자의 문답을 함께 엮으면서 의문이 나는 것은 그대로 비워두었다."

1270 '太史公曰' 은 司馬遷의 論贊이다. 贊(찬)은 文體의 하나로, 稱述하고 평론하는 글이다. 贊은 雜贊, 哀贊, 史贊으로 대별하는데, 雜贊은 인물의 뜻을 襃彰(포창)한 글이고, 哀贊은 사람의 죽음을 애도하며 그 덕을 祖述하였고, 史贊은 역사적 인물에 대한 평론과 함께 그 행적을 褒貶(포폄)한 글이다. 이러한 史贊의 시작은《左傳》이 '君子曰' 이라 할 수 있다. 司馬遷은 모든 編에 '太史公曰' 로 시작되는 논찬으로 자신의 의견을 피력하였다. 사실 사찬은 역사적 인물이나 사건에 대한 객관적인 평가나 의혹을 풀기 위한 서술이지만, 매 편에 사찬을 붙여 번잡한 史論이 생기는 단서를 열었다는 비판도 있다.《한서》는 이 체제를 이어받았는데, 반고는 '贊曰～' 이라 하였다. 范曄(범엽)의《後漢書》에도 '贊曰' 로 시작하는 논찬이 있다.

〈本姓解(본성해)〉 제39

【해설】

본 편은 전후 두 부분으로 구성되었다. 전반은 공자 가문의 역사이다. 공자는 宋(송)나라 왕족의 후예이다. 宋(송)은 周(주)가 멸망한 商〔상 : 殷(은)〕의 후손을 책봉한 나라이며 약소국이었다. 춘추전국시대에 宋(송)은 杞(기)와 함께 약소국이며, 偶話(우화)에 등장하는 우둔하거나 미련한 사람들이었다. '宋襄之仁(송양지인 : 송양의 어짊을 말하며, 어리석은 자의 실질적인 의미가 없는 인정 또는 명분론을 빗댄 말이다)' 이나 '杞人憂天(기인우천 : 기나라 사람의 근심이란 말이며 쓸데없는 걱정이라는 뜻이다)' 같은 成語(성어)가 그 증거이다.

본 편의 후반은 齊(제)의 太史(태사)가 道를 論(논)한 내용이다. 齊의 태사는 공자를 素王(소왕)으로 찬양하였다. 素王(소왕), 그리고 三千弟子(삼천제자), 六經整理(육경정리) 등은 漢代(한대) 학자가 처음 주창한 내용은 아니다.

공자는 宋(송) 微子(미자, 微子啓)의 후손이다. 五世嫡孫(오세적손 : 오세대에 걸쳐 적손으로 이어오다)이 다 끝나면서(五世親盡) 孔氏(공씨)를 씨로 하는 새로운 公族(공족)이 되었고 그 후손이 魯나라로 이주하였다. 이러한 공자의 가세를 상세히 설명하였다.

공자의 16世祖(세조)는 商(상)의 왕 帝乙(제을)이었고, 15세조는 宋國(송국)의 2대 國君(국군)인 宋公(송공) 仲(중)이었으며, 12세조는 宋의 前閔公(전민공)이었고, 11세조 弗父何(불보하)는 동생인 宋 厲公(여공)에 양위한 뒤에 宋國의 上卿(상경)이 되었다. 7세조인 孔父嘉(공보가)는 宋國(송국)의 大夫(대부)로 大司馬(대사마)였지만 궁정 내란 중에 피살되었다. 공보가의 아들 木金父(목금보)는 난을 피하여 魯國(노국)에 이주하여 鄒邑(추읍)에 定居(정거)하면서 魯國의 大夫(대부)가 되었다.

孔子의 부친 叔梁紇(숙량흘, 紇이 名) 魯의 昌平鄉(창평향) 鄒邑(추읍, 陬와 同)의 대부이었다. 숙량흘과 본부인 施氏(시씨)는 딸만 9명을 낳았고, 숙량흘은 아들을 원해 첩을 맞이하여 아들 孟皮(맹피)를 얻었지만, 다리(脚)에 殘疾(잔질)이 있었다.

叔梁紇은 72세에 3번째로 顏徵在(안징재)를 맞이했다. 그러나 워낙 나이 차이가 많은 결혼이었기에 사마천의 〈孔子世家〉에서는, 이를 野合(야합)이라고 기록하였다.

안징재는 尼丘山(니구산)에 기도를 드렸고, 魯 襄公(노 양공) 22년(前 551年)에 아들을 낳아 이름을 丘(구), 字를 仲尼(중니)라 하였다.

공자는 신분상 일반 평민이 아닌, 관직에 나갈 수 있는 길이 열린 士(사)에 속했지만, 경제적으로 힘든 窮士(궁사) 계층이었다.

士(사)는 문화적 소양과 지식을 지닌 계층으로 중하급 관리가 될 수 있었으며, 경제적으로는 토지를 私有(사유)할 수 있어 국가적으로도 중요한 계층이었다. 사 계층의 위로는 귀족이라 할 수 있는 大夫(대부)가 있고, 아래로는 생산 활동에 종사하는 平民〔평민 : 小人(소인)〕이 있었다. 士는 스스로의 노력과 관운에 의거 신분 상승을 할 수도 있지만, 잘못하면 평민으로 떨어질 수도 있었기에, 이들은 태생적으로 현실 개혁 의지를 갖고 있었다고 볼 수 있다.

| 原文 | 孔子之先, 宋之後也, 微子啓帝乙之元子, 紂之庶兄, 以圻內諸侯入爲王卿士. 微國名, 子爵. 初武王克殷, 封紂之子武庚於朝歌, 使奉湯祀. 武王崩而與管蔡霍三叔作難, 周公相成王東征之, 二年, 罪人斯得, 乃命微子於殷. 後作微子之命, 由之與國於宋, 徙殷之子孫, 唯微子先往仕周, 故封之賢. 其弟曰仲思, 名衍, 或名泄, 嗣微之後, 故號微仲, 生宋公稽冑子, 雖遷爵易位, 而班級不及其故者, 得以故官爲稱, 故二微雖爲宋公, 而猶以微之號自終, 至於稽乃稱公焉. 宋公生丁公申, 申公生緡公共, 及襄公熙, 熙生弗父何, 及厲公方祀, 方祀以下, 世爲宋卿. (下文 繼續)

| 국역 | 孔子의 선조는 宋(송)의 후손이다. 微子啓(미자계)[1271]는 帝乙(제을)의 元子(원자 : 맏아들)로, 〔殷(은)의 폭군〕 紂王(주왕)의 庶兄(서형)이었고, 圻內(기내, 圻는 畿) 諸侯(제후)로 조정에 들어가 王(왕)의 卿士(경사)가 되었다. 微(미)는 國名(국명)이고, 子(자)는 작위이다.

그전에(初) 〔周(주)〕 武王(무왕, 名은 發) 殷(은, 商)을 정벌한 뒤

1271 微子啓(미자계) – 공자는 微子啓(미자계)와 箕子(기자), 그리고 比干(비간)을 殷의 三仁이라고 칭했다.《論語 微子》微子去之, 箕子爲之奴, 比干諫而死. 孔子曰, "殷有三仁焉." 이 사실은《史記 宋微子世家》,《史記 孔子世家》,《世本》등에 기록되었다.

紂王(주왕)의 아들 武庚(무경)을 〔別都(별도), 副都(부도)〕인 朝歌(조가)에 봉하여, 〔商(상)의 건국 시조인〕 湯王(탕왕)의 제사를 받들게 하였다. 武王(무왕)이 붕어한 뒤에 (무왕의 아우인) 管叔(관숙), 蔡叔(채숙), 霍叔(곽숙) 등 三叔(삼숙)이 (유언을 퍼트리며) 반란을 일으키자,[1272] 周公(주공)은 成王(성왕)을 도와 동방을 원정하였다. 그 다음 해에 죄인은 응분의 조치를 받았다(罪人斯得). 이에 微子(미자)를 殷(은)에 봉하였고 뒤에 〈微子之命(미자지명)〉[1273]이란 글 한 편을 지었다. 宋이 건국되자 殷의 子孫(자손)을 옮겨 살게 하였다. 오직 微子(미자)가 먼저 周에 가서 출사하였기에 미자를 제후로 봉했었다.[1274] 그 동생은 仲思(중사), 名(명 : 이름)은 衍(연), 다른 이름은 泄(설)인데, 微子(미자)의 뒤를 이었기에 微仲(미중)이라고 불렀는데, 〔仲思(중사)는〕 宋公(송공)인 稽(계)를 낳았다. 그 큰 아들〔冑子(주자)〕은 비록 작위가 바뀌고 등급이 옛날과 같지는 않았지만, 옛 관직으로 불렀다. 그래서 미자와 微仲(미중) 두 사람은 宋(송)의 國君(국군)이었지만, 죽을 때까지 微(미)로 自號(자호)하였다가 稽(계)에 이르러 公(공)이라 불렀다.

宋公(송공)은 丁公(정공)인 申(신)을 낳고, 申公은 緡公(민공)인

1272 원문 三叔作難 – 이들을 옛 殷의 영역에 봉하여 殷의 후손을 감독케 하였기에, 이들을 三監(삼감)이라 불렀다.

1273 〈微子之命〉 –《古文尙書》의 篇名.

1274 원문 先往仕周, 故封之賢 – 賢은 多의 뜻. 殷의 다른 후손보다 많이 곧 제후로 봉했다.

共(공)과 襄公(양공) 熙(희)를 낳았으며, 熙(희)는 弗父何(불보하)와 厲公(여공)인 方祀(방사)를 낳았는데, 方祀(방사) 이하는 대대로 宋의 卿(경)이 되었다. 〔下文 繼續(이하 문장 계속)〕

【참고】 宋(송)의 역사 개관

周 武王(주 무왕)이 殷(은, 商)을 정벌했고 殷(은)은 멸망했다. 武王의 아들 成王(성왕) 때(前 11世紀) 멸망한 폭군 紂王(주왕)의 庶兄(서형)인 微子啓(미자계)를 宋에 봉하여 건국하고, 망한 殷의 제사를 받들게 하였다. 이는 이른바 '興滅國(흥멸국)하고 繼絶世(계절세)하는' 勝者(승자)의 관용이었다. 宋의 國君(국군)은 子姓(자성)에 宋氏(송씨)이며, 爵位(작위)는 公爵(공작)이었다. 그 영역은 지금 河南省(하남성) 동부와 安徽省(안휘성) 淮水(회수) 북부 지역이었다. 國都(국도)는 睢陽(휴양, 今 河南省 동쪽 끝 商丘市 睢陽區)이었다. 宋의 영역은 中原(중원)의 중심부로 富商(부상)과 巨賈(거고)들이 모여드는 곳이었고, 宋人(송인)은 상업에 소질이 있어 전국에 널리 알려졌었다. 전국시대 前(기원전) 318년에 稱王(칭왕)했고, 前 286年에 齊(제)의 침공을 받아 멸망하였다〔宋王 偃(언)〕. 《史記(사기), 38권 宋微子世家(송미자세가)》에 기록되었다.

○ 春秋時代(춘추시대)의 宋(송)

宋은 前 8세기에 衛國(위국)의 내정 간섭에 시달렸고 이어 내란으로 분열되기도 했지만, 이를 극복하면서 前 7세기에는 점차 강성해졌다.

宋(송) 襄公(양공, 재위 前 650－637년)은 春秋 五霸(춘추 오패)의 한 사람으로 꼽힐 정도였지만, 군사적으로는 매우 허약하여 다른 霸者(패자)와 크게 달랐다. 특히 楚(초)와 泓水(홍수)의 싸움에서(前 638年) 仁義(인의)를 내세우다가 패전하고 상처를 입었으며 결국 그 때문에 죽었기에 조롱에 가까운 '宋襄之仁(송양지인 : 송양의 어짊을 말하며, 어리석은 자의 실질적인 의미가 없는 인정 또는 명분론을 빗댄 말이다)'이라는 成語(성어)가 생겨날 정도였다. 宋은 楚(초)와 끝없이 싸웠는데, 前 632년 城濮之戰(성복의 전쟁) 이후 前 546년까지 40회 이상 전쟁을 계속했었다.

○ 戰國時代(전국시대)의 宋(송)

宋國(송국)의 정권이 뒤바뀌었는데, 子姓(자성)의 宋 桓侯(환후)는 아들 宋 剔成(척성)에게 國君(국군)의 지위를 넘겨주었다.

前 318년, 척성의 弟(제) 偃(언)이 稱王(칭왕)하니, 이가 宋 康王(강왕)으로(재위 前 328－286년) 모범적인 王政(왕정)을 전개하며 정치 개혁을 이룩했다. 康王(강왕)은 前 296년, 五國(오국)이 伐秦(벌진 : 진을 정벌하다)할 때, 宋 康王도 率軍(솔군 : 군사를 이끌다)하고 참여했었다. 康王(강왕)은 동쪽으로 齊(제)를, 그리고 남쪽 楚(초)를 敗退(패퇴)시켰지만 두 나라의 질시를 받아야 했다. 前 286年에 宋에 내란이 일어나자, 기회를 노린 齊의 침공으로 멸망했고, 康王 偃(언)은 망명하여 魏國 溫邑(위국 온읍 : 今 河南省 북부 溫縣)에서 죽었다.

〈尼山致禱(니산치도)〉

| 原文 | 弗父何生宋父周, 周生世子勝, 勝生正考甫, 考甫生孔父嘉, 五世親盡, 別爲公族, 故後以孔爲氏焉. 一曰孔父者, 生時所賜號也, 是以子孫遂以氏族.

孔父生子木金父, 金父生睪夷, 睪夷生防叔, 避華氏之禍而奔魯. 方叔生伯夏, 伯夏生叔梁紇, 曰雖有九女, 是無子. 其妾生孟皮, 孟皮一字伯尼, 有足病, 於是乃求婚於顏氏.

顏氏有三女, 其小曰徵在, 顏父問三女曰, "陬大夫雖父祖爲士, 然其先聖王之裔, 今其人身長十尺, 武力絶倫, 吾甚貪之, 雖年長性嚴, 不足爲疑, 三子孰能爲之妻?"

二女莫對, 徵在進曰, "從父所制, 將何問焉."

父曰, "卽爾能矣." 遂以妻之.

徵在旣往廟見, 以夫之年大, 懼不時有男, 而私禱尼丘之山以祈焉, 生孔子, 故名丘, 字仲尼. 孔子三歲而叔梁紇卒, 葬於防. 至十九, 娶於宋之亓官氏, 一歲而生伯魚, 魚之生也, 魯昭公以鯉魚賜孔子, 榮君之貺, 故因以名曰鯉, 而字伯魚, 魚年五十, 先孔子卒.

| 국역 | (공자의 11世祖인) 弗父何(불보하)는 宋(송)의 父周(보주)를 낳고, 보주는 世子(세자)인 勝(승)을, 勝(승)은 正考甫(정고보)를, 정고보는 孔父嘉(공보가)를 낳았는데 5世(다섯 세대)에 걸친 혈연

관계가 소원해졌기에(五世親盡) 따로 公族(공족)이 되었고, 뒤에 성(姓)으로 孔(공)을 氏(씨)로 했다. 일설에는 孔父嘉(공보가)가 생존시 받은 호칭이었기에 그 자손이 孔을 씨《성(姓)》로 삼았다고 한다.

孔父(공보)는 아들 木金父(목금보)를 낳았고, 金父(금보)는 睪夷(역이)를, 睪夷(역이)는 防叔(방숙)을 낳았는데, (방숙이) 華氏(화씨, 華督)의 禍(화)를 피해 魯(노)로 도망 나왔다.[1275] 方叔(방숙)은 〔공자의 祖父(조부)인〕 伯夏(백하)를, 백하는 叔梁紇〔숙량흘, 孔紇(공흘)〕을 낳았는데, 공흘은 딸만 아홉에 아들이 없었다. 숙량흘의 妾(첩)이 孟皮(맹피)를 낳았는데, 맹피의 다른 字는 伯尼(백니)이나 足病(족병 : 발에 병이 있다)이 있어 (숙량흘은) 顏氏(안씨) 집안에 구혼하였다.

顏氏(안씨)에게 三女(3녀)가 있었는데 그 막내딸은 徵在(징재)였다.[1276]부친 안씨가 딸 셋에게 물었다. "陬邑(추읍)의 大夫(대부)

1275 원문 避華氏之禍而奔魯 – 孔父嘉(공보가)가 宋의 대사마가 되었는데, 그 처가 미인이었다. 당시 太宰(태재)인 華督(화독)이 공보가의 아내를 빼앗으려고 했고, 공보가가 피살되었다. 아들 자 목금보는 士로 강등되었고, 孔氏 일족이 박해를 받자, 방숙은 일가를 거느리고 魯로 망명하였다.

1276 원문 其小曰徵在 – 자의 아버지 叔梁紇(숙량흘, 孔紇, 叔梁은 字)은 72세에 顏氏(안씨) 집안의 셋째 딸 징재〔徵在, 微在(미재)가 아님〕와 나이 차이가 많이 나는 사람과 결혼을 하였는데, 司馬遷(사마천)은 이 결혼을 野合(야합)이라고 표현했다(《史記 孔子世家》. ~

는 비록 그 父祖(조부)가 士(사 : 선비)이지만, 그 조상은 聖王(성왕)의 後裔(후예)이다. 지금 그 사람은 身長(신장 : 키)이 十尺(십척, 漢代 23cm×10)에 武力(무력)이 絶倫(절윤)한 사람이라 나는 많이 원하지만, 나이가 많고 엄격한 성격이라서 걱정이 되지만 너희 셋 중에서 누가 그와 결혼하겠느냐?"

위의 두 딸이 아무도 대답하지 않자, (막내인) 徵在(징재)가 말했다.

"아버님이 정하시는 대로 따를 것인데, 왜 물어보십니까?"

부친이 물었다.

"그러면 네가 따르겠느냐?" 그리고는 셋째를 숙량흘에게 아내로 보냈다.

徵在(징재)가 출가한 뒤에 가묘에서 예를 치렀는데[1277] 남편의 나이가 많아 때맞춰 아들을 얻지 못할까 걱정하여 조용히 尼丘山(니구산)[1278]에서 기도를 드렸고, 孔子(공자)를 낳아 이름을 丘(구), 字(자)를 仲尼(중니)라 하였다.[1279] 孔子 3세에 숙량흘이 죽어 防

紇與顔氏女野合而生孔子.)

1277 원문 旣往廟見 – 결혼한 다음 날 시부모를 뵙지만, 시부모가 죽고 없으면 가묘에서 혼례를 거행했다는 주석이 있다.

1278 禱尼丘山 – 禱는 기도할 도. 尼丘山(니구산, 尼山)은, 今 山東省 濟寧市 관할 曲阜市 동남 30km지점에 위치, 해발 340m.

1279 원문 生孔子 – 출생연도에 여러 설이 있지만, 지금은 일반적으로 기원전 551년 출생으로 통용되며, 前 479년에 73세를 일기로 작고하였다.

山(방산)에 장례했고, 공자 19세에 宋(송)의 亓官氏(기관씨)와 결혼했으며, 1년 만에 아들 伯魚(백어)가 출생했다. 魯(노) 昭公(소공, 재위 前 541 – 510년)이 잉어(鯉魚)를 공자에게 보내 아들 출생을 축하하였는데, 주군의 하사를 영광으로 생각하여 이름을 鯉(리, 잉어 리), 字를 伯魚(백어)라 지었다. 백어는 나이 50에 공자보다 먼저 죽었다.

〈命名榮貺(명명영황)〉

| 原文 | 齊太史子與適魯, 見孔子, 孔子與之言道. 子與悅曰, "吾鄙人也, 聞子之名, 不睹子之形久矣, 而求知之寶貴也, 乃今而後知泰山之爲高, 淵海之爲大, 惜乎夫子之不逢明王, 道德不加於民, 而將垂寶以貽後世."

遂退而謂南宮敬叔曰, "今孔子先聖之嗣, 自弗父何以來, 世有德讓, 天所祚也. 成湯以武德王天下, 其配在文, 殷宗以下, 未始有也, 孔子生於衰周, 先王典籍, 錯亂無紀, 而乃論百家之遺記, 考正其義, 祖述堯舜, 憲章文武, 刪《詩》述《書》, 定《禮》理《樂》, 製作《春秋》, 贊明《易》道, 垂訓後嗣, 以爲法式, 其文德著矣. 然凡所教誨, 束修已上, 三千餘人, 或者天將欲與素王之乎, 夫何其盛也."

敬叔曰, "殆如吾子之言, 夫物莫能兩大, 吾聞聖人之後, 而非繼世之統, 其必有興者焉. 今夫子之道至矣, 乃將施之無窮, 雖欲辭天之祚, 故未得耳."

子貢聞之, 以二子之言告孔子.

子曰, "豈若是哉? 亂而治之, 滯而起之, 自吾志, 天何與焉."

| 국역 | 齊(제)나라의 太史(태사)인 子與(자여)가 魯(노)에 가서, 孔子(공자)를 만나 공자와 道(도)에 관하여 이야기를 했다.

자여가 기뻐하며 말했다.

"나는 미천한 사람으로, 선생님의 명성을 들었지만, 오랫동안 직접 뵙지 못했는데, 이렇게 말씀을 들으니, 마치 귀한 보물을 얻은 것 같습니다. 저는 오늘에서야 泰山(태산)이 얼마나 높고,[1280] 바다가 크다는 것을 알았습니다만, 애석한 바는 夫子(공부자 : 선생님)께서 明王(명왕)을 만나지 못하여 〔부자(선생님)의 큰〕 道德(도덕)이 백성에게 미치지 못하는 것이나, 夫子(부자 : 선생님)께서는 후세에 큰 보배를 남기실 것입니다."

그리고 子與(자여)는 물러나 南宮敬叔(남궁경숙)에게 말했다.

"지금 孔子는 先聖(선성)의 후계자〔嗣(이을 사)〕로써 대대로 덕망과 겸양을 베풀었기에 하늘에서 내린 복입니다. 成湯(성탕)께

1280 원문 後知泰山之爲高 – 중국인들은 五行 사상과 깊은 연관 지어 五嶽을 꼽고 있는데, 오악이란 東岳으로 山東의 泰山(최고봉 1,533m), 西岳인 陝西省의 華山(2,194m), 中岳인 河南省의 嵩山(숭산, 1,491m), 北岳으로 山西省의 恒山(항산, 2,016m), 그리고 南岳으로 湖南省의 衡山(형산, 1,300m)을 말한다. 이 중에서 泰山은 五岳의 으뜸(五嶽之長, 五嶽獨尊)으로 옛 이름은 岱山(대산) 또는 岱宗(대종)으로 불리었고, 山東省의 중앙부 泰安市에 자리하고 있으며, 태산의 주봉인 玉皇頂이다. 泰山은 秦의 시황제 이후 漢 武帝, 또 역대 왕조의 황제들이 이곳에 친림하여 하늘에 제사하는 封禪(봉선) 의식을 행했다. 漢 武帝는 태산의 절경에 놀라면서 "高矣! 極矣! 大矣! 特矣! 壯矣! 赫矣! 駭矣(해의)! 惑矣(혹의)!"라고 말했다는 전설이 전해진다.

서는 武德(무덕)으로 천하의 王이 되었으며, (죽은 뒤에는) 그 文德(문덕)으로 配享(배향)되었으나, 殷(은) 왕조에서는 이후로 그런 분이 계시지 않았습니다(未始有也). 孔子께서는 周(주) 왕실의 쇠퇴기에는(衰周) 先王(선왕)의 典籍(전적)이 서로 뒤섞이고〔錯亂(착란)〕 체계도 확립되지 않았기에(無紀), (공자께서는) 百家(백가)의 남겨진 기록을〔遺記(유지)〕 논술하여 그 대의를 살피고 바로잡았으니(考正) 堯(요)와 舜(순)의 대도를 祖述(조술)하였고, 文王(문왕)과 武王(무왕)을 법으로 삼았으며(憲章), 《詩經(시경)》을 깎아 정리하였고(刪削), 《書經(서경)》을 편술하였으며(述), 《禮記(예기)》를 확정하였고 《樂經(악경)》을 정리하였으며, 《春秋(춘추)》를 지었고(製作), 《易經(역경)》의 道(도)를 분명히 드러내어 후세 사람들에게 교훈을 남겼으며〔垂訓(수훈)〕 法式(법식)으로 삼게 하여 그 文德(문덕 : 문장과 도덕)을 드러내었습니다. 그리하여 (공자의) 가르침을 받으려고 예물을 드린 제자가[1281] 3천여 명이 되었으니, 이는 혹시 하늘이 (공자를) 素王(소왕)으로 삼으려는 뜻이 아니겠습니까?[1282] 공자의 학덕이 어찌 이리 홍성할 수 있겠습니까?"

1281 원문 束脩已上 – 束脩(속수)는 脯(포, 말린 고기) 묶음을 바치어 제자로서의 성의를 표시하다. 15세에 입학할 때 束脩(속수)의 예를 행한다. 15세를 束脩라고도 부른다.

1282 원문 或者天將欲與素王之乎 – 素王은 제왕의 덕을 가지고 王天下할 수 있으나 아직 제왕의 실질적 지위가 없는 王者. 이 말은 오직 공자에게만 해당한다.

그러자 南宮敬叔(남궁경숙)이 말했다.

"거의 모두가 당신의 말씀 그대로입니다. 세상의 어떤 사물이라도 양면성이 있고 完美(완미)할 수 없습니다. 제가 알기로, 聖人(성인)의 후예로 적장자로 이어지는 法統(법통)이 아닐지라도 흥성하는 자는 반드시 출현할 것입니다. 지금 夫子(부자)의 道(도)는 아주 至大(지대)합니다. 이에 천하에 끝없이 베풀 것이니, 하늘이 내리는 복을 사양할 수는 없을 것입니다."

子貢(자공)이 두 사람의 말을 전해 듣고 다시 공자에게 말했다.

그러자 공자가 말했다.

"내가 어찌 그러하겠는가? 세상이 혼란하다면 잘 다스려야 하고, 세상이 막혔다면 통하게 하는 것이 나의 뜻이지만, 하늘이 어찌 나와 함께 하겠는가?"

〈終記解(종기해)〉 제40

【해설】

이 편은 공자 生涯(생애)의 마지막 모습에 관한 기록이다. 죽기 직전 공자의 꿈 이야기, 그리고 공자의 마지막 心境(심경)과 자공과의 대화, 臥病(와병) 그리고 殞命(운명) – 그 이후 노 哀公(애공)의 弔問(조문)과 장례, 그리고 장례 이후 공자의 제자에 관한 기록으로 구성되었다.

공자는 7일 동안 병석에 있다가 前 479년〔魯 哀公(노 애공) 16년〕 봄에 73세를 일기로 별세하였다.

공자가 73세까지 살았다는 자체가 공자의 건강을 말해준다. 공자는 세속적 욕망에 초연했었기에 生(생)에 미련이 남아 있었다거나 죽음을 두려워했다고 볼 수도 없다.

공자의 죽음에 대한 태도는 극히 명백 단순했다. 공자는 삶과 죽음을 따로 분리하지 않았다. 공자는 죽음을 삶(生)의 일부라고 생각했다. 子路(자로)가 귀신을 어떻게 섬기느냐고 묻자, 공자는 사람도 제대로 못 섬기는데 어찌 귀신을 섬길 수 있겠느냐고 반문했고, 죽음에 대해서는 사는 것(生)도 모르는데 어찌 죽음을 알겠느냐고 물었던 공자였다.[1283]

공자는 평소에 괴이한 현상이나 폭력, 난동이나 귀신에 대한 이야기를 하지 않았다.[1284] 이는 비이성적이고 비인간적, 비현실적인 것을 부정하는 공자의 人文精神(인문정신)이며 합리성과 실용성을 존중하는 공자의 신념이라고 말할 수 있다.

공자가 입에 올리지 않았던 怪(괴), 力(력), 亂(난), 神(신)의 상대적 개념은 아마도 상(常), 덕(德), 치(治), 인(人)일 것이다. 이러한 공자의 합리성과 현실성, 인간 중심과 인문주의는, 곧 仁(인) 사상과 휴머니즘의 바탕이라고 평가할 수 있다.

공자가 세상을 떠난 뒤, 服喪(복상)을 마친 문하의 제자들은 각자의 길을 찾아 나섰다. 관리가 되거나 후학들의 교육에 전념하기도 했다. 그 제자들은 공자로부터 배운 인과 예를 실천하고 육예의 학문을 널리 보급했다. 이러한 제자나 제자의 가르침을 받은 제자들의 노력은 전국시대 제자백가에 의한 百花齊放(백화제방 : 백 가지 꽃이 모두 피었다는 말이다)의 직접적인 원인이었다.

1283 《論語 先進》 季路問事鬼神. 子曰, 未能事人, 焉能事鬼? 曰, 敢問死. 曰, 未知生, 焉知死?

1284 《論語 先進》 子不語怪力亂神.

春秋戰國時代(춘추전국시대)에 諸子百家(제자백가)의 출현은 그야말로 '봄철에 온갖 꽃이 모두 피어나는 百花齊放(백화제방)' 그대로였다. 제자백가 중에서도 가장 확실한 학파로 자리를 잡고 후세에 절대적인 영향을 끼친 것은 공자로 대표되는 儒家(유가)이었다.

공자 사상의 핵심은 仁(인)을 바탕으로 하는 人本主義(인본주의)이었으며, 예악을 중시하는 덕치와 문치를 강조하였다. 공자는 현실을 고려하고 합리적인 실천을 강조하였으며, 군자에 의한 爲民(위민) 정치를 주창하였으나 그의 이상은 정치적으로 실현되지는 못했다.

역사적으로 볼 때 인류가 이루고자 하는 이상은 어느 시대든 비슷하고, 그런 주장을 펴는 사람은 어느 시대건 존재했었다. 지금 인류는 물질문명의 풍요 속에서 과학과 통신들, 온갖 문명이 최고로 발달하였지만 인류의 평화는 실현되지 못하고 있다.

2500년 전에 공자의 理想(이상)이 當代(당대)에 실현되지 않았다 하여, 그리고 또 지금까지도 실현되지 않았다 하여 공자의 사상이나 이념에 오류가 있었거나 主義(주의)나 主張(주장)이 철저하지 못한 것은 아니었다. 이상은 이상이지만 현실은 언제나 많은 제약이 뒤따른다. 머리로 생각하고 가슴으로 열망하는 이상이 실현되지 않는다 하여 미래에 대한 희망을 포기하는 것은 바람직하지 않다.

공자는 자신의 주장이 채용되지 않고 이상의 실현이 어렵다는 것을 알았지만 절망하지는 않았다. 공자는 자신의 뜻을 제자들에게 전수했고 여러 제자들의 노력과 염원으로 언젠가, 어디선가는 완전한 실현은 아니더라도 이상에 가깝게 다가갈 수 있다고 믿었다. 공자는 그러한 희망으로 자신의 학문을 닦고 제자들을 교육했다.

공자는 평범하면서도 현실적인 생활인으로서 합리적인 실천을 크게 강조하였다. 공자는 공리공론이나 심오한 抽象(추상)을 논하는 衒學者(현학자)가 아니었다.

공자는 쉬운 말로 누구에게나 어디서든 제자들을 깨우치고 가르쳤다. 따라서 그의 가르침은 폭이 넓고 누구에게나 적용되며 時空(시공)을 초월하는 진리였다. 공자의 교육은 바로 생활에 적용되었고 실용적이면서도 이상을 추구하며 바른 방향을 제시해 주는 불후의 교훈이었다.

공자의 교육은 평범했지만 아무나 흉내 낼 수 없는 非凡(비범)이었으며, 眞情(진정)이었다. 공자의 이상은 현실적이었지만 이상론처럼 인식되는 것은 아마도 후세 사람들의 실천적 노력이 부족했기 때문일 것이다.

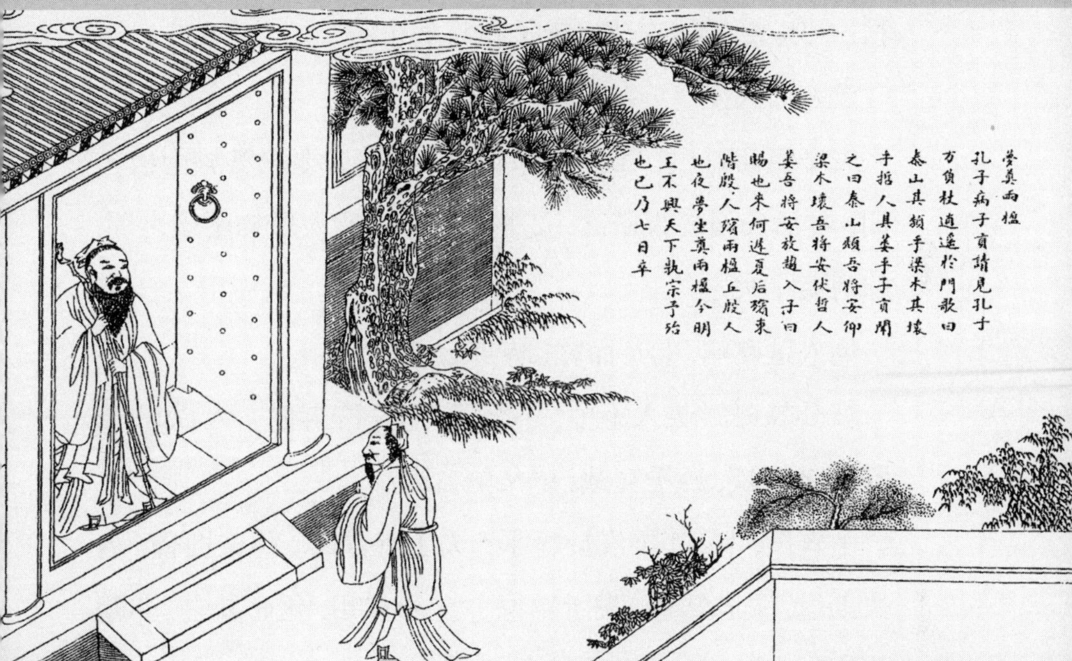
夢奠兩楹
孔子病子貢請見孔子
方負杖逍遙於門歌曰
泰山其頹乎梁木其壞
乎哲人其萎乎子貢聞
之曰泰山頹吾將安仰
梁木壞吾將安伏哲人
萎吾將安放趨入子曰
賜也來何遲夏后殯東
階殷人殯兩楹丘殷人
也夜夢坐奠兩楹今明
王不興天下孰宗予殆
也已乃七日卒

〈夢奠兩楹(몽전양영)〉

|原文| 孔子蚤晨作, 負手曳杖, 逍遙於門, 而歌曰, '泰山其頹乎! 梁木其壞乎! 哲人其萎乎!' 旣歌而入, 當戶而坐.

子貢聞之曰, "泰山其頹, 則吾將安仰, 梁木其壞, 吾將安杖? 人其萎, 吾將安放. 夫子殆將病也."

遂趨而入.

夫子嘆而言曰, "賜, 汝來何遲. 予疇昔夢坐奠於兩楹之間, 夏后氏殯於東階之上, 則猶在阼, 殷人殯於兩楹之間, 卽與賓主夾之."

周人遂寢病, 七日而終, 時年七十二矣.

哀公誄曰, 「昊天不弔, 不慭遺一老, 俾屛餘一人以在位, 煢煢余在疚, 於乎哀哉! 尼父無自律.」

子貢曰, "公其不沒於魯乎? 夫子有言曰 '禮失則昏, 名失則愆, 失志爲昏, 失所爲愆.' 生不能用, 死而誄之, 非禮也. 稱一人, 非名, 君兩失之矣."

|국역| 孔子가 이른 아침에 일어나서 뒷짐에(負手) 지팡이를 짚고,[1285] 대문 앞을 천천히 거닐며〔逍遙(소요)〕 읊조렸다(歌曰).

1285 원문 孔子蚤晨作, 負手曳杖 – 蚤는 벼룩 조. 일찍. 早(조)와 通. 作은 起. 기상하다. 負手는 뒷짐을 쥐다. 손을 허리 뒤에 두다. 曳는 끌 예. 曳引(예인). 杖은 지팡이 장.

'泰山(태산)이 무너지려는가!(泰山其頹乎!)

대들보가 부러지려는가!(梁木其壞乎!)

哲人(철인)이 죽어가려는가!(哲人其萎乎!)' [1286]

읊기를 마친 뒤에 들어가 창호를 마주 보고 앉아있었다.

子貢(자공)이 공자의 노래를 듣고 말했다.

"泰山(태산)이 무너진다면 내가 무엇을 우러러보겠는가? 대들보가 무너지면 나는 무엇에 의지하겠는가? 偉人(위인)이 돌아가신다면 우리는 누구를 본받겠는가?[1287] 夫子(부자 : 선생님)께서 병환이 심해진 것인가?"

그리고는 자공이 서둘러 들어갔다.

夫子(공자)는 한숨을 쉬고 말했다.

"賜(사)야, 너는 왜 이제 오는가? 나는(予) 엊저녁 꿈에 두 기둥 사이에 앉아있었다.[1288] 夏后氏(하후씨)는 동쪽 계단 위에서 염을〔殯(빈)〕 했는데, 이는 동쪽 계단이 주인의 자리이기 때문이었고,

---

1286 공자가 자신을 泰山, 대들보, 哲人으로 비유할 리가 없다며 僞作(위작)이라는 주장도 있다. 頹는 무너질 퇴. 梁木(양목)은 건물을 떠받치는 대들보. 壞는 무너질 괴. 萎는 시들 위. 바짝 마르다.

1287 원문 人其萎, 吾將安放 – 安은 의문사. 어디? 放은 본받다(法也). 效也.

1288 원문 予疇昔夢坐奠於兩楹之間 – 予는 나 여. 疇昔(주석)은 어젯밤(昨夜) 兩楹之間은 두 기둥 사이. 楹은 기둥 영. 殷代(은대)에 시신을 염하는 곳. 두 기둥 사이의 염하는 곳에 앉아있었다는 꿈으로, 자신의 죽음을 예감했다.

殷代(은대) 사람이 (대청의) 두 기둥 사이에서 염을 한 것은 주인과 손님 사이에 자리한 것이다. 周人(주인 : 주나라 사람)이 서쪽 계단 위에서 염을 한 것은 손님으로 생각한 것이다. (그런데) 나는(丘也) 옛 殷(은)나라의 후손이다. 그간 聖明(성명)하신 君王(군왕)이 나오지 않았으니, 천하에 그 누가 나의 주장을 인정하겠는가?[1289] 나는 곧 죽을 것이다."

그리고는 병석에 누웠고 7일 만에 돌아가시니 時年(시년 : 그때 나이) 72세(73세)였다.[1290]

哀公(애공)이 誄文(뇌문, 誄는 조문하는 글 뢰)에서 말했다.

「하늘이〔旻天(호천)〕 不仁〔불인 : 不弔(불조)〕하여, 노인 하나를(孔子) 이 땅에 남겨두려 하지 않아,[1291] 그래서 나같이 사람을 在位(재위)하게 했고, 외로운 나 한 사람에게 걱정만을 남겼으니, 오호라 슬프도다! 나 이제 공자시여(尼父)! 나 이제 본받을 사람이 없도다.」[1292]

1289 則天下其孰能宗余 – 孰은 누구 숙. 의문사. 宗은 尊崇(존숭)하다. 余는 나 여.

1290 원문 時年七十二矣 – 공자는 魯 哀公 16년(前 479년) 봄에, 73세를 일기로 작고하였다. 〈孔子世家〉에는 魯 襄公 22년(前 551), 출생으로 따지면 73세이어야 한다.

1291 원문 旻天不弔, 不憖遺一老 – 旻天(호천)은 蒼天(창천). 하늘. 弔은 조상할 적. 弔와 同. 善也. 仁也. 憖은 억지로 은. 願하다. 遺는 남길 유. 一老는 孔子也.

1292 원문 煢煢余在疚, 〈疚病〉 於乎哀哉! 尼父無自律 – 煢은 외로

子貢(자공)이 말했다.

"公(애공)께서는 魯(노)에서 생을 마치시지 않겠습니까? 夫子(부자 : 선생님)께서 말씀하셨습니다. '禮(예)를 잃어버렸다면 어둡게 되고, 명분을 잃으면 허물을 짓게 됩니다. 뜻을 잃어버리는 것도 어두워지는 것이고, 있어야 할 바를 잃어버리는 것도 허물이다.' (공자가) 살아계실 때 등용하지도 못하더니 죽었다고 글을 지어 조문하는 것도 禮(예)가 아닐 것입니다. 제후로서 一人(일인 : 나 같은 사람)이라 칭한 것도 바른 명분이 아닙니다.[1293] 君(군 : 임금)께서는 두 가지를 잃으셨습니다."

울 경. 疚는 오랜 병 구(病也). 於乎(어호)는 감탄사. 嗚呼(오호). 尼父는 孔子. 律은 法. 본받을 바가 없다.

1293 원문 稱一人, 非名 – 一人은 天子의 자칭이라는 주석이 있다.

治任別歸
孔子葬魯城北泗上
弟子皆服心喪三年
畢相揖而去各復盡
哀惟子貢廬於塚上
凡六年然後去弟子
及魯人往從塚上而
家者百有餘室

〈治任別歸(치임별귀)〉

原文 旣卒, 門人所以服夫子者, 子貢曰, "昔夫子之喪顔回也, 若喪其子而無服, 喪子路亦然, 今請喪夫子如喪父而無服." 於是弟子皆吊服而加麻, 出有所之, 則由絰.

子夏曰, "入宜絰可居, 出則不絰."

子遊曰, "吾聞諸夫子喪朋友, 居則絰, 出則否, 喪所尊雖絰, 而出可也."

孔子之喪, 公西掌殯葬焉, 唅以疏米三貝, 襲衣十有一稱, 加朝服一, 冠章甫之冠, 佩象環, 徑五寸而綦組綬, 桐棺四寸, 柏棺五寸, 飭廟置翣, 設披周也, 設崇殷也, 綢練設旐夏也, 兼用三王禮, 所以尊師且備古也. 葬於魯城北泗水上, 藏入地, 不及泉而封, 爲偃斧之形, 高四尺, 樹松柏爲誌焉. 弟子皆家於墓, 行心喪之禮.

旣葬, 有自燕來觀者, 舍於子夏氏, 子貢謂之曰, "吾亦人之葬, 聖人非聖人之葬, 人子奚觀焉. 昔夫子言曰, '見吾封若夏屋者, 見若斧矣, 從若斧者也, 馬, 封之謂也.' 今徒一日三斬板而以封, 尙行夫子之志而已, 何觀乎哉?"

二三子三年喪畢, 或留或去, 惟子貢廬於墓六年. 自後群弟子及魯人處於墓如家者百有餘家, 因名其居曰孔里焉.

| 국역 | 공자가 죽은 뒤에 門人(문인)들은 스승에 대한 복상을 어찌해야 할지 몰랐다.

子貢(자공)이 말했다.

"그전에(昔) 夫子(부자 : 선생님)께서는 顔回(안회)의 장례에 아들을 잃은 듯 슬퍼하셨지만, 상복을 입지는 않으셨다. 子路(자로)가 죽었을 때도 그러하였다. 지금 스승께 대하여 우리는 부친을 잃은 것처럼 복상하나 상복은 입지 않아야 합니다."

이에 제자는 모두 吊服(조복)에 삼베 띠(麻帶)를 둘렀는데[1294] 외출할 때는 삼베 띠만 매었다.[1295]

子夏(자하)가 말했다.

"집에서는 麻帶(마대)를 매지만, 외출할 때는 絰(질)을 매지 않아도 됩니다."

子遊(자유)가 말했다.

"내가 夫子(선생님)에게 들은 바로는 朋友(붕우 : 친구)의 喪(상)에, 집에서는 絰(질)을 매지만 외출할 때는 하지 않는다고 하였습니다. 존경하는 분의 喪(상)이라면 絰(질)을 맨 채 외출해도 괜찮습니다."

孔子(공자)의 喪(상)에 公西赤(공서적)이 염〔殯(빈)〕과 매장을 담

1294 원문 吊服而加麻 – 吊服(적복)은 弔喪하는 복장. 麻는 麻帶.

1295 원문 則由絰 – 由는 用也. 착용하다. 絰(질)은 머리에 두르는 首絰(수질)이나 허리에 매는 腰絰(요질).

당하였는데(掌) 쌀(疏米, 粳米, 멥쌀)과 三貝(삼패, 3개의 동전)를 시신의 입에 넣었고(唅) 염습 옷은〔襲衣(습의)〕 11벌(稱, 稱은 量詞)에 朝服(조복) 한 벌을 더 입혔으며, 머리에는 章甫冠(장보관)을 씌우고(冠), 象環(상환, 상아의 고리)을 허리에 패용케 했는데, 〔象環(상환)의〕 직경은 5寸(다섯 치)에 연둣빛 비단 끈으로 매달았다.[1296] 오동나무 內棺(내관)은 두께가 4치였고, 잣나무 외관은(柏棺)은 두께가 5寸이었다. 빈소를 꾸미고 祭具(제구)를 마련하였으며[1297] 披(피)를 설치하였는데, 이는 周(주)의 禮(예)이었고, 祟(숭)을 꾸민 것은 殷(은)의 禮이었다. 명주실(綢)로 旐(깃발 조)를 설치한 것은 夏(하)의 禮(예)이었으니 三代(삼대)의 禮를 겸용하였는데, 이는 尊師(존사 : 선생님에 대한 존경)하며 옛 제도를 보존하기 위한 방편이었다. 葬地(장지)는 魯 城(노 성)의 북쪽 泗水(사수)의 상류였는데, 매장은(入棺) 지하수가 나오지 않을 정도의 깊이였고 봉분을 만들었는데, 봉분은 도끼가 누운 형상이었으며, 높이는 4尺(4척 : 약 90cm)에 소나무와 측백나무를 심어 표시나게 하였다. 제자들은 모두 묘지 근처에 오두막을 마련하고 心喪(심상)의 예를 지켰다.

1296 원문 綦組綬 – 綦는 연둣빛 비단 기. 雜色의. 組는 끈 조. 綬는 인끈 수. 상환에 매단 끈.

1297 원문 飭廟置翣 – 飭은 신칙할 칙. 마련하다. 廟는 빈소. 靈柩(영구)를 모셔둔 곳. 翣은 운삽 삽. 발인할 때 영구의 앞뒤에 설치한 제사용 기구.

장례를 마친 뒤 燕(연)에서 참관하러 온 자들은 子夏(자하)의 집 안에 머물렀는데, 그들에게 자공이 말했다.

"우리는 보통 사람으로 장례를 마치었으며, 聖人(성인)으로서 聖人(성인)의 장례를 치른 것은 아닌데, 당신들은 왜 관람하러 오셨습니까? 옛날에 夫子(부자 : 선생님)께서 말씀하셨습니다. '내가 볼 때, 봉분이 커다란 집 모양과 같으나[1298] 나는 도끼 모양을 따르겠다고 하셨으니, 이는 (봉토의 형상이) 말갈기〔馬鬃(마종)〕 모양입니다. 이제 우리는 하루에 세 번 板(판)을 바꾸어 봉분을 만들어야 하는데, 이는 부자(선생님)의 뜻을 따르는 것뿐이니, 관람할 것이 뭐 있겠습니까?"

여러 제자들이 3년 심상을 마친 뒤에 혹 머물러 살거나 떠나간 자도 있었는데, 오직 자공만은 묘 곁에 움막을 짓고 6년을 守墓(수묘 : 묘를 지켰다)하였다. 이후로 여러 제자 및 魯(노)의 백성 100여 호가 묘 근처에 집을 짓고 살았기에, 그 마을을 孔里(공리)라 하였다.

1298 원문 見吾封若夏屋者 - 夏屋(하옥)은 가옥 모양으로 가운데가 높고 사방으로 낮아진 모양.

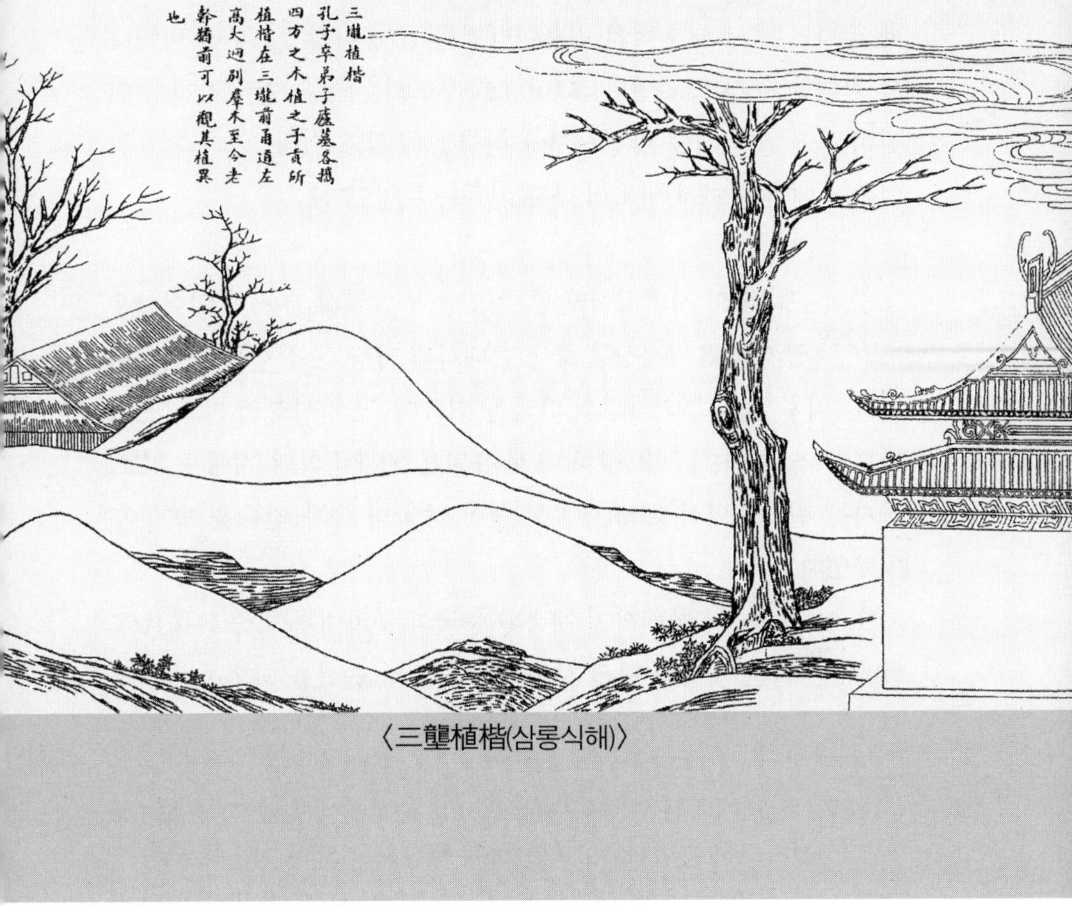
三壠植楷
孔子卒弟子廬墓各攜
四方之木植之子貢所
植楷在三壠前甬道左
高大迥別羣木至今老
幹猶前可以覩其植異
也

〈三壟植楷(삼롱식해)〉

【참고】 孔子가 후세에 끼친 영향

공자가 중국이나 동아시아 문화 전반에 걸친 영향력은 누구나 잘 알고 있다. 지금도 우리의 생활에 적지 않은 영향력을 끼치고 있지만, 공자의 참모습에 대해서는 아는 것은 많지 않다. 중국에서도 한때 공자는 낡고 보수적인 인물이라면서 공자 사상으로부터 벗어나야 한다는 주장도 있었다. 그러면서도 그의 사상은 21세기에도 여전히 유용하며 계승 발전시켜야 한다는 주장도 있다. 공자라는 한 인물에 대한 평가가 이처럼 다른 이유는 무엇인가?

중국 근대화의 시발점이라 할 수 있는 5·4 運動(운동)이 일어났을 때,[1299] 공자의 유가사상은 중국 근대화의 가장 큰 걸림돌로 인식되었다. 이후 낡은 봉건사상의 타파를 위하여 '공자사상의 타도〔孔家店打倒(공가점타도)〕'의 기치 아래 유교를 전제주의의 지배 논리로, 공자를 전제주의의 師傅(사부)로 몰아 중국의 유가 전통을 크게 부정하였다.

또 1966년에서 76년까지 계속된 중국의 문화대혁명 중 紅衛兵(홍위병)[1300]들은 옛날의 낡은 사상, 제도, 풍속, 습관을 타파하자는 구

1299 1차 세계대전 후, 1919년 5월 4일 북경에서 청년 학생 위주로 시작되어 광범위하고 다양하게 확산된 애국과 신문화운동. 중국에 민주, 과학, 인권, 자유를 내세우며 사상, 정치, 문화의 각 방면에 걸쳐 큰 영향을 끼쳤다.

1300 紅衛兵(홍위병) - 중국 문화대혁명 시기의 어린 학생들로 구성된 강한 열정과 폭력 경향을 띤 조직. 중국의 군인은 아니었으나

호 아래 공자를 비롯하여 역사상 유학과 관련이 있는 董仲舒(동중서) 등 수많은 학자들을 비판하고 서적이나 유적을 파괴했던 사건도 있었다.

문화대혁명의 후반에 '林彪(임표)와 공자를 비판' 한다는 批林批孔(비림비공) 운동이 일어나면서 많은 공자의 祀廟(사묘)가 파괴되고 심지어는 곡부에 있는 공자의 묘까지 파헤쳐 졌었다고 하니, 그 폐해가 얼마나 컸었는가는 쉽게 짐작할 수 있다.

홍위병의 난동이라는 홍역을 치루면서 문화대혁명이 종결되고 중국 경제의 발전과 함께 개혁개방 정책이 추진되면서 유가사상은 종래의 마르크시즘을 대체할 수 있는 중국의 새로운 통치사상으로 각광받게 된다.

실제로 아무리 공자를 비판하더라도 유가 사상의 영향이나 역사적 전통을 통째로 부정할 수도 없는 데다가 유가나 공자사상이 갖고 있는 본연의 장점을 무시할 수도 없었다. 이에 21세기에 들어와서는 공자사상의 계승과 발전 주장이 크게 확산되고 있는 현실이다.

공자가 살았던 춘추시대 말기의 상황은 철기문화의 보급에 따른 변혁기였고 혼란기였다. 당시 周(주)의 봉건제도는 정치 경제적으로 붕괴되고 있었으나 새로운 정치질서를 기대할 수 없는 상황이었다.

공자는 세습 군주에 의한 정치 혁신보다는 유능한 인재를 등용해야 하고 그런 사람들에 의한 仁政(인정)을 주장하였다. 공자는 그 방

모택동 사상의 실천과 낡은 전통을 타파해야 한다면서 전국에 걸쳐 엄청난 혼란과 파괴를 초래했다.

법으로 교육에 의한 인재의 양성을 생각했고, 빈천한 젊은이에게도 재능에 맞춰 최선을 다해 교육했기에 많은 제자들이 몰려들었다.

공자는 젊은 날의 학술 연마로 다방면에 해박한 지식을 갖추고 있었기에 제자들에게 인기가 있는 스승이었다. 공자와 제자들의 대화식 문답은 제자들이 관직을 얻는데, 큰 도움이 되었을 것이라고 추측할 수 있다. 때문에, 공자는 정치적인 성공보다는 훌륭한 교육자로 이름이 남았다.

공자의 人性(인성)이나 도덕관, 예악이나 인의에 정치는 當時(당시)에 매우 새롭고 낯선 것이었다. 그리고 공자의 현실 개혁 의지는 당시의 통치자에게 상당히 위험하면서도 성공을 낙관할 수 없는 주장이었다. 공자의 주장이 당시의 지도층에서는 수용되지 못했지만, 그의 제자들에게는 강한 호소력이 있어 큰 영향을 주었다. 곧 공자의 주장은 제자들의 열정에 불을 붙였고 추종하는 제자들의 집단이 형성되었다.

공자가 직접 여러 군주나 위정자들에게 설득했어도 통하지 않던 주장－곧 그 시대에 아무도 이해하지 못했던 그의 사상은, 그가 죽은 뒤 300년 가까운 세월이 흘러 중국의 정치 경제 상황이 바뀌면서 후세 사람들에게 설득력을 갖게 되었다.

漢 武帝(한 무제)가 당시의 다른 사상을 배척하고 유학만을 존중한 것을 '獨尊儒述(독존유술)' 이라 하는데, 일단 공자가 시대의 문화영웅으로 자리를 잡으면서 그가 생전에 실제 있었던 사건도 말하는 사람의 의지가 보태지며 윤색이 되기 시작하였다.

그리하여 공자가 살아있던 때 극히 미미했던 영향력이 일정한 시간이 흐른 뒤에 힘을 발휘하기 시작하여 지금에 이르기까지 지속적 영향을 미치고 있다. 그 이유는 공자의 주장이 인간의 가장 보편적인 합리성에 바탕을 두고 있기 때문일 것이다.

〈正論解(정론해)〉 제41

【해설】

본 〈正論解(정론해)〉편은 《孔子家語(공자가어)》 44편 중에서 내용이 가장 긴 편이다. 또 다른 편과 서술 방법이 다르다. 다른 편은 공자와 제자의 대화 형식으로 주로 제자가 묻고 공자가 대답하는 형식이었다. 그러나 본 편은 역사적 인물의 일화나 역사적 사건을 서술한 뒤에 그 인물이나 사건에 대한 공자가 의견(견해)을 피력하는 형식이다.

《論語(논어)》의 충(忠)은 군주에 대한 충성을 뜻하는가?

유가의 여러 이념 중에 仁(인)과 禮(예) 못지않게 중요한 개념이 忠孝(충효)이다. 국가에 대한 충성은 옛날에는 전제군주에 대한 충성이었으며, 효도는 부모나 조상에 대한 섬김을 의미하기에 이를 강조하는 유가 사상은 봉건질서 유지에 매우 유용하였다. 그렇다면 공자가 강조한 충은 당시의 집권자에 대한 복종을 의미하는 忠(충) 사상이었는가?

▶ 主君(주군)에 대한 충성

忠臣(충신)이라는 단어에는 황제나 군주 앞에서 허리를 숙이고 서있는 옛날 신하의 모습이 연상된다. 현재의 우리나라 공무원들에게는 대통령의 신하라는 의미가 없다. 그래서 '국가를 위해 헌신하다' 라는 말은 하지만, '국가의 충신' 이라고 표현하지는 않는다. 일반적으로 忠(충)은 봉건 통치자를 위한 신하의 의무라고 생각한다. 그러나 군인은 국가에 忠誠(충성)한다고 말한다.

《論語》에는 충에 대한 공자의 언급이나 설명이 많이 있다.

노나라의 통치자인 定公(정공)과의 대화에서, 공자는 "군주는 신하를 예로 거느리고, 신하는 주군을 충으로 섬겨야 한다."고 대답했다.[1301] 이때 事君以忠(사군이충 : 충성으로써 임금을 섬긴다)은 신하가 주군을 위해 근무하는 복무 태도를 설명한 말이다.

노나라의 실권자 季康子(계강자)에게, 공자는 "백성들을 정당하게 대우하면 백성이 당신을 받들 것이며 효성스럽고 자애로우면 백성이 충성을 바친다. 선행을 칭찬하며 모르는 것을 가르치는 것을 勸勉(권면)이라고 한다."고 대답했다.[1302]

1301 《論語 八佾》 定公問, 君使臣 臣事君 如之何. 孔子對曰, 君使臣以禮 臣事君以忠.

1302 《論語 爲政》 季康子問, 使民敬忠以勸 如之何. 子曰, 臨之以莊則

이는 계강자에게 백성들을 어떻게 다스려야 하는가를 설명한 것인데, 어버이가 자식을 자애롭게 보살펴주면 자식이 부모에게 효도하듯 백성들은 충성을 다할 것이라고 하였다.

그리고 자장이 정치에 관해 물었을 때 "백성을 다스리는 자리에 있으면 게으름을 피우지 말고 충실하게 실천하라."고 일러 주었다.[1303] 이는 젊은 제자 자장에게 '위정자는 성실한 생활을 해야 한다.' 고 가르친 것이다.

이상의 몇 가지 정치적 忠(충)에 대한 공자의 설명에는 통치자에 대한 절대복종이라는 의미는 조금도 들어있지 않다.

공자는 위정자가 최선을 다해 성실하게 책임을 수행하는 것은 당연한 의무라고 생각하였다. 백성들 위에 군림하며 폭정을 행하는 군주에게도 충성을 다해야 하는가? 라는 문제는 《論語》에 나타나지 않지만, 적어도 위정자는 인을 실천해야 하며 임무를 성실하게 수행하는 것이 바로 충이라 생각하였다.

▶ 바른말을 해야만 忠(충)

공자의 제자 子路(자로)가 주군을 섬기는 방법을 물었을 때, 공자는 주군을 속이지 말 것과 바른말을 하라고 대답했다.[1304]

敬 孝慈則忠 擧善而教不能則勸.

1303《論語 顔淵》子張問政. 子曰, 居之無倦 行之以忠.

1304《論語 憲問》子路問事君. 子曰, 勿欺也 而犯之.

여기서 거짓말로 속이지 말라는 것은 사실을 사실대로 보고하라는 뜻이다. 말하자면, 주군도 정확한 상황을 파악해야 하고 그런 실상을 알아야 정확한 판단이나 대처가 가능하기 때문이다. 주군이 싫어할 것을 예상해서 사실을 사실대로 보고하지 않는다면 그것은 충이 아니다.

동시에 사실만 전달하고 공적인 상황만 언급해야 하지, 주군에게 아첨의 말이나 불필요한 말을 하지 말라는 권고로도 해석할 수 있다. 이는 위에서 말한 주군은 예로 신하를 대하고 신하는 충으로 주군을 섬겨야 한다는 말과 같은 맥락이다.

거짓 보고를 하지 말라는 말과 함께 바른말을 하라는 뜻은 원문에서는 犯(범)이라 표현하였는데, 이는 주군의 뜻에 어긋나는 일을 저지른다는 뜻이다. 말하자면, 주군의 뜻에 어긋나더라도 할 말은 해야 하며, 주군의 잘못에 대하여 목숨을 걸고 바른말을 하라는 뜻이다.

공자가 자로에게 대답해 준 주군의 뜻에 어긋나더라도 바른말을 하라는 것은, 주군과 신하가 각각 독립된 존재이기에 주군은 신하의 몸과 뜻을 私有物(사유물)로 생각할 수 없다는 뜻이 들어 있다. 곧 신하는 결코 주군의 手足〔수족 : 곧 道具(도구)〕이 되어서는 안 된다는 매우 합리적이고 진보적인 개념이라 할 수 있다.

공자가 살아있던 그 당시에 주군과 신하는 上下(상하)와 主從(주종)의 수직적 형태로, 주군은 신하를 일방적으로 지배하는 시대였다. 이런 관계에서는 주군의 獨善(독선)은 당연한 것이었으나, 공자는 주군과 신하가 서로 독립된 존재로서 이성적 思考(사고)를 바탕으로 각자의 소임을 다해야 하는 수평관계로 생각한 것이다. 이는 지금의 기업인이나 공무원들에게도 그대로 적용되는 아주 합리적이고 탁월한 개념이라 볼 수 있다.

▶ 忠은 성실

《論語》에서는 공자의 충에 대한 설명을 자주 볼 수 있다.

"군자는 충과 신(忠信)을 기본으로 하며 ~"[1305]

"스승의 도는 忠恕(충서)뿐이다."[1306]

"조그만 마을에도 충실하면서 신의를 따르는 나와 같은 사람이 있겠지만 ~"[1307]

"스승께서는 학문과 실천, 충심과 신의를 가르치셨다."[1308]

"말은 정성되고 믿음성 있게 하고, 행실은 독실하고 공경스럽게 ~"[1309]

1305 《論語 學而》 子曰, 君子不重 則不威 學則不固. 主忠信~. 이때 忠과 信은 仁에 대한 충과 신일 것이다.

1306 《論語 里仁》 子曰, 參乎, 吾道一以貫之.~ 曾子曰, 夫子之道 忠恕而已矣.

1307 《論語 公冶長》 子曰, 十室之邑 必有忠信如丘者焉 不如丘之好學也.

1308 《論語 述而》 子以四敎, 文 行 忠 信.

1309 《論語 衛靈公》 子張問行 子曰, 言忠信 行篤敬~.

위와 같은 공자의 말에서 충은 정성 또는 성실이라는 말로 모두 바꿀 수 있다. 忠이란 글자는 中과 心이 합쳐진 글자이다. 이는 마음의 기둥이며, 마음이 갖는 신념이며, 마음의 가치관이다. 또는 중심이 확실한 마음이라고 생각할 수도 있다.

충은 외부에 표현되는 마음이 아니라 자신의 내부에서 흔들리지 않는 신념이며 자신에게 성실한 것이다.

친구와 이야기를 나누고 상대할 때 자신의 진심을 말하고 성실한 마음으로 대하는 것이 바로 친우에 대한 충이다. 그리고 일상생활에서 자기가 맡은 일에 최선을 다하려는 마음이 또한 忠이다.

자신에게 충실할 수 있다는 것은, 자신의 몸과 마음의 수양이 없으면 불가능하다. 나에게 이러한 최선을 다하는 정성이 없다면 내가 어떻게 인에 도달할 수 있겠는가?

친한 벗에게 자신의 진심을 말하지 않는다면, 또 백성을 다스리는 자리에 있는 사람이나 윗사람을 섬기는 위치에 있는 사람이 진심이 없다면, 언사에 정성과 진심이 없다면 인에는 도달할 수 없다.

그래서 공자는 매사에 성실한 마음, 곧 일상생활의 모든 면에서 忠을 강조하였다. 충은 신하의 도리이지만 그렇다고 맹목적인 복종은 아니다. 폭군에 맹목적으로 복종한다면 자신의 마음속에도 포악함이나 폭력이 함께 있다는 뜻이다. 그런 경우에 忠信(충신)이 없기에 절대로 忠臣(충신)이 될 수 없는 것이다.

| 原文 | 孔子在齊, 齊侯出田, 招虞人以旌不進, 公使執之對曰, "昔先君之田也, 旌以招大夫, 弓以招士, 皮冠以招虞人, 臣不見皮冠, 故不敢進." 乃舍之.

孔子聞之曰, "善哉! 守道不如守官, 君子韙之."

| 국역 | 孔子가 齊(제)에 머물고 있을 때, 齊侯(제후)가 사냥을 나가[1310] 山澤(산택)을 관리하는 관리를〔虞人(우인)〕 旌旗(정기 : 깃발)로 불렀지만, 관리가 오지 않았다.[1311] 齊(제)의 제후가 사람을 보내 우인을 잡아오게 하자, 우인이 말했다.

"옛날 先君(선군)께서 사냥하실 때 旌(정)으로는 大夫(대부)를 불렀고, 弓(궁)으로는 士人(사인 : 선비)을, 皮冠(피관)으로 虞人(우인)을 불렀습니다. 臣(신)은 피관을 보지 못했기에 오지 않았습니다."

이에 우인을 풀어주었다.

공자가 이를 듣고서 말했다.

"훌륭하다. 윗사람에 대한 공경은 곧 바른 직무 수행이니,[1312]

1310 원문 出田 – 田은 사냥〔獵(사냥 렵)〕.

1311 원문 招虞人以旌不進 – 招는 부를 초. 虞人(우인, 虞는 헤아릴 우)은 山澤(여기서는 사냥터)을 관리하는 관리. 旌은 천자의 깃발 정〔旃(기 전)〕. 旌旗(정기)를 흔들어 오라는 신호를 보냈는데, 虞人은 달려오지 않았다.

1312 원문 守道不如守官 – 여기 守道는 恭敬之道라는 주석이 있다. 守官은 직무를 수행하다.

군자는 이를 옳은 일이라고 생각해야 한다."[1313]

| 原文 | 齊國書伐魯, 季康子使冉求率左師禦之, 樊遲爲右. 師不逾溝, 樊遲曰, "非不能也, 不信子, 請三刻而踰之." 如之, 衆從之, 師入齊軍, 齊軍遁, 冉有用戈, 故能入焉.

孔子聞之曰, "義也."

旣戰, 季孫謂冉有曰, "子之於戰, 學之乎? 性達之乎?"

對曰, "學之."

季孫曰, "從事孔子, 惡乎學?"

冉有曰, "卽學之孔子也. 夫孔子者, 大聖無不該, 〈該包〉 文武並用,兼通, 求也適聞其戰法, 猶未之詳也."

季孫悅, 樊遲以告孔子.

孔子曰, "季孫於是乎可謂悅人之有能矣."

| 국역 | 齊(제)의 國書(국서, 인명, 齊의 卿)가 魯(노)를 침공하자 (魯 집권자) 季康子(계강자)는 (공자의 제자) 冉求(염구)를 左師(좌사)로 임명하여 방어하고, 樊遲(번지, 人名, 공자 제자)를 右師(우사)로 삼아 막게 하였다.

1313 원문 君子韙之 – 韙는 바를 위(是也).

군사가 (방어용) 垓字(해자)를 넘어가지 않자, 번지가 말했다.

"우리가 할 수 없어서가 아니라, 당신(계강자를)을 신뢰하지 않기 때문입니다.[1314] 3번째 명령을 하시면 해자를 넘어 진격할 것입니다."[1315]

그렇게 하자(如之), 군사(衆)가 따랐다. 군사가 齊軍(제군) 진영에 진격하자, 齊(제)의 군사는 도주하였다.(遁은 달아날 둔, 逃也). 염유가 창으로 공격하여(用戈, 창 과) 진입할 수 있었다.

孔子가 듣고서 말했다.

"(적군을 물리치는 것은) 大義(대의)이다."

전투를 마친 뒤(旣戰), 季孫氏(계손씨)가 염유에게 물었다.

"당신의 戰法(전법)은 배운 것인가? 아니면 본래 통달한 것인가?"

염유가 대답했다.

"배웠습니다(學之)."

계손씨가 물었다.

"孔子를 섬기면서 어찌 군사에 관해 배울 수 있는가?"

"스승 공자님께 배웠습니다. 孔子께서는 大聖(대성)이라 모르

1314 원문 不信子 – 季孫氏 德行이 부족하여 백성이 신뢰하지 않았다는 주석이 있다.

1315 원문 請三刻而踰之 – 세 번째 명령하면 군사가 믿고 해자를 넘어 진격할 것이다. 刻은 새길 각. 시각. 3각이라는 시간을 의미하지 않고, 여기서는 命令(명령, 伸令)의 뜻이다. 踰는 넘을 유. 넘어가다. 진격하다.

는 것이 없으시고,[1316] 文武(문무)를 겸하여 통달하셨습니다. 저는(求也) 그전에 戰法(전법)에 관하여 들었지만, 상세히는 모릅니다."

계손씨는 좋아했고, 번지가 이를 공자에게 말했다.

공자가 말했다.

"계손씨가 이제야 다른 사람이 유능한 것을 인정하는구나."

|原文| 南容說仲孫何忌既除喪, 而昭公在外, 未之命也. 定公卽位, 乃命之, 辭曰, "先臣有遺命焉, 曰, '夫禮, 人之幹也, 非禮則無以立.' 囑家老使命二臣, 必事孔子而學禮, 以定其位." 公許之.

二子學於孔子.

孔子曰, "能補過者, 君子也. 《詩》云, 「君子是則是效」, 孟僖子可則效矣, 懲己所病, 以誨其嗣, 〈大雅〉所謂詒厥孫謀, 以燕翼子, 是類也夫."

|국역| 南容說(남용열)과 仲孫何忌(중손하기) 형제가[1317] 〔부친

1316 원문 無不該 – 該는 갖출 해. 포함하다(包也).

1317 원문 南容說仲孫何忌既除喪 – 南容說(남용열)은 仲孫說(중손열),

孟僖子(맹희자)의〕服喪(복상)을 마쳤지만, 魯(노) 昭公(소공)이 〔季孫氏(계손씨)에게 쫓겨나〕 외국에 있었기에 (경이나 대부에 임명한다는) 命(명)을 받지 못했다가 定公(정공)이 즉위하자 (그들을) 임명하였다. 그러나 (형제는) 사양하였다.

"先臣〔선신 : 부친 孟僖子(맹희자)〕께서 유언에 말씀하시길 '禮란 사람됨의 根幹(근간)이니 非禮(비례 : 예가 아니라면)면 自立(자립)할 수 없다.' 하시면서 家老(가노)에게 명하시어 저의 형제가(二臣), 꼭 孔子를 스승으로 섬기며 禮를 배운 뒤에 지위를 정하게 하셨습니다."

그러자 정공이 허락하였다.

두 형제는 공자를 섬기며 예를 배웠다.

孔子가 말했다.

"과오를 고칠 줄 알아야 君子(군자)이다. 《詩 小雅 鹿鳴(시 소아 록명)》에 「君子(군자)는 모범이고 본받아야 한다.」고 하였으니, 孟僖子(맹희자)는 가히 본받아야 할 분이다. 자신의 잘못을 바로 뉘우치며〔懲已所病, 懲(혼낼 징), 뉘우치다〕 후사(그 아들들)를 가르쳤도다. 〈大雅(대아), 文王有聲(문왕유성)〉의 구절대로 「자손에게 좋은 법도를 전하고, 평안히 타인의 존경을 받게 한다.」하였으니,[1318] 바로 그런 도리를 말한 것이다."

곧 南宮敬叔(남궁경숙). 仲孫何忌(중손하기)는 孟懿子(맹의자). 旣除喪은 服喪을 마치다.

1318 원문「詒厥孫謀, 以燕翼子.」是類也夫 – 詒는 보낼 이. 남겨주

|原文| 衛孫文子得罪於獻公, 居戚, 公卒未葬, 文子擊鐘焉.

延陵季子適晉, 過戚聞之曰, "異哉! 夫子之在此, 猶燕子巢於幕也, 懼猶未也, 又何樂焉? 君又在殯, 可乎?"

文子於是終身不聽琴瑟.

孔子聞之曰, "季子能以義正人, 文子能克己服義, 可謂善改矣."

|국역| 衛(위)나라의 孫文子(손문자, 林父)란 사람이 獻公(헌공)에게 죄를 짓고, 戚(척) 땅에 살고 있었는데 헌공이 죽어 아직 장례를 치르지도 않았는데〔在殯(재빈)〕 문자는 풍악을 연주하였다. (吳나라의) 延陵季子(연릉계자, 季札 계찰)가[1319] 晉(진)에 가면서

다(遺也). 燕은 편안할 연(安也). 翼은 날개 익. 공경하다. 그 후손으로 하여금 남의 공경을 받으며 편안히 지내게 하다.

1319 延陵季子〔연릉계자, 季札(계찰)〕 – 姬는 姓, 名은 札(찰), 季는 막내라는 뜻. 吳王 壽夢(수몽)의 4子. 延陵에 봉해졌기에 延陵季子(연릉계자)로 통칭. 吳王인 壽夢(수몽)은 현명한 막내아들 계찰에게 전위하고 싶었고, 수왕의 장자 諸樊(제번)은 부친의 뜻을 알고 숨어버렸다. 수왕이 죽은 뒤에 제번은 계찰에 양위하려 했지만 계찰이 끝내 거부하여 제번이 즉위했다. 제번은 자신이 죽으면 계찰이 즉위한다고 미리 공표까지 했지만, 계찰은 끝내 사양하였다. 계찰은 장수하여 前 485년에 죽었다(애공 8년, 공

척 땅을 지나가다가 이런 소식을 들었다.

"이상하도다!(異哉) 夫子(공부자 : 선생님)께서 여기에 산다는 것은, 마치 제비가(燕子) 장막 위에 둥지를 튼 것과 같고,[1320] 아직 두려울 터인데〔懼猶未也, 懼(두려울 구)〕 어찌 음악을 즐길 수 있는가? 주군이 죽어 아직 장례 중인데 괜찮겠는가?"

文子(문자)는 이후 죽을 때까지 琴瑟(금슬 / 음악)을 연주하지 않았다.

孔子가 듣고서 말했다.

"季子(계강자 : 季札)는 대의로 사람을 바로잡아줄 수 있고, 文子(문자)는 克己(극기)하여 대의를 따를 수 있으니, 허물을 잘 고쳤다고 할 수 있다."

| 原文 | 孔子覽《晉志》, 晉趙穿殺靈公, 趙盾亡, 未及山而還, 史書趙盾弑君.

자 68세). 魯 昭公 27년, 吳는 계찰을 齊(제)에 보내 聘禮(빙례)를 수행했다. (계찰이 돌아가는 길에) 그의 아들이 죽었다. 여행 중이라서 嬴博(영박)이란 곳에 장례했다. 孔子가 가보고서는 계찰이 여행 중의 장례로 幽明(유명, 生死)에 따른 예절을 잘 알고 있다고 칭찬하며 말했다. "延陵季子는 예법에 맞게 장례했다."

1320 원문 巢於幕也 – 巢는 둥지 소. 幕은 천막. tent. 제비 둥지가 매우 위태롭다는 뜻.

盾曰, “不然.”

史曰, “子爲正卿, 亡不出境, 返不討賊, 非子而誰.”

盾曰, “嗚呼!「我之懷矣, 自詒伊戚」, 其我之謂乎!”

孔子嘆曰, “董狐, 古之良史也, 書法不隱. 趙宣子, 古之良大夫也, 爲法受惡, 惜也越境乃免.”

| 국역 | 孔子가 《晉志(진지) / 晉(진)의 史記(사기)》를 읽었다. 晉(진)의 趙穿(조천)이 靈公(영공, 재위 前 620–607년)을 죽였을 때, 조천의 사촌 형인 趙盾(조돈, 盾은 방패 순. 사람 이름 돈, ?–前 601年, 趙宣子, 趙孟. 趙衰의 아들)은 난을 피해 도망가다가 국경의 산을 넘어가지 않고 돌아왔다. 史書(사서)에 趙盾(조돈)이 弑君(시군)했다고 기록하자, 조돈이 말했다.

“그렇지 않다(不然).”

사관이 말했다.

“당신은 正卿(정경)의 신분으로 도망가다가 국경을 넘지 않았고, 돌아와서는 反賊(반적)을 토벌하지도 않았으니, 당신이 시해하지 않았다면 누가 시해했는가?”

조돈이 말했다.

“아!(嗚呼!)「내 걱정을 자초한다.」하였으니,[1321] 바로 나를 두

1321 원문「我之懷矣, 自詒伊戚」– 이는《詩經 邶風 雄雉(시경 패풍 웅치)》의 구절.

고 한 말이다!"라고 승복하였다.

孔子가 감탄하며 말했다.

"董狐(동호, 人名)는 고대의 훌륭한 史官(사관)이니, 書法(서법 : 기록)을 숨기지 않았다.[1322] 趙宣子(조선자)는 古代(고대)의 어진 대부이나 법에 의거 오명을 받았으니, 애석하도다. 그가 국경을 넘었으면 오명을 벗어났을 것이다."

|原文| 鄭伐陳, 入之, 使子產獻捷於晉, 晉人問陳之罪焉.

子產對曰, "陳亡周之大德, 介恃楚衆, 馮陵弊邑, 是以有往年之告. 未獲命, 則又有東門之役. 當陳隧者, 井陻, 木刊, 弊邑大懼, 天誘其衷, 啓弊邑心, 知其罪, 校首於我, 用敢獻功."

晉人曰, "何故侵小?"

對曰, "先王之命, 惟罪所在, 各致其辟, 且昔天子一圻, 列國一同, 自是以衰, 周之制也. 今大國多數圻矣, 若無侵小, 何以至焉."

晉人曰, "其辭順."

1322 원문 書法不隱 – 書法은 사관의 筆法. 使料 처리. 史事 평론, 人物 褒貶(포폄)에서 지켜야 할 體制, 體例. 隱은 숨길 은. 회피하다.

孔子聞之, 謂子貢曰, "志有之, 言以足志, 文以足言, 不言誰知其志, 言之無文, 行之不遠. 晉爲伯, 鄭入陳, 非文辭不爲功, 小子愼哉."

| 국역 | 鄭(정)이 陳(진)을 공격하여 침입하고서, 鄭나라에서는 子産(자산)[1323]을 보내 〔大國(대국)인〕 晉(진)에 전리품을 바치게 하였다. 晉人(진인)이 (子産에게) 陳(진)에서 무엇을 잘못했는가를 물었다.

이에 子産(자산)이 대답하였다.

"陳(진)은 周(주) 왕실의 大德(대덕)을 망각하였고 楚(초)의 세력을 믿고[1324]우리 鄭(정)을 능멸하였습니다.[1325] 그래서 우리는 앞서 陳(진)을 정벌하겠다고 〔晉(진)에〕 알렸습니다만 (晉에서) 동의하지 않았기에, 우리는 楚(초)를 상대로 東門(동문)에서 싸웠습니다. 陳의 군대가 지나가는 길에서는 (마을의) 우물이 메워졌고 나무를 베어버려[1326] 우리는 크게 두려웠습니다. (다행히) 하늘

1323 鄭 子産(자산, ?－前 522年)－姬姓, 名은 僑(교), 字는 子産. 春秋 말기 鄭國의 재상. 鄭國 백성의 존경을 받았다. 中國 宰相의 典範으로 추앙.

1324 원문 介恃楚衆－介는 끼일 개. 여기서는 大의 뜻.

1325 원문 馮陵弊邑－馮陵(빙릉)은 侵凌(침릉). 압박하다. 弊邑(폐읍)은 자신의 나라를 지칭하는 謙辭(겸사).

1326 원문 井陻木刊－陻은 막을 인. 메우다. 우물이 메워지고, 나무

이 陳(진)의 착한 마음씨를 유도하였습니다.[1327] 陳에서는 자신의 죄를 알고 우리의 징벌을 받아들여야 했습니다.[1328] 그래서 우리 승리를 알리려고 전리품을 바칩니다."

晋人(진인)이 물었다.

"왜 소국을 침입하였는가?(何故侵小?)"

鄭(정나라) 자산이 대답했다.

"先王(선왕)의 말씀에 죄가 있다면 죄에 따라 벌을 받아야 한다고 했습니다.[1329] 또 옛날 天子(천자)의 땅은 사방 1천 리이고, 제후의 땅은 사방 1백 리라고 하였는데,[1330] 그 이후 조금씩 줄어드는 것이(축소) 周(주)의 제도였습니다.[1331] 지금은 大國의 땅이

가 베어지다.

1327 원문 天誘其衷 – 誘는 꾈 유. 권유하다. 衷는 속 리. 안. 善意也.

1328 원문 校首於我 – 校首는 授首. 죄인이 벌을 받아 투하하거나 목숨을 잃는 것.

1329 원문 各致其辟 – 致는 보낼 치. 받다. 辟은 허물 벽. 죄과. 징벌(誅).

1330 원문 – 且昔天子一圻, 列國一同 – 圻는 京畿의 땅 기. 언덕 은. 왕성을 중심으로 사방 1천리의 구역을 말함(地方千里曰圻). 사방 각 일변이 1천 리란 뜻이 아니고 4방의 길이 합이 1천 리란 뜻. 同은 사방 1백 리의 땅(方百里曰同也).

1331 自是以衰, 周之制也 – 大國은 方 百里. 伯(백)은 方七十里, 子와 男爵의 나라는 方五十里가 周의 制也. 학자들은 周 왕실의 직할지가 사방 7백 리였다고 한다.

몇 개의 圻(기)에 해당하는데, 만약 작은 나라를 침략하지 않고서야 어찌 그렇게 되었겠습니까?"

晉(진) 사람들은 "이치에 맞는 말이다(其辭順)."라고 했다.

孔子가 이를 전해 듣고서는 子貢(자공)에게 말했다.

"옛글에 이런 말이 있나니,[1332] '말로서는 뜻을 나타내고(言以足志), 글로서는 말을 완전하게 한다.'[1333] 말을 하지 않는다면 누가 그 뜻을 알 것이며, 말했지만 문장이 없다면, 오래도록(뒷날까지) 전하지 못할 것이다.[1334] 晉(진)은 霸主(패주)이고 鄭(정)은 陳(진)에 침입하였으니, (子產의) 文辭(문사)가 아니었으면 성공하지 못했을 것이다. 너는 더욱 신중해야 한다."

|原文| 楚靈王汰侈, 右尹子革侍坐, 左史倚相趨而過.

王曰, "是良史也, 子善視之, 是能讀三墳五典, 八索九丘."

對曰, "夫良史者, 記君之過, 揚君之善, 而此子以潤辭爲

1332 원문 志有之 – 志는 옛날 서적(古之書也).

1333 원문 文以足言 – 말한 바를 文章으로 완성한다(기록하다). 足은 成也.

1334 원문 言之無文, 行之不遠 – 有言하나 文章이 없다면 오래 지속되지 못할 것이다.

官, 不可爲良史."

曰, "臣又乃嘗聞焉, 昔周穆王欲肆其心, 將過行天下, 使皆有車轍, 並馬跡焉, 祭公謀父作祈昭, 以止王心, 王是以獲殆於文宮, 臣聞其〈詩〉焉, 而弗知, 若問遠焉, 其焉能知."

王曰, "子能乎?"

對曰, "能, 其〈詩〉曰,「祈昭之愔愔乎, 式昭德音, 思我王度, 式如玉, 式如金, 刑民之力, 而無有醉飽之心.」"

靈王揖而入, 饋不食, 寢不寐, 數日則固不能勝其情, 以及於難.

孔子讀其志曰, "古者有志, 克己復禮爲仁, 信善哉, 楚靈王若能如是, 豈期辱於乾溪? 子革之非左史, 所以風也, 稱《詩》以諫, 順哉."

| 국역 | 楚 靈王(영왕, 재위 전 540－520년)은 너무 교만하고 사치했는데,[1335] 右尹(우윤, 職名)인 子革(자혁)이 侍坐(시좌)할 때,〔史官(사관)〕左史(좌사)인 倚相(의상)이 잰걸음으로 지나갔다.

영왕이 말했다.

"저 사람은 良史(양사 : 훌륭한 사관)이니 그대가 잘 대우해 주시

1335 원문 汰侈－汰는 사치할 태. 교만하다. 侈는 사치할 치.

오. 그는 三墳(삼분)과 五典(오전), 八索(팔색)과 九丘(구구)를 읽을 수 있소."[1336]

자혁이 대답했다.

"良史(양사)는 主君(주군)의 과오를 기록하고 동시에 주군의 선행을 널리 알릴 수 있어야 합니다. 그러나 이 사람은 말만 그럴싸하게 하며 관직에 임하니 良史(양사)라고 할 수 없습니다."

그리고 또 말했다.

"臣(신)이 일찍이 들은 바로는, 옛날에(昔) 周(주) 穆王(목왕)이 자기 마음대로 천하를 유람하면서 가는 곳마다 수레와 말의 자취를 남기려 했습니다. 그러자 祭公(채공, 祭 音은 채) 謀父(모보)는 祈昭(기소)라는 詩(시)를 지어 왕의 (유람하려는) 욕구를 중지시켰습니다. 그래서 목왕은 〔正寢(정침)인〕 文宮(문궁)에서 천수를 누리고 붕어할 수 있었습니다. 제가 그 시를 알고 있어 (의상에게) 물었더니 모르고 있었습니다. 더 옛날 일을 물었다면 무엇을 알겠습니까?"

영왕이 물었다.

"지금도 경이 알고 있소?"

"예(能), 그 〈詩(시)〉에 '祈昭(기소)의 음악은 안락하고 편안하

1336 원문 是能讀三墳五典, 八索九丘 - 三墳(삼분)은 三皇의 글. 五典은 五帝의 전적. 八索(팔색)은 팔괘의 뜻을 밝힘. 九丘의 九州에 관한 여러 사항을 모은 책(丘는 國聚也). 공자 당시에 하나도 전해오지 않았다는 주석이 있다.

니[1337] 德音(덕음)을 밝게 드러내기에 충분하도다. 우리 王(왕)의 풍도를 생각하니 玉(옥)이나 金(금)과 같구나. 그런데 지금은 백성의 힘을 마구 부리면서도 만족을 모르도다.' 라고 하였습니다."

靈王(영왕)은 揖(읍)을 하고 내전으로 들어갔지만 이후 먹어도 음식 맛을 모르고 누워도 잠들지 못하였다.[1338] 며칠이 지나자, 본래 성질을 극복하지 못하여 결국 환난을 당했다.

孔子가 그 기록을 읽고 말했다.

"古者(고자 : 옛날)의 이런 기록이 있나니 '克己(극기)하여 復禮(복례)하는 것이 仁(인)이다.' 라고 하였으니,[1339] 참으로 좋은 말

1337 원문 祈昭之愔愔乎 – 愔은 화평할 음. 愔愔(음음)은, 安祥(안상)은 평안하고 吉祥한 모양.

1338 원문 饋不食, 寢不寐 – 饋는 먹일 궈. 寢은 잠잘 침. 寐는 잠잘 매.

1339 원문 克己復禮爲仁 – 克은 이길 극(勝也). 자신의 욕정을 이겨내어 禮로 되돌아가는 것이 곧 仁이다.
공자가 그렇게 강조한 仁은《논어》전체에서 58장에 걸쳐, 109번이나 보인다. 이 중 도덕의 표준으로 仁이 105번이고, 仁人을 의미하는 경우가 3회, 그리고 人과 같은 뜻으로 쓰인 경우가 1번이다. 물론 한 구절에서 2번 사용된 경우도 있지만 그만큼 중요한 개념이라는 뜻이다. 또 구체적으로 仁이라는 언급은 없어도 仁을 설명하는 말도 상당히 많이 있다. 다시 말하자면 仁은 세상에 물질이나 현상으로 존재하는 것이 아니며 서술적 언어로 쓰는 단어도 아니다. 仁은 가장 인간다운 인간으로 존재하기 위해 가치 있는 덕목으로 존재하는 것이며, 이미 그 가치는

이다. 楚 靈王(초 영왕)이 이를 실천하였다면, 그가 어찌 乾溪(건계)에서 치욕을 당했겠는가?[1340] 子革(자혁)이 左史를 그르다고 한 것은 다만 풍자로써 한 것이며 〈詩(시)〉로 간언하였으니 順理(순리)였다."

| 原文 | 叔孫穆子, 避難奔齊, 宿於庚宗之邑, 庚宗寡婦通焉而生牛, 穆子返魯, 以牛爲內豎, 相家, 牛讒叔孫二人殺之. 叔孫有病, 牛不通其饋, 不食而死, 牛遂輔叔孫庶子昭而立之.

昭子旣立朝, 其家衆曰, "豎牛禍叔孫氏, 使亂大從, 殺適立庶, 又被其邑, 以求舍罪, 罪莫大焉, 必速殺之."

遂殺豎牛.

평가가 되었다고 생각하여야 한다.

仁은 공자 이전에도 쓰였는데, 《左傳》 昭公 12년(前 530)의 기록에 '克己復禮爲仁' 이라는 기록이 보인다. 그렇지만 공자는 仁을 사상의 근본으로 삼아 여러 제자에게 다양하게 仁의 뜻을 설명 강조하였고, 仁의 실천에서 仁의 가치까지 구체화시켰다. 그러나 공자 자신이 仁이 무엇이라는 사전적 定義를 말하지 않았기에, 仁은 다양하게 설명되고 또 그렇게 받아들여지고 있다.

1340 원문 豈期辱於乾溪 – 楚 靈王은 乾溪(건계)란 곳에 章華臺(장화대)를 지었는데, 國人들이 반란은 일으켰고 영왕을 죽였다.

孔子曰, "叔孫昭子不勞, 不可能也. 周任有言曰, '爲政者不賞私勞, 不罰私怨.'《詩》云,「有覺德行, 四國順之.」昭子有焉."

| 국역 | 〔魯(노)의 大夫(대부)인〕 叔孫穆子(숙손목자)는 국내의 난을 피하여 齊(제)로 달아나다가 庚宗(경종)이란 邑(읍)에 머물렀고, 거기서 과부와 通情(통정)하여 牛(우, 名)라는 아들을 얻었다. 숙손목자는 다시 魯(노)에 돌아와 牛(우)를 內豎(내수)로 삼아 家事(가사)를 돌보게 하였다(相家). 牛(우)는 숙손목자에게 두 아들을 참소하여 죽게 만들었다. 숙손목자가 병석에 눕자 음식을 주지 않아 죽게 했으며, 牛(우)는 숙손목자의 서자인 昭子(소자)를 보좌하여 代(대)를 잇게 하였다.

昭子(소자)가 조정에 출사하자 一家(일가) 여러 사람들이 말했다.

"內豎(내수)인 牛(우)가 叔孫氏(숙손씨)에게 해악을 끼쳐 적자를 죽이고 서자를 세웠으며, 또 자신의 죄를 용서받으려고 〔食邑(식읍 : 숙손씨의 식읍)을〕 분할하여 뇌물로 썼으니 그 죄가 이보다 더 클 수는 없다. 그러니 꼭 빨리 죽여야 한다."

결국 내수인 牛(우)를 죽였다. 이에 공자가 말했다.

"叔孫昭子(숙손소자)는 자신의 옹립을 牛(우)의 공이라 여기지 않았으니, 이는 보통 사람은 할 수 없는 일이다. 〔옛 賢人(현인)

인〕 周任(주임)이 말했는데, '爲政者(위정자)는 개인의 사사로운 노력을 포상하지 않고 사적인 원한을 罰(벌)하지 않는다.' 고 하였다. 그래서 《詩(시) 大雅(대아) 抑(억)》에 이르기를, 「德行(덕행)을 베푼다면, 四方(사방)이 모두 순응할 것이다.」라 하였는데, 숙손소자에게 이런 덕행이 있었다."

|原文| 晉邢侯與雍子爭田, 叔魚攝理, 罪在雍子, 雍子納其女於叔魚, 叔魚弊獄邢侯, 邢侯怒殺叔魚與雍子於朝. 韓宣子問罪於叔向.

叔向曰, "三奸同坐, 施生戮死可也. 雍子自知其罪, 而賂以置直鮒也, 鬻獄邢侯專殺其罪一也. 己惡而掠美爲昏, 貪以敗官爲默, 殺人不忌爲賊.《夏書》曰,「昏默賊, 殺, 咎陶之刑也.」請從之."

乃施邢侯, 而屍雍子叔魚於市.

孔子曰, "叔向古之遺直也. 治國制刑, 不隱於親, 三數叔魚之罪不爲末, 或曰義, 可謂直矣. 平丘之會, 數其賄也, 以寬衛國, 晉不爲暴, 歸魯季孫, 稱其詐也, 以寬魯國, 晉不爲虐, 邢侯之獄, 言其貪也, 以正刑書, 晉不爲頗. 三言而除三惡, 加三利, 由義也夫."

| 국역 | 晉(진)의 〔大夫(대부)〕 邢侯(형후)와 雍子(옹자)가 땅을 두고 소송을 벌였는데, 叔魚(숙어)가 이 사건을 심리하면서 雍子(옹자)가 잘못이라고 판결했다. 그러나 옹자가 그 딸을 숙어에게 바치자, 숙어는 형후의 잘못이라고 판결했다. 이에 형후는 화를 내며 숙어와 옹자를 조정에서 죽여 버렸다. 이에 韓宣子〔한선자, 晉(진)의 正卿(정경)인 韓起(한기)〕가 叔向(숙향)에게 그 治罪(치죄)를 물었다.

叔向(숙향)이 말했다.

"3인이 모두 잘못을 범했습니다. 살아있는 사람은 형벌에 처하고(施生), 죽은 자는 그 시신을 戮屍(육시, 거리에 늘어놓다)해야 합니다. 옹자는 자신의 죄를 알면서 딸을 바쳐 판결을 뒤집었고, (숙어는) 뇌물을 먹고 판결을 번복했습니다. 그리고 형후는 마음대로 살인을 하였으니 그 죄는 모두 같습니다. 자신이 악으로 善(선)을 노략질한다면 그것은 昏(혼)이고,[1341] 탐욕으로 관청의 일을 망치는 것은 默(묵, 모욕)이고, 살인을 꺼리지 않고 자행하는 것은 反賊(반적)인데,[1342] 《夏書(하서)》에서는 「昏(혼)과 默(묵)과 賊(적)은 모두 처형한다(殺).」 하였는데, 이는 咎陶(고요)의 형벌이니, 그대로 따라야 합니다."[1343]

1341 원문 己惡而掠美爲昏 – 美善을 擄掠(노략)질하는 것은 昏亂이다. 掠은 노략질할 략.

1342 원문 殺人不忌爲賊 – 忌는 꺼릴 기(憚也. 꺼릴 탄).

1343 원문 咎陶之刑也 – 咎陶(구요)는 舜의 신하로 理官인 皐陶(고요,

이에 邢侯(형후)를 처형하고 雍子(옹자)와 叔魚(숙어)의 시신을 거리에 방치하였다(市).

이에 孔子가 말했다.

"叔向(숙향)은 고대의 正直(정직)을 지켰다. 治國(치국 : 나라를 다스리다)과 형벌 집행에 親人(친인 : 혈친)을 숨겨줄 수 없고, 숙어의 죄를 3차례 논죄하며 경감하지 않았으니[1344] 모두 대의에 합당하며 정직이다. 平丘(평구)의 會盟(회맹)에서 그가 뇌물을 받은 것을 지적하였지만 衛(위)에 관용을 베풀어 晉(진)이 橫暴(횡포)하지 않음을 보여주었다. 季孫氏(계손씨)를 魯(노)에 돌려보내 거짓을 드러나게 했지만 魯國(노국)에 관대하여 晉(진)이 포학하지 않음을 보여주었다. 邢侯(형후)의 獄事(옥사)는 숙어의 탐욕을 말한 것이고(言其貪也), 刑書(형서 : 형법에 쓰인 법조문)대로 정확한 집행은 晉(진)이 편파적이지 않은 것이다. 이 세 가지의 말로 3악인을 제거하고, 3가지 이익을 보태었으며, 親人(친인)을 처형하여 영광을 더하게 하였으니(殺親益榮), 이는 大義(대의)에 바탕을 둔 것이다(由義也夫)."

陶의 음은 요).

1344 원문 三數叔魚之罪不爲末 – 數는 열거하다. 末(끝 말)은 경감하다(薄也).

|原文| 鄭有鄕校, 鄕校之士, 非論執政, 鬷明欲毁鄕校.

子産曰, "何以毁爲也? 夫人朝夕退而遊焉, 以議執政之善否, 其所善者, 吾則行之, 其所否者, 吾則改之. 若之何其毁也. 我聞忠言以損怨, 不聞立威以防怨, 防怨猶防水也, 大決所犯, 傷人必多, 吾弗克救也, 不如小決使導之, 不如吾所聞而藥之."

孔子聞是言也, 曰, "吾以是觀之, 人謂子産不仁, 吾不信也."

|국역| 鄭(정)나라에 鄕校(향교)가 있었는데,[1345] 鄕校(향교)의 士人(사인 : 선비)들이 나라 정사에 대하여(執政) 논의하고 비난하자 鬷明(종명, 人名, 鬷은 가마솥 종)이 향교를 헐어버리려 했다.

그러자 子産(자산)이 말했다.

"왜 향교를 헐어버리려 하는가? 사인들이 조석으로 모여 놀면서 정사의 좋고 나쁜 것을 논의하니, 그 잘한다는 것은 계속 실행하고 잘못한다는 것은(其所否者) 우리가 고치면 된다. 왜 헐어버리려 하는가? 나는 忠言(충언)으로 원한을(不平) 없앤다는 말은 들어보았지만, 자기의 위엄으로 남의 원한을 막는다는 말은 듣지 못했다. 불평불만을 막는다면 물의 흐름을 막는 것이니, (막

1345 원문 鄭有鄕校 – 鄕(향)에 설치한 學校.

혔던 물이) 크게 터지면 다치는 사람이 틀림없이 많을 것이고 우리가 미처 다 구제할 수도 없다. 그러니 조금씩 터주어 흘러가게 하는 것만 못하다. 내가 들은 대로 고쳐나가는 것이 좋을 것이다."[1346]

孔子가 이 말을 듣고 말했다.

"내가 子産(자산)의 말을 듣건대, 남이 자산을 不仁(불인 : 어질지 못하다)한 사람이라 해도 나는 믿지 않을 것이다."

| 原文 | 晉平公會諸侯於平丘, 齊侯及盟, 鄭子産爭貢賦之所承, 曰, "昔日天子班貢輕重, 以列尊卑, 貢, 周之制也, 卑而貢重者甸服, 鄭伯男南也, 而使從公侯之貢, 懼弗給也, 敢以爲請."

自日中爭之, 以至於昏. 晉人許之. 孔子曰, "子産於是行也, 是以爲國基也.《詩》云, 「樂只君子, 邦家之基.」子産, 君子之於樂者, 且曰合諸侯而藝貢事, 禮也."

| 국역 | 晉(진) 平公(평공, 재위 前 557 - 532년)이 諸侯(제후)를 平丘(평구)에 모아 회맹할 때, 齊侯(제후)도 참여했는데 鄭(정)의 子産

1346 원문 不如吾所聞而藥之 - 藥(약)은 治療(치료)하다.

(자산)은 貢賦(공부)의 부담에(所承) 대하여 말했다.

"昔日(석일 : 옛날)에 天子〔천자 : 周 王(주 왕)〕가 제후의 貢賦(공부)의 輕重(경중)을 분담할 때, (제후 지후의) 尊卑(존비)에 따라 정하였으니, 貢賦(공부)는 周(주)의 제도입니다. 지위가 낮으면서도 부담이 무거운 경우는 (도성에서 가까운) 甸服(전복)의 땅에만 해당합니다. 그런데 鄭伯(정백, 鄭의 제후)은 男爵(남작)인데, 公侯(공후)의 貢賦(공부)를 부담하게 되어 있어 제대로 납부하지 못할까 두렵습니다. 그래서 감히 주청하는 바입니다."

논의는 한낮에(日中) 시작하여 황혼(날이 저물다)까지 이어졌다. (결국) 晉(진)에서도 승인하였다.

이를 전해들은 공자가 말했다.

"子産(자산)의 이런 행동은 나라의 기반을 다지는 것이다. 《詩 小雅 南山有臺(시 소아 남산유대)》에 말하기를, 「군자의 즐거움은 나라의 기반을 다지는 것이다.」 하였으니, 子産(자산)은 君子(군자) 즐거움을 실천한 것이다."

그리고 또 말했다.

"제후의 회합에서 貢賦(공부 : 부세)의 기준을 논한 것은 禮(예)에 합당하다."[1347]

1347 원문 且曰合諸侯而藝貢事, 禮也 – 여기 藝(재주 예)는 貢賦의 기준을 분별하다.

【참고】 晉 平公(진 평공)의 炳燭而學(병촉이학)

춘추시대 晉(진)의 맹인 악사인 師曠(사광, 字는 子野)은 태어날 때부터 눈이 없는 사람이라 盲臣(맹신)이라 자칭했다. 사광은 音律(음률)에 정통했고 琴(금) 연주를 잘했다. 晉 平公(진 평공, 재위 前 557 - 532년) 때 大鐘(대종)을 주조했는데, 樂工(악공)이 모두 음률에 맞는다고 했지만 師曠(사광)은 맞지 않는다고 말했다. 뒷날 齊國(제국)의 樂師(악사) 師涓(사연)이 음률과 맞지 않는 것을 실증하였다.

晉 平公(진 평공)이 師曠(사광)에게 말했다.

"내 나이 70이라 학문을 하기에는 너무 늦은 것 같소."

이에 師曠(사광)이 말했다.

"왜 촛불을 켜 들지 않으십니까?"

"신하가 어찌 그 주군에게 농담을 하시는가?"

"盲臣(맹신)인 제가 어찌 주군을 희롱하겠습니까? 제가 알기로, 젊은 날의 好學(호학)은 떠오르는 햇빛과 같고(如日出之光), 壯年(장년)의 호학은 한낮의 햇빛과 같으며(如日中之光), 늙어 호학하면 촛불을 가진 것과 같다(如秉燭之明)고 하였습니다. 밝은 촛불이 있는데(有炳燭之明) 누가 어두운 길을 걷겠습니까?(孰與昧行乎?)"

平公(평공)이 말했다.

"옳은 말씀이요!"

- 이 유명한 典故(전고)는 前漢 劉向(전한 유향)의 《說苑(설원)》에 실려 있다. 단 평공의 나이 70세는 실제와 다르다는 주장이 있다.

| 原文 | 鄭子產有疾, 謂子太叔曰, "我死, 子必爲政, 唯有德者能以寬服民, 其次莫如猛. 夫火烈民望而畏之, 故鮮死焉, 水濡弱, 民狎而翫之, 則多死焉, 故寬難."

子產卒, 子太叔爲政, 不忍猛而寬, 鄭國多掠盜. 太叔悔之曰, "吾早從夫子, 必不及此."

孔子聞之曰, "善哉! 政寬則民慢, 慢則糾於猛, 猛則民殘, 民殘則施之以寬, 寬以濟猛, 猛以濟寬, 寬猛相濟, 政是以和. 《詩》曰, 「民亦勞止, 汔可小康, 惠此中國, 以綏四方.」 施之以寬, 毋縱詭隨, 以謹無良, 式遏寇虐, 慘不畏明, 糾之以猛也, 柔遠能邇, 以定我王, 平之以和也."

又曰, "不競不絿, 不剛不柔, 布政優優, 百祿是遒, 和之至也."

子產之卒也, 孔子聞之, 出涕曰, "古之遺愛."

| 국역 | 鄭(정) 子產(자산)이 병이 들자 〔鄭國(정국)의 卿(경)인〕 子太叔(자태숙, 游氏, 名은 吉)에게 말했다.

"내가 죽으면 당신이 틀림없이 국정을 담당할 것입니다. 有德(유덕 : 덕이 있다)한 정치로 백성을 복종케 할 수 있고, 그 다음으로는 엄격한 정책으로 복종케 할 수 있습니다. 대체로 불은 뜨겁다는 것을 알고 두려워하기에 불에 타죽는 사람은 많지 않습니다.

그러나 물은 부드럽고 약하기에 백성이 가볍게 여겨 익사하는 사람이 많은 것입니다. 그렇게 관대한 정책을 펴는 것도 쉽지는 않습니다."

子産(자산)이 죽자, 子太叔(자태숙)이 국정을 담당했는데, 차마 엄격한 정책을 펼 수 없어 관대한 정책을 폈다. 때문에 鄭(정)나라에는 도적이 많았다.

자태숙이 후회하며 말했다.

"내가 처음부터 夫子〔부자 : 子産(자산)〕의 말을 따랐더라면 이 지경에 이르지 않았을 것이다."

孔子가 이를 듣고서 말했다.

"훌륭하도다. 관대한 정치에 백성은 풀어지고〔慢(게으를 만)〕, 백성이 풀어졌다면 엄한 정책으로 糾察(규찰 : 죄상 따위를 캐고 따져 자세히 밝힘)해야 한다. 사납게 다스리면 백성이 다치게 되고, 많은 백성이 다친다면 다시 너그러운 정책을 펴야 한다. 관대한 정치는 엄격한 정책으로 조정하나니 관대함과 엄격함이 서로 보완한다면 정치가 온화할 것이다. 그래서《詩 大雅 民勞(시 대아 민노)》에서는, 「백성이 역시나 고생하나니 위기에서 조금 편케 해주어야지.[1348] 中原(중원) 백성에 은혜를 베풀면 사방도 평온하리라(以綏四方).」하였다. 이는 관대한 정치를 펴는 것이니, 방종하

1348 원문 汔可小康 – 汔은 위태할 흘(危也), 물이 마를 흘. 소강은 약간 평온한 상태.

거나 속이는 백성을 없애고 나쁜 일을 미연에 방지하는 것이다. 도둑질이나 포악한 짓을 단속하고(式遏寇虐) 明道(명도 : 밝은 하늘의 도)를 겁내지 않는 자들을 미리 막아야 한다고 하였으니, 이는 엄격한 예방조치이다. 먼 곳의 백성도 부드럽게 대하여 가까이 찾아오게 하여〔柔遠能邇(유원능이)〕 나의 왕위를 안정케 한다 하였으니, 이는 조화로 평온을 이룬 것이다."

공자가 또 말했다.

"다투지도 않고(不競) 급박하게 내몰지도 않으며〔不絿, 絿(급박할 구)〕 억세지도 않고(不剛) 너무 온유하지도 않나니(不柔) 布政(포정 : 정치를 펼치다)이 넉넉하고 너그러워 百祿(백록 : 백 가지 복록)이 모여든다〔是遒, 遒(가까이 갈 주)〕 하였으니, 이는 和平(화평)을 이룬 것이다."

子産(자산)의 죽음에 공자는 소식을 듣고 눈물을 흘리며 말했다.

"옛날 仁愛(인애 : 어진 사람)의 유풍을 실천한 분이었다."

泰山問政
孔子適齊過泰山聞
婦人哭而哀曰此一
似重有憂者使子路
問之婦人曰昔舅死
於虎夫與子亦然子
路曰何不去婦人曰
無苛政子路以告子
曰苛政猛於虎也

〈泰山問政(태산문정)〉

|原文| 孔子適齊, 過泰山之側, 有婦人哭於野者而哀, 夫子式而聽之曰, "此哀一似重有憂者."

使子貢往問之.

而曰, "昔舅死於虎, 吾夫又死焉, 今吾子又死焉."

子貢曰, "何不去乎?"

婦人曰, "無苛政."

子貢以告孔子.

子曰, "小子識之, 苛政猛於暴虎."

|국역| 孔子가 齊(제)나라에 갈 때, 泰山(태산) 곁을 지나가는데 들판에서 부인의 서러운 통곡 소리가 들리자, 夫子(부자 : 공자)는 式(식)을 잡고 들은 다음에 말했다.

"이렇게 슬픈 울음은 우환이 겹친 것이다."

그러면서 자공을 보내 묻게 하였다.

이에 여인이 말했다.

"옛날에 시아버지가 호랑이에게 돌아가셨고, 지아비도 역시 호랑이에게 죽었습니다. 이번에 아들이 또 물려 죽었습니다."

자공이 물었다.

"왜 여기를 떠나지 않는가요?"

婦人(부인)이 말했다.

"가혹하게 다스리지 않습니다〔無苛政(무가정)〕."

자공이 공자에게 말씀드렸다.

공자가 말했다.

"너는(小子) 알아두라, 苛政(가정 : 가혹한 정치)은 사나운 호랑이(暴虎)보다 더 무섭다."

| 原文 | 晉魏獻子爲政, 分祁氏及羊舌氏之田, 以賞諸大夫, 及其子成, 皆以賢擧也.

又謂賈辛曰, "今汝有力於王室, 吾是以擧汝, 行乎敬之哉, 毋墮乃力."

孔子聞之曰, "魏子之擧也, 近不失親, 遠不失擧, 可謂美矣."

又聞其命賈辛以爲忠. "《詩》云, 「永言配命, 自求多福.」忠也. 魏子之擧也, 義其命也. 忠其長有後於晉國乎."

| 국역 | 晉(진)나라 魏獻子(위헌자, 魏舒)가 국정을 이끌면서 祁氏(기씨) 및 羊舌氏(양설씨)의 땅을 분할하여 여러 大夫(대부)와 그의 아들 魏成(위성)에게 賞(상)으로 나눠주었는데, 이들이 모두 현인으로 천거되었기 때문이었다.

(위헌자가) 賈辛(가신)에게 말하였다.

"지금 그대는 周(주) 왕실에 공을 세웠기에 내가 자네를 등용하는 것이니, 勤愼(근신)으로(敬 : 공경하여) 업무를 수행하며 공적을 훼손하지 말라." 1349

공자가 이를 듣고서 말했다.

"위헌자의 인재 등용은 가까운 사람을 잃지 않고, 멀리 있어도 발탁하니 잘한 것이다."

또 賈辛(가신)을 등용한 바를 듣고서는, 이는 주군에 대한 충성이라 생각하며 말했다.

"《詩 大雅 文王(시 대아 문왕)》 云(운 : 이르기를), 「영원히 천명에 부합하면(永言配命), 저절로 많은 복을 얻으리라(自求多福).」이라 하였으니, 이것이 바로 忠(충)이다. 위헌자의 인재 등용은 그 대의가 천명에 맞는다. 그 충성으로 그 후손이 오래도록 晉國(진국)에서 번영할 것이다."

| 原文 | 趙簡子晉國一鼓鐘, 以鑄刑鼎, 著範宣子所爲刑書.

孔子曰, "晉其亡乎, 失其度矣. 夫晉國將守唐叔之所受法度, 以經緯其民者也. 卿大夫以序守之, 民是以能遵其

1349 원문 毋墮乃力 – 毋는 말 무. 금지사. ~하지 말라. 墮는 떨어질 타. 毁損(훼손)하다. 乃는 이에 내, 너 내(汝也). 力은 勞力. 功勞.

道而守其業, 貴賤不愆, 所謂度也. 文公是以作執秩之官, 爲被廬之法, 以爲盟主. 今棄此度也, 而爲刑鼎, 銘在鼎矣, 何以尊貴? 何業之守也? 貴賤無序, 何以爲國? 且夫宣子之刑, 夷之搜也, 晉國亂制, 若之何其爲法乎."

| 국역 | 趙簡子(조간자)[1350]가 晉國(진국)에서 賦稅(부세)로 거둬들인 一鼓鐘(1고종, 480근)의 쇠를(靑銅) 녹여[1351] 형법을 새긴 鼎(정, 刑鼎)을 만들어 〔晉 卿(진나라 경)인〕 範宣子(범선자)가 지은 刑書(형서)를 새겼다.

이에 공자가 말했다.

"晉(진)은 아마 망할 것이니 그 법도를 잃었기 때문이다. 晉國(진국)은 唐叔(당숙)[1352]이 정한 법도를 지켜 백성을 다스려야 한

1350 趙簡子〔조간자, ?－前 476년. 春秋 시대 晉國 趙氏의 領袖(영수)〕, 名은 趙鞅(조앙), 趙孟(조맹). 晉의 公族이 약해지면서 대부들이 득세했는데, 趙簡子는 대부로서 晉의 국정을 전담. 국정을 개혁. 뒷날 魏 文侯 李悝(이리)의 變法과 秦 孝公의 商鞅(상앙) 變法, 그리고 趙 武靈王의 개혁의 선구가 되었다.

1351 원문 一鼓鐘－30斤을 1鐘(종). 4鐘을 1石. 4石을 1鼓(북 고)라 한다. 480근.

1352 원문 夫晉國將守唐叔之所受法度－唐叔은 周 成王 母弟로 晉에 처음 봉해진 사람.

다.[1353] 卿(경)이나 大夫(대부)는 次序(차서 : 질서)를 지켜야 백성이 그 도덕을 따르고 그 가업을 지킬 수 있다. 귀천에 허물이 없어야만〔不愆(불건), 흔들리지 않아야〕 법도라고 한다. 晉 文公(진 문공)은 이 때문에 관리의 직급을 관장하는 관직을 설치하고,[1354] 被廬(피려 / 地名)의 法(법)으로 (제후의) 맹주가 되었다. 지금 그러한 법도를 버려두고, 刑律(형률)을 새긴 鼎(정)을 만들었지만, 무엇으로 존경을 받을 수 있겠고, 무엇으로 가업을 계승하겠는가? 귀천에 次序(차서 : 질서)가 없다면, 어떻게 나라를 다스리겠는가? 그리고 범선자의 형률은 夷(이 / 구체적 지명 미상)란 곳에서 閱兵(열병)하며 제정한 것이라서 晉(진)에서는 혼란한 제도라 하는데, 그것이 어찌 법이 될 수 있겠는가?"

| 原文 | 楚昭王有疾, 卜曰, "河神爲祟." 王弗祭, 大夫請祭諸郊.

1353 원문 以經緯其民者也 – 經緯(경위)는 옷감의 날줄과 씨줄. 여기 經緯는 治理. 다스리다.

1354 원문 文公是以作執秩之官 – 晉 文公(재위 前 636 – 628년) – 姬姓, 晋氏, 名은 重耳. 晋 獻公의 아들. 춘추 오패 중 두 번째. 趙衰(조최), 狐偃(호언), 賈佗(가타), 先軫(선진), 魏武子(魏國 先祖), 介之推(개지추)의 보좌를 받았다. 春秋 五霸의 한 사람. 晉 강성의 토대를 마련. 뒷날 三晋(趙國, 魏國, 韓國) 성립의 토대가 이때 형성되었다. 執秩(집질)은 관직을 관리하다.

王曰, "三代命祀, 祭不越望, 江漢沮漳, 楚之望也, 禍福之至, 不是過乎, 不穀雖不德, 河非所獲罪也."

遂不祭.

孔子曰, "楚昭王知大道矣, 其不失國也宜哉.

《夏書》曰, 「維彼陶唐, 率彼天常, 在此冀方, 〈中國爲冀〉 今失厥道, 亂其紀綱, 乃滅而亡.」"

又曰, "允出茲在茲, 由己率常可矣."

| 국역 | 楚(초) 昭王(소왕, 재위 前 515－489년)이 병들자, 점치는 사람이 말했다.

"河神(하신)이 병의 빌미입니다."[1355]

그러나 왕은 제사를 지내지 않았다. 이에 大夫(대부)가 교제를 올리자고 주청하였다.

이에 왕이 말했다.

"三代〔삼대 : 夏(하), 商(상), 周(주)〕에 제정된 제사법에 나라 밖을 넘지 못하게 하였다.[1356] 江〔강 : 長江(장강)〕, 漢水(한수), 沮水(저수)

1355 원문 河神爲崇－여기 河는 황하. 본래 河는 황하를 지칭하는 고유명사이다. 江은 長江을 지칭하는 고유명사. 崇는 빌미 수. 病이 난 원인, 주체.

1356 원문 祭不越望－越은 넘을 월. 넘어가다. 天子는 천지에 제사를 지내지만, 諸侯는 자신의 境內에서만 제사를 지낼 수 있다.

漳水(장수)는 모두 楚(초)의 경내에 있으니 禍福(화복)의 到來(도래)도 이를 넘지 못할 것이다. 不穀〔불곡, 寡人(과인)〕이 비록 不德(부덕)하지만, 그래도 河神(하신)한테 죄를 짓지는 않았을 것이다."

그리고 끝내 제사하지 않았다.

이에 공자가 말했다.

"楚 昭王(초 소왕)은 大道(대도)를 아는 사람이니, 그가 〔吳(오)의 침입에도〕 나라를 잃지 않는 것은 당연하다. 《夏書(하서)》에 말했다. 「저 陶唐氏〔도당씨, 堯(요)〕는 하늘의 常道〔상도 : 天常(천상 : 하늘의 떳떳한 도)〕를 따랐기에 中原(중원)에 자리를 잡았다.[1357] 지금 그 正道(정도)를 잃고 기강이 혼란해서 망한 것이다.」라고 하였다."

그리고 또 말했다.

"진실로(允) 무엇인가를 주어야(出茲) 무엇인가가 있는 것이니(在茲), 자신부터 常道(상도 : 떳떳한 도)를 따라야만(由己率常) 할 것이다(可矣)."

| 原文 | 衛孔文子使太叔疾出其妻, 而以其女妻之, 疾誘其初妻之娣, 爲之立宮, 與文子女, 如二妻之禮. 文子怒將攻

1357 원문 在此冀方 - 冀는 바랄 기. 冀州, 中國.

之. 孔子舍蘧伯玉之家, 文子就而訪焉.

孔子曰, "簠簋之事, 則嘗聞學之矣, 兵甲之事, 未之聞也."

退而命駕而行曰, "鳥則擇木, 木豈能擇鳥乎?"

文子遽自止之曰, "圉也, 豈敢度其私哉? 亦訪衛國之難也."

將止, 會季康子問冉求之戰, 冉求旣對之, 又曰, "夫子播之百姓, 質諸鬼神, 而無憾, 用之則有名."

康子言於哀公, 以幣迎孔子曰, "人之於冉求信之矣, 將大用之."

| 국역 | 衛(위)나라 〔大夫(대부)〕 孔文子(공문자)는 太叔疾(태숙질)로 하여금 出妻(출처 : 아내를 내쫓다)하고 자기 딸을 아내로 삼게 하였다.[1358] 태숙질은 자신의 첫 부인의 여동생을 꾀어 새로 지은 집에서 文子(문자)의 딸과 함께 지내며 두 아내를 거느리려 했다. 이에 공문자는 화를 내며 태숙질을 공격하려 했다. 그때 공자는 衛나라 蘧伯玉(거백옥)의 집에 머물고 있었는데, 공문자가 공자를 찾아갔다.

1358 원문 而以其女妻之 – 그전에 태숙질은 宋나라 子朝(자조)에게 장가를 들었었다.

孔子가 말했다.

"나는 제사에 관한 일은[1359] 일찍이 배웠지만, 군사에 관해서는(兵甲之事) 배운 것이 없습니다(未之聞也)."

그리고서는 밖으로 나와 수레를 준비하게 했고, 떠나면서 말했다.

"새는 나무를 가릴 수 있으나, 나무가 어찌 새를 가릴 수 있겠는가?"

공문자가 서둘러 공자를 제지하며 말했다.

"제가(圉也) 어찌 감히 사사롭게 일을 꾸미겠습니까?[1360] 衛(위)에서 일어날 수 있는 환난을 예방하려는 것입니다."

공자가 더 머물려 하자, 마침 季康子(계강자)가 冉求(염구)에게 陣法(진법 : 전쟁)을 물었고, 염구는 대답한 뒤에 (계강자에게) 말했다.

"夫子(부자 : 선생님)께서는 이미 백성에게 알려졌으니 만일 鬼神(귀신)에게 물어도 아무런 유감이 없다고 할 것입니다. 그러니 공자를 등용한다면 명성이 빛날 것입니다."

계강자가 애공에게 말하여 후한 예물로 공자를 영입하자면서 말했다.

"사람들이 冉求(염구)를 신임하는 만큼 (그 스승인 공자를) 크게 등용하시기 바랍니다."

1359 원문 簠簋之事 – 簠는 祭器 이름 보. 簋는 제기 이름 궤.

1360 원문 豈敢度其私哉? – 度은 謀也. 도모하다.

沐浴請討
陳成子弑簡公孔子沐
浴而朝告於哀公曰陳
恒弑其君請討之公曰
告夫三子孔子曰以吾
從大夫之後不敢不告
也君曰告夫三子者之
三子告不可孔子曰以
吾從大夫之後不敢不
告也

〈沐浴請討(목욕청토)〉

| 原文 | 齊陳恒弑其簡公, 孔子聞之, 三日沐浴而適朝, 告於哀公曰, "陳恒弑其君, 請伐之."

公弗許, 三請, 公曰, "魯爲齊弱久矣, 子之伐也, 將若之何?"

對曰, "陳恒弑其君, 民之不與者半, 以魯之衆, 加齊之半, 可克也."

公曰, "子告季氏."

孔子辭, 〈不告季氏〉 退而告人曰, "以吾從大夫之後, 吾不敢不告也."

| 국역 | 齊(제)나라 陳恒(진항)이 簡公(간공, 재위 前 485 – 481년)을 시해(죽였다)했다.[1361] 공자는 이를 알고 3일간 목욕한 뒤에 조정에 나아가 애공에게 말했다.

"陳恒(진항)이 그 주군을 시해하였으니 정벌해야 합니다."[1362]

애공이 불허하자 3번을 주청하였다.

1361 원문 齊陳恒弑其簡公 – 陳恒(田恒)은 陳成子. 前 459 – 450년 齊의 국정을 獨斷.

1362 비록 이웃나라의 일이지만 신하가 주군을 시해한 것은 있을 수 없는 큰 사건이기에 孔子는 沐浴(목욕), 更衣(갱의), 整冠(정관)하고서 入朝하여 哀公에게 군사를 내어 齊를 정벌해야 한다고 주청하였다. 애공이 불허하자, 공자는 3번이나 주청하였다.

그러자 애공이 말했다.

"魯(노)는 오랫동안 齊(제)에 눌렸습니다. 그대가 정벌한다면 어떻게 하시겠소?"

공자가 대답하였다.

"진항이 그 주군을 시해하였으니 齊(제)의 백성 절반은 찬동하지 않을 것입니다. 魯(노)의 백성과 제의 백성 절반이면 진항을 이길 것입니다."

애공이 말했다.

"계씨에게 말하십시오."

孔子는 물러 나왔다. (계씨에게는 말하지 않았다. 공자가) 나와서 사람에게 말했다.

"나는 대부 항렬의 뒤에 있었기에, 감히 애공에게 말하지 않을 수 없었다."[1363]

1363 원문 以吾從大夫之後, 吾不敢不告也 – 공자에게 正名은 중요한 명분이었다. 공자의 正名은 '바른 이름' 이고, '올바른 이유나 까닭' 이라고 할 수 있으며, 또 名分을 '바르게 한다.(正)' 는 뜻도 있다. 공자는 正名을 爲政의 출발로 인식했다. 공자는 "政者, 正也."라고 季康子에게 말했다.
공자가 각국을 주유했다지만 약소국 衛(위)에서만 그런대로 대우를 받았는데, 衛 靈公은 공자를 존중하였다. 그래서 자로가 공자에게 "만약 衛 靈公이 정사를 일임한다면 무슨 일을 제일 먼저 하시겠습니까?"라고 물었다. 그러자 공자는 "필히 명분을 바로 세우겠다(必也正名乎)."라고 말했다.

| 原文 | 子張問曰, "《書》云, 「高宗三年不言, 言乃雍.」有諸?"

孔子曰, "胡爲其不然也. 古者天子崩, 則世子委政於冢宰三年, 成湯旣沒, 太甲聽於伊尹, 武王旣喪, 成王聽於周公, 其義一也."

| 국역 | 子張이 물었다.

"《書經 周書 無逸(서경 주서 무일)》에 「〔殷(은)〕 高宗〔고종 : 武丁(무정)〕이 〔喪中(상중)에〕 三年을 不言(불언 : 말을 하지 않았다)하다가 정사를 말하니, 곧 和樂(화락 : 환히 웃는 표정)하였다(雍).」고 하

이에 자로는 "그렇습니까? 뜻밖의 일입니다! 왜 하필 正名입니까?"라면서 공자의 생각이 현실을 모르는 처사라는 뜻을 표시하였다.

그러자 공자는 자로에게 "무식하구나. 자로야! 군자는 모르는 일에는 입을 다물어야 한다."면서 正名이 중요한 이유를 설명하였다.

곧 "대의명분이 바로 서지 않으면 말이 순리에서 벗어나고, 순리에서 벗어난 말을 하면 바른 政事를 성취할 수 없고, 정사가 바로 이뤄지지 않으면 예악이 바르게 융성할 수 없다. 예악이 홍성하지 못하면 형벌이 제대로 집행되지 않고, 그러면 백성은 손발을 둘 데가 없다. 그래서 군자는 매사에 바른 명분을 찾아 내세워야 하고, 바른말로 설명을 해야 하며, 바른말을 했으면 반드시 실천하여야 한다. 그리고 군자는 그 언사에 조금이라도 소홀한 점이 있으면 안 된다."고 하였다.

였는데,[1364] 사실입니까?"

孔子가 말했다.

"어찌 그렇지 않겠는가? 옛날(古者) 天子(천자)가 붕어하면 世子(세자)는 冢宰(총재)에게 정치를 3년간 위임하였으니 〔商(상)〕 湯王(탕왕)이 붕어한 뒤에 〔湯(탕)의 孫(손)인〕 太甲(태갑)은 伊尹(이윤)[1365]의 말을 따라 실천하였고, (周) 成王(성왕)은 周公(주공)에게 듣고 행하였으니 그 대의는 마찬가지였다."

| 原文 | 衛孫桓子侵齊, 遇敗焉, 齊人乘之, 執. 新築大夫, 仲叔于奚以其衆救桓子, 桓子乃免. 衛人以邑賞仲叔於奚, 於奚辭, 請曲懸之樂, 繁纓以朝, 許之, 書在三官. 子路仕衛, 見其故, 以訪孔子.

孔子曰, "惜也. 不如多與之邑, 惟器與名, 不可以假人,

1364 원문 言乃雍. 有諸?" – 雍은 和할 옹(歡聲貌).

1365 伊尹(이윤, ?前 1649년 – ?1549년) – 姒는 姓, 伊氏, 名은 摯(지). 商朝의 名臣. 중국 주방장의 神. 商 湯王(탕왕)의 廚師(주사, 주방장), 商湯에게 음식을 올릴 기회를 틈타 천하 형세를 분석 – 이에 탕왕은 이윤을 阿衡(아형, 재상 후에는 이윤을 지칭하는 말로 변했다)에 임명. 탕왕의 아들 太甲(태갑)이 즉위했는데, 昏庸(혼용)에 無能하자 이윤은 太甲을 桐地(今 河北省 남부 臨漳縣)에 放流했다가 3년 뒤에 다시 즉위케 했다. 이를 復辟(복벽)이라 한다.

君之所司, 名以出信, 信以守器, 器以藏禮, 禮以行義, 義以生利, 利以平民, 政之大節也. 若以假人, 與人政也, 政亡, 則國家從之, 不可止也."

| 국역 | 衛(위) 孫桓子(손환자)가 齊(제)를 침략하였지만 패배를 당하자,[1366] 齊(제)의 군사가 승세를 타고 많은 포로를 잡았다. 新築大夫(신축대부)와 仲叔于奚(중숙우해)가 그 군사로 손환자를 구원하여 손환자는 위기를 면했다. 衛人(위인)이 城邑(성읍)으로 중숙우해에게 보상하려 했으나, 우해가 사양하면서 曲懸(곡현)의 악기와[1367] (제후처럼) 말(馬) 장식을 하고 입조하겠다고 요청하자, 우해는 허락하면서 이를 三官(삼관)에게 〔司徒(사도), 司馬(사마), 司空(사공)〕 기록하게 하였다. 당시에 子路(자로)는 衛(위)에 출사(벼슬)하고 있었는데, 그러한 전례를 보고 공자를 찾아왔다.

孔子가 말했다.

"안타깝도다(惜也). 성읍을 많이 주는 것만 못했다. 禮器(예기)나 名分(명분)은 다른 사람에게 빌려줄 수 없고, 주군이 관장해야 한다.[1368] 名分(명분)에서 信義(신의)가 있고, 信義는 禮器(예기)를

1366 원문 遇敗焉 - 遇는 만날 우. 당하다. 桓子(환자)는 孫良夫(손양부).

1367 원문 請曲懸之樂 - 제후가 삼면에 악기를 걸어두는 일. 이는 대부가 제후의 예를 행하겠다고 주청했다는 뜻.

1368 원문 不可以假人, 君之所司 - 器는 禮樂의 器. 名은 명예. 尊卑

지키는 것이며, 예기는 禮制(예제)이고,[1369] 예제로 大義(대의)를 실행하며 大義를 지켜야 生利(이익을 생산하다)하고, 生利(생리 : 이익을 생산하다)해야 백성을 안정시킬 수 있으니 정치의 大節(대절)이다. 만약 이런 禮器(예기)나 명분을 남에게 준다면 곧 다른 사람에게 政事(정사 : 정치)를 넘겨주는 것이고, 정사의 권한이 없다면 나라가 망하는 것이니, 이를 중지할 방도가 없다."

| 原文 | 公父文伯之母, 紡績不解. 文伯諫焉.

其母曰, "古者王后親織玄紞, 公侯之夫人加之紘綖, 卿之內子爲大帶, 命婦成祭服, 列士之妻, 加之以朝服, 自庶士已下, 各衣其夫, 社而賦事, 烝而獻功, 男女紡績, 愆則有辟, 聖王之制也, 今我寡也, 爾又在位, 朝夕恪勤, 猶恐忘先人之業, 況有怠墮, 其何以避辟?"

孔子聞之曰, "弟子誌之, 季氏之婦, 可謂不過矣."

| 국역 | 〔魯 大夫(노 대부)〕 公父文伯(공보문백)의 모친〔敬姜(경

의 名號. 爵號(작호). 所司의 司는 주관하다.

1369 원문 器以藏禮 - 器라는 형식이 있은 연후에 그 예를 실행할 수 있으므로, 禮器가 禮를 내장하고 있는 것이다. 然後得行其禮故曰器以藏禮.

강)〕은 길쌈에 게으르지 않았다.[1370] 그러자 文伯(문백)이 그만두라고 말했다(文伯諫焉).

그 모친이 말했다.

"옛날에 王后(왕후)는 친히 옷감을 짜서 玄紞(현담)을 만들었고, 公侯(공후)의 夫人(부인)은 현담을 만들고 그 위에 紘綖(굉연)을 만들어 보태었다. 卿(경)의 內子(내자, 아내)는 (길쌈으로, 관복의) 大帶(대대)를 만들었고, 〔大夫(대부)의 妻(처)〕 命婦(명부)는 祭服(제복)을 만들었으며, 列士〔열사 : 上士(상사 : 선비)〕의 妻(처)는 朝服(조복)을 만들었고, 士人(선비) 이하의 아내들은 각각 남편의 옷을 만들었다. 그리하여 봄에는 토지신에게 제사하고 농사와 누에치기에 종사하였고, 겨울 제사〔烝(김 오를 증)〕에 곡식을 헌상하였다. 남녀가 각자 자기 일을 하였고 잘못이 있으면 벌을 받는 것이 옛 聖王(성왕)의 제도였다. 지금 내가 홀어미가 되었고, 네가 지금 관직에 있으면서 조석(아침저녁)으로 공경하고 근면하여도[1371] 先人(선인 : 선조)의 교훈을 잊을까 두렵기만 한데, 하물며 내가 게으르다면[1372] 형벌을 어찌 면할 수 있겠느냐?"

孔子가 이를 듣고 말했다.

1370 원문 紡績不解 – 解는 懈(게으를 해)와 通. 본 편의 내용은 《國語 魯語 下》와 《列女傳 母儀》에도 수록되었다.

1371 원문 朝夕恪勤 – 恪은 삼갈 각. 정성스럽다. 勤은 부지런할 근.

1372 원문 況有怠墮 – 況은 하물며 황. 怠는 게으를 태. 墮는 떨어질 타.

"弟子(제자)들은 이를 기억하라. 季氏(계씨) 가문의 부인은 허물이 없었을 것이다."

| 原文 | 樊遲問於孔子曰, "鮑牽事齊君, 執政不撓, 可謂忠矣, 而君刖之, 其爲至闇乎?"

孔子曰, "古之士者, 國有道則盡忠以輔之, 國無道則退身以避之. 今鮑疾子食於淫亂之朝, 不量主之明暗, 以受大刖, 是智之不如葵, 葵猶能衛其足."

| 국역 | 樊遲(번지)가 공자에게 말했다.

"鮑牽(포견)이 齊君(제군)을 섬기면서 그 정치가(執政) 문란하지 않았으니〔不撓, 撓(흔들 요), 굽히다)〕 충성이라고 말할 수 있습니다. 그러나 주군은 그의 발꿈치를 자르는 형벌에 처했으니[1373] 군주가 아주 우매한 것입니까?"[1374]

孔子가 말했다.

"옛날의 士人(사인 : 선비)은 나라에 정도가 지켜질 때 충성을 다하여 주군을 보좌하고, 나라에 道(도)가 없다면 몸을 숨겨 피하였

1373 원문 而君刖之 – 刖은 벨 월. 발꿈치를 자르는 형벌.

1374 원문 其爲至闇乎? – 闇은 닫힌 문 암. 우매하다.

다. 지금 鮑疾子〔포질자 : 鮑莊子(포장자), 鮑叔牙(포숙아)의 증손〕는 음란한 조정에 출사하면서 주군이 현명한가? 우매한가를 헤아리지 못하고 무거운 刖刑(월형)을 받았으니, 그의 지혜가 해바라기만도 못한 것이다.[1375] 해바라기는 해를 좇아가나 자신의 다리는 지킬 수 있다."

|原文| 季康子欲以一井田出法賦焉, 使訪孔子.

子曰, "丘弗識也."

冉有三發卒曰, "子爲國老, 待子而行, 若之何子之不言?"

孔子不對而私於冉有曰, "求, 汝來, 汝弗聞乎, 先王制土, 借田以力, 而底其遠近, 賦裹以入, 而量其無有, 任力以夫, 而議其老幼. 於是鰥寡孤疾老者, 軍旅之出, 則征之, 無則已. 其歲收, 田一井出稯禾, 秉芻, 缶米 不是過, 先王以爲之足, 君子之行, 必度於禮, 施取其厚, 〈施以厚爲德也〉 事擧其中, 斂從其薄, 若是其已, 丘亦足矣. 不度於禮, 而貪冒無厭, 則雖賦田, 將有不足. 且子孫若以行之而取法, 則有周公之典在. 若欲犯法, 則苟行之, 又何訪焉."

1375 원문 是智之不如葵 – 葵는 해바라기 규(向日花).

| 국역 | 〔魯(노)의〕 季康子(계강자)가 井田(정전)을 단위로 賦稅(부세)하는 법을 시행하려고 사람을 공자에게 보내 묻게 하였다.

공자가 말했다.

"나는(丘) 잘 알지 못한다."

그러자 冉有(염유)는 여러 번 묻다가(三發) 나중에 말했다(卒曰).

"선생님께서는(子) 나라의 원로이시니 모두 선생님의 의견을 들어 시행하려 하는데, 왜 말씀을 아니 하십니까?"

孔子는 대답하지 않고 조용히(私) 冉有(염유)에게 말했다.

"求(구)야, 가까이 와라. 너는 알지 못하느냐?(汝弗聞乎?) 先王(선왕)이 토지제도를 마련할 때(制土) 백성의 노동력에 따라 公田(공전)을 분배하고[1376] 지역의 원근(멀고 가까움)에 따라 조절하였다.[1377] 市廛(시전)에 대한 과세는 상인의 財力(재력)에 따라 과세하였다.[1378] 장정에 대한 徭役(요역, 노동력 징발) 부과는 장정의 나이를 고려하였다.[1379] 그리고 홀아비〔鰥(환), 老而無妻〕, 과부

1376 원문 借田以力 – 토지에 대한 조세는 백성의 인구(노동력)에 의거 분배하고 또 징수하였다.

1377 원문 而底其遠近 – 底는 밑 저. 근간으로 삼다. 원근에 따라 10분의 1 징세가 적정하다.

1378 원문 賦裏以入, 而量其無有 – 裏는 속 리. 廛(가게 전, 점포)과 同. 시장 점포에 대한 부세는 재산과 거래량에 따라 부과했다는 뜻.

1379 원문 任力以夫, 而議其老幼 – 백성의 노동력을 동원하는 공사

(寡, 老而無夫) 孤(고아, 幼而無父) 廢疾者(폐질자 : 병든자)나 노인의 경우 군대 징발은 정벌이 있을 때만 징발하고 평상시에는 징발하지 않았다. 그리고 그 일 년의 징수액은 토지 1井(정)에 벼(禾) 1稯(종), (軍馬 사료용) 볏짚 1秉(병), 精米(정미 : 쌀) 1缶(부)를 넘지 않았는데, 선왕은 충분하다고 생각하였다. 君子의 행실은 반드시 禮(예)를 헤아려야 하고(度), 많이 가진 곳에서 걷어들이고, 모든 일이 적당해야 한다(事擧其中). 징수는 부담이 적은 쪽을 따라야 하니,[1380] 이와 같으면 되는 것이니 16井인 1丘(구) 단위로 징수하여도 충분할 것이다. 그러나 이런 禮을 헤아리지 않고, 그 탐욕에 만족할 줄을 모르니 토지 단위로(井) 징수하여도 결국은 부족할 것이다. 거기다가 후손으로서 법도를 따라 시행한다 하더라도 周公(주공)이 정한 典章(전장 : 법)이 있다. 만약 법도를 따르지 않고 시행하겠다면 그냥 시행하면 그뿐, 굳이 나를 찾아와 왜 자문을 구해야 하는가?"[1381]

에서는 丁夫의 長幼(장유)에 따라 경중을 달리하였다.

1380 원문 斂從其薄 – 斂은 거둘 렴. 收斂(수렴)하다. 歛(바랄 감. 탐할 함)이 아님. 薄은 엷을 박. 백성의 부담이 가벼운 쪽으로 세율을 정해야 한다는 뜻.

1381 원문 又何訪焉 – 옛 법을 따르지 않고 더 무겁게 걷으려 한다면 그냥 징수하면 되지 나를 찾아와 물을 필요가 무엇인가?

| 原文 | 子遊問於孔子曰, "夫子之極言子產之惠也, 可得聞乎?"

孔子曰, "惠在愛民而已矣."

子遊曰, "愛民謂之德教, 何翅施惠哉?"

孔子曰, "夫子產者, 猶衆人之母也, 能食之, 弗能教也."

子遊曰, "其事可言乎?"

孔子曰, "子產以所乘之輿濟冬涉者, 是愛無教也."

| 국역 | 子遊(자유)가 孔子에게 물었다.

"夫子(부자 : 선생님)께서는 子産(자산)의 慈惠(자혜)에 관하여 극찬하시니 말씀을 더 듣고 싶습니다."

孔子가 말했다.

"子産의 은혜는 愛民(애민)뿐이었다."

子遊(자유)가 물었다.

"愛民(애민)은 곧 德教(덕교)인데, 왜 어진 은혜뿐이라 하십니까?"[1382]

공자가 말했다.

"子産(자산)이란 분은 백성의 부모와 같았으니 백성을 먹여줄 뿐 가르치지는 않았다."

1382 원문 何翅施惠哉? – 翅는 날개 시, 뿐 시. 啻(~뿐 시)와 通.

"그것을 자세히 말씀해 주실 수 있습니까?"

"子産(자산)은 자신의 수레로 겨울에 냇물을 건너는 사람을 태워주었다.[1383] 이는 은혜를 베풀었지 가르치지는 않은 것이다."

| 原文 | 哀公問於孔子曰, "二三大夫皆勸寡人使隆敬於高年, 何也?"

孔子對曰, "君之及此言, 將天下實賴之, 豈唯魯哉."

公曰, "何也? 其義可得聞乎?"

孔子曰, "昔者有虞氏貴德而尙齒, 夏后氏貴爵而尙齒, 殷人貴富而尙齒, 人貴親而尙齒, 虞夏殷周, 天下之盛王也, 未有遺年者焉. 年者貴於天下久矣, 次於事親, 是故朝廷同爵而尙齒, 七十杖於朝, 君問則席, 八十則不仕朝, 君問則就之, 而悌達乎朝廷矣, 其行也肩而不並, 不錯則隨, 斑白者不以其任於道路, 而悌達乎道路矣, 居鄕以齒而老窮不匱, 强不犯弱, 衆不暴寡, 而悌達乎州巷矣, 古之道, 五十不爲甸役, 頒禽隆之長者, 而悌達乎搜狩矣, 軍旅什

1383 원문 以所乘之輿濟冬涉者 – 乘은 태워주다. 輿는 수레. 가마. 濟는 물을 건너가다. 涉은 건널 섭. 물이 얕아 배나 수레를 타지 않고 걸어서 건너는 것. 渡(건널 도)는 배나 뗏목, 또는 기구를 이용하여 건너가는 것.

伍, 同爵則尙齒, 而悌達乎軍旅矣. 夫聖王之敎, 孝悌發諸朝廷, 行於道路, 至於州巷, 放於搜狩, 循於軍旅, 則衆感以義, 死之而弗敢犯."

公曰, "善哉, 寡人雖聞之, 弗能成."

| 국역 | 魯 哀公(노 애공)이 孔子(공자)에게 물었다.

"몇몇 大夫(대부)들이 과인에게 나이 많은 분을 공경하라고 권유하는데 왜 그러겠습니까?"

孔子가 대답하였다.

"주군께서 그 말대로 실천한다면 온 천하가 혜택을 누릴 것이니 어찌 魯(노)나라뿐이겠습니까?"

애공이 말하였다.

"왜 그렇습니까? 그 말씀을(뜻을) 들을 수 있겠습니까?"

孔子가 말했다.

"옛날에(昔者) 有虞氏(유우씨, 舜 부족)는 德을 귀히 여기면서 나이든 분을 尊崇(존숭)하였습니다(尙齒). 夏后氏(하후씨)는 작위(벼슬 있는 사람)를 귀하게 여기면서도 나이든 분을 받들었으며, 殷人(은인)은 富(부)를 귀하게 여기면서도 尙齒(상치 : 나이든 분을 받들다)하였고, 周人(주인)은 貴親(귀친 : 친족을 귀히 여기다)하면서도 尙齒(상치 : 나이든 분을 받들다)하였으니, 유우씨, 夏(하), 殷(은), 周(주)는 天下(천하)의 盛王時代(상왕시대)이면서 연장자를 잊지 않았습니다. 그래서 천하가 연장자를 귀하게 받든 것은 오래되었으며 양친을 받드는 것은 그 다음이라(次) 생각하였습니다. 그래서 朝廷(조정)에서 같은 작위라도 尙齒(상치 : 나이든 분을 받들다)하였으니 70세 노인은 조정에서도 지팡이를 짚었고, 주군일지라도 물을 바가(問) 있으면 자리를 마련했으며,[1384] 80세에 조정에 출사하지 않아도 주군이 물을 것이 있으면 찾아가서 물었습니다. 이처럼 나이 많은 분을 우대하는 풍조가 조정에 널리 통하게 되었으며, (나이 많은 사람과 길을 갈 때) 어깨를 나란하게 걷지 않고 비스듬히 옆의 뒤에 따라 걸었고,[1385] 머리가 희끗하게 센 斑白(반백)의 노인은 길에서 짐을 지지 않았으니,[1386] 尙齒(상치 : 어른 공경)의 기풍이 도로에서도 통하였습니다. 향촌에서도 나이든 사람이 빈궁하더라도 먹을 것이 떨어지지 않았으며, 강한 자가 늙은 약자를 범하지 않았고, 다수가 적은 수의 노인에게 횡포하지 않았으니, 이는 마을에서도〔巷(항)〕 노인 존중의 기풍이 통한 것입니다. 옛날에 50세가 되면 사냥의 노역에 동원되지 않았고, 사냥한 것을 나눠줄 때에도 어른을 존중하니 사냥에서도 尙齒(상치 :

1384 원문 君問則席 - 主君이 물을 바가 있으면. 노인을 위한 자리를 마련한 뒤에 불러 물었다.

1385 원문 其行也肩而不竝 - 肩은 어깨 견. 竝은 나란할 병. 〈不敢與長者竝肩也〉.

1386 원문 斑白者不以其任於道路 - 斑은 얼룩 반. 斑白은 흰머리가 섞이다, 任은 짐을 지다(負也).

어른 존중)의 기풍이 통한 것입니다. 군대의 대열에서도 같은 작위라면 나이를 우대하였으니 군대에서도 통했던 것입니다. 이러한 聖王(성왕)의 교화와 孝敬(효경)의 기풍이 조정에서 시작하여 길과 마을과 사냥터, 군대까지 두루 통하여 백성이 감화되어 죽게 될지라도 나이 많은 사람을 감히 무시하지 못할 것입니다."

이에 애공이 말했다.

"옳은 말씀입니다. 과인이 말씀은 들었지만 실천하지는 못할 것 같습니다."

| 原文 | 哀公問於孔子曰, "寡人聞東益不祥, 信有之乎?"

孔子曰, "不祥有五, 而東益不與焉. 夫損人自益, 身之不祥, 棄老而取幼, 家之不祥, 擇賢而任不肖, 國之不祥, 老者不教, 幼者不學, 俗之不祥, 聖人伏匿, 愚者擅權, 天下不祥. 不祥有五, 東益不與焉."

| 국역 | 哀公(애공)이 공자에게 물었다.

"과인이 알기로, 동쪽으로 집을 늘리면 상서롭지 못하다는데,[1387] 정말 그러합니까?"

1387 聞東益不祥 – 살고 있는 집이 좁다고 건물을 더 지어 동쪽으로 규모를 늘리다.

孔子가 말했다.

"상서롭지 못한 不祥(불상)이 5가지인데, 동쪽으로 집을 늘리는 것은 들어있지 않습니다. 남에게 손해를 끼치면서 자신을 이롭게 하는 것은 一身(일신 : 자신의 몸)의 不祥(불상 : 상서롭지 못하다)이고, 노인을 버리고 어린애만 거두는 것은 一家(일가 : 한 집안)의 불상이며, 擇賢(택현 : 어진 사람을 선택하다)하고서도 不肖(불초)한 자에게 등용하는 것은 나라의 불상이며, 노인은 가르치지 않고 젊은이가 배우지 않는다면, 이는 세속의 不祥(불상 : 상서롭지 못하다)이고, 聖人(성인)은 숨어버리고 愚者(우자 : 어리석은 자)가 권력을 행사한다면, 이는 천하의 不祥(불상)이니, 이 다섯 가지 不祥(불상)에 동쪽으로 집을 늘리는 것은 들어있지 않습니다."

| 原文 | 孔子適季孫, 季孫之宰謁曰, "君使求假於馬, 特與之乎?"

季孫未言. 孔子曰, "吾聞之君取於臣謂之取, 與於臣謂之賜, 臣取於君謂之假, 與於君謂之獻."

季孫色然悟曰, "吾誠未達此義."

遂命其宰曰, "自今已往, 君有取之, 一切不得復言假也."

| 국역 | 孔子가 季孫氏(계손씨)에게 갔을 때, 계손씨의 家宰〔가재, 家臣(가신)〕가 계손씨에게 말했다.

"魯君(노군)께서 말(馬)을 빌려 달라 하는데, 그냥 빌려줘도 되겠습니까?"

계손씨가 대답을 못하자, 공자가 말했다.

"내가 알기로, 주군이 신하한테서 얻어가는 것을 '가져간다(取).' 고 하고 신하에게 주는 것을 '하사한다(賜).' 라 하며, 臣(신하)이 주군에게서 얻어가는 것을 '빌려간다(假).' 고 하고, 주군에게 보내주는 것은 '바친다(獻).' 고 합니다."

그러자 계손씨의 안색이 바뀌며 깨달은 듯 말했다.

"저는 이런 뜻을 몰랐습니다."

그러면서 家宰(가재)에게 말했다.

"지금부터 다시는 주군께서 가져가시는 것을 '빌려달란다' 고 말하지 말라."

《孔子家語》 권10

〈曲禮子貢問(곡례자공문)〉 제42

【해설】

우리 일상생활에 필요하거나 지켜야 할 수많은 禮儀(예의)를 曲禮(곡례)라 한다. 곧 곡례는 禮의 細節(세절)이라 할 수 있다.

본 편의 첫 장은 子貢(자공)의 질문으로 시작하기에 〈曲禮子貢問(곡례자공문)〉으로 되었다. 다음 43편은 〈曲禮子夏問(곡례자하문)〉이고, 마지막 44편까지 모두 곡례에 관련한 문답이 이어진다.

본 편은 공자의 일상생활에서 듣거나 경험한 일, 그리고 경험과 관련된 공자의 생각을 피력한 내용이다.

《論語 顏淵(논어 안연)》의 첫 章(장)에, 顏淵(안연)이 問仁(문인 : 인에 대한 질문했다)했다. 공자는 "克己復禮(극기복례 : 자기를 이기고 예절로 돌아간다)가 仁의 실천이다(爲仁). 一日을 극기복례하면 天下(천하)가 歸仁(귀인 : 인으로 돌아간다)한다. 仁의 실천은(爲仁) 나에게 있나니(由己), 어찌 남에게 있겠는가?(而由人乎哉?)"라고 말했다.

안연이 仁을 실천하는 細目(세목)을 묻자, 공자는 "非禮(비례 :

예가 아니면)면 보지도 말고〔勿視(물시)〕, 非禮면 勿聽(물청 : 듣지도 말고)하고, 非禮면 勿言(물언 : 말하지도 말며)하고, 非禮면 勿動(물동 : 움직이지도 말라)하라." 고 하였다.

자신의 욕망이나 감정을 참고 언행을 조심하는 것이 克己(극기)이다. 그리고 사회에 통용되는 예법을 준수하고 따라가는 것이 復禮(복례)이다.

공자는 극기복례가 바로 仁의 실천이라고 정의하면서 1일이라도 극기복례한다면 천하 사람들도 인을 따라서 실천할 것(歸仁)이라고 하였다. 그러나 歸仁(귀인)을 '稱仁(칭인)', 곧 '仁人(인인)이라고 칭송할 것이다.' 라고 해석할 수도 있다. 그러면서 인의 실천(爲仁)은 자신의 의지이지 결코 다른 사람 때문이 아니라고 하였다.

이렇게 禮를 실천하는 것이 仁이며, 예의 실천은 자신의 의지이니, 仁이 자신에게 있는 것이지 타인 때문에 인을 실천하는 것이 아니라는 것을 명확하게 설명하였다.

본래 도덕과 인의는 禮(예)가 아니면 성립할 수 없으며(道德仁義 無禮不成), 禮는 상호작용이기에 저쪽이 禮로 대하면 이쪽도 禮로 대해야 하고(彼以禮來 此以禮往), 상대의 禮에 답례를 안 하면 禮가 아니다. 그리고 禮를 갖춰 한 치(一寸)를 물러나면 한 자(一尺)의 禮敬(예경)을 받는다(讓禮一寸 得禮一尺)고 하였다.

| 原文 | 子貢問於孔子曰, "晉文公實召天子而使諸侯朝焉. 夫子作《春秋》, 云「天王狩於河陽」, 何也?"

孔子曰, "以臣召君, 不可以訓, 亦書其率諸侯事天子而已."

| 국역 | 子貢(자공)이 孔子에게 물었다. "晉(진) 文公(문공)이 실제로 周 天子(주 천자)를 불렀고 제후들을 入朝(입조) 알현케 하였는데,[1388] 夫子(부자 : 선생님)께서는 《春秋(춘추)》를 지으면서 「天王(천왕)이 河水(하수) 북쪽에서(河陽) 사냥하였다.」고 기록하였는데, 왜 그렇습니까?"

孔子가 말했다.

"臣下(신하)가 주군을 소환한 것은 후세에 전할 교훈이 될 수 없어(不可以訓), 〔文公(문공)이〕 제후를 거느리고 천자를 섬겼다고 기록하였다."

1388 원문 晉文公實召天子而使諸侯朝焉 - 晉 文公(재위 前 636-628년) 諸侯를 溫(온)으로 불러 會盟하면서(魯 僖公 28년, 前 632年) 당시 周 襄王(양왕)을 불러(召) 河陽에서 사냥케 하면서 제후들을 朝見하게 하였다. 공자는 신하가 주군을 오라고 부른 것을 사실대로 기록할 수 없고, 溫이라는 晉의 지명을 사실대로 기록할 수가 없어 河陽이라 기록한 것이다.

| 原文 | 孔子在宋, 見桓魋自爲石槨, 三年而不成, 工匠皆病.

夫子愀然曰, "若是其靡也. 死不如朽之速愈."

冉子僕曰, "禮, 凶事不豫, 此何謂也?"

夫子曰, "旣死而議謚, 謚定而卜葬, 旣葬而立廟, 皆臣子之事, 非所豫屬也, 況自爲之哉."

| 국역 | 孔子가 宋(송)나라에 머물 때, 司馬桓魋(사마환퇴)가 자신의 石槨(석곽)을 만드는데 3년이 지나도록 완성을 못했고,[1389] 일을 하는 工匠〔공장, 丈人(장인)〕 모두가 지쳐 쓰러졌다(皆病).

夫子(부자 : 공자)가 몹시 슬퍼하며〔愀然(초연)〕 말했다.

"이렇듯 사치해야 한다면,[1390] 시신이 죽어 빨리 썩어버리는 것만도 못하다."

冉子(염자, 冉有)가 수레를 몰며 물었다.

"禮制(예제)에 凶事(흉사)는 미리 준비하지 않는다 하였는데(不豫), 왜 그렇습니까?"

夫子(부자 : 공자)가 말했다.

1389 본 장은《禮記 檀弓 上》에도 수록되었다.

1390 원문 若是其靡也 - 若은 같을 약. 만약. 靡는 쓰러질 미. 사치하다(侈也).

임금이 "죽은 다음에(旣死) 諡號(시호)를 논의하고, 시호가 정해진 다음에 장례 일자를 정하고, 장례를 마친 다음에 묘당을 건립해야 한다. 모두가 신하들의 일이니 미리 위촉할 수도 없는데, 하물며 자신이 할 수 있겠는가?"

|原文| 南宮敬叔以富得罪於定公, 奔衛, 衛侯請復之, 載其寶以朝.

夫子聞之曰, "若是其貨也, 喪不若速貧之愈."

子遊侍曰, "敢問何謂如此?"

孔子曰, "富而不好禮, 殃也, 敬叔以富喪矣, 而又弗改, 吾懼其將有後患也."

敬叔聞之, 驟如孔氏, 而後循禮施散焉.

|국역| 〔魯(노)의〕 南宮敬叔(남궁경숙)이 재산을 늘리다가(以富) (魯) 定公(정공)에게 죄를 짓고 衛(위)로 도망 나갔는데, 衛侯(위후)가 남궁경숙의 노나라로의 복귀를 요청했고, (남궁경숙은) 보물을 수레에 싣고 와서 정공을 조견하였다.

공자가(夫子) 듣고서 말했다.

"이처럼(若是) 뇌물을 쓰다니!(其貨也!) (지위를) 잃는 것은(喪, 失位) 빨리 가난해지는 것만 못하다."

子遊(자유)가 모시고 있다가(侍) 말했다.

"왜 그러합니까?"

孔子가 말했다.

"부유하면서 禮를 좋아하지 않는다면 재앙이다. 남궁경숙은 재산 때문에 예를 지키지 못했고, 또 (잘못을) 고치지도 못했으니, 장차 후환이 있을까 나는 두렵다."

남궁경숙은 스승의 말을 듣고서는 공자를 찾아 배웠고, 나중에 예를 지키며 재물을 백성에게 널리 베풀었다.

| 原文 | 《論語 學而》 子貢曰, "貧而無諂, 富而無驕, 何如?"

子曰, "可也, 未若貧而樂, 富而好禮者也."

子貢曰, "詩云, '如切如磋, 如琢如磨', 其斯之謂與?"

子曰, "賜也, 始可與言詩已矣, 告諸往而知來者."

| 국역 | 子貢(자공)이 물었다.

"가난하지만 아첨〔諂(아첨할 첨)〕하지 않고, 부자이지만 교만하지 않다면 어떻겠습니까?"

이에 공자께서 말씀하셨다.

"좋은 일이다. 그러나 가난하지만 和樂(화락)하고, 부자면서 禮

지키기를 좋아하는 사람만 못할 것이다."

그러자 자공의 학식과 재치가 번득인다.

"《詩》에 나오는 切磋琢磨(절차탁마)가 바로 이런 뜻입니까?"

이에 공자가 칭찬하였다.

"자공은 나와 《詩》를 이야기할 수 있다. 지난 것을 말해주니 앞일을 알고 있다."

【참고】 자공은 공자 문도 중에서 가장 수완이 뛰어났고 상당한 富를 축적하였다. 그런 자공 자신이 '富而不驕(부이불교 : 부자이면서 교만하지 않다)' 의 뜻을 夫子(부자 : 공자)에게 말씀드렸다. 그러자 공자는 그보다 한층 더 높은 경지 '富而好禮(부이호례 : 부자이면서 예를 좋아하다)' 를 말해주었다. 그런 스승의 가르침을 자공은 금방 이해하고 받아들이면서 《詩經》의 '有匪君子여! 如切如磋하며, 如琢如磨로다.' 의 구절을 말했다.

이 시 구절은 《詩經 衛風(시경 위풍) 淇澳(기오)》편이다. 切(절)은 玉을 잘라내고, 磋(차)는 갈아 다듬으며, 琢(탁)은 옥을 쪼아내어 무늬를 만들고, 磨(마)는 곱게 갈아 광택을 내는 작업이다. 이를 간단히 '切磋琢磨(절차탁마)' 라 하는데, 군자의 부단한 硏學(연학)과 인격수양을 의미한다.

사람은 지위가 높거나, 부유하거나 아니면 박사라면서 지식이 많다고 또는 상대방보다 나이가 많아도, 하다못해 남보다 힘이 조금만 세어도 약자 앞에 교만해지기 쉽다. 그러니 교만하지 않다는 것도 대단하지만, 그런 사람이 예의를 지키며 실천한다면 더욱 더 훌륭할 것이다. 好禮(호례 : 예를 숭상하고 좋아한다)는 無驕(무교 : 교만하지 않다)보다 더 높은 境地(경지)일 것이다.

'富貴(부귀)한데다가 교만하다면 스스로 허물을 짓는 것이다(富貴而驕 自遺其咎).' 라고[1391] 老子도 교만을 질타했다.

| 原文 | 孔子在齊, 齊大旱, 春饑.

景公問於孔子曰, "如之何?"

孔子曰, "凶年則乘駑馬, 力役不興, 馳道不修, 祈以幣玉, 祭祀不懸, 祀以下牲, 此賢君自貶以救民之禮也."

| 국역 | 孔子가 齊(제)에 머물 때, 齊에 큰 가뭄〔大旱(대한)〕이 들어, 봄에 백성이 굶주렸다.

(齊) 景公(경공)이 공자에게 "어찌해야 합니까?"라고 물었다.

이에 공자가 대답했다.

"凶年(흉년)에는 둔한 말〔駑馬(노마)〕을 타며, 백성을 부역에(力役) 동원하지 않고(不興), 〔君行之道(군행지도)인〕 馳道(치도 : 큰 길)를 수리하지 않습니다(不修). 기도할 일이 있으면 비단이나 玉

1391 《老子道德經》 9章 - 持而盈之, 不如其已. 揣而銳之, 不可長保. 金玉滿堂, 莫之能守. 富貴而驕, 自遺其咎. 功成身退, 天之道.

을 사용하고(幣玉),[1392] 제사에 음악을 연주하지 않으며,[1393] 제사에서는 희생의 등급을 낮춥니다.[1394] 이상은 賢君(현군 : 어진 임금)이 스스로를 낮춰 백성을 구제하는 禮입니다."

| 原文 | 孔子適季氏, 康子晝居內寢. 孔子問其所疾. 康子出見之. 言終, 孔子退, 子貢問曰, "季孫不疾而問諸疾, 禮與?"

孔子曰, "夫禮, 君子不有大故, 則不宿於外. 非致齊也, 非疾也, 則不晝處於內, 是故夜居外, 雖吊之, 可也. 晝居於內, 雖問其疾, 可也."

| 국역 | 孔子가 季氏(계씨)를 찾아갔을 때, 季康子(계강자)는 낮인데도 안채 침실에(內寢) 있었다. 孔子가 어디가 아픈가 물었다. 그러자 계강자가 나와서 공자를 만났다.

1392 원문 祈以幣玉 – 비단(幣)이나 玉을 사용하고 犧牲(희생)을 바치지 않는다.

1393 원문 祭祀不懸 – 懸은 매달 현. 鐘과 磬(경)은 매달아놓고 연주한다. 作樂하지 않는다는 뜻.

1394 원문 祀以下牲 – 牲은 희생 생. 大牢(대뢰)를 쓰는 제사에 少牢(소뢰)를 올린다.

이야기를 마치고 공자가 나왔다.

자공이 물었다.

"季孫(계손)씨가 아프지도 않은데 무슨 병인가 물었는데, 禮에 합당합니까?"

孔子가 말했다.

"禮制(예제)에, 君子(군자)는 큰일이(大故) 아니라면 집 밖에서 자지 않는다. 제사를 지내기 전 齋戒(재계)할 경우나 병이 아니라면 낮에 내실에 들어가지 않는다. 때문에 밤에 바깥에서 자면 弔喪(조상)을 해도 괜찮고, 낮에 내실에 있다면(晝居於內) 병이 있나 물어도 괜찮다."

| 原文 | 孔子爲大司寇, 國廐焚, 子退朝而之火所, 鄕人有自爲火來者, 則拜之, 士一, 大夫再.

子貢曰, "敢問何也?"

孔子曰, "其來者亦相吊之道也. 吾爲有司, 故拜之."

| 국역 | 孔子가 (魯의) 大司寇(대사구)일 때, 나라의 마구간에(國廐) 불이 났다.[1395] 공자가 退朝(퇴조 : 조회를 마치다)하여 불난 곳

1395 《論語 鄕黨》 廐焚. 子退朝曰, "傷人乎?" 不問馬.

이 구절은 좀 논란이 있는 구절이다. 공자의 마구간〔廐(마구간

에 갔는데, 불을 끄려고 온 사람을 만나 士人(선비)에게는 한 번, 大夫(대부)에게는 再拜(재배)하였다.

자공이 물었다.

"왜 그렇게 해야 합니까?"

孔子가 말했다.

"여기 온 사람들은 큰일에 위문하러 온 사람들이고, 나는 나라 관리이기에 그들에게 拜禮(배례 : 머리숙여 절을 함)한 것이다."

| 原文 | 子貢問曰, "管仲失於奢, 晏子失於儉, 與其俱失矣, 二者孰賢?"

구)]이 불탔다. 공자가 退朝해서는 "사람이 다쳤는가?"라고 물었지만, 말(馬)에 대해서는 묻지 않았다.

모든 일에 輕重(경중)과 先後가 있을 것이다. 그래도 최우선 가치는 사람이다. 비록 하등의 노비지만 사람이 죽거나 다치지 않았는가를 염려하였다. 人命이 우선이나 가축도 소중하고 그 생명을 함부로 빼앗을 수 없다고 생각한 공자였다.

이 구절의 일반적인 해석과 달리 「傷人乎不? 問馬」로 해석해야 한다는 주장도 있다. 이렇게 되면 "사람이 다쳤나 안 다쳤나? 그리고 말에 대하여 물었다."로 풀이할 수 있다. 사실 말은 주요한 재산이었고, 말의 부상 역시 중요한 문제였을 것이다. '말에 관하여 묻지 않았다.' 보다는 좀 더 합리적이고 人情上 그래야 할 것이다.

孔子曰, "管仲鏤簋而朱紘, 旅樹而反坫, 山節藻梲, 賢大夫也, 而難爲上. 晏平仲祀其先祖, 而豚肩不揜豆, 一狐裘三十年, 賢大夫也, 而難爲下. 君子上不僭下, 下不偪上."

| 국역 | 子貢이 물었다.

"管仲(관중)[1396]은 사치에 빠졌고, 晏子(안자, 晏仲)[1397]는 지나

1396 管仲(관중, 前 725 – 645年) – 姬姓에 管氏. 名은 夷吾(이오), 字는 仲, 謚 敬, 齊 桓公의 相. 春秋 시대 法家의 대표 인물. 中國 역사상 宰相의 典範. 내정을 改革하면서 商業도 중시. 九合 諸侯하며 兵車에 의지하지 않았다. 《史記 管晏列傳》에 입전. 《論語》에는 공자의 管仲에 대한 언급이 많다. 곧 《論語 八佾》 子曰, "管仲之器小哉!" ~. / 《論語 憲問》 問管仲. 曰, "人也. 奪伯氏騈邑三百, 飯疏食, 沒齒無怨言." / 《論語 憲問》 子路曰, "桓公殺公子糾, 召忽死之, 管仲不死." 曰, "未仁乎?" 子曰, "桓公九合諸侯, 不以兵車, 管仲之力也. 如其仁, 如其仁." / 《論語 憲問》 子貢曰, "管仲非仁者與? 桓公殺公子糾, 不能死, 又相之." 子曰, "管仲相桓公, 霸諸侯, 一匡天下, 民到于今受其賜. 微管仲, 吾其被髮左衽矣. ~." 管鮑之交(관포지교)의 주인공. 北宋 蘇洵(소순)의 〈管仲論〉이 유명하다.

1397 晏子(안자, 晏仲) – 晏平仲. "晏平仲(안평중), 晏嬰(안영, 晏子)은 교제를 잘했으니, 오래 교제하면서도 늘 남을 공경하였다. 子曰, 晏平仲善與人交, 久而敬之."《論語 公冶長》 晏平仲은 齊나라의 大夫인데, 平은 그의 시호이고, 仲은 그의 字이다. 공자는 鄭나

친 儉約〔검약, 儉素(검소)〕의 폐단이 있어 둘 다 缺陷(결함)이 있지만 그래도 누가 더 낫습니까?"

孔子가 말했다.

"管仲(관중)은 穀食(곡식)을 담는 그릇에 꽃무늬를 새겼고 갓끈은 붉은 관끈을 사용했으며,[1398] 집 대문 앞에 나무 가림막을 설치했고, 두 기둥 사이에 빈 잔을 올려놓는 흙 단〔反坫(반점)〕을 설치했으며,[1399] 지붕 받침 작은 기둥에 산과 구름 모양을 새기고 상량을 바치는 짧은 기둥에는 山과 마름 무늬를 새겼지만,[1400]

라의 子產(자산)과 안영을 유능한 정치가로 공경하였다. 공자가 35세 전후에 齊에 머물면서 出仕하려 했지만 안영의 반대로 등용되지 못했다. 久而敬之는 장기간 교제하더라도 상대에 대한 공경심은 여전했다는 듯이다. 사실 이 점이 어려운 일이다. 交友以信의 경우 信의 바탕에는 공경심이 있어야 한다. 《史記》 62권 〈管晏列傳〉은 짧은 문장이지만 안영의 고결한 인품이 잘 그려져 있다.

1398 원문 鏤簋而朱紘 – 鏤는 새길 루(누). 刻而飾之. 簋는 祭器 이름 궤. 朱紘(주굉)은 天子 用品. 면류관의 붉은색 끈. 紘은 갓끈 굉(天子冕之紘).

1399 원문 旅樹而反坫 – 旅는 나그네 여. 여기서는 베풀다(施也). 樹는 나무 수. 나무 가림막(屏也).

1400 원문 山節藻梲 – 節은 두공. 지붕을 지탱하는 기둥(栭也)이 山의 모습을 새긴 것이 山節. 梲은 쪼구미 절. 건축용어. 대들보 위에 얹는 기둥. 꽃이나 海藻類(해조류) 모양을 새겼다. 관중이 사는 집에 단청이 화려했다는 뜻이다.

관중보다 더 현명한 大夫(대부)는 없었다. 晏平仲(안평중)은 그 선조를 제사하면서 돼지 어깻죽지〔肩(어깨 견)〕가 祭器(제기 : 豆)를 덮지 않는 작은 祭肉(제육)을 올렸고,[1401] 여우 털 갖옷〔狐裘(호구)〕 하나로 30년을 입었지만 대부로서 현명하였으니, 이보다 더 儉約(검약)한 사람은 없었다. 군자는 아랫사람이 윗사람을 이기려 할 수 없고, 윗사람은 아랫사람을 핍박할 수 없다."

| 原文 | 冉求曰, "昔文仲知魯國之政, 立言垂法, 於今不亡, 可謂知禮矣."

孔子曰, "昔臧文仲安知禮, 夏父弗綦逆祀而不止, 燔柴於竈以祀焉, 夫竈者, 老婦之所祭, 盛於甕, 尊於瓶, 非所柴也. 故曰禮也者, 由體也, 體不備謂之不成, 人設之不當, 猶不備也."

| 국역 | 冉求(염구)가 말했다.

"옛날의 臧文仲(장문중)[1402]이 魯國(노국)의 政事(정사)를 맡아

1401 원문 而豚肩不揜豆 - 제물로 올리는 돼지 앞다리 부분(豚肩). 豆는 제기 이름. 豆를 덮지 않는다면 豆보다 작다. 곧 제물이 작다.

1402 臧文仲(장문중, ? - 前 617년) - 春秋 시대 魯國의 대부. 曾祖父와

원칙을 세우고(立言) 법을 마련하여〔垂法(수법)〕 지금도 유지되니, 禮를 알고 있었다고 말할 수 있습니다."

孔子가 말했다.

"옛날 장문중이 어찌 禮를 알았겠느냐? 夏父弗綦(하보불기)가 잘못된 제사를〔逆祀(역사)〕 지내고 있음에도 이를 제지하지 못했고(不止), 부엌에서(竈, 灶) 장작불을 피워〔燔柴(번시)〕 제사를 지냈는데, 부엌의 제사는 할머니가(老婦) 지내는 제사로 (제물을) 항아리에 담아 올리거나(盛於甕), 瓶(병)에 술을 올리지만 장작을 피우지는 않았다. 신체가 완전하게 갖춰지지 않으면 사람이라 할 수 없는 것처럼 부당하게 차린 제사를 禮라고 한다면, 신체를 다 갖추지 못한 사람과 같다."

|原文| 子路問於孔子曰, "臧武仲率師與邾人戰於狐鮐, 遇敗焉, 師人多喪而無罰, 古之道然與?"

孔子曰, "凡謀人之軍, 師敗則死之, 謀人之國, 邑危則亡之, 古之正也. 其君在焉者, 有詔則無討."

부친은 魯 莊公, 僖公(희공), 文公(문공)을 섬긴 현명한 大夫이었다.

공자는 "장문중은 자리나 차지하고 있던 인물이다! 柳下惠(유하혜)가 현명한 줄 알면서도 추천하지 않는다."고 평가하였다.《論語 衛靈公》臧文仲, 其竊位者與! 知柳下惠之賢, 而不與立也.

| 국역 | 子路(자로)가 孔子에게 물었다.

"臧武仲(장무중)[1403]이 군사를 거느리고〔率師(솔사)〕 邾人(주인)과 狐駘(호태)에서 싸워 패배하며 군사를 많이 잃었지만, 벌을 받지 않았는데 그 당시의 법도가 그러했습니까?"

孔子가 말했다.

"다른 군사를 공격하다가 패전하면 자살하고, 남의 나라를 도모하다가 위기에 처하면 망명하는 것이 고대의 正道(정도)이었다. 그 주군이 살아있고 주군의 詔命(조명)이 있다면,[1404] 신하는 징벌을 면할 수 있었다."

| 原文 | 晉將伐宋, 使人覘之, 宋陽門之介夫死, 司城子罕哭之哀.

覘之反言於晉侯曰, "陽門之介夫死, 而子罕哭之哀, 民咸悅宋, 殆未可伐也."

孔子聞之曰, "善哉! 覘國乎. 《詩》云, '凡民有喪, 匍匐救之.' 子罕有焉, 雖非晉國, 其天下孰能當之. 是以周任

1403 臧武仲(장무중) - 臧文仲의 孫子.

1404 원문 詔(조) - 主君의 敎書. 주군의 교서(지시)가 있다면 문책을 면했다.

有言曰, '民悅其愛者, 弗可敵也.'"

| 국역 | 晉(진)이 宋(송)나라를 정벌하려고 사람을 보내 정찰케 하였다.[1405] 宋 도성 陽門(양문, 城門 名)의 수비 군사〔介夫(개부)〕가 죽었다고, 司空(사공, 司城)인 子罕(자한, 人名)이 슬피 울고 있었다. 정탐하던 사람이 돌아와 晉侯(진후)에게 보고하였다.

"陽門(양문)의 병사가 죽었다고 司空이 슬피 우는 것을 보고 宋의 백성이 그 배려에 모두 기뻐하고 있으니, 아마〔殆(거의 태)〕 정벌할 수 없을 것 같습니다."

孔子가 이를 듣고서 말했다.

"훌륭하구나! 정찰한 사람이여. 《詩 邶風 穀風(시 패풍 곡풍)》에도, 「백성이 喪(상)을 당했다면 빨리 가서 구원해야지.」 하였다. (宋에) 子罕(자한) 같은 사람이 있다면, 설령 晉國(진국)이 아니더라도 천하에 누가 이길 수 있겠는가? 그래서 周任(주임)도[1406] '백성은 자신을 아껴주는 主君을 좋아하니, 가히 대적할 수 없다.' 고 하였다."

1405 원문 使人覘之 – 覘은 엿볼 첨(점)(觀也).

1406 周任(주임) – 古代 賢人. 《論語 季氏》에 보인다. ~ 孔子曰, "求! 周任有言曰, '陳力就列, 不能者止.' 危而不持, 顚而不扶, 則將焉用彼相矣? ~."

❙原文❙ 楚伐吳, 工尹商陽與陳棄疾追吳師, 及之, 棄疾曰, "王事也, 子手弓而可."

商陽手弓.

棄疾曰, "子射諸."

射之, 斃一人, 韔其弓. 又及, 棄疾謂之, 又及, 棄疾復謂之, 斃二人, 每斃一人, 輒掩其目, 止其御曰, "吾朝不坐, 燕不與, 殺三人亦足以反命矣."

孔子聞之曰, "殺人之中, 又有禮焉."

子路怫然進曰, "人臣之節, 當君大事, 唯力所及, 死而後已, 夫子何善此?"

子曰, "然, 如汝言也, 吾取其有不忍殺人之心而已."

❙국역❙ 楚(초)나라가 吳(오)나라를 정벌할 때, 工尹(공윤 / 職名) 商陽(상양)과 〔公子(공자)인〕 陳棄疾(진기질, 陳이 封邑. 뒷날 楚의 平王)이 吳의 군사를 추격했다. 적군을 따라 잡게 되자, 진기질이 외쳤다.

"이는 王이 명령한 일이니 당신은 활을 잡아야 한다."

상양이 손에 활을 잡았다.

진기질이 말했다.

"활을 쏴라!"

활을 쏘아 적군 1명을 죽였고(斃一人) 활을 뒤로 숨겼다.[1407] 또 추격하자, 진기질이 같은 말을 했고, 또 추격하게 되자, 기질은 또 반복하여 적군 두 명을 더 죽였다. 한 사람을 사살할 때마다 상양은 눈을 가렸다.

그리고 수레를 멈추게 한 뒤에 말했다.

"나는 朝見(조견)할 때도 자리가 없고, 궁의 연회에 참여하지도 못하는데(燕不與) 3인이나 죽였으니 돌아가 복명할 수 있을 것이다."

孔子가 듣고서는 말했다.

"殺人(살인)하면서도 역시 禮가 있는 것이다."

그러자 자로가 성질을 내며 앞으로 다가와 말했다.

"남의 신하된 자의 지조에 나라의 큰일에 죽도록 힘껏 수행해야 하거늘, 夫子(공자 : 선생님)께서는 어찌 그를 칭송하십니까?"

공자가 말했다.

"그렇다. 네 말 그대로이다. 나는 그 사람의 차마 죽일 수 없다는 마음씨를 말한 것이다."

|原文| 孔子在衛, 司徒敬之卒, 夫子弔焉, 主人不哀, 夫子

1407 원문 韔其弓 – 韔은 활집 창. 활집에 넣다(韜也, 감출 도).

哭不盡聲而退.

璩伯玉請曰, "衛鄙俗不習喪禮, 煩吾子辱相焉."

孔子許之, 掘中溜而浴, 毁竈而綴, 足襲於床, 及葬, 毁宗而躐行也, 出於大門, 及墓, 男子西面, 婦人東面, 旣封而歸, 殷道也. 孔子行之.

子遊問曰, "君子行禮, 不求變俗, 夫子變之矣."

孔子曰, "非此之謂也, 喪事則從其質而已矣."

| 국역 | 孔子가 衛(위)에 머물 때, 司徒(사도)인 敬之(경지)가 죽어 夫子(부자 : 공자)가 조문하였는데, 喪主(상주)는 슬피 곡하지 않자, 夫子는 哭(곡)을 다 마치지 않고 물러나왔다.

그러자 璩伯玉(거백옥, 蘧伯玉)이 공자를 맞이하며 말했다.

"衛(위)나라의 습속이 비루하여 喪禮(상례)를 잘 모르니, 당신께서 상례를 주관해 주시기 바랍니다."[1408]

孔子가 수락했다. 방 가운데에 구덩이를 파고, 거기에 관을 걸쳐놓았고, 부엌을 뜯어내고 상 위에 발을 묶어 염을 하였다. 장례에 종묘 서쪽 담을 헐어 영구를 대문으로 나가게 하였다. 묘에 이

1408 원문 煩吾子辱相焉 – 煩은 괴로워할 번. 수고롭겠지만, 吾子는 상대방에 대한 존칭. 여기서는 공자. 辱은 욕할 욕. 욕이 되다. 相은 禮를 돕는 사람. 贊禮者.

르러 남자는 서쪽에, 여자는 동쪽에 서게 했으며 장례를 마친 뒤에 돌아왔으니, 모두가 殷(은)의 법도 그대로였다. 그리고 공자가 떠나왔다.

子遊(자유)가 물었다.

"君子(군자)는 行禮(행례 : 예를 행하다)하면서 時俗(시속)을 바꾸지 않는다고 하였지만 夫子(부자 : 선생님)께서는 습속을 바꾸셨습니다."

孔子가 말했다.

"그렇게 말할 것이 아니다. 喪事(상사)는 그 본바탕에 합당하면 될 것이다."

|原文| 宣公八年六月辛巳, 有事於太廟, 而東門襄仲卒, 壬午猶繹.

子遊見其故, 以問孔子曰, "禮與?"

孔子曰, "非禮也, 卿卒不繹."

|국역| 魯(노) 宣公(선공, 재위 前 608－591년) 8년(前 601) 6월 辛巳日(신사일), 太廟(태묘)에서 제사를 지냈는데, 〔公子(공자), 卿(경)인〕 東門襄仲(동문양중)이 죽어 壬午日(임오일)에 繹祭(역제)를 지냈다.[1409]

子遊(자유)가 그런 일을 공자에게, "예에 합당한가?" 를 물었다.

孔子가 말했다.

"非禮(비례)이다. 卿(경)이 죽으면 역제(두 번 제사를 지내다)를 지내지 않는다."

| 原文 | 季桓子喪, 康子練而無衰, 子遊問於孔子曰, "旣服練, 服可以除衰乎?"

孔子曰, "無衰衣者, 不以見賓, 何以除焉?"

| 국역 | (魯 권력자) 季桓子(계환자)의 喪(상)에 아들 康子(강자)는 練祭(연제)를 마치고 (상복인) 衰服(최복)을 벗었다.[1410]

子遊(자유)가 孔子에게 물었다.

"練服(연복)으로 복상하였으니, 衰服(최복)을 벗을 수 있습니까?"

孔子가 말했다.

"衰衣〔최의, 衰服(최복)〕를 입지 않고서는 빈객을 접견할 수 없

1409 원문 壬午猶繹 – 繹은 풀어낼 역. 繹祭는 祭를 지낸 다음 날 다시 지내는 제사라는 주석이 있다.

1410 원문 練而無衰 – 練祭(연제)는 죽은 지 1년의 제사. 小祥(소상). 衰는 쇠약할 쇠. 상복 최.

다. 어찌 벗을 수 있겠는가?"

| 原文 | 邾人以同母異父之昆弟死, 將爲之服, 因顔克而問禮於孔子.

子曰, "繼父同巨者, 則異父昆弟從爲之服, 不同居, 繼父且猶不服, 況其子乎?"

| 국역 | 邾(주)나라 사람으로 어머니는 같고 아버지가 다른 형제가 죽었다. 그 형제 중에 한 사람이 장차 상복을 입게 되어 顔克〔안극 : 顔刻(안각). 史記(사기)에는 顔高(안고)로 되었음〕을 통해 공자에게 예를 물어 보도록 하였다.

공자가 말했다.

"繼父(계부)로서 동거하고 살았다면 아버지가 다른 형제라도 상복을 입지만, 같이 살지 않았다면 계부라 할지라도 상복을 입지 않는데 하물며 그 아들에 있서랴?(상복을 입지 않는다.)"

| 原文 | 齊師侵魯, 公叔務人, 遇人入保, 負杖而息.

務人泣曰, "使之雖病, 任之雖重, 君子弗能謀, 士弗能死, 不可也, 我則旣言之矣, 敢不勉乎."

與其鄰嬖童汪錡乘往 奔敵死焉, 皆殯, 魯人欲勿殤童汪錡, 問於孔子曰.

"能執干戈以衛社稷, 可無殤乎?"

| 국역 | 齊(제)나라의 군사가 魯(노)를 침략하자,[1411] 公叔務人〔공숙무인, 昭公(소공)의 子인 公爲〕은 우연히 작은 城堡(성보 : 성안의 보루)에 들렀다가 지팡이를 세워두고 쉬고 있는 사람을 보았다.

공숙무인이 눈물을 흘리며 말했다.

"요역을 징발하여 백성을 힘들게 하고, 부세 징수가 많더라도, 君子(군자)라면 나라를 위해 일을 하지 않을 수 없고, 士人(사인 : 선비)이라면 죽도록 싸우지 않으면 안 된다. 내가 이렇게 말해주었으니 어찌 힘써 싸우지 않겠는가?"

그리하여 이웃의 총애하는 童子〔동자 : 嬖童(폐동)〕 汪錡(왕기)와 함께 적진에 돌격하여 전사하였다. 이들의 시신을 염할 때 魯人(노인)은 왕기를 어린아이[1412] 장례로 치를 수 없다면서 공자에게 예를 묻자, 공자가 말했다.

"방패와 창을 들고 사직을 지키려 싸웠으니 어린아이 喪禮(상

1411 원문 齊師侵魯 - 《左傳 魯哀公》 11년(前 484) 기사에 수록. 《禮記 檀弓 下》에도 기록.

1412 원문 欲勿殤童汪錡 - 殤은 일찍 죽을 상. 勿殤(물상)은 어린아이의 장례가 아닌 성인의 장례의식을 따르다.

례)가 아니어도 괜찮을 것이다."

|原文| 魯昭公夫人吳孟子卒, 不赴於諸侯, 孔子旣致仕, 而往弔焉, 適於季氏, 季氏不絰, 孔子投絰而不拜.

子遊問曰, "禮與?"

孔子曰, "主人未成服, 則弔者不絰焉, 禮也."

|국역| 魯(노) 昭公(소공, 재위 前 541-510년)의 夫人 吳孟子(오맹자)가 죽자, 제후에게 부고하지 않았다.[1413] 孔子는 이미 致仕(치사, 退休)했지만 조문을 하려고 季氏(계씨, 季康子) 家(가)에 갔는데, 계씨가 絰〔질, 首絰(수질)이나 腰絰(요질)〕을 하지 않자, 공자도 絰(질)을 버리고 拜禮(배례 : 절)도 하지 않았다.

그러자 子遊(자유)가 "禮(예)에 맞습니까?"라고 물었다.

孔子가 말했다.

"主人(주인)이 成服(성복)하지 않았다면 조문객도 絰(질)을 하지 않아야 禮이다."

1413 원문 不赴於諸侯 - 赴는 나아갈 부. 가서 알리다. 訃告(부고).

| 原文 | 公父穆伯之喪, 敬姜晝哭, 文伯之喪, 晝夜哭.

孔子曰, "季氏之婦, 可謂知禮矣. 愛而無上下有章."

| 국역 | 〔魯(노) 귀족〕 公父穆伯(공보목백)의 상례에 〔공보목백의 妻(처)〕 敬姜(경강)은 낮에만 哭(곡)을 하였고, (아들인) 文伯(문백)의 喪(상)에는 晝夜(주야)로 哭(곡)을 하였다.

이에 공자가 말했다.

"季氏(계씨)의 婦(부인)는 가히 禮(예)를 잘 알고 있다. 애정에 상하가 없지만, 상하를 구별하였다." [1414]

| 原文 | 南宮縚之妻, 孔子兄之女, 喪其姑而誨之髽曰.

"爾毋從從爾, 毋扈扈爾." 蓋榛以爲笄, 長尺而總八寸.

| 국역 | 南宮縚(남궁강)의 妻는 孔子의 형의 딸이었는데, 그 시어머니 喪事(상사)에 공자가 그 머리 모양에 대하여 말했다. [1415]

1414 원문 愛而無上下有章 – 上은 夫. 下는 子를 지칭, 章은 분별하다. 주야의 哭이 어떻게 다른가는 설명이 없다.

1415 원문 喪其姑而誨之髽曰 – 姑는 시어머니 고. 誨는 가르칠 회. 髽는 상투 좌. 喪中 여인의 머리 모양.

"너는(爾) 머리를 높게 묶지 말고, (부풀려) 크게도 묶지 말라.[1416] 개암나무〔榛(진)〕 비녀를 쓰되 길이는 한 자 정도이고, 묶는 끈은(總, 束發) 8치 정도로 하여라."

| 原文 | 子張有父之喪, 公明儀相焉, 問啓顙於孔子.

孔子曰, "拜而後啓顙, 頹乎其順, 啓顙而後拜, 頎乎其至也. 三年之喪, 吾從其至也."

| 국역 | 子張(자장)의 부친상에, 〔曾子(증자)의 제자인〕 公明儀(공명의)가 집례를 도와주며(相) 공자에게 이마〔顙(이마 상)〕를 땅에 대는 것을 물었다.

이에 공자가 말했다.

"拜禮(배례 : 절)한 뒤에 이마를 땅에 대고〔啓顙(계상)〕, 공손한 모습을 취하는 것이〔頹(무너질 퇴)〕 그 순서이나, 머리를 땅에 대었다가(啓顙) 나중에 절을 하는 것은(後拜), 아주 간절한 애도를 뜻한다. (부모의) 삼년상이라면 나는 지극한 쪽을 택하겠다."

1416 원문 *毋從從爾, 毋扈扈爾* - 毋는 말 무. 하지 말라. 從從(종종)은 높다. 扈는 넓을 호. 扈扈는 大也.

| 原文 | 孔子在衛, 衛之人有送葬者, 而夫子觀之曰, "善哉爲喪乎, 足以爲法也, 小子識之."

子貢問曰, "夫子何善爾?"

子曰, "其往也如慕, 其返也如疑."

子貢曰, "豈若速返而虞哉?"

子曰, "此情之至者也, 小子識之, 我未之能也."

| 국역 | 孔子가 衛(위)나라에 머물 때, 장례를 치르는 衛(위)나라 백성이 있었는데, 공자가 그 장례를 지켜보고서 말했다.

"훌륭하다. 그 장례가! 족히 모범이 될 만하니 너희들은 기억하라."

子貢(자공)이 물었다.

"夫子(부자 : 선생님)께서는 무엇을 칭찬하십니까?"

공자가 말했다.

"묘지에 갈 때는 아이가 부모를 그리듯이 울었고, 집으로 돌아올 때는 (부모의 혼령이) 따라 오지 못하는 듯 주저하였다."

子貢(자공)이 말했다.

"빨리 돌아와 虞祭(우제)를 지내는 것만 같겠습니까?" [1417]

1417 원문 豈若速返而虞哉 – 虞(우)는 장례를 마치고 돌아와 지내는 제사(返葬而祭).

공자가 말했다.

"이는 부모에 대한 지극한 情(정)이다. 너희들은 기억하라. 나도 능히 그렇게 못할 것이다."

| 原文 | 卞人有母死而孺子之泣者.

孔子曰, "哀則哀矣, 而難繼也. 夫禮爲可傳也, 爲可繼也, 故哭踴有節, 而變除有期."

| 국역 | 〔魯邑(노읍)〕 卞(변) 땅에 사는 사람이 그 모친상에 어린아이처럼 울었다.

이에 공자가 말했다.

"슬프고 슬프겠지만, 다른 사람은 따라 하지 못할 것이다. 대체로 禮(예)란 이어지고 전승할 수 있어야 한다. 그래서 哭(곡)을 하거나 발을 구르며 슬퍼하는 것에도[1418] 절도가 있어야 하며, 탈상에도(除) 기한이 있는 것이다."

1418 원문 故哭踴有節 – 哭은 울 곡. 踴은 뛸 용. 발을 동동 구르며 슬퍼하다.

| 原文 | 孟獻子禫, 懸而不樂, 可御而處內.

子游問於孔子曰, "若是則過禮也?"

孔子曰, "獻子可謂加於人一等矣."

| 국역 | 〔魯(노)의 大夫(대부)〕 孟獻子(맹헌자)는 禫祭(담제)를 지내고서도,[1419] (악기를) 매달아 놓고는(懸) 연주하지 않았고(不樂), 내외가 함께 지낼 수 있지만 내실에 거처하지 않았다.

子遊(자유)가 공자에게 물었다.

"이런 경우는 지나친 禮(예)가 아닙니까?"

孔子가 말했다.

"맹헌자는 보통 사람보다 한 등급 위라고 할 수 있다."

| 原文 | 魯人有朝祥而暮歌者, 子路笑之.

孔子曰, "由, 爾責於人終無已, 夫三年之喪, 亦以久矣."

子路出, 孔子曰, "又多乎哉, 踰月則其善也."

| 국역 | 魯(노)나라 어떤 사람이 아침에 大祥(대상)을 마치고 저녁에 노래하자, 자로가 그를 비웃었다.

1419 禫祭(담제) – 삼년상을 마치고(大祥) 한 달 후에 지내는 제사.

이에 공자가 자로에게 말했다.

"유야(由也)! 너는(爾) 남에 대한 책망을 아직도 그치지 않는구나. 대체로 삼년상이란 그래도 긴 기간이다."

자로가 나가자, 공자가 말했다.

"(그 사람이) 다시 노래를 못한 기간이 그렇게 길게 느껴졌더라도[1420] 이달만(한 달쯤) 넘겼어도〔踰月, 踰(넘을 유)〕 괜찮았을 것이다."

| 原文 | 子路問於孔子曰, "傷哉! 貧也, 生而無以供養, 死則無以爲禮也."

孔子曰, "啜菽飮水, 盡其歡也, 斯爲之孝乎. 斂手足形, 旋葬而無槨, 〈旋便〉 稱其財, 爲之禮, 貧何傷乎."

| 국역 | 子路(자로)가 공자에게 말했다.

"마음이 아픕니다! 나의 가난이. 살아 계실 적에 공양도 제대로 못했고, 죽어서는 (자식의) 예를 다하지 못했습니다."

孔子가 말했다.

"콩죽에 물을 마시더라도 즐거워하시면 그것이 효도이다. (돌

1420 원문 又多乎哉 – 又는 또 우. 다시(復也) 노래를 못한 기간이 길게 느껴졌더라도.

아가신 뒤에) 염을 하고 槨(곽, 덧널)이 없는 장례라도 재물에 맞게 치르는 것이 禮(예)이니, 어찌 가난을 마음 아파하는가?"

| 原文 | 吳延陵季子聘於上國, 適齊, 於其返也, 其長子死於嬴博之間.

孔子聞之曰, "延陵季子, 吳之習於禮者也."

往而觀其葬焉. 其斂, 以時服而已, 其壙, 掩坎深不至於泉, 其葬, 無盟器之贈. 既葬, 其封廣輪揜坎, 其高可肘隱也, 既封, 則季子乃左袒右還其封, 且號者三, 曰, "骨肉歸於土, 命也, 若魂氣則無所不之, 則無所不之!" 而遂行.

孔子曰, "延陵季子之禮其合矣."

| 국역 | 吳(오)의 延陵季子〔연릉계자, 季札(계찰)〕가 上國(상국)에 交聘(교빙)하면서[1421] 齊(제)나라에 갔다가 돌아올 때, (동행했던) 長男(장남)이 嬴(영)과 博(박)의 중간에서 죽었다.

孔子가 소식을 듣고서 말했다.

1421 원문 上國 – 吳와 楚는 남방의 국가이고, 齊와 晉은 북방인데, 吳楚에서는 齊와 晉을 上國이라 통칭했다. 交聘(교빙)은 국가 간의 우호적 방문.

"延陵季子(연릉계자)는 吳(오)나라에서 禮(예)를 잘 아는 사람이다."

그러면서 공자는 연릉계자가 매장하는 곳을 찾아가 보았다.

연릉계자는 (아들을) 평상시 옷을 입혀 殮(염)을 했고, 그 관을 넣은 壙(광)은 관과 같았으며, 깊이는 물이 안 나올 정도였고, 부장품 盟器(맹기)를 쓰지 않았다. 관을 매장한 뒤에 봉분은 넓이와 길이가 관을 덮을 정도였고, 봉분의 높이는 사람의 팔이 안 보일 정도였다.[1422] 봉분을 만든 뒤에 연릉계자는 왼쪽 소매를 벗은 채, 그 봉분을 돌아가면서 3번 아들을 부른 뒤에 말했다.

"골육이 이제 흙으로 돌아갔으니 운명이다. 만약 혼백이 있다면 가지 못하는 곳이 없으리니, 못 가는 곳이 없으리라!"

그리고는 무덤을 떠나갔다.

孔子가 말했다.

"延陵季子(연릉계자)의 장례는 예법에 맞았다."

| 原文 | 子遊問喪之具.

孔子曰, "稱家之有亡焉."

子遊曰, "有亡惡於齊?"

1422 원문 其高可肘隱也 – 肘는 팔꿈치 주. 隱은 숨을 은. 봉분의 높이가 사람의 팔꿈치에 닿을 정도였다.

孔子曰, "有也, 則無過禮. 苟亡矣, 則斂手足形, 還葬懸棺而封, 人豈有非之者哉. 故夫喪亡, 與其哀不足而禮有餘, 不若禮不足而哀有餘也, 祭祀, 與其敬不足而禮有餘, 不若禮不足而敬有餘也."

| 국역 | 子遊(자유)가 상례의 도구에(喪具) 관하여 물었다.[1423]

孔子가 말했다.

"그 家內(가내) 재산 유무에 맞추면 된다."

자유가 물었다.

"유무에 따른다면 한계가 없습니까?"

孔子가 말했다.

"재산이 있다면 지나치지 않는 것이 禮(예)이다. 굳이 없다면 손과 발을 안보이게 감싸면 족하고, 매장하면서 관을 매달아 墓坑(묘갱)에 내려놓고 봉분을 만들면 되나니, 사람이 정성을 다하는데 누가 이를 그르다고 하겠는가? 상례에서는 슬퍼하지 않고, 여유 있는 禮(예)보다는 禮(예)가 부족하더라도 슬픔이 많은 것만 못하다.[1424] 제사에 공경이 부족하고 예법이 많은 것보다, 禮(예)

1423 본 장은《禮記 檀弓 下》에도 수록되었다.

1424《論語 八佾》林放問禮之本. 子曰, "大哉問! 禮, 與其奢也寧儉, 喪, 與其易也寧戚."
魯인 林放(임방, 字는 子丘)이 공자에게 禮의 본질에 대하여 물었가 부족하더라고 공경심이 많아야 할 것이다.”

| 原文 | 伯高死於衛, 赴於孔子.

子曰, “吾惡乎哭諸, 兄弟吾哭諸廟, 父之友吾哭諸廟門之外, 師吾哭之寢, 朋友吾哭之寢門之外, 所知吾哭之諸

다. 아마 당시에 禮가 형식에 치우쳤기 때문일 것이다. 이에 공자는 질문을 칭찬하면서 간단하게 본질을 짚어주었다.
“禮가 사치하기보다는 차라리 검소해야 하고, 喪禮를 능숙하게 치루기보다는(與其易也, 易는 治也) 차라리 슬퍼해야 한다.”
공자는 “꾸밈이 지나치면(奢 사치) 不遜(불손)하다. 불손하느니 차라리 고지식한 것이 더 낫다.”라고 말했었다. 禮에서는 마음과 형식의 조화, 곧 得中(득중)이 중요하다. 禮가 사치하거나 능숙하게 처리된다면 형식이나 꾸밈에 치중했다는 뜻이다. 물론 검소나 애통하는 마음만을 중시한다면 그 역시 본질에서 벗어난 것이다. 그러나 공자가 생각할 때 사치한 것보다는 검소하고, 능숙한 것보다는 슬퍼하는 마음이 더 본질에 가깝다는 뜻이다. 말하자면, 본질을 갖춘 다음에 적당한 절차와 꾸밈이 있어야 한다는 뜻이다.
喪, 葬禮의 절차는 매우 복잡하다. 슬퍼하는 마음이 표정에 나타나지 않고 절차가 능숙하고 여유 있다면, 그 또한 보기에 안 좋다. 검소는 물질의 여유가 부족한 것이고, 사치는 지나친 것이다. 슬픔은 마음이고, 절차는 형식이다. 절차가 좀 서툴더라도 어른을 떠나보내는 슬픔이 있어야 할 것이다. 하여튼 모든 예에서 調和와 得中은 중요하다.

野. 今於野則已疏, 於寢則已重, 夫由賜也而見我吾哭於賜氏."

遂命子貢爲之主. 曰, "爲爾哭也, 來者汝拜之. 知伯高而來者, 汝勿拜."

旣哭, 使子張往吊焉, 未至, 冉求在衛, 攝束帛乘馬而以將之.

孔子聞之曰, "異哉! 徒使我不成禮於伯高者, 是冉求也."

| 국역 | 伯高(백고)가 衛(위)에서 죽었는데, 孔子에게 부고가 왔다.

공자가 말했다.

"내가 어디에서 哭(곡)을 해야 하는가? 兄弟(형제)의 喪(상)에 나는 家廟(가묘)에서 곡을 했고, 부친의 우인(친구)이 죽으면 가묘의 문밖에서 곡을 했으며, 내 사부(스승)의 죽음에서 침실에서 곡을 하였고, 붕우(친구)의 죽음에는 침실 문밖에서 곡을 했으니, (백고의 죽음에는) 들에 나가서 곡을 해야 하나? 들에서 곡을 한다면 너무 소홀한 것이고, 침실에서 한다면 너무 지나친 것 같다. 자공(賜) 때문에 알게 된 사람이니, 자공의 집에 가서 곡을 해야겠다."

그리고서는 자공에게 주인이 되게 한 다음에 말했다.

"너의 관계에서 곡을 하러 온 사람에게는 네가 拜禮(배례 : 절)를 하고, 백고를 알기 때문에 온 사람이라면 너는 배례(절)하지 말라."

(공자가) 곡을 마친 뒤에 자장에게 가서 조문케 하였다. 자장이 아직 (자공의 집에) 도착하기 전에 冉求(염구)가 衛(위)에 있으면서 비단을 가지고 말을 타고 와서 공자의 명을 받은 것처럼 문상을 마쳤다.

孔子가 이를 듣고서 말했다.

"이상한 일이다. 공연히(徒) 나로 하여금 伯高(백고)에게 예를 못 갖추게 한 사람은 염구인 것 같다."

| 原文 | 子路有姊之喪, 可以除之矣, 而弗除.

孔子曰, "何不除也?"

子路曰, "吾寡兄弟而弗忍也."

孔子曰, "行道之人皆弗忍, 先王制禮, 過之者俯而就之, 不至者企而及之."

子路聞之, 遂除之.

| 국역 | 子路(자로)가 손윗누이〔姊(자)〕의 喪(상)에 상복을 벗어야 하는데 벗지를 않았다.[1425]

1425 누이가 시집을 가서 죽으면 大功(9개월)을 복상한다는 주석이 있다.

孔子가 "왜 벗지 않느냐?" 고 물었다.

子路(자로)가 말했다.

"저는 형제가 적어 차마 벗지를 못하겠습니다."

孔子가 말했다.

"仁義(인의)의 道(도)를 실천하는 사람은 누구나 차마 하지 못하는 마음이 있기에, 先王(선왕)이 制禮(제례 : 예법을 제정하다)하면서 지나친 경우에는 격을 낮춰 예를 따르게 하고, 부족한 경우에는 애써 실천케 하여[1426] 따라가게 하였다."

子路(자로)가 듣고서는, 곧 상복을 벗었다.

| 原文 | 伯魚之喪母也, 期而猶哭.

夫子聞之曰, "誰也?"

門人曰, "鯉也."

孔子曰, "嘻! 其甚也, 非禮也."

伯魚聞之遂除之.

| 국역 | 伯魚(백어)가 모친상을 당하여 1년이 지나고도 여전히 곡을 하였다.

1426 원문 不至者企而及之 - 企及(기급). 힘써 노력하여 도달하다.

공자가 듣고서는 "누구냐?"고 물었다.

문인들이 "鯉(리)입니다."라고 대답하였다.

공자가 말했다.

"허어! 심하도다. 禮(예)가 아니다."

伯魚(백어)가 듣고서는 곡을 하지 않았다.

【참고】 공자의 가정생활

공자는 19살에 宋나라 사람 견관씨〔幵官, 幵(평평할 견)〕 집안의 딸과 결혼하여 다음 해에 아들을 얻었다.[1427] 마침 노나라의 소공(昭公)이 인편에 축하의 선물로 잉어(鯉)를 보내 주었기에, 이름을 공리(孔鯉, 기원전 532–483, 字는 伯魚)라 하였다고 한다. 공리는 나이 50에 공자보다 먼저 죽었다. 공리의 아들 급〔伋, 子思(자사)〕은 뒷날 《中庸(중용)》을 저술하였다.

공자가 자신의 아들을 낳아준 '본처를 내쫓았는가?' 하는 문제에

1427 공자 아내의 성씨에 대하여 국내에서는 '계관〔笄官, 비녀 계에서 대 죽(竹)머리가 없는 글자. 컴퓨터에 나오지 않음〕' 丌官(丌는 其의 古字인데 계관씨라고 읽었음) 기관(亓官)씨 등 책마다 다르다. 필자는 中文大辭典(臺灣판) 幵(音은 堅)의 「幵官 ; 複姓, 〈魯先賢傳〉 孔子 妻 幵官氏. 《孔子家語 本姓解》 ; 孔子娶於宋之幵官氏, 一歲而生伯魚.」라는 해석에 따라 견관씨라고 표기하였다. 그리고 공자가 20세에 아들을 볼 때는 미천한 직위였는데, 魯 소공(昭公)이 잉어를 선물로 보냈다는 기록도 의심의 여지가 많다고 한다.

대해서는 논쟁이 있지만, 하여튼 요즈음 사람들이 생각하는 것과 같은 다정한 부부는 아니었을 것이다.

그러다 보니 공자가 여자를 경시하고 차별하는 남존여비 사상을 갖고 있었다고 단정적으로 생각하기 쉬운데, 특히 《論語 陽貨(논어 양화)》편의 글은 그런 증거로 자주 인용되고 있다.

《論語 陽貨》편에는 "오직 여자와 소인은 함께 살기가 어렵다. 가까이하면 불손하고, 좀 멀리하면 원한을 갖는다."[1428]는 공자의 말이 실려 있다. 이 글만으로 보면 여자는 小人(소인)과 동격이며 군자가 가까이하면 시건방지게 기어오르고, 좀 멀리하면 토라지고 원한을 품는다는 의미이다. 이를 요즈음 말로 표현하면, 남녀평등에 위배되는 반페미니즘(feminism)적이며, 반민중적인 발언으로 공자는 비난을 받아 마땅하다.

그러나 이러한 식의 해석은 문맥이나 당시 상황을 고려하지 않은 해석이라고 한다.

여기서 소인을 군자의 상대적인 말, 여자를 남자의 상대적인 말로 볼 수 있다. 그러나 다음에 '기른다'는 뜻의 養(양)이라는 말이 있다. 문제는 養(양)을 가족을 扶養(부양)한다는 뜻으로 보아 여자와 소인을 가족으로 본다면 비난을 받을 수 있다. 그런데 자기 자식을 소인으로 표현했다는 데에 의문이 갈 수밖에 없다.

여자와 소인을 '집에서 일을 시키면서 먹여 살리는 부양의 대상'으로 본다면 소인은 곧 '남자 종〔노복(奴僕)〕'을 의미하고, 여(女)는

1428 《論語 陽貨》子曰, 唯女子與小人爲難養也. 近之則不孫, 遠之則怨.

'여자 종〔비첩(婢妾)〕' 을 의미한다.

사실 당시 일반 농민들은 기본 식생활 자체가 어려웠고 교육을 받을 기회도 주어지지 않았다. 그래도 일반 농민들은 향촌에서의 여러 행사에 참여하며 나름대로 교제하며 예를 실천할 수 있었다.

공자는 세 살 때 아버지를 여위고 홀어머니 밑에서 성장했고, 17세에 어머니까지 돌아가셨으니, 그 모친에 대한 감정이 얼마나 애틋했겠는가는 미루어 짐작할 수 있다. 또 공자는 《論語》에서 제자들에게 효도와 우애 곧 孝悌(효제)를 강조했고, 또 여러 제자의 물음에 효도를 설명해 주었지만, 아버지에 대한 효도만을 강조한 어떤 말도 없었다.

공자가 '부모의 나이는 꼭 알아야 하지만 한편으로는 기쁘고, 한편으로는 (죽을 나이가 되었는지) 두렵다.'[1429]라고 말한 것은, 공자 자신이 어머니에게 효도를 다하려 했지만, 일찍 죽은 모친에 대한 그리움이 배어 있는 말이라 할 수 있다. 이렇듯 홀어머니를 모시지 못한 그리움이 있는 공자가, 특히 차별 없는 仁(인)을 강조한 공자를 위의 말 한마디를 근거로 여성차별주의자라고 단언하기는 좀 무리가 있을 것이다.

그리고 당시의 사회 경제적 여건에서 여자에게 교육의 기회가 전혀 주어지지 않았기에 여자의 능력이 발휘될 수 없는 상황이었고, 사회활동을 할 여건도 전혀 형성되지 않았었다. 말하자면, 공자의 여성 차별적 발언 때문에 여성 차별이 합리화된 것은 아니었다.

중국에서 남존여비사상은 宋代(송대)에 性理學(성리학) 체계가 자

1429 《論語 里仁》 子曰, 父母之年 不可不知也. 一則以喜 一則以懼.

리를 잡으면서 남자는 양, 여자는 음으로 나누고 거기에서 양은 形而上(형이상), 음은 形而下(형이하)라는 개념과 양은 음에 뒤진다는 생각에서 자리를 잡았다고 한다.

공자가 가정에서 어떻게 起居(기거)하고 어떤 옷을 입고, 어떤 음식을 먹었는가에 대하여 또 궁궐을 출입하는 모습이나 마음 자세, 사람을 만나거나 마을에서의 행동, 심지어는 수레를 타는 자세까지 《論語 鄕黨(논어 향당)》편에 비교적 상세한 기록이 있다. 하여튼 공자는 전체적으로 보아 좀 까다로운 성격이었으며 철저한 원칙주의자였다고 볼 수 있다.

음식도 색깔이 좀 이상하다고 생각되거나 제철 음식이 아니거나 알맞게 썰지 않았으면 먹지 않았다. 뿐만 아니라, 밖에서 사온 술이나 육포도 먹지 않았으니, 그런 사람에 대한 음식 준비가 결코 쉬운 일은 아니었을 것이다. 공자가 입는 평상복의 소매는 손을 덮도록 길게 입었지만 오른쪽 소매는 짧게 만들었다고 하는데 이는 일의 능률을 고려한 것이었지만, 그런 시중을 들어야 하는 사람의 입장에서는 정말 힘들었을 것이다.

공자가 아들 鯉〔잉어 이(리). 字는 伯魚(백어)〕를 낳아준 아내와 이혼했다는 사실은 《예기 단궁》편의 내용으로 추정할 수 있다. 아마도 음식 장만이나 제사 준비 등에서 공자의 마음에 안 들었기에 내쫓았거나, 아니면 견디다 못한 아내가 가출을 했다고 볼 수도 있다.

《예기 단궁》의 기록으로는 아들 鯉(이)가 생모가 죽은 뒤, 복상 기간이 끝나도 哭(곡)을 계속하자, 공자가 '심하다' 하여 중지시켰다.

이를 보면 공자의 부인은 아들이 50세가 되기 전에 죽은 것으로 추정할 수 있다.

우연의 일치겠지만 공자에 이어 아들과 손자〔孔伋, 伋(급), 字는 子思(자사)〕도 이혼하였으며, 공자의 학통을 이어 《효경》을 저술했다는 曾子(증자)도 이혼한 것으로 알려졌다.

|原文| 衛公使其大夫求婚於季氏, 桓子問禮於孔子.

子曰, "同姓爲宗, 有合族之義, 故系之以姓而弗別, 綴之以食而弗殊, 雖百世婚姻不得通, 周道然也."

桓子曰, "魯衛之先雖寡兄弟, 今已絶遠矣, 可乎?"

孔子曰, "固非禮也, 夫上治祖禰以尊尊之, 下治子孫以親親之, 旁治昆弟所以教睦也, 此先王不易之教也."

|국역| 衛公(위공)이 그 대부를 보내 季氏(계씨)에게 구혼하자, 季桓子(계환자)가 공자에게 問禮(문례 : 이에 대한 예를 물었다)하였다.

이에 공자가 말했다.

"同姓〔동성 : 같은 성(姓)〕을 같은 宗(종)으로 생각하는 것은 일족을 통합한다는 뜻입니다. 그래서 姓(성)으로 맺어진 사람들은 (同姓에서는) 서로 따지지(구별) 않으며, 한데 모아 음식을 먹더라도 어떤 차별도 하지 않습니다.[1430] 그래서 비록 백세가 지나더라도 혼인할 수 없으니, 이는 周(주)의 禮道(예도)가 그러한 것입니다."

桓子(환자)가 말했다.

"魯(노)와 衛(위)의 선조가 비록 형제가 적었다지만, 지금은 이미 아주 멀어졌으니 통혼이 가능할 것입니다."

孔子가 말했다.

"정말 禮(예)가 아닙니다. 대체로 위로 선조를 따져 尊親(존친)을 존중하고,[1431] 아래로 자손을 따지는 것은 親人(친인 : 혈친)을 가까이하려는(親) 뜻이며, 방계의 형제를 따지는 것은 화목을 가르치려는 뜻이니, 이는 바꿀 수 없는(不易) 先王(선왕)의 가르침입니다."

| 原文 | 有若問於孔子曰, "國君之於百姓, 如之何?"

孔子曰, "皆有宗道焉, 故雖國君之尊, 猶百姓不廢其親, 所以崇愛也. 雖以族人之親, 而不敢戚君, 所以謙也."

1430 원문 綴之以食而弗殊 - 綴은 한데 모으다. 주군이 族人을 모아 식사를 하게 하더라도 멀고 가까운 것을 따지지 않고 식사에 어떠한 차별도 없다는 뜻.

1431 원문 夫上治祖禰以尊尊之 - 治는 따지다. 祖는 祖父. 禰는 돌아가신 아비 녜(이). 아버지가 죽은 뒤 사당에 모실 때의 호칭. 以尊尊之에서 앞의 尊(존)은 존중하다(동사). 뒤의 尊은 尊長(존장) 어른. 尊親. 명사로 쓰였다.

| 국역 | (공자의 제자) 有若(유약)이 공자에게 물었다.

"國君(국군 : 한나라의 임금)은 疎遠(소원)한 종친을 어떻게 대우해야 합니까?"[1432]

孔子가 말했다.

"모두에게 宗中(종중)의 法道(법도) 곧 宗道(종도)가 있으니, 그래서 國君(국군)이 비록 존엄하다지만 그래도 종중의 관계를 폐할 수는 없으니, 이는 친애의 정을 숭상하기 때문이다. 비록 일족으로서 친애의 정이 있더라도 주군을 친척처럼 대할 수는 없으니, 이는 겸손의 표현이다."[1433]

1432 원문 國君之於百姓 – 여기 百姓은 평민과 민중의 뜻이 아님. 百官의 뜻에 가까움, 또는 王公의 子弟.

1433 而不敢戚君 – 戚은 겨레 척. 親也. 주군을 공경하여 감히 친척처럼 대할 수 없다.

〈曲禮子夏問(곡례자하문)〉 제43

【해설】

전편 〈曲禮子貢問(곡례자공문)〉에 이은 속편이라 할 수 있다. 27장으로 구성되었고, 분량은 좀 많으나 일반 曲禮(곡례), 특히 喪禮(상례)에 관한 내용이 주류이다. 다음 마지막 편은 《孔子家語 曲禮公西赤問(공자가어 곡례공서적문)》이다.

공자는 仁慈愛人(인자애인), 中庸中道(중용중도), 明哲保身(명철보신), 重義輕利(중의경리)하면서도 擇善(택선)하여 실천한 스승이었다. 그 제자들은 공자의 이런 철학을 이어받고 실천하였다.

春秋戰國時代(춘추전국시대)에 諸子百家(제자백가)가 출현하여 중국 사상과 학문의 기본 틀이 만들어지는데, 儒家(유가)는 사상가 그룹이라 할 수 있는 百家(백가)의 하나이고, 유가의 가장 대표적 인물인 孔子(공자)는 諸子(제자) 중의 한 사람이었다.

공자는 그 생애에서 짧은 기간이지만 노나라의 정치에 관여했으나 정치인으로서는 성공하지 못했다고 보아야 한다. 그보다는 많은 제자들을 길러낸 교육자이며, 그때까지의 여러 학문적 성과를 종합한 學人(학인)이었고, 사상가였지 종교가는 아니었다.

공자는 사후 세계를 믿지도 않았고, 어떤 종교적 저술이나 활동을 하지 않았다. 더군다나 종교적 의식이나 계시를 행하지도 않았으며, 미래에 대한 예언도 없었고 인간 행위에 대한 절대자의 심판을 말하지도 않았다.

공자가 조상숭배를 중시한 것은 어버이에 대한 효도의 연장이었고 禮(예)로써의 기능을 중시했을 뿐이지, 숭배하는 만큼 조상신의 가호가 있다는 종교적 신념도 갖고 있지 않았다. 이는 불교의 祈福(기복)과는 다른 차원의 이론에서 이루어진 것이기에, 이를 종교적 의미를 가진 행위라고 볼 수는 없을 것이다.

불교에서는 인간의 삶은 生老病死(생로병사)의 과정이며 살아있는 자체를 고통으로 본다. 그리고 살아서의 인과응보에 따라 여러 가지 생명의 형태로 환생한다는 것이 輪迴說(윤회설)이다.

중국인들은 현실세계를 고통으로 인식하지는 않았다. 중국인들에게 삶은 즐거움이었다. 배워 깨닫는 즐거움이 있고, 오랜만에 벗이 찾아와 웃으며 학문을 나누는 쾌락이 있으며, 맛있는 음식을 먹을 때 즐겁고, 좋은 음악을 들으면서 즐기는 것이 인생이었다. 중국인들의 5感(감)의 쾌락을 있는 그대로 받아들이는 현실적 현세적 인생관을 갖고 살았다.

불교나 기독교는 죽음과 죽은 뒤에 대한 이론이나 설명 체계를 갖고 있다. 중국인들은 인간의 영혼(정신)을 주재하는 魂(혼)과 인간의 육신을 주재하는 魄(백)이 분리되는 것을 죽음으로 생각하였다. 중국인들이 죽음을 맞을 때 이 혼백의 분리를 막기 위하여, 떠나가려는 혼을 다시 부르기 위한〔초혼(招魂)〕에 여러 가지 의식을 행하는데, 이런 전문의식의 담당자를 儒(유)라고 하였다.

그리하여 이러한 의례절차에 의하여 혼백이 분리되지 않는다면 죽은 다음의 세계에서도 현실과 똑같은 생활을 해야 한다. 말하자면, 왕은 왕으로서의 지위를 계속 누리며 살 수 있다. 따라서 이런 종교의식에서는 현세와 같은 옷과 음식을 준비하고 수레와 말은 물론 가구 일체까지 같이 준비하는 厚葬(후장)이 나오고, 심지어는 시종들까지 묻어주어야 하는 殉葬(순장)의 풍습이 형성될 수밖에 없었다.

중국에서 은나라 이후 장례의식을 담당하는 유의 의식 절차는 더욱 복잡화되었다. 장례는 의례 집행자인 유생의 생활방편이 마련되기에 직업적인 유생들은 교육을 통해 그 기능을 후생들에게 전수했다. 이 과정에서 조상들을 위한 각종 제례가 조상숭배 사상으로 정착되고, 현세의 부모를 공경하고 봉양해야 하며, 나의 생활과 조상의 제사를 수행해야 할 후손을 낳아야 하는 것은 당연한 귀결이었다. 따라서 유가에서 말하는 효도란 돌아가신 조상에 대한 제사 의식을 수행하고, 현세의 부모를 모셔야 하며, 후손을 낳아 가문의 계승까지 모두를 포함하는 것이 바로 孝(효)이다.

따라서 효도를 통해 조상과 나의 생명을 영원히 유지할 수 있으며, 그러다 보면 죽음의 공포나 불안을 해소할 수 있게 된다.

이런 효도를 근간으로 하는 이념체계에다가 형제나 친인척간에 지켜야 할 가족윤리가 보완되고, 이것이 자연적으로 확대된 것이 중국인들의 사회윤리(정치 이론)라고 볼 수 있다.

유가에서는 조상 숭배와 부모 공양, 부모와 자식의 윤리와 지켜야 할 절차 모두를 禮(예)라는 형식으로 실천해야 하는데, 이를 禮敎(예교)라고 한다. 따라서 유교는 비록 성직자라든지, 종교적 행사를 거행하는 공간이 없어도 종교와 가까운 신념체계를 갖추었기 때문에 종교로 인정해야 한다고 주장하는 학자도 있다.

| 原文 | 子夏問於孔子曰, "居父母之仇如之何?"

孔子曰, "寢苫枕斡, 不仕弗與共天下也. 遇於朝市, 不返兵而鬪."

曰, "請問居昆弟之仇如之何?"

孔子曰, "仕, 弗與同國, 銜君命而使, 雖遇之不鬪."

曰, "請問從昆弟之仇如之何?"

曰, "不爲魁, 主人能報之, 則執兵而陪其後."

| 국역 | 子夏(자하)가 공자에게 물었다.

"父母(부모)의 원수를 어떻게 상대해야 합니까?"[1434]

孔子가 말했다.

"풀로 만든 자리 위에서, 방패를 베개 삼아 잠을 자면서,[1435] 출사(벼슬)하지 않으면서, 원수와 하늘을 같이 할 수 없다고[1436] 생각해야 한다. 조정이나 거리에서 만난다면, 몸에 지닌 兵器〔병기 : 武器(무기)〕를 가지고 싸워야 한다."[1437]

1434 원문 居父母之仇如之何 – 居는 살다. 여기서는 상대하다. 대처하다의 뜻. 仇는 원수 구.

1435 원문 寢苫枕斡 – 寢은 잠잘 침. 苫은 이엉 점. 거적. 枕은 머리에 비다. 베개 삼다. 干은 방패(楯은 방패 순).

1436 원문 弗與共天下也 – 不共戴天(불공대천)은 같은 하늘 아래에서 살 수 없다.

자하가 물었다.

"형제의 원수는 어떻게 상대해야 합니까?"

공자가 말했다.

"出仕(출사 : 벼슬)하더라도 같은 나라에서는 할 수 없다. 주군의 명을 받아 사신으로 나간다면 만나더라도 싸울 수 없다."

자하가 말하였다.

"사촌 형제의 원수는 어떻게 상대해야 합니까?"

공자가 말했다.

"직접 먼저 나서지는 말고[1438] 主人(주인 : 死者, 가족)이 갚을 수 있게 한다. 무기를 챙겨 그 뒤를 따라가면 된다."

| 原文 | 子夏問, "三年之喪旣卒哭, 金革之事無避, 禮與, 初有司爲之乎?"

孔子曰, "夏后氏之喪, 三年旣殯, 而致仕, 殷人旣葬而致事, 周人旣卒哭而致事. 《記》曰, 「君子不奪人之親, 亦不奪故也.」"

子夏曰, "金革之事無避, 非與?"

1437 원문 不返兵而鬪 – 返은 되돌릴 반. 병기는 항상 지녀야 한다. 鬪는 싸울 투. 쟁투.

1438 원문 不爲魁 – 魁는 으뜸 괴. 우두머리.

孔子曰, "吾聞諸老聃曰, '魯公伯禽有爲爲之也.' 今以三年之喪從利者, 吾弗知也."

| 국역 | 子夏(자하)가 물었다.

"3년 喪(상)에서 卒哭(졸곡)할 때가 되었는데,[1439] 군사 관련 업무를[1440] 피하지 않는 것이 禮(예)에 맞습니까? 아니면 처음부터 관리가(有司) 그렇게 정했습니까?"

孔子가 말했다.

"夏后氏(하우씨) 때에 喪事(상사)에서 3년 상에서 殯(빈, 염)을 마치면 관직에서 물러나고〔致仕(치사)〕, 殷人(은인) 때에는 장례를 마친 뒤 致仕(치사 : 관직에서 물러나다)했고, 周人(주인) 때에는 卒哭(졸곡)을 한 뒤에 致事(치사 : 관직에서 물러나다)하였다. 禮(예)에 관한 여러 기록에서는 「君子(군자)는 남의 親情(친정)을 빼앗을 수 없고 남의 부모상을 못 치르게 할 수도 없다.」고[1441] 하였다."

子夏(자하)가 물었다.

"전쟁에 출정하기를 피하지 않는 것은 잘못입니까?"

1439 원문 三年之喪旣卒哭 – 친상을 당하면 자식은 종일 아니면 수시로 곡을 한다. 대부는 3개월 뒤, 士人은 장례를 마친 뒤, 조석으로 한 번 씩만 곡을 한다. 이를 卒哭(졸곡)이라 한다.

1440 원문 金革之事 – 金은 兵器. 武器. 革은 갑옷, 곧 군사적 업무.

1441 원문 亦不奪故也 – 故는 病故. 여기서는 父母喪.

孔子가 말했다.

"나는 老聃〔노담, 老子(노자)〕에게 들었지만, '魯公(노공)인 伯禽(백금)이 卒哭(졸곡 : 모친상)의 시기에 출정한 것은 부득이한 일이었다.'[1442] 지금은 삼년상을 마치기도 전에 이득을 따라 정벌에 나선다고 하는데, 그에 대해서 나는 알지 못한다."

| 原文 | 子夏問於孔子曰, "《記》云, '周公相成王, 敎之以世子之禮.' 有諸?"

孔子曰, "昔者成王嗣立, 幼未能蒞阼, 周公攝政而治, 抗世子之法於伯禽, 欲王之知父子君臣之道, 所以善成王也. 夫知爲人子者, 然後可以爲人父, 知爲人臣者, 然後可以爲人君, 知事人者, 然後可以使人. 是故抗世子法於伯禽, 使成王知父子君臣長幼之義焉. 凡君之於世子, 親則父也, 尊則君也, 有父之親, 有君之尊, 然後兼天下而有之, 不可不愼也. 行一物而三善皆得, 唯世子齒於學之謂也, 世子齒於學, 則國人觀之. 曰, '此將君我而與我齒讓, 何也?' 曰, '有父在則禮然, 然而衆知父子之道矣.' 其一曰,

---

1442 원문 魯公伯禽有爲爲之也 – 魯公인 伯禽(백금)이 모친상을 치루는 동안 동방 有娀氏(有戎)가 불의를 자행하자, 백금은 方伯으로서 부득이 출정할 수밖에 없었다.

‘此將君我而與我齒讓何也?’ 曰, ‘有臣在, 則禮然, 而衆知君臣之義矣.’ 其三曰, ‘此將君我而與我齒讓, 何也?’ 曰, ‘長長也, 則禮然, 然而衆知長幼之節矣.’ 故父在斯爲子, 君在斯爲臣, 君子與臣之位, 所以尊君而親親也. 在學, 學之爲父子焉, 學之爲君臣焉, 學之爲長幼焉, 父子君臣長幼之道得, 而後國治. 語曰, ‘樂正司業, 父師司成, 〈師有父道成生人者〉 一有元良, 萬國以貞, 世子之謂.’ 聞之曰, ‘爲人臣者, 殺其身而有益於君則爲之.’ 況於其身, 以善其君乎, 周公優爲也.”

| 국역 | 子夏(자하)가 孔子(공자)에게 물었다.

“옛 《記(기)》에 의하면(云), 「周公(주공)이 成王(성왕)의 정사를 도울 때(相), 성왕을 世子(세자)의 禮(예)로 가르쳤다.」고 하였는데, 그러했습니까?”

孔子가 말했다.

“옛날에 成王(성왕)이 〔武王(무왕)의〕 뒤를 이어 즉위했지만(嗣立), 어려서 帝位(제위)에 나아갈 수가 없었기에[1443] 周公(주공)이 攝政(섭정)으로 다스렸다. (周公은) 世子之法(세자지법)을 만들어

1443 원문 幼未能蒞阼 – 蒞는 다다를 리. 다스리다. 阼는 동편 층계 조. 蒞阼(이조)는 통치하는 자리. 治理. 帝位.

伯禽(백금)을 魯國(노국)에 보냈는데,[1444] 成王(성왕)으로 하여금 父子(부자)와 君臣(군신)의 道(도)를 가르쳐 成王을 善(선 : 착하다)하게 하려는 뜻이었다. 대체로 남의 자식으로 어떻게 하는가를 알아야 남의 부모가 될 수 있고, 人臣(인신 : 신하)이 어떠해야 하는가를 알아야 人君(인군 : 임금)이 될 수 있으며, 남을 섬길 줄 알아야 남을 부릴 수 있는 것이다. 그래서 世子法(세자법)을 만들어 伯禽(백금)에게 시행케 하여 成王(성왕)으로 하여금 父子(부자), 君臣(군신), 長幼(장유)의 大義(대의)를 알게 하였다. 모든 主君(주군)은 世子(세자)에 대하여, 血親(혈친)으로는 아버지이고 존엄하기로는 主君(주군)이기에, 아비로서의 親情(친정)이 있고 主君(주군)으로서의 존엄이 있어야만 천하를 다스려 가질 수 있으니 신중하지 않을 수가 없다. 이렇듯 한 가지를 실행하여 3가지 좋은 것을〔三善(삼선) / 父子 君臣 長幼의 大義〕 다 얻는다 하였는데, 세자는 학교에서 연령에 따르지[1445] 尊卑(존비)를 따르지 않는다고 하였다. 세자가 학교에서 연령을 따른다는 것을 보고 백성들은 말할 것이다. '이 분이 우리의 주군이 되어 나에게 연령에 의거 겸양을 보일 것인데, 이는 무엇 때문인가?' 그러면 혹자는 '그 부친이 계시기 때문에 그런 禮(예)를 실천하는 것이다. 그렇게 해야만 백성은 父子之

1444 원문 抗世子之法於伯禽(백금) – 抗은 막을 항. 擧也. 만들다. 周公(名은 旦)은 성왕을 보필하고 대신 아들인(長子) 伯禽(백금)을 魯國에 보내 통치케 하였다.

1445 원문 唯世子齒於學之謂也 – 齒는 年也. 長幼之次也.

道(부자지도)를 알게 된다.' 라고 말할 것이다. 또 백성이 말하기를 '이분은 장차 주군으로 나에게 연령으로 겸양을 보일 것인데, 왜 그러한가?' 그러면 '신하가 있기에 그런 예를 취할 것이고, 그러해야 백성이 君臣之義(군신지의)를 알 것이다.' 라고 말할 것이다. 또 어떤 사람은 '이분이 장차 주군으로서 나에게 연령으로 겸양을 보일 것이니, 어떻게 해야 하겠나?' 그러면 어떤 사람은 '어른을 어른으로 모시는 것이니(長長也), 그런 禮를 따르면 백성들은 長幼(장유)의 지조를 알 것이다.' 라고 말할 것이다. 그래서 부모가 계시면 자식이 있고, 주군이 계시면 신하가 되나니, 그가 자식과 신하의 위치에 있기에 尊君(존군)하고 親親(친친 : 혈친)할 수 있는 것이다. 학교에서는 父子(부자)의 도리나 君臣(군신)의 도리, 그리고 長幼(장유)의 도리를 배운 연후에 곧 父子(부자), 君臣(군신), 長幼之道(장유지도)를 알아야 나라를 다스릴 수 있는 것이다. 그래서 옛말에(語曰), '樂正(악정)은 학업을 관장하고 父師(부사)는 인격도야를 맡는다(司成)고 하였으니, 세자 한 사람이 착해야 천하만국이 바르게 다스려진다.' 고 하였다.[1446] 내가 들은 바로 '남의 신하가 된 자는 殺身(살신 : 목숨을 바치다)해서라는 주군에게 유익한 일을 해야 한다.' 하였으니, 하물며 자신의 일신을 보

1446 원문 一有元良 萬國以貞 – 이는《尙書 太甲 下》의 구절이다. 一은 天子也. 元은 善. 곧 太子. 元良은 大善. 세자를 지칭하는 말로 쓰인다.

존할 수 있다면 주군에게 어찌해야 하겠는가? 周公(주공)은 이러한 훌륭한 일을 하였다."

| 原文 | 子夏問於孔子曰, "居君之母與妻之喪, 如之何?"

孔子曰, "居處言語飮食衎爾, 於喪所則稱其服而已."

"敢問伯母之喪, 如之何?"

孔子曰, "伯母叔母, 疏衰期而踴不絕地, 姑姊妹之大功踴絕於地, 若知此者, 由文矣哉."

| 국역 | 子夏(자하)가 孔子에게 물었다.

"主君(주군 : 임금)의 모친이나 아내 喪(상)에는 어떻게 해야 합니까?"

孔子가 말했다.

"居處(거처)에서 언어나 음식은 평소처럼 생활하고,[1447] 상가에 갔다면 예에 맞는 상복을 입으면 된다."

"伯母(백모, 큰어머니) 상에는 어떠해야 합니까?"

孔子가 말했다.

1447 원문 居處言語飮食衎爾 – 衎은 즐길 간. 衎爾(간이)는 화락하고 평안한 모양.

"伯母(백모)나 叔母(숙모)의 경우, 齊衰(자최) 상복을 일 년 입어야 하고, 곡을 할 때에는 발이 땅에서 떨어져서는 안 된다.[1448] 고모(姑)나 누이와 여동생(姊妹)의 大功(대공, 9개월)의 상에는 곡을 할 때 발이 땅에서 떨어져야 한다. 만약 이런 것을 안다면 禮文〔예문 : 禮法(예법)〕을 따르는 것이라(由) 할 수 있다."

| 原文 | 子夏問於夫子曰, "凡喪小功已上, 虞祔練祥之祭皆沐浴. 於三年之喪, 子則盡其情矣."

孔子曰, "豈徒祭而已哉. 三年之喪, 身有瘍則浴, 首有瘡則沐, 病則飮酒食肉, 毁瘠而病, 君子不爲也, 毁則死者, 君子爲之無子, 則祭之沐浴爲齊潔也, 非爲飾也."

| 국역 | 子夏(자하)가 공자에게 물었다.

"무릇 小功(소공) 이상의 喪事(상사)에 虞祭(우제), 祔祭(부제), 練祀(연사), 小祥(소상)과 大祥(대상)의 제사에 모두 목욕을 해야 하며, 삼년상에서 아들은 비통한 마음으로 온몸을 다 바쳐야 합니까?"

孔子가 말했다.

1448 원문 疏衰期而踴不絶地 – 疏衰(소최)는 齊衰(자최). 期는 期年. 踴은 뛸 용.

"어찌 제사 때 뿐이겠는가? 삼년상 기간에 몸에 상처가 있으면 목욕을 해야 하고, 머리에 부스럼이 생겨도 머리를 감고, 병이 나서 약해지면 술이나 고기를 먹어야 한다. 몸이 상하도록 슬퍼하다가 병이 나는 것은[1449] 군자도 하지 않나니, 몸을 상하게 하여 죽는다면 후사가 끊긴다고 생각한 것이다. 제사 전에 목욕한다는 것은 몸을 깨끗하게 한다는 뜻이지, 치장한다는 뜻은 아니다."[1450]

| 原文 | 子夏問於孔子曰, "客至無所舍, 而夫子曰, '生於我乎館, 客死無所殯矣.'

夫子曰, 於我乎殯, 敢問禮與? 仁者之心與?"

孔子曰, "吾聞諸老聃曰, '館人使若有之惡有之, 惡有之而不得殯乎.' 夫仁者制禮者也, 故禮者不可不省也, 禮不同不異, 不豐不殺, 稱其義以爲之宜, 故曰我戰則克, 祭則受福, 蓋得其道矣."

| 국역 | 子夏(자하)가 공자에게 물었다.

1449 원문 毁瘠而病 – 毁는 헐 훼. 瘠은 파리할 척. 몹시 야위다. 病은 병이 나다.

1450 원문 則祭之沐浴爲齊潔也, 非爲飾也 – 齊潔(제결)은 齋戒(재계).

"손님이 왔을 때, 머물 집이 없는데도 夫子(부자)께서는 '내 집에서 생활하시오.' 라고 하였고, 빈객이 죽었을 때, 빈소를 차릴 곳이 없자, 夫子(부자 : 선생님)께서는 '내 집에 빈소를 차리라.' 고 말씀하셨는데 이것이 禮制(예제)에 의한 법도입니까? 아니면 仁者(인자)의 어진 마음입니까?"

孔子가 말했다.

"내가 老聃〔노담, 老子(노자)〕에게 들었는데, '다른 사람을 집에 들였거든 자기 집처럼 느끼게 해주어야 하나니, 어찌 자기 집에 있으면서 빈소를 차릴 곳이 없겠는가?' 하였다. 대체로 仁者(인자)는 禮制(예제)를 정하는 사람이다. 그래서 어진 사람은 예제를 살피지 않을 수 없다. 그리고 禮(예)란 생략할 것도 아니다. 예제를 마음대로 다르게 정하거나 같게 할 수도 없으며, 번잡하게 또는 간략하게 새로 정할 수도 없는 것이며,[1451] 대의에 맞게 정해야 한다. 대체로 '덕이 있는 자는 전투(싸우다)한다면 이길 것이고, 내가 제사를 지낸다면 복을 받을 것이다.' 라고 말하는 것은, 예제의 알맞은 道(도)를 터득했기 때문일 것이다."

| 原文 | 孔子食於季氏, 食祭, 主人不辭不食, 亦不飲而餐,

1451 원문 不豐不殺 – 증가하거나 상쇄 또는 축소할 수도 없다. 殺는 줄일 쇄. 減少.

子夏問曰, "禮也?"

孔子曰, "非禮也, 從主人也. 吾食於少施氏而飽, 少施氏食我以禮, 吾食祭, 作而辭曰, '疏食不足祭也.' 吾餐而作辭曰, '疏食不敢以傷吾子之性.' 主人不以禮, 客不敢盡禮, 主人盡禮, 則客不敢不盡禮也."

| 국역 | 孔子가 季氏(계씨)와 함께 식사할 때, 공자가 먼저 식사에 대한 감사의 제사를 올렸지만 계씨는 예를 잊고 인사를 하지 않았다. 그래서 공자는 음식을 들지도, 마시지도 않고, 주인의 말을 기다렸다. 자하가 그렇게 하는 것이 禮인가? 라고 물었다.

孔子가 말했다.

"非禮(비례 : 예가 아니다)이다. 나는 주인을 따랐다. 내가 이전에 少施氏(소시씨)의 집에서 배부르도록 먹었던 것은 소시씨가 나에게 예를 갖춰 음식을 들도록 했기 때문이었다. 내가 먹기 전에 祭(제)를 하자, 그가 일어나 사례하며 말하기를, '보잘 것 없는 음식이라서 당신의 마음을 손상하지 않았으면 합니다.' 라고 말했다. 주인이 禮(예)로 대하지 않는다면 客人(객인)은 예를 다 갖출 수가 없고, 주인이 예를 다 갖춘다면 객인도 예를 다하지 않을 수 없다."

|原文| 子夏問曰, "官於大夫, 旣升於公, 而反爲之服, 禮與?"

孔子曰, "管仲遇盜, 取二人焉上之爲公臣, 曰, '所以遊僻者, 可人也.' 公許, 管仲卒, 桓公使爲之官於大夫者爲之服, 自管仲始也, 有君命焉."

|국역| 子夏(자하)가 물었다.

"大夫(대부)의 속관이었다가 제후의 관리로 올라갔다면,[1452] 먼저 대부를 위하여 그가 상복을 입는 것이 禮(예)에 맞습니까?"

孔子가 말했다.

"管仲(관중)은 도적을 만났었는데, 그중 2인을 골라 관리로 삼았다가 나중에 桓公(환공)의 신하로 올려보내며 말했다. '사악한 사람과 어울렸지만 쓸만한 사람입니다.' 환공이 수락했었다. 관중이 죽었을 때, 환공은 그 두 사람에게 복상하라고 했다. 대부의 가신이 대부를 위하여 복상한 것은 관중으로부터 시작되었는데, 이는 그 주군(임금)의 命(명령)이 있었기 때문이었다."

1452 원문 旣升於公 - 여기 公은 王의 제후. 升은 오를 승. 신분이 상승하다. 본 章의 내용은 《禮記 雜記 下》에도 수록되었다.

| 原文 | 子貢問居父母喪.

孔子曰, "敬爲上, 哀次之, 瘠爲下, 顔色稱情, 戚容稱服."

曰, "請問居兄弟之喪."

孔子曰, "則存乎書筴已."

| 국역 | 子貢(자공)이 父母喪(부모상)을 어떻게 해야 하는가를 물었다.

孔子가 말했다.

"공경이 제일이고, 애통(슬픔)함이 다음이며, 수척하게 보이기는 가장 낮은 것이다.[1453] 안색(얼굴 빛)은 情感(정감)이 있어야 하며, 슬픔도 상복의 등급에 맞아야 한다."[1454]

"兄弟(형제)의 喪(상)은 어떠해야 합니까?"

孔子가 말했다.

"이는 이미 서책에 기록된 바 있다."[1455]

1453 원문 瘠爲下 – 瘠은 파리할 척.

1454 원문 戚容稱服 – 戚은 슬플 척. 容은 용모. 稱은 相應하다. 服은 服制.

1455 원문 則存乎書筴已 – 書筴(서협)은 書策. 筴은 길 협. 점대 책.

| 原文 | 子貢問於孔子曰, "殷人既定而吊於壙, 周人反哭而吊於家, 如之何?"

孔子曰, "反哭之吊也, 喪之至也, 反而亡矣, 失之矣, 於斯爲甚, 故吊之, 死, 人卒事也, 殷以慤, 吾從周. 殷人既練之, 明日, 而祔於祖, 周人既卒哭之明日, 祔於祖, 祔, 祭神之始事也, 周以戚, 吾從殷." 〈戚猶促也〉

| 국역 | 子貢(자공)이 孔子에게 물었다.

"殷(은)나라 사람은 下葬(하장)한 뒤에(既定) 무덤에서(壙, 墓坑) 조문을 하고, 周人(주인 : 주나라 사람)은 매장한 뒤에 귀가하여〔家廟(가묘)에서〕 곡을 할 때 조문하는데, 왜 그렇습니까?"

孔子가 말했다.

"집에 돌아와(反) 哭(곡)을 할 때 조문하는 것은 喪中(상중)에 가장 슬플 때이다. 집에 돌아오니 부모가 안 계시어 모든 것을 다 잃은 것 같으니, 이때가 가장 슬픈 것이기에 조문을 하는 것이다. 죽음은 사람의 마지막 일이다(人卒事也). 殷人(은인 : 은나라 사람)도 그 정성이 있지만〔慤(정성 각)〕 나는 周(주나라)를 따를 것이다. 殷人(은인)은 練祭(연제, 小祥)를 지낸 다음 날에(明日) 조상에게 祔祭(부제)를 올렸지만, 周人은 卒哭(졸곡)을 한 다음 날, 조상에게 祔祭(부제)를 지냈다. 祔祭(부제)는 조상 신령에 대한 큰일의 시작인데, 周(주)의 예제는 급하게 서두르는 느낌이라서[1456] 나는 殷(은)의 예제를 따르고 싶다."

| 原文 | 子貢問曰, "聞諸晏子, 少連大連善居喪, 其有異稱乎?"

孔子曰, "父母之喪, 三日不怠, 三月不解, 期悲哀, 三年憂, 東夷之子, 達於禮者也."

| 국역 | 子貢(자공)이 물었다.

"제가 晏子(안자)에게 들었지만, 〔東夷人(동이인)인〕 少連(소련)과 大連(대련)은 상례를 잘 치렀다고 하는데, 특별한 칭송이 있는 것입니까?"

孔子가 말했다.

"父母(부모)의 상을 치르는 동안, 처음 3일은 태만할 수 없고, 다음 三月(삼월 : 석달)은 게으를 수 없으며, 1년간은 슬퍼할 뿐이고, 3년간은 근심 속에 생활한다. 그들은〔少連(소련), 大連(대련)〕 東夷族(동이족)이지만 禮(예)를 잘 지키는 사람들이었다."

1456 원문 周以戚, 吾從殷 – 戚은 슬플 척. 여기서는 促急(촉급)하다. 戚은 促也.

| 原文 | 子遊問曰, "諸侯之世子, 喪慈母如母, 禮與?"

孔子曰, "非禮也. 古者男子外有傅父, 內有慈母, 君命所使教子者也, 何服之有. 昔魯孝公少喪其母, 其慈母良, 及其死也, 公弗忍, 欲喪之. 有司曰, '禮, 國君慈母無服, 今也君爲之服, 是逆古之禮, 而亂國法也. 若終行之, 則有司將書之, 以示後世, 無乃不可乎.' 公曰, '古者天子喪慈母, 練冠以燕居.' 遂練以喪慈母. 喪慈母如母, 始則魯孝公之爲也."

| 국역 | 子遊(자유)가 물었다.

"諸侯(제후)의 世子(세자)가 慈母〔자모, 庶母(서모)〕의 상에 모친상과 같은 복을 입는 것이 禮(예)입니까?"

孔子가 말했다.

"非禮(비례 : 예가 아니다)이다. 옛날에 세자에게는 家外(가외)에 부친 같은 師傅(사부)가 있고 家內(가내)에 慈母〔자모, 서모 또는 保姆(보모)〕가 있었는데, 이들은 주군의 명령으로 세자를 교육하는 사람이니 어찌 복을 입을 수 있겠는가? 옛날 魯(노) 孝公(재위 前 795 – 769년)이 어린 나이에 그 모친을 잃었고 그 慈母(자모)가 賢良(현량)하였는데, 그의 죽음에 효공이 차마 그냥 지낼 수 없어 복상하려 했다. 그러자 담당 관리가 말했다. '禮制(예제)에 國君(국군)의 慈母(자모)는 복상하지 않는데, 지금 주군께서 복상하신다면, 이는 古禮(고례)를 역행하며 국법을 어지럽히는 것입니다. 만약 끝까지 시행하시겠다면 담당 관리가 이를 기록하여 후세에 전할 것인데, 어찌 불가하지 않겠습니까?' 그러니 효공이 말했다. '옛날에 天子(천자)가 그 慈母 喪(자모 상)에 練冠(연관)을 착용하고 일상생활을 했다.' 고 하였으니, 연관으로 자모상을 치렀다. 친모에게 하듯 자모를 위해 복상한 것은 魯 孝公(노 효공)부터 시작되었다."

〈脫驂館人(탈참관인)〉

| 原文 | 孔子適衛, 遇舊館人之喪, 入而哭之哀. 出使子貢脫驂以賻之.

子貢曰, "所於識之喪, 不能有所贈, 贈於舊館, 不已多乎?"

孔子曰, "吾向入哭之, 遇一哀而出涕, 吾惡夫涕而無以將之, 小子行焉."

| 국역 | 孔子가 衛(위)나라에 갔을 때, 마침 옛 숙소 주인의 상을 당하여, 공자가 들어가 哭(곡)을 하고 애통해하였다. 공자는 나와서 자공을 시켜 수레의 곁말을 풀어 賻儀(부의)로 주라고 시켰다.

이에 자공이 말했다.

"그저 아는 사람의 喪(상)에는 부의를 보내지 않아도 되는데, 옛 숙소(舊館) 주인에게 보내는 부의로 너무 많지 않습니까?"

孔子가 말했다.

"내가 앞서 들어가 곡을 하면서 큰 슬픔에 눈물을 흘렸는데, 내가 어찌 눈물만 흘리고 아무것도 보내지 않겠느냐? 너는 그대로 시행하여라."

| 原文 | 子路問於孔子曰, "魯大夫練而杖, 禮也?"

孔子曰, "吾不知也."

子路出, 謂子貢曰, "吾以爲夫子無所不知, 夫子亦徒有所不知也."

子貢曰, "子所問何哉? 止, 吾將爲子問之."

遂趨而進曰, "練而杖, 禮與?"

孔子曰, "非禮也."

子貢出, 謂子路曰, "子謂夫子而弗知之乎, 夫子徒無所不知也, 子問, 非也, 禮, 居是邦則不非其大夫."

| 국역 | 子路(자로)가 공자에게 물었다.

"魯(노)의 대부가 練祭〔연제, 小祥(소상)〕를 지내면서 喪杖(상장 : 지팡이)을 짚고 있는데 禮(예)입니까?"

孔子가 말했다.

"나는 모르겠다."

子路(자로)가 나와서 자공에게 말했다.

"나는 夫子(부자 : 선생님)께서 모르는 것이 없다고 생각했는데, 夫子(부자 : 선생님)도 역시 모르는 것이 있네."

자공이 물었다.

"무엇을 물었습니까? 잠깐 계시오(止). 내가 들어가서 물어보겠습니다."

자공이 빠른 걸음으로 들어가 말했다.

"練祭(연제 : 소상)에 상장(지팡이)을 짚는 것이 禮(예)입니까?"

孔子가 말했다.

"非禮(비례 : 예가 아니다)이다."

자공이 나와서 자로에게 말했다.

"夫子(부자 : 선생님)께서도 모르는 것이 있다고 말했지만, 부자께서는 모르시는 것이 전혀 없습니다. 그대가 묻기를 잘못했습니다. 禮法(예법)에 그 나라에 살며 나라의 대부를 비난할 수 없습니다."

| 原文 | 叔孫武叔之母死, 旣小斂, 擧屍者出戶, 武叔從之出戶, 乃袒, 投其冠而括髮.

子路嘆之, 孔子曰, "是禮也."

子路問曰, "將小斂則變服, 今乃出戶, 而夫子以爲知禮, 何也?"

孔子曰, "由, 汝問非也. 君子不擧人以質士."

| 국역 | 〔魯 大夫(노 대부)〕 叔孫武叔(숙손무숙)의 모친이 죽어 小斂(소렴)을 마치고, 그 시신을 멘 사람이 침실 문 밖으로 나가자, 숙손무숙이 따라 나와서 어깨를 드러내고 그 喪冠(상관)을 벗어버리고, 끈으로 머리를 묶었다.

자로가 이를 보고 탄식하자, 공자가 "예법이 그러하다."고 말했다.

그러자 자로가 물었다.

"小斂(소렴)을 하려면 옷을 바꿔 입어야 하는데, 문밖에 나와 갈아입었는데도 夫子(부자 : 선생님)께서는 예법이 그러하다고 말씀하시니, 왜 그렇습니까?"

孔子가 말했다.

"由(유)야! 네가 묻기를 잘못했다. 군자는 남의 일을 가지고 다른 사람을 바로 잡으려 하지 않는다." 1457

| 原文 | 齊晏桓子卒, 平仲麤衰斬, 苴絰帶, 杖以菅屨, 食粥居傍廬, 寢苫枕草, 其老曰, "非大夫喪父之禮也."

晏子曰, "唯卿大夫."

曾子以問孔子.

孔子曰, "晏平仲可謂能遠害矣. 不以己知是駁人之非, 愻辭以避咎, 義也夫."

| 국역 | 齊(제)나라의 〔卿(경)이었던〕 晏桓子〔안환자, 晏弱(안약)〕가

1457 원문 君子不擧人以質士 – 質은 바로잡다(正也).

죽자,[1458] (아들인) 平仲〔평중, 晏仲, 晏嬰(안영)〕은 거친 베〔麤(거칠 추)〕 상복〔衰斬(최참), 斬衰〕에 삼베 수질(苴絰, 首絰), 요대(帶)에 喪杖(상장 : 지팡이)을 짚고 짚신을 신었으며〔菅屨(관구)〕, 죽을 먹으면서(食粥) 무덤 곁에 廬幕(여막)을 짓고 멍석과 풀자리에서 복상하였다. 이에 그의 나이 많은 家臣(가신)은 "大夫(대부)의 부친 服喪(복상)의 禮(예)가 아니다." 라고 말하였다.

이에 안자는 "오직 卿(경)이어야 大夫(대부)이다."라고 말했다.[1459]

曾子(증자)가 이를 孔子에게 물었다.

孔子가 말했다.

"晏平仲〔안평중, 晏子(안자)〕은 남의 禍害(화해)를 멀리하려는 사람이라고 할 수 있다. 자기가 옳다고 남의 잘못을 따지지 않고〔駁人之非, 駁(논박할 박)〕 겸손한 말로 남의 비난을 피하기만 하니, 그 언행이 옳은 것이다."[1460]

1458 이는《左傳 襄公》17년과《晏子春秋 雜篇 上》에도 수록되었다.

1459 부친은 大夫이지만, 자신은 대부가 아직은 아니라는 뜻.

1460 원문 遜辭以避咎 – 遜은 공손하게 따를 손. 遜辭(손사)는 공손한 말. 避는 피할 피. 달아나다. 咎는 허물 구.

| 原文 | 季平子卒, 將以君之玙璠斂, 贈以珠玉.

孔子初爲中都宰, 聞之, 歷級而救焉, 曰, "送而以寶玉, 是猶曝屍於中原也, 其示民以奸利之端, 而有害於死者, 安用之. 且孝子不順情以危親, 忠臣不兆奸以陷君."

乃止.

| 국역 | 季平子(계평자)[1461]가 죽자, 君主(군주)의 玙璠〔여번, 美玉(미옥)〕으로 斂(염)을 하고 많은 珠玉(주옥)을 함께 묻으려 하였다.

(그때) 孔子는 막 中都(중도)의 邑宰(읍재)가 되었는데,[1462] 이런 말을 듣자, 계단을 급하게 뛰어 올라가서 저지하며 말했다.[1463]

"寶玉(보옥 : 패물과 구슬)으로 장례를 치르는 것은 시신을 벌판에 버리는 것과 같습니다.[1464] 아마 백성들에게 간사하고 나쁜

1461 季平子(계평자) – 季孫如意. 魯國의 대부. 季桓子(계환자)의 부친. 魯 昭公을 방축했던 사람. 魯 定公 5년(前 505년)에 죽었다.

1462 원문 孔子初爲中都宰 – 孔子가 中都宰가 된 것은 정공 9년(전 501년)으로 계형자가 죽은 해와 맞지 않는다.

1463 원문 歷級而救焉 – 歷級(역급)은 급하게 계단을 올라가다. 救는 구할 구. 멈추게 하다. 沮止(저지)하다. 糾正(규정). 바로잡다.

1464 원문 是猶曝屍於中原也 – 曝은 햇볕을 쬘 폭. 야외에 내놓다. 中原은 들판. 보옥을 많이 장례하면 틀림없이 도굴당할 것이다.

마음을 먹게 만들어 死者(사자)에게 해악이 될 것인데, 어찌 그러하겠습니까? 또 효자는 자신의 性情(성정 : 정성스러운 정분)으로 선친을 위험하게 할 수 없으며, 충신은 간악한 음모를 꾸며 주군을 모함하지 않습니다."[1465]

그리하여 이를 그만두었다.

| 原文 | 孔子之弟子琴張與宗魯友, 衛齊豹, 見宗魯於公子孟縶, 孟縶以爲參乘焉, 及齊豹將殺孟縶, 告宗魯, 使行.

宗魯曰, "吾由子而事之, 今聞難而逃, 是僭子也. 〈僭不信使子言不信〉 子行事乎, 吾將死以事周子, 而歸死於公孟可也."

齊氏用戈擊公孟, 宗以背蔽之, 斷肱中, 公孟,宗魯皆死. 琴張聞宗魯死, 將往弔之.

孔子曰, "齊豹之盜, 孟縶之賊也, 汝何弔焉? 君不食奸, 不受亂, 不爲利病於回, 〈回邪也不以利放而病於邪也〉 不以回事人, 不蓋非義, 〈蓋揜〉 不犯非禮, 汝何弔焉?"

1465 원문 忠臣不兆奸以陷君 – 兆奸(조간)은 간악한 조짐. 나쁜 평가를 받을 만한 일. 陷은 빠트릴 함.

琴張乃止.

| 국역 | 孔子의 弟子 琴張(금장)[1466]은 宗魯(종로, 人名)의 벗이었다. 衛(위)의 齊豹(제표)는 宗魯(종로)를 公子(공자) 孟縶(맹집, 人名)에게 천거하였고, 맹집은 종로를 자신의 參乘(참승)[1467]으로 삼았다. 제표가 맹집을 죽이려 계획하면서 종로에 알려 피신하게 하였다.

그러자 종로가 말했다.

"나는 당신의 천거로 맹집을 섬기는데 지금 위험하다는 말을 듣고 내가 피신한다면, 이는 당신을 不信(불신 : 나쁜 사람)하게 만드는 것이다.[1468] 지금 맹집을 죽이려 하지 않느냐? 나는 죽음으로서 맹집을 지켜야만 그대가 추천한 의무를 다하는 것이니, 내가 섬기는 맹집의 집에 가서 죽어야만 한다."

1466 琴張(琴牢, 생졸년 미상, 字는 子開, 一字 子張) - 《孔子家語 七十二弟子解》에 이름이 보이나 《史記 仲尼弟子列傳》에는 나오지 않는다. 春秋時期 衛國人.

1467 參乘(驂乘) - 수레는 서서 탔다. 좌측에 주인, 가운데에 御者(운전자), 우측에 驂乘이 탔다. 참승의 주 역할은 호위무사나 비서 역할이었다.

1468 원문 是僭子也 - 僭은 어긋날 참. 子는 너. 당신. 당신을 불신하는 것이다.

齊豹(제표)가 창으로 公子(공자) 맹접을 찌를 때, 종로는 등을 돌려 창을 막았고 팔뚝이 잘렸으며, 公子(공자)인 맹접과 종로는 모두 죽었다. 종로가 죽었기에 금장이 가서 조문하려 했다.

孔子가 말했다.

"齊豹(제표)의 亂〔난 : 盜(도)〕이나, 맹접의 죽음에 왜 조문하려는가? 군자는 간사한 자의 봉록을 먹을 수 없고, 亂(난)을 당할 수도 없으며, 이득을 얻으려 사악한 짓을 해서도 안 되며,[1469] 옳지 않게 섬겨서도 안 된다. 불의를 막지도, 또 非禮(비례 : 예가 아니다)를 범하지 못하게 막지도 못하고서 왜 조문하려 하는가?"

이에 금장은 조문하지 않았다.

| 原文 | 郕人子革(子蒲)卒, 哭之呼滅.

子遊曰, "若是哭也, 其野哉. 孔子惡野哭者."

哭者聞之遂改之.

| 국역 | 〔魯(노)의〕 郕(성, 지명) 사람[1470] 子革(자혁, 子蒲)이 죽자,

1469 원문 不爲利病於回 – 여기 回는 邪(사). 도덕적으로 옳지 않은 것. 正의 반대.

1470 원문 郕人子革(子蒲)卒 – 郕(성)은 魯 孟氏의 邑名. 子革은 子蒲(人名).

〔그 家人(가인)이〕 곡을 하면서 자신도 죽겠다고 울부짖었다. 子遊(자유)가 말했다.

"이처럼 울부짖으며 곡하는 것은 천박한 짓이다. 공자는 이런 野哭(야곡)을 싫어하셨다."

곡을 하던 자가 듣고서는 바로 고쳤다.

| 原文 | 公父文伯卒, 其妻妾皆行哭失聲, 敬姜戒之曰, "吾聞好外者士死之, 好內者女死之, 今吾子早殀, 吾惡其以好內聞也, 二三婦人之欲供先祀者, 請無瘠色, 無揮涕, 無拊膺, 無哀容, 無加服, 有降從禮而靜, 是昭吾子也."

孔子聞之曰, "女智無若婦, 男智莫若夫, 公文氏之婦智矣, 剖情損禮, 欲以明其子爲令德也."

| 국역 | 公父文伯(공보문백)이 죽자, 그의 妻妾(처첩)이 모두 통곡하여 말을 못할〔失聲(실성)〕 지경이었다. 공보문백의 모친 敬姜(경강)이 훈계하며 말했다.[1471]

1471 敬姜(경강)은 魯 귀족 公父穆伯(공보목백)의 처. 위 42篇 〈曲禮子貢問〉에 보인다. 본 장의 내용은 《國語 魯語 下》와 《列女傳》에도 수록되었다.

"내가 알기로, 밖에서 사람 사귀기를 좋아하는 자는 士人(사인 : 선비)들이 (그를 위하여) 죽기를 원하고,[1472] 여인을 좋아했던 사람은 여인들이 (따라) 죽기를 원한다고 하였다. 지금 내 아들이 젊은 나이에 죽었는데,[1473] 나는 내 아들이 여인을 좋아했다는 소문이 날까 걱정이 된다. 너희들이 개가하지 않고 남아서 이 집 조상들 제사를 받들려 한다면, 안색이 수척해지거나 눈물을 뿌리지도 말며, 가슴을 치며 통곡하거나(拊膺) 슬픈 표정도 짓지 말라. 상복도 낮춰 입고(無加服) 禮(예)에 따라 조용히 상을 치르는 것이 내 아들의 덕행을 지켜주는 것이다."

孔子가 듣고서 말했다.

"(젊은) 여인은 (나이 많은) 부인만큼 총명하지 않고, 젊은 사내는 나이든 남자만큼 지혜롭지 않다. 公文氏(공문씨) 부인은 지혜로운 분이다. 세상 인정을 분석하고 禮(예)를 낮춰[1474] 아들의 훌륭한 덕행(令德)을 빛내려 하였다."[1475]

1472 원문 好外者士死之 – 好外는 外人과 사귀기를 좋아하다. 好內는 다른 여자, 곧 여색을 좋아하다.

1473 원문 今吾子早殀 – 早는 이를 조. 殀는 일찍 죽을 요. 夭(어릴 요)와 通.

1474 원문 剖情損禮 – 剖는 가를 부. 剖析(부석). 分析하다.

1475 令德의 令은 美善.

|原文| 子路與子羔仕於衛, 衛有蒯聵之難.

孔子在魯, 聞之曰, "柴也其來, 由也死矣." 旣而衛使至, 曰, "子路死焉." 夫子哭之於中庭, 有人吊者, 而夫子拜之, 已哭.

進使者而問故, 使者曰, "醢之矣."

遂令左右皆覆醢, 曰, "吾何忍食此."

|국역| 子路(자로)와 子羔〔자고, 본명은 高柴(고시)〕가 衛(위)에 출사(벼슬)하였는데, 衛에서 蒯聵(괴외)의 난이 발생하였다.[1476]

孔子는 魯(노)에서 소식을 듣고 말했다.

"고시는 아마 살아 돌아오겠지만, 仲由(중유, 자로)는 죽을지도 모른다."

얼마 뒤 衛(위)에서 보낸 사자가 魯(노)에 와서 "자로가 죽었다."는 소식을 전했다. 夫子(부자 : 공자)는 中庭〔중정 : 大廳(대청)〕에서 통곡했고, 조문하러 온 사람이 있으면 공자가 배례했고 통곡을 그쳤다.

1476 원문 蒯聵之難 – 蒯聵(괴외)는 衛 靈公의 태자. 영공이 죽은 뒤 괴외의 아들이 즉위하니, 出公이다. 괴외가 귀국하여 정변을 일으켰고, 출공은 魯로 도주하고 괴외가 즉위하니, 莊公이다. 당시 자로는 孔悝(공리)의 邑宰(읍재)이었는데, 공연히 공리를 구하려 도성에 들어갔다 잡혀 피살되었다.(前 480년)

衛(위) 사자를 불러 경과를 물었는데 사자는 "(자로의 시신을) 젓을 담갔다." 고 하였다.[1477]

공자는 측근에게 (집안의) 젓갈을 모두 버리게 하고 말했다.

"내가 어찌 그런 음식을 먹겠는가?"

| 原文 | 季桓子死, 魯大夫朝服而吊.

子遊問於孔子曰, "禮乎?" 夫子不答. 他日, 又問.

夫子曰, "始死則矣, 羔裘玄冠者 易之而已, 汝何疑焉?"

| 국역 | 季桓子(계환자)가 죽었을 때, 魯 大夫(노 대부)가 朝服(조복)으로 弔問(조문)하였다.

子遊(자유)가 이를 공자에게 "禮(예)에 맞습니까?" 하고 물었다.

공자는 대답하지 않았다. 다른 날 또 물었다.

그러자 夫子(부자 : 공자)가 말했다.

"사람이 막 죽었을 때(始死則矣), 羔裘(고구, 양가죽 갖옷)나 玄冠(현관 : 검은 모자)을 착용한 사람은 옷을 바꿔 입으면 된다. 네가 어찌 의문을 갖는가?"

1477 원문 醢之矣 – 醢는 젓갈 해.

| 原文 | 孔子有母之喪, 旣練, 陽虎吊焉, 私於孔子曰, “今季氏將大饗境內之士, 子聞諸?”

孔子答曰, “丘弗聞也. 若聞之, 雖在衰絰, 亦欲與往.”

陽虎曰, “子謂不然乎, 季氏饗士, 不及子也.”

陽虎出, 曾點問曰, “吾之何謂也?”

孔子曰, “己則衰服, 猶應其言, 示所以不非也.”

| 국역 | 孔子가 모친상을 당했고,[1478] 練祭(연제, 소상)를 마친 다음에 陽虎(양호)[1479]가 조문을 와서 조용히(私) 공자에게 말했다.

“이번에 季氏(계씨)가 관내의 士人(사인 : 선비)을 모두 모아 잔치를 한다는데 알고 있습니까?”

孔子가 대답했다.

“나는(丘) 듣지 못했습니다. 만약 소식이 오면 비록 복상중이나 저 역시 참석할 것입니다.”

陽虎(양호)가 말했다.

“당신은 그럴 리 없다고 생각하겠지만, 季氏의 饗士(향사)에 당

1478 공자는 17세 때 모친 안씨가 별세했다.(前 535년)

1479 陽虎(양호) - 貨(화)는 그의 字. 〈陽貨〉는 《論語》의 편명. 魯國 季氏의 家臣이었다. 계씨가 魯의 권력을 장악했을 때, 陽貨는 계씨 家內의 권력을 쥐고 있었다. 양화는 나중에 三桓(삼환)을 제거하려다가 실패하고 晉(진)으로 망명했다.

신은 포함되지 않았습니다."

陽虎(양호)가 돌아가자 曾點(증점)이 물었다.

"무슨 말씀이십니까?"[1480]

孔子가 말했다.

"내가 상복을 입었지만, 그의 말에 대꾸한 것은 그가 틀렸다는 것을 비난하지 않는다는 뜻이다."

| 原文 | 顏回死, 魯定公吊焉, 使人訪於孔子.

孔子對曰, "凡在封內, 皆臣子也, 禮, 君吊其臣, 升自東階, 向屍而哭, 其恩賜之施, 不有筭也."

| 국역 | 顏回(안회)가 죽자,[1481] 魯 定公(노 정공)이 조문한 다음에 사람을 (공자에게) 보냈다.

1480 원문 曾點問曰, "吾之何謂也?" – 曾點(증점)은 증삼의 부친. 曾參이어야 한다는 주석이 있다. 그러나 공자와 증삼의 나이 차이를 생각할 때, 공자 모친이 죽었을 때, 증삼은 태어나지도 않았다. 증자의 아버지 증점이라는 사실도, 또 양호도 모두 의문이 남는다. "吾之何謂也?"의 吾는 語이어야 한다는 주석이 있다.

1481 원문 魯定公吊焉 – 안회는 공자의 아들 공리보다 늦게 공자 70세 前 481년 전후에 죽었다. 그때는 정공이 아니라 애공이 재위 중이었다.

孔子가 대답했다.

"封土(봉토 : 국토) 내의 모든 백성은 주군의 신하입니다. 禮(예)에 주군이 그 신하를 조문한다면 동쪽 계단으로 올라서 시신 앞에 곡을 하는데, 이러한 恩賜(은사)는 계산할 수가 없습니다."[1482]

| 原文 | 原思言於曾子曰, "夏后氏之送葬也, 用盟器, 示民無知也, 殷人用祭器, 示民有知也, 周人兼而用之, 示民疑也."

曾子曰, "其不然矣, 夫以盟器, 鬼器也, 祭器, 人器也, 古之人胡爲而死其親也."

子遊問於孔子曰, "之死而致死乎, 不仁, 不可爲也, 之死而致生乎, 不智, 不可爲也. 凡爲盟器者, 知喪道也. 有備物而不可用也. 是故竹不成用, 而瓦不成膝, 琴瑟張而不平, 笙竽備而不和, 有鍾磬而無簨簴. 其曰盟器, 神明之也. 哀哉! 死者而用生者之器, 不殆而用殉也."

1482 원문 不有筭也 – 筭은 셈할 산. 算과 通.

| 국역 | 原思(원사, 原憲)[1483]가 曾子(증자)에게 말했다.

"夏后氏(하후씨)는 죽은 사람에 장례에(送葬) 明器〔명기 : 盟器(맹기)〕를 썼는데, 이는 사람들에게 (죽은 사람은) 지각이 없다는 것을 알게 하려는 뜻이었고, 殷人(은인)은 祭器(제기)를 사용하였는데, 이는 백성들에게 죽은 사람도 지각이 있다는 것을 알게 하려는 뜻이었으며, 周人(주인)은 明器(명기)와 祭器(제기)를 겸용하였는데, 이는 〔지각(아는 것) 유무를〕 알 수 없다는 뜻이었다."

曾子가 말했다.

"아마(其) 그렇지 않을 것입니다. 盟器〔맹기 : 明器(명기)〕는 귀신의 기구이고, 祭器(제기)는 사람의 기구입니다. 古人(고인)이 어찌 부모가 지각이 없다고 생각했겠습니까?"

子遊(자유)가 이를 孔子에게 묻자, 공자가 말했다.

"죽은 사람을 장례하면서(之死) 죽어서 지각이 없다고(致死) 생각한다면 不仁(불인)하니 그럴 수는 없을 것이다(不可爲也). 죽은 사람을 장례할 때, 살아있다고 생각한다면 이는 지혜롭지 못하니(不智) 그리할 수도 없다(不可爲也). 盟器〔맹기 : 明器(명기)〕를 사용하는 사람은 장례의 道〔喪道(상도)〕를 아는 사람이니, 여러 물건을 챙겨놓았지만(備物) 사용할 수가 없다(不可用也). 그래서

1483 原憲(원헌) - 宋人이고, 字는 子思이며, 孔子보다 36세 아래였다. 淸淨(청정)하며 守節(수절)하였고, 貧寒(빈한)해도 樂道하였다. 孔子가 魯 司寇(사구)일 때, 原憲은 공자의 家臣(孔子宰)이었다. 孔子 卒後에 原憲은 은퇴하여 衛(위)에서 살았다.

竹器(죽기)도 쓸 수 없고, 瓦器(와기)는 빛을 낼 수 없으며, 琴瑟(금슬)을 늘어놓았지만 연주할 수가 없고(張而不平), 생황이나 피리〔笙芋(생우)〕를 갖추었어도 음률을 맞출 수가 없으며(備而不和), 鍾磬(종경)은 있어도 그 악기를 걸어둘 받침대가 없으니〔無簨簴(무순거)〕 아마 그러하기에 盟器〔맹기 : 明器(명기)〕라고 부른 것이니, 이는 죽은 자를 그저 神明으로 생각한 것이다. 슬프도다!(哀哉!) 죽은 자를 매장하면서 살아있는 사람의 그릇을 부장품으로 묻는다면, 이는 산사람을 순장하는 것에 가까울 것이다."[1484]

| 原文 | 子罕問於孔子曰, "始死之設重也, 何爲?"

孔子曰, "重主道也, 殷主綴重焉, 周人徹重焉."

"請問喪朝."

子曰, "喪之朝也, 順死者之孝心, 故至於祖者, 廟而後行. 殷朝而後殯於祖, 周朝而後遂葬."

| 국역 | 〔宋(송)나라의 執政(집정)인〕 子罕(자한)이 공자에게 물었다.

"사람이 막 죽었을 때 나무로 만든 神主(신주)인 重(중)을 세워

1484 원문 不殆而用殉也 – 不殆는 다름이 없다. 殉은 따라서 죽을 순. 산사람을 죽여 같이 묻어주는 것. 殉葬(순장).

놓는데, 왜 그러합니까?"

孔子가 말했다.

"重(중)은 神主(신주)와 같은 의미이다. 殷(은)에서는 신주의 위패를 만들면 위패를 重(중)과 함께 세워 놓았다. 周人(주인)은 신주를 만들면 重(중)을 철거하였다."

자한이 또 물었다.

"장례 전에 가묘에 참배하는 것은 왜 그렇습니까?"

공자가 말했다.

"장례 전에 가묘에 참배하는 것은 死者(사자)에 순종하겠다는 孝心(효심)이다. 때문에 父祖(부조)를 모신 사당에 참배한 뒤에 나가게 된다. 殷(은)에서는 가묘에 참배한 다음에 모셨고, 周(주)에서는 참배한 뒤에 장례를 치렀다."

|原文| 孔子之守狗死, 謂子貢曰 : 路馬死, 則藏之以惟, 狗則藏之以蓋, 汝往埋之, 吾聞弊帷不棄, 爲埋馬也 ; 弊蓋不棄, 爲埋狗也, 今吾貧無蓋, 於其封也與之蓆, 無使其首陷於土焉.

|국역| 공자의 집을 지키던 개가 죽자 공자가 자공에게 말했다. 타던 말이 죽으면 장막으로 묻어주고, 개가 죽으면 수레 덮개 천

으로 묻어준다. 네가 가서 물어 주어라. 내가 듣기로는 떨어진 장막을 버리지 않는 것은 장차 말을 묻어주기 위한 것이다. 떨어진 수레 덮개 천도 버리지 않는 것은 장차 개를 묻어 주기 위한 것이다.

지금 나는 가난하여 수레 덮개 천도 없으니 그 개를 묻는데 내 깔고 있던 이 자리를 주겠다. 이것으로 개의 머리가 흙 속에 파묻히지 않도록 해 주어라.

〈曲禮公西赤問(곡례공서적문)〉 제44

【해설】

본 편은 장례와 관계되는 특별한 사례의 구체적 해결 방법을 서술하고 있다. 公西赤(공서적)의 첫 물음은 퇴임한 대부의 장례에 관한 물음이다.

우리가 禮儀(예의)라는 말을 들으면 우선 엄숙해야 한다는 느낌이 온다. 더 나아가 관혼상제의 의례는 '의무적이면서도 형식에 맞아야 하는 예절' 이며, 이런 것은 유교의 생활예절이며 모두가 공자와 관련이 있을 것이라는 생각을 하게 된다.

공자는 禮儀(예의)바른 행동이나 처신을 강조하였다. 이는 본래 儒者(유자)가 각종 의례의 전문가라는 직업정신과 연결도 되지만, 예는 인간관계나 사회생활의 기본이 되는 행위 절차이기 때문일 것이다.

《論語(논어)》에는 41개 장에서 예(禮)를 직접 언급하고 있으며, 직접 언급은 아니더라도 관련되는 장까지 헤아리면 거의 100장이 된다고 한다. 이는 《論語(논어)》 전체의 약 1/5에 이르는 방대한 양이다. 이를 본다면, 공자가 얼마나 예를 중요시했는가를 알 수 있다.

안연은 공자에게 克己復禮(극기복례 : 개인적인 이익을 억제하고 공공의 이익을 추구한다)의 방법을 물었고, 공자는 禮(예)가 아니면 보고, 듣거나 말하기, 행동도 하지 말라고 가르쳤다.[1485] 그러면서 예를 행하는 것은, 자신의 의지나 노력이지 타인에 의한 수동적인 행위가 아니라는 점도 강조하였다.

여기서 극기는 자신의 사리사욕을 억제한다는 의미이고, 복례는 예의에 합당한 마음가짐, 곧 인으로의 복귀를 의미한다.

'예로의 복귀', 곧 인의 실천은 극기에서부터 출발한다는 인식은 매우 중요하다. 극기, 즉 사리사욕을 스스로 이기지 못한다면 예를 행할 수도 없으며 인을 실천할 수 없는 것이다.

실제로 사회생활에서 사리사욕 때문에 개인적으로 불행하고 파멸에 이르고 타인에게 해악을 미치는 것을 얼마든지 목격할 수 있으니, 극기가 예의 바탕이 된다는 신념은 어려서부터 가르치고 실천해야 할 것이다.

1485 《論語 顔淵》 顔淵問仁. 子曰, 克己復禮爲仁. 一日克己復禮 天下歸仁焉. 爲仁 由己 而由人乎哉? ~. 子曰, 非禮勿視 非禮勿聽 非禮勿言 非禮勿動.

이상을 종합해 보면, 공자가 생각한 예는 단순히 제후의 뜰이나 건물 안에서 여러 卿(경)이나 大夫(대부)들이 행하는 군신 상호 간의 의례만을 지칭하지 않았다.

그리고 禮(예)에 바탕을 두지 않은 언행은 절대로 해서는 안 되며, 예를 생각하고 실천하는 것이, 곧 인이라 하였다. 공자가 예에 부합하는 행위를 인이라고 본 것은, 인과 예는 분리하여 생각할 수 없다는 뜻이었다.

또한, 공자가 생각한 인은 무너져가는 周禮(주례)를 현실과 인성에 맞게 적용하고 도덕적으로 실천하면서 모든 사람들의 질서와 안녕과 화합을 이룩하는 것이었다.

실제로 공자의 제자 유약(有若, 有子)은 예의 효용을 다음과 같이 정의하였다.

"禮(예)의 실천에서는 화합이 중요하다. 이 점이 바로 先王(선왕)의 아름다운 道(도)이며, 크고 작은 모든 일이 여기에서 시작한다. 그러나 和(화)를 얻었어도 예로서 절제가 되어야 한다."[1486]

이를 본다면, 계층 내부나 계층 간의 조화나 화합, 곧 충돌이 없는 조화를 이룩하는 것이 예를 행하는 목적이지만 그 또한 예에 의한 조절이나 절제가 있어야 한다는 것이다. 곧 화합을 얻기 위한 목적 때문에 예에서 이탈한다면 그것 자체가 禮(예)가 아니

1486 《論語 學而》 有子曰, 禮之用 和爲貴. 先王之道 斯爲美 小大由之. ~ 不以禮節之 亦不可行也.

라는 뜻이다.

禮(예)는 한 개인의 인격 수양이며 고상한 정신의 발현이다.

예는 그 사람의 자아의식과 도덕적 문화적 소양의 자연스러운 표출이며, 온건하고 화평한 사회질서를 위한 자기 노력이며 節制(절제)이다. 예는 상대방에 대한 공경과 애정의 표현이기도 하다.

예란 상황에 따라 적절하게 변용될 수 있으며, 이성적으로 규범에 맞으면서도 행하는 사람이 진정성이 있어야 하는 인간의 아름다운 행위이다. 또한 늘 어진 마음을 지닌 사람이 자연스레 몸에 밴 행동양식이나 습관일 것이다.

그러나 비싸고 멋진 그릇에 담긴 내용물이 모두 좋은 물건일 수 없고, 화려한 옷차림이 최고의 예가 아닌 것처럼 진정성이 결여된 禮(예)는 예가 아니다. 따라서 사람이 행하는 모든 예의나 예절을 곧 仁(인)의 실천이라고 본다면, 이 또한 분명한 착오일 것이다.

인간의 착한 본성을 인정하고 따르는 것이 道(도)라면, 그 도를 닦고 연마하는 것이 修養(수양)이라 할 수 있다.[1487] 예의 바탕이 되는 인격 수양이란 정해진 예법을 익혀 절도 있게 숙달된 태도만을 의미하지는 않는다.

그러나 도를 연마하거나 고상한 성품을 배양하기 위한 노력에

1487 《中庸》 1장 – 天命之謂性 率性之謂道 修道之謂敎.

는 어떠한 방식이 있어야 한다. 군자가 仁義(인의)의 도를 살피고 실현할 때 그 정신을 어떤 형식으로 표현하는 것이 바로 禮節(예절)이다.

이런 수양의 방법으로 채택되고 실천하도록 어려서부터 가르친 것은 거처의 주변을 쓸고 닦는 청소와 어른의 부름에 대한 행동인 應對(응대), 나아가고 물러나는 進退(진퇴)의 모든 행동을 예라고 하였다.[1488]

그리고 집에서는 孝(효)를 실천하고 밖에 나가서는 공손하게 응대하는 것을 어려서부터 가르쳤던 것은 예가 기본 생활예절이었고, 예를 기본 정신을 일찍 깨우치게 하려는 의미였다.

어린아이에서 어른으로 성숙하면서 고상한 성품을 이루기 위한 수양의 한 방법으로서 인간의 喜怒哀樂(희로애락)의 감정을 조절하는 것이 예이다.

이처럼 인격 수양이란 예의 기본 정신에 따라 마음속의 감정을 적절하게 조절하여 조화를 이루는 것이다. 곧 예에 맞게 조절하는 것을 和(화)라고 하는데, 이것이 바로 예의 가장 큰 효용성이다.[1489]

1488 《論語 子張》 子游曰, 子夏之門人小子 當洒掃應對進退 則可矣 抑末也. ~

1489 《論語 學而》 有子曰, 禮之用, 和爲貴. ~ 知和而和 不以禮節之 亦不可行也.

| 原文 | 公西赤問於孔子曰, "大夫以罪免卒, 其葬也如之何?"

孔子曰, "大夫廢其事, 終身不仕, 死則葬之以士禮, 老而政仕者, 死則從其列."

| 국역 | 公西赤(공서적)이 공자에게 물었다.[1490]

"大夫(대부)가 죄를 짓고 면직되었다가 죽었을 때, 그 장례는 어떻게 해야 합니까?"

孔子가 말했다.

"大夫(대부)가 면직된 이후 終身(종신)토록 출사(벼슬)하지 않다가 죽었다면 士人(사인 : 선비)의 禮(예)로 장례를 치르고, 늙어 치사(벼슬을 도로 바치다)하였다면 그 班列(반열)에 따라야 한다."

1490 公西赤問於孔子曰 – 公西赤(공서적)의 字는 子華(자화)인데 공자보다 42세 연하였다.
자화가 齊에 사자로 가는데, 冉有(염유, 冉求, 前 522년 – ?)가 공서적의 모친을 위해 곡식을 내주겠다고 하였다. 이에 공자께서 말했다. "釜(부, 六斗四升)를 내주어라." 염유가 조금 더 주어야 한다고 말하자, 공자는 "庾(유, 十六斗)를 주라."고 하였다. 그러나 염유는 곡식 5秉(병)을 내주었다. 이를 알고 공자께서 말했다.
"공서적이 齊에 갈 때 살찐 말을 타고 가벼운 갖옷을 입었었다. 내가 알기로 군자는 남의 위급을 도와주지만 부자에게 보태주지는 않는다고 했다."(子曰, "赤之適齊也, 乘肥馬, 衣輕裘. 吾聞之也, 君子周急不繼富.")

| 原文 | 公儀仲子嫡子死, 而立其弟, 檀弓問子服伯子曰, "何居? 我未之前聞也."

子服伯子曰, "仲子亦猶行古人之道, 昔者文王捨伯邑考, 而立武王, 微子舍其孫腯, 立其弟衍."

子遊以聞諸孔子, 子曰, "否, 周制立孫."

| 국역 | 〔魯國 宗室(노국 종실)인〕 公儀仲子(공의중자)의 嫡子(적자 : 맏아들)가 죽자 그 동생을(공의중자의 서자) 세웠는데, 檀弓(단궁)[1491]이 〔魯(노)의 대부, 孟孫氏(맹손씨)의 支系(지계)인〕 子服伯子(자복백자)에게 "무엇 때문입니까? 나는 들어본 적이 없습니다."라고 물었다.

자복백자가 말했다.

"공의중자는 마찬가지로 古人(고인 : 옛사람)의 전례를(道) 따른 것입니다. 옛날에 文王(문왕)은 〔長子(장자)〕 伯邑考(백읍고)를 버려두고, (차남인) 武王(무왕)을 후사로 정했고, 〔殷(은)의〕 微子啓(미자계)는 그의 손자 腯(살찔 돌)을 버리고 그의 동생 衍(연)을 세웠습니다."

子遊(자유)가 들은 바를 공자에게 전했다.

이에 공자가 말했다.

1491 檀弓(단궁) – 魯의 士人. 예에 정통했다. 《예기》의 한 篇名.

"그렇지 않다. 周制(주제)에는 아들이 죽으면 嫡孫(적손 : 직계 손자)을 세워야 한다."

| 原文 | 孔子之母旣葬, 將立葬焉.

曰, "古者不祔葬, 爲不忍先死者之復見也.《詩》云, '死則同穴.' 自周公已來祔葬矣. 故衛人之祔也, 離之, 有以間焉, 魯人之祔也, 合之, 美夫, 吾從魯."

遂合葬於防曰, "吾聞之古者墓而不墳. 今丘也, 東西南北之人, 不可以弗識也, 吾見封之若堂者矣, 又見若坊者矣, 又見履夏屋者矣, 又見若斧形者矣, 吾從斧者焉."

於是封之, 崇四尺. 孔子先反虞, 門人後. 雨甚, 至墓崩, 修之而歸.

孔子問焉, 曰, "爾來何遲?"

對曰, "防墓崩."

孔子不應, 三云, 孔子泫然而流涕曰, "吾聞之, 古不修墓及二十五月而大祥, 五日而彈琴不成聲, 十日過禫而成笙歌."

| 국역 | 孔子의 모친이 죽자, 장차 선친과 합장하려 했다.

"옛날에 祔葬(부장, 祔는 合也. 合葬)이 없었던 것은 돌아가신 조상의 시신을 차마 다시 보기가 어려웠기 때문이다.《詩經 王風 大車(시경 왕풍 대거)》에서는, '죽어서는 同穴(동혈 : 같은 굴에 묻힌다)이라.' 하였다. 周公(주공) 이래로 祔葬(부장, 合葬)이 있었다. 옛 衛(위)의 부장은 墓穴(묘혈)이 떨어져 간격이 있었다. 魯(노)의 부장은 (묘혈이) 합쳐 보기 좋으니, 나는 魯(노)의 부장 방식을 따르겠다."

(모친의 유해를) 防山(방산)에 있던 선친의 묘소에 합장한 뒤에 공자가 말했다.

"내가 알기로, 옛날에 묘를 썼지만 封墳(봉분)을 만들지는 않았다. 지금 나는 일정한 거처가 없는 사람이니[1492] 표지를 아니할 수 없다. 내가 알기로, 봉분이 사방이 높은 집 모양과 경사지게 올라가고 긴 제방과 같은 봉분도 있고, 또 큰 지붕 모양을 한 봉분도 있고,[1493] 또 도끼 모양의 봉분도 있다고 하니,[1494] 나는 도끼 모양을 택하고 싶다."

1492 원문 東西南北之人 – 사방을 떠돌아다니는 사람. 3살에 부친을, 17세에 모친을 여읜 공자 자신의 심정을 이렇게 표현했을 것이다.

1493 원문 又見履夏屋者矣 – 夏屋(하옥)은 넓고 큰 집. 夏에는 크다. 크게 지은 집이라는 뜻이 있다.

1494 원문 又見若斧形者矣 – 땅에 가로로 놓인 도끼 모양을 생각할 수 있다.

그리고서는 봉분을 만들었는데, 그 높이〔崇(높을 숭)〕가 4척이었다.

孔子는 먼저 돌아와 虞祭(우제)를 지냈고 문인들은 뒤에 왔다.[1495] 그런데 큰 비가 내려(雨甚) 묘가 무너졌기에 〔門人(문인)들이〕 보수하고서 돌아왔다.

공자가 물었다.

"너희들은 왜 늦었는가?"

"防山(방산)의 묘가 무너졌습니다."

孔子는 대답하지 않았다. (제자들이) 3번 말하니, 공자는 눈물을 줄줄〔泫然(현연)〕 흘리며[1496] 말했다.

"내가 알기로, 옛날에는 墓(묘)에 봉분을 올리지 않았다. 25개월이 지나 大祥(대상)을 지내고, 그 5일이 지나야 彈琴(탄금)할 수 있었으나 聲調(성조)를 연주하지는 않았으며, (그 다음 달에) 禫祭(담제)를 지내고 10일 뒤에야 생황을 불고 노래할 수 있었다."

1495 원문 防山(방산, 산 이름) -《史記 孔子世家》에 의하면, 孔子母死에 乃殯五父之衢하였는데, 이는 신중을 기하려는 뜻(蓋其愼也)이라 하였다. 郰人(추인)의 輓父(만부)의 모친이 공자에게 선친의 묘소를 일러 주었고, 그래서 防山(방산)의 묘소에 합장하였다고 기록했다. 그리고 공자 17세 때의 일을 기록하였으니 사실 모친이 돌아가셨을 때 공자의 제자는 없었다고 보아야 한다.

1496 원문 孔子泫然而流涕曰 - 泫은 눈물을 흘리는 모양 현. 涕는 눈물 체.

| 原文 | 子遊問於孔子曰, "葬者塗車芻靈, 自古有之, 然今人或有偶, 是無益於喪."

孔子曰, "爲芻靈者善矣, 爲偶者不仁, 不殆於用人乎."

| 국역 | 子遊(자유)가 孔子에게 물었다.

"葬禮(장례)에 진흙 수레〔塗車(도거)〕를 만들고, 지푸라기로 만든 사람이나 가축은 예로부터 사용했기에 지금은 偶人〔우인, 人形(인형)〕을 묻는데, 喪事에 아무런 도움이 안 되는 것 같습니다."

孔子가 말했다.

"짚으로 혼령을 대신한 사람은 착하지만 偶人(우인 : 허수아비)을 만든 사람은 不仁(불인 : 어질지 못하다)하나니, 우인을 陪葬(배장)하는 것은 사람을 순장하는 것에 거의 가깝지 않은가?"[1497]

| 原文 | 顔淵之喪旣祥, 顔路饋祥肉於孔子.

孔子自出而受之, 入, 彈琴以散情, 而後乃食之.

| 국역 | 顔淵(안연)의 喪事(상사)에 大祥(대상)을 지내고, 제물로 썼

1497 《孟子, 梁惠王章句 上》 仲尼曰, 始作俑者 其無後乎! 爲其象人而用之也~. 如之何其使斯民 飢而死也.

던 고기〔祭肉(제육)〕를 (안연의 부친) 顏路(안로)가 孔子에 올렸다.

공자는 문 밖에 나와서 받은 다음에. 방에 들어가 彈琴(탄금 : 거문고를 타다)하여 애통한 심경을 흩어버리고서(散情), 그 고기를 먹었다.

| 原文 | 孔子嘗奉薦而進, 其親也慤, 其行也趨趨以數.

已祭, 子貢問曰, "夫子之言祭也, 濟濟漆漆焉. 〈威儀容止〉 今夫子之祭, 無濟濟漆漆何也?"

孔子曰, "濟濟者, 容也遠也. 漆漆者自反. 容以遠, 若容以自反, 夫何神明之及交? 必如此, 則何濟濟漆漆之有? 反饋樂成, 進則燕俎, 序其禮樂, 備其百官, 於是君子致其濟濟漆漆焉. 夫言豈一端而已哉? 亦各有所當也."

| 국역 | 孔子(공자)가 〔先親(선친)을 위한〕 가을 제사를〔嘗(상)〕 지내면서 제물을 진상할 때 직접 나아가며 정성을 다하였고,[1498] 그 걸음은 촘촘한 듯 서둘렀다. 제사를 마친 뒤(已祭), 子貢(자공)이 물었다.

"夫子(부자 : 선생님)의 말씀에 제사 지낼 때 그 威儀(위의)가 있

1498 원문 其親也慤 – 慤은 삼갈 각, 정성 각.

고(濟濟) 그 용모가 단정〔漆漆(칠칠)〕해야 한다고 말씀하셨습니다만 이번 부자의 제사에서는 威儀(위의)도 없고 단정하지도 않으니 무슨 일입니까?"

孔子가 말했다.

"태도가 엄숙하다는 것은(濟濟者) 그 용모가 疎遠(소원)한 것이다. 용모가 단정하다는 것은 스스로 엄숙하며 긍지를 가진 것이다. 그러나 그렇게 공손하고 엄숙해서야 어떻게 神明(신명)과 교감할 수 있겠는가? 꼭 그래야 한다면 어찌 엄숙하고 단정할 수 있겠는가? (군주의 제사에) 희생을 바치고 아악을 준비하여 나아가 제물을 올리고, 차례대로 예악을 연주하며 백관이 모두 참석하니, 아마 그 제사에 참석한 군자들은 모두 엄숙 단정할 것이다. 그러나 내가 한 말이 어찌 一端(일단)의 서술이겠느냐? 아마 경우에 따라 적절한 바가 있을 것이다."

| 原文 | 子路爲季氏宰, 季氏祭, 逮昏而奠, 終日不足, 繼以燭, 雖有强力之容, 肅敬之心, 皆倦怠矣. 有司跛倚以臨事, 其爲不敬也大矣.

他日, 子路與焉, 室事交於戶, 堂事當於階, 質明而始行事, 晏朝而徹.

孔子聞之曰, "以此觀之 孰爲由也而不知禮?"

| 국역 | 子路(자로)가 季氏(계씨)의 家宰(가재 : 가신)가 되었는데, 季氏(계씨)의 제사가, 어두운 새벽에 시작하여(逮昏而奠) 終日(종일)로도 부족하여 촛불을 밝히고 계속하게 되자, 비록 건장하고 엄숙 공경한 태도지만 모두가 피곤하고 지쳐있었다. 그리하여 관리들이 삐딱하거나 기대서는 등[1499] 그 자세가 매우 불경스러운 데가 많았다.

그 뒤 다른 날, 子路(자로)가 제사에 참여했다. 실내의 제사를 거행하면서 문 입구에서 제물을 주고받았고, 대청에서 올리는 제사에서는 계단을 통하여 주고받았는데, 해 뜰 무렵에(質明) 시작하여 해가 질 무렵에 제사를 마쳤다.

공자가 이를 전해 듣고서 말했다.

"이를 볼 때 仲由(중유, 자로)가 禮(예)를 모르는 사람이라고 누가 말할 수 있겠는가?"

| 原文 | 衛莊公芝反國, 改舊制, 變宗廟, 易朝市.

高子皐問於孔子曰, "周禮繹祭於祊, 祊在廟門之西, 前朝而後市. 今衛君欲其事事一更之, 如之何?"

1499 원문 有司跛倚以臨事 – 有司는 담당 관리. 跛는 절뚝거릴 파. 기울어지듯 서있다. 倚는 기댈 의. 벽이나 문 같은 것에 기대어 서다. 臨事(임사)는 업무에 임하다.

孔子曰, "繹之於庫門內, 祊之於東市, 朝於西方, 失之矣"

‖국역‖ 위(衛)나라 장공(莊公)[1500]이 귀국하여 옛 제도를 개혁하고, 종묘제도를 변경하고 조시(朝市)까지 바꾸었는데, 이에 고자고(高子皐)가 공자에게 물었다.

"周(주)의 예제(禮制)에 역제(繹祭, 제사 이름, 정식제사 다음의 2차 제사)는 팽(祊, 사당의 서쪽)에서 지내는데, 팽은 사당의 문 서쪽에 있으며, 그 자리는 조정을 앞에 두고, 시장을 뒤로해 설치한다고 하였습니다. 지금 위(衛) 주군은 모든 일을 바꾸려 하는데 어찌해야 합니까?"

공자가 말했다.

"원래 제사 역(繹)은 창고 문 안에서 지내는 것으로 팽은 시장의 동쪽을 향하고, 조정은 서쪽을 향하는 것 모두가 잘못된 것이다."

1500 衛莊公(衛後莊公, 재위 前 480－478년)－姬姓, 名 괴외(蒯聵) 春秋 諸侯國인 衛國 君主. 前代의 衛 前莊公 分別하여 衛 後莊公으로 호칭. 衛 靈公의 太子 蒯聵(괴외)가 죄를 짓고 晉으로 망명했다. 위 靈公이 그 아들 輒(첩)을 후사로 책립하자 괴외가 晉에서 군사를 데리고 衛를 공격하였다. 이를 蒯聵之亂(괴외지란)이라 한다. 그때 공자의 제자 子羔와 子路가 모두 衛에 出仕하고 있었다. 이는 前 480년이었고, 이때 子路가 희생된다. 공자 72세, 죽기 1년 전. 괴외가 즉위하니 이가 衛 莊公이다.

▌原文▐ 季桓子將祭齊三日, 而二日鍾鼓之音不絶.

冉有問於孔子, 子曰, "孝子之祭也, 散祭七日, 愼思其事. 三日致祭, 而一用之, 猶恐其不敬也, 而二日伐鼓, 何居焉?"

▌국역▐ 계환자(季桓子)가 제사를 지낼 때, 삼일동안 재계(齋戒)를 하고 이틀동안 종고(鍾鼓, 음악)를 그치질 않았다. 이에 염유가 공자에게 물었고, 공자가 말했다.

"아들이〔孝子(효자)〕 제사를 지낼 때, 7일 동안 밖에서 재계하는 것은 그 제사를 삼가며 어렵게 생각하는 것이니 이는 그 정성을 한결같이 하는 뜻이다. 그러하고서도 오히려 그 공경심이 부족할까 두려워 하는 것인데, 2일 동안 종고를(음악) 연주케 하였다면, 그 정성이 어디에 있다고 하겠느냐?"

▌原文▐ 公父文伯之母季康子之從祖母, 康子往焉, 側門而與之言, 內皆不踰閥. 文伯祭其祖悼子, 康子與焉. 進俎而不受, 徹俎而不與燕. 宗老不具, 則不繹, 繹不進飫則退.

孔子聞之曰, "男女之別, 禮之大經, 公父氏之婦, 動中德趣, 度於禮矣."

| 국역 | 공보문백(公父文伯)의 모친은 계강자(季康子)[1501]의 종조모(從祖母)인데 계강자가 찾아갔더니 문 옆에 서서 이야기를 하였지, 안으로 대문 문지방을 넘어서지 않았다. 공보문백이 자신의 조부 도자(悼子)의 제사를 지낼 때에도 계강자도 제사에 참여하였는데, 그 제수〔祭需, 祭物(제물)〕을 차릴 때에도 강자에게 직접 건네주지 않았고, 제사상을 철수한 뒤에도 같은 자리에서 음복하지 않았다. 또 종족 어른이〔宗老(종로)〕 다 모이지 않으면〔不具(불구)〕, 역제(繹祭)를 지내지 않았으며 제사를 지내고 음식을 배부르게 먹지 않고 물러갔다.

孔子가 이런 일을 전해듣고서 말했다.

"남녀의 구별은 예(禮)의 중요한 줄기이니〔大經(대경)〕, 공보씨네 부인은〔公父氏之婦(공부씨지부)〕, 행동이 모두 덕행〔德趣(덕취)〕에 들어맞았고, 그 생각도〔度(도)〕 예법에 합당하였다."

| 原文 | 季康子朝服以縞. 曾子問於孔子曰, "禮乎?"

孔子曰, "諸侯皮弁以告朔, 然後服之以視朝, 若此禮者也."

1501 계강자(季康子, ? – 前 468年) – 魯國 대부 季孫氏, 名은 肥(비), 季桓子(계환자)인 季孫斯(계손사)의 아들, 공자가 열국에서 귀국할 당시는 물론 죽은 뒤까지 魯의 정사를 전담했다.

| 국역 | 계강자(季康子)가 흰 명주로 지은 조복(朝服)을 입었다. 증자(曾子)가 공자에게 "예법에 맞습니까?" 라고 물었다.

공자가 말했다.

"제후는 사슴가죽으로 만든 일상복〔皮弁(피변)〕 차림으로 고삭(告朔, 곡삭)[1502]의 예를 시행한다. 그런 연후에야 조복을 입고 조회를 한다. 이것이 예에 맞는 것이다."

1502 고삭(告朔) - 제후가 백성들에게 매달 초하루를 백성에게 알려주는 일. 告는 알릴 고. 청할 곡. '出必告 反必面' 에서 告는 '청할 곡' 으로 읽어야 하나, 보통 '출필고' 로 통한다. 告朔을 '곡삭' 으로 읽어야 한다는 주장도 있다.

부록

〈부록 1〉

孔子 年表

공자 출생 이전

年代			공자 나이	행적	弟子生沒
기원前	周	魯			
1122	武王			殷 멸망, 천자 즉위.	
1121				鎬京(今 陝西省 西安市 부근) 천도.	
1115	成王			成王 卽位, 周公 섭정.	
1104				周公 薨(훙, 제후의 죽음).	
770	平王 원년	孝公 37년		周 平王 洛(雒)邑 천도. 東周시대.	
685	莊王 12년	莊公 9년		齊 桓公 즉위, 管仲 등용, 개혁 정치.	
651	襄王 원년	僖公 9년		齊 桓公, 諸侯 大會, 覇者 인정.	
632	襄王 20년	僖公 28년		晉 文公, 諸侯 召集, 文公 稱霸.	

年代			공자 나이	행적	弟子生沒
기원前	周	魯			
551년	靈王 21년	襄公 22년	1세	孔子, 魯國 昌平鄕 출생. 〈孔子世家〉에는 襄公 21년 生.	
549	23년	24년	3	부친 叔梁紇 去世. 防山에 장례. 모친과 함께 曲阜 厥里로 이사.	
548	24년	25년	4	齊 景公 즉위.	
547	25년	26년	5	衛 獻公 즉위.	
546	26년	27년	6	제사, 行禮하는 놀이.	
544	景王 원년	29년	8	吳 公子 季札(계찰) 魯國 방문.	冉伯牛 生
542	3년	31년	10	襄公 薨(훙, 去世). 昭公 즉위.	子路 生
541	4년	昭公 원년	11	楚 靈王 즉위.	
540	5년	2년	12	晉 韓宣子 魯國 방문, 文物 감탄.	
537	8년	5년	15	自述, 十有五而志于學. 魯, 三家 四分公室. 季氏 大權.	
536	9년	6년	16	鄭國 大夫 子産 執政.	閔子騫 生
535	10년	7년	17	모친 顔徵在 別世. 季武子 卒, 季平子 繼位.	
532	13년	10년	20	冠禮, 宋人 幵官氏(견관씨)와 결혼.(亓官氏, 亓는 其의 古字, 音 기, 계)	
531	14년	11년	21	이 무렵 季氏의 委吏(창고 관리), 乘田(가축사육) 등을 담당. "吾少也賤 故多能鄙事." 아들 鯉(리) 출생.	
529	16년	13년	23	楚國 內亂. 楚 平王 즉위.	
525	20년	17년	27	郯國 國君 노국 방문, 公子請敎.	

年代			공자 나이	행적	弟子生沒
기원前	周	魯			
522년	景王 23년	昭公 20년	30세	孔子 "三十而立" 禮에 따르고 正道를 지켜 自立, 琴牢(금뢰, 琴張), 孔子에게 請敎.	仲弓, 冉求 宰我 生
521	24년	21년	31		顏回 生
520	25년	22년	32	周 景王 逝世. 敬王 즉위.	子貢 生
519	敬王 원년	23년	33	周室 내분.	
518	2년	24년	34	孔子 周室 방문, 老子에게 問禮(孔子世家). 魯 孟僖子 去世.	
517	3년	25년	35	魯 三家 悖禮. 八佾舞. 〈雍〉撤. 魯國 內亂 孔子 齊에 가다. '苛政猛於虎'(泰山). 昭公 兵敗. 季平子 실권 장악.	
516	4년	26년	36	孔子 在齊. 聽聞〈韶〉"三月不知肉味." 齊 景公 問政.	
515	5년	27년	37	孔子, 齊에서 魯 귀국. 吳 季札(계찰)과 상면. 吳王 闔閭(합려), 伍子胥, 孫武 重用.	
514	6년	28년	38	魯 昭公 晉國에 머물다.	
513	7년	29년	39		
512	8년	30년	40	孔子 自述 '四十不惑.'	
510	10년	32년	42	晉에 亡命 중이던 昭公 去世.	
509	11년	定公 원년	43	季平子의 지지하에 昭公의 弟 定公 즉위. 昭公 운구 귀국, 장례.	
507	13년	3년	45	郳國 대부 訪魯, 孔子에게 冠禮를 배움. 《左傳 定公 3년》.	子夏 生
506	14년	4년	46	吳가 楚 침략, 수도 함락시킴.	子游 生

年代			공자 나이	행적	弟子生沒
기원前	周	魯			
505년	敬王 15년	定公 5년	47세	魯 예악 문란. 季平子 去世. 孔子《六經》정리. 제자 增多.	曾參 生
504	16년	6년	48	陽貨 鄭國 공략. 匡城 탈취. 陽貨 執政(陪臣執國命의 상황).	
503	17년	7년	49	陽貨가 孔子에게 삶은 돼지 보냄. 孔子 答訪, 歸路에 상면. 孔子는 陽貨를 돕지 않았음.	
502	18년	8년	50	'五十知天命' 擇善, 至善 努力. 季氏家臣 公山不擾(공산불요)가 반역, 費邑 점거. 陽貨 외국 망명.	
501	19년	9년	51	孔子 魯國 中都宰(地方官)로 첫 出仕. 定公이 孔子에게 問政.	
500	20년	10년	52	孔子 魯國 小司寇에 임용, 곧 大夫 級인 司寇(사구)로 승진, 노국의 사법 관장. 定公의 齊 景公과 夾谷(협곡) 會盟에서 활약. 외교적 승리.	
499	21년	11년	53	司寇 재임. 季桓子를 도와 국정 총괄(攝相事), 7일 만에 少正卯(소정묘) 주살. 魯國 大治.	
498	22년	12년	54	公權 강화, 私兵 타파를 목적으로 三桓이 불법적 축조한 성곽의 파괴 건의 시행(墮三都).-좌절.	
497	23년	13년	55	봄, 齊는 魯國에 불안을 느껴 미녀와 好馬를 보냈고 계환자 접수, 魯君 정사 태만. 郊祭 후에 祭肉을 보내주지 않자, 孔子는 魯國을 떠나 衛에 도착. 이후 14년간 각국을 周遊. 衛靈公이 孔子를 예우. 10개월 뒤에 衛를 떠남.	

年代			공자 나이	행적	弟子生沒
기원前	周	魯			
496년	敬王 24년	定公 14년	56세	陳國으로 가던 중, 匡邑에서 陽貨로 오인받아 포위 수난당함. 孔子는 顏回를 걱정, 衛로 돌아와 蘧伯玉(거백옥) 집에 居함. 吳王 夫差 繼位.	
495	25년	15년	57	위령공, 南子와 사냥하며 孔子를 다른 수레에 타고 수행케하자, 孔子는 수치로 여겨 衛를 떠나 魯에 일시 귀국. 定公 去世.	
494	26년	哀公 원년	58	孔子 魯에서 衛에 도착, 위령공이 孔子 등용의 뜻이 없자, 晉에 가려다가 回車, 晉 내분에 齊 衛가 晉을 공격. 위령공이 孔子에게 問陣, 孔子 다시 衛를 떠남.	
493	27년	2년	59	孔子는 曹에 가다 宋에서 桓魋(환퇴)에게 봉변을 당한 뒤에 鄭에 가서 체류, '喪家之狗같다'는 말. 衛靈公 去世.	
492	28년	3년	60	鄭→陳國, 이후 4년간 체류. 孔子 자술 '六十而(耳)順' 順天의 뜻을 확실히 함. 陳에서는 司城貞子 家에 체류. 魯國 宗廟에 화재, 季桓子 去世.	
491	29년	4년	61	계환자 장례 후 季康子는 孔子의 입국을 추진, 가신 반대로 포기. 대신 제자 冉求(염구)를 중용.	
490	30년	5년	62	晉 佛肸(필힐) 반기, 孔子 초빙. 孔子는 가려 했으나 子路가 반대, 포기.	

年代			공자 나이	행적	弟子生沒
기원前	周	魯			
489년	敬王 31년	哀公 6년	63세	楚 昭王의 초빙을 받아 陳과 蔡를 경유하여 楚에 가던 중, 陳에서 포위되어 일행이 큰 곤경에 처했다. 나중에 초의 도움으로 풀려났지만 이어 昭王이 죽으면서 孔子는 衛로 귀환.	
488	32년	7년	64	孔子, 衛에 머물다.	
487	33년	8년	65	吳王 夫差가 魯國을 공격.	
485	35년	10년	67	孔子 아내 幵官氏(견관씨) 사망.	
484	36년	11년	68	孔子 魯로 귀국. 國老 대우받음. 제자교육에 전념, 출사하지 않음. 古 전적을 정리. 子貢의 외교활동.	
483	37년	12년	69	冉求 季氏의 家宰. 孔子 孫 孔伋(공급) 出生.	
482	38년	13년	70	孔子自述 '七十而從心所欲不逾矩.' 孔子 아들 孔鯉 去世.	
481	39년	14년	71	西狩獲麟. 孔子曰 "吾道窮矣!"	顔回 去世
480	40년	15년	72	衛國 政爭에 子路 被殺.	子路 被殺
479	41년	16년	73	孔子 去世. 周曆 4月 己丑日. 曲阜 城北, 泗水 근처에 장례. 弟子 守喪 3년. 남은 제자들이 孔墓 부근에 마을 형성(孔里).	

〈부록 2〉

弟子名 간편 찾아보기 (字, 가나다 순)

아래는 《論語》에 일반적으로 통칭되는 제자들을 가나다순으로 배열하였고, 그들의 특성을 간단히 설명한 참고 자료이다.

○ 公冶長(공야장) ; 字는 子長. 公冶는 複姓. 공자의 사위. 《論語》의 5번째 편명임.

○ 南容(남용) ; 본명은 南宮适(남궁괄), 字는 子容. 공자의 조카사위.

○ 伯牛(백우) ; 본명은 冉耕(염경), 字는 백우. 孔門十哲 중 德行의 一人. 나쁜 병(나병)에 걸렸기에 공자가 문병을 하며 "이 사람이 이런 병에 걸린 것은 운명이다."라며 통탄했다.

○ 樊遲(번지) ; 본명은 樊須(번수), 字는 子遲(자지).

○ 顔淵(안연) ; 본명은 안회(顔回), 回로도 표기. 字는 자연(子淵), 보통 顔淵으로 많이 나옴. 공자는 '회(回)야!' 라고 이름을 자주 불렀는데, 이는 안회에 대한 각별한 애정의 표시였다. 공자의 어머니 쪽, 곧 공자 外家의 일족이라고 주장하는 사람도 있다. 안회는 공자보다 30세 연하. 孔門十哲의 덕행 분야에 뛰어난, 공자의 수제자이다. 공자는 안회의 好學을 극구 칭찬했으며, 남에게 화를 내지도 않고 같은 잘못을 두 번 저지르지 않는다고 칭찬하였다. 곤궁 속에서도 배움과 인을 실천하는 즐거움을 바꾸지 않았고, 安貧樂道(안

빈낙도)의 경지에 이르렀으나 영양실조로 29세에 백발이 되었다가 40여 세에 죽었다. 안연이 죽자, 공자는 "하늘이 나를 버렸다." 고 통곡했다. 안회의 부친은 顔路(안로)인데 역시 공자가 가까이했던 제자였다.

○冉有(염유) ; 본명은 冉求(염구), 字는 자유(子有), 흔히 '冉有(염유)'로 표기. 孔門十哲 政事의 한 사람. 魯나라 실권자 季康子의 家臣이었다.

○有子(유자) ; 본명은 有若(유약), 공자보다 43세 연하. 孝悌(효제)를 강조하였음. 《論語》에는 有子(유자)로 나옴. 외모가 공자를 닮았기에 제자들 중에는 유자를 스승처럼 모시기도 했다.

○子騫(자건) ; 본명은 閔損(민손), 공자보다 15세 연하. 孔門十哲 중 德行의 한 사람. 효자로 널리 알려졌으며 벼슬의 유혹에도 당당했다. 과묵하지만 말을 하면 반드시 사리에 맞는 말을 한다고 공자가 칭찬했다.

○子羔(자고) ; 본명은 高柴(고시).

○子貢(자공) ; 본명은 端木賜(단목사). 賜(사)로도 표기. 子貢(子贛)은 그의 자(字), 孔門十哲 중 言語에 뛰어났다. 공자의 제자로서 다방면에 유능했는데, 특히 구변이 뛰어나 외교 분야에도 활약하였다. 공자는 顔回와 子貢을 자주 비교하였는데, 안회는 극도로 가난했으나, 자공은 처음에는 가난했으나 나중에는 큰 부자가 되었고 공자의 재정적 후원자 역할을 다했다. 공자를 지성으로 섬기었고, 공자 사후에 6년간이나 복상했다. 자공의 스승에 대한 존경은 끝까지 변함이 없었다.

○子禽(자금) ; 본명은 陳亢(진항). 字가 子禽. 제자 여부는 미정.

○子期(자기) ; 본명은 巫馬施(무마시).

○子路(자로) ; 본명은 仲由(중유), 季路(계로)로 표기. 공자보다 9세 연하. 과감하고 용기 있었기에《論語》에는 여러 기록이 많음. 솔직하고 직선적인 사람으로 공자를 잘 섬기며 공자와 많은 대화를 나누었다. 孔門十哲 중 政事에 뛰어났다. 공자보다 1년 먼저 죽었는데, 공자가 매우 비통해 하였다.《論語》의 13번째 편명.

○子思(자사) ; 본명은 原憲(원헌), 자는 子思. 공자의 후기 제자.

○子晳(자석) ; 본명은 曾蒧(증점, 曾點), 字는 子晳. 曾子의 부친.

○子若(자약) ; 본명 漆彫開(칠조개), 字는 子若.

○子淵(자연) ; → 顔回(안회).

○子牛(자우) ; 본명은 司馬犂(사마리), 司馬耕(사마경).《論語》에서는 司馬牛.

○子羽(자우) ; 본명은 澹臺滅明(담대멸명). 子羽는 그의 字, 외모가 아주 추했으나 행실은 바르고 뛰어났다. 공자가 "말하는 것으로 사람을 보았다가 宰予(재여)를 잘못 보았고, 외모로 사람을 보았다가 子羽를 잃을 뻔했다."라고 말했다.

○子游(자유) ; 본명은 言偃(언언), 공자보다 45세나 어렸음. 孔門十哲의 한 사람으로, 문학 분야에 뛰어났다. 후기 제자의 한 사람으로, 20여 세의 젊은 나이에 무성(武城)의 읍재(邑宰)로 근무하며 예악으로 다스려 공자의 칭찬을 받았다.

○子張(자장) ; 본명은 顓孫師(전손사), 사(師)라고 이름만 기록되기도 함. 공자보다 48세나 어렸음. 성격이 활달하고 외향적이었으며 修己보다는 명성을 따르는 편이었다. 또 공자에게 당시 인물에 대한 인물평이나 정치 현실, 벼슬을 얻는 방법 등 매우 실질적인 질문을

많이 했다. 子張은《論語》의 19번째 편명.

○ 子賤(자천) ; 본명은 宓不齊(복부제).

○ 子夏(자하) ; 본명은 卜商(복상), 공자보다 44세나 어렸음. 공문십철의 한 사람으로, 문학 분야에 뛰어났는데 특히 經學에 밝았다. 공자가 함께《詩》를 논할 수 있는 제자였다. 공자가 '너는 君子儒가 되어야지 小人儒가 되어서는 안 된다' 는 가르침을 주었으며, 공자의 학문과 사상을 후세에 전하는데 공이 많았다.

○ 子華(자화) ; 본명은 公西赤(공서적), 字는 子華.

○ 宰我(재아) ; 본명은 재여(宰予), 字는 자아(子我). 孔門十哲 중 言語에 뛰어났다. 낮잠을 자다가 공자한테 지적을 받았다. 뒷날 齊나라에서 대부로 근무하다가 田常(전상)의 난에 휘말려 일족이 주살 당했고, 공자는 이를 부끄럽게 여겼다는 기록이 있다.

○ 仲弓(중궁) ; 본명은 冉雍(염옹), 자는 仲弓. 孔門十哲 중 덕행으로 유명. 분야에 뛰어났다. 그 아버지가 천민이었다고 한다. 공자는 염옹은 임금이 될 만한 덕행을 갖추었다고 칭찬했다.(雍也 可使南面). 옹야(雍也)는《論語》6번째 편명.

○ 曾子(증자) ; 본명은 증삼(曾參, 기원전 505-435), 자는 자여(子輿), 공자보다 46세 연하. 아버지 曾晳(증석)과 함께 부자가 모두 공자의 제자였음. 공자의 학통을 이은 제자로 종성(宗聖)으로 추앙받고 있다. '하루에 자신을 세 번 살피는(日三省吾身)' 수양을 했다.《大學》과《孝經》을 저술했으며, 효자로 널리 알려졌다. 또 曾參殺人(증삼살인 : 거듭 세 번이면 사람을 죽인다는 말이며, 거짓말도 거듭하면 믿게 된다는 뜻이다)과 曾子殺豬(증자살저, 豬는 돼지 저) 등 여러 故事의 주인공이다.

〈부록 3〉

《論語》의 君子와 小人

우리나라의 '선비'는 학식과 함께 고매한 인격을 가진 사람이라는 뜻이 있다. 선비는 역경에도 흔들리지 않는 지조를 가진 사람이지만, 역사적으로 썩은 선비도 많이 있었다. 선비와 비슷한 이미지를 가진 말이 君子(군자)이다.
공자는 신분이나 귀천을 따지지 않고 군자가 되라고 가르치면서 군자에 대해 자주 언급했다. 공자가 강조한 군자는 어떤 사람인가?

一. 君子는 누구?

周 왕조에서 왕(天子)은 제후를 각 지역에 分封(분봉)하여 제후국을 세워 백성을 통치케 하였다. 이 제후를 백성들은 '國君(국군)'이라 불렀고, 국군의 아들을 君子라고 불렀다. 제후국의 군자는 좋은 교육을 받으며 성장하였기에 학식을 갖추고 문화적 소양과 함께 도덕적 의지를 가진 사람이었다. 때문에 학식과 고매한 인품을 가진 사람을 높여 군자라 부르기 시작했다.

이러한 어원을 가진 군자는 일반적으로 귀족에 대한 통칭으로 쓰였고, 후대에는 士大夫나 관리를 지칭하는 용어가 되었다. 또한 군자는 생산 활동에 종사하는 小人(平民)의 상대적 의미로도 쓰였다.

공자는 군자의 의미를 세습적 신분으로 타고난 사람이 아닌 '바른 심성과 교양을 가지고 도덕적인 행동으로 모범이 되는 인간' 이라는 가치지향적인 의미로 사용했다.

'공자의 교육은 사람을 군자로 만들기 위한 교육' 이라고 생각될 정도로 《論語》에는 군자에 대한 언급이 많다. 공자는 군자보다 더 훌륭한 인격체로 聖人을 언급하기도 하였지만, 성인은 타고난 자질이 있어야만 하는 사람이었다. 그러나 공자가 생각하는 군자는 누구든 노력하면 도달할 수 있는 보편적이며 일반적인 인간의 이상형이라 할 수 있다.

곧 군자는 이상적 인간형이기는 하지만 현실과 동떨어졌거나 주변에서 찾아보기 힘든 인간이 아니다.

"~ 다른 사람이 알아주지 않아도 성내지 않는다면, 그가 군자가 아니겠는가?"[1503]

"군자는 평온하지만 교만하지 않고, 소인은 교만하지만 평온하지 못한 사람이다."[1504]

사실 위와 같은 사람을 우리 주변에서 자주는 아니지만 가끔은 만날 수 있는 사람이다.

1503 《論語 學而》 子曰, 學而時習之 ~. 人不知而不慍 不亦君子乎.

1504 《論語 子路》 子曰, 君子泰而不驕 小人驕而不泰.

공자는 제자들의 교육을 통해 군자의 여러 가지 특성을 언급하였기 때문에 군자에 대한 언급은, 곧 군자를 평판하는 근거가 되기에 충분하였다.

漢代(한대) 이후에 유가사상이 政敎의 기본이념으로 확립되면서, 군자는 유가에서 강조하는 바른 사람의 표준으로 자리를 잡게 된다. 그리하여 군자는 유가에서 추구하는 자아 수양의 이상이나 인생의 궁극적 목표가 되었다. 그러면서 매화나 난초와 국화나 대(竹)로 군자를 상징하거나(四君子), 때로는 소나무로 굳은 지조를, 그리고 연꽃으로 오염되지 않는 고결함을 비유하였다.

군자의 의미가 처음 신분적 의미에서 이렇게 변용된 것은 마치 영어의 'gentleman'[1505]이 '사회적 지위가 우월한 집안 출신의 남자'에서 '도덕적 품성을 갖고 있으며, 바른 행동을 하는 사람'이란 뜻으로 사용되는 것과 마찬가지이다. 따라서 군자는 영어로 gentleman이라 번역할 수 있다.

1505 젠틀맨(Gentleman)의 어원은 젠트리(Gentry)이다. 젠트리는 영국에서 16세기 이후 중산 농민인 요먼(Yeoman) 이상의 토지 소유자, 즉 부유한 지주와 법률가 · 성직자 · 개업 의사 등 전문적인 직업을 가진 자 및 부유한 상인 등을 핵심으로 한 중산계급의 상부층을 지칭했다. 이 계층은 영국 자본주의와 사회 발전의 근간이었다.

• 도덕심을 가진 사람

공자는 하나의 이상적인 인격체로 군자를 상정했다

"군자가 평생 지녀야 할 덕목은 智(지) · 仁(인) · 勇(용)으로, 仁者는 근심하지 않고, 知者는 현혹되지 않으며, 勇者는 두려워하지 않는다."고 하였다.[1506]

이는 공자 자신이 삶에서 추구해야 할 목표이었다고도 말할 수 있는데, 지 · 인 · 용의 미덕을 함께 실천하려 노력하는 사람이, 곧 군자이다.

공자는 지혜롭고도 탐욕스럽지 않으며 용기를 가지고 교양과 함께 예악에도 밝은 사람을 '된 사람(成人)' 이라고 보았다.[1507] 그러면서 이득 앞에 의리를 생각해 보고, 위기에 자신의 목숨까지 내줄 수 있는 사람도 성인이라고 보았다. 말하자면, 이는 공자 교육활동의 일반 목표라고 할 수 있다.

'정말로 자신이 바르다면 다스리는데 무슨 어려움이 있겠는가? 자신이 바르지 못하다면 어찌 남을 바르게 하겠는가?' 라는 공자의 말은[1508] 바른 사람에 의한 바른 정치를 의미한다.

1506 《論語 憲問》 子曰, 君子道者三 我無能焉, 仁者不憂 知者不惑 勇者不懼. 子貢曰, "夫子自道也."

1507 《論語 憲問》 子路問成人. 子曰, ~ 今之成人者.

1508 《論語 子路》 子曰, "苟正其身矣 於從政乎何有? 不能正其身 如正人何?"

사실 이러한 설명을 당시의 집권자가 들었다면 옳은 말이라고 수긍은 할 수 있겠지만, 집권자 자신이 바르지 못하다는 것을 인정하는 사람은 없었을 것이다. 하여튼 공자의 이와 같은 신념은 제자들에게 그대로 전수되었다.

공자의 제자 중에는 출신이 미천한 사람도 있었지만, 공자는 그런 신분에 관계없이 바른 심성과 능력을 갖춘 이상적 인간형, 곧 군자를 지향하는 교육을 폈다. 공자의 교육목적은 善政(선정)을 구현할 수 있는 인재의 양성에 있었다고 말할 수 있는데, 그렇다 하더라도 공자의 교육을 받았다 하여 모두가 유능한 관리가 되지는 않았다.

또 공자의 교육은 실질적 내용이었지만 그렇다 하여 특정한 기술을 가진 단순한 전문가를 양성하는 것은 아니었다. 공자는 성실하며 훌륭한 품성을 가진 사람, 곧 군자(君子)가 백성들을 이끌어야 한다고 생각했다. 때문에 공자가 제자들을 가르치며 바랬던 것은 입신출세가 아닌 백성을 위하는 德政(덕정)의 담당자였을 것이다.

• 바탕과 문채의 조화

군자는 인격적으로 완성된 사람이다.

인격이란 내면적인 수양이지만 인간이 사회생활을 하면서 외부로 표출되기도 한다. 군자의 내면적 수양이란 우선 널리 배우는 데에서 시작되어야 한다. 어린아이를 산속에 데려다 놓고 아무리 마음 수양공부를 시킨다 하여 도덕군자로 태어날 수 없다.

학문적 바탕이 없는 인격수양은 공허한 것이다.

그리고 동시에 예로 그 언행을 바로잡아야 한다. 때문에 공자는 "널리 배우고 예를 실천하면 거의 어긋나지 않는다."고 하였다.[1509]

이는 군자가 일반 백성들을 이끌어야 하는 우월한 지위에 있기 때문에 모범이 되어야 한다는 뜻이다. 모범을 배워야 한다는 입장에서 보면 학교교육을 받는 과정 자체가 중요하며, 또 학교에서 예절교육을 꼭 해야 하는 이유는 이로써 자명해진다.

비록 군자가 아니라도 인간의 바탕(質)은 매우 중요하다.

그림은 하얀 종이나 하얀 천에 그리는데, 하얀 종이에는 모든 색이 그대로 나타난다. 하얀 종이는 말하자면 인간의 바탕이라 할 수 있다. 바탕에 꾸밈이 없다는 것은, 인간의 본성 착한 심성을 그대로 간직하고 있다는 뜻이다. 군자는 인을 바탕으로 효심이나 성실성을 잘 간직하고 이를 실천하는 사람이다.

어떤 사람이 순박하고 선하지만, 인사성이 없다든지 예절을 모른다면 완전한 인간이라고 할 수 없다. 곧 사회생활을 하는데 필요한 적당한 예의범절을 알아야 한다. 이를 꾸밈(文, 문채)이라 한다.

1509 《論語 옹야》 子曰, 君子博學於文 約之以禮 亦可以弗畔矣夫.

사람이 인간적 바탕만 강조하며 예절이나 질서를 모른다면, 그는 거칠고 촌스러운〔조야(粗野)〕 사람이다. 그러나 바탕도 없이 예절이나 꾸밈만 강조한다면, 그것은 겉치레일 뿐이다.

그래서 군자는 바탕과 함께 알맞은 꾸밈이 있어야 하는 이를 '꾸밈과 바탕의 아름다운 조화'라는 뜻으로 文質彬彬(문질빈빈 : 꾸밈과 자질이 잘 갖추어 있다는 말이며, 겉모습과 바탕이 잘 어울린 후에야 군자답다는 뜻이다.)이라 한다.[1510]

문질을 다 갖추고 아름답게 빛나기, 곧 인과 예를 다 갖춘 것이며 그 어느 쪽에도 치우치지 않고 조화를 이루는 것은 또한 中庸(중용)일 것이다.

군자가 문질빈빈을 추구한다 하여 문채와 바탕이 같다는 뜻은 아니다. 문질은 하나가 아닌 두 개이며, 이는 서로 조화를 추구해야하는 관계이다.

공자는 어디까지나 質(질), 곧 仁을 바탕으로 하면서도 거기에 알맞은 예절이나 문화적 교양, 봉사심 등으로 꾸밈(文)이 있어야 완전한 군자라고 강조하였다.

이를 다르게 표현해 본다면, 질은 몸통(體)이고 문은 쓰임(用)이라 말할 수 있지만, 앞에서 말했듯이 문질이 하나가 아니고 두 개인 것처럼 체(體)와 용(用)도 두 개라고 할 수 있다.

사실 문질이 빈빈하기는 결코 쉬운 일은 아니다.

1510 《論語 옹야》 子曰, 質胜文則野 文胜質則史 文質彬彬然后君子.

그러나 군자가 계속 노력해야 하듯 인간은 문질의 조화를 추구해야 한다. 아름다운 비단옷 위에 얇으면서도 잘 비치는 옷을 하나 걸쳐 입으며, 옛사람은 아름다운 채색 그림 위에 흰색을 살짝 뿌렸다고 한다.[1511] 이를 '繪事後素〔회사후소 : 그림은 바탕을 마련한 뒤에 그린다는 말이며, 사람은 좋은 바탕에 문식(文飾)을 더해야 한다는 뜻이다.〕' 라고 하는데, 군자의 수양에 꼭 유념할 말일 것이다.

二. 君子의 속성

인간은 동물과 다른 人性(인성)이 있는데, 이를 humanity라고 한다. 그리고 인간 본바탕의 감성을 놓고 본래 착한가, 아니면 악한가를 따지기도 한다. 그러면서 부자는 부자의 속성이 있고, 권력자는 권력자의 속성이 있을 뿐 인간에게 보편적 인성은 없다는 주장도 있다. 우리가 군자와 소인을 구분할 때, 이상적인 군자의 속성은 어떤 것인가? 곧 군자는 어떤 속성을 가진 사람인가?

• 君子不器(군자불기)

공자의 제자들이 기억하는 공자의 말은 대개가 매우 짧은 문장

1511 《論語 八佾》 子夏問曰, ~ 子曰, 繪事後素. 曰, 禮後乎. ~

이다.

아마도 이는 당시 기록하는 일이 매우 힘들었기 때문일 것이다. 공자와 그 제자들이 대화할 때 지금과 같은 노트북이 있었다면 공자가 말한 내용은 물론 감정이나 동작, 그런 언급을 하게 된 전후 배경 등에 관해 상세한 기록이 남았을 것이다. 그렇게 되었었다면, 지금처럼 《論語》의 뜻을 해석하는데 여러 의견이 분분하지도 않을 뿐더러 공자의 의도는 정확하게 전달이 되었을 것이다.

"스승께서 말씀하셨다. 군자는 그릇이 아니다."[1512]

이 말에서 군자의 뜻은 비교적 명확하다. 공자가 추구한 이상적 인간형이지만 단순히 지배계층을 의미하는 有位者(유위자)가 아닌 有德者의 의미로 해석하는 것이 바람직하다고 생각한다.

그러나 원문의 '不器(불기)' 라는 말을 우리말로 해석할 때, '그릇이 아니다' 라는 말인가? 아니면 '그릇일 수 없다' 는 의미인가? 또는 '그릇이어서는 안 된다' 는 뜻인가?

그리고 여기서 말하는 그릇(器)에 대해서는 액체를 담을 수 있는 용도가 제한적인 그릇인가? 또는 다양한 轉用(전용)이 가능한 연모〔器具(기구)〕라는 뜻인지도 불명확하다. 더군다나 앞뒤에 연관성이 있는 내용이 서술되어 있지도 않으며, 언제 누구에게 한 말인지도 기록이 없다. 그러면서도 짧은 표현이기에 많은 논란을 불러온다.

1512 《論語 爲政》 子曰, 君子不器.

그래서 군자의 모습과 그릇의 상관관계를 추론하면서 이 구절을 해석해야 한다.

필자는 "군자는 그릇일 수는 없다."로 해석한다. 이는 한 분야에만 전문적인 지식을 가진 사람이어서는 안 된다는 뜻이다. 그릇은 물건을 담는 연모로 매우 제한된 용도로만 쓰일 수밖에 없다. 배는 바다에서만 자동차는 땅 위서만 운행하게 만들어졌다. 붓으로 글씨를 쓸 수 있지만 뾰족하다 하여 송곳이 될 수 없으며, 종이로 물건을 포장할 수는 있지만 불타는 숯을 담아 둘 수는 없다. 이처럼 그릇이란 쓰임새가 제한적이라는 의미이다. 군자는 이렇게 한 분야에서만 통할 수 있는 그릇이어서는 안 된다.

한 말의 그릇에는 한 말 이상을 담을 수 없다. 부엌에서 쓰는 밥그릇으로 어린 아이의 소변을 받아내지 않는다. 그릇은 용도와 용량이 매우 제한적이다. 어떤 사람은 문서를 작성하고, 어떤 사람은 짐을 나르는 일 밖에 할 수 없다면 그 쓰임이 매우 제한적인 것이다.

그리고 그릇은 자신이 능동적일 수 없다. 술잔으로 쓰이는 그릇에 술이 담겨 있다고 하자. 그 다음에는 누군가가 그릇을 들고 술을 마신다. 술잔은 그 자체가 어떤 행위의 주체가 될 수 없다.

군자도 마찬가지이다. 仁을 잘 알고 잘 체득한 군자가 그릇이라면, 그 사람이 체득한 仁의 용량이 제한적이어서는 안 된다. 또 그러한 仁이 그 사람에게 있을 때 그가 적극적으로 仁을 베풀지 못한다면, 그 仁이 무슨 소용이 있겠는가?

군자는 한 가지 일이나 사상에만 전용할 수 있는 그릇이어서도 안 되고, 또 쓰임이 제한적일 수도 없다. 군자는 무엇이든 모든 것을 다 담을 수 있어야 하고, 언제 어디서는 자신의 역할을 적극적으로 할 수 있는 사람이어야 한다.

이를 좀 더 넓게 확대해석하자면 군자는 학식이나 그 사유방식에서 어떤 고정된 틀에 갇히지 말라는 뜻일 것이다. 늘 새로운 것을, 또는 새롭게 추구하는 열린 사고와 행동을 하라는 뜻으로 받아들여야 할 것이다. 이런 점에서 공자는 매우 진보적인 사상가였다.

• 君子儒와 小人儒

공자는 농사법을 가르쳐 달라는 제자의 질문에 자신은 늙은 농부만큼 알지 못한다고 말했다.[1513] 그러면서 공자는 제자들에게 생산 활동을 배우는 지식인이 아니라 예를 실천하는데 힘쓸 것을 강조하였다. 공자는 생산자, 곧 소인을 가르치는 지식인이 아니라 통치자, 곧 지배계층인 군자를 가르치는 지식인이 되어야 한다는 뜻으로 "너는 소인유가 아닌 군자유가 되어야 한다."고[1514] 제자인 자하(子夏)에게 말했다.

1513 《論語 子路》 樊遲請學稼. 子曰, 吾不如老農. ~

1514 《論語 雍也》 子謂子夏曰, 女爲君子儒 無爲小人儒.

여기서 군자와 소인을 직업인의 구별로 보지 않고 인격의 수양 정도를 구분한 것으로 본다면 '군자와 같은 학자' 와 '소인과도 같은 학자' 로 해석을 달리할 수도 있다.

비록 풍부한 학식을 갖춘 학자일지라도 인덕을 갖추고 실천하지 못한다면 지식을 팔아먹고 사는 소인으로 타락하게 된다. 본래 학문을 하는 목적은 인을 구현하기 위한 것이다.

학식이나 기술이 많아도 악인을 돕거나 사리사욕을 위한다면 진정한 학문, 진정한 지식인이라 할 수 없는 것이다. 곧 小我(소아)만을 위하고 不善(불선)하다면 그가 가진 지식이나 학문은 아무런 쓸모가 없을 것이니, 그는 틀림없는 小人儒(소인유)일 것이다.

반면에 大我(대아)나 국가를 위하고 바른 덕행과 곧은 심지로 진정으로 호학하며 옳은 일에 자신의 지식을 활용한다면 君子儒(군자유)라 할 수 있을 것이다.

공자는 군자와 소인의 학문적 차이에 대해서도 언급하였다.

"군자가 학문을 하면 백성을 사랑하고, 소인이라도 배움이 있으면 일을 잘할 수 있다."[1515]고 하였는데, 이는 군자의 수양과 학문의 목적이 백성을 널리 사랑하는 것, 곧 인의 실천에 있다는 것을 가르친 말이라 할 수 있다.

1515 《論語 陽貨》 子之武城 聞弦歌之聲. ~昔者偃也聞諸夫子曰 "君子學道則愛人 小人學道則易使也."

결론적으로 공자 학문과 사상의 주요한 주제 중 하나가 군자에 의한 지배와 통치이며, 군자는 공자가 교육을 통해 양성하려는 이상적 인간형이라 할 수 있다. 공자는 바른 학식과 교양을 갖춘 군자가 소인을 포함한 다수의 백성에게 인에 바탕을 둔 정치를 하고, 예악을 실천할 때 당시의 사회혼란을 수습하고 태평성대를 이룩할 수 있다고 보았다.

그리고 그러한 군자를 양성하는 것을 자신의 소임으로 생각한 공자는 바로 가장 모범적인 군자이면서 진정한 스승이었다고 말할 수 있다.

三. 君子와 小人의 비교

물건을 서로 비교하면 그 차이가 확실해지며, 어떤 개념은 그 상대적인 개념을 찾아 설명해주면 뜻이 더욱 명확해진다. 이는 신사의 예절을 교육하기 위해 비신사적 행위를 보여주는 것과 마찬가지이다. 공자는 군자가 해야 할 일이나 갖춰야 할 도덕규범 또는 가치관을 소인과 비교하여 어떻게 설명했는가?

• 소인 ; 생산 활동 담당자

소인은 유가에서 정의하는 군자의 반대말이다.

君子 또는 大人이라 지칭하는 이들은 周나라 지배계층으로 교육을 받고 통치하는 일에 종사하며 정신적 노동(勞心)을 담당하였으며, 禮를 실천하여 나라의 질서를 유지하였다.

이들 지배계층의 통치를 받으며 생산 활동에 종사하는 사람들을 民 또는 庶人(서인), 庶民(서민)이라 불렀는데, 이들은 군자나 대인에 대하여 小人이라 칭했다. 곧 소인은 지배계층을 위하여 육체적 노동 곧 노력(勞力)을 바쳐야 했기에 '관리들이 먹는 것은 모두 소인의 땀(官家之所食是小人之勞)' 이라는 말 그대로 소인은 '생산에 종사하는 사람' 이었다.

또한 생산 활동에 종사하는 사람은 학문적 지식이 필요하지 않았고, 예를 지키거나 알아야 할 필요가 없었으며, 심지어 자기 조상을 알지도 못했고 제사를 지낼 수도 없었다. 그리고 처음부터 교육의 기회가 주어지지 않았기에 문맹자이면서 교양이 없는 사람들이었다.

따라서 소인은 도덕과 규칙을 따르지 않는 사람, 또는 고상한 인격이나 원대한 이상을 품지 못한 사람, 또는 자신만의 이익을 추구하는 사람이라는 뜻이 보태어졌다.

군자와 소인의 이러한 지배, 피지배의 관계에서 직업적인 구분이나 차이는 당시에 통용되는 보편적인 원칙이었다. 그러나 보편적 원칙이었던 이러한 구분과 상호관계는 주의 건국 이후 약 6세기의 세월이 흐르면서 크게 흔들리기 시작하였다. 그리하여 공자 생존 시기에는 군자와 소인들의 충돌이 자주 일어나는 혼란의 시대였다.

공자가 '군자가 천명(天命)과 대인과 성인의 말씀을 두려워하지만, 소인은 천명을 알지 못하기에 두려워하지도 않으며, 대인에게 까불고 성인의 말씀을 무시한다.' 고 말한 것은,[1516] 공자 시대에 군자와 소인의 갈등을 설명하는 말이라 볼 수도 있다.

• 군자와 소인의 생활

군자와 소인은 신분적 차이만 있는 것이 아니라 일상생활이나 행동의 방식이나 태도에서도 큰 차이가 있다.

군자는 생활의 여유와 함께 교양이 자연스레 밖으로 나타난다. 군자는 의관을 바로 하고 정면을 바로 응시하며, 사납거나 무섭지 않으면서도 위엄이 있다. 복장과 용모의 단정은 군자가 당연히 해야 할 일이다. 그리고 군자는 克己復禮(극기복례 : 자기를 이기고 예절로 돌아간다는 말이며, 개인적인 이익을 억제하고 공공의 이익을 추구한다는 뜻이다.)의 생활을 하기에 언제나 마음이 평온하지만 교만하지 않다. 그러나 소인은 조금이라도 성취한 바 있으면 교만하나 결코 마음의 평안을 얻지 못한다.[1517]

공자가 노나라를 떠나 여러 나라를 돌아다닐 때 陳(진)에서는

1516 《論語 계씨》 孔子曰, 君子有三畏 畏天命 畏大人 畏聖人之言. 小人不知天命~.

1517 《論語 자로》 子曰, 君子泰而不驕 小人驕而不泰.

양식이 떨어져 공자와 제자 모두가 굶주렸고, 병으로 쓰러져 일어나지도 못하는 사람도 있었다.

이에 자로가 "군자가 이렇듯 궁색할 수 있습니까?" 라고 물었다. 이에 공자는 "군자는 원래 궁할 수밖에 없다. 그러나 소인은 참지 못하고, 못하는 짓이 없다." 라고 말했다.[1518]

군자가 가난이나 역경에 처했다 하여 그 신념을 바꾸지 않는다. 가난해도 그 가난을 현실로 인정하며 남을 원망하지 않는다. 그러나 소인은 그 반대로 못하는 짓이 없다.

군자는 그 일상생활에서 먹고 사는 것에서 편안함을 추구하지 않고 바른길을 가려고 노력하며 배우기를 좋아하는 사람이다.[1519] 그리고 군자는 언제나 옳은 일(義)을 생각하고 의로운 행동을 하지만, 소인은 이득에 따라 행동한다. 그래서 見利思義(견리사의 : 이로운 일을 볼 때 먼저 의를 생각하라는 말이다.)라는 말이 있는 것이다.[1520]

군자는 섬기기는 쉽지만 기쁘게 하기는 어려우니 正道(정도)로 섬겨야 하고, 정도를 말하지 않으면 기뻐하지 않는다. 그 반대로 소인은 섬기기는 어렵지만 기쁘게 하기는 매우 쉽다. 정도가 아

1518 《論語 위령공》 在陳絶糧 ~子曰, 君子固窮 小人窮斯濫矣.

1519 《論語 학이》 子曰, 君子食無求飽 居無求安 敏於事而愼於言 就有道而正焉 可謂好學也已.

1520 《論語 里仁》 子曰, 君子喩於義 小人喩於利.
《論語 헌문》 子路問成人. 子曰, ~ 見利思義 見危授命, ~

닌 말이라도 기뻐하는 사람이 소인이다.

그리고 군자가 사람을 쓸 때는 그 능력에 따라 일을 맡기지만, 소인은 자신을 위해 일해 주는 사람이 모든 것을 다 완비하기를 바란다. 그래서 군자 밑에서 일하기가 쉽고, 소인 밑에서 일하기가 어려운 것이다.[1521]

- 군자의 인격

《論語》에서 공자가 말한 군자는 항상 도덕적인 인격자의 모습을 갖추고 있다.

군자는 자신의 수양과 학문과 예의 실천이라는 개인적인 생활 모습 이외에 언제나 남을 깨우치고 바른길로 이끌며 사회적인 책임을 다하는 사람이다. 곧 혼자만의 수양이나 개인의 해탈과 득도, 한 개인의 무사안일을 추구하지 않고 함께 어울려 살아가며 남을 위해 헌신하는 사회참여의 바른 모습을 설파하고 있다.

"군자는 남의 장점을 살려 성취하게 하지, 남의 악한 일을 돕지는 않는다. 소인은 이와 반대이다."[1522]

군자는 타인의 좋은 점을 알아 더욱 좋게 이끌어주고 좋은 일을 하도록 권장하는 사람이다. 결코 남을 나쁜 일로 이끌지 않는

1521 《論語 子路》 子曰, 君子易事而難說也. ~ 小人難事而易說也.~

1522 《論語 顔淵》 子曰, 君子成人之美 不成人之惡. 小人反是.

다. 이는 군자의 또 다른 임무이며 역할일 것이다. 군자가 그러한 것처럼 훌륭한 선생님이란 제자들의 장점을 살려 그 장점으로 크게 성취하도록 이끌어주는 사람일 것이다. 제자가 게으름을 피우고 나쁜 길로 접어드는데, 그런 것을 모른 척하고 외면한다면 훌륭한 선생님이 아니다.

"군자는 자신을 責(책)하지만 소인은 남의 탓으로 돌린다."는 공자의 말은[1523] 매우 절실한 말이다. 그리고 군자는 자신의 능력이 부족한 것을 걱정하지, 다른 사람이 자신을 알아주지 않는다고 탓하지도 않는다.[1524]

어떤 일이 뜻대로 이루어지지 않았다면, 소인은 우선 남의 탓을 먼저 한다. 내가 일자리가 없는 것은 나의 능력 부족이 아니라 소수의 부자 때문이며, 국가 정책이 잘못되었기 때문이라고 원망을 한다.

한때 어떤 敎團(교단)에서 "내 탓이오." 하는 구호를 내건 일이 있었다. 이는 나부터 돌아보고 반성하자는 의미이며, 이는 바로 군자가 자신에게서 잘못의 원인을 찾는다는 공자의 말과 완전하게 일치한다.

그리고 군자는 당당한 자부심을 갖고 있지만 남과 다투지 않으며 어울리지만 결코 편을 가르지 않는다.[1525] 군자는 남의 말만

1523《論語 衛靈公》子曰, 君子求諸己 小人求諸人.

1524《論語 衛靈公》子曰, 君子病無能焉, 不病人之不己知也.

듣고서 사람을 쓰지도 않으며, 그 반대로 사람을 보고 그 말을 무시하지도 않는다.[1526]

군자의 언행과 사귐, 그리고 사회생활은 언제나 공평과 의리를 먼저 생각하며, 자신의 허물을 먼저 찾아 바르게 고쳐나갈 뿐 남의 탓을 하거나 원망하지도 않는다.

이렇듯 공자가 생각한 군자의 모습은 개인의 도덕적 수양을 바탕으로 남을 위해 봉사하며 헌신하는 인간상이며, 공자는 그 모습을 《論語》의 곳곳에서 구체적으로 열거하였다.

적어도 백성들의 지도자가 되려는 군자는 도덕적 실천을 통해서 백성들을 위해 헌신하여야 하지, 소인을 소인이라고 무시하는 권위적인 통치자의 모습이어서는 아니 된다.

그리고 군자가 죽을 때까지 자신의 이름이 칭송되지 않을까 걱정하는 것은,[1527] 자신의 도덕적 수양이 부족한가를 걱정하는 것이지 자신의 명성을 갈구하는 것은 결코 아닐 것이다.

1525《論語 衛靈公》子曰, 君子矜而不爭, 羣而不黨.

1526《論語 衛靈公》子曰, 君子不以言擧人, 不以人癈言.

1527《論語 衛靈公》子曰, 君子疾沒世而名不稱焉.

四. 군자의 安貧樂道(안빈낙도 : 편안하게 가난한 가운데 즐거운 길이 있다.)

顔回(안회)는 공자의 수제자였다. 안회의 죽음은 공자에게는 통곡을 할 정도의 충격이었다. 안회는 가난했지만 학문의 즐거움과 安貧樂道(안빈낙도)의 생활을 바꾸지 않았다. 가난 속에서도 스승을 따라 면학하며 인을 실천하는 것이 결코 쉽지 않았을 것이다. 안회처럼 같이 안빈낙도하는 생활이 지금 시대에서도 가능하겠는가?

• 공자의 슬픔

공자는 큰 뜻을 품고 호학과 면학으로 일생을 살았다.

그렇지만 당시의 위정자들은 공자를 초빙하지도, 또 공자에게 임무를 부여하지도 않았다. 한마디로 아무도 공자의 실력이나 큰 뜻을 알아주지 않았다. 심지어는 공자의 제자들조차도 공자를 이해하지 못하고 있었다.

그래서 공자는 "나는 아무것도 감추지 않는다. 모든 것을 너희들과 같이 실천하고 있다."고 자신을 설명하기도 했다.[1528] 이는 공자 자신이 해박한 학식과 자연스러운 덕행은 제자들이 보는 그

1528 《論語 述而》 子曰, 二三子以我爲隱乎. 吾無隱乎爾. 吾無行而不與二三子者 是丘也.

대로 실질적이었고, 추상적 또는 신비주의적인 것이 없다는 뜻이다.

공자는 오직 인의 실천을 강조하였다. 바탕과 실천 의지와 능력이 차이나는 여러 제자들을 다양한 방법으로 깨우치며 지속적인 실천을 강조한 공자였다. 공자가 볼 때 그중에서는 안회는 가장 실천적인 제자였다.

"안회의 마음으로도 3개월은 인을 떠나지 않지만 다른 사람은 겨우 며칠이나 한 달 정도 인을 실천한다."고 하였다.[1529] 또 공자의 안회의 성실한 노력을 자주 칭찬하였다. 공자는 "애석하도다. 나는 안회가 나아가는 것만 보았지 멈춰 있는 것은 보지 못했다."라고 말했다.[1530]

안회의 총명과 호학은 공자의 또 다른 수제자 子貢(자공)도 인정했다. 공자가 적극적인 자공에게 "너와 안회 중 누가 더 낫다고 생각하느냐?"고 물었을 때, 자공은 "제가 어찌 안회에 견줄 수 있겠습니까? 안회는 하나를 배우면 열 개를 압니다."라고 대답했었다.[1531]

1529 《論語 雍也》 子曰, 回也 其心三月不違仁 其余則日月至焉而已矣.

1530 《論語 子罕》 子謂顔淵曰, 惜乎. 吾見其進也 未見其止也.

1531 《論語 公冶長》 子謂子貢曰, "女與回也孰愈 對曰, 賜也何敢望回 回也聞一以知十, ~."

안회는 스승과 종일 대화를 하면서도 스승에게 묻거나 따지는 것도 없어 어리석은 것처럼 보였으나 안회는 스승의 가르침을 꼭 실천하는 성실한 제자였다. 때문에 공자는 '안회는 어리석지 않다.' 고 말했다.[1532]

이처럼 안회의 호학과 인의 실천은 공자에게 큰 위안이었다.

비록 안회가 죽은 다음에 한 말이지만, 공자는 안회의 호학을 인정하였다. 공자는 노나라의 애공(哀公)에게 안회는 '다른 이에게 화를 내지도 않고, 같은 잘못을 두 번 범하지 않으며, 호학' 하는 제자라고 안회를 칭찬했다.[1533]

노나라의 실권자인 계강자가 "누가 호학하느냐?" 고 물었을 때도 "안회가 호학했지만 불행하게도 단명하여 죽었으며, 지금은 그처럼 호학하는 사람이 없다." 고 대답하였다.[1534]

이런 안회가 그의 아버지보다도 먼저, 스승보다도 먼저 죽자, 공자는 크게 상심하여 "하늘이 나를 버렸구나!" 라면서 통곡했으며 "그 사람을 위해 통곡하지 않는다면 누구를 통곡할 수 있겠는가?" 라고 말했다.[1535]

1532 《論語 爲政》 子曰, 吾與回言終日 不違如愚. 退而省其私 亦足以發 回也不愚.

1533 《論語 雍也》 哀公問, 弟子孰爲好學. 孔子對曰, 有顔回者好學, 不遷怒, 不貳過. ~.

1534 《論語 雍也》 季康子問, 弟子孰爲好學. 孔子對曰, 有顔回者好學 不幸短命死矣 今也則亡.

공자의 이러한 슬픔은 유능하고 장래가 촉망되는 제자가 죽었다는 단순한 슬픔은 아니었다. 공자의 슬픔에는 노년이기에 자신의 이상을 실현할 수도 없고 또 진정 호학하며 인을 실천할 제자를 잃었으니 곧 모든 가능성을 다 상실한 것과 같았기에 더욱 절절한 슬픔이었을 것이다.

• 부귀와 빈천

富는 경제적 안정이며, 貴는 높은 지위를 차지한 것이다.

부귀의 반대는 貧賤(빈천)이니 경제적으로 궁색하며 낮은 바닥에 살아야 한다. 곧 파워도 없고 위치 에너지도 없는 상황이다. 이런 부귀와 빈천에 대한 태도가, 곧 한 사람의 인생관이라 할 수 있다.

이런 경우 누구나 부귀를 원하지만 그것은 정도(正道)로 얻어야 한다. 또 누구나 빈천을 싫어하지만 그것이 그럴 수밖에 없는 상황이라면 수용해야 한다는 것이 공자의 인생관이었다.[1536]

사실 가난한 사람이라면 그 가난이 다른 사람 때문이라는 미움을 가질 수 있다. 1%에 속하는 사람 때문에 99%가 가난하다는 극

1535 《論語 先進》 顔淵死. 子曰, 噫, 天喪予, 天喪予, / 子哭之慟. ~ 有慟乎, 非夫人之爲慟而誰爲.

1536 《論語 里仁》 子曰, 富與貴 ~. 貧與賤 是人之所惡也 不以其道得之 不去也.

단적인 비교 뒤에는 1%에 대한 미움이 깔려있는 것이다. 하위의 다수에 속하는 사람이 타인을 원망하지 않기는 어려운 일이지만 부자가 교만하지 않는 것은 그래도 쉬운 일이다.[1537]

비록 가난하지만 자신의 진정성을 숨겨가며 아첨하기보다는 가난을 즐겨야 하고 부유하면서 교만하지 않은 것도 좋지만, 그보다는 예를 즐겨 행하는 것이 더 바람직할 것이다.[1538]

하여튼 군자는 자신의 주관적 신념이나 철학이 바른가? 또 그러한 신조를 정당하게 실천하기 위해 노력을 해야 하는 것이지, 가난 자체를 혐오하거나 부정해서는 안 될 것이다.[1539]

그러나 이러한 신념을 실천하기는 결코 쉽지 않을 것이다. 곧 안빈낙도는 군자가 나아가는 바른길이지만, 군자가 아닌 소인이라면 이런 생활은 어려울 것이다.

• 안빈낙도

공자는 "거친 음식을 먹고 물을 마시고, 팔을 베고 누웠어도 마음은 즐겁다. 의롭지 못한 부귀는 나에게는 뜬구름과 같다."고 하였다.[1540]

1537《論語 里仁》子曰, 貧而無怨難 富而無驕易.

1538《論語 學而》~ 子曰, 可也 未若貧而樂 富而好禮者也.

1539《論語 衛靈公》子曰, 君子謀道不謀食. 耕也 餒在其中矣, 學也 祿在其中矣. 君子憂道不憂貧.

이런 신념과 철학이 있었기에 공자는 학문을 하고 제자를 가르치면서도 낙천적인 생활을 할 수 있었고, 불의로 얻을 수 있는 부귀에는 애당초 관심도 없었다.

안회는 경제적으로 매우 가난했기에 거친 음식을 먹으며 누추한 곳에 살았다. 다른 사람들이 그런 가난을 힘들어했지만, 안회는 평소의 그 생활을 즐길 수 있었기에 공자는 안회가 현명한 사람이라고 감탄했다.[1541]

이를 본다면, 공자와 안회는 호학하는 스승과 제자였으며 안빈낙도하는 동질적 유대감이 확고했다고 볼 수 있다.

공자가 자신의 50세를 '천명을 아는(知天命)' 이라 표현한 뜻은 여러 가지로 해석이 가능한 말인데, 자신의 포부를 '실현 가능성이 없다는 것을 알았다.' 는 뜻으로도 해석할 수 있다. 공자는 자신과 같은 처지의 안회에 대해서 같은 말을 하였다.

곧 "등용이 된다면 뜻을 실천하겠지만, 등용이 안 된다면 물러날 수 있는 것은 오직 너와 나뿐이구나!"[1542]

공자와 안회는 스승과 제자이었지만 호학하고 인을 실천하며 안빈낙도할 수 있는 동지적(同志的) 유대감이 있었다. 공자가 그

1540 《論語 述而》 子曰, 飯疏食飲水 曲肱而枕之 樂亦在其中矣. 不義而富且貴 於我如浮雲.

1541 《論語 雍也》 子曰, 賢哉, 回也. 一簞食 一瓢飲 在陋巷 人不堪其憂 回也不改其樂. 賢哉 回也.

1542 《論語 述而》 子謂顔淵曰, 用之則行 舍之則藏 唯我與爾有 是夫.

많은 제자들 중에 유독 안회에게 애정을 갖고 칭찬한 것은, 그리고 유독 안회의 죽음에 통곡하며 슬퍼한 것은 이러한 유대감이 있었기 때문일 것이다.

아무리 역경에 처한 군자라도 안빈낙도할 수 있는 굳은 신념이 있어야 한다는 것을 공자와 안회는 우리에게 가르쳐주고 있다.

五. 군자의 交友

사람에게 벗이 없다면 나무에 뿌리가 없는 것과 같으며, 벗을 보면 그 사람됨을 알 수 있다고 한다. 벗과의 사귐은 의리로 사귀는 것이지 재물로 교제하지 않으며, 벗을 고를 때 지혜를 보고 고르지 외모를 고르지 않는다. 집에서는 부모에게 의지하나, 밖에 나가서는 친우에게 의지하며, 벗과 벗은 서로에게 좋은 일을 권장해야 하는 의무가 있다.

공자의 제자들은, 요즈음으로 말하면 학교의 동창생들이며 벗이었다. 같은 스승을 모시는 벗으로 그들은 어떻게 사귀었는가? 공자는 교우에 대하여 어떤 가르침을 주었는가?

• 벗 – 배움의 동반자

《論語》는 君子의 배움(學)으로 시작해서 알음(知, 지식, 지혜)

으로 끝을 맺는다. 《論語》의 첫 구절은 "배우고 때로 익히면 기쁘지 아니한가? 벗이 먼 곳에서 찾아오니 즐겁지 아니한가? 남이 알아주지 않아도 성을 내지 않으니 군자가 아닌가?"라는 공자의 말씀으로 시작한다.[1543]

첫 구절은 스승으로부터 배움(學), 스스로 익힘(習), 그리고 같은 길을 걷는 또래와 벗(朋友)과의 토론, 그리고 남이 나를 인정하든 안하든 꾸준히 정진하는 군자의 길을 설명하고 있다. 이는 배움의 길을 걷는 젊은 학도의 모습이고 일상생활이다.

그리고 《論語》의 마지막 구절은 "천명(天命)을 알지 못하면 군자라 할 수 없고, 예를 알지 못하면 세상에 나설 수 없고, 말을 모르면 남을 알 수 없다."는 공자의 말씀으로 끝난다.[1544]

이는 사리를 판단할 수 있는 지식을 가지고 예를 생활화하며 원만한 대인관계를 유지하는 군자의 모습을 서술하였다. 그렇다면 《論語》는 배움으로 시작하여 배움을 완성한 군자에 관한 책이라 할 수 있다.

공자는 자신에게 배우고자 하는 모두를 제자로 받아들였고 공동체와 같은 생활을 하며 교육을 했다. 때문에 그 제자들은 같은

1543 《論語 學而》 子曰, 學而時習之 不亦說乎. 有朋自遠方來 不亦樂乎. 人不知而不慍 不亦君子乎.

1544 《論語 堯曰》 孔子曰, 不知命 無以爲君子也, 不知禮 無以立也, 不知言 無以知人也.

길을 걷는 친구이며 벗이었다. 제자들은 학문을 통해 벗이 되었고(以文會友), 벗으로 사귀면서 서로 간의 인(仁)을 실천함에 도움을 주었다.[1545]

공자가 말한 '먼 곳에서 찾아오는 벗'은 나와 같은 길을 가는, 곧 같은 뜻을 가지고 서로 격려하며 배우려는 벗이다. 때문에 먼 곳까지 찾아가 학문과 바른길을 같이 가자고 서로를 격려하는 것이다.

그리고 군자는 다른 사람의 장점을 살려 성취를 도와주는 사람이며, 남이 악을 행하도록 돕는 사람이 아니다.[1546]

그러한데 좋은 일을 하자고 권면하지 않는다면, 또 나쁜 짓을 하자고 충동질하는 사람을 벗이라 생각할 수는 없는 것이다. 군자와 소인은 이처럼 교우관계에서도 차이가 있다.

공자는 제자들에게 충(忠, 誠心)과 믿음(信)을 강조하면서 자신과 같지 않은 사람과는 벗을 하지 말라는 말을 했다.[1547]

공자가 말한 '나와 같지 않은 사람을(不如己者)', '나보다 학문이나 능력이 못한 사람', 또는 '나보다 지위가 낮은 사람'이라고 해석한다면, 이는 논리적 모순이다.

왜냐면 나보다 뛰어난 사람과 내가 교제를 원한다면, 나의 상

1545《論語 顔淵》曾子曰, 君子以文會友 以友輔仁.

1546《論語 顔淵》子曰, 君子成人之美 不成人之惡. 小人反是.

1547《論語 學而》子曰, 君子不重 ～ 主忠信, 無友不如己者 ～.

대 쪽에서는 '자신보다 못한 나' 와 교제하는 셈이니, 어찌 우정 관계가 맺어질 수 있겠는가? 나보다 나은 자를 따르고 나보다 못한 자를 버린다면, 이는 공자의 평소 지론이 아니다. 공자가 말한 '나와 같지 않은 사람' 은, '나와 같은 뜻을 갖지 않은 자' , 즉 인을 배우고 실천하려는 의지를 갖지 않은 자라고 받아들여야 한다.

그리고 맹자는 "벗을 사귈 때, 벗의 재산이나 지위 또는 그 가문이나 형제를 믿고 사귀는 것이 아니다. 벗이란 그의 덕을 벗하는 것이지 얻을만한 것이 있어 벗하는 것이 아니다."라고 하였다.[1548] 벗의 사람됨이 좋아서, 인간미가 좋아서 우정을 계속하는 것이지, 재산이나 권세나 배경이나 재주(능력)를 벗해서는 안 될 것이다.

• 벗과 신의

공자가 안연이나 자로와 같이 '이루고 싶은 것' 을 이야기 할 때, 공자는 '노인을 편안하게 해주고, 벗에게는 믿음을 주고 젊은 이를 보듬어 주겠다.' 는 희망을 토로했었다.[1549]

이처럼 공자한테도 벗에게 신의를 지키는 일은 중요했다.

1548 《孟子 万章 下》万章問曰 敢問友. 孟子曰, 不挾長 不挾貴 不挾兄弟而友. 友也者 友其德也 不可以有挾也.

1549 《論語 公冶長》顔淵季路侍. 子曰, 盍各言爾志. ~ 子曰, 老者安之 朋友信之 少者懷之.

공자의 벗이 죽어 빈소를 차리지 못하자, 공자는 자기 집에 빈소를 차려도 좋다면서 어려운 벗을 도왔고, 벗이 제사 지낸 고기를 보내주면, 벗의 조상을 생각하며 절을 할 정도로 벗과 진실한 교제를 했다.[1550]

공자의 제자 曾子(증자)는 자신이 하루에 세 번씩 자신을 돌아보며 '일을 성실히 처리했는가?', '벗과 사귀면서 신의를 지키지 못했는가?', '전수받은 것을 제대로 익혔는가?'를 반성한다고 했다.[1551] 이처럼 벗과 사귐에 있어 信義(신의)는 매우 중요하다.

공자의 제자 子夏(자하)도 교우에서 신의를 강조하였다. 자하는 벗과 사귀면서 자신의 말에 신의를 지키는 사람이라면, 비록 배움이 없더라도 학문을 한 사람으로 여기겠다고 말했다.[1552]

사회생활에서 만나 교제하는 벗보다 어린 시절의 벗이나 학교 동기가 벗으로 관계가 오래 지속되는 것은 학창 생활 속에서 신의가 지켜졌기 때문일 것이다. 그러하기에 맹자의 五倫(오륜)에 朋友有信(붕우유신)이 있고, 新羅 花郎의 생활신조인 世俗五戒(세속오계)에도 交友以信(교우이신)의 덕목이 있는 것이다.

1550 《論語 鄕黨》 朋友死 無所歸, 曰, 於我殯. /《論語 鄕黨》 朋友之饋 雖車馬 非祭肉 不拜.

1551 《論語 學而》 曾子曰, 吾日三省吾身 爲人謀而不忠乎, 與朋友交而不信乎, 傳不習乎.

1552 《論語 學而》 子夏曰, 賢賢易色 ~ 與朋友交 言而有信. 雖曰未學 吾必謂之學矣.

• 益者三友, 損者三友

중국 속담에 '단정하지 못한 옷차림은 벗 때문이다.' 라는 속담이 있는데, 이는 벗이 고쳐주지 않았기 때문이다. 곧 벗이라면 서로에게 좋은 일을 하도록 서로를 독려하고 권장해야 한다. 이를 責善(책선)이라고 하는데, 맹자도 벗에게는 책선의 의무가 있다고 말했다.[1553]

공자는 유익한 벗과 해로운 벗을 구분하였다.

곧 도움이 되는 벗이 셋이 있으니 정직하고 선량하며 박학다식한 벗은 도움이 되고, 사람이 꽉 막혔거나 굽실거리거나 빈말을 많이 하는 벗은 해롭다.[1554]

이는 예나 지금이나 변함없는 교훈이다. 강직하고 성실하며 박학다식한 벗은 누구에게나 도움이 된다. 물론 나도 벗 못지않게 비슷한 성격이어야 서로 간의 우정이 계속될 것이다.

그 반대로 안일과 편의만을 따르고 거짓말이나 아첨으로 남의 환심이나 얻으려 하는 사람, 빈말이나 거짓말을 잘 하는 벗, 또 나쁜 짓을 권하는 벗은 해로우니 처음부터 벗이라고 할 수도 없는 것이다. 벗끼리 술은 권해도 女色(여색)을 권하지 않는다는 중국의 속담도 같은 맥락일 것이다.

1553 《孟子 離婁 下》 孟子曰, 責善 朋友道也.

1554 《論語 季氏》 孔子曰, 益者三友 損者三友. 友直 友諒 友多聞 益矣. 友便辟 友善柔 友便佞 損矣.

공자는 유익한 즐거움에 세 가지가 있다고 하였는데, 절도에 맞는 예악을 행하는 즐거움과, 남의 선행에 대한 이야기를 하는 즐거움, 그리고 현명한 벗이 많은 것이 즐거운 일이라고 했다.[1555]

또 공자는 "벗은 간절히 살펴 좋은 일을 권하고, 형제는 기쁜 마음으로 화합해야 한다."라고 말했다.[1556]

공자의 제자 子貢(자공)이 벗과 사귀는 도리에 대하여 묻자, 공자는 "착한 일을 하라고 진심으로 청하고 잘 말하되, 안 된다면 그만 사귀어야지 나 자신을 욕되게 해서는 안 된다."고 하였다.[1557]

주군이나 상사에게 바른 말도 받아들일 때 하는 것이지 거부하는 상관에게 자주하면 욕을 당하게 되어있고, 좋은 일을 권하는 것이 벗의 도리지만 벗이 받아들이지 않는다면 계속할수록 사이만 나빠진다.[1558]

그리고 공자는 벗과의 사귐에서 지나친 것을 경계하기도 하였다.

공자는 "교묘한 언사와 낯빛과 지나친 공경을 부끄럽게 생각

1555 《論語 季氏》 孔子曰, 益者三樂 損者三樂. 樂節禮樂 樂道人之善 樂多賢友 益矣. ~.

1556 《論語 子路》 子路問曰, 何如斯可謂之士矣. 子曰, ~ 朋友切切偲偲 兄弟怡怡.

1557 《論語 顔淵》 子貢問友. 孔子曰, 忠告而善道之 不可則止 毋自辱焉.

1558 《論語 里仁》 子游曰, 事君數 斯辱矣, 朋友數 斯疏矣.

하며, 원한을 숨기고 그 사람과 벗하는 것을 부끄럽게 여긴다."고 말했는데,[1559] 이는 벗과의 사귐은 솔직해야 한다는 뜻일 것이다.

사실 좋은 벗을 고른다는 것은 자신이 남에게 좋은 벗이 되도록 노력하는 것이다. 나의 바탕이 없고 언행이 불량하다면 선량한 사람이 나를 벗으로 인정하지 않을 것이다. 본래 끼리끼리 모이는 것이 사람이고, 가재는 게 편을 들고 봉황은 봉황과 짝을 짓는다. 그래서 類類相從(유유상종)이라는 말이 생겼을 것이다.

무당을 따라다니면 떡을 얻어먹고, 족제비를 따라다니면 닭 훔치는 법을 배우게 되어있다. 좋은 사람을 따라다니면 바른길을 걷고, 착한 사람을 따라다니면 착한 일을 배우는 것이다. 그래서 어떤 사람을 벗으로 사귀는가에 따라 인생이 달라지는 것이다.

1559《論語 公冶長》子曰, 巧言令色足恭 左丘明恥之 丘亦恥之. 匿怨而友其人 左丘明恥之, 丘亦恥之.

孔子家語(공자가어) (下)

초판 인쇄 2022년 7월 11일
초판 발행 2022년 7월 20일

설 명 | 왕 숙
역 주 | 진기환
발행자 | 김동구
디자인 | 이명숙 · 양철민
발행처 | 명문당(1923. 10. 1 창립)
주 소 | 서울시 종로구 윤보선길 61(안국동)
우체국 010579-01-000682
전 화 | 02)733-3039, 734-4798, 733-4748(영)
팩 스 | 02)734-9209
Homepage | www.myungmundang.net
E-mail | mmdbook1@hanmail.net
등 록 | 1977. 11. 19. 제1~148호

ISBN 979-11-91757-52-1 (04820)
ISBN 979-11-91757-50-7 (세트)
25,000원